Im Sommer des Jahres 1824 macht sich die Familie von Denkewitz zur Kur ins Böhmische auf. Welcher Ort wäre auch besser geeignet als das noble Karlsbad, um standesgemäße Partien für die beiden Töchter zu finden? Vor allem bei Bettina, der etwas schwierigen Älteren, scheint Eile geboten, und bald schon findet sich ein passender Verehrer. Bettina, so vernünftig wie vorsichtig, ist einer Verbindung mit dem offenbar wohl situierten Baron Baringsdorf nicht abgeneigt – dumm nur, dass ihr Herz heftiger, als sie sich eingestehen mag, für dessen gut aussehenden englischen Freund entflammt. Doch der ist einer anderen versprochen, und so scheint alles auf eine Vernunftehe hinauszulaufen. Wenn da nur nicht dieses Herzklopfen beim Blick in die dunklen Augen des Engländers wäre …

Ruth Berger, geboren 1967 in Kassel, lebt als freie Autorin und Wissenschaftlerin in Frankfurt am Main. «Die Reise nach Karlsbad» ist ihr erster Roman.

Ruth Berger **Die Reise nach Karlsbad**

Historischer Roman

Rowohlt Taschenbuch Verlag

Die Gedichtzeilen auf S. 63 stammen von Friedrich Hölderlin und sind nach folgender Quelle zitiert: Friedrich Hölderlin, Die Wanderung, in: *Hölderlins Werke in zwei Bänden*, Berlin/Weimar 1989, Bd. 1, S. 224–226. Das Gedicht auf S. 34f. von David Onqinera stammt aus dem 16. Jahrhundert und wurde von der Autorin nach folgender Publikation aus dem Hebräischen gekürzt übersetzt: Schire David Onqinera, hg. v. Josef Patai, in: *Qovez 'al jad – Minora Manuscripta Hebraica II* (= Meqize nirdamim, Neue Reihe, 2. Folge), Jerusalem 1937, S. 108f.

2. Auflage September 2002

Originalausgabe
Veröffentlicht im Rowohlt Taschenbuch Verlag GmbH,
Reinbek bei Hamburg, März 2003
Copyright © 2003 by Rowohlt Taschenbuch Verlag GmbH,
Reinbek bei Hamburg
Umschlaggestaltung any.way, Andreas Pufal
(Abbildung: Friedrich Carl Gröger [1766–1838]
«Lina Gröger, die Pflegetochter des Künstlers», 1815,
Hamburger Kunsthalle)
Satz Fairfield PostScript, PageMaker bei
Pinkuin Satz und Datentechnik, Berlin
Druck und Bindung Clausen & Bosse, Leck
Printed in Germany
ISBN 3 499 23304 5

Die Schreibweise entspricht den Regeln
der neuen Rechtschreibung.

Teil I

1
Ankunft und erste Bekanntschaften

Am Abend eines Julitags im Jahre 1824 traf in einer hoch bepackten Berline nebst einem kleineren Wagen eine augenscheinlich den besten Kreisen entstammende Familie vor dem Hotel Impérial in Karlsbad ein. Während eine matronenhaft beleibte, aber elegante Frau mittleren Alters, zwei nach der neuesten Mode gekleidete junge Mädchen und zwei weitere junge Frauen, deren einfache Kleidung sie als Zofen auswies, mit einer großen Zahl von Koffern und Truhen auf dem Trottoir vor dem Hotelportal warteten, war ihr einziger männlicher Begleiter, ein älterer Herr, in die Empfangshalle vorgeeilt, um dort die nötigen Regelungen zu treffen. Nur wenige Augenblicke hatten sich die Frauen draußen aufgehalten, die ältere mit gelassener Miene auf einen Gehstock gestützt, die jüngeren in steter leichter Bewegung, um die unangenehme Steifheit der Glieder nach langem, beengtem Sitzen abzuschütteln, da eilte ein livrierter Bediensteter, sie hineinzubitten und den Transport des Gepäcks an seinen Bestimmungsort zu veranlassen.

Trotz der Kürze der Zeit, welche die Frauengesellschaft vor dem Portal zugebracht hatte, erregte sie währenddessen einige Aufmerksamkeit bei drei jüngeren Herren, die in einem Salon seitlich des Eingangs beisammensaßen, von wo man die Allee überblicken konnte – ein Umstand, um dessentwillen sich gerade dieser Sitzplatz bei den fraglichen Herren schon seit mehreren Wochen großer Beliebtheit erfreute.

«Nun, lieber Bruder», kommentierte der Jüngste von ihnen

die Szene, «kann unter diesen neu eingetroffenen Schönheiten eine vor deinem wählerischen Auge bestehen?» Der Angesprochene, ein etwa dreißigjähriger strohblonder Mann mit ebenmäßigen, etwas harten Gesichtszügen, entgegnete scherzhaft, dabei aber nur mühsam einen Anflug von Ärger verbergend, die älteste der Damen entspreche, von ihren körperlichen Vorzügen bis zu ihrem ganzen vornehmen Auftreten, am ehesten seinem Bilde von der Frau, die er dereinst auf den Landsitz seiner Väter heimzuführen gedenke; man müsse allerdings befürchten, dass sie nicht mehr ungebunden sei. Darauf ergriff auch der dritte das Wort, ein dunkelhaariger, um ein weniges jüngerer Mann mit fast schwarzen Augen, dessen auffallend blasse Gesichtsfarbe auf wenig Aufenthalt im Freien, vielleicht auch auf Krankheit schließen ließ: Ihm hätten von den fünf Schönheiten gleich zwei gut gefallen – zunächst eine der Zofen, ein Mädchen mit unzähmbaren roten Locken, und dann die ältere der beiden Töchter, ein eher zu mageres, aber doch recht hübsches Ding, das, so habe er es jedenfalls empfunden, von besonderer, charmanter Lebhaftigkeit zu sein schien.

Diese Worte waren in ausgezeichnetem, fehlerfreiem Deutsch gesprochen, wiewohl man merkte, dass dies nicht die Muttersprache des Dunkelhaarigen war.

«Das passt nun wieder ganz zu dir, James», lachte der Jüngste der Runde. «Da gehen wir beiden Brüder schon seit zwei Sommern vergeblich auf Brautschau, haben an jeder was zu mäkeln und können die Rechte nicht finden, während dein Herz allem mit Begeisterung zufliegt, was langes Haar hat. Aber sieh dich vor, dass du deiner ‹Lebhaften› nicht gar zu schöne Augen machst, du bist anderweitig vergeben, und ich habe noch Pläne mit ihr, vielleicht ist sie doch was für unseren Franz» – wobei er dem dritten mit spitzbübischem Lächeln auf die Schulter klopfte.

Die junge Dame, von der hier in so saloppem Ton gesprochen wurde, war Bettina von Denkewitz, die älteste Tochter eines Majors, der seinen Rang in der Berliner Gesellschaft weniger militärischem Ruhm als seinen Ländereien in Schlesien und seinem vertrauten Ein- und Ausgang am Hofe verdankte (war er doch der Jugendfreund eines langjährigen hohen Hofbeamten, des Grafen von Z.).

Seit seinem Rückzug aus dem aktiven Militärdienst einige Jahre zuvor hatte der Major seine ganze Familie nach Berlin umsiedeln lassen. Zum einen sagte ihm das Leben in der Stadt mit seinen beständigen gesellschaftlichen Aktivitäten mehr zu als eine zurückgezogene Existenz in einem der entlegensten Winkel der deutschen Lande. Zum andern war er überzeugt, dass den beiden Töchtern der Schliff eines weiten gesellschaftlichen Umgangs bei der Anbahnung einer Ehe ebenso nützlich sein werde, wie eben dieser Umgang selbst mannigfaltige Kontakte zu den besten Familien eröffnete, sodass sich eine gute Partie früher oder später von allein ergeben müsste.

Leider hatten sich der Major und seine Frau, eine Rheinländerin von einfachem, aber stabilem Gemüt, bisher, was ihre ältere Tochter Bettina betraf, in dieser Hoffnung auf krasseste Weise enttäuscht gesehen. Das Mädchen war zwar von Gesicht und Körper nicht unansehnlich und konnte trotz seiner bedauerlichen Magerkeit als hübsch gelten, wenn es ein wenig Sorgfalt auf seine Toilette verwendete, aber es war dabei auf geradezu krankhafte Weise schüchtern und nervös. So hatte es sich bisher stets geweigert, an größeren Gesellschaften oder gar Bällen teilzunehmen, ja, zog sich sogar anlässlich gewöhnlicher Abendeinladungen im elterlichen Hause oft genug mit Migräne oder einer anderen Unpässlichkeit, von der man nicht wusste, ob sie vorgeschoben war oder sich aus Aufregung tatsächlich eingestellt hatte, leidend in sein Bett zurück. War Bettina doch einmal bei einem gesellschaftlichen Ereignis anwesend, bedeutete dies für ihre Mutter, die jede ihrer Regungen ängstlich beobachtete, mehr eine Qual denn eine Freude: Auf Ansprache, zumal von Männern, reagierte sie oft mit auffälligem, heftigem Erröten, dessen Intensität in keinem Verhältnis zum Anlass stand; wurde sie zu einem Musik- oder Gesangsvortrag aufgefordert, schien der Mutter ihre Darbietung, wenn Bettina denn nach langem, eher linkischem als damenhaftem Zieren sich schließlich dazu entschloss, stets mangelhaft, nie so geschliffen und perfekt wie der Vortrag anderer junger Damen, und jedenfalls wesentlich schlechter als das, was ihr Begabung und Fleiß ermöglichten und was man von ihr hören konnte, wenn die Familie unter sich war.

So verwunderte es kaum, dass Bettina von Denkewitz noch keinen ernsthaften Verehrer vorzuweisen hatte, ein Umstand, der ihrer Mutter umso peinlicher war, als sich im Kreise ihrer Damenbekanntschaften das Gespräch unentwegt um Avancen drehte, die dieser oder jener galante junge Mann aus gutem Hause der einen oder anderen strahlend schönen, sicher auftretenden und beliebten Tochter machte, gemacht hatte oder zweifelsohne zu machen im Begriffe war. Die bedauernswerte Majorin konnte bei solchen Unterhaltungen wenig aus der eigenen Erfahrung beisteuern. Sie profitierte zumindest insofern, als sie hier Material schöpfte, mit dem sie ihrer Tochter am Mittagstisch illustrieren konnte, wie erfolgreich andere junge Damen von ihren Reizen, ihrer Bildung und ihren Begabungen Gebrauch zu machen verstanden und wie sehr Bettinas Unfähigkeit zu sicherem gesellschaftlichem Auftreten ihr selbst und letztlich auch ihrer Familie schade, deren ganze Hoffnung und ganzer Ehrgeiz auf eine glückliche und standesgemäße Verheiratung der beiden Töchter ausgerichtet sei.

In der Tat verhielt es sich so, dass das Ehepaar von Denkewitz mit besonderer, besorgter Aufmerksamkeit das Werden und Gedeihen der beiden Töchter, Bettinas und der erst fünfzehnjährigen Luise, verfolgte, denn andere Kinder waren ihm nicht geschenkt. Ein kleiner Sohn war, einige Jahre nach der Geburt Luises, tot auf die Welt gekommen. Während der Niederkunft hatte auch die Mutter in größter Gefahr geschwebt, sodass der Arzt, ein alter Bekannter der Familie des Majors, diesem, nachdem die Krise überstanden war, im Geheimen eine traurige Mitteilung machen musste: Er befürchte, dass die Majorin eine weitere Schwangerschaft nicht überleben werde. Ein unglücklicher Ausgang sei zwar nicht absolut sicher, aber nach seiner Erfahrung in einem Fall wie dem ihren doch mehr als wahrscheinlich. Als alter Freund fühle er sich verpflichtet, den Major von dieser seiner Befürchtung zu unterrichten, und überlasse ihm nun die Entscheidung, ob er der Hoffnung auf ein weiteres Kind, möglicherweise den ersehnten Stammhalter, gegenüber etwaigen Risiken mehr Gewicht beilegen wolle als umgekehrt. Dem Major, der an seiner Frau hing, war ihre gütige, lebhafte, manchmal etwas bestimmende, aber sehr vertraute Anwesenheit lieber als ein hypothetischer Stammhalter, den er nicht kannte und der sich als ein wenig liebenswerter Mensch erweisen mochte, wenn nicht ohnehin wieder als Totgeburt. So enthielt er sich denn künftig einiger Freuden des Ehelebens, um andere dafür umso länger genießen zu können. Seiner Frau, die er bald nach ihrer völligen Wiederherstellung über die Umstände informierte, war diese Entwicklung zunächst gar nicht unlieb gewesen. Später jedoch schlich sich nach und nach eine schwer zu beschreibende wehmütige Gemütstönung bei ihr ein, etwas wie eine leichte Verbitterung über das Schicksal, über einen Mangel in ihrem Leben, den andere Frauen selbst niederen Standes nicht leiden mussten.

Umso mehr konzentrierte sie sich nun auf ihre beiden Töchter und die vielerlei Aktivitäten, die mit deren Gesunderhaltung, Bildung und Ausstattung zusammenhingen und die am Ende ihrer Unterbringung in einem der Stellung der Familie angemessenen und glücklichen Ehestand dienen sollten.

Dass sie dem Erreichen dieses Ziels bisher nicht näher gekommen war, musste an sich noch nicht als Grund für ernste Sorge genommen werden: Bettina beendete gerade erst ihr zwanzigstes Lebensjahr, ein Alter, in dem der Jungfernstand alles andere als eine Schande bedeutete. Ihre beständigen gesellschaftlichen Misserfolge gaben allerdings einigen Anlass, sich Gedanken zu machen, und während eines Gesprächs mit ihrem Gatten, in dem die Majorin ihren diesbezüglichen sorgenvollen Ahnungen lebhaftesten Ausdruck verliehen hatte, war der Entschluss gefallen, den Sommer über einige Monate in Karlsbad zu verbringen.

Die Hoffnung der Eltern war, Bettina möge hier, durch alltägliche Übung in der ungezwungenen Atmosphäre eines Bades, sich so weit an gesellschaftlichen Umgang mit anderen jungen Leuten gewöhnen, dass sie sich später im heimischen Berlin mit größerer Sicherheit und Eleganz in der Öffentlichkeit werde zeigen können. Insgeheim glaubte der Major zudem, die Vielzahl der Unterhaltungsmöglichkeiten, die Karlsbad bot, zusammen mit der Weitläufigkeit der Räume und Anlagen, in denen jene sich abspielten, würden Bettina zumindest zeitweise von der beständigen mütterlichen Beobachtung befreien und dadurch etwas unbefangener machen.

Als der Major und seine Gemahlin am ersten Karlsbader Morgen nach ziemlich verspätetem Frühstück gemeinsam auf die Terrasse traten, wo sie sich mit ihren in jugendlichem Entdeckerdrang schon eine halbe Stunde zuvor enteilten Töchtern vereinen wollten, trafen sie auf ein Bild, das allerdings zu den schönsten Hoffnungen Anlass gab:

An einem marmornen Tisch saß eine Gruppe von jungen

Menschen in eine freudvolle und angeregte, aber dennoch die Gebote des Anstands und der vornehmen Zurückhaltung nicht durch übertriebene Lebhaftigkeit verletzende Unterhaltung vertieft. Schmeichelnd fiel die Morgensonne, gefiltert durch ein schmiedeeisernes Gitter, das die Terrasse begrenzte und zum Teil überschattete, auf die leicht geröteten Wangen der Mädchen, die beide, die Ältere wie die Jüngere, mit gelöst-glücklichem Gesichtsausdruck, öfter durch ein strahlendes Lächeln unterbrochen, an dem Austausch mit ihren männlichen Tischnachbarn teilnahmen. Von den drei gut gekleideten, vornehm wirkenden Herren waren es die beiden sonnengebräunten Blonden, die sich mit großer Aufmerksamkeit den Mädchen zuwandten, bald die eine, bald die andere ansprachen oder selbst für länger das Wort ergriffen. Der Blasse, Dunkelhaarige aber mochte nicht recht in die glückliche Gesellschaft passen, saß etwas abseits, wirkte unbeteiligt und ließ den Blick immer wieder in die Ferne schweifen.

Der Major war, als er dieser Szene gewärtig wurde, so angerührt, dass er seiner Frau vorschlug, sich in den Salon zurückzuziehen und die jungen Menschen noch eine Weile in diesem traulichen und unbeschwerten Zusammensein zu belassen. Die Majorin jedoch wollte davon nichts hören und bestand darauf, zunächst in Erfahrung zu bringen, wer die Herren seien und ob eine Bekanntschaft mit ihnen für ihre Töchter überhaupt als wünschenswert erachtet werden könne. Der Major fügte sich und geleitete seine Frau zu der Gesellschaft am Marmortisch. Freudig erstaunt gewahrte er dort, dass es seine ältere Tochter übernahm, ihre Eltern mit den jungen Männern bekannt zu machen. Den männlich-heldenhaft wirkenden, hoch gewachsenen Blonden stellte sie als Baron Baringsdorf vor, den deutlich jüngeren und mit weicheren Gesichtszügen ausgestatteten zweiten Blondschopf als dessen Bruder Friedrich und wandte sich dann etwas zögernd dem Dunkelhaarigen zu: «Und dieser Herr ist ...» – da drehte der Dunkelhaarige, der scheinbar gelangweilt zur Seite gesehen hatte, seinen Kopf, blickte ihr direkt in die Augen und lächelte. Bettina errötete schlagartig, stockte, wirkte verwirrt, und der junge Mann beendete selbst den Satz: «James Lord Clarendon. Frau Majorin, Herr Major, ich freue mich sehr, Ihre Bekanntschaft zu machen.»

Die ganze Gesellschaft hatte sich beim Hinzukommen des Ehepaares erhoben. Jetzt zerstreute sie sich, nach einigen belanglosen Worten, die der Major noch mit den Herren wechselte. Die beiden Mädchen brachen gemeinsam mit ihren Eltern zu einer vormittäglichen Promenade auf, die leicht getrübt wurde durch die schlechte Stimmung der Majorin: Gerade in dem Moment, da sie mit Freude den Rang der neuen Bekanntschaften ihrer Töchter zur Kenntnis nahm, war jede Hoffnung auf eine Fortführung der angeknüpften Beziehungen durch das ungeschickte Verhalten Bettinas bei der Vorstellung des Lords verspielt worden.

2
Verschiedene Meinungen

In diesem, wie sich bald herausstellen sollte, fälschlichen Glauben war die Majorin noch befangen, als sie am übernächsten Abend eine umfangreiche Epistel nach Berlin verfasste.

Im Verlauf des Tages hatte sie Erkundigungen eingezogen, wozu sie speziell einen Aufenthalt in der Wandelhalle des Marienbrunnens vorzüglich verwenden konnte, und sich versichert, dass die Herren von Baringsdorf sowie Clarendon von unzweifelhaftem Ruf und sämtlich unverheiratet waren. So befand sie sich denn in der ungewöhnlichen und glücklichen Lage, fast ganz wahrheitsgemäß ihren Berliner Freundinnen berichten zu können, wie ihre Tochter von drei akzeptablen Freiern auf einmal umworben werde. Diese Genugtuung wollte sie sich nicht entgehen lassen; darum schrieb sie den Brief gleich jetzt, aus Angst, in einigen Tagen könnten die Kandidaten bereits öffentliches Desinteresse gezeigt haben, was ihr die Freude an einem Bericht über die bisherigen Triumphe Bettinas doch merklich geschmälert haben würde.

Während sie in ihrem Salon solcherart beschäftigt war und ihr Mann am Rauchtisch in einer Zeitung blätterte, klopfte ein Page und überbrachte ein Billett an den Major, der seiner Frau den Inhalt sogleich mitteilte: Der Baron Baringsdorf bitte die Familie von Denkewitz für den folgenden Abend zu einer kleinen Soiree auf seine Suite.

Sofort erhob sich die entzückte Majorin, um ihre Töchter unverzüglich von dieser bemerkenswerten Entwicklung zu unterrichten und bereits erste Vorbereitungen, wie die Auswahl der Kleider und der Frisuren, in die Wege zu leiten.

«Ich bitte dich, liebe Dorothea», hielt ihr Mann sie zurück, «bedenke doch, dass du damit Bettina viel zu früh in Aufregung versetzest und nur erreichen wirst, dass sie den Anlass zu wichtig nimmt und deshalb Migräne entwickeln wird.»

«Dass sie ihn zu wichtig nimmt, sagst du? Aber er ist doch sogar von alleräußerster Wichtigkeit! Diese Einladung ist gewiss eine besondere Aufmerksamkeit des Barons gegenüber Bettina, und vielleicht eröffnen sich dadurch Chancen auf eine zukünftige Verbindung!»

«Gerade», entgegnete der Major, «weil es solche Möglichkeiten zu bedenken gilt – wenn ich mir da auch keineswegs so sicher bin, wie du es zu sein scheinst –, gerade darum bitte ich dich, unseren Töchtern erst morgen etwa zwei

Stunden vor der Zeit von der Einladung zu berichten. Glaube mir, Dorothea, andernfalls wirst du Bettinas und unseren Interessen mehr schaden denn nützen.»

Ein so bestimmtes Eingreifen des Majors in die Entscheidungen seiner Frau war ungewöhnlich und verfehlte eben deshalb seine Wirkung nicht. Wenn er die Majorin auch nicht ganz von der Richtigkeit seiner Ansichten überzeugen konnte, so fügte sie sich doch zunächst darein und blieb, wo sie war, statt sich auf die Suche nach ihren Töchtern zu begeben.

Die waren mit einer unterdessen aus dem Bergischen eingetroffenen Tante, Amalie von Middeldorf, einer älteren Schwester der Majorin, zu einem Spaziergang in die Promenaden aufgebrochen, um nach einem bedrückend schwülen Tag die milde Abendluft zu genießen. Weit war man jedoch nicht gekommen. Man war auf Bekannte gestoßen, und während der soeben berichtete Austausch zwischen dem Major und seiner Frau stattfand, saßen die Mädchen, von beiden Eltern unvermutet, in derselben Gesellschaft wie am Morgen zuvor, nur ergänzt durch die Tante, an dem marmornen Terrassentisch. Das Gespräch war lebhaft und drehte sich, zum Leidwesen von zweien der Damen, seit einiger Zeit um die Wissenschaft.

«Es will mir nicht in den Sinn», hatte soeben Friedrich von Baringsdorf das Wort ergriffen, «warum man in dieser Frage an der grundsätzlichen Wahrheit des biblischen Schöpfungsberichtes zweifeln sollte. Hat sie sich denn nicht auch in anderer Hinsicht bestätigt? So hat Cuvier nachgewiesen, dass zunächst die niederen Tiere, nämlich Fische, Kriechtiere und Amphibien, und erst in späteren Zeitaltern die höheren Wirbeltiere entstanden sind, der Mensch jedoch als Krönung ganz am Schluss, im letzten, dem unsrigen Zeitalter dazukam und somit fossil nicht existiert. Ist das nicht ganz die Reihenfolge, wie sie uns die Bibel überliefert, wenn auch dort die Zeitdauer des gesamten Schöpfungsvorgangs auf ein fast absurdes Maß verkürzt erscheint? Aber hier ist es unsere Schuld, wenn wir die Bibel zu wörtlich nehmen: Was für Gott ein Tag ist, das kann aus menschlicher Sicht gut und gerne ein ganzes Zeitalter bedeuten. Nein, bis ihr mir nicht überzeugendere Gründe für das Gegenteil vorlegen könnt, glaube ich daran, dass die gesamte Menschheit von nur einem Mann und einer Frau abstammt, deren Nachkommen sich dann in verschiedene Stämme und Nationen aufgespalten haben.»

«Es ist ein lobenswerter Zug von dir, dass du an den Überlieferungen unserer Vorfahren, denen wir Respekt schulden, festhalten möchtest», meldete sich nun der Lord mit seinem charakteristischen leichten Akzent zu Wort. «Es gibt aber doch hinreichend gute Gründe für Zweifel. Im Tierreich hat es ja keine derart einheitliche Entwicklung gegeben, wie du sie jetzt nach Cuvier dargestellt hast. So ist heute wie in antediluvialer Zeit die Fauna auf den verschiedenen Kontinenten höchst unterschiedlich. In Amerika gibt es das Faultier und das Gürteltier, in Afrika die Giraffe und das Nilpferd, und in Australien fehlt die Ordnung der Säugetiere ganz und ist durch die Ordnung der Beuteltiere ersetzt. Es scheint doch, dass der Schöpfer jedem Kontinent seine eigene Tier- und Pflanzenwelt beigesellt hat, die sich, je nach Klima und Landschaft, von denen anderer Kontinente mehr oder minder stark unterscheidet. Genauso verhält es sich mit den Menschen: Es muss mehrere erste Menschenpaare oder Menschengruppen gegeben haben, verschieden gestaltet, damit sie der Umgebung, für die sie geschaffen, in ihren äußeren Eigenschaften entsprachen. Nimm etwa das wollige, feste Haar des Negers, das ihn vor zu starker Hitzeeinwirkung auf den Schädel durch die sengende afrikanische Sonne schützt, während die nördlichen Völker eher feines Haar besitzen.»

«An deinem Beispiel», entgegnete der während dieser Ausführungen ungeduldig gewordene Friedrich, «kann man im Gegenteil ablesen, dass von einer unterschiedlichen ursprünglichen Schöpfung der Menschen nicht die Rede sein kann. Unser feines, langes Haar ist doch für jeden ersichtlich dem Wollhaar des Negers bei weitem vorzuziehen. Das Letztere ist nicht der ursprüngliche Zustand, in welchem der Schöpfer das Menschenhaar geschaffen hat, sondern eine Degeneration im Gefolge des ungünstigen afrikanischen Klimas, wie das Blumenbach und andere auch für die Hautfarbe und Gesichtsform dargelegt haben.»

«Aber Herr von Baringsdorf», ließ sich an dieser Stelle zum großen Erstaunen ihrer Tante Bettina vernehmen, «was macht Sie denn so sicher, dass unser Haar dem des Negers vorzuziehen sei? Schon Voltaire hat eindringlich beschrieben, wie relativ solche Urteile sind und dass jedes Volk eben gerade das für schön und wohlgeformt hält, was es selber auszeichnet. Wenn wir Kaukasier nun unser Urteil für allgemein gültig halten wollen, dann kommen wir allerdings auf Ergebnisse wie die von Blumenbach, der glaubt, die von uns abweichenden Rassen seien degeneriert, weil sie ihre Heimat mit dem ihnen zuträglichen Klima verlassen hätten. Aber hieße das nicht dem Schöpfer schlechte Arbeit unterstellen? Die Besiedelung der ganzen Welt durch den Menschen war doch Teil des Schöpfungsplans, sollte sie nur unter entstellender Degeneration möglich gewesen sein?»

«Du siehst, Friedrich», versetzte nun der Baron, der Bettina während ihrer Rede mit halb erstauntem, halb gönnerhaftem Lächeln angeblickt hatte, «da bist du nun von uns dreien mit so vielen Argumenten eingekesselt worden, dass du dich unmöglich mehr herauswinden kannst. Und damit sollten wir es vorläufig auch bewenden lassen, denn ich fürchte, wir haben Frau von Middeldorf und Fräulein Luise von Denkewitz mit unserem gelehrten Disput nicht unerheblich gelangweilt.»

«Aber ganz und gar nicht, Eure Exzellenz», erklärte daraufhin Frau von Middeldorf. «Es ist immer lehrreich und interessant, einem philosophischen Austausch unter Männern zu lauschen, obzwar wir als Frauen natürlich wenig davon verstehen» – wobei sie ihrer älteren Nichte einen tadelnden Seitenblick zuwarf. «Für uns drei ist jetzt aber dennoch Zeit, uns zurückzuziehen; ich fürchte, meine Schwester und ihr Gatte könnten sich wegen unseres unerwartet langen Ausbleibens sorgen. Seien Sie unseres Danks für das angenehme Beisammensein versichert, ebenso wie unserer Wertschätzung Ihrer Leutseligkeit, und haben Sie eine gute Nacht.»

Bettina, die sich für die abschließenden Worte ihrer Tante nicht weniger schämte, als jene es zuvor bei der Einmischung ihrer Nichte in die gelehrte Debatte getan hatte, erhob sich als Erste und murmelte ein unverständliches Abschiedswort, worauf alle aufstanden und sich gegenseitig eine gute Nacht wünschten.

Als die drei verhinderten Spaziergängerinnen kurz darauf bei der Majorin und dem Major anklopften, um ihre Rückkunft zu melden, und Frau von Middeldorf ihrer Schwester von der Gesellschaft erzählte, in welcher man die letzte Stunde verbracht, da konnte diese nicht länger an sich halten und berichtete entgegen ihren Vorsätzen nun doch von der Einladung des Barons. Die beiden Frauen verfielen sofort in ausführliche Betrachtungen über die außerordentliche Bedeutung, welche der bevorstehenden Abendgesellligkeit für die Zukunft der Fräulein von Denkewitz, und vornehmlich der Bettinas, zukam.

Diese, die sich in der freundlichen und klugen Gesellschaft der drei jungen Herren bislang immer recht wohl, ja fast glücklich gefühlt hatte, war im ersten Moment ebenfalls über die Einladung erfreut. Doch als sie nun hörte, wie Mutter und Tante beschlossen, sie müsse morgen als *belle* des Abends glänzen und sich damit ein für alle Mal der Gunst zumindest eines der Herren versichern, da breitete sich eine unangenehme Kälte in ihren Händen und Füßen aus, und sie begann, unruhig auf ihrem Stuhl hin und her zu rutschen. Als gar, ohne die Betroffene zu konsultieren, festgelegt wurde, Bettina müsse, komme, was wolle, einen Musikvortrag geben, und man sich über die Frage den Kopf zu zerbrechen begann, welches Stück aus ihrem Repertoire am besten geeignet sei, Baronenherzen zu gewinnen, unterbrach Bettina und teilte unwirsch mit: Sie beabsichtige nicht, sich in der Gesellschaft von Fremden öffentlich zu produzieren, um Aufmerksamkeit zu erregen; insbesondere werde sie dem Publikum nicht ihr mittelmäßiges Klavierspiel zumuten. Sie wolle vielmehr still und zurückhaltend an der Veranstaltung teilhaben und es würdigeren, talentierteren Damen überlassen, im Vordergrund des Interesses zu stehen.

Die Tante, welche Bettina vor dem Zusammentreffen in Karlsbad mehrere Jahre nicht gesehen hatte, war in höchstem Maße erstaunt, ja erschrocken über diesen ihr völlig unbegreiflichen Ausbruch ihrer Nichte, die sie als kluges und fröhliches Kind ohne Launen und Allüren kannte.

«Bettina, meine Liebe, mir scheint, du begreifst die Lage nicht ganz», begann sie nun, ihrer Nichte einen Vortrag zu halten. «Du bist eine junge Dame auf der Suche nach einer Partie, und wie deine gleich situierten Altersgenossinnen bist du gehalten, willst du einen standesgemäßen Ehemann finden, auf schickliche Weise deine Reize zur Schau zu stellen. Dazu sollten dir gesellschaftliche Anlässe wie der morgige dienen – gedenkst du nicht, sie zu nutzen, so tätest du besser daran, ihnen gar nicht erst beizuwohnen. Und was dein Klavierspiel betrifft: Als junges Ding von zwölf, dreizehn

Jahren hast du, wie ich mich entsinne, für dein Alter ausgezeichnet gespielt. Sollten deine Fähigkeiten heute wirklich nur als mittelmäßig zu bezeichnen sein, so wäre dies Grund genug, sich zu schämen, anstatt sich trotzig damit zu entschuldigen. Eine junge Dame muss das Klavierspiel mit größtem Fleiß betreiben, zum einen, um unter ihren Konkurrentinnen zu bestehen, solange sie unverheiratet, zum anderen, um ihrem Manne zur Freude und Zerstreuung dienen zu können, wenn sie denn in den Bund der Ehe getreten ist. Auf deine äußeren Reize allein kannst du dich nicht ein Leben lang verlassen. Bei aller Sorgfalt werden diese früh genug verwelken. Du wirst dir innere Reize schaffen müssen, um deinen Mann auf Dauer an dich zu binden.»

Eine tiefe Röte war Bettina während dieser Worte nach und nach ins Gesicht gestiegen, und ihre Stimme klang noch gereizter als zuvor, als sie ihrer Tante antwortete: «Mein Klavierspiel ist für den Hausgebrauch durchaus genügend und jedenfalls nicht schlechter als das deinige. Ich bin lediglich nicht so vermessen zu glauben, dass andere hierin nicht viel besser begabt seien als ich. Was die inneren Reize angeht, so hoffe ich, dass ein kluger Mann bei einer Frau auch weitläufige Bildung zu schätzen weiß, die sie ihm zu einem angenehmen Visavis und Ratgeber machen kann.»

Auch Frau von Middeldorf war nun aufs Äußerste verärgert und entgegnete:

«Ich sehe wohl, dass gut gemeinter Rat bei dir auf taube Ohren stößt, doch möchte ich dich bei dieser Gelegenheit darauf aufmerksam machen, dass du dich vorhin auf der Terrasse tatsächlich unschicklich in den Vordergrund gespielt hast, wie du es nennst. Mit deiner ‹weitläufigen Bildung› wolltest du wohl prahlen, als du dich ausgerechnet mit dem abgeschmackten, welschen Voltaire auf den Lippen in ein Gespräch unter Männern einmischtest, was dir nicht zustand und womit du sicher nicht die Zuneigung der Herren gewonnen hast. Ist doch einem Mann nichts unerträglicher als ein Weib, das die Gelehrte spielen will.»

Hierauf erwiderte Bettina nichts, erhob sich von ihrem Platz, raffte Rock, Ridikül und Schal zusammen, hauchte «Gute Nacht» und verließ den Raum, einen resignierten Vater, eine unglückliche Mutter, eine verärgerte und verwirrte Tante sowie eine grenzenlos gelangweilte Schwester zurücklassend.

3
Rosige Aussichten

Am folgenden Tag um die Mittagszeit machten sich die beiden Fräulein von Denkewitz zu einem in geringer Entfernung vom Hotel gelegenen Kurzwarenhandel auf, um dort, nach dem Beschluss der Majorin, noch einige farbige Bänder zu erstehen, die am Abend ihre Frisuren zieren sollten. Solch kleine gemeinsame Unternehmungen der Schwestern waren sonst von lebhaften Gesprächen und häufigem mädchenhaftem Lachen begleitet. Diesmal aber war, durch Bettinas anhaltende leichte Missstimmung verursacht, der kurze Ausflug nichts mehr als eben eine lästige Besorgung, der es sich zu entledigen galt. Bettina bangte nicht nur vor dem Abend, es bedrückte sie auch der unglücklich verlaufene Wortwechsel mit der Tante, welcher sie, obzwar sie in manchem anders dachte, im Grunde herzlich zugetan war. Am Morgen hatte sie sich entschuldigen wollen, aber der rechte Moment dazu hatte sich nicht ergeben, auch waren ihr passende Worte nicht eingefallen. Vor allem aber hatte das sehr abweisende Verhalten der Tante am Frühstückstisch ihren festen Vorsatz ins Wanken gebracht, im Dienste einer Versöhnung die Schuld für die Verstimmung ganz auf sich zu nehmen.

Als die jungen Damen, von ihrer Besorgung zurückkehrend, die Hotelhalle betraten, wurden sie zu ihrer Überraschung vom Baron Baringsdorf empfangen. Er und Clarendon hätten, so erläuterte er, im benachbarten Salon sitzend, die Damen die Vortreppe hinaufsteigen sehen und sich entschlossen, sie als Schiedsrichter in einem Disput über eine Frage der Malerei anzurufen. Er bitte sie, diesem Zweck einige Minuten ihrer Zeit zu opfern und sich kurz mit ihm und seinem Freund im Salon niederzulassen, wo das Streitobjekt als Wandschmuck ausgestellt sei.

Die Fräulein von Denkewitz erklärten sich zu dazu gerne bereit und folgten dem Baron in den Salon. Das fragliche Kunstwerk, welches seitlich über dem Tisch hing, an dem der Lord saß und an dem jetzt auch die drei anderen Platz nahmen, war die Abbildung einer Jagdszene in Öl: Vor einer dramatischen Bergkulisse trieben bewaffnete und waidmännisch gekleidete Reiter mit Hunden zwei Füchse vor sich her.

Die Frage, die sich an diesem Bild entzündet hatte, berichtete nun der Baron, sei eine grundsätzliche: Habe die Kunst einen Wert an sich, oder sei es das auf einem Bild Dargestellte, das für den Betrachter seinen Wert ausmache?

«Verzeihen Sie, Exzellenz», bemerkte hierzu Bettina, «wenn ich mich unverständig zeige – mir ist nicht ganz klar, worauf Sie hinauswollen. Gibt es denn eine Kunst an sich, die gänzlich unabhängig ist von dem, was sie darstellt?»

«Genau das, Fräulein von Denkewitz, ist die Frage, um die es hier geht», warf da der Lord ein. «Wir sollten vielleicht bei dem Beispiel bleiben, über das wir uns nun seit fast einer Stunde streiten, ohne dass einer den anderen überzeugen könnte. Das Kunstwerk, welches Sie hier vor sich sehen, hat als solches schwere Mängel. Der Maler hat eine breite Palette verschiedener Farbtöne verwendet und dabei fast nicht gemischt, sodass die Farben bunt nebeneinander stehen. Es fehlt also in dem Bild die farbliche Harmonie. Auch hat der Künstler es versäumt, die Formen aufeinander zu beziehen; das Gemälde hat kein Zentrum, keine das Auge leitenden Linien, keine natürliche Umrahmung. Und zuletzt fehlt in diesem Bild das Spiel von Licht und Schatten. Es scheint sich um eine Szene aus einer fremden Welt zu handeln, einer Welt, die nicht von einer Sonne beleuchtet wird, in der das Licht von überall kommt und die Szene gleichmäßig aushellt.

Während ich glaube, dass ein so mangelhaft ausgeführtes Kunstwerk keinen Wert für den Betrachter besitzen, ihn nicht erfreuen kann, hält dagegen unser Freund, der Baron, das Bild für eine Zierde dieses Raums. Auch er sieht zwar die künstlerischen Mängel, glaubt aber, dass diese durch das ansprechende Motiv ausgeglichen würden.»

«Kurz», unterbrach der Baron, «ich bin selbst ein Freund der Jagd und freue mich über ein wirklichkeitsgetreues Jagdmotiv, betrachte es gerne, mag es nun etwas bunt geraten sein oder nicht, weil es in mir Erinnerungen an schöne Stunden und damit verbundene angenehme Gefühle weckt.»

«Ich glaube», ließ sich nun Luise vernehmen, «dass wir in dieser Frage ganz auf Ihrer Seite stehen, Exzellenz. Wenn ein Bild erkennbar etwas Schönes darstellt, dann ist es auch ein schönes Bild, ganz gleich, wie es gemalt ist. Oder bist du etwa anderer Meinung, Bettina?»

Bettina lachte: «Ich schließe mich dir an, liebe Schwester. Wenn ein Bild etwas zeigt, was uns gefällt, was uns vielleicht sogar lieb und teuer ist, werden wir es auch in dem Falle gerne betrachten wollen, dass es nur mittelmäßige künstlerische Qualität hat. Für gewöhnlich wird der Wert eines Bildes für den Betrachter gewiss ganz erheblich vom Motiv bestimmt. Allerdings mag es Menschen geben, die in der

Kunst weitaus mehr als die meisten ihrer Zeitgenossen bewandert sind und denen deshalb eine fehlerhafte technische Ausführung mehr als anderen den Genuss verleidet. Wahrscheinlich sind Sie, *my lord*, so ein Mensch.»

Mit diesen letzten Worten, die ihr, kaum waren sie heraus, plötzlich gewagt vorkamen, ohne dass sie hätte sagen können, warum, wandte sie sich Lord Clarendon zu, errötend in dem Bewusstsein, dass sie ihn zum ersten Male direkt ansprach.

«Tatsächlich», entgegnete dieser daraufhin lächelnd, «mag es wohl ein Grund für unsere unterschiedliche Auffassung sein, dass ich als Einziger an diesem Tisch ein fast professioneller Liebhaber der Malerei bin. Mein Vater hat eine recht umfangreiche Kunstsammlung hinterlassen, die ich mich bemühe zu pflegen und zu mehren, und vor allem habe ich es mir zur Aufgabe gemacht, einigen jungen Malern, die ihre besondere Begabung und Befähigung erwiesen haben, Unterstützung in jeder Form zukommen zu lassen. Das schließt auch ein, dass ich versuche, Käufer für ihre Werke zu finden, und mich so geradezu als Kunsthändler betätige.»

«Wenn man unsere gegensätzlichen Interessen betrachtet, ist es nun wahrlich kein Wunder, dass wir über dieses Bild nicht einig werden», meldete sich wieder der Baron zu Wort. «Schon als Bub hast du ja mit deinem und meinem Vater in der Bibliothek gesessen und über Bilder geschwatzt, während ich mir mit den anderen Gästen zu Pferd die frische Luft hab um die Nase wehen lassen.»

«So kennen Sie sich wohl schon seit vielen Jahren?», warf Bettina fragend ein.

«In der Tat», versetzte der Baron, «schon unsere Väter waren eng befreundet, und wir beide haben die Freundschaft sozusagen geerbt. Zur Jagdsaison hatten wir, als James' Vater noch lebte, die Clarendons so gut wie jedes Jahr zu Gast.

Gejagt allerdings hat der alte Lord nur selten, wie auch mein Vater dieses Geschäft gern anderen überließ.»

«Das erklärt», bemerkte Bettina, «warum der Lord so gut Deutsch spricht.» Sie hatte sich bei diesen Worten wieder Clarendon zugewandt, der jedoch, die schweren Lider halb geschlossen, nur still versonnen auf seine locker auf dem Tisch übereinander liegenden Hände blickte. Er hat sehr große Hände, fiel Bettina plötzlich auf, groß jedenfalls für einen sonst doch sehr schlank und zart gebauten Mann, und mit recht langen Fingern. Sie hörte nur mit halbem Ohr, wie der Baron nun die beiden Mädchen fragte:

«Wie würden Sie sich denn entscheiden, wenn Sie die Wahl hätten zwischen einer verstaubten Bibliothek und einer stürmischen Herbstlandschaft? Oder anders gefragt: Welch einem Bildmotiv würden Sie schlechte künstlerische Arbeit am ehesten verzeihen?»

«Bei Bettina ist das sonnenklar», sprach nun Luise mit verschmitztem Grinsen. «Die würde sich, wenn sie könnte, Bilder von riesigen Stapeln alter, verstaubter Scharteken aufhängen!»

«Luise, du verleumdest mich», protestierte lachend die Verspottete. «Ganz so weit geht meine Passion für Bücher nun doch nicht. Und wenn ich mir aussuchen könnte, wo ich mein Buch lesen oder mich mit Freunden über das Gelesene unterhalten sollte, so würde ich einer dunklen, staubigen Bibliothek allemal einen lichtdurchfluteten Garten vorziehen oder einen einsamen Platz an einem Wasser, selbst wenn es stürmt.»

«Dann wäre mein Haus ideal für Sie», sagte unvermittelt der Lord. «Aus der Bibliothek blickt man auf einen Rosengarten, und von weitem hört man die Brandung des Meeres.»

Bettina wusste darauf nichts zu antworten und wurde wieder rot, aber diesmal färbte sich plötzlich auch das bleiche Gesicht des Lords eine Spur dunkler. Auch der Baron saß

24

starr und sprachlos, bis nach einer kleinen Pause Luise fröhlich weiterplapperte: «Und was mich anbetrifft, ich würde allemal Bücher Bücher und Bilder Bilder sein lassen, mich aufs Pferd schwingen und die Männer bei der Jagd begleiten, wenn mich Papa nur ließe.»

4
Die Verlobung

Nach dem Gespräch im Salon war Bettina in einer helleren, heiteren Stimmung; der dumpfe Druck im Kopf, der sie seit dem Vorabend begleitete, war einem leichten Ziehen in den Schläfen gewichen und quälte sie nicht mehr.
Etwas aufgeregt, aber fröhlich betrat sie gegen acht Uhr mit ihren Eltern und ihrer Schwester die Zimmer des Barons. In einem großen, ebenerdigen Salon versammelten sich stehend die Gäste. Es waren viele, sicher über zwanzig, und Bettina war es lieb, in der Menge unterzugehen. Doch als dann im Nebenraum zu Tisch gebeten wurde, stellte sie fest, dass man sie als Tischdame des Barons vorgesehen hatte – und ihr schauderte, als sie mit halbem Ohr triumphierende Bemerkungen ihrer Mutter wahrzunehmen glaubte, die auch anderen Gästen in der Umgebung nicht unbemerkt bleiben konnten.
Der Baron saß ums Eck von ihr am Kopf der Tafel, während Bettina gegenüber, auf der anderen Seite des Barons, eine ungewöhnlich schöne junge Frau mit klaren, warmen braunen Augen und rabenschwarzer Lockenpracht Platz nahm. Sie wurde als Komtess von Lauenburg vorgestellt. In der Nähe dieser strahlenden Schönheit fühlte sich Bettina nicht recht wohl und malte sich aus, wie die Mutter später weh-

klagen würde: Sie habe im direkten Vergleich mit dieser ihr zu allem Übel an Rang überlegenen Dame erbärmlich abgeschnitten, und durch den kombinierten Zufall der ungleichen Verteilung der Gnadengaben der Natur und der Sitzordnung seien ihre Heiratschancen ins Bodenlose gesunken.

Der Baron richtete während des ersten Ganges seine Konversation jedoch ausschließlich an Bettina und beachtete ihre schöne Konkurrentin kaum. Auch Bettinas Tischnachbar zur Rechten, Friedrich von Baringsdorf, schenkte ihr viel Aufmerksamkeit, und beide zusammen ließen ihr wenig Zeit, die anderen Gäste zu beobachten oder über unerfreulichen Gedanken zu brüten.

Nach der Vorspeise erhob sich der Baron zu einer kleinen Rede. Bettinas Auge war dabei unwillkürlich auf den neben der schönen Komtess sitzenden Lord gefallen, der, zur Seite gewandt, statt den Redner mit einem leisen Lächeln auf den Lippen die Komtess ansah. Sie nahm die ersten Sätze des Barons kaum wahr. Doch dann horchte sie auf. Noch bevor sie mit dem Verstand aufgefasst, was ihre Ohren gehört hatten, verspürte sie ein Gefühl wie einen Schlag in die Magengrube: Der Baron gab die Verlobung der Komtess von Lauenburg mit seinem Freund Lord Clarendon bekannt. Zu Ehren des glücklichen Paares habe er die heutige Geselligkeit ausgerichtet. Er sprach danach noch einige Sätze mehr, es gab etwas Bewegung am Tisch, andere Gäste meldeten ihre Gratulation an. Bettina hörte nicht mehr zu, weil die Empfindung bitterster Enttäuschung sie einige Minuten ganz überwältigt hielt, eine Empfindung, gegen die sie mit dem Verstand anzukämpfen suchte, schon deshalb, weil sie keinen Sinn zu ergeben schien. Nie hatte Bettina ernsthaft erwogen, der Lord hege Interesse für sie, das schüchterne Mauerblümchen. War er doch von den drei Junggesellen, die neuerdings in freundschaftlichem Austausch mit den

Fräulein von Denkewitz standen, immer der zurückhaltendste gewesen.

Sie hatte sich gefasst, als der zweite Gang aufgetragen wurde; doch verspürte sie keinen Appetit und musste sich zum Essen zwingen. Während sie belanglos mit ihren Tischnachbarn plauderte, fiel ihr Blick zwangsläufig hin und wieder auf die Komtess. Erstaunlicherweise schien auch diese keinen Appetit zu haben, wirkte alles andere als strahlend vor Glück, ja stocherte fast angewidert in ihrem Essen. Auf einmal wurde sie leichenblass und verließ hastig den Raum. Da erhob sich Lord Clarendon ebenfalls vom Tisch und folgte seiner Verlobten nach draußen.

Die Gräfin Lauenburg, die auch geladen war, teilte in dem plötzlich herrschenden, peinlichen Schweigen mit, ihre Tochter leide in den letzten Tagen an einer kleinen Unpässlichkeit, man möge darüber nicht in Sorge verfallen, sondern sich weiterhin amüsieren.

Dem zu folgen, bemühten sich die Anwesenden eifrig. Friedrich von Baringsdorf und der Baron spannen den Faden des unterbrochenen Gespräches weiter und setzten Bettina ihre Ansichten über einen romantischen Gedichtband der letzten Saison auseinander. Diese pflichtete unterschiedslos dem einen wie dem anderen bei und hielt mit feuchten Händen ihr Besteck umklammert. Nach einer Weile sah sie in dem schräg gegenüber hängenden Spiegel, wie die Komtess und der Lord den Raum wieder betraten. Das Paar blieb einen Moment in einer schmalen Vorhalle hinter der Tür stehen und fühlte sich gewiss unbeobachtet. Bettina konnte erkennen, wie der Lord der Komtess den Arm um die Schultern legte und ihr mit der Hand sanft über die Wange strich. Da wurde ihr plötzlich schwarz vor Augen. Sie stand ruckartig auf, sagte schroff: «Verzeihung, auch ich bin unpässlich» und eilte nach draußen, wobei sie an der Tür um ein Haar mit den dort noch Stehenden kollidierte.

Die Majorin saß wie vom Donner gerührt an ihrem Platz und starrte mit großen Augen in die Richtung, in welche ihre Tochter entflohen war.

Der Baron sagte besorgt: «Ich beginne zu glauben, dass die Vorspeise verdorben war. Fühlen sich sonst alle gesund? Vielleicht sollten wir einen Arzt holen?»

«Aber ich bitte Sie, Exzellenz», machte sich ein wenig konfus die Majorin bemerkbar, «Sie müssen verzeihen, aber am Essen wird es nicht liegen – es ist nämlich so, dass meine Tochter häufig unter Migräne leidet, und ganz besonders, wenn wir in Gesellschaft sind, mussten wir schon öfter –»

Hier unterbrach sie der Baron mit der eindringlichen Bitte, nach ihrer Tochter zu sehen und ihr, falls nötig, Pflege angedeihen zu lassen.

Der Majorin blieb nichts übrig, als die Gesellschaft zu verlassen und sich zum Schlafzimmer ihrer Töchter zu begeben. Dort fand sie Bettina, nicht anders als befürchtet, mit rasenden Kopfschmerzen und sehr elend vor – ein Zustand, der sich durch die jetzt auf sie einströmenden mütterlichen Klagen nicht besserte.

5
Aurelie

Auch diesmal erwiesen sich die Befürchtungen der Majorin als unbegründet, Bettina habe die Gunst des Barons, inklusive der daraus für die Zukunft ableitbaren Hoffnungen, für immer verspielt.

In den folgenden Tagen ergaben sich immer wieder Gelegenheiten zum Gespräch zwischen den jungen Leuten, oder der Baron schaffte solche, sodass die Familie von Denkewitz, vorzüglich aber deren Töchter, bald zum engsten Zirkel des Barons gerechnet werden musste. Insbesondere wurde es zur festen Einrichtung, dass man die Mittagsmahlzeiten gemeinsam einnahm, wobei neben den Herren von Baringsdorf zumeist auch der Lord, oft seine Verlobte und manchmal deren Eltern teilnahmen. Ständige Mitglieder des Kreises waren außerdem ein Professor Eckenrath, der in Greifswald alte Sprachen lehrte und vor vielen Jahren einmal der Lateinlehrer des Barons gewesen war, sowie ein Herr von Arnsberg mit seiner Tochter, entfernte Verwandte derer von Baringsdorf.

Das Auftauchen der Aurelie von Arnsberg, eines dunkelblonden, puppenhaft hübschen Mädchens Anfang der zwanzig, war für die Majorin ein herber Schlag. Sie hatte die Herren von Baringsdorf im Geiste bereits gerecht auf ihre beiden Töchter aufgeteilt und sich eingeredet, einer derart glücklichen Geschwisterhochzeit stehe kaum noch etwas im Wege. Nun aber hatte, wie sie ihrem Mann auseinander setzte, kurz vor dem Sieg ein neuer Feind in die Schlacht eingegriffen, und es war an ihr, durch listenreiche Beratung ihrer Töchter die Eroberung des Baringsdorf'schen Schlösschens doch noch möglich zu machen. Als eine Verbündete erkannte sie inzwischen die Komtess: Deren häufige Indispositionen ließen Bettina im Vergleich wie die Verkörperung robuster Gesundheit erstrahlen und ihren jüngsten, fast zwei Tage währenden Migräneanfall hoffentlich vergessen machen.

Ein Vorteil für ihre Töchter war in den Augen der Majorin auch, dass das Fräulein von Arnsberg, wenn es schon an Migräne oder Ohnmachten nicht zu leiden schien, von einer äußerst merkwürdigen nervösen Ungeschicklichkeit befallen war. Kaum ein Tag verging, an dem sie nicht ein volles Glas umwarf, die schmackhafte Ladung einer Gabel auf das Tischtuch plumpsen oder ein Messer mit lautem «Pling!» zu Boden sausen ließ.

Eines Abends auf der Terrasse, als die kleine Gesellschaft, wie so oft, fast vollzählig beisammensaß, gab der wohlmeinende Professor Eckenrath eine Theorie zum Besten, worin die Ungeschicklichkeit des Fräuleins von Arnsberg begründet liegen und wie sie demnach behoben werden könne. Der Professor, ein wohlgenährter, rotwangiger Herr, war, wie er bei jeder Gelegenheit verkündete, zeit seines Lebens weder ernstlich krank noch im Geringsten indisponiert gewesen. Er betrachtete es als seine Aufgabe, auch den Rest der Menschheit in diesen beneidenswerten Zustand zu versetzen, und hielt sich deshalb nach eigenem Bekunden, obwohl er das Arztstudium einst nach wenigen Semestern an den Nagel gehängt hatte, in allen Bereichen der Medizin auf dem neuesten Stand der Wissenschaft.

«Gerade die nervösen Leiden», dozierte er jetzt mit seiner hohen, heiseren Stimme, «werden ja, weil zumeist nicht tödlich, von der Medizin sträflich vernachlässigt. Um einmal Sie, verehrtes Fräulein von Arnsberg, zum Beispiel zu nehmen: Sicher ist keinem von uns verborgen geblieben, wie Sie durch ungeschickte Zuckungen Ihrer Gliedmaßen beständig ein kleines Malheur nach dem anderen verursachen.» Die Angesprochene, sonst eine selbstbewusst auftretende junge Frau, wurde bleich wie das Tischtuch und gab keine Antwort, die der Redner ohnehin nicht von ihr erwartete. Dieser schien das Unbehagen seiner unfreiwilligen Patientin nicht zu bemerken und führte weiter aus:

«Nun wird Ihre Familie sicher zu Hause einen guten Arzt haben, doch der, mit Verlaub, sieht dem Pferd zwar in den Mund, kuckt aber nicht zu, wie es frisst.» Mehreren der Anwesenden fiel es an dieser Stelle nicht ganz leicht, Haltung zu bewahren. Der im tiefen Ernst sprechende Professor ließ sich jedoch von der Unruhe unter seinen Zuhörern nicht beirren und setzte zu weiterer Rede an, als ihn der Lord in scherzendem Ton unterbrach:

«Wollte man die Beobachtung der Tischmanieren zur ärztlichen Diagnose verwenden, so käme man bei Ihnen zweifellos zu der Auffassung, Sie müssten die Gicht haben, da Sie von den reichhaltigsten Speisen immer gleich zweimal nehmen.»

«Meine Art zu essen, junger Mann, bekommt mir gottlob ausgezeichnet, und dies nicht ohne Grund. Doch will ich Ihnen jetzt auf dieses Stichwort nichts antworten, denn es würde uns vom Thema ablenken.» Der Lord, dessen Absicht genau das gewesen war, tauschte einen resignierten, gleichzeitig halb belustigten Blick mit der ihm schräg gegenübersitzenden Bettina, während der Professor weitersprach:

«Ihre nervösen Zuckungen, Fräulein von Arnsberg, scheinen dem gewöhnlichen Arzt nicht der Behandlung bedürftig, wenn er sie auch vielleicht einmal beobachtet. Ich aber sage: Es muss nicht sein, dass ein junges Mädchen bei Tisch allenthalben unangenehm auffällt …» (Hier hob er seine Stimme, um das zu vernehmende allgemeine Protestgemurmel zu übertönen) «… kurz, ich will Ihnen eine ausgezeichnete Kur verschreiben, die Ihnen sicher helfen wird.» Zur Erleichterung der Anwesenden folgte an dieser Stelle diesmal keine detaillierte Beschreibung eines neuartigen Abführmittels und seiner vortrefflichen Wirkungen, wie man sie anlässlich der Unpässlichkeiten der Komtess sich öfter hatte anhören müssen. Stattdessen waren wieder einmal die verstaubten Heilkünste des Herrn Mesmer an der Reihe, über welche man aus dem Munde des Professors ebenfalls schon einiges Lob vernommen.

«Die Krankheit, an welcher Sie leiden, beruht, wie mir scheint, auf einer Stauung des tierischen Magnetismus in Ihrem Unterleib. Diese hat einige Teile Ihres Körpers schon jetzt vom harmonischen Fluss dieses Lebensprinzips abgeschnitten und wird, lässt man sie unbehandelt, letztendlich zu einer Zerrüttung aller nervlichen Funktionen führen.

Noch ist das Übel nicht allzu weit fortgeschritten, noch macht es sich nur bemerkbar, indem Ihre Glieder, wenn sie die Nähe einer viel Magnetismus enthaltenden Materie spüren, plötzlich ausschlagen, gleichsam als wollten Sie sich des fehlenden Stoffes bemächtigen. Ich hoffe, nicht anmaßend zu klingen, wenn ich gestehe, in solchen und ähnlichen Fällen mit einer Kur nach Mesmer stets gute Erfolge erzielt zu haben. Wenn Sie gestatten, Fräulein von Arnsberg, würde ich mich gerne auch Ihnen in dieser Hinsicht behilflich zeigen.»

Die Angesprochene, die direkt neben Eckenrath saß und während seiner Rede den Blick nicht auf ihren Gesprächspartner, sondern starr vor sich in die Luft gerichtet hielt, versetzte nun mit gepresster Stimme:

«Ich gestatte nicht, denn ich habe keinerlei Interesse an Ihrer Quacksalberei und möchte mir zudem künftige ungebetene Einmischungen in meine privaten Kümmernisse auf das Entschiedenste verbitten.»

Hierauf erhob sie sich ruckartig, ließ in dieser Bewegung ihr fast volles Weinglas über des Professors Beinkleider kippen, sagte: «Oh, verzeihen Sie, eine meiner Zuckungen» und verschwand in Richtung der Terrassentüre.

Die ganze Versammlung saß einen Augenblick in betretener Stille, in der man unterdrücktes Kichern wahrnahm. Jedoch war keiner der Zeugen dieser kleinen Szene gezwungen, sich das Hirn um passende Worte zu zermartern, da Eckenrath selbst sogleich zu einem ausführlichen Kommentar des Geschehenen ansetzte. Während er sich von Bettina das besudelte Beinkleid notdürftig reinigen ließ, rief er mit einem Ausdruck, der zwischen mitleidsvoller Verwunderung über die Ahnungslosigkeit der Menschen auf der einen und lebhafter Begeisterung für sein Steckenpferd auf der anderen Seite schwankte:

«Es ist doch bedauerlich, wie Argwohn, Missgunst und Unwissen die Entdeckungen des großen Mesmer befleckt und sie in den Augen mancher geradezu unter die Betrügereien versetzt haben! Wie sehr könnte die Menschheit durch dieses von der Natur so verschwenderisch dargebotene allgemeine Verwahrungsmittel gegen Krankheiten profitieren, wenn man ihm nicht in vielen Kreisen mit solch unbegründeter Voreingenommenheit begegnete!»

Den weiteren Diskurs des noch immer in bester Stimmung befindlichen Professors hörte Bettina nicht mehr, denn sie war mit ihrer weinbefleckten Serviette in der Hand davongeeilt, allerdings nicht, wie man hätte annehmen können, um diese auszuwaschen. Sie begab sich vielmehr zu den Räumen der Arnsbergs, wo sie Aurelie anzutreffen hoffte.

Sosehr ihre Mutter sich mühte, ihr die andere als Rivalin darzustellen, die es auszuspielen galt, so sehr hatte zugleich Bettina eine Zuneigung zu der etwas Älteren entwickelt. Auf ihre Art nicht weniger selbstbewusst im Auftreten als die Komtess, wirkte Fräulein von Arnsberg doch, anders als diese, unaffektiert und herzlich und schien ihrem Rang, ihren Kleidern oder ihren äußerlichen Vorzügen wenig Wert beizumessen. In ihrer Gesellschaft fühlte sich Bettina um einiges wohler als unter den jungen Damen, die in Berlin im Kreise ihrer Eltern verkehrten.

Sie hatte, wie alle anderen bis auf den Professor, beobachtet, dass sich Aurelie dessen Äußerungen offenbar mehr als geboten zu Herzen nahm. Nun hoffte sie, durch einen Bericht von Leidensgenossin zu Leidensgenossin die Bestürzung ihrer neuen Freundin mildern zu können. Bettina selbst war nämlich einige Tage zuvor, in Abwesenheit Aurelies, das Opfer eines ihr äußerst peinlichen heilkundlichen Vorschlags des Professors geworden: Er hatte auf ihr häufiges und heftiges Erröten aufmerksam gemacht (was natürlich sogleich ein solches hervorrief) und auch ihr den Mesmerismus als geeignetes Heilmittel angepriesen.

6
Die heimliche Kur

Am nächsten Morgen saß Bettina von Denkewitz an ihrem Frisiertisch, als die Zofe Fräulein von Arnsberg ankündigte. Sie richtete weiter aus, Fräulein von Arnsberg wisse, dass sie zu sehr früher Stunde komme, bitte, dies vielmals zu entschuldigen und sich außerdem keine Umstände mit der Toilette zu machen. Sie begehre sehr dringlich, Fräulein von Denkewitz zu sprechen.

Bettina war ebenso verwundert wie geschmeichelt und ließ die Besucherin in das schmale Boudoir bitten, das an das Schlafzimmer der Schwestern grenzte.

«Fräulein von Denkewitz», begann Aurelie, «ich bin gekommen, um Sie um einen Freundschaftsdienst in einer etwas heiklen Sache zu bitten.»

Bettina erklärte sich sofort zu jeder erdenklichen Hilfe bereit und bat Aurelie, ihr Anliegen vorzutragen.

«Ich weiß nicht recht, wie ich anfangen soll, und Sie werden mich in jedem Fall für eine ausgesprochen dumme Gans halten. Auch möchte ich vorausschicken, dass es mir lieb wäre, wenn Sie niemandem von unserer Unterredung berichteten.»

Bettina sagte ohne Zögern ihre Verschwiegenheit zu. Ihre Gesprächspartnerin holte tief Luft und kam zur Sache:

«Gestern Abend, es war schon recht spät, habe ich insgeheim Professor Eckenrath auf seinem Zimmer im Hotel Sobota aufgesucht und ihn gebeten, eine Mesmerisierung bei mir vorzunehmen, wovon allerdings mein Vater und auch sonst niemand etwas wissen dürfe. Der Professor stimmte begeistert zu, wie Sie sich denken können, und wir haben uns für heute früh in meinem Zimmer verabredet. Nun, da der Zeitpunkt gekommen ist, fürchte ich mich ein wenig vor der Behandlung und auch davor, mit dem Professor, der mir doch etwas wunderlich scheint, allein zu sein. Ich möchte Sie bitten, liebes Fräulein von Denkewitz, mit mir auf mein Zimmer zu kommen und der Prozedur beizuwohnen. Ich würde mich in Ihrer Gesellschaft um vieles wohler fühlen.»

Bettina war von den ersten Worten Aurelies in Erstaunen versetzt worden, hatte sich aber gegen Ende wieder so weit gefangen, dass sie, ohne diesem Erstaunen Ausdruck zu verleihen, ihre Bereitschaft zu dem von ihr erbetenen Dienst erklären konnte.

Mit wenigen Griffen und fliegenden Händen beendete sie notdürftig ihre Toilette, denn die Zeit drängte: Es blieben nicht zehn Minuten bis zu dem verabredeten Rendezvous mit dem Professor. Kaum waren die beiden Mädchen auf Aurelies Zimmer eingetroffen, ganz ohne Gelegenheit, in Ruhe noch einige Worte zu wechseln, da klopfte es schon anhaltend und bestimmt an der Tür.

Eckenrath erstrahlte in rosig glänzender Lebensfreude, als ihm geöffnet wurde.

«Das nenn ich eine freudige Überraschung: Statt einer Patientin warten gleich deren zwei auf den alten Eckenrath! Ich sehe, Fräulein von Denkewitz, auch Sie haben sich meinen Rat nun doch noch zu Herzen genommen …»

«Aber keineswegs, Herr Professor, Sie missverstehen. Ich bin hier nicht als Patientin, sondern als Freundin und Helferin Fräulein von Arnsbergs, falls diese während oder nach der Behandlung weiblichen Beistands bedürfen sollte.»

«So, so, Sie wollen also dem alten Eckenrath ein wenig auf die Finger sehen! Aber Ihre Vorsorge ist gänzlich unnötig, ich werde Ihrer Freundin gewiss nichts zuleide tun. Der Mesmerismus ist eine sehr ungefährliche Behandlung. Aber denken Sie nicht, dass ich etwas gegen Ihre Anwesenheit einzuwenden hätte … Fräulein von Arnsberg, nehmen Sie doch einmal hier auf diesem Stuhl Platz, er steht für meine

Zwecke günstiger ... im Gegenteil, Fräulein von Denkewitz, ich hoffe, Sie heute zu bekehren! Wenn Sie erst sehen, wie Ihre Freundin von ihrem Veitstanz kuriert wird ... aber Fräulein von Arnsberg, bleiben Sie doch sitzen ... ja; was hüpfen Sie denn so ängstlich umher, mein gutes Kind, der alte Onkel Eckenrath wird Ihnen nichts tun!»

Aurelie war plötzlich und ohne erkennbaren Anlass von ihrem Stuhl aufgesprungen und stand leichenblass mitten im Zimmer, aber bevor noch Bettina, die ebenfalls aufsprang, zu ihr eilen konnte, hatte sie sich wieder gesetzt und wehrte Bettinas Hilfe ab: Es sei nichts, sie fühle sich wohl, sei nur etwas nervös (und hier zuckte ihre Hand).

Der Professor, der nun aus einer Tasche zwei eigenartige, konisch geformte Stäbe hervorkramte, in den Händen wog und immer wieder rieb, sprach dabei ungerührt weiter: «Gerade bei Ihnen, Fräulein von Denkewitz, schiene mir eine Behandlung besonders erfolgversprechend. Gleicht Ihr Fall doch fast aufs Haar dem der Jungfer Österlin, bei der Mesmer damals eine so sensationelle Heilung gelang und an der er die Wirksamkeit seiner Methode zum ersten Mal unter Beweis stellen konnte. Die schlimmsten Zufälle bei der Jungfer Österlin waren bekanntlich, dass ihr das Blut ungestüm in den Kopf drang und die fürchterlichsten Zahn- und Kopfschmerzen verursachte, welche mit Wahnwitz, Wut, Erbrechen und Ohnmachten verbunden waren. Doch nach wenigen Sitzungen konnte Mesmer eine fast völlige Rückbildung aller Symptome erreichen, sodass die Österlin schließlich sogar den Ehe- und Mutterstand erleben durfte, was man doch zuvor bei ihrer schweren Indisposition für schier unmöglich gehalten hätte.»

Eckenrath hatte sich unterdessen vor Aurelie auf die Knie niedergelassen wie ein flehender Liebhaber und begann jetzt ernstlich mit seiner Behandlung. Unter dem Erröten und starren Entsetzen der Mädchen hob er Aurelies Rock und schob seine Hände darunter, mit denen er die beiden Stäbe entlang ihrer Unterschenkel platzierte und festhielt. Die Spitzen berührten jeweils die Außenseiten der Knöchel. In dieser erstaunlichen Haltung verweilend, murmelte Eckenrath nun in heiserem, dunklem und beschwörendem Ton:

«Ströme, Kraft des Lebens, ströme, ströme … Sie spüren, wie etwas in Sie fließt, etwas wie eine feine Flüssigkeit, wie es fließt und fließt und alle Glieder Ihres Körpers durchdringt, und es strömt hierhin und es strömt dorthin, bis es Sie ganz und gar erfüllt … ströme, Kraft des Lebens, ströme!»

Schließlich brach er seine Inkantationen abrupt ab, richtete sich rotgesichtig und schwer atmend auf und wiederholte die Prozedur zweimal, indem er die Stäbe zunächst an die Handgelenke und dann beidseitig an den Hals Aurelies hielt. Sodann legte er die seltsamen Gerätschaften beiseite, kniete wiederum vor seiner Patientin und strich ihr mit der flachen Hand von der Mitte des Bauches nacheinander in verschiedene Richtungen nach außen hin auf die Extremitäten zu, dabei fortgesetzt seine heisere Litanei von den strömenden Lebenskräften wiederholend.

Als er schließlich geendet hatte und in die gewohnte joviale Manier zurückfiel, war Aurelie ganz benommen, sprach und rührte sich fast nicht, bis der Professor sich verabschiedete: Er sei in Eile, weil er bei einer Gräfin Galitzina im Grandhotel Pupp in kaum einer Viertelstunde ebenfalls einen Behandlungstermin habe, dort allerdings nicht als Freundschaftsdienst – er hoffe auf ein ausgezeichnetes Honorar. Bettina war zu verwirrt, um zu überlegen, ob die Bemerkung am Schluss nur freudige Teilnahme an seinem Glück hervorrufen oder vielmehr Aurelie in diskreter Weise ihrerseits zu einer Zahlung auffordern sollte.

«Wie fühlst du dich?», fragte sie, als beide allein waren, die

Freundin, in ihrer Aufregung das Siezen vergessend. «Hast du tatsächlich etwas gespürt?»

«Ich … ich weiß nicht», entgegnete Aurelie, «am Anfang nicht, aber nach und nach wurde mir immer wunderlicher zumute, und schließlich war mir tatsächlich, als ströme eine feine Materie in mich ein. Alle Glieder wurden mir so schwer und warm.»

«Vielleicht ist doch etwas an der Sache. Vielleicht kam es uns nur so lächerlich und quacksalberhaft vor, weil ausgerechnet Eckenrath uns dazu bekehren wollte, den man so wenig ernst nehmen kann.»

«Vielleicht», stimmte Aurelie zu, «bete für mich, dass es so sein möge.»

Dies sagte sie mit einem solchen Todernst in der Stimme, dass Bettina nachgefragt hätte, wäre nicht im selben Moment ein Klopfen von draußen erklungen: Aurelies Vater war von seinem morgendlichen Bädergang zurückgekehrt und wollte sehen, ob seine chronisch langschläfrige Tochter schon auf sei.

7
Die Burg Elbogen

Einige Tage nach der heimlichen Kur Aurelies (deren nervöses Leiden übrigens wirklich Anzeichen einer Besserung zeigte) brach recht früh am Morgen vor dem Hotel Impérial eine kleine Reisegesellschaft nach der Burg Elbogen auf. Der Baron hatte, ebenso wie der Lord, seine Kutsche vorfahren lassen, und die Ausflügler verteilten sich unter angeregtem Geplapper auf die beiden Wagen. Eine zusätzlich noch bereitgestellte Chaise ließ man stehen, denn für eine bloße Tagesexkursion war mäßiges Gedränge bei angeregter Unterhaltung bequemer Einsamkeit wohl vorzuziehen.

Die Majorin bot ihre ganze Geschicklichkeit auf, um eine strategisch günstige Sitzordnung zu erreichen. Als sich die Pferde endlich in Bewegung setzten, gratulierte sie sich selbst zum erfolgreichen Verlauf der Operation. Am schwierigsten war es gewesen, das inzwischen unzertrennliche Paar Bettina und Aurelie auseinander zu reißen. Die Letztere saß nun mit ihrem Vater, der Majorin und deren jüngerer Tochter im Landauer des Lords, während Bettina in die Berline des Barons geklettert war, gemeinsam mit diesem, seinem Bruder Friedrich, dem Professor und der Komtess als einziger möglicher Rivalin, die aber sozusagen außer Konkurrenz mitfuhr, denn sie war ja vergeben.

Wahrscheinlich wäre die Majorin weniger stolz auf ihre eigene Geschicklichkeit, aber durchaus noch mit der strategischen Lage zufrieden gewesen, hätte sie gewusst, dass sie von ungeahnter Seite unterstützt worden war: Aurelie hatte sich, die Wünsche der Majorin erahnend, ganz bereitwillig in den Wagen mit der weniger attraktiven Gesellschaft leiten lassen. Wusste sie doch von Bettina um die Bemühungen und Sorgen der Majorin hinsichtlich der Heiratschancen ihrer ältesten Tochter ebenso, wie sie selbst Bettina unter vier Augen versichert hatte, sie, Aurelie, hege keinerlei mehr als nur freundschaftliches Interesse am Baringsdorf'schen Schlösschen und seinen Bewohnern.

In der freiherrlichen Berline drehte sich das Gespräch, während man noch die Stadt durchfuhr, um die unerwartete Abwesenheit des Lords. Dieser hatte sich beim Baron und den anderen durch die Komtess entschuldigen lassen: Er habe aus der Frühpost von der direkt bevorstehenden Ankunft eines alten Freundes erfahren und wolle im Hotel bleiben, um diesen zu erwarten.

«Ich nehme an», sprach die Überbringerin der Nachricht

gerade mit leicht brüskierter Stimme, «dass es sich um ein sehr wichtiges Geschäft handeln muss, wenn er so plötzlich unabkömmlich ist. Aber es will mir doch seltsam scheinen, dass er es mir verschweigt, dass er stattdessen sein Treffen mit diesem Menschen als ein rein freundschaftliches darstellt. Es geziemt sich nicht, mir in der Position, in der wir uns befinden, wichtige Teile seiner finanziellen Umstände zu verheimlichen. Schließlich sind meine Eltern und ich über seine Verhältnisse nur auf Treu und Glauben informiert.»

Bettina war sehr erstaunt, dass die Komtess solcherlei Befürchtungen und Bedenken Dritten gegenüber offen zum Ausdruck brachte. Sie verstand jedoch gleich darauf, dass diese Offenherzigkeit den Zweck hatte, dem Baron Näheres über mögliche finanzielle Schwierigkeiten des Lords zu entlocken.

«Ihre Befürchtungen, Komtess», sprach der Baron, «sind unbegründet, jedenfalls was die Bonität Ihres Verlobten betrifft. Die ist über jeden Zweifel erhaben. Aber ich muss sagen, auch ich bin verstimmt über sein Daheimbleiben. Seit Jahren ärgert mich seine unwürdige Freundschaft mit diesem Emporkömmling Buenaventura, und es will mir nicht in den Kopf, warum er uns, die er doch auch seine Freunde nennt, enttäuscht und eine längst gemachte Zusage zurückzieht, nur um den alten Mann ein paar Stunden früher zu sehen.»

«So sollte er diesen Menschen wirklich seinen Freund nennen?», fragte die Komtess erstaunt.

«Allerdings, und wenn der Altersunterschied nicht wäre (denn Buenaventura muss wohl siebzig oder mehr Jahre zählen), so müsste man sagen: seinen Busenfreund.»

«Es wird meine Eltern nicht erfreuen, wenn mein künftiger Gatte so unstandesgemäße Freundschaften pflegt. Am Ende wird Clarendon wohl gar erwarten, dass der Alte zur Hochzeit geladen wird und wir ihn später in unserem Haus empfangen!»

«Ich verstehe nicht ganz», ließ sich in der darauf folgenden kurzen Stille Bettina vernehmen, die sich in diesem Kreis nicht mehr sehr schüchtern fühlte. «Was ist denn an diesem Buenaventura, das ihn zu einem unpassenden Freund für den Lord macht? Doch nicht etwa nur, dass er bürgerlich ist?»

«Mein liebes Fräulein von Denkewitz», lachte hier Friedrich von Baringsdorf, «Sie sollten uns inzwischen zu gut kennen, um uns für solche Snobs zu halten. Das Problem ist nicht, dass ihm ein Titel fehlt, und arm ist er übrigens, soweit ich weiß, auch nicht. Aber er ist ein Jude.»

Bettina blickte nun erst recht perplex in die Runde.

«Und warum soll er auch keiner sein? Wir haben, dachte ich, die Zeiten hinter uns gebracht, in denen Juden und Christen nicht befreundet sein konnten oder wollten. Bei Lessing und Mendelssohn gehörte noch Mut dazu, aber längst ist doch die Teilnahme von Juden am gesellschaftlichen Leben zur Selbstverständlichkeit geworden. Hat nicht Goethe hier in Karlsbad eine Freundschaft mit Rahel Varnhagen begonnen, als sie noch Levin hieß?»

«Aber dieser Buenaventura», entgegnete nun Franz Baron Baringsdorf, der eng an Bettina gedrückt saß und dessen warmen Atem sie, während er sprach, auf ihrem Gesicht spürte, «der ist keine Henriette Herz oder Rahel Varnhagen, die es wenig kümmert, ob sie nun Juden oder Christen heißen, und deren Philosophie die Zwänge jeder Konfession übersteigt. Er ist ein Jude nach altem Stil, betritt keinen Raum, in dem ein Kruzifix hängt, läuft beständig in die Judenschule, um hebräisches Kauderwelsch zu murmeln, und isst nichts, was von Christen gekocht wurde. Und was schwerer wiegt: Nicht nur seinen Körper unterwirft er dem Diktat dieser wunderlichen Religion, auch seinen verstockten Geist. Sie, die Sie in Philosophie und Wissenschaft versiert sind und mit Leichtigkeit über alle Fragen der Zeit disputieren, Sie würden kein Thema finden, über das Sie mit ihm sprechen könnten. Das Weltbild dieses Mannes besteht ausschließlich aus dem, was er in schimmeligen hebräischen Büchern von anno dazumal liest. Seit Jahren frage ich mich, was es ist, das James so an ihm fesselt.»

Bettina schwieg nach dieser Antwort. Der aus den Worten und dem Tonfall des Barons sprechende Ärger schien ihr nach wie vor dem Anlass nicht angemessen, er mochte wohl einer gewissen Eifersucht entspringen. Aber nun verspürte auch sie einige Verwunderung über die Freundschaft des Lords zu Buenaventura und zugleich Neugier, welche Umstände des Schicksals wohl hinter dieser rätselhaften Verbindung stecken mochten.

«Buenaventura», ließ sich nun Eckenrath vernehmen, «das scheint mir ein seltsamer Name für einen Juden. Wenn er nun Hildesheimer hieße oder Epstein oder meinethalben Samuelssohn, das könnte ich verstehen. Aber Buenaventura? Das ist doch spanisch?»

«Sie waren noch nie in Antwerpen, um Diamanten zu kaufen», ließ sich hier die Komtess etwas herablassend vernehmen. «Dort heißt die Hälfte aller Juden Pinto oder Benveniste oder Pereira.»

«Genauso verhält es sich in Hamburg und eben auch in London, woher unser Mister Buenaventura kommt», fügte Friedrich von Baringsdorf an. «Die meisten der Juden dort sind solche von spanischer oder portugiesischer Herkunft, deren Vorfahren vor gut drei Jahrhunderten das Unglück hatten, von Isabella von Kastilien und Ferdinand von Aragon vor die Wahl gestellt zu werden, das Sakrament der heiligen Taufe zu empfangen oder unverzüglich das Land zu verlassen. Die Mehrheit, so geht die Sage, ist gegangen.»

«Um die anderen Länder der Christenheit unsicher zu machen», ergänzte Eckenrath, der offenbar kein Freund der Juden war.

«Ganz im Gegenteil», griff hier Bettina ein, «nach ihren bisherigen Erfahrungen mit der Christenheit zogen es, soweit ich weiß, die meisten der Ausgewiesenen vor, sich in die Türkei einzuschiffen, wo noch heute ein großer Teil ihrer Nachfahren ansässig ist.»

«Nun, da sind sie gut aufgehoben», erklärte Eckenrath befriedigt, der Bettinas Ironie überhört hatte. «Soll der türkische Sultan seine Freude an ihnen haben! Oder, noch besser, sollen Mohammedaner und Juden sich doch gegenseitig die Hälse durchschneiden und uns in Frieden lassen! Hahaha!»

Eckenrath hatte ersichtliche Freude an dem blutigen Spektakel, welches vor seinem inneren Auge erstand.

Inzwischen hatte man die letzten Häuser von Karlsbad weit hinter sich gelassen und fuhr durch das schmale Egertal auf einer mäandernden, von sattem Sommergrün umwucherten Straße längs des Flusses nach Südwesten. Als Bettina sich aus dem Fenster lehnte, konnte sie bereits den kegelförmigen Granitfelsen erkennen, auf dessen Spitze sich unter einer alles überragenden mächtigen Burg die Häuser der kleinen Ortschaft geduckt aneinander drängten, wie in Furcht, vom Berg herabzufallen.

Friedrich von Baringsdorf, der neben Eckenrath auf der schlechten Seite Platz genommen und somit ritterlich die Bank in Fahrtrichtung den Damen (und seinem Eckenraths ausladender Proportionen wegen nicht anderswo unterbringbaren Bruder) überlassen hatte, lächelte der mit großen Augen aus dem Fenster blickenden Bettina zu:

«Ich sehe Ihnen an, dass Sie die Burg Elbogen zum ersten Mal besuchen. Dies Monument auf dem Felsen hat auf Menschen, die seinen Anblick nicht von Jugend an gewöhnt sind, immer ganz eigentümliche Wirkung: Man fühlt sich schlagartig in eine andere Zeit versetzt. Mit einem Mal wähnt man sich im tiefsten Mittelalter, glaubt sich nicht in einer gepolsterten und gefederten Kutsche, sondern auf einem knarrenden, offenen Wagen, fühlt sich nicht nach der neusten Pariser Mode gekleidet, sondern mit einem groben Leinenhemd bedeckt.»

«Sie sind ein guter Gedankenleser, Herr von Baringsdorf», lachte Bettina. «Wirklich war mir beim Anblick unseres Fahrtziels gerade ganz mittelalterlich zumute – aber ich bin zugleich auch verwundert über dieses fast zu vollkommene Bild einer verflossenen Welt: Wie kommt es denn, dass die Burg so außerordentlich gut erhalten ist? Sonst liegen doch die böhmischen Burgen meist in Ruinen, weil sie, wie so viele Denkmäler und noch mehr Menschenleben, die Religionskriege nicht überstanden. Diese Burg, so scheint es, ist wohl noch bewohnt?»

Die Karlsbad-erfahrenen Begleiter Bettinas zeigten nachsichtige Freude über die Unwissenheit der kleinen Berlinerin, und der Baron klärte sie auf:

«Wahrhaftig hat es von hier aus den Anschein, als säßen auf Elbogen wie eh und je allabendlich die Burgfräulein mit ihren Rittern bei flackerndem Kerzenlicht in einem zugigen Steingemäuer, äßen Wildbret an einer langen Tafel und frören dabei entsetzlich. Doch leider müssen wir Sie enttäuschen: Auch dieses Juwel mittelalterlicher Lebensart ist nicht mehr das, was es einmal war, und statt Burgfräulein sind es jetzt Sträflinge, die hinter seinen dicken Mauern hausen. Kein romantischer Ort ist die alte Trutzburg heute, sondern ein Gefängnis, und gemahnt uns, wenn wir näher kommen und die Zeichen der Veränderung erkennen, dass auch dort oben auf dem Felsen das Mittelalter vorüber und eine neue Zeit angebrochen ist.»

«Ich für meinen Teil will daran gar nicht erinnert werden», meldete sich hier Eckenrath zu Wort. «Ich möchte mich angesichts einer so mächtigen alten Burg, die auf einem Felsen über dem Fluss thront, ganz und gar zurückversetzt fühlen in die Zeiten glorreichen deutschen Rittertums. Und da ist es nun wirklich ein Jammer, dass man, wenn man Elbogen besucht, ausgerechnet die Burg nicht besichtigen kann. Man sollte einmal veranlassen, dass die Stadt Karlsbad oder ein vermögender Mäzen es unternimmt, das Gebäude nach alten Stichen und Plänen innen und außen genauso wieder herzurichten, wie es im Mittelalter aussah. Wenn man dann lebensgroße Puppen in den alten Trachten und Rüstungen im Gebäude verteilte, würde es scheinen, als wäre die Burg noch von Rittersleuten bewohnt und als müsse gleich Kaiser Karl von einem Jagdausflug zum Tor hineinreiten. Im Sommer könnte man im Hof Turniere veranstalten, denen die Karlsbader Kurgäste gegen Eintritt beiwohnten. Was glauben Sie, wie die Besucher dann nach Elbogen strömen würden!»

Und während die Reisegesellschaft noch über das Für und Wider dieses gewagten, wenn nicht phantastischen Vorschlags debattierte, schob sich die Kutsche mühsam den letzten Teil der Wegstrecke bergan, dem kleinen Städtchen zu.

Es war inzwischen, da die Mittagszeit herannahte, trotz eines bewölkten Himmels recht warm geworden. Nach dem steilen Aufstieg blieben die Pferde triefnass und erschöpft stehen, als man endlich am Ziel anlangte. Dieses war das Weiße Rössel, wo man gegen drei Uhr zu speisen gedachte und nun schon einmal die Pferde unterbrachte. Danach begann die Ausflugsgesellschaft umherzuschweifen und den Ort zu erkunden, wobei sie sich zwangsläufig in Gruppen aufspaltete.

Die Majorin bemühte sich erneut hartnäckig, doch diesmal zu ihrem Leidwesen vergeblich, Aurelie von ihrer älteren Tochter fern zu halten. Am Ende blieb sie selbst mit Luise und Aurelies Vater ein Stück zurück, während die Herren von Baringsdorf mit Bettina und Aurelie vorausgingen, wobei sie beim Weg durch die verwinkelten Gässchen immer wieder aus dem Blickfeld der Majorin verschwanden. Professor Eckenrath hatte es unternommen, sich galant um die Komtess zu kümmern. Das ungleiche Paar hielt sich einige Schritte abseits von der Gruppe der Majorin.

Diese hatte nur wenig Augen für die Sehenswürdigkeiten der Umgebung, wie sie auch die Konversation Luise und Herrn von Arnsberg überließ. Zu sehr war sie damit beschäftigt, die Vorausschreitenden im Blick zu behalten und an deren Haltung zu erahnen, ob sich soeben die raffinierte Aurelie, unbemerkt und unbeachtet von der naiven und gutgläubigen Bettina, in das Baronenherz insinuierte. Wie freudig bebte aber ihr überraschtes Herz, als, nachdem man die Vorhut wieder einmal für einige Momente aus den Augen verloren, Fräulein von Arnsberg und Friedrich von Baringsdorf ganz allein zum Vorschein kamen! Offenkundig hatte der Baron die Zweisamkeit gesucht und mit Bettina einen anderen Weg eingeschlagen. Das konnte nur eines bedeuten – oder etwa doch nicht? Sogleich drängten sich der Majorin neue Zweifel auf: War es nicht vielmehr so, dass Friedrich von Baringsdorf seinem Bruder bedeutet hatte, ihn mit Aurelie allein zu lassen? Womöglich war er nun im Begriffe, der Konkurrentin ihrer Töchter einen Antrag zu machen, sodass Luise leer ausgehen musste, ohne dass für Bettina notwendigerweise etwas gewonnen wäre!

Doch wiederum sorgte sich die Majorin ganz umsonst. Im gleichen Augenblick saß nämlich der Baron Baringsdorf mit Bettina in höchst traulicher Weise auf einer von dichtem grünem Blätterwerk beschirmten steinernen Bank am Rande des Abgrunds, indem er ihren beim Gehen untergehakten Arm noch immer fest unter dem seinen hielt.

«Doch nicht nur die Geschichte von Kaiser Karl und dem

Hirsch», war der Baron soeben im Begriffe zu sagen, «gibt es von diesem Ort zu berichten. Vielmehr ranken sich um die Burg Elbogen zahllose wunderliche Sagen, von denen die meisten nur von Mund zu Mund im Volke weitergegeben werden und noch an keines Gelehrten Ohr gedrungen sind.»

«Aber Ihnen ist wohl die eine oder andere solche Sage zu Ohren gekommen, nehme ich an?», fragte Bettina lächelnd, die wohl merkte, dass der Baron mit seinen Worten eine kleine Erzählung einzuleiten gedachte.

«Wirklich wollte ich mich gerade rühmen, selbst schon eine Volkssage über diese Gegend gehört zu haben», entgegnete im selben scherzhaften Ton der Baron. «Doch es war, ich gestehe es bedauernd, nicht Forscherdrang oder die Liebe zur Dichtkunst, die mir dieses Privileg verschafften, sondern ein böses Unwetter, in das der Zufall oder die Vorsehung mich geraten ließ.»

Bettina war froh, dass Franz von Baringsdorf es übernahm, sie zu unterhalten. Mit ihm allein zu sein, den merklichen Druck seines Armes gegen den ihren zu spüren, machte sie beklommen, und die Konversation fiel ihr schwer. So schwieg sie dankbar, während er seine Geschichte erzählte.

«Der Vorfall begab sich an einem späten Septembertag im Jahre 1818, als ich von Karlsbad einen Ausritt in die nähere Umgebung unternahm.

Es gab in jenem Jahr nach einem kalten, verregneten Sommer einen goldenen September, so schön, wie er eben nur sein kann. Ich wollte vor unserer Abreise, und kurz vor dem unweigerlichen Ende der Pracht, noch einmal die Schönheiten der überreifen Natur, die Düfte und die Farben, mit allen Sinnen in mich aufnehmen. So sehr hatte ich mich den Reizen meiner Umgebung hingegeben, dass ich weiter geritten war, als ich es für gewöhnlich bei meinen Ausflügen zu tun pflegte, und erst sehr spät bemerkte, wie sich hinter mir, von Osten her, ein Unwetter der übelsten Sorte zusammenbraute. Ein heftiges Frösteln und die Unruhe des Pferdes brachten mich dazu, in meinem steten Trab einzuhalten und den Himmel zu mustern, wo ich einer pechschwarzen, tief liegenden Wolkenfront gewahr wurde, die sich mir rasend schnell näherte. Auch ein Donnergrollen ließ sich aus der Ferne vernehmen. Ich befand mich derweil in einem langen und schmalen, mir ganz fremden Tal ohne jedes Zeichen menschlicher Besiedelung. So war meine Lage denkbar misslich: Ritt ich weiter in die eingeschlagene Richtung, konnte das Unwetter mich im ungünstigsten Fall einholen, ohne dass ich Schutz vor ihm oder ein Quartier für die Nacht gefunden hätte. Ritt ich aber zurück, begab ich mich sehenden Auges mitten in die tobenden Naturgewalten hinein – und das mit einem jungen, nervösen, bereits erschöpften Pferd und vollkommen unzureichender Bekleidung.

Keine der beiden Möglichkeiten wollte mir recht gefallen, da aber eine dritte in Form einer Herberge an Ort und Stelle nicht vorhanden war, musste ich mich für das eine oder andere der beiden Übel entscheiden. Am Ende entschloss ich mich zu dem kleineren, das immerhin noch die Möglichkeit eines glimpflichen Ausgangs in sich barg: Ich spornte mein Pferd aufs äußerste an und galoppierte der Nase nach weiter, weg von der dräuenden, grollenden Wolkenfront.»

An diesem Punkt in der Erzählung des Barons war auch Bettina zu einer Entscheidung gelangt, die mit der, von welcher ihr Gesprächspartner berichtete, gewisse Ähnlichkeiten aufwies. Sie hatte nämlich mit sich ausgemacht, wie sie auf einen Antrag des Barons (von dessen Wahrscheinlichkeit nun auch sie überzeugt war) reagieren würde. Und so lautete ihr Entschluss: Vorbehaltlich der kaum zweifelhaften Einwilligung ihrer Eltern wollte sie sich in zurückhaltender, maßvoller Freude bereit erklären, die Freifrau von Baringsdorf zu werden. Schien ihr doch eine Ehe mit diesem nicht nur wohl situierten, sondern auch gebildeten, humorvollen und freundlichen Mann durchaus die Möglichkeit zu einem harmonischen Miteinander in sich zu tragen. Gänzlich zuwider war er ihr nicht, und dass eine amouröse Passion kein notwendiges Requisit einer guten Ehe darstellte, wusste sie wohl.

Dagegen musste sie es für mehr als unwahrscheinlich erachten, irgendwann noch einmal die Aufmerksamkeit eines heiratswilligen Mannes zu erregen, der ebenso reich mit persönlichen und anderen Vorzügen ausgestattet war wie der Baron und zu dem sie sich darüber hinaus leidenschaftlich hingezogen fühlte. Eine Absage auf einen Antrag des Barons würde sie bei ihren Eltern im Übrigen auch schwerlich durchsetzen können. Schon aus diesem Grund schien es ihr weit praktikabler, sich mit dem sehr passablen Spatz in der Hand zufrieden zu geben, als ihn in der vagen Erwartung einer bloß phantasierten Taube auf dem Dach fliegen zu lassen.

Mit diesem schlagenden Argument schloss Bettina ihre Erwägungen ab und lauschte nun ruhigeren Herzens und mit größerer Konzentration den Worten Franzens.

«Meine Entscheidung war umso zwingender», setzte dieser nichts ahnend seinen Bericht fort, «als ich, hätte ich umgekehrt versucht, nach Karlsbad zurück – und damit direkt in das Unwetter hineinzureiten, sicherlich mit dem Widerstand meines Pferdes hätte rechnen müssen. So aber bedurfte es kaum meines Ansporns, das halb tolle Tier glitt ganz von selbst wie der Blitz über den einsamen Pfad längs einer Bachaue dahin, auf den westlichen Talausgang zu. Allein der Sturm blies die Wolken um ein Vielfaches schneller, als wir vorankamen. Noch bevor wir das Ende des Tales erreicht hatten, war das Unwetter über uns. Rasch aufeinander folgende Blitz- und Donnerschläge machten meinen jungen Hengst fast unkontrollierbar, und der Regen fiel so dicht, dass man geradezu Mühe hatte, Luft zu holen. Ross und Reiter waren binnen Sekunden bis auf den letzten Flecken ihrer Haut triefnass. Trotz alledem hielt ich, so gut ich konnte, die eingeschlagene Richtung, in der Hoffnung, jenseits des Talausganges alsbald auf Gehöfte zu stoßen, wo ich um Unterschlupf für mich und mein Reittier bitten könnte.

Am Ende des Tales kamen die gegenüberliegenden Hügelketten so dicht zusammen, dass sie eine Schlucht bildeten, durch die sich wohl vor Urzeiten das Bächlein, welches das Tal durchfloss, hindurchgefressen haben mochte. Das unscheinbare, friedlich plätschernde Gewässer, dem ich an diesem Tag so lange gefolgt war, hatte sich aber unterdessen, durch die heftigen Wolkenbrüche entlang seines Laufs mächtig angeschwollen, an dieser Verengung in einen Sturzbach verwandelt, der schäumend und brodelnd durch die Schlucht raste und den Pfad, der sonst an seiner linken Seite entlangführte, gänzlich überflutet, wenn nicht gar mit sich gerissen hatte. Es gab an dieser Stelle kein Durchkommen mehr.

Ich war also in eine Sackgasse geraten, und mir blieb nichts, als umzukehren. Inzwischen war es aber Abend geworden. Obschon die Dämmerung noch längere Zeit entfernt lag, konnte man wegen der Schwärze des Gewitterhimmels und der prasselnden Regenmassen schon jetzt kaum die Umgebung erkennen. Dabei stand zu befürchten, dass auch in der flachen Aue der Bach den Weg und die Wiesen überflutet hatte und ich mir weiter aufwärts, den bewaldeten Hügeln zu, einen neuen bahnen müsste. Mir schien dies schon für einen ausgeruhten Reiter bei strömendem Regen und schlechter Sicht eine schwere Aufgabe. Doch mein Pferd war alles andere als frisch, und ich selbst zitterte am ganzen Körper, aus Erschöpfung ebenso sehr wie vor Kälte. Auch hielt ich es für zweifelhaft, ob wir selbst bei gutem Tempo vor Einbruch der Dunkelheit das letzte der Dörfer, an denen ich vorbeigekommen, erreichen könnten. Mit Schrecken kam mir in den Sinn, dass gerade Neumond gewesen war und die Nacht düster zu werden versprach.

Verzweifelt blickte ich um mich, ob nicht doch in der Nähe ein Unterschlupf, vielleicht eine Jagdhütte, zu entdecken wäre. Und wirklich war mir nach einer Weile, als sähe ich links die Anhöhe hinauf dann und wann ein schwaches Licht flackern. Ich band mein Pferd an einen Baum und kletterte im Halbdunkel durch Gestrüpp und vereinzelte Tannen den Berg hinan. Mehr als einmal stolperte ich oder geriet wegen des nassen und unsicheren Untergrundes gefährlich ins Rutschen. Doch ich kletterte unbeirrt weiter, dem zunächst schwachen und wie ein Phantom immer wieder verschwindenden, endlich aber stärker und beständiger werdenden Lichtschein nach, bis ich, fast euphorisch vor Erleichterung, an eine kleine Kate gelangte. Das winzige Fenster war nicht aus Glas, sondern mit durchscheinendem Pergament verhangen. Lange musste ich klopfen, bevor mir schließlich die niedrige, verriegelte Tür geöffnet wurde.

Vor mir stand ein hagerer, nicht sehr großer Mann mit tiefen senkrechten Furchen auf beiden eingefallenen Wangen und unter buschigen Brauen gelegenen schwarzen Augen, die mich feindselig musterten.

‹Verzeihen Sie die späte Störung›, begann ich, noch ganz außer Atem. ‹Ich bin mit meinem Pferd vom Gewitter überrascht worden und weiß nicht, wohin. Als ich Ihr Licht sah, hoffte ich, für die Dauer des Unwetters bei Ihnen Schutz zu finden. Mein Name ist Franz von Baringsdorf.›

Das Gesicht des Mannes verzog sich zu einem Grinsen, das mehrere Zahnlücken sehen ließ.

‹So so, ein Herr Von ist Er und pflegt so zum Spaß durch die Landschaft zu reiten, ohne aufs Wetter zu achten. Wer hätte das gedacht, dass einmal ein adliger Herr mich um

Hilfe bitten müsste. Nun, so komm Er herein, aber schüttel Er sich vorher einmal ordentlich, dass Er mir nicht die halbe Sintflut mit ins Haus bringt.›

Ich ließ mich nicht zweimal bitten, wenn man denn die unfreundliche Aufforderung bitten nennen konnte, und betrat die armselige und rauchige Stube, die nur durch das flackernde Feuer eines schiefen, schwarzen Ofens erleuchtet wurde. Auf einem Stuhl saß eine noch junge Frau, die Haare von einem Kopftuch bedeckt, das blatternarbige Gesicht zur Hälfte im seitlichen Feuerschein sichtbar. Sie trug eine oft ausgebesserte graue oder blaue Schürze und hielt eine Näharbeit auf den Knien. Schüchtern lächelte sie mir zu und deutete mit dem Kopf auf den einzigen anderen Stuhl, auf den ich mich niederließ. Sonst befand sich in der Stube nur ein Tisch und hinter diesem ein Bett, auf dem zwei Kinder saßen. Mit geweiteten Augen und halb offenen Mündern starrten sie mich an, als hätten sie noch nie einen Fremden gesehen. Gleich neben der Tür stand angebunden eine Ziege, die ich roch, bevor ich sie sah.

Mein nicht ganz freiwilliger Gastgeber erkundigte sich, wo ich mein Pferd gelassen habe, und bestand zu meinem Erstaunen darauf, allein in den Regen zu ziehen, um dem Tier eine Decke umzuhängen und es notdürftig zu versorgen. Ich war so zerschlagen, dass ich ihn gewähren ließ.

Während der Abwesenheit des Mannes bedeutete mir die Frau, die im Gegensatz zu diesem nicht gut Deutsch sprach, meine nassen Sachen auszuziehen, damit sie am Ofen zum Trocknen gehängt werden könnten. Als ihr Mann, nun gleichfalls durchnässt, wiederkehrte, zog auch er sich aus, sodass nun zwei unzureichend bekleidete Männer dem Frauenzimmer Gesellschaft leisteten.

‹Der Herr›, sprach mein Gastgeber, als er mein Unbehagen sah, ‹ist sicher gewohnt, eine ganze Truhe voller Hemden und Hosen zu haben. Nun, bei uns armen Leuten ist das etwas anders. Wir besitzen nur, was wir am Leibe tragen, und wenn Waschtag ist, müssen wir nackt gehen oder zu Hause bleiben. Und wenn der Herr keine Graupensuppe mag, dann wird Er eben ohne Abendessen ins Bett gehen müssen.›

Wirklich gab es jetzt eine dünne, fade Graupensuppe mit etwas Kohl, die auf dem Ofen gestanden hatte und deren Hitze mir von innen die Kälte aus den Gliedern trieb. Während des Essens fragte ich meinen Gastgeber nach seinem Namen, doch er weigerte sich, ihn mir zu nennen: Der Name eines einfachen Tagelöhners sei so unbedeutend, dass er im Gedächtnis eines so hohen Herrn, wie ich einer sei, ohnehin nicht haften bleiben könne.

Seine beständigen boshaften Anspielungen auf den großen Unterschied in Stand und Besitz zwischen uns ärgerten mich nicht schlecht. Geradezu schien er seine Armut und meinen Reichtum mir zum Vorwurf zu machen – als habe nicht die göttliche Vorsehung einen jeden von uns an den Platz gestellt, der ihm gebührt, und als sei es dem Armen nicht möglich, durch Fleiß und Mühe sein Los ganz erheblich zu verbessern. Ich schwieg jedoch, da ich mich in seinem Haus befand und seine Gastfreundschaft nicht mit Unhöflichkeit vergelten wollte.

Nach dem Essen traf man Anstalten, sich zum Nachtschlaf niederzulegen. Die Familie machte es sich, dicht gedrängt, im einzigen Bett bequem, während mir ein Platz auf einem offenen Hängeboden angewiesen wurde, der nur über etwa die Hälfte der Fläche des Zimmers reichte, mittels einer Leiter zugänglich und mit Heu angefüllt war. Ich wickelte mich in meinen inzwischen getrockneten Rock, rollte das Hemd zu einem Kopfkissen und glaubte, nach den Anstrengungen des Tages alsbald in einen schweren Schlaf fallen zu müssen. Doch Sturm, Donner und trommelnder Regen, die nach einer kurzen Beruhigung wieder mit aller Gewalt tobten, ließen keinen von uns ein Auge zutun und ängstigten die Kinder wie die Ziege.

‹Bei solch einem Wetter›, beschloss nach einiger Zeit mein Gastgeber, ‹tut man gut daran, sich Geschichten zu erzählen. Will vielleicht der Herr Von und Zu uns Hinterwäldlern etwas zum Besten geben?›

Ich fühlte mich zu müde, den Unterhalter zu spielen, und war überdies neugierig, mit welcherart Erzählungen man sich im einfachen Volk die Zeit vertreibt. So täuschte ich vor, nichts Geeignetes vortragen zu können, und bat den Mann, selbst etwas zu erzählen. Der erklärte sich, nach einer von Unwissenheit zeugenden, abfälligen Bemerkung über den Literaturgeschmack der besseren Stände, dazu bereit und begann:

‹Auf den Dörfern in der Umgebung Elbogens erzählt man sich die Geschichte, wie einmal in grauer Vorzeit die Burg belagert wurde, und obschon die Elbogener davon nichts hören mögen, so scheint mir doch, dass etwas Wahres dran sein muss.

Zu jener Zeit herrschte auf der Burg ein Rittergeschlecht, das mit Leib und Seele dem Würfelspiel verfallen war. Die Ritter und ihre Damen spielten Tag und Nacht und hätten ihr ganzes Vermögen, ja die Burg selbst verspielt, wenn nicht alles immer von einem zum Nächsten und von diesem zum Dritten gekommen wäre, bis es wieder beim Ersten angelangt war, wo es hingehörte. Sogar der Burgherr selbst hatte, wie es hieß, alle seine Titel und Rechte mehrfach verloren und später wiedergewonnen.

Eines Tages beschlossen drei junge Habenichtse aus dem Dorf, die Spielleidenschaft der Rittersleute zu deren Verderben auszunutzen. Sie übten Monat um Monat, bis sie alle Kniffe des Falschspieles so einwandfrei beherrschten, dass sie sich für ebenso unschlagbar wie ihr falsches Spiel für unentdeckbar hielten. Dann verdingten sie sich als Pferdeburschen in der Burg, wo sich ihre Spielleidenschaft herumsprach, sodass bald die Ritter auf sie aufmerksam wurden und sie um kleine Einsätze herauszufordern begannen. Die drei Jünglinge stellten es so an, dass sie zunächst fast immer verloren. Das hielten sie durch, bis die Ritter, in der Sicherheit, ohnehin zu gewinnen, achtlos immer größere und wertvollere Einsätze gegen die drei einfältigen Neulinge setzten – und immer dann, wenn der Einsatz eines Ritters besonders hoch war, gewann wider Erwarten doch einmal der Pferdebursche. Diejenigen Ritter, die sich solcherart blamiert hatten, dachten nun aber gar nicht daran, den dummen Dörflern das versprochene Gold, Geschmeide oder Rüstzeug so mir nichts, dir nichts auszuhändigen. Sie hofften vielmehr auf ihr oft bewiesenes Glück und hießen ihre Spielgegner, das gewonnene, aber noch nicht erhaltene Gut ihrerseits wieder zum Einsatz zu bringen. So hatten sie es schließlich untereinander lange genug gehalten.

Die Pferdeburschen ließen sich hierzu nicht lange bitten, verlangten aber einen angemessenen Gegeneinsatz – und gewannen wieder und wieder. Kaum hatten die Ritter gemerkt, wie ihnen geschah, da war schon die halbe Burg im Besitz des Kleeblatts, das nun lautstark begann, seine akkumulierten Gewinne einzufordern.

Die Ritter, zwar sonst nicht eben Waisenknaben, waren bisher beim Spiel stets ehrenhaft verfahren. Da ihnen aber allmählich aufging, dass die drei ein falsches Spiel mit ihnen getrieben und die Sache von langer Hand geplant hatten, ließen sie Ehre Ehre sein, heuerten neue Pferdeburschen und warfen die alten ohne viel Federlesens aus der Burg – mit der Auflage, binnen dreier Tage das Hoheitsgebiet des Burgherrn zu verlassen.

Unseren drei Kumpanen wollte diese Entwicklung begreiflicherweise gar nicht schmecken. Sie mühten sich deshalb, die Dorfleute zum Aufruhr gegen die bedrückerischen, betrügerischen und hochfahrenden Rittersleute zu bewegen, oder doch dazu, wenigstens mit einem solchen zu drohen, bis den Burschen ihr Spielgewinn ausgehändigt worden wäre.

Doch die Bauern des Dorfes wussten, was von den Burschen zu halten war, und fürchteten sich vor dem Zorn der Ritter. Sie beschlossen, sich gegen diese weiterhin gehorsam zu zeigen und den drei Spielern keinen Aufenthalt mehr im Dorf zu gewähren.

Nur eine Stimme erhob sich gegen diesen Beschluss: die eines schönen jungen Mädchens, der Tochter des Dorfältesten, welche die Liebste des Anführers der drei Ränkeschmiede war. Sie war ein gutes, frommes Kind, und ihr war es nicht im Geringsten um einen Anteil an der Beute des Aufstands, um Reichtum oder Ruhm zu tun. Sie glaubte nur, ihrem Liebsten sei von den Burgleuten übel mitgespielt worden. Die Arme weinte sich, nachdem das Urteil gesprochen war, fast die Augen aus und beherbergte ihren Geliebten noch einige Tage heimlich in einer Kammer, bis ein Knecht dahinterkam und man den Anführer gefesselt auf einem Mistwagen versteckt bis über die Grenze verbrachte.

In der Fremde ernährte sich der Jüngling von dem Handwerk, das er gelernt hatte: dem Würfelspiel. Als er es hierin zu einigem zweifelhaften Ruhm und Reichtum gebracht hatte, sammelte er nach und nach eine Schar von Gleichgesinnten um sich, mit denen er in einem einsamen Waldgasthaus (das er erspielt hatte) ein Quartier einrichtete.

In ihrem Stützpunkt tief im Wald nahm die zusammengewürfelte Truppe den vorbeiziehenden Reisenden auf die eine oder andere abenteuerliche und selten ehrliche Weise regelmäßig einen guten Teil ihres mitgeführten Hab und Guts und manchmal leider auch das Leben ab. Es dauerte einige Jahre, dann hatte man eine recht ansehnliche Waffensammlung beisammen, und der Haufen schickte sich an, unter der Führung des ehemaligen Pferdeburschen die Burg Elbogen zu erobern.

Deren Bewohner aber, unvorbereitet von dem Angriff der Fremden überrascht, hielten viele Wochen tapfer den Belagerern stand, wenn auch in großer Not und Trübsal – denn es war März, die Vorräte waren knapp, und wenn man nicht bald das Saatgut in die Erde brächte, würde es im nächsten Winter noch größeren Hunger geben.

Als er sah, dass die Leute von Elbogen zäh waren, während die seinen, die inzwischen ebenfalls kaum noch etwas zu beißen hatten, immer lauter murrten, fasste der Anführer der Meute unten vor dem Felsen einen Plan. Er ließ seiner ehemaligen Liebsten eine Botschaft zukommen: All die Jahre, so gab er ihr zu wissen, habe er sich vor Sehnsucht nach ihr verzehrt. In allem anderen habe er sich mit seinem Exil abfinden können, allein dadurch, dass er von ihr getrennt habe leben müssen, sei ihm jeder neue Tag zu einer bitteren Strafe geworden. Um sie noch einmal sehen zu können, sei er zurückgekehrt. Er bitte sie, zu einer bestimmten Stunde und an einer bestimmten Stelle von der Stadtmauer ein Seil herabzulassen, an dem er sich zu ihr hochziehen könne.

Unsere fromme Maid hatte, obschon inzwischen verheiratet und Mutter einer Hand voll Kinder, immer mit Wehmut ihres verlorenen Geliebten gedacht und des Leids, das er hatte ertragen müssen. Nun meinte sie, dass sie dem Verstoßenen den erbetenen Dienst nicht verweigern könne.

In jener Nacht wurden alle Dorfbewohner, Frauen und Kinder, Männer und Greise, hinterrücks in ihren Betten ermordet. Und die Erste, die sterben musste, war die Helferin der Eindringlinge, welche jenseits der Mauer mit klopfendem, bangem Herzen ihren Liebsten erwartete. Als er um die Mitternachtsstunde endlich im Schein des halben Mondes vor ihr stand, als sie, die Hände nach ihm ausstreckend, einen

Gruß flüsterte, rammte er ihr sein Schwert bis zum Schaft in den Leib.›

Stille erfüllte eine Weile die Dunkelheit der Kate, nachdem der Erzähler mit diesen schauerlichen Worten geendet hatte, und diese Stille machte vernehmlich, dass das Unwetter vorbei war.

‹Aber wie ging es weiter?›, fragte ich schließlich, mit dem Ende der Erzählung unzufrieden. ‹Die Ritter ließen sich doch nicht so wehrlos abschlachten wie die Dorfleute!›

‹Allerdings nicht, doch hielt die Burg ohne ihr Dorf nicht mehr lange aus. Am Ende hat wohl der Burgherr einen Handel mit den Angreifern geschlossen, über den man nichts Genaues weiß. Sicher ist nur, dass sich fast alle Belagerer in dem entvölkerten Dorf niederließen. Die heutigen Bewohner von Elbogen, so heißt es, seien Nachfahren des wilden Gaunerhaufens von damals.›»

«Dann ist es ja kein Wunder», warf hier amüsiert Bettina ein, die bisher still zugehört hatte, «dass man in Elbogen die ganze Geschichte für Phantasterei hält, wie Ihr namenloser Gewährsmann behauptet.»

«Nein, das wohl kaum», stimmte ihr der Baron zu, der plötzlich unruhig wurde. «Doch, Fräulein von Denkewitz, liebe Bettina», bemerkte er nun hastig, «ich hatte gar nicht vor, Sie mit einer solch schlichten Erzählung zu langweilen» (worauf Bettina pflichtgemäß Laute des Protests vernehmen ließ) – «eigentlich hatte ich Sie an diesen beschaulichen Ort geführt, um über ganz andere Dinge mit Ihnen zu reden … um etwas zu besprechen, das mir von Tag zu Tag mehr am Herzen liegt …»

In diesem Augenblick durchdrang die beiden, die so lange einsam auf der versteckten Bank gesessen hatten, unvermutet das heisere Falsett Professor Eckenraths: «Da haben wir ja unsere beiden Ausreißer! Sie ahnen nicht, welche Sorgen ich um Ihretwillen ausgestanden habe – schon sah ich Ihre zerschmetterten Körper eines ungeschickten Fehltritts wegen am Fuße der Felsen liegen – wahrhaftig, ein wunderbarer Blick, den man von hier genießt – vom langen Gehen krampfen mir die Waden – das ist artig, Herr von Baringsdorf, dass Sie Ihrem alten Freund zuliebe aufstehen, aber es ist doch genügend Platz für drei auf dieser Bank – und jetzt erzählen Sie mir einmal, Fräulein von Denkewitz, was Sie so lange hier festgehalten hat, bevor wir uns in einigen Minuten gemeinsam auf den Weg zum Weißen Rössel machen.»

8
Überraschungen

Unter dem sanften Glühen der Nachmittagssonne eines während seiner ersten Hälfte eher verhangenen Sommertages war hinter dem Weißen Rössel für die Ausflügler ein Tisch in Weiß und Blau gedeckt.

Alle anderen hatten bereits ihre Plätze eingenommen, als die Nachzügler eintrafen. Auch ein unerwarteter Gast saß mit am Tisch. Bettina fuhr ein Stich in die Magengrube und das Blut ins Gesicht, als sie sich unverhofft dem Lord gegenübersah. Sie wich seinem Blick aus, während sie sich zwischen Eckenrath und dem Baron niederließ.

Alsbald wurde die Suppe serviert. Bettina gegenüber saß die Majorin, die ihr, noch während die Teller gereicht wurden, mit theatralisch überzeichneter Mimik eine wortlose Frage zu vermitteln suchte. Bettina, ohnedies etwas verwirrt, musste einige Augenblicke überlegen, was in Gottes Namen die Mutter von ihr wissen wollen könnte, erriet am Ende das Richtige, gab durch ein leichtes Schütteln des Kopfes einen negativen Bescheid und versuchte, den daraufhin in ungläubiger Enttäuschung halb offen stehenden Mund ihrer Mutter zu übersehen, während sie mit zur Schau gestelltem Desinteresse einem Austausch zwischen dem Baron und seinem Freund, dem Lord, lauschte.

Weshalb man diesen nun doch, wenn auch verspätet, in Elbogen begrüßen könne, begehrte der Erstere zu wissen. Ob Buenaventura ihn versetzt oder sein Pflichtgefühl ihn doch noch zur Einhaltung des seinen Freunden gegebenen Versprechens gemahnt habe?

Er sei dem Drängen seines Pflichtgefühls gegenüber seinen nach Elbogen verreisten Freunden gern nachgekommen, erwiderte der Lord, nachdem er sich zuvor einer anderen Freundschaftspflicht entledigt, indem er nämlich Buenaventura in Karlsbad empfangen, ihn zu seinem Domizil geleitet und sich seines allgemeinen Wohlergehens versichert habe.

Es sei erstaunlich, flüsterte da Eckenrath weithin vernehmlich in die ungefähre Richtung des Ohrs seiner Tischnachbarin Bettina, dass dem Lord die Versicherung des Wohlergehens eines alten Juden wichtiger sei als das Wohlbefinden und der ausdrückliche Wunsch seiner Verlobten. Diese habe ihm vorhin im Vertrauen nochmals ihr Befremden über das Verhalten ihres zukünftigen Gatten gestanden. Er, Eckenrath, befürchte, dass der britische Leichtmut, gepaart mit einer Neigung zum Künstlerischen, die er an Clarendon seit Jahren beobachte, ihn vielleicht zu einem amüsanten Gesellschafter, nicht jedoch zu einem zuverlässigen Ehemann machen werde. Eine zarte, ätherische junge Frau wie die Komtess, von Kindheit an umsorgt und von allen Widrigkeiten des Lebens fern gehalten, brauche jedoch einen Beschützer von gefestigtem Charakter, die Brust voll deutscher Ritterlichkeit und Treue, dem es die höchste und vornehmste Aufgabe im Leben sei, jeden Kummer und jede

Aufregung von seinem Weibe fern zu halten. Wie traurig, dass der deutsche Adel seine zarten jungen Blüten zweifelhaften Ausländern in die Arme lege, wo sie doch bei einem deutschen Manne, selbst wenn er nicht von adligem Geblüt, aufgrund seiner verwandten Wesensart stets besser aufgehoben wären. Umso mehr bewege es ihn freudig, wahrnehmen zu dürfen, dass sie, Bettina, dem oberflächlichen Charme des dunkeläugigen Engländers nicht erlegen sei, sondern ihr Interesse einem ihrer würdigen, ehrbaren deutschen Manne zugewandt habe.

Der auf so unschickliche Weise und obendrein nicht ganz zu Recht Gelobten war Eckenraths Reflexion über die Nationalcharaktere und ihre Kompatibilität im Falle einer ehelichen Verbindung in jeder Hinsicht außerordentlich unangenehm. So gab sie sich, um einer Antwort auszuweichen, den Anschein, als habe sie gar nicht zugehört, und wandte sich, bevor Eckenrath seinen letzten Satz zu Ende gebracht hatte, mit einer für alle vernehmlichen Frage an Aurelies Vater:

«Ich sehe, Herr von Arnsberg, Sie haben sich die durch meine Säumigkeit verlängerte Wartezeit vor dem Essen mit Zeitungslektüre vertrieben. Ich muss gestehen, dass ich seit meiner Abreise aus Berlin kaum Gelegenheit hatte, Neuigkeiten aus der Welt oder aus der Heimat zu erfahren, und dass ich durch diese lange Abstinenz recht neugierig auf Ihre *Kasseler Post* bin. Auf welche wichtigen Ereignisse sind Sie denn darin gestoßen?»

Der Angesprochene lachte.

«Nun, die Berliner Gesellschaftsnachrichten, die Sie zweifelsohne am meisten interessieren werden, fallen in meinem hessischen Blatt leider unter den Tisch, sodass ich Ihnen hierüber keinen Bericht erstatten kann. Ich entsinne mich allerdings einer Miszelle über einen Kriminalskandal aus Hanau, der Ihnen vielleicht unterhaltsam erscheint. Dort hatte sich ein angesehener, aber verblendeter Notar, welcher die ihm anvertrauten Gelder seiner Klienten ohne deren Wissen bei den verschiedensten Geschäften leichtfertig aufs Spiel gesetzt und größtenteils verloren hatte, der Alchimie verschrieben. In der wahnwitzigen Hoffnung, das Verlorene damit wieder zurückzugewinnen, ließ er sich von einem Gauner für seine letzten paar Taler Mündelgeld einen wurmstichigen Zettel mit einem Rezept für die Goldbereitung aus Silber und Kupfer andrehen. Das Kurioseste an der Sache war, dass er seine Klienten, allesamt kluge Leute, die es besser hätten wissen müssen, vom bevorstehenden Erfolg seiner alchimistischen Ambitionen überzeugen konnte. Nicht nur, dass sie die Einforderung ihrer Vermögen vorübergehend aussetzten, sie warfen sogar noch gutes Geld dem schlechten hinterher, um dem Notar die Ausstattung seiner Giftküche zu bezahlen.

Am Ende kam es, wie es kommen musste. Das Unterfangen missglückte, der Notar ist auf Nimmerwiedersehen verschwunden und treibt, wenn Sie mich fragen, wahrscheinlich im Main, in den er sich aus Verzweiflung geworfen haben mag, und schließlich haben verschiedene bekannte Persönlichkeiten aus der besseren Gesellschaft der Stadt zu dem Schaden durch den Geldverlust noch den Spott über ihre Leichtgläubigkeit zu ertragen.»

«Eine unterhaltsame und zugleich lehrreiche Geschichte», griff hier der Lord ein, «doch vielleicht können Sie uns außerdem noch etwas aus der Politik berichten, zumal ich ahne, dass sich Fräulein von Denkewitz auch hierfür interessiert.»

«Da gab es», knüpfte sogleich Herr von Arnsberg an, «nur eine Nachricht von Bedeutung, von der ich im Übrigen annehme, dass sie Ihnen bereits bekannt ist: dass nämlich der türkische Sultan seinen Statthalter in Ägypten dazu bewogen hat, samt seiner Flotte in die Ägäis aufzubrechen, um dort den griechischen Freiheitskampf niederzuschlagen.»

«Potz Teufel!», entfuhr es da Eckenrath, der sich aber sogleich bei den Damen entschuldigte: Der Anlass, erläuterte er, sei nun einmal nicht geeignet, einen Liebhaber der Ilias zu zarten, für weibliche Ohren geeigneten Ausdrücken zu inspirieren. Drohe doch durch diese beträchtliche Verstärkung der türkischen Schlagkraft das alte und edle Volk der Hellenen, das sich so heldenmütig wider die Tyrannei erhoben, wiederum dem Joch des grausamen Sultans zu verfallen. Dies sei nichts minder als eine Tragödie für das gesamte Abendland.

An dieser Stelle erhob sich Eckenrath von seinem Sitz, presste die Linke auf das Herz, während er mit der Rechten den Weinkelch umschlungen hielt, und deklamierte mit bebender, heiserer Stimme:

«O Land des Homer!
Am purpurnen Kirschbaum oder wenn
Von dir gesandt im Weinberg mir
Die jungen Pfirsiche grünen
Und die Schwalbe fernher kommt und vieles erzählend
An meinen Wänden ihr Haus baut, in
Den Tagen des Mais, auch unter den Sternen
Gedenk ich, o Ionia, dein!»,

worauf sich der Redner sichtlich erschöpft und unter dem verhaltenen Beifall der Tischrunde wieder auf seinen Stuhl fallen ließ.

«Mein lieber Freund, der Sie mich einst in die Geheimnisse der griechischen Sprache einführten», wandte sich nun gerührt der Baron dem Professor zu, «hiermit haben Sie gewiss allen Anwesenden aus der Seele gesprochen. Man kann nur hoffen, dass es den Häschern des Tyrannen nicht gelingen wird, die nach Jahrhunderten der Dunkelheit endlich wieder lodernde Flamme des hellenischen Wesens zum Verlöschen zu bringen. Möge das Volk der Griechen, das Brudervolk der Deutschen im Geiste, sich ebenso tapfer, einig und triumphal der Fremdherrschaft entledigen, wie es uns gottlob in jüngster Vergangenheit gelang!»

Nachdem die Gesellschaft zu diesem politisch gewagten Trinkspruch angestoßen hatte, breitete sich eine kurze Stille über die Anwesenden, die jedoch bald allgemeiner Gesprächigkeit wich. Eckenrath gab seinen direkten Tischnachbarn, nun allerdings im Sitzen und mit verhaltenerer Stimme, weitere zum Thema passende Verse zum Besten, doch Bettina hörte nur mit halbem Ohr zu. Ihre heimliche Aufmerksamkeit galt wiederum einem Zwiegespräch zwischen dem Baron und dem Lord, das sich nach dem Toast entsponnen hatte.

Letzterer erklärte soeben in amüsiertem Ton, er sei freudig erstaunt, seinen Freund als Anhänger der Freiheitskämpfer zu sehen. Habe sich Franz nicht noch vor kurzem für eine französische Intervention in Spanien aufseiten des spanischen Königs ausgesprochen, als dessen absolute Macht von Freiheitskämpfern bedroht gewesen sei?

«Aber ich bitte dich, James», versetzte da der Baron etwas unwirsch, «das ist doch ein gänzlich untauglicher Vergleich. Handelte es sich doch in jenem Fall um die Revolte liberaler Aufwiegler im eigenen Land gegen ein altes, von Gott und den Menschen eingesetztes Königshaus, wohingegen wir es im Falle Griechenlands mit dem verständlichen Freiheitsstreben griechischer Patrioten gegen die Bedrückung durch eine völlig unnatürliche, durch keine Tradition legitimierte Fremdherrschaft zu tun haben. In der Tat ist es eine Schande für das christliche Abendland, dass der Urquell seiner Kultur, der Geist und die Schaffenskraft des Volkes von Homer und Sokrates, seit Jahr und Tag von der Barbarei mohammedanischer Reiterhorden in Knebeln und Fesseln gehalten wird.»

«Auch Homer und Sokrates», antwortete hierauf schmunzelnd der Lord, «waren meines Wissens keine Christen, sodass wir denselben Fehler den Türken wohl nachsehen müssen. Außerdem wird es kaum der Barbarei der Türken allein anzulasten sein, dass die griechische Erde heutzutage keine Dichter und Philosophen mehr hervorbringt.»

«Nun scheint es mir gar», unterbrach hier der Baron erbost seinen zu weiteren Argumenten ansetzenden Freund, «dass du ganz und gar aufseiten der Türken und nicht der Griechen stehst – und in deinem Fall wäre das, wie du sicher zugeben wirst, in der Tat die Inkonsequenz, welche du mir vorhin vorhieltst!»

«Du irrst, Franz», verteidigte sich der Lord, «ich würde sehr wohl den Griechen ihre Unabhängigkeit gönnen, wenn sie zu einem akzeptablen Preis zu haben wäre. Doch das Leid der Griechen unter der, wie du es nennst, ‹Bedrückung› des Sultans hält sich, wie ich gehört habe, in Grenzen, und wahrscheinlich stellt das Leid, das der Krieg gegen die türkischen Herrscher mit sich bringt, ein weit größeres Übel dar. Ich fürchte jedenfalls, die unsicheren Vorteile, die durch den Wechsel von dem türkischen zu einem anderen, christlichen Herrscherhaus erlangt werden könnten, würden das Blutvergießen, den Hunger und das Elend des Krieges nicht aufwiegen. Erst heute Morgen hat mir Buenaventura berichtet …»

«Aha! Daher weht der Wind!», fiel ihm der Baron mit erhobener Stimme ins Wort. «Dein Buenaventura fürchtet, der griechische Freiheitskampf könne den Handel mit Damaszener Rosen behindern, und vergisst über dem eigenen, kleinlichen Geschäftsvorteil ganz nach Judenart die höheren Ideale, von denen andere Menschen beseelt sind – kurz, er verliert vor kurzfristigem Profitstreben das allgemeine langfristige Wohl der Menschheit und der Völker aus den Augen und steckt dich auch noch mit dieser niedrigen Geisteshaltung an …»

Während dieser Rede senkte der Baron seine zunächst laute Stimme allmählich zu einem scharfen Flüsterton, sodass Bettina am Ende nicht mehr folgen konnte. Stattdessen widmete sie sich nun aufmerksamer dem Gespräch mit ihren unmittelbaren Tischnachbarn, um ihre vorherige, nicht ganz unbemerkt gebliebene Unaufmerksamkeit durch jetzt umso höflicheres Betragen wieder vergessen zu machen.

Gegen Ende des zweiten Ganges kam eine gewisse Stille unter der Ausflugsgesellschaft auf, indes die Speisenden in zunehmender Konzentration damit befasst waren, die zarten, hohlen Knochen der Täubchen von ihren letzten Fleischresten zu befreien. Da fiel mit einem Mal seitlich ein langer Schatten auf den Tisch. Nach und nach wendeten sich alle Blicke in Richtung des Verursachers dieser Erscheinung, des Kutschers der Herren von Baringsdorf, eines hageren, grauen Mannes, der angesichts der ungewohnten Aufmerksamkeit nervös seine Hände knetete und sehr zögerlich zum Sprechen ansetzte:

«Verzeihe Se die Störung, Herr Baron, aber's isch eppes gschehe …»

«Ja, was denn, in Gottes Namen?»

«Isch hob a Kind gfunde. Do hat mit einem Mol a Kind in Ihrem Wagen geleschen.»

«Ein Kind? Johann, du beliebst zu scherzen.»

«No, a ganz jungs Kind, vielleischt a paar Tog alt, und's scheint, als ob's niemand zugehört.»

«Ein ausgesetzter Säugling also? Und mit dieser Lappalie verschreckst du mir meine Gäste mitten während des Essens?»

«Isch hob halt denkt …»

«Statt zu denken, solltest du handeln. Du weißt, dass ich es nicht liebe, jede kleinste Entscheidung selbst treffen zu müssen. Gib das Kind beim Wirt ab, was haben wir damit zu schaffen.»

Doch da stand plötzlich die Majorin neben dem abgekanzelten Johann und sprach zu ihm:

«Ich werde Sie begleiten und selbst einmal sehen, wie es um das Kind steht. Mir scheint, der Rat und die Erfahrung einer Frau könnten hier nützlich sein.»

Und während der Baron gerade ansetzte, ihre lobenswerten, aber überflüssigen Bemühungen höflich zurückzuweisen und sie zur ruhigen Beendigung ihrer Mahlzeit aufzufordern, war sie schon mit unerwarteter Geschwindigkeit in Richtung der Stallungen aufgebrochen, den erleichterten Johann im Schlepptau.

Am Tisch brach daraufhin eifriges Getuschel aus. Die skandalöse Störung der Mahlzeit belebte das zuvor nur mühsam aufrechterhaltene Gespräch erheblich – eine glückliche Wirkung, die allerdings der gute Johann wahrscheinlich nicht bezweckt hatte.

«Was sich die Leute denken!», kommentierte der Baron das Geschehen mit ironischem Kopfschütteln. «Erst können sie ihre Triebe nicht im Zaum halten und setzen gedankenlos wie Tiere Kinder in die Welt, und dann besitzen sie die unglaubliche Dreistigkeit, die Früchte ihrer Unvernunft bei unbescholtenen, wohlgeborenen Menschen abzuladen – als müssten wir nun die Suppe auslöffeln, die sie sich selbst eingebrockt haben!»

Bettina räusperte sich und sagte, ohne den Baron direkt anzublicken:

«Ein armes, junges Dienstmädchen hat wahrscheinlich gehofft, wir seien reiche Leute und würden das Kind irgendwo unterbringen können.»

«Dann hat dieses Dienstmädchen eine recht seltsame Vorstellung vom Leben der besseren Stände. Auch wir sind schließlich nicht mit einem goldenen Löffel im Mund auf die Welt gekommen. Durch die Freiheitskriege sind die Vermögen ganz beträchtlich geschrumpft, und es bedarf sorgfältigster Planung und Verwaltung der Güter, um überhaupt nur die laufenden Ausgaben decken zu können. Da meinen nun die niederen Angestellten, die jeden Tag ihr warmes Essen und regelmäßig ihren Lohn von uns erhalten und sorgenfrei in den Tag hineinleben, unsereiner müsse nur mit dem Finger schnipsen, und schone regne es Dukaten, ja wir wüssten so wenig, wohin mit all dem Geld, dass wir mit Freuden noch ein Findelhaus aufmachen würden.»

«Mein lieber Franz», mischte sich hier der Lord ein, «wir können von einer sicher verzweifelten Frau keine buchhalterischen Erwägungen über die finanziellen Engpässe des deutschen Adels erwarten. Wie du als langjähriger Kenner der Gegend wissen wirst, gibt es in Elbogen eine besonders steile Klippe, an deren Fuß man immer wieder die Überreste von Neugeborenen findet. Vielleicht sollten wir der Mutter dieses Kindes nicht vorwerfen, dass sie das arme Wesen, wo es nun schon einmal auf die Welt gekommen war, an einem ihm zuträglicheren Ort und auf sanftere Weise abgelegt hat als andere vor ihr, wenn es auch für uns ein Ärgernis bedeuten mag.»

«Ich bitte dich, James», entgegnete der Baron, «wir leben doch nicht mehr zu den Zeiten der alten Germanen. Die Frau hätte ihr Kind, statt es bei uns abzuladen, doch nicht gleich umbringen müssen: Es gibt schließlich Institutionen, die sich solch ungewollten Nachwuchses annehmen.»

«In Karlsbad sicher, aber wohl kaum in Elbogen», versetzte der Lord.

Genau das hatte inzwischen auch die Majorin in Erfahrung gebracht, die gerade jetzt, von einigen der Tischgenossen mit mehr oder minder verhohlener Verwunderung bestaunt, mit dem Streitobjekt im Arm an den Tisch zurückkehrte und Folgendes mitteilte:

Sie gedenke, das arme Ding mit zurück nach Karlsbad zu nehmen, wo es eher als hier Mittel und Möglichkeiten zu seiner Unterbringung und Versorgung gebe. Da dem Kind möglichst bald angemessene Nahrung zugeführt werden müsse, bitte sie um den sofortigen Aufbruch mindestens eines der Wagen. Sie hoffe, noch am Abend in Karlsbad eine Amme finden zu können.

All dies verkündete sie der erstaunten Zuhörerschaft unter dem beständigen Gewimmere des Kindes, eines bläulich-roten, glatzköpfigen und faltigen Gnoms.

Lord Clarendon erhob sich: Der Mietwagen, mit dem er nachträglich angereist, sei überzählig und stehe daher sofort zur Verfügung. Die anderen Gäste könnten dann, ohne sich eilen zu müssen, noch bleiben und das Dessert, die Ruhe und das gute Wetter genießen; er hoffe allerdings auf die Begleitung seiner Verlobten, wenn ihr die Fahrt mit dem Kind nicht zu unbequem sei?

Nicht nur diese, auch Bettina schloss sich, selbst überrascht von ihrer überstürzten Entscheidung, den Frühaufbrechern an. Sie verstieß damit gegen den heute erst gefassten Vorsatz, die Nähe des Lords eher zu meiden denn zu suchen. Jedoch geschah dies nicht aus Willensschwäche, sondern ganz aus töchterlichem Pflichtgefühl. Sie verspürte plötzlich die befremdliche Empfindung, ihre Mutter beaufsichtigen und vor irgendeinem Übel bewahren zu müssen.

Als die kleine Gruppe vor dem Weißen Rössel den Wagen besteigen wollte, stieß heftig atmend und völlig unerwartet noch Professor Eckenrath hinzu, dem mehrere Gründe eingefallen waren, warum auch er schon jetzt zurück nach Karlsbad reisen müsse. Ohnehin hatte man sich dem Landauer statt des zweisitzigen Mietgefährts zugewandt, doch für fünf zum Teil stattliche Reisende war selbst dieser nicht ausgelegt. Der Lord aber erklärte sich sofort bereit, neben dem Schwager auf dem Kutschbock Platz zu nehmen, sodass man alsbald aufbrechen konnte.

Während der Fahrt wurde der plärrende Findling zur Erleichterung der geplagten Reisenden nach und nach ruhiger. Das Gerüttel und Geschaukel des mit der Berline verglichen holprigen Landauers mochte dazu beigetragen haben, zweifelsohne aber auch das mit Zuckerwasser getränkte Tuch, das die Majorin dem Kind zum Lutschen in den Mund gegeben hatte.

Die vorn neben der Majorin sitzende Komtess betrachtete das in grobes Leinen gewickelte Wesen mit einer Mischung aus Neugier und Ekel. Sie gestand, noch nie einen so kleinen Säugling aus der Nähe gesehen zu haben, da sie die Jüngste unter ihren Geschwistern sei.

«Dieser sozusagen jungfräuliche Zustand», erklärte vertraulich zum Ohr der Komtess gebeugt Eckenrath, «den Sie sich, was den Umgang mit Kindern betrifft, so lange bewahrt haben, wird nicht mehr lang währen. Denn wenn ich die Umstände richtig deute, Ihre Hochzeit steht ja bevor, werden Sie sicher bald selbst ein Kleines in den Armen wiegen ...», wobei er die etwas verstimmt Blickende schräg von hinten spitzbübisch anblinzelte.

Bettina brachte das Gespräch von hypothetischen Kindern zu dem bereits vorhandenen, indem sie ihre Mutter befragte: Ob sie wirklich noch heute Abend auf die Suche nach einer Amme gehen wolle? Sei es nicht schicklicher und praktikabler, das Kind gleich ins Waisenhaus zu bringen, denn man müsse doch davon ausgehen, dass dort Ammen vorhanden seien oder aber leicht beschafft werden könnten?

«Ich bin nicht sicher», antwortete darauf die Majorin, «ob die Kinder in solchen Häusern überhaupt von Ammen genährt werden. Bevor ich das kleine, unschuldige Ding dort abgebe, mit dessen Versorgung uns Gott betraut hat, werde ich hierüber erst einmal Erkundigungen einziehen.»

Bei Bettina regte sich immer lebhafter die Ahnung, ihre Mutter sei im Begriff, sich in höchst unvernünftige und weltfremde Vorstellungen bezüglich dessen zu versteigen, was man für das Kind tun könne. Doch bevor sie die Pläne der Majorin weiter ergründen oder warnenden Rat geben konnte, hatte sich vom Kutschbock her Lord Clarendon eingemischt: In der Tat habe er Zweifel, ob die Nahrung, die den Kindern in Findelhäusern geboten werde, ausreichend kräftigend und gesundheitsfördernd sei. Er befürchte, dass von den dort abgegebenen Neugeborenen kaum eines das Ende des ersten Lebensjahres erreiche.

«Potz Teufel, Clarendon, das werden Sie wohl nicht den Findelanstalten vorwerfen wollen», entrüstete sich Eckenrath. «Es sterben nun einmal im ersten Jahr die Kinder wie die Fliegen, insbesondere beim gemeinen Volk, wo man sie aus Unwissenheit oft verzärtelt und überfüttert. Wie viele Mütter werden unbedacht zu Mörderinnen ihrer eigenen Kinder, weil sie ihnen gedankenlos allerlei schwer verdauliche, säurehaltige Nahrung wie Fleisch, Obst und Naschwerk zu essen geben! In den Findelanstalten dagegen wird peinlich darauf geachtet, den Insassen nur das zu reichen, was die Ärzte ihrem zarten Verdauungsapparat für zuträglich erachten. Namentlich wird in den ersten Jahren nur verwässerte Kuhmilch oder ein wenig Mehlbrei gegeben. Wenn trotz aller Sorgfalt gerade hier so viele Kinder sterben, dann liegt es nicht an der verwendeten Diät, sondern daran, dass die Zöglinge, als die Produkte degenerierter und physisch wie moralisch schwacher Naturen, schon von vornherein keine gute Konstitution mit auf die Welt gebracht haben. Liebe Frau von Denkewitz, Sie können diesem kleinen Schreihals die beste Amme suchen, ihm die beste Erziehung angedeihen lassen, dennoch werden sich mit großer Wahrschein-

lichkeit früher oder später alle Ihre Bemühungen als frucht-
los erweisen. Schlechter Samen kann auch in guter Erde nie
einen edlen Baum hervorbringen, und so wird auch das Ergebnis einer illegitimen Verbindung, das wir hier gewiss vor
uns haben, in seiner späteren Entwicklung dem unsittlichen
Abgrund Tribut zollen müssen, dem es entstammt.»

So abrupt schrie hier das gescholtene Wesen los, mit einer
derart vollen, kräftigen Stimme, wie man sie bisher noch
nicht von ihm vernommen hatte, dass alle Insassen des Wa-
gens zusammenzuckten.

«Das Kind protestiert gegen den Fluch, den Sie ihm andich-
ten wollen», bemerkte trocken der Lord, nach rückwärts zu
Eckenrath gewandt.

Ob es sich bei dem Geschrei nun um Protest handelte oder
im Gegenteil um eine Bestätigung der düsteren Prophezeiungen des Professors, wie der Letztere glaubte, es bewirkte
jedenfalls, dass die weitere Reise ohne Gespräch und für
alle höchst unangenehm verlief. Bettina, die direkt hinter
ihrer Mutter und dem Schreihals saß, glaubte mehrfach, die
Ohren müssten ihr zerbersten.

Doch wie alle Qualen dieser Welt war auch diese von vorübergehender Natur. Einmal im Hotel Impérial eingetroffen, gelang es der Majorin mit einer Mischung aus Witz,
Aufdringlichkeit und Penetranz und zum Schrecken der sie
auf ihren Wegen begleitenden Bettina nicht ganz ohne Un-
wahrheiten, binnen einer halben Stunde eine Bäckersfrau
ausfindig zu machen, die sich schon öfters als Amme ver-
dingt hatte und soeben durch die Abreise ihrer bisherigen
Kundschaft stellungslos geworden war. Die Majorin fragte
die Herbeizitierte nach dem Lohn, den sie bisher für ihre
Dienste erhalten, und kündigte an, das Doppelte zahlen zu
wollen. Den Aufschlag werde die Amme jedoch nur dann
jeweils am Ende einer Woche erhalten, wenn das Kind lebe
und gesund sei. Sie entließ die Frau, der sie das Kind als

ihren eigenen Sohn Albert vorstellte, mit diesem, einem halben Wochenlohn und der Anweisung, über die Identität ihrer Auftraggeberin und des Kindes Verschwiegenheit zu bewahren.

«Mutter, was tust du!», gab Bettina ihrem verwirrten Entsetzen Ausdruck, sobald sich die Tür geschlossen hatte.

«Darum bekümmere du dich nicht», erwiderte die Majorin, «ich werde die Angelegenheit schon zurechtbiegen.»

«Aber ich verstehe nicht», protestierte Bettina im selben verzweifelt-entgeisterten Ton, «warum du dem Kind nicht nur eine Amme dingst, sondern auch noch vorgibst, es sei dein eigenes.»

«Das muss ich schon deshalb tun, damit die Amme nicht denkt, es handele sich um ein Findelkind, dem ich ein Almosen zukommen lasse. Sie würde sich dann weniger bemühen, sicher auch noch ein zweites oder drittes Kind dazunehmen, im Glauben, ich sei eher erleichtert denn traurig, wenn das arme Ding nicht lange lebt. So habe ich ihr gezeigt, dass das Gegenteil der Fall ist, und sie wird es dem Kleinen an nichts mangeln lassen.»

Bettina überlegte einen Augenblick.

«Bist du dir sicher, Mutter, dass es klug ist, das Kind jetzt zu verwöhnen, als sei es das deinige? Muss es nicht früher oder später doch in eine Institution und dort Mangel leiden, worauf es aber durch die Gewöhnung an Luxus umso schlechter vorbereitet wäre?»

«Dieses Kind geht nicht ins Findelhaus, solange ich lebe», sagte die Majorin mit einer wilden Entschlossenheit in der Stimme, die Bettina an der geistigen Gesundheit ihrer Mutter zweifeln ließ.

«So willst du es etwa ganz aufziehen?», fragte sie bang. «Aber das wird Geld kosten und Mühe, und was bloß wird Vater dazu sagen?»

«Was dein Vater dazu sagen wird, ist nicht von Belang, ich

werde es durchstehen können. – Wo, glaubst du übrigens, ist er im Moment, dein weiser, vernünftiger Vater?»

«Ich weiß nicht, er hat uns ja so früh nicht zurückerwartet, sicher wandert er durch den Park oder trinkt sein Wasser –»

«Nun, er wird wohl seinen Bedürfnissen nachgehen, und so werde ich mich jetzt einmal um die meinigen bekümmern. Und du, Kind, geh jetzt auf dein Zimmer, ich will kurz ruhen und nachdenken, was werden soll.»

Auf ihrem Zimmer saß dann auch Bettina und grübelte, bis nach einiger Zeit, es war schon fast dunkel geworden, Luise eintraf, voller Geschichten über die Erlebnisse des Tages, vorzüglich derer, die sich nach der Abfahrt Bettinas aus Elbogen ereignet hatten. Bettina war das Zuhören eine Last, und sie atmete auf, als Euphrosine, die Zofe ihrer Mutter, klopfte und mitteilte: Frau von Denkewitz wünsche ihre ältere Tochter zu sprechen. Müde begab sie sich zu den Räumen der Majorin, die aufgedrehte Luise mit Euphrosine zurücklassend.

Wie erstaunt war sie, dass sie ihre Mutter nicht im Bett, sondern ausgehbereit vorfand, ein längliches Bündel im Arm.

«Du willst das Kind ins Findelhaus geben, Bettina? Bevor du so etwas denkst oder sagst, solltest du eine solche Einrichtung von innen gesehen haben. Komm jetzt, wir werden noch heute Abend die hiesige besichtigen.»

Bettina ahnte, Widerstand sei zwecklos, und begleitete ihre Mutter nach unten, wohin diese bereits eine Equipage bestellt hatte. Unterdessen war es ganz dunkel geworden.

«Es gibt doch hier ein Findelhaus?», fragte die Majorin den Mann auf dem Kutschbock, wobei sie das Bündel auffällig vor ihrer Brust im Arm hielt. «Geben tut es schon eins», entgegnete der Kutscher, «doch es liegt ein gutes Stück Wegs von hier, am anderen Ende der Stadt.»

«Nun, so fahren Sie zu; wir wollen noch heute Abend hin und auch wieder zurück.»

Die Fahrt dauerte eine halbe Ewigkeit, und draußen wurde es zusehends düsterer. Schließlich hielt die Kutsche vor einem schemenhaft auszumachenden, niedrigen Gebäude, aus dem kein Licht schien.

«Warten Sie hier auf uns», wies die Majorin den Fahrer an, «wir wollen nur etwas abgeben und werden nicht länger als einige Minuten bleiben.»

«Es schlafen sicher alle schon», flüsterte Bettina ihrer Mutter zu, während beide nach einer Glocke suchten.

«Ein wenig unhöflich mag es sein, um diese Zeit zu kommen, aber man wird uns die Störung verzeihen», war die Antwort der Majorin. Mangels einer Glocke hieb sie mit aller Macht die Faust gegen die morsche Tür. Erst nach fortgesetztem Klopfen hörte man von innen Schritte und dann eine Stimme, die auf Böhmisch fragte, wer da sei. Die Majorin antwortete auf Deutsch, nannte ihren Namen und kündigte an, etwas abgeben zu wollen. Die Tür öffnete sich. Ein altes, zahnloses Weib erschien und bat die Besucherinnen hinein. Man stand in einem kleinen Vorraum, der offenbar gleichzeitig als Schlafstube der Wärterin diente. An der Wand stand ein ungemachtes, schmales Bett, aus dem sich die Alte allem Anschein nach soeben erst erhoben hatte. Der Raum roch nach einer Mischung aus Kohl, süßlichem, altem Harn und halb verdorbenem Fisch.

«Ich habe eine Spende mitgebracht», eröffnete die Majorin das Gespräch. «Zum einen bringe ich einen Ballen Leinen, den Sie hoffentlich als Wäsche für die Kinder gebrauchen können.» Hiermit legte sie der verdutzten Frau das steife Bündel in die Arme. «Außerdem bringe ich noch Schmuck, den ich wohl entbehren kann und für den Sie in der Stadt sicherlich einen guten Preis erzielen können.»

Hierbei griff sie in ihr ausladendes Dekolleté und beförderte ein kleines gewebtes Beutelchen zutage, dessen Inhalt sie in die ausgestreckte Hand der alten Frau schüttelte. Bettina erkannte zu ihrer Bestürzung fast das gesamte Geschmeide, das ihre Mutter mit nach Karlsbad geführt hatte.

«Ich habe», fuhr die Majorin fort, «eine Liste erstellt, aus der sich auch der Wert der Stücke ergibt. Diese wird Ihnen beim Verkauf sicher helfen. Ich werde sie in den nächsten Tagen der Pfarrei zukommen lassen, die ja, soweit ich weiß, das Heim leitet. Haben Sie mich verstanden?»

«Aber natiurlich, ich habe verstanden», sagte die alte Frau und grinste zahnlos. «Haben viele Dank für Geld. Ist sehrr gut für Kinder. Gott segne Euch.»

«Ich habe noch eine kleine Bitte: Würden Sie uns wohl einen Blick auf die Kinder werfen lassen, bevor wir gehen? Meine Tochter würde gerne die Kinder einmal sehen.»

«Kommen mit», sagte die Alte, griff den schartigen Teller mit dem flackernden Kerzenstumpf, von welchem alle Beleuchtung des Zimmers herrührte, und öffnete das hölzerne Tor zum Innenraum. Es war ein kleiner Saal, in dem aufgereiht an der Rückwand fünf Betten standen. Um einige Betten waren hölzerne Gitter angebracht, und in jedem lag eine Anzahl von Kindern mehr oder minder zugedeckt auf beflecktem Leinen. Die meisten waren nackt. Einige waren durch den Lärm oder das Kerzenlicht wach geworden und starrten die Hereinkommenden mit großen Augen aus hohlwangigen Gesichtern an. Ein Mädchen von zwei Jahren saß im Bett und schlug seinen Kopf unablässig gegen das Gitter. Alle Kinder hatten aufgeblähte Bäuche, rund wie Kürbisse, neben denen sich ihre fingerdünnen Gliedmaßen grotesk ausnahmen. Der Saal war von jauchigem Geruch erfüllt.

«Lass uns gehen», flüsterte Bettina. «Ich glaube, ich habe genug gesehen.»

Die Majorin leitete die kleine Prozession zurück in den Vorraum, wo sie sich unter nochmaligen Dankesbekundungen der Alten verabschiedete.

In der undurchdringlichen Dunkelheit erkannten sie nur mit Mühe ihren Wagen, der noch immer am selben Fleck stand.

Die Rückfahrt verlief schweigsam.

Beim Ausstieg ereignete sich ein unangenehmer Zwischenfall: Der Kutscher verlangte einen horrend überhöhten Preis, der um das Zehnfache die Summe überstieg, mit der Bettina gerechnet hatte. Als die Majorin sich befremdet zeigte, entgegnete der Mann in frechem Ton:

«Wem gehörte denn der Wonneproppen, den ich vorhin durch Karlsbad gefahren habe? Der jüngeren der beiden Damen, nehme ich an? Mich geht es ja nichts an, was Sie so in die Welt setzen und wie Sie's wieder loswerden, doch ich könnte mir vorstellen, dass es Kreise gibt, wo man sich sehr wohl für solche Nachrichten interessiert.»

«Tatsächlich?», gab die Majorin trocken zurück und legte dabei der aufgebrachten Bettina, die im Begriff gewesen war, dem unverschämten Mann selbst zu antworten, sanft die Hand auf den Mund.

«Allerdings, gnädige Frau. Die feinen Damen können mich mit diesem Hungerlohn abspeisen, wenn ihnen beliebt, doch sollten sie in diesem Falle nicht mit meinem Stillschweigen über gewisse gar nicht so feine Umstände rechnen.»

«Sie erhalten von mir das, was Sie sich mit Ihrer Fahrt verdient haben» – sprach die Majorin, wobei sie dem Kutscher eine Geldsumme in die Hand legte – «auf Ihr erpresserisches Ansinnen gedenke ich nicht einzugehen. Wir haben nichts getan, dessen wir uns schämen müssten. Wenn Sie ausposaunen wollen, was Sie heute Abend gesehen haben, dann tun Sie es in Gottes Namen. Es interessiert uns nicht. Komm, Kind, lass uns gehen, dein Vater wartet sicher oben und ist womöglich in Sorge über unser langes Ausbleiben.»

Damit führte die Majorin ihre Tochter, begleitet von den Flüchen und Drohungen des Kutschers, von dannen.

Der Major hatte sich, wie von seiner Frau prophezeit, inzwischen in seinen Gemächern eingefunden. Unkonzentriert eine Zeitung durchblätternd erwartete er die Rückkunft seiner Frau und Bettinas, über deren nächtliche Ausfahrt er von der Zofe unterrichtet worden war. Unterdessen hatte er auch von Luise einiges über die Ereignisse des verflossenen Tages erfahren und ahnte daher, welches Ziel sie gehabt haben mussten. Entsprechend begrüßte er die Ankömmlinge mit den Worten: «Nun, seid ihr den kleinen Wurm wieder losgeworden, den man euch in Elbogen unterschieben wollte?»

«Wir sind nur eine Spende für ein paar ausgehungerte Kinder losgeworden», erwiderte seine Frau, «doch wenn man glaubt, wir hätten das Kind im Waisenhaus abgegeben, so soll mir's recht sein.»

«Aber wo ist dann das Kind?», fragte der Major verblüfft.

«Es befindet sich in der Obhut einer zuverlässigen und hoffentlich diskreten Amme. Dort soll es bleiben, bis ich mich in Marienbad einquartiert und die nötigen Vorbereitungen getroffen habe.»

«In Marienbad? Was erzählst du plötzlich von Marienbad?»

Bettina, ebenfalls verwundert, lauschte dem Austausch ihrer Eltern von einem wohl gepolsterten Stuhl aus, auf den sie sogleich nach dem Betreten des Zimmers erschöpft niedergesunken war. Sie war jedoch weniger erstaunt als ihr Vater über die rätselhafte Äußerung ihrer Mutter: Ihr war längst klar, dass die Majorin einen Plan ausgeheckt hatte, den sie mit der ihr eigenen Sturheit nun wider alle Vernunft verfolgen würde.

«Nach Marienbad», antwortete die Majorin ihrem Mann,

während auch sie sich auf einem Polsterstuhl niederließ, «werde ich in den nächsten Tagen abreisen, offiziell zur Nachkur, in Wahrheit aber, weil man mich hier zu gut kennt. Dort werde ich mich als Frau in anderen Umständen vorstellen und alsbald mit einem kleinen Sohn namens Albert niederkommen, allein mit der Hilfe meiner noch in Karlsbad geheuerten Hebamme.»

«Was sagst du da? Du musst dem Wahnsinn verfallen sein, Dorothea.»

«Ich wüsste nicht, was ausgerechnet dir zu dieser Vermutung Anlass gäbe. Ich wünsche mir seit langem ein weiteres Kind, und auch du hast dann und wann dein Bedauern geäußert, keinen Sohn zu haben. Nun ist uns heute einer wie von Engelshand zugesandt worden, und da werde ich ihn nicht in einer Findelanstalt verkommen lassen.»

«Aber du kannst doch nicht einfach ein fremdes Kind, ein Wechselbalg von dubiosester Abstammung, als unser legitimes eigenes verkaufen! Als einzigen Sohn zudem, der meine Güter und mein Land erben soll! Und meinen Namen noch dazu!»

«Es steht dir frei, ihn zu enterben, wenn du zu dem Entschluss kommst, dass er deiner Güter nicht würdig sei, und wenn du sie lieber deinen Schwiegersöhnen hinterherwerfen möchtest. Doch du kannst und wirst mich nicht daran hindern, ihn als meinen Sohn aufzuziehen.»

«Mutter», meldete sich hier vermittelnd Bettina, «ich verstehe sehr wohl, dass du das Kind nicht hergeben willst. Auch ich brächte es nur schwer übers Herz, nach allem, was ich heute gesehen habe. Doch wäre es nicht möglich, und weniger verwegen ebenso wie weniger schmerzhaft für meinen Vater, Albert als das bei uns aufzuziehen, was er ist: ein Findelkind, dessen du dich in deiner Güte angenommen hast?»

«Und ihm dadurch das Leben zu vergällen und seine Zukunft zu verdüstern? Wie, meinst du, würde ein Kind solch zweifelhafter Herkunft in unserer Berliner Gesellschaft aufgenommen? Wer wollte mit ihm Umgang pflegen, wie viele Eltern sähen ihn gern als Schwiegersohn, welche höhere Lehranstalt und welches Offizierskorps nähme ihn bei sich auf?»

«Übertreibst du nicht ein wenig in deinem Pessimismus? Ich entsinne mich, dass Wolfgang Sternburg, einer der beliebtesten Beaus der Bälle der letzten Jahre, von illegitimer Herkunft und bei den Pritzwalks aus Wohltätigkeit aufgezogen worden war. Sicher, es wurde ein wenig gemunkelt und getuschelt, aber es hat, scheint mir, dem jungen Mann doch kaum geschadet.»

«Aber meine liebe Tochter, das ist ja ein ganz anders gelagerter Fall: Illegitim mag der junge Sternburg schon gewesen sein, doch ist unter der Hand bestens bekannt, dass sein Vater Neidhard von Pritzwalk in persona war, der im hohen Alter den Rundungen einer kaum fünfzehnjährigen Küchenmagd nicht widerstehen konnte und dabei zu jedermanns Erstaunen noch ein Kind zustande brachte. Ein solches Kind wird der Adel, wenn es wohlgeraten ist wie in diesem Fall, schon einmal in seinen Kreisen akzeptieren, wenn auch nicht ganz als seinesgleichen betrachten. Ganz anders ist das mit einem Findelkind, über dessen Herkunft man nur weiß, dass es keine gute war. Auch im Bürgertum, wo man vielleicht mehr noch als im Adel Wert auf Anstand und Sitte legt, wird man einem solchen Menschen mit Zurückhaltung oder gar Verachtung begegnen.»

Bettina schwieg, denn sie hatte den Argumenten ihrer Mutter wenig entgegenzusetzen. Ihr Vater jedoch, der in höchster Agitation im Zimmer auf und ab ging, war weder überzeugt noch seiner Redekraft beraubt:

«Da sagst du es mit deinen eigenen Worten! Dem Kind wird wenig Gutes daraus erwachsen, wenn du es als Kuckucksei in unser Nest legst. Es gar als unser eigenes auszugeben ist zum einen völlig undurchführbar und zum anderen eine Zumutung für deine Familie. Einen solchen Gedanken auch nur zu hegen, geschweige denn in die Tat umzusetzen, ist einer Frau deines Standes nicht würdig.»

Hier war der Majorin eine Röte ins Gesicht gestiegen, und man wusste nicht, ob sie den Tränen nah war oder nur in Wut, als sie ihrem Mann mit lauter, aber nicht ganz fester Stimme antwortete:

«Meines Standes nicht würdig, sagst du? Aber würdig und standesgemäß ist es wohl, dass ich zu nichts, aber auch gar nichts tauge und eine belächelte, unter Seufzen geduldete Person in meiner eigenen Familie bin, dass du Zerstreuung und Erbauung nicht bei mir und ohne mich suchst, dass ich tagaus, tagein nichts habe, womit ich mich befassen kann, als das Wohl meiner Töchter, und dass ich im beständigen Gefühl lebe, meine Bemühungen um diese seien nun, da beide mir fast entwachsen sind, eher lästig denn nützlich. Du selbst empfiehlst mir ja immer wieder, ich solle die Mädchen in Frieden lassen, solle weniger raten, planen und beobachten. Aber was, frage ich dich, soll ich denn sonst den lieben langen Tag tun; sollen mir etwa die Klatschgespräche der wöchentlichen Kaffeekränzchen zum einzigen Lebenssinn werden? Gott hat mir heute einen Weg gezeigt, mich geliebt und geachtet zu fühlen, einem anderen Menschen aus großer Not zu helfen, ich aber sollte diesen Weg nicht einschlagen, sollte meine Wünsche genauso missachten wie die Gefahr, die dem Kind in seiner Lage droht, nur weil du die einfachste Sache von der Welt für unstandesgemäß hältst?»

Bettina hatte sich während der Rede ihrer Mutter erhoben und vor dieser mit erschrockenem Blick auf die Knie geworfen, hatte ihr den Kopf in den Schoß gelegt, ihre Hand ergriffen, diese auf den eigenen Scheitel gelegt und leise zu weinen begonnen. Als die Mutter dieses bemerkte, beugte sie sich mit besorgter, reuevoller Miene zu ihr hinab, strich ihr mit beiden Händen über das Haar und murmelte: «Mein liebes, gutes Kind, meine arme kleine Bettina.»

«Da siehst du, was du angerichtet hast mit deinen unbedachten Worten», rief der Major, der zunächst sprachlos und wie angewurzelt dagestanden hatte. «Des Nichtstuns und der Langeweile grämst du dich also, Undankbare, um die dich Tausende Frauen in weniger privilegierter Stellung beneiden. Hättest du lieber einen Mann geheiratet, der dich als Arbeitstier benutzt oder dir ein Kind ums andere angehängt hätte, bis du jämmerlich daran gestorben wärst? Sind es meine Liebe und Rücksichtnahme, die du mir vorwirfst?»

«Halt ein, Vater, halt ein!», rief Bettina und warf sich jetzt ihrem Vater an die Brust. Der sah, solcherart aus dem Schwung seiner Worte und der Blindheit seines Ärgers gebracht, wie nun seiner Frau Tränen über die Wangen liefen. «Verzeih mir», flüsterte sie mit rauer Stimme, «ich weiß wohl, dass du mir immer ein guter Mann gewesen bist.»

Bettina löste sich von ihrem Vater, nahm ihn schweigend an der Hand und führte ihn zum Sitz seiner Frau. Dort griff sie auch deren Hand, legte sie in die ihres Vaters und drückte die beiden elterlichen Hände fest zusammen. Dann flüsterte sie ihrem Vater etwas ins Ohr, während sie ihm über die Wange strich, und verließ rasch das Zimmer.

9
Lüge und Wahrheit

Wie man sich denken kann, fand Bettina in dieser Nacht wenig Schlaf. Nur ungern erhob sie sich am folgenden Morgen, eine niederdrückende Schwere in Kopf und Gliedern, um einen Tag zu beginnen, den sie als einen schlüpfrigen Parcours voller Unwägbarkeiten vor sich liegen sah, mit ihrer Schwester als dem ersten Hindernis.

Lautstark und in einer kindlichen Munterkeit, welche der sonst selbst oft lauten und lebhaften älteren Schwester heute schwer erträglich war, verlangte Luise einen Bericht über den Besuch im Findelhaus. Bettina bot ihr vorsichtshalber eine zensierte Version. Ohne je ausdrücklich die Unwahrheit zu sagen, vermied sie es mit einiger Finesse, Luises Annahme ins Wanken zu bringen, man habe das Findelkind dort abgeliefert. Denn Bettina ahnte zwar, dass ihre Mutter sich mit dem Wunsch, das Kind als ihr eigenes zu behalten, durchgesetzt habe, wusste aber nicht, ob es klug sei, Luise schon jetzt in das Geheimnis einzuweihen, und ob ihre Mutter dies überhaupt je zu tun gedenke.

Beim Frühstück unten im Salon saßen die beiden Schwestern mit Frau von Middeldorf, derweil die Eltern nach ihrer Gewohnheit die Morgenmahlzeit auf den Zimmern einnahmen, so wie es an anderen Tagen auch die Tante zu halten pflegte. Frau von Middeldorf hatte sich seit der unschönen Konfrontation mit ihrer älteren Nichte dieser gegenüber ein wenig unterkühlt verhalten. Dass sie heute zum Frühstück herabgekommen war, um den Mädchen Gesellschaft zu leisten, ja sie sogar bei ihrer Ankunft bereits am Tisch erwartete, hatte einen einfachen Grund: den Wunsch nach Informationen.

Ob Bettina wisse, was in ihre Mutter gefahren sei, begann sie viel sagend das Gespräch. Die Angesprochene, die aus Scham über den soeben beendeten täuschungsreichen Dialog mit Luise bereits mit einem zarten Glühen auf den Wangen den Frühstückssalon betreten hatte, errötete jetzt noch tiefer.

«Erkläre dich näher, liebe Tante, ich verstehe nicht, worauf du anspielst.»

Diese beabsichtigte kleine Lüge, die erste explizite an diesem Tag, war, wie sich herausstellte, in Wahrheit doch keine – Bettina hatte tatsächlich nicht verstanden, was ihre Tante meinte, denn die dachte keineswegs an die ihr offenbar noch unbekannten Adoptionspläne ihrer Schwester.

«Nun», erklärte sie, «ich möchte wissen, was sie plötzlich zur Nachkur nach Marienbad treibt, obwohl wir doch ausdrücklich die gesamte Saison hier hatten verbringen wollen. Angeblich bekommt ihr das hiesige Wasser nicht, behauptet sie – welch ein Humbug! Als sei sie zum Wassertrinken nach Karlsbad gekommen.»

«Allerdings hat sich Mutter schon mehrfach in den letzten Wochen über das übel schmeckende Wasser beschwert», kommentierte Bettina ausweichend, aber wahrheitsgemäß.

«Das mag schon sein, Kurwasser ist selten eine Gaumenfreude. Doch wenn sie sich von solchen Nichtigkeiten durch die Weltgeschichte treiben lässt, kann sie nicht erwarten, dass ich sie dabei begleite. Mir gefällt es in Karlsbad ausnehmend. Ich habe hier reizende Gesellschaft gefunden, ja sogar der Graf und die Gräfin von Lauenburg hatten mehrfach die Güte, mich einzuladen, und ich gedenke keineswegs, wegen der Launen meiner Schwester kurz vor Ende der Saison noch einmal umzuziehen. Ich fürchte, Bettina, dass ihr Mädchen selbst eure Mutter werdet begleiten müssen, sollte sie auf einem Ortswechsel bestehen, da auch euer Vater, wie er mir heute Morgen mitteilte, unter allen Umständen bleiben will. Weiß Gott, dass es zu einem ungünstigen Zeitpunkt geschieht, denn auch du, Bettina, hast ja hier gewisse Beziehungen geknüpft. Nein, mir will nicht in den Kopf, wie sie ihrer Familie einen derart plötzlichen Aufbruch aus Karlsbad zumuten kann.»

Den Rest des Frühstücks über diskutierten die Tante und eine aufgedrehte Luise das Für und Wider der verschiedenen Bäder. Bettina jedoch saß still in Gedanken versunken, bis sie unvermittelt die Gestalt des Barons neben sich entdeckte.

«Ich sehe, Fräulein von Denkewitz», sprach dieser sie an, «Sie haben Ihre Mahlzeit bereits beendet. Dürfte ich Sie vielleicht schon einmal auf die Terrasse entführen, während Ihre beiden Gefährtinnen sich noch mit dem Frühstück befassen? – Sie gestatten doch» (wobei er sich in Richtung der beiden anderen Damen höflich verbeugte).

Frau von Middeldorf gedachte, die rhetorische Frage ausführlich zu beantworten, und hatte gerade den Mund zu diesem Zwecke geöffnet, als der Baron bereits mit Bettina am Arm dem Tisch den Rücken kehrte. Im Bewusstsein eines deutlich spürbaren, warmen Drucks verschiedener Teile eines männlichen Körpers an ihrer Elle und Speiche ließ sich Bettina auf die Terrasse führen und stimmte gern zu, als der Baron einen Morgenspaziergang vorschlug.

Angesichts der drohenden Abreise nach Marienbad war sie erleichtert über diese unzweifelhafte Demonstration fortgesetzten freiherrlichen Interesses an ihrer Person. Hatte sie sich doch, trotz beständiger Unkenrufe ihrer Mutter, daran gewöhnt, in Franz von Baringsdorf einen verlässlichen Verehrer und ihren vermutlichen künftigen Bräutigam zu sehen. Nein, sie war nicht willens, diese Aussicht wegen über Nacht eingetretener ungünstiger Umstände resigniert wieder aufzugeben. Ihr Hoffen war jetzt darauf gerichtet, die Absicht des Barons möge sich schon so weit gefestigt haben, dass auch eine Trennung ihr keinen Abbruch mehr tun und nicht mehr als einen Aufschub bewirken könne. Im allerbesten Fall freilich würde eine offizielle oder halboffizielle, für einen Ehrenmann allemal bindende Deklaration dieser Absicht noch vor ihrem Aufbruch, ja womöglich heute erfolgen. Dies wäre jedoch eine so glückliche Wendung gewesen, dass Bettina, von Verehrern bisher nicht verwöhnt, kaum an ihr Eintreten glauben konnte – wiewohl ihr die plötzliche Entführung zu einem einsamen Spaziergang nicht wenig Hoffnung machte.

Der Baron begann unterdessen, nach allerlei artigen Bemerkungen über die Landschaft, das Wetter und die gestrigen Erlebnisse, mit seinem Monolog zielgerichtet ein bestimmtes Thema anzusteuern. Das jedoch war, anders als heimlich von Bettina erhofft, keineswegs ein Heiratsantrag, wenn auch der Sprecher plötzlich einen vertraulicheren Ton anschlug.

«Sie werden sich nicht vorstellen können, welch eigentümlicher Besuch mir heute Morgen in aller Frühe zuteil wurde. Es war noch keine acht, ich saß im Morgenmantel im Bett und hielt meinen Tee in der Hand, da sagt mir mein Diener: Ein wenig vertrauenerweckender Mann in geflickter, verdreckter Kleidung stehe vor der Tür. Seinen Namen wolle er nicht nennen, doch verlange er mich zu sprechen und mir fürs Erste zu melden, er habe wichtige Neuigkeiten für mich. Ich lasse den Diener fragen, was das für Neuigkeiten seien? Es beträfe meine Verlobte! Ich lasse ausrichten, ich wisse nicht, von wem der Fremde spreche. Es sei, trägt mir mein Diener zurück, ein gewisses Fräulein von Denkewitz aus Berlin, über das dem Manne Tatsachen bekannt seien, von denen er glaube, dass sie mich höchlichst interessieren müssten.»

Mit leichtem Amüsement betrachtete der Baron während dieser Rede die beständigen Farbwechsel im Gesicht seiner Begleiterin.

«Ich gebe also dem Mann Bescheid, ein Fräulein von Denkewitz aus Berlin sei in der Tat von einiger Bedeutung für mich, und lasse ihn hereinbitten.

Der Kerl verlangt natürlich zunächst einmal Geld, bevor er reden will. Die geforderte Summe ist unverschämt, ich weigere mich und gebe mir den Anschein, als wolle ich ihn wieder wegschicken. Er insistiert: Seine Informationen seien von allererster Qualität, er könne mir aus eigenem Ansehen von einem Skandal berichten, in den Sie verwickelt, ja dessen Hauptdarstellerin Sie seien. Ich tue desinteressiert, lasse mich bitten, handele. Kurz, wir einigen uns auf einen Bruchteil des ursprünglich genannten Betrags. Und können Sie sich vielleicht denken, liebe Bettina, von welch skandalösen Umständen der Mann mir nun zu berichten weiß?»

«Ich ahne es», entgegnete diese, kühl und keineswegs amüsiert. «Meine Mutter und ich erlebten gestern Abend eine unerfreuliche Szene mit einem Kutscher. Ich nehme an, es handelt sich um dieselbe Person?»

«Sie haben gut geraten. In der Tat war es der Fahrer der Kutsche, in welcher Sie anscheinend gestern Nacht unser Findelkind in die Anstalt transportierten. Sicher ist Ihnen nun auch aufgegangen, welche höchst pikante Deutung er dieser Fahrt gegeben hat?»

«Hier erübrigt sich für mich das Raten, da er dieselbe Deutung gestern bereits uns gegenüber vorbrachte.»

«Ihnen gegenüber?»

«Ja, denn er hoffte, für die Zusage seines Schweigens über die Umstände uns einen nicht unbeträchtlichen Betrag abzuknöpfen.»

«Welch unerhörte Dreistigkeit!», erregte sich der Baron. «Hat sich also dieser Schelm unehrenhafterweise gleich von zwei Seiten bereichert!»

«Nein, nur von einer», versetzte Bettina trocken. «Von uns nämlich hat er nicht einen Heller erhalten.»

«Jedenfalls sehen Sie hier wieder einmal», knüpfte der Baron nach einer verlegenen Pause an, «wie es einem gedankt wird, wenn man mit Wohltätigkeiten zu freizügig umgeht. So achtenswert die Absicht Ihrer Frau Mutter war, als sie beschloss, sich um die Verbringung des Kindes selbst zu bekümmern, es wäre doch klüger und angemessener gewesen, es beim Rösselwirt abzugeben und alles Weitere ihm zu überlassen.»

Bettina wusste nicht, was erwidern. Sie war nicht in jeder Hinsicht der Meinung des Barons, zögerte jedoch, dies auszusprechen. Womöglich war es besser, das Thema ganz und gar zu wechseln, damit sie nicht in die Verlegenheit geriete, entweder lügen oder die Wahrheit sagen zu müssen. Mit einem Mal war ihr der eben noch freudig begrüßte ziellose Spaziergang in der nebelfeuchten Kühle eines Spätsommermorgens regelrecht zuwider. Kurzerhand schlug sie ihrem Begleiter vor, den Rückweg anzutreten: Sie fröstele.

Der Baron bat um Vergebung dafür, sie gedankenlos in unzureichender Bekleidung der kühlen Morgenluft ausgesetzt zu haben, bog bei nächster Gelegenheit in einen zum Hotel führenden, mit prächtigen Rosensträuchern bestandenen Weg ein und gestand kokett und bedeutungsschwanger, mit seiner Entführung Bettinas aus dem Frühstückssaal gewisse Absichten verfolgt zu haben. Er wolle nämlich sozusagen in einer ausgesprochen privaten Angelegenheit, die ihm höchst dringlich sei, ihre Meinung einholen, bevor er bei anderer Stelle … Weiter konnte der Baron seine Vorrede zu Wichtigerem nicht ausführen. Die beiden einsamen Spaziergänger erblickten unvermittelt einen Bekannten, der an der Einmündung eines Seitenpfads nur etwa zwanzig Schritte vor ihnen hinter den Rosen auftauchte. Es war Lord Clarendon, und er war nicht allein: Neben ihm ging ein etwas kleinerer, leicht gebückter alter Mann, der sich mit der Rechten auf seinen Gehstock und mit der Linken auf den Arm seines Begleiters stützte.

«Es scheint uns nicht vergönnt», flüsterte der Baron in Bettinas Ohr, das er dabei, so schien es ihr, fast mit den Lippen berührte, «einmal ungestört miteinander zu sprechen.» Dann wandte er sich mit einem Gruß dem Lord und seinem Begleiter zu, die innehielten, da sie der Nachkommenden gewahr wurden. Bettina spürte, als sie sich mit dem Baron den beiden wartenden Männern näherte, den Blick des Engländers auf sich, der ihr zu ihrem Verdruss das Blut ins Gesicht trieb.

«Ich freue mich», begann der Lord, als die beiden herangekommen waren, «dass mir durch die Gunst der Stunde die Gelegenheit zuteil wird, zwei meiner Freunde einander bekannt zu machen», worauf er sich seinem Begleiter zuwandte und auf Englisch weitersprach: «Diese junge Dame, Vidal, ist Fräulein von Denkewitz aus Berlin, von der ich in deiner Gegenwart schon oft gesprochen habe, und dies, Fräulein von Denkewitz» (hier wechselte er wieder ins Deutsche über) «ist Mr. Buenaventura, ein alter Freund meiner Familie, dem ich schon als kleiner Junge auf den Knien gesessen habe.»

Bettina, der bei dieser Vorstellung recht warm ums Herz geworden war, tauschte mit dem alten Mann ein paar Freundlichkeiten aus, zunächst auf Englisch, dann auf Französisch, das ihr leichter von den Lippen ging. Es ergab sich, dass sie auf dem Weg zurück zum Hotel, zu dem man nun vereint aufbrach, neben dem Juden zu gehen kam. Wie selbstverständlich nahm sie seinen Arm, wobei es ihr durch den Kopf ging, dass eben noch der Lord dieselben Stellen am Rock des alten Mannes berührt haben musste wie nun sie. Buenaventuras Gesicht war zerfurcht, aber er hatte noch die meisten Zähne, und die dunklen Augen wirkten warm und lebendig. Das weiße Haar lag ihm in vollen Wellen um den Kopf. Er war glatt rasiert, und seine Kleidung mochte etwas altmodisch sein, wie es einem alten Mann geziemt, will er nicht lächerlich wirken, war aber teuer geschneidert. So hatte seine ganze Erscheinung nur wenig mit dem gemein, was Bettina daheim in Schlesien an manchen der Landjuden, zumal der galizischen, beobachtet und in ihrer Vorstellung auch dem mysteriösen Buenaventura zugeschrieben hatte.

Da Bettina mit dem vorsichtig einherschreitenden Alten nur langsam vorankam, tat sich während des Wegs ein Abstand zu den vorausgehenden jungen Männern auf. Zum Glück war das Französisch Buenaventuras ausgezeichnet, sodass es nicht schwer fiel, die Minuten bis zu ihrem Ziel mit Unterhaltung zu füllen, wenn auch nicht immer mit solcher in Bettinas Sinne. An einer Stelle verstieg ihr Gesprächspartner sich zu der Frage: Ob es wahr sei, was er von James gehört habe, dass sie nämlich im Begriffe sei, eine Verbindung mit Franz von Baringsdorf einzugehen? Die Gefragte ärgerte sich über die krasse Unschicklichkeit dieser Erkundigung ebenso wie über die Tatsache, dass anscheinend alle Welt bestens über die erst im Entstehen begriffenen, ganz ungefestigten Bande Bescheid wusste.

«Ich habe das tatsächlich», antwortete sie frech, aber wahrheitsgemäß, «schon von verschiedener Seite munkeln hören, mir selbst ist allerdings darüber aus sicherer Quelle noch gar nichts bekannt.»

Buenaventura lachte: «Sie gefallen mir, junge Dame. Nun, dann hoffe ich, dass die Gerüchte nicht täuschen – zugunsten von James, der sich, wenn Sie die Frau seines Freundes würden, weiterhin oft Ihrer reizenden Gesellschaft erfreuen dürfte.»

Bettina war froh, als man endlich das Hotel erreicht hatte. Doch auf dem Weg in den Salon musste sie die schwierigste Hürde des Tages passieren.

Eine Traube von russischen Gästen, einige der älteren unter ihnen aufs verwegenste gepudert, bemalt und bezopft, betrieb im Durchgang lautstark und temperamentvoll russisch klingende französische Konversation und erschwerte der kleinen Gruppe das Durchkommen. So kam es, dass Bettina beim Versuch, sich hindurchzuschlängeln, abgedrängt wurde und zurückblieb, um sich dann im Vorzimmer zum Salon unerwartet allein mit dem Lord wiederzufinden. Dieser mochte das kurze Zusammentreffen unter vier Augen durch eigene Säumigkeit bewusst gefördert haben oder auch nicht, jedenfalls nutzte er die Gelegenheit, sich in fragendem Ton folgendermaßen an Bettina zu wenden: «So hat Ihre Frau Mutter, wie ich höre, sich nun doch entschlossen, den kleinen Schreihals im Findelhaus loszuwerden?»

Bettina blieb verlegen stehen und suchte nach einer passenden Antwort. Schließlich entgegnete sie mit einem hohlen Gefühl im Magen:

«Wenn man dieses allgemein annimmt, so wird das, denke ich, meiner Mutter durchaus nicht missliebig sein.»

«Ah! In diesem Falle», gab der Lord unter Anheben seiner linken Augenbraue zurück, «können Sie sicher sein, dass ich mich dieser allgemeinen Annahme anschließen werde.»

Endlich im Salon angekommen und dort auch mit Luise und der Tante wieder vereint, spürte Bettina eine derart überwältigende Sehnsucht nach Ruhe und Einsamkeit, dass sie unter dem doppelten Vorwand, ein wärmendes Kleidungsstück suchen und nach ihrer Mutter sehen zu wollen, die Gesellschaft unverzüglich wieder verließ.

10
Zwischen Bangen und Hoffen

In der Tat begab sie sich zunächst zur Majorin, wo sie sich aber nicht lange aufhielt. Nachdem sie die unerhörte Anweisung empfangen hatte, bei jeder Gelegenheit verlauten zu lassen, ihre Mutter könne heute wegen Unpässlichkeit nicht erscheinen, rettete sie sich auf ihr eigenes Zimmer. Dort sank sie auf das Bett nieder, um ein wenig zu ruhen.

Nach kurzer Zeit verschwammen ihr die Gedanken zu einer wirren, phantastischen Kette von Bildern und Worten. Einmal sah sie Aurelie auf dem Bock einer Kutsche, welche ein irrsinniger Schwager von Elbogen herab zu immer schnellerem Tempo antrieb. «Bettina!», rief die verängstigte Aurelie und hielt ihr vom Kutschbock aus ein Leinenbündel entgegen, «Bettina! Bettina!»

Als sie die Augen verwirrt öffnete, sah sie Aurelie am Bettrand sitzen, bleich und mit geschwollenen, stumpfen Augen. Die Haare hingen ihr in einem halb gelösten Zopf über die nur von einem dünnen Nachtkleid bedeckte Brust. Es musste etwas geschehen sein.

Bettina, noch benommen, richtete sich auf und nahm die eiskalte Freundin in die Arme. Der lösten sich nun die Tränen, und so schluchzte sie eine ganze Weile an Bettinas Schulter vor sich hin, bis sie auf sanftes Drängen ansetzte, den Grund für ihr Unglück zu offenbaren.

Mit der Post vom Vorabend hatte ihr Vater schlechte Nachricht erhalten: Seine Schwester (die Aurelie an Mutters statt aufgezogen hatte) sei ernstlich erkrankt. Der Verdacht auf eine langwierige, stets tödliche Krankheit, den man bereits bei der Abreise nach den böhmischen Bädern hegte und um dessentwillen man die Tante vorsichtshalber daheim zurückließ, habe sich nun zweifelsfrei bestätigt. Der Brief stammte vom Arzt der Familie, der, indem er Herrn von Arnsberg hiervon Mitteilung machte, zugleich anriet, den Aufenthalt in Karlsbad abzukürzen: Es bestehe die Befürchtung, Fräulein von Arnsberg könne in ihrer Verzweiflung und beraubt des Beistands ihrer Verwandten Hand an sich selbst legen, ja, es habe ein Versuch hierzu bereits stattgefunden.

In Anbetracht solch schlimmer Neuigkeiten regte sich bei

Bettina ein Gefühl der Scham ob der selbstmitleidsvollen Missstimmung, der sie sich heute hingegeben hatte. Der Streit ihrer Eltern, das peinliche Manövrieren, zu dem sie die Pläne ihrer Mutter gezwungen, der Versuch des Barons, sich nachteilige Informationen über Bettina zu erkaufen, seine freimütige Annahme, sie werde die ganze Geschichte auch noch amüsant finden; dies und alles übrige Ungemach der letzten Stunden und Tage erschienen plötzlich wie lauter harmlose Verdrießlichkeiten von nur vorübergehender und sehr relativer Bedeutung.

Aurelie strahlte eine so tiefe und ernste Verzweiflung aus, dass es Bettina angst und bange um sie wurde. Sie kannte sich als geschickte Beruhigerin und Trösterin in den kleineren Katastrophen, deren Zeugin sie bisher in ihrem Leben geworden, doch diesmal wollten all ihre wohl gewählten Worte nicht fruchten, vermochten es all ihre ehrlichen Bemühungen nicht, der Leidenden auch nur ein wenig Fassung, Festigkeit und Zuversicht zurückzugeben.

So überlegte Bettina schließlich, ob nicht vielleicht dem Unheil der Schrecken zu nehmen sei, indem man es offen ausspräche, und fragte geradeheraus:

«Was ist es denn für eine Krankheit, die deine Tante hat? Die galoppierende Schwindsucht, nehme ich an?»

Aurelie schwieg einen Moment und sagte dann, plötzlich ruhiger:

«Ach, wäre es nur das, und ich könnte mich still in das Schicksal fügen. Doch es ist weit schlimmer: Es ist der Veitstanz, und dass man daran stirbt, ist das geringste Übel. Sterben, das müssen früher oder später wir alle. Doch der Veitstanz macht erst wunderlich, dann wahnsinnig, dann schwachsinnig, erst ungeschickt, dann krampfig und schließlich vollständig gelähmt, sodass man viele Jahre sich und anderen Qualen zufügt, bevor der Tod Erlösung bringt. Und da es im Blute liegt, weiß ich, dass es auch bei mir einmal ausbrechen muss – die ersten Anzeichen sind bei mir schon aufgetreten.»

Bettina war einige Momente sprachlos.

«Ist denn auch deine Mutter daran gestorben?», fragte sie schließlich sehr leise.

«Nein», schüttelte Aurelie den Kopf, «der Veitstanz ist ein Erbteil der Familie meines Vaters. Meine Mutter aber starb tatsächlich an der Schwindsucht, nicht lang nachdem sie mich auf die Welt gebracht hatte. So siehst du, liebe Bettina, dass ich auch von mütterlicher Seite keine guten Anlagen mitbringe. Doch da liegt nicht meine Angst: Meine Lungen haben bislang kein Anzeichen von Schwäche gezeigt.»

«Die Anzeichen des Veitstanzes dagegen meinst du bemerkt zu haben? Hast du jemals die Möglichkeit bedacht, dass du nur deshalb so oft etwas fallen lässt, weil du dich genau davor fürchtest?»

Aurelie stieß ein bitteres Lachen aus.

«Auch mein Vater versucht, mir dies einzureden. Doch leider mit einer Begründung, die mir letzten Endes keine Beruhigung geben kann: dass nämlich der Veitstanz, anders als die Schwindsucht, keine Krankheit der Jugend ist und sich die ersten Symptome für gewöhnlich im mittleren Alter zeigen. Selbst wenn ich also, wie du meinst, die Krankheit jetzt noch nicht habe und gesund erscheine, so ist es doch sicher, dass ich verdammt bin. Denn es verhält sich mit dem Veitstanz auch in anderer Hinsicht nicht so wie mit der Schwindsucht. Bei dieser kommt es vor, dass die Krankheit einmal in einem Geschlecht auftritt und dann nicht mehr wiederkehrt oder dass erst die Enkel oder Nichten und Neffen eines Schwindsüchtigen wieder mit einer Lungenkrankheit niederkommen, während die Kinder verschont blieben. Beim Veitstanz aber schlägt das Schicksal unbarmherzig in jeder Generation zu, es gibt keine, die ausgelassen würde.»

«Das sind doch Ammenmärchen!», entgegnete Bettina. «Wie sollte denn so etwas möglich sein! Eine Krankheit beruht immer auf natürlichen Ursachen. Sie ist doch kein in einer Hexenmesse ausgekochter Fluch, der eine Familie gnadenlos bis an den Jüngsten Tag verfolgt.»

«Du magst es für Altweibergeschwätz halten. Für uns ist es bittere Wirklichkeit, philosophischen Skeptizismus können wir uns nicht leisten. Meine Familie hat das Unglück, einen niedergeschriebenen Stammbaum zu besitzen, der mehrere Jahrhunderte zurückreicht. Von diesem Stammbaum gibt es zwei Ausgaben. Eine ist mit prächtigen Illuminationen und Goldschnitt geschmückt und für die Augen von Fremden bestimmt. Die andere ist kahl, schlicht und schwarz auf weiß gehalten; kein Fremder bekommt sie jemals zu Gesicht. Der schmucklose Stammbaum, den wir den ‹schwarzen› nennen, besitzt ein Merkmal, das nur die Eingeweihten zu deuten wissen: Bei vielen der Namen steht ein Punkt, den man, wenn er nicht immer jeweils links neben dem ersten Vornamen zu sehen wäre, für Fliegendreck halten könnte. Wenn wir heimkehren, wird mein Vater vor den Namen meiner Tante einen solchen Punkt einzeichnen, denn er ist das Mal der von der Krankheit Befallenen.

Wenn man in diesem Stammbaum meines Vaters Geschlecht zurückverfolgt, so findet man keine Generation, in der nicht mindestens einer der Abkömmlinge einen Punkt vor seinem Namen trüge. Keine einzige blieb völlig verschont. Ich aber, Bettina, bin der jüngste und letzte Spross dieses vermaledeiten Geschlechts, und somit der einzige meiner Generation: Mein Vater hat keine anderen Kinder, seine einzige Schwester hat nie geheiratet. Und nun ist mit ihrer Erkrankung auch meine letzte stille Hoffnung dahin, dass der Fluch gebrochen wäre und keine Macht mehr über uns hätte. Ich weiß jetzt, dass ich ihm nicht entkommen kann.»

Jetzt war es Bettina, der Entsetzen im Gesicht und Tränen in den Augen standen. Aurelie hingegen hatte während ihrer Rede die Fassung wiedergewonnen und umarmte nun ihrerseits tröstend die Freundin.

«Du Ärmste!», rief sie aus. «Ich hätte nicht so unbedacht sprechen sollen! Du darfst nicht unglücklich sein, es ist doch nicht gar so furchtbar, wie es dir vorkommen muss. Bedenke, ich lebe bereits seit Jahren in dem Wissen um mein Schicksal und bin durch Gewöhnung abgestumpft genug, davon nicht umgeworfen zu werden. Nur ist mir jetzt die Krankheit meiner Tante in die Glieder gefahren, erst die Befürchtungen, seit gestern Abend die schreckliche Gewissheit, und dann die Nachricht, zu welch grausamem Entschluss sie die Verzweiflung getrieben hatte …»

Die beiden Freundinnen hielten sich eine Weile still umfangen. Endlich murmelte Aurelie:

«Und zu allem Übel soll ich gerade jetzt, wo ich eine Freundin gefunden habe, abreisen und mich auf Nimmerwiedersehen von ihr trennen!»

Bettina lehnte sich ein Stück zurück und sah ihr erschrocken ins Gesicht.

«Aber warum denn auf Nimmerwiedersehen?», protestierte sie. «Gut, mag sein, Wildungen liegt eine halbe Weltreise von Berlin, doch am Schreiben kann uns das nicht hindern. Und warum sollten wir uns nicht auch zweimal im Jahr für ein paar Wochen sehen?»

«Schreiben können wir uns», meinte Aurelie, «mit den Besuchen wird es freilich hapern. Werde ich doch auf Jahre mit der Pflege meiner Tante befasst und nicht abkömmlich sein. Und umgekehrt glaube ich kaum, dass wir Besuch empfangen und unterhalten können. Die Krankheit meiner Tante macht uns jeden gesellschaftlichen Umgang unmöglich.»

«Aber bin ich denn gesellschaftlicher Umgang?», fragte verwundert Bettina. «Ich käme doch nicht für Bälle und Diners, sondern nur, um bei dir zu sein! Ich werde euer zurückgezogenes Leben gern teilen, und gewiss kann ich dir bei der Pflege deiner Tante sogar behilflich sein.»

«Liebste Bettina, du ahnst nicht, was du dir zumutest! Aber wenn du darauf bestehst, ich jedenfalls wäre überglücklich, dich bei mir zu haben. In meinem Eigensinn am liebsten recht bald.»

«So verspreche ich, dass ich noch dieses Jahr kommen werde! Einen genaueren Zeitpunkt will ich dir noch nicht geben, denn auch in meiner Familie gibt es Umstände, die vielleicht zu bestimmten Zeiten meine Anwesenheit erfordern.»

Aurelie schwieg einen Augenblick.

«Um Himmels willen!», rief sie dann. «Verzeih mir, Bettina, ich hatte nicht bedacht, dass du sehr wahrscheinlich bald heiraten wirst. Vorher bist du sicher mit den verschiedensten nötigen Vorbereitungen beschäftigt, und danach gedenkt dein Zukünftiger ganz gewiss nicht, seine Braut gleich für länger aus dem Haus zu geben. Doch vielleicht kannst du nach dem ersten Jahr – aber wer weiß, ob dich dann nicht schon Mutterpflichten ans Haus binden und ob dein Mann dir überhaupt gestattet, alleine zu reisen …»

«Wann ich heirate», sagte Bettina nach kurzer Überlegung, «ist genauso unsicher wie ob ich überhaupt heirate. Und sollte sich dergleichen tatsächlich noch in diesem Jahr ergeben, dann muss eben mein Zukünftiger einsehen, dass ich mich an ein Versprechen gebunden fühle, welches ich aussprach, noch ehe ich ihm verpflichtet war.»

«Meine treue, liebe Bettina», antwortete Aurelie halb amüsiert, «ich weiß wohl, dass du es ernst meinst. Doch ich kann nicht glauben, dass dein guter Wille und deine Prinzipien der geballten Macht und Herrlichkeit eines dir frisch angetrauten Freiherrn standhalten werden. Nur gräme dich nicht über meinen Unglauben. Fürs Mindeste hast du mich so weit wieder hergestellt, dass ich jetzt in der Lage bin, mich für die Reise bereitzumachen. Lebe wohl Bettina, ich muss mich sputen.»

Damit drückte sie der Freundin einen Kuss auf die Wange und lief eilig aus dem Zimmer. Doch just als die Türe hinter ihr mit einem Knall zugegangen war, öffnete sie sich erneut. Im Spalt erschien Aurelies Gesicht.

«Fast hätte ich's vergessen», sagte sie hastig, «was habt ihr denn mit dem Kind von gestern angestellt? Habt ihr es in die hiesige erbärmliche Findelanstalt gebracht?»

«Aber nein, es ist in den besten Händen», begann Bettina, worauf Aurelie sie unterbrach:

«Wenigstens eine gute Nachricht! Alles Weitere schreib mir, und vor allem: schreib bald!» Mit diesen Worten verschwand sie.

Bettina fand es ausgesprochen seltsam, dass nach dem Lord nun auch Aurelie nach dem Verbleib des Kindes fragte. Mittlerweile war sie ganz der Ansicht des Barons, es werde von einigen zu viel Aufhebens um ein ausgesetztes Neugeborenes gemacht.

Gleichzeitig regte sich in ihr eine wohlige Zufriedenheit, dass der, welcher ihr den Hof machte, ein vernünftiger, berechenbarer Mensch zu sein schien, anders als der Lord mit seinen exzentrischen Ansichten, der übrigens, wie ihr aufgefallen war, dem französischen Rotwein häufig mehr als geboten zusprach und dann, im Stuhl zurückgelehnt, still, abwesend und mit glasigen schwarzen Augen die Tischgesellschaft beobachtete.

11
Der Unfall

Eine Woche war ins Land gegangen oder vielleicht mochten
es zehn Tage gewesen sein, Bettina warf in dieser Zeit kaum
einen Blick auf den Kalender.

Das Wetter war ins Launische und Feuchtkühle umgeschla-
gen, und auch in anderer Hinsicht hatte sich das Leben in
Karlsbad verändert. Man bewegte sich in reduzierter Gesellschaft: Aurelie war mitsamt ihrem Vater abgereist; die Majorin hatte sich, ohne andere Begleitung als ihre Zofe, nach
Marienbad begeben. Luise schloss sich, kaum der Aufsicht
der Mutter und ihren verfrühten Kuppelungsbestrebungen
entronnen, einer fidelen kleinen Polin ihres Alters an und
verbrachte die meiste Zeit im Kreise von deren kinderrei-
cher Familie und unter Aufsicht der überforderten französischen Gouvernante der fröhlichen und lauten Schar.

In Abwesenheit von Mutter und Schwester hatte Bettina jedoch keine größere Bewegungsfreiheit erlangt. Im Gegenteil, überallhin begleiteten sie nun die gestrengen Augen
und Ohren ihrer Tante. Diese nahm die Verantwortung, die
ihr mit dem Auftrag zugekommen war, über Bettina an Mutters statt zu wachen, überaus ernst. Mit so großer Gewissenhaftigkeit betätigte sie sich als Chaperon ihrer Nichte,
dass dieser auch nicht für einen Augenblick ein privater
Wortwechsel mit irgendeinem männlichen Wesen gelang –
und das, obwohl der ältere der beiden Herren von Baringsdorf es ganz und gar nicht an Bemühungen fehlen ließ, ein
tête-à-tête herbeizuführen. Die Tante hegte offenbar die Befürchtung, der Baron trachte beständig danach, Bettina in
einer dunklen Ecke des Salons ihrer Ehre zu berauben oder
zumindest doch jeden Wortwechsel unter vier Augen zur
Verabredung eines nächtlichen Stelldicheins zu nutzen.

Selbst mit Kindern nicht gesegnet und in ihrer Jugend streng erzogen, war Frau von Middeldorf mit den Sitten der jungen Leute von heute nicht vertraut, und die Idee, ein ehrlicher Antrag könne bei irgendeiner anderen Stelle als dem Brautvater zuerst vorgetragen werden, lag ihr fern. So deutete sie die offensichtlichen Bestrebungen des Barons, Bettina ohne Zeugen zu sprechen, als Zeichen für die gänzlich unehrenhaften Pläne eines heißblütigen Junggesellen, dem die unausgelebte Manneskraft alle Nähte zu sprengen droht. Sie steigerte ihre Wachsamkeit und unterließ es nicht, Bettina von ihren Befürchtungen hinsichtlich der Absichten des Barons zu unterrichten. Ohnehin habe sie, ganz im Gegensatz zu ihrer verblendeten Schwester, nie glauben können, der Baron habe sich ausgerechnet Bettina zur Braut erkoren. Wenn ein derart begehrenswerter und sicher erfahrener Mann sich nach reiflicher Überlegung zu heiraten entschlösse, klärte sie ihre Nichte auf, dann doch sicher eine Frau mit so außerordentlichen äußeren Vorzügen, wie sie selbst ein wohlmeinender Beobachter bei Bettina nicht entdecken könne und die auch durch eine stattliche Mitgift nicht zu ersetzen seien. Bettina täte daher gut daran, die eigennützigen Aufmerksamkeiten des Barons mit kühler Strenge abblitzen zu lassen; wenn überhaupt, könne sie nur so ihren durch übergroße Vertraulichkeit mit ihm bereits beschädigten Ruf in der Karlsbader Gesellschaft wiederherstellen.

In Wahrheit aber war dem in der Phantasie Frau von Middeldorfs mit den abstoßendsten Vorhaben ausgestatteten Baron an einer leiblichen Besitzergreifung Bettinas zuvorderst weit weniger gelegen als an einer gesellschaftlichen im Sinne einer Ehe und deren Anbahnung in Anstand und Sitte. Doch um seinem Sinn für Romantik Genüge zu tun, wollte er durchaus in traulicher Zweisamkeit das Jawort seiner Auserwählten einholen, bevor er offizielle Schritte einleitete. Eine Gelegenheit hierzu ergab sich allerdings dank der Fürsorge Frau von Middeldorfs nicht von selbst, sondern musste mit Bedacht und Tücke herbeigeführt werden.

Die unschuldige Bettina ahnte nicht, dass eine großzügige Dosis Rizinusöl im Spiel war, als ihre Tante eines Morgens ausrichten ließ, sie sei unpässlich und könne leider nicht an der im Falle guten Wetters geplanten Landpartie teilnehmen. Bettina holte sich bei ihrem Vater die Absolution dafür, ohne die Begleitung ihrer Tante mitzufahren: Schließlich kämen ja auch die Komtess und ihre Mutter mit zu dem Ausflug, berichtete sie ihm, sodass für angemessene weibliche Begleitung gesorgt sei.

Erleichtert, endlich einmal einen Tag ohne die bedrückende Anwesenheit ihrer Tante zu ihrer Rechten oder Linken verbringen zu können, lief Bettina nach dem «Ja» ihres Vaters frohen Herzens die Stufen in den Salon hinab, wo sie von ihren Freunden erwartet wurde. Die Gesellschaft brach sogleich gut gelaunt auf. Doch über dem Ausflug stand kein guter Stern, und das unziemliche Mittel, das der Baron in einer Schulbubenlaune eingesetzt hatte, sollte sich für ihn nicht auszahlen.

Nach einer regnerischen Nacht versprach der Tag, vielleicht als letzter in dieser Saison, schön zu werden: Die Morgensonne strahlte von einem zartblauen, fast wolkenlosen Himmel und ließ die Feuchtigkeit am Boden, vermischt mit dem Duft von Erde und Heu, in Dampfschwaden nach oben steigen. Auch die Ausdünstungen der Braunen vor dem offenen Landauer waren förmlich sichtbar, und bei Bettina riefen das frische, aber strahlende Wetter und die Gerüche Erinnerungen wach. Sie ertappte sich, wie sie wehmütig an das freie Landleben ihrer Kindheit zurückdachte, da sie so oft in Jungenkleidung zu Pferd und mutterseelenallein über die weiten Wiesen ihrer schlesischen Heimat dahingeglitten war und halbe Tage mit einem Buch in der Hand weltvergessen unter Eichen und Linden verbracht hatte. Damals hatte sie sich in kindlicher Ahnungslosigkeit eingeengt gefühlt von den Regeln der Gouvernante, den Anforderungen ihrer Eltern und den festen Mahlzeiten; hatte geglaubt, man müsse erwachsen werden, um frei zu sein. Doch nun wusste sie, dass mit jedem Jahr ihres Lebens das Korsett statt weiter immer noch ein wenig enger geworden war. Heute musste sie sogar dankbar sein für die Freiheit, ohne die kritische Beobachtung durch Mutter oder Tante mit zwei Damen, denen sie weder allzu viel Respekt noch Sympathie entgegenbrachte, in aufwendiger Toilette gestelzte Konversation betreiben zu können. Aber schließlich, verteidigte sie ihre augenblickliche Lage vor sich selbst, war sie ja nicht wegen der beiden Damen auf diesen Ausflug gekommen, hatte nicht allein wegen der Damen so viel Zeit vor dem Frisiertisch verbracht, sondern weil sie gewisse Pläne hegte bezüglich eines der Herren.

Und was, fragte eine andere Stimme in ihr, wird das Ergebnis sein, wenn sich deine Hoffnungen und Wünsche bezüglich dieses Herrn erfüllen? Plötzlich sah sie ihren Weg vorgezeichnet, sah, dass sie im Begriffe war, freiwillig und mit Bedacht neue Fesseln zu knüpfen in dem fehlgeleiteten Glauben, sich dadurch von den alten zu befreien, sah, wie sie sich immer weiter von den Hoffnungen des kleinen Mädchens entfernte, statt ihnen näher zu kommen. Eben noch ganz passabler Laune, wäre sie nun am liebsten aus dem Wagen gesprungen und davongelaufen.

In ihrem momentanen Anflug von melancholischer Grübelei hatte sie den Faden des Gesprächs verloren. Als sie wieder zu sich kam, wurde sie voll schlechten Gewissens gewahr, wie die Komtess sie mit säuerlichem Kräuseln um den Mund musterte.

«Es scheint fast», bemerkte sie spöttisch und überaus kühl,

«als hätten Sie meine Frage verschlafen. Ich hoffe, Sie haben wenigstens schön geträumt.»

«Aber ganz und gar nicht», stotterte die errötende Bettina, «vielmehr, ich meine, ich habe weder geschlafen noch geträumt, mich überkam nur plötzlich eine eigenartige schauerliche Empfindung, ich weiß nicht, wie ich es beschreiben soll – so ungefähr, als sähe ich ein Unglück voraus.»

«Ein Unglück?», bemerkte der Baron mit spielerisch-besorgter, aber freundlicher Stimme. «So sollte wohl gar auf der Fahrt ein Malheur passieren? Wie opportun, dass wir in Ihnen eine mit so außerordentlich feinfühligen Nervenendigungen ausgestattete Mitreisende haben, denn da wir nun gewarnt sind, kann der Kutscher doppelt und dreifach auf Schlaglöcher Acht geben. Oder steht uns etwa kein Unfall, sondern ein Überfall bevor? Ist Ihnen das Gesicht einer Räuberbande erschienen?»

«In so genauen Einzelheiten konnten mir meine Nerven die Nachricht leider nicht übermitteln», bemühte sich Bettina, auf den scherzenden Ton einzugehen. «Sie hatte mehr den Charakter einer allgemeinen Warnung. Genaueres werde ich Ihnen, wie alle Sterblichen, erst sagen können, wenn das Unglück eingetroffen ist.»

Kaum hatte Bettina die letzte Silbe gesprochen, da sackte der Wagen bedrohlich nach rechts ab, verharrte bange Sekunden in einer extremen Schräglage und kippte schließlich mit magendrehender Langsamkeit vollends nach rechts über, um unter lautem Krachen die Böschung hinab, mit der geöffneten Oberseite nach rechts unten gerichtet, zum Liegen zu kommen.

Erst nach dem Aufprall hörte Bettina die Schreie, die alle, auch sie selbst, schon viel früher auszustoßen begonnen hatten. Sie hatte sich unwillkürlich mit aller Kraft an der linken Seite des kippenden Gefährts festgehalten. Dort hing sie nun in einer ganz unglücklichen Stellung, aus der sie jeden Augenblick herabzufallen drohte. Um dies zu verhindern, versuchte sie, sich kontrolliert zum Boden herunterzulassen. Dieses Unterfangen wurde dadurch beträchtlich erschwert, dass eben dort, wo sie ihre Füße hätte aufsetzen müssen, der in einem nicht enden wollenden Schrei weit geöffnete Mund der Gräfin Lauenburg klaffte. Bettina sah sich schon schaudernd mit ihrem ganzen Gewicht der Gräfin auf den Kopf fallen, doch unter größter Willens- und Kraftanstrengung gelang es ihr zu guter Letzt, sich um eine Handbreit neben dieser in den Schlamm rutschen zu lassen.

Um Schlamm handelte es sich in der Tat, in den sie in ihrem zarten rosa Sommerkleid nun fast eine Elle tief eingesunken lag, bis es ihr endlich gelang, sich mit zitternden Knien in die Vertikale zu erheben und einen Eindruck von der Lage der Dinge zu gewinnen.

Sie selbst war, bis auf eine leichte Zerrung der Schulter, gottlob heil an Leib und Gliedern. Auch Lord Clarendon, der sich sogleich besorgt neben ihr einfand, sah zwar abenteuerlich und schlammverschmiert aus, war aber trotz seines exponierten Platzes auf dem Kutschbock bis auf eine böse Prellung im Gesicht unversehrt geblieben. Leider galt das nicht für alle Mitglieder der Ausflugsgesellschaft. Schlimm getroffen hatte es den Schwager, der mit schmerzverzerrtem Gesicht am Boden lag. Sein Arm war in eine vollkommen naturwidrige Position gebogen und zweifelsfrei gebrochen. Der Baron hatte sich zwar aus dem Wagen befreit und stand zunächst scheinbar unverletzt auf eigenen Beinen, musste sich aber, nachdem er nur wenige Schritte gegangen war, mit bleichem Gesicht niederlegen, da ihn beim Gehen stechende Schmerzen in der Brust plagten. Bettina, die neben ihm kniete, während der Lord nach der Komtess und ihrer Mutter sah, verbot ihm mit noch etwas zittriger, aber befehlender Stimme jede Bewegung: Es könne sich, so meinte sie, leicht um eine gebrochene Rippe handeln, und eine Beschädigung der Lunge durch die scharfe Bruchstelle sei mit peinlichster Vorsicht zu vermeiden.

Wie der Baron so hilflos und verletzt vor ihr lag, regte sich in Bettina mit einem Mal eine große Zärtlichkeit für ihn, und sie ergriff, ohne nachzudenken, seine Hand. Schweigend saß sie so neben dem Leidenden, bis kurz darauf der Lord wieder neben dem jungen Paar stand und berichtete: Die Gräfin leide starke Schmerzen und sei einer Ohnmacht nahe, die Komtess blute aus einer Schürfwunde am Arm und sei auch an einem Bein leicht lädiert, aber ansonsten wohlauf. Eine Bergung der Verletzten mit dem Wagen sei leider unmöglich: Eine Achse sei gebrochen und eines der Pferde schwer verletzt.

Da die schmale Landstraße wenig befahren war, konnte man nicht damit rechnen, dass sich bald Vorbeireisende der Verunfallten annehmen würden. Es galt demnach, so schnell wie möglich selbst Hilfe und eine Transportmöglichkeit an den Ort des Unglücks zu holen. Dem Baron war klar, wie das geschehen solle: Der Lord müsse auf einem der gesunden Pferde im gestreckten Galopp nach Karlsbad zurück; in einer guten halben Stunde könnten dann ein Arzt und ein Wagen an Ort und Stelle sein. Doch der Lord musste eingestehen, dass er zu dieser Selbstverständlichkeit nicht in der Lage sei: Ohnehin ein ungeübter Reiter, befürchte er, sich ohne Sattel überhaupt nicht auf dem Rücken eines Pferdes halten zu können. Dies sah der Baron, der die Reitkünste seines Freundes nur zu gut kannte, sofort ein, hielt ihm noch mit schmerzverzerrter, leiser Stimme vor, wie bitter nun andere seine lebenslange Unwilligkeit zu sportlicher Ertüchtigung bezahlen müssten, und forderte ihn auf, dann eben auf Schusters Rappen eilends Karlsbad zuzustreben.

Hier meldete sich Bettina zu Wort: Sie könne sehr wohl ohne Sattel reiten und erbiete sich, den Boten zu spielen. «Wie, etwa im Damensitz?», begehrte der Baron zu wissen, und verbot, als Bettina dies verneinen musste, ihr Ansinnen kategorisch: Eine ihm freundschaftlich verbundene junge Dame werde nicht mit entblößten Beinkleidern wie eine Zigeunerin am helllichten Tag allein in Karlsbad einreiten. Nun verkündete der Lord, er wolle sich sofort zu Fuß auf den Weg machen, und fragte sowohl seine Verlobte als auch Bettina, ob sie ihn begleiten wollten. Schließlich sei ihnen kaum zuzumuten, mehrere Stunden am Wegesrand im Dreck auszuharren. Bettina, die fror und die sich lieber früher als später ihrer feuchten, verschmutzten Kleider entledigt hätte, nahm dieses Angebot sogleich an und bereute es im selben Augenblick wieder ein wenig. Der Baron ließ sie mit dem Versprechen ziehen, ihm, wenn endlich auch er wieder in Karlsbad eingetroffen sein würde, alsbald einen langen Besuch an seinem Krankenbett abzustatten. Die Komtess aber erklärte, sie sei nicht in der Lage zu laufen, zudem könne sie ihre Mutter nicht allein zurücklassen. So waren es nur zwei, die sich schließlich aufmachten, um Hilfe zu holen.

Bettina schlug einen sehr schnellen Schritt ein, denn Eile war ja geboten. Ob dieses Tempo auf so nachgiebigem, unebenem Untergrund nicht für Damenschuhe ungeeignet sei, erkundigte sich der Lord. Allerdings, gab Bettina zu und überlegte laut, ob sie die Schuhe nicht lieber ausziehen solle, schlammbeschmiert seien ihre Füße und Strümpfe ohnehin.

«Einen Versuch ist es wert», meinte der Lord, «doch vielleicht warten Sie damit bis hinter der nächsten Biegung, sofern Sie nicht wollen, dass unser Freund Franz, wenn er es beobachtet, hinterher mit mir schimpft, ich hätte Ihnen das zigeunerhafte Barfußgehen gestattet.»

Als Bettina, unter Beachtung dieser Vorsichtsmaßnahme, die spitzen, hohen Stiefeletten aufgeschnürt und abgestreift hatte (die sich der Lord galant zu tragen entbot), stellte sie erleichtert fest, dass sie barfuß auf der morastigen Straße tatsächlich auf gewandtere und weniger schmerzhafte Weise vorankam.

Auf dem durch die schlechten Straßenverhältnisse für die mitgenommenen Wanderer etwas beschwerlichen Weg drehte sich das Gespräch, wie man sich denken kann, zunächst um den Unfall, seine Ursachen und seine Folgen. Dabei ergab es sich, dass der Lord nach Bettinas Unglücksprophezeiung fragte:

Er habe bisher nicht an Hellseherei geglaubt, doch könne es wohl kein Zufall sein, dass Bettina so kurz vor der Katastrophe eine solche vorwegempfunden habe. Ob ihr dergleichen schon einmal in ihrem Leben widerfahren sei?

Dies verneinte Bettina durchaus und fügte hinzu, auch in diesem Falle glaube sie nicht, das Ereignis vorhergesehen zu haben.

«Aber», wandte der Lord nach einer kurzen Pause ein, «Sie hatten doch ihre Unheilsvision nicht zur Belebung der Konversation erfunden? Mir jedenfalls schienen Sie zutiefst im Ernst zu sprechen, als Sie erklärten, die Empfindung von einem bevorstehenden Unglück gehabt zu haben.»

«Mir war es auch Ernst, nur handelte es sich keineswegs um eine übernatürliche Vision, und von einem Kutschenunglück schon gar nicht. Es war vielmehr so, dass ich soeben über meine Zukunft nachgegrübelt hatte und diese mir plötzlich in sehr schwarzem Licht erschienen war.»

«In sehr schwarzem Licht? Sie machen mir fast Angst, liebes Fräulein von Denkewitz. Was steht denn für Ihre Zukunft zu befürchten, das Sie so traurig stimmt?»

«Nichts Bestimmtes, auch nichts wirklich Schlimmes. Nur ist mir aufgegangen, dass ich mich wohl mein Lebtag so bedrängt und in meinen Neigungen und Bestrebungen beschränkt fühlen werde, wie ich es jetzt oft tue, dass also die manchmal von mir gehegte Hoffnung auf ein freieres, ungezwungeneres Dasein in der Zukunft eine unverzeihliche kindische Illusion ist und sich nie erfüllen wird.»

Der Lord schwieg einen Moment nachdenklich, erkundigte sich dann genauer, was Bettina mit ihren Worten gemeint habe, denn er wolle nichts missverstehen. Nach einigen nicht in jeder Hinsicht klaren Erklärungen ihrerseits meinte er, Bettina sei zu pessimistisch hinsichtlich der Bedingungen des Erwachsenendaseins: In den niederen Ständen, wo man tagein, tagaus hart arbeitend ums Überleben kämpfen müsse, sei das Leben tatsächlich ein Sklavendasein, aber bei den wohlhabenden Klassen habe man, einmal im Alter, dem Regiment von Verwandten und Lehrern nicht mehr ausgeliefert zu sein, gute Aussichten, über sein Leben selbst zu bestimmen. Er selbst habe jetzt, als erwachsener Mann, die besten Möglichkeiten, sich seinen mehr oder minder exzentrischen Vorlieben und Launen hinzugeben. Er kenne fast nur solche Pflichten, die er sich selbst auferlegt, und Umgang pflege er, wann und mit wem er wolle, sodass das gesellschaftliche Leben ihm nun, anders als in seiner Jugend, keineswegs mehr lästig sei. Er habe fast das Gefühl, als habe er zu viel Freiheit, um glücklich zu sein, nicht zu wenig.

«Das mag sich wohl bei Ihnen so verhalten», sprach daraufhin Bettina, «in der Tat erstaunt es mich nicht, dass Sie Ihr Leben nicht als eingezwängt empfinden. Doch was für Sie gilt, wird wohl kaum auf mich Anwendung finden können. Bin ich doch kein Mann, sondern ein Weib. Als solches werde ich niemals nur mir selbst verantwortlich sein, werde vom Regiment meiner Eltern und Erzieher nahtlos in das womöglich strengere eines Gatten überwechseln, werde seinen Ansprüchen, seinen Wünschen und Vorlieben entsprechen müssen statt den meinen und beständig darum besorgt sein, ob ich allen Anforderungen zu seiner oder vielleicht auch noch zu seiner Mutter Zufriedenheit Genüge getan habe.»

«Verzeihen Sie», erwiderte der Lord, «dass ich in meiner Einfalt nicht gleich verstanden habe, worauf Sie hinauswollten. In der Tat sehe ich nun, was Sie so melancholisch gestimmt hat, und will nicht bestreiten, dass Ihre Befürchtungen eine gewisse Berechtigung haben. Für viele Frauen muss das Leben sich so darstellen, wie Sie es beschrieben haben, und es ist nicht gänzlich auszuschließen, dass es sich auch in Ihrem Falle so verhalten könnte. Dennoch glaube und hoffe ich, liebes Fräulein von Denkewitz, dass Sie viel zu schwarz sehen. Sie sind doch, wenn Sie erst einmal verheiratet sind, in einer fast unangreifbaren Position; werden Sie da nicht auch für Ihre eigene Zufriedenheit, für Ihre eigenen Wünsche Sorge tragen können?

Es gehört, meine ich, nicht zu einem guten ehelichen Umgang, dass die Bequemlichkeit des einen alles zählt und die des anderen gar nichts. Lassen Sie dergleichen von Anfang an nicht zu. Schlimmstenfalls müssen Sie hin und wieder eine Verstimmung Ihres Mannes in Kauf nehmen. Sie selbst werden sich oft genug einmal über ihn ärgern, warum sollte ihm das umgekehrt erspart bleiben?»

«Da steht mir offenbar ein harter Kampf bevor», seufzte Bettina, «den ich allein auf mich gestellt, ganz ohne Unterstützung in einem fremden Haus nicht lange durchstehen kann.»

«Es muss keineswegs ein Kampf werden, ja es ist sogar wahrscheinlich, dass sich das Gewünschte wie von selbst ergibt; schließlich ist … schließlich werden Sie gewiss keinen böswilligen Despoten heiraten. Und ganz auf sich allein gestellt sind Sie ja nicht: Sie haben nicht nur Eltern und Schwester, bei denen Sie Rückhalt finden könnten, Sie haben doch gute Freunde, die Ihnen bei Schwierigkeiten immer zur Seite stehen werden.»

«Wer weiß, ob ich Freundschaften, wenn ich verheiratet bin, noch pflegen kann? Wird es denn mein Mann zulassen, dass ich regelmäßig in die Ferne reise, um meine Eltern oder Fräulein von Arnsberg zu besuchen?»

«Sie werden es einfach tun, ob er es nun gern sieht oder nicht. Tatsächlich neigt … neigen viele Männer ein wenig zur Eifersucht, doch sollten Sie sich davon nicht beirren lassen. Und, liebes Fräulein von Denkewitz, machen Sie sich nicht zu viele Sorgen: Schließlich haben Sie in Ihren Eltern ein Beispiel für eine Ehe, in der gegenseitige Rücksichtnahme beiden Eheleuten zugute kommt – oder täusche ich mich?»

Bettina überlegte einen Augenblick.

«Nein, Sie täuschen sich nicht, im Großen und Ganzen … zum Glück ist mein Vater ein herzensguter Mensch, der meine Mutter nach ihrem Gutdünken schalten und walten lässt und ihr nie etwas zuleide tun könnte. Aber es sind nicht alle so wie er.»

Während Bettinas letzter Worte tauchten endlich hinter dem Tann die ersten Häuser von Karlsbad auf. Die beiden Wanderer wurden von ihrem heiklen Gespräch durch eine andere, ebenfalls ein wenig heikle Angelegenheit abgelenkt: Sie mussten sich gegenseitig diskret auf ihre schlammverkrusteten Gesichter aufmerksam machen, die es vor dem Betreten der Stadt in ohnedies überaus verdrecktem, abenteuerlichem Aufzug notdürftig zu säubern galt. Nach ungeschickten und umständlichen Versuchen, sich den Schmutz gemäß den Instruktionen des anderen selbst abzuwischen, ging man verlegen lachend und scherzend dazu über, sich gegenseitig das Gesicht zu reinigen. Diese Tätigkeit währte zwar nur einige Momente, die aber waren für Bettina von einem Überschwang an Gefühlen erfüllt, von denen sie nicht hätte sagen können, ob sie eher von glücklichem oder traurigem Charakter waren.

Als man kurz darauf schließlich den äußersten Randbezirk von Karlsbad betrat, zog sich Bettina ihre Stiefeletten wieder an die gequälten Füße – obwohl sie, so bemerkte sie zu ihrem Gefährten, in diese Gegend auch ohne Schuhwerk gut gepasst hätte. Es war nämlich ein ausgesprochen ärmliches Viertel, durch das man zweifelsohne schon auf dem Hinweg gefahren war, welches man aber mit dem Wagen so rasch durchquert, dass Bettina ihm keinerlei Aufmerksamkeit geschenkt hatte. Nun, da man auf eigenen, wunden Füßen in wesentlich gemächlicherem Tempo die Straße entlangschritt, blieb mehr Gelegenheit, diesen von den Badegästen selten betretenen Bezirk Karlsbads in Augenschein zu nehmen – und nicht nur die Augen waren an der Erkundung beteiligt: Nicht zu ignorieren waren nämlich für die Nasen der Wanderer die übel riechenden Miasmen, die aus dem am Straßenrand entlanglaufenden Abwasserkanal dünsteten. In den Seitengässchen floss der Unflat gar ohne Regulierung mitten über den Weg. Die Straße, die Bettina und ihr Begleiter entlangschritten, war, obwohl viel befahren, auch hier in der Stadt noch ungepflastert. Bei jedem Schritt versank man in einem zähen Morast, in den nicht nur der Pferdekot von Wochen gemischt war.

Die Häuser waren klein und schmucklos, oft mit unverglasten Fenstern und notdürftig oder gar nicht geflickten Löchern im Dach, und Bettina vermeinte, in einem von ihnen das Findelhaus wiederzuerkennen, dessen Äußeres sie bei ihrem nächtlichen Besuch von neulich nur unzureichend hatte wahrnehmen können.

Weit und breit hob sich nur ein einziges Gebäude, welches man ein Stück weiter stadteinwärts auf der linken Straßenseite erblickte, auffällig von der allgemeinen Tristesse ab. Es war ein dreigeschossiger Steinbau mit hohen, gesimsumfassten Fenstern, der mit seinem fleckenlosen Anstrich in Weiß und Rosa aus dem allgemeinen schmutzigen Braungrau seiner Umgebung hervorstach. Als man näher kam, erblickte Bettina eine verschnörkelte Aufschrift über dem schön gearbeiteten Eingangsportal: «Maison Elena» stand dort zu lesen, und Bettina erfasste jetzt, welche Bewandtnis es mit diesem stattlichen Bau inmitten all der Armut hatte, denn in ihrer Gegenwart war hinter vorgehaltener Hand schon mehrfach von dem stadtbekannten Etablissement gemunkelt worden. Soeben überlegte sie, ob sie eine in den Grenzen des Anstands formulierte diesbezügliche Bemerkung gegenüber ihrem Begleiter riskieren könne, als das Portal des Hauses sich öffnete, eine vertraute Männergestalt heraustrat und, ohne sich umzusehen, den Weg stadteinwärts einschlug.

In ungläubigem Erstaunen, das sich binnen Sekunden in Entsetzen wandelte, blieb Bettina stehen und starrte der nicht einmal fünfzig Schritte voraus einherstapfenden Gestalt des Majors nach. Der Lord umfasste Bettina, setzte in erhöhtem Tempo und gesteigerter Lautstärke seinen beim Betreten der Stadt begonnenen Bericht über das Elend, den Hunger und die städtebaulichen Unzulänglichkeiten des Londoner East Ends fort und brachte derweil seine Begleiterin mit sanftem Druck seines Armes dazu, weiterzugehen. Alsbald schlug er unter beständigem Redefluss mit ihr eine Seitengasse ein, die, wie er behauptete, eine Abkürzung darstelle. Bettina war dankbar, ihren Vater auf diese Weise, wenn schon nicht aus den Gedanken, so doch aus ihrem Blickfeld verloren zu haben. Nach einer Zeit, die ihr wie eine Ewigkeit vorkam, erreichten sie das Hotel Impérial. Dort brach ihr Begleiter seinen Monolog ab und versicherte ihr, er werde nun alles Notwendige in die Wege leiten, um die verletzt am Straßenrand Zurückgelassenen in ihr Domizil und in ärztliche Behandlung zu bringen. Sie, Bettina, könne also beruhigt auf ihr Zimmer gehen, sich waschen und umkleiden, ein stärkendes Getränk zu sich nehmen und sich von den Unannehmlichkeiten des Tages ausruhen.

Bettina nahm diese Anregung nur zu gern auf. Als sie endlich, am ganzen Körper gebadet, in frischer Wäsche und allein auf ihrem Bett lag, gab sie sich einer langsam, aber mit gnadenloser Gewissheit aufkommenden Migräne hin.

Etwa eine halbe Stunde hatte sie so gelegen, da erschien Frau von Middeldorf. Sie befand sich in heller Aufregung über den Unfall, von dem sie soeben erfahren hatte, und war wenig erstaunt über den schlechten Zustand ihrer Nichte. Der blieb nichts anderes übrig, als sich einem Vortrag ihrer Tante auszuliefern, welcher himmlischen Strafgerichten Erwähnung tat, von denen entgegen dem Ratschlag ihrer wohlmeinenden Verwandten in Männergesellschaft zu frivolen Ausflügen aufbrechende junge Damen zu Recht heimgesucht würden. Doch während Bettina die Tante samt ihrer Strafrede in stillem Leid ertrug, weigerte sie sich zu aller Befremdung standhaft, ja geradezu hysterisch, ihren Vater zu empfangen, der sich bald darauf in großer Sorge an ihrer Schlafzimmertür einfand und seiner der mütterlichen Pflege beraubten Tochter in väterlicher Zärtlichkeit Trost zu spenden gedachte.

12
Ein unerhörter Brief

Die Nacht hatte wenig Schlaf und kaum Erleichterung gebracht, und Bettina war unverändert elend zumute, als sie am nächsten Tag um die Mittagszeit im Abstand von nur wenigen Minuten aus der Hand Luises zwei Briefe erhielt, die zuvor von zwei verschiedenen Laufburschen für sie überbracht worden waren.

Der erste, dünnere stammte von Baron Baringsdorf und enthielt, was Bettina der Umstände halber erwartet hatte:

(*Diktiert am 12ten August 1824*)

Liebstes, verehrtes Fräulein Bettina!
Leider kann ich Ihnen nicht selbst meine Aufwartung machen: Zwar meint mein Arzt, meine Rippen hätten nur einen Knacks, er hat jedoch vorsorglich fünf Tage strenge Bettruhe verordnet.
Wie ich zu meinem Bedauern höre, leiden Sie unter einer Gehirnerschütterung, und ich möchte Ihnen hiermit selbstredend die besten Wünsche zu Ihrer Genesung übermitteln. Ich kann nur hoffen, dass die Unbilden des gestrigen Tages es Ihnen nicht für immer vergällt haben, in meiner Begleitung Ausflüge zu unternehmen! – Außerdem brauche ich wohl kaum zu erwähnen, dass ich trotz allem mit Ungeduld auf einen Krankenbesuch Ihrerseits an meinem Lager hoffe (gegebenenfalls in der Gesellschaft Ihrer werten Frau Tante), falls Ihre Genesung so weit fortgeschritten ist, dass Sie solchen Anstrengungen wieder gewachsen sind.

In Vorfreude auf ein baldiges Wiedersehen
Ihr Franz von Baringsdorf

Verfolgt von den begierigen Augen der gespannt wartenden Luise, die über den Inhalt des «Liebesbriefs» detaillierte Informationen verlangte und mit den erhaltenen nicht zufrieden war, legte Bettina das Blatt unter ihr Kopfkissen. Dann ergriff sie den zweiten Brief, der das Siegel Lord Clarendons trug, öffnete ihn mit hektischen, ungeschickten Fingern und las:

Liebes, verehrtes Fräulein von Denkewitz,

Sie werden es schon für unschicklich und vermessen halten, dass ich Ihnen überhaupt schreibe, und um wie viel mehr erst das, was ich Ihnen schreibe. Dennoch hege ich die hoffentlich nicht ganz verblendete Hoffnung, Sie könnten mein ungebührliches Betragen mit verzeihender Milde betrachten, da sein einziger Antrieb mein innigster Wunsch ist, es möge Ihnen recht bald schon wieder gut gehen.

Zunächst will ich Sie über das Befinden unserer Mitreisenden von gestern in Kenntnis setzen, das, wie Sie vielleicht schon von anderer Seite gehört haben, den Umständen entsprechend als befriedigend bezeichnet werden kann.

Unser Freund, der Baron, wird trotz einer Rippenprellung in ein paar Tagen sicher wieder auf den Beinen sein, ist recht guter Dinge und harrt im Übrigen auf Ihren baldigen Besuch.

Die Gräfin Lauenburg hat ein paar Beulen und Kratzer davongetragen und empfängt, wie mir zu Ohren kam, heute Morgen eine ganze Reihe von Damen, denen sie von ihren gestrigen Abenteuern berichten wird. Auch ihre Tochter ist zwar an einigen Stellen verpflastert, aber ansonsten glücklicherweise wohlauf.

Etwas weniger gut sind die Nachrichten über den armen Ludwig, meinen Kutscher, dem der gebrochene Arm gerichtet und geschient wurde. Immerhin scheint es, als sei die ärztliche Hilfe noch zur rechten Zeit gekommen, denn heute früh fand ich ihn fieberfrei und, nach einer laudanumumwölkten Nacht, ausgeruht und ohne große Schmerzen vor. Der Arzt ist zuversichtlich, dass er schon morgen oder übermorgen das Bett verlassen kann.

Vielleicht sollte ich an dieser Stelle gestehen, dass ich,

nachdem ich von Ihren Kopfschmerzen erfuhr, gegenüber Ihrer Tante und anderen, die mich nach Ihrem Befinden fragten, die Vermutung äußerte, Sie hätten während des Unfalls einen Schlag auf den Kopf erhalten und litten an einer leichten Gehirnerschütterung – was ja durchaus möglich, wenn nicht sogar wahrscheinlich ist.

Doch es ist nur in geringem Maße die Absicht zur Bekanntgabe von Gesundheitsbulletins, die mich heute Morgen veranlasst, Ihnen zu schreiben. Vielmehr liegt mir am Herzen, Ihnen von einem Erlebnis zu erzählen, das mir widerfuhr, als ich ungefähr in Ihrem Alter war und das mich damals sehr erschüttert hat.

Ich hatte gerade binnen weniger Monate erst den Vater und dann die Mutter verloren und war nicht in bester Verfassung. Beiden Eltern hatte ich Zuneigung und Respekt entgegengebracht, meiner Mutter aber war ich in besonders inniger Liebe verbunden gewesen. Nur wenige Wochen nach ihrem Tod erfuhr ich nun aus sicherer Quelle etwas für mich vollkommen Undenkbares, etwas, das ich im Übrigen seither noch keinem anderen Menschen anvertraut habe und nach Ihnen auch keinem anderen anzuvertrauen gedenke. Ich erfuhr nämlich, dass meine Mutter, die ich neben vielem anderen auch für den Inbegriff weiblicher Tugend und Gattenliebe hielt, meinen Vater über viele Jahre hinweg mit einem anderen Mann hintergangen habe.

Ich war zunächst ungläubig, dann bestürzt und schließlich von einer großen Wut erfüllt. Es schien mir, als habe sie, die ich so sehr geliebt, nicht nur meinen Vater, sondern auch mich zeit meines Lebens betrogen. Konnte doch die vorbildliche, herzensgute Frau, als welche ich sie kannte, nur ein Trugbild, eine Chimäre gewesen sein, die sie uns vorgegaukelt hatte und hinter der sich in Wahrheit ein unaufrichtiges, sittenloses und mir vollkommen fremdes Wesen verbarg. So schien es mir jedenfalls.

Einige Zeit darauf aber erfuhr ich weitere Umstände aus dem Leben meiner Mutter, Umstände, die ich niemals hätte erahnen können und die das, was ich für einen Bruch des Ehegelöbnisses gehalten hatte, wenn nicht entschuldigten, so doch in einem anderen, milderen Licht erscheinen ließen.

Noch immer war ich bestürzt und verwirrt; muss es doch stets befremdlich sein, zu erfahren, dass Leben und Leid der Eltern, ihre Empfindungen, Wünsche und Hoffnungen über das hinausgehen, was man aus dem beschränkten Blickwinkel eines Kindes von ihnen erfahren hat. Doch allmählich schwanden mir Wut und Bitterkeit, mir wurde klar, dass die Frau, die ich gekannt hatte, kein Trugbild war, dass all die Güte und Liebe, die sie mir und meinem Vater erwiesen hatte, ebenso echt und unverfälscht waren wie die andere Seite ihres Wesens, die sie vor mir verborgen gehalten hatte.

Ich ahnte, es sei unmenschlich, von Menschen Perfektion zu verlangen, da doch die Umstände eines Lebens und der Charakter der menschlichen Natur die Verwirklichung unserer Ideale so oft erschweren oder verwehren. Niemandem, glaube ich, steht es an, eine andere Person für einen Verstoß gegen das, was anerkannt als gut und richtig gilt, zu verurteilen, ohne zu wissen, welche Verhängnisse des Schicksals diese Person zu ihrer Tat führten, ohne zu wissen, wie er selbst, denselben Umständen ausgesetzt, anstelle des anderen gehandelt hätte.

Ich schreibe Ihnen all dies in der Hoffnung, Sie könnten vielleicht für sich selbst Nutzen daraus ziehen. Sollten eines Tages Sie etwas Unschönes über einen Ihnen nahe stehenden Menschen erfahren, werden Sie diesen vielleicht nicht so abgrundtief verdammen, wie ich es damals mit meiner Mutter tat, und sich damit selbst größte Qualen ersparen.

Mit der Bitte, mir diesen unerbetenen Rat zu verzeihen, sowie voller Hoffnung, dass Sie uns alle bald wieder mit Ihrer Gesellschaft erfreuen werden,

Ihr Ihnen treu ergebener
James St. Claire Lord Clarendon

Unter den unangenehm forschenden Blicken Luises, der sie wahrheitsgemäß berichtete, der Brief handele von dem Befinden der Unfallbeteiligten, legte Bettina die dicht beschriebenen Blätter nonchalant zu ihrer gesammelten Korrespondenz. Erst nachdem Luise das Schlafzimmer verlassen hatte, ergriff sie den Brief erneut, las ihn ein zweites Mal, faltete ihn danach auf handtellergroßes Format zusammen und legte ihn in ein verschließbares Büchlein, in das sie manchmal Gedichte schrieb und dessen zuvor sorglos verwahrten Schlüssel sie nun sicher an ihrer Halskette befestigte.

Gegen Abend war ihr ein wenig besser, und sie ließ zum ersten Mal ihren hochbesorgten Vater zu sich.

13
Geldfragen

Anderntags erwachte Bettina früh, frohen Mutes und von der Migräne genesen. Sie fühlte sich voller Tatendrang und beschloss, ihr Leben endlich selbst in die Hand zu nehmen, statt hilflos im Strom der Ereignisse zu schwimmen. Umgehend ließ sie sich Tee bringen, kleidete sich sorgfältig und gebot Kattusche, der Zofe, ihr eine komplizierte und wir-

kungsvolle, gleichwohl morgendliche Natürlichkeit vortäu-
schende Frisur zu machen.

Es war keine halb neun, als Kattusche ihr Werk beendet
hatte und Bettina nach einem insgesamt befriedigten Blick
in den Spiegel die noch schlafende Luise allein zurückließ.
Ob es zu früh sei, dem Kranken einen Besuch abzustatten,
fragte sie, am Eingang zur Suite des Barons angekommen,
den Diener.

Es sei nicht zu früh, wurde ihr versichert, nachdem man sie
gemeldet hatte. Seine Exzellenz sei schon mit den Vögeln
wach geworden und freue sich sehr, Fräulein von Denkewitz empfangen zu dürfen.

Der Kranke lag nicht in seinem Schlaf-, sondern in seinem
Rauchzimmer, einem eher kleinen Raum, dessen auf eine
geschützte private Terrasse gehende, zur Hälfte verglaste
Flügeltüren jedoch einen herrlichen Blick in den Park ge-
währten.

«Bettina!», rief der Baron, als er seiner Besucherin ansichtig wurde, «wie schön, Sie zu sehen! Und noch dazu ganz
allein!»

«Meine Tante», lächelte die Angesprochene, «war zu dieser
frühen Stunde für meine Begleitung noch nicht abkömmlich.»

«Das ist traurig, doch wir werden uns auch ohne sie zu be-
helfen wissen. Und vor allem freue ich mich, dass Sie von
Ihrer Gehirnerschütterung genesen scheinen – oder war es
etwa gar keine, sondern doch nur Migräne?»

«Wahrscheinlich das Letztere», gab Bettina zu, «unser
Abenteuer war aufregend genug, um eine rein nervöse Er-
schütterung zu verursachen. Aber heute bin ich wieder
wohlauf. Und wie geht es Ihnen? Haben Sie noch Schmerzen?»

«Nicht im Liegen», sprach der Baron, «und auch Sie sollten
sich, statt unbequem herumzustehen, lieber setzen!»

Bettina ließ die ausgestreckte Rechte des Barons ihre eigene ergreifen und sich auf den Rand des Kanapees niederziehen.

Da saß sie nun an der Seite des lächelnden Kranken, ihre Hand wie ein Vogel gefangen in der seinen, ihr rechter Oberschenkel an seinem Rumpf, und war ihm zunächst eine einsilbige Gesprächspartnerin. Fühlte sie sich doch plötzlich von einer großen inneren Unruhe befangen, von dem Bewusstsein, dass sie mit diesem heimlich zu nennenden Besuch bei einem Mann, über dessen Liaison mit ihr bereits getuschelt wurde, ein Risiko eingegangen war; dass sie, nachdem sie einmal ganz allein mit ihm auf seinem Lager saß, es sozusagen seiner Diskretion anheim gestellt hatte, wie weit er mit ihr zu gehen wünschte, dass er die erhofften Heiratsavancen bisher vermieden hatte, ja sie möglicherweise nie zu machen gedachte und Bettina in der Tat, wie von ihrer Tante befürchtet, am Ende der Saison kompromittiert zurücklassen könnte.

Doch ehe sie sich's versah, waren alle ihre drängenden Befürchtungen obsolet geworden, und ihr etwas riskanter Plan, mit Bedacht eine Situation herbeizuführen, in der er sich erklären müsse, erwies sich als geschickter Schachzug. Denn der Baron gedachte nicht, die Gelegenheit wie früher durch langes Zögern ungenutzt verstreichen zu lassen, und kam sogleich zur Sache.

Er wolle, begann er, jetzt endlich einmal aussprechen, was ihm schon häufig auf den Lippen gelegen, und umfasste dabei Bettinas Hand, die er von unten mit seiner Rechten drückte, auch noch von oben mit seiner Linken.

Die Zeit seiner ersten, ungestümen Mannesjahre, in denen er rastlos die Welt durchzogen und Zerstreuung und Amüsement gesucht habe, sei nun vorüber. Schon lange verspüre er das Bedürfnis nach einer Gefährtin, die fortan sein beschaulicher und, seit dem Tode des Vaters, ernster gewordenes Leben teilen, der er abends in vertrautem Zwiegespräch von seinen Gedanken und den Ereignissen des Tages berichten könne, die bei kleineren oder größeren Anlässen an seiner Seite die Gäste des Hauses empfange und die ihm schließlich auch den Sohn schenken werde, dem er dereinst die Güter seiner Vorväter vertrauensvoll für die Zukunft zu übergeben gedenke. Nach langer, vergeblicher Suche glaube er, in Bettina diese Gefährtin erkannt und gefunden zu haben. Er hoffe, ja sei vermessen genug zu ahnen, dass sie Ähnliches empfinde? Kurzum, er liebe Bettina und wage es zu fragen, ob sie einwilligen könne, sich mit ihm zu vermählen und die Baronin Baringsdorf zu werden.

Bettina, erleichtert, wiewohl auf unerklärliche Weise auch eine Spur befremdet, hörte sich einige der Worte sprechen, welche sie sich für eine solche Gelegenheit zurechtgelegt hatte und die einer jungen Dame in ihrer Position ziemlich sein mochten.

Der Baron reagierte auf ihr schüchternes Jawort mit Befriedigung und bat sie schelmisch, sich zu ihrem leidenden Bräutigam herabzubeugen und einen Verlobungskuss zu empfangen, was Bettina, die nicht wusste, wie sie die Aufforderung abschlagen sollte, auch verschämt und unsicher tat.

Dieser Kuss war ein sonderbares, ein wenig beängstigendes, aber alles in allem genüssliches Erlebnis, das in Bettina eine gewisse Vorfreude auf das künftige Eheleben weckte. Dennoch war es ihr sehr lieb, dass es inmitten dieser Liebkosung an der Tür klopfte. Reflexartig richtete sie sich in die sitzende Position auf und legte ihre beiden Hände in den Schoß, sodass sie ein annähernd sittsames Bild bot, als auf das «Herein!» des Barons der Diener in der Tür erschien und den Arzt ankündigte, der alsbald das Zimmer betrat. Bettina wollte sich sogleich verabschieden, um den Arzt, einen Dr. Procházka, nicht bei seinen Verrichtungen zu behindern. Davon wollte jedoch der Baron nichts hören, und da sie nun zum Bleiben verurteilt war, wies Procházka sie an, sich während seiner Visite durch Öffnen der Terrassentüre um die Genesung des Patienten verdient zu machen: Der brauche nämlich dringend frische Luft, an der es in dem kleinen Rauchzimmer ganz entschieden mangele.

Bettina tat wie geheißen, und während Procházka mit der Inspektion der freiherrlichen Rippen und des dort offenbar befindlichen Blutergusses befasst war, widmete sie sich mit betonter Konzentration draußen auf der Terrasse den Tücken der Mechanik. Es galt, die nach außen öffnende Tür, um sie im geöffneten Zustand zu fixieren und vor dem Auf- und Zuschlagen durch Zug oder Windböen zu bewahren, in eine hierfür vorgesehenen Schiene einrasten zu lassen, doch Bettina begriff nicht sogleich, wie. Schließlich verstand sie, dass zu diesem Zweck ein metallener Stab an der Tür herabgelassen werden musste, der aber, obwohl sie mit aller Kraft daran rüttelte, nicht von der Stelle weichen wollte. Mittlerweile brach ihr der Schweiß aus. Sie spürte, wie ihr Hals und Gesicht heiß wurden, während sich zu allem Übel noch ihre Halskette im zierdereichen Messingbeschlag des Türschlosses verfing. Die beiden Männer hatten sie zu ihrem Verdruss schon eine kleine Weile amüsiert bei ihren Anstrengungen beobachtet, aber erst jetzt kam Procházka zu Hilfe. Für ihn war, wie Bettina verlegen und insgeheim verärgert feststellen musste, der Türenmechanismus ein Kinderspiel.

«Ein Glück», bemerkte hierzu der Baron nicht unfreundlich, nachdem sich der Arzt mit guten Wünschen verabschiedet hatte, «dass ich dich nicht als Küchenmagd engagieren will, sondern als Ehefrau. Doch auch eine Dame von gehobenem Stand sollte geschickt genug sein, einmal selbst eine kleinere Arbeit zu bewerkstelligen, ohne sich lächerlich zu machen. Wie mir scheint, hast du hier noch einiges zu lernen.»

Bettina entschied sich, dies als Scherz aufzufassen, und lächelte dazu, obwohl ihr eigentlich nicht danach zumute war. Mit einem Blick auf die Uhr merkte sie an, dass sie nun nicht mehr lange bleiben könne: Ihre unentschuldigte Abwesenheit habe inzwischen sicher bei ihrer Familie Verwunderung, wenn nicht Besorgnis erregt. Der Baron ergriff noch einmal ihre Hand und schärfte ihr ein, ihren Vater in seinem Namen zu einem baldigen Besuch zu bitten. Da er heute und darüber hinaus noch einige Tage ans Bett gefesselt sei, wie er zu seinem Bedauern soeben von Procházka erfahren habe, sei er gezwungen, auf diese ungewöhnliche Weise vom Krankenlager aus seinen Antrag um Bettinas Hand beim Major vorzubringen, denn er wolle die Angelegenheit so bald als möglich in geordnete Bahnen lenken.

Das war auch ganz Bettinas Wunsch, und so verabschiedete sie sich, alles in allem sehr zufrieden mit dem Erreichten, von ihrem inoffiziellen Verlobten. Als der Diener die Tür zur freiherrlichen Suite hinter ihr geschlossen hatte, atmete sie erschöpft und glücklich zweimal tief durch. Dann eilte sie fliegenden Schrittes, mehrfach haarscharf ein Stolpern über ihr Kleid vermeidend, und mit glühenden Wangen die Treppe zu den Zimmern hinauf.

Ihren Vorsatz, Vernunft und Anstand gemäß nichts von dem Vorgefallenen zu berichten, bevor der Baron bei ihrem Vater offiziell um ihre Hand angehalten hätte, gab sie auf, kaum dass sie ihn gefasst hatte. Sie traf Tante, Schwester und Vater versammelt in dessen Rauchsalon an, alle in mäßiger Sorge um den Verbleib der an diesem Tag noch nicht gesichteten Bettina – einer Sorge, die sich nun in Vorwürfen entlud, die man der endlich Wiedergefundenen ob ihres gedankenlosen Betragens machte. Da konnte Bettina nicht mehr an sich halten und erzählte mit glänzenden Augen, was ihr widerfahren war.

Der Vater nahm ihren Bericht mit stiller, tiefer Zufriedenheit und einer Spur leiser Wehmut auf. Ohne Zaudern schickte er sich an, den erbetenen Besuch beim Baron abzustatten. Die Tante verfiel in hektische Begeisterung, schrieb den Erfolg unter anderem auf das Konto ihrer eigenen, umsichtigen Führung Bettinas seit der Abreise ihrer Mutter und war voll der Ratschläge, wie nun weiter zu verfahren sei. Luise begegnete den Neuigkeiten zunächst mit einigem Erstaunen und zeigte dann unverhohlene, wenn auch neidgetrübte Bewunderung für den triumphal gelungenen Coup der älteren Schwester, die ihr nun nicht mehr die geschwisterliche Kumpanin von gestern, sondern fast wie eine in die Welt der erwachsenen Frauen entrückte Fremde erschien.

Bettina wusste, dass sie jetzt in den Augen ihrer Familie als Erfolg gelten konnte, und genoss voller Stolz diese neue Position. Es war ein großer Sprung vom mauerblümchenhaften Sorgenkind zur Baronsbraut, und sie hatte ihn, fast unglaublich für sich selbst, in diesem Sommer in wenigen Wochen vollzogen.

Ein klein wenig, aber nicht ernsthaft gedämpft wurde ihr momentanes Glücksgefühl durch die eher griesgrämige Stimmung und Wortkargheit des Vaters, als dieser nach unerwartet langer Zeit von seinem Besuch am Krankenlager des Barons zurückkehrte. Nur mit Mühe konnte man ihm entlocken, der Baron habe in der Tat um die Hand Bettinas angehalten, und er, der Major, habe dazu die grundsätzliche Zustimmung ihrer Eltern erklärt. Jedoch sei das Finanzielle noch zu regeln, und zu diesem Zwecke werde er sich am frühen Abend nochmals zu einer Unterredung beim Baron einfinden – der im Übrigen, murmelte er am Schluss kaum verständlich und mehr zu sich selbst, ein harter Verhandler sei. Während der Mittagsruhe, welche die beiden Schwestern, durchaus ohne dabei an Schlaf zu denken, auf ihrem Zimmer verbrachten, traf zum zweiten Mal binnen zweier Tage mit der Hauspost ein Brief des Barons an Bettina ein, den sie nur mühsam den Augen der kichernden Luise entziehen und, halb unter der Bettdecke versteckt, allein überfliegen konnte:

Geliebte Bettina!

Du ahnst nicht, wie groß mein Glück ist, dass ich dich nun mit Fug und Recht als meine künftige treue Gefährtin betrachten darf, und wie sehr ich über die Unannehmlichkeiten meiner Verletzung hinweggetröstet bin durch das Wissen, bald in jeder Hinsicht ungehinderten Zugang zu deiner Gesellschaft zu haben.

Leider aber ist meine freudige Hoffnung durch die Haltung deines Vaters getrübt: Er gibt, so scheint mir, nicht mit ganzer Seele seine Zustimmung zu unserer Verbindung, ja versucht, sie durch die Hinterhand abzuwenden! So jedenfalls muss ich sein lachhaft niedriges Mitgiftangebot interpretieren, das weder seinen noch meinen Verhältnissen entspricht und noch weniger deiner Person und dem Platz gerecht wird, der dir als einer von nur zwei Töchtern im Herzen deines Vaters gebühren sollte.

Solange dein Vater unsere Verehelichung nicht aus vollem Herzen unterstützt, fürchte ich, liebe Bettina, dass es mir unmöglich sein wird, mit ihm zu einer Einigung zu kommen. Hat er vielleicht andere Pläne mit dir? Ist er womöglich deshalb so zurückhaltend, weil er befürchtet, dich in eine von dir nicht gewünschte Verbindung zu drängen? Sicher wäre es einem schnellen Einvernehmen förderlich, wenn du ein solches Missverständnis, sollte es bestehen, alsbald aus dem Weg räumtest, wenn du also noch vor heute Abend deinem Vater eindringlich darlegtest, wie sehr dir daran gelegen ist, meine Frau zu werden. Ich weiß, dass dein Vater dich liebt, so wie ich es tue, und dass er gewiss deinem Glück nicht hinderlich sein will.

In der Hoffnung, dich morgen in aller Frühe nach glückli-
cher Klärung der Formalitäten wieder an meinem einsamen
Krankenbett sehen zu dürfen,

dein dich verehrender Franz

Bettina wusste nicht, sollte sie verärgert, verwirrt oder verletzt sein oder alles zugleich, beschloss aber nach hastigem
Nachdenken (unter den lauten Spekulationen Luises über
den Inhalt dieser weiteren Liebesbotschaft), dass sie zu keinem davon Anlass habe. Eine Ehe ist ein wichtiges Geschäft; warum sollte also der Baron hier nicht mit derselben Ernsthaftigkeit seinen Vorteil verfolgen, wie er das
auch bei anderen geldlichen Transaktionen tat und in diesen harten Zeiten auch tun musste, ja wie sie das als seine
künftige, von seinem Geschick in Gelddingen abhängige
Ehefrau sogar von ihm erwarten und verlangen musste?
Nur hätte sie es vorgezogen, wenn es der Baron in diesem
besonderen Fall aus Delikatesse unterlassen hätte, ihr von
den Schwierigkeiten seiner Verhandlungen zu berichten;
insbesondere war es ihr unlieb, dass er sie nun selbst mit
hineinzog, statt die Angelegenheit allein mit ihrem Vater
auszutragen. Doch tat er das eigentlich? Schließlich verlangte er ja nicht von ihr, gegen ihren Vater Partei zu ergreifen oder gar selbst mit ihm über ihre Mitgift zu feilschen.
Sie sollte ihm, von dem der Baron annahm, er hege Zweifel, ob Bettina die Partie überhaupt wünsche, lediglich versichern, dass dem so sei. Das musste aus der Sicht des
Barons als ein legitimes Anliegen erscheinen. Er konnte ja
nicht wissen, dass Bettina am Morgen gegenüber ihrem
Vater bereits unzweideutig ihre Freude über den Antrag des
Barons und die Aussicht, seine Frau zu werden, zum Ausdruck gebracht hatte.

Es schien ihr das Beste, sich die Sache aus dem Sinn zu schlagen und so fröhlich wie zuvor mit Luise zu schwatzen. Sie bedrängte auch am Nachmittag ihren Vater nicht mit Bitten und ließ ihn nicht spüren, dass sie überhaupt etwas über den Gang der Verhandlungen erfahren hatte.

Nur am frühen Abend, als er sich erneut aufmachte, den Baron aufzusuchen, konnte sie sich die bange Frage nicht verkneifen: Ob wohl alles gut gehen werde?

«Aber natürlich, mein Kind», war die Antwort des Majors, der seine Tochter darauf wie zur Versicherung kurz an sich drückte. Und tatsächlich wusste er zu diesem Zeitpunkt bereits, er würde sich mit dem Baron einig werden. Ganz allein hatte er am Nachmittag die folgenschwere Entscheidung getroffen, dass er, wenn es hart auf hart käme, wenn das Glück seiner Bettina auf dem Spiel stände, sich bereit erklären würde, auf die Mindestforderung des Barons einzugehen.

Diese umfasste, keineswegs zum Erstaunen des Majors, ziemlich genau das, was er und seine Frau vor langer Zeit als die Mitgift ihrer Töchter festgesetzt hatten, ein recht stolzer Betrag, den beide Eltern in den Wochen zuvor sich nicht gescheut hatten, in Rauchsalons und Brunnenhallen diskret publik zu machen.

Doch hatte die Majorin vor ihrer Abreise nach Marienbad ihrem Mann beharrlich eingeredet, die ursprünglich geplante Mitgifthöhe für die beiden Töchter müsse, um auch für das in Aussicht stehende dritte Kind Mittel zurückzubehalten, erheblich gekürzt werden. Der Major, der die wahnwitzigen Adoptionspläne seiner Frau ohnehin nicht guthieß, wenn er sie auch schließlich hingenommen hatte, war angesichts der kompromisslosen Haltung des Barons nun mit sich übereingekommen, es müsse unter den obwaltenden Umständen auch im Sinne seiner Frau sein, nicht für unsichere Zukunftsprojekte die sich in der Gegenwart bietende vorteilhafte Verbindung aufs Spiel zu setzen und seine älteste Tochter ins Unglück zu stürzen.

Unter diesen Voraussetzungen waren die weiteren Verhandlungen für den Baron ein leichtes Spiel, was dieser fälschlicherweise seinem Brief an Bettina und deren seiner Meinung nach daraufhin erfolgten Intervention bei ihrem Vater zuschrieb.

Zum Abendessen war der Major zurück und brachte gute Nachricht: Es sei alles zum Besten Bettinas geregelt, und schon am folgenden Abend solle die Verlobung offiziell bekannt gegeben und in kleinem Kreis gefeiert werden. Der Arzt hatte dem Baron die Erlaubnis zu dieser kleinen Eskapade gegeben, unter der Bedingung, dass er die Feier über ruhig auf seinem Stuhl sitzen bleiben und nicht umhergehen, keinesfalls jedoch tanzen werde.

14
Offenbarungen

Als Bettina sich spät an diesem Tag der Entscheidung aufs Schlafengehen vorbereitete, müde, zufrieden, aber auch ein wenig bang vor all dem Weiteren, das der heutigen Übereinkunft in naher und fernerer Zukunft folgen würde, machte sie eine unerfreuliche Entdeckung.

Sie fand ihre Halskette aufgerissen und lose in ihr Korsett gerutscht. Der wertvolle Anhänger, ein Geschenk des Vaters zu ihrem Debütantenball, war noch an seinem Platz. Doch ihr fiel sofort auf, dass etwas anderes fehlte. In mäßiger Aufregung suchte sie, nachdem Kattusche gegangen war, an ihrem Körper und zwischen den Falten ihrer Kleidung, allein ohne Erfolg. Nun war der Verlust eigentlich keine Katastrophe, sie besaß daheim in Berlin Ersatz. Wenn sie sich nur hätte sicher sein können, dass der verlorene Schlüssel nicht in unbefugte Hände gelangt war – wobei sie in erster Linie an ihre Schwester dachte. Denn es waren nun nicht mehr nur ihre eigenen Geheimnisse, die in dem Gedichtbüchlein ruhten und die es zu bewahren galt. Nach einigem Hin und Her entschloss sie sich, damit ihre Seele Ruhe hätte, unverzüglich den Ort aufzusuchen, an dem sie das Abhandengekommene vermutete.

Mit der Unterbekleidung hielt sie sich nicht auf, schlüpfte rasch in das soeben ausgezogene Kleid, warf ein Cape darüber, um sich vor dem draußen leise rieselnden Regen zu schützen, und machte sich, ohne die schon schlafende Luise oder sonst jemanden von ihrer Absicht in Kenntnis zu setzen, auf den Weg zum Dienstbotenaufgang. Von dort gelangte sie unerkannt in den Park und, nach Übersteigen eines niedrigen, aber spitzen Geländers, auf die private Terrasse vor dem Rauchzimmer des Barons. Wie sie gehofft hatte, stand keiner der beiden Türflügel zu dieser späten Stunde mehr offen, wohl aber war das Oberlicht eine Handbreit geklappt. So suchte Bettina sich leise zu verhalten, um drinnen keine Aufmerksamkeit zu erregen. Einige Schritt weit von der Tür ließ sie sich auf alle viere nieder und kroch über die nassen Marmorplatten auf die Stelle zu, wo sie am Morgen die Tür hatte befestigen wollen und wo demzufolge der Schlüssel zu suchen war. Während sie sich solcherart unbeholfen fortbewegte, tastete sie beständig mit der Hand den Boden ab, denn das aus dem Fenster fallende schwache Licht ließ es nicht zu, das Gesuchte mit den Augen zu entdecken.

Mit einem Mal drangen Stimmen aus dem Inneren an ihr Ohr, darunter vornehmlich die des Barons, was sie kaum überraschen konnte. Recht bald hatte sie mit den Händen die Schiene auf dem Marmorboden entdeckt, doch der Schlüssel selbst wollte und wollte sich nicht finden lassen.

Schon hatte sie die gesamte Umgebung vier- oder fünfmal abgetastet, schon sah sie das kostbare Stück in der Hand des Barons (der es ihr am folgenden Tag unter unangenehmen Fragen zurückgeben würde) oder im Besitz ihrer Schwester, welche es mit taschendiebischem Geschick aus ihrem Kleid gefischt oder auf dem Boden erspäht und listig ergriffen haben mochte. Doch zu guter Letzt strich ihre Hand über eine Unebenheit, sie griff nochmals gezielter an dieselbe Stelle – und hielt den vermissten Schlüssel zwischen den Fingern. Mit einem unhörbaren Seufzen verlagerte sie ihr Gewicht von den schmerzenden Knien seitlich auf das Gesäß und gedachte, mit der Trophäe in der Hand einen Augenblick auszuruhen, bevor sie sich kriechend auf den Weg zum Geländer machte. Wie sie so erschöpft dasaß und ihr der Sinn nun für anderes als ihre Suche freistand, erkannte sie nicht nur die Stimme des Barons – die dieser soeben etwas erhoben hatte –, sondern verstand jetzt auch recht deutlich die Worte, die er zu sprechen im Begriffe war:

«… aber diese nervösen Zustände muss ich ihr abgewöhnen. Bei meinen Repräsentationspflichten brauche ich eine vorzeigbare, resolute Frau, keine Mimose, die sich bei jeder Aufregung ins Schlafzimmer ver… – was guckst du so entsetzt?»

Nicht Bettina war natürlich mit dieser Frage angesprochen, doch auch auf sie hätte ihr Wortlaut gepasst.

Schwer getroffen und gebannt blieb sie an ihrem Platz und belauschte mit gespitzten Ohren den Fortgang des Gesprächs zwischen dem Baron und seinem späten Gast; eines Gesprächs, das zweifelsfrei nicht für fremde Ohren bestimmt war. Auf die oben wiedergegebene Frage des Barons folgte ein Augenblick des Schweigens, dann eine auf Englisch gesprochene Antwort:

«I think, my friend, that you do not deserve her.»

«Ach?», versetzte der Baron gereizt, «du meinst, ich bin

nicht gut genug für die junge Majorstochter? Weiß ihren edlen Charakter und ihren feinen Intellekt nicht zu schätzen, auf die du mir ja schon des Häufigeren Loblieder gesungen hast?»

«Ich glaube in der Tat, dass du dir ihrer Vorzüge nicht ausreichend bewusst bist, dass du nicht deutlich genug siehst, was für ein liebenswerter und einzigartiger Mensch sie ist, vor allem aber, dass du in deiner männlichen Kraft, in deiner dir angebornen Selbstsicherheit, deiner Konzentration auf das Praktische und Nützliche zu wenig Achtung hast vor dem an ihr, was in deinen Augen sich als ihre Schwächen darstellen muss: ihre Feinfühligkeit, ihre Unsicherheit, ihre Skrupel.»

«So? Und wer wäre dann deiner Meinung nach ein geeigneter Ehemann für sie? Wahrscheinlich wohl du selbst!»

«Tatsächlich», antwortete der andere nach kurzem Schweigen leise, «wenn es auch schändlich für mich ist, muss ich zugeben, in meiner Vermessenheit mehrfach gedacht zu haben, dass ich Bettina von Denkewitz ein besserer Mann sein könnte als du.»

«Bist du dir da so sicher? Du, der du mit deinem angeblich so fein entwickelten Zartgefühl, während du dich mit der einen verlobst, schon dabei bist, dich in die Nächste zu verlieben? Ob es Bettinas zarter Seele Balsam wäre, zu sehen, wie ihr Ehemann vierwöchentlich je eine neue Schönheit anschmachtet?»

«Franz, du bist mehr ein Bruder für mich als ein Freund, du solltest mich besser kennen, solltest wissen, dass ich meine Gefühle nicht wie mit einer Gießkanne ausstreue. Mag sein, anziehend finde ich viele Frauen, aber eine wirklich tiefe Neigung habe ich bisher nur einmal verspürt. Du weißt, dass ich dieser Neigung viele Jahre lang sehr treu, vielleicht zu treu geblieben bin und dass ich, obwohl es an Gelegenheiten nicht mangelte, nur deshalb den Entschluss zu einer

Heirat nie fassen konnte, weil mein Herz stets an der einen hing, die mir auf immer versagt bleiben musste.»

«James, verstehe ich dich recht, du willst andeuten, du verspürtest für meine Verlobte eine ebensolche tiefe Neigung, wie es die zu Flora gewesen ist?»

«Du verstehst recht, ich liebe deine Bettina über alles; Gott möge mich strafen, dass ich's nicht ungesagt gelassen habe, wie es sich geziemen würde. Glaub mir, Franz, ich hab mich bemüht, sie mir auszureden, aber mein Herz wollte von meinen vernünftigen Gründen keinen hören.»

Das warme Glücksgefühl, das die im Regen fröstelnde Bettina angesichts solcher Worte durchströmte, sollte leider schon bald empfindlich gedämpft werden. Denn obwohl die erste Schreckstarre ihrer Glieder längst gewichen war, verließ sie noch immer nicht, wie es der Anstand geboten hätte, ihre Lauscherstellung, sondern blieb, um Weiteres zu erfahren.

«Nun, James», meldete sich jetzt wieder die Stimme des Barons, «ich kann nicht sagen, dass ich mich freue. Aber wo es denn schon einmal so vertrackt ist, lass uns noch das Beste aus der Lage machen. Für dich ist Bettina von Denkewitz also die große Liebe, für mich hingegen würde es sich eher um eine Konvenienzehe handeln. Du bist mein Freund, ich will dir nicht um der Sanierung meiner Finanzen willen das Glück rauben. Mit etwas Mühe wird sich für mich eine andere, ebenso passende Gefährtin finden. So lasse ich eben meine Verlobung platzen, und du löse die deinige auf. Das wird einen Skandal geben, den du verschmerzen kannst, und dann nimm um Gottes willen deine Bettina.»

«Das ist unmöglich.» Die Worte waren so leise gesprochen, dass Bettina sie kaum vernehmen konnte. Umso lauter war die Reaktion des Barons:

«Unmöglich? Wieso denn das? Sie liebt dich doch auch. Ist dir etwa nicht aufgefallen, wie sie rot wird, wenn du sie nur ansiehst, wie sie an deinen Lippen hängt, wenn du sprichst?»

«Franz, ich bitte dich, quäl mich nicht. Ich kann meine Verlobung nicht auflösen, ich muss die Komtess heiraten.»

«Du *musst* sie heiraten? Soll das heißen … hast du … ist sie …»

«Ja, ich habe, und sie ist.»

«Du lieber Gott, da schwelgt mein zart beseelter Freund in unsterblicher Liebe zu meiner Bettina und vergnügt sich nebenbei mit seiner Verlobten im Bett! Das ist doch nicht zu fassen!»

«Das ‹Vergnügen›, wie du es nennst, fand statt, als ich von Bettinas Existenz noch ebenso wenig wusste wie du. Zwei Wochen später, am selben Tag, als die Familie von Denkewitz hier eintraf, berichtete die Komtess mir in Tränen aufgelöst von ersten Symptomen einer Schwangerschaft, von denen du, falls du dich entsinnst, selbst einige zu beobachten Gelegenheit hattest. An diesem Tag habe ich euch dann, da ich ehrenhafterweise nicht anders handeln konnte, von einem Einvernehmen zwischen ihr und mir berichtet und begonnen, alles Nötige in die Wege zu leiten.»

«Das wird ja immer toller. Da entpuppt sich unser James als Schwerenöter, der eine Gefahr für die Moral der adeligen Jugend darstellt. Holst dir eine unschuldige junge Komtess ins Bett, kaum dass du zum ersten Mal die Augen auf sie geworfen hast! Und wenn sie nicht in andere Umstände geraten wäre, hättest du sie guten Gewissens in entjungfertem Zustand sitzen lassen und weiter gewartet, bis eine Märchenprinzessin kommt, die klug und feinfühlig genug für dich ist, dass es sich lohnt, ihr die edleren Teile deines Charakters zu widmen.»

«Halte dich mit deinem Urteil zurück. Bist du denn besser, der du den Überschwang deines Junggesellendaseins an deiner Köchin auslässt, die unter deiner Herrschaft steht und nicht wagt, nein zu sagen? Als ich mich mit der Komtess ‹vergnügte›, war das wenigstens ein von beiden Seiten gleichermaßen gewünschter Vorgang. Sie hatte mich am Vormittag zu sich bestellen lassen, weil sie meine Meinung bezüglich eines von ihr gekauften Gemäldes hören wolle, ich fand sie allein und nur halb bekleidet im Bett sitzen, mit einer Karaffe Wein und zwei Gläsern auf dem Nachttisch. Sie war schön, willig und offensichtlich in solchen Dingen nicht unerfahren, und ich habe die Gelegenheit, wie früher ähnliche, nur zu gern beim Schopfe ergriffen, was ich weiß Gott inzwischen bitter bereue.»

Während dieses Monologs hatte sich Bettina, die mehr als genug gehört hatte, geräuschlos von ihrem Platz gelöst und sich auf den Weg ins Haus begeben, sodass sie die letzten Worte des Lords schon nicht mehr mithören konnte. Durchnässt und schnatternd vor Kälte erreichte sie ihr Schlafzimmer, wo Luise unschuldig schlief. Im Dunkeln entkleidete sie sich und wickelte sich fest in ihre Decke, als wolle sie dort Trost finden, doch sie fand nicht einmal Wärme. Es war, als habe sie die Kälte von draußen ins Bett mitgebracht. Noch lange lag sie mit eisigen Gliedern, während sich ein Kaleidoskop von Gefühlen und Gedanken in ihrem Kopf beständig hin und her drehte, ohne die Hoffnung, dass sich irgendwann eine Ordnung einstellen würde.

15
Die Entscheidung

Anderntags erwachte Bettina von dem unruhigen Schlaf, in den sie gegen Morgen gefallen war, ohne die erwartete Migräne, wiewohl aber mit rauem, schmerzendem Hals, zugeschwollener Nase und einem bitteren, trotzigen Groll gegen die Männerwelt insgesamt im Herzen.

Sie nahm ihren erkälteten Zustand, der durchaus ein wenig ins Fiebrige zu tendieren schien, als ein kleines Geschenk des Himmels auf. War sie doch als Kranke gerettet vor dem Zwang, ausgerechnet am heutigen Tag, da ihr der Sinn ganz und gar nicht danach stand, Verlobung zu feiern und in einer Jubelzeremonie der künftigen Verbindung zu gedenken, bezüglich deren wunschgemäßer Entwicklung sie neuerlich voll ernster Zweifel war. Konnte es denn klug sein, sich einem Manne zu vermählen, dem sie sich, je näher sie ihn kennen lernte, desto weniger freundschaftlich verbunden fühlte? Dessen umgekehrt nur mäßiges Interesse an ihrer Person aus seinen eigenen Worten gestern so überaus deutlich geworden war? Einem Mann zudem, der, wo nicht gegen sie, so doch gegen andere auf eine Weise gesündigt hatte, die ihr nicht durch mildernde Umstände welcher Art auch immer entschuldbar schien (mochte sie nun wegen dieser Ansicht von leichtlebigen Lords der hartherzigen Prinzipienreiterei beschuldigt werden oder nicht).

Andererseits hielt es sich bei ihrem momentanen Widerwillen, mit dem Baron Tisch und Bett zu teilen, möglicherweise nur um eine spontane, zwar verständliche, aber vorübergehende Reaktion auf die verschiedenen Offenbarungen des Vorabends, die bald der Einsicht in die Opportunität der angestrebten Ehe und der nicht unbeträchtlichen Vorzüge ihres künftigen Gatten würde weichen müssen.

Vielleicht gab es etwas zu überdenken, vielleicht aber auch nicht. Heute jedenfalls musste sie keinen Entschluss in diese oder jene Richtung treffen. Heute entschied sich ihr Schicksal nicht, denn sie war bettlägerig, und die Verlobungsfeier würde schon aus diesem Grunde erst einmal verschoben werden.

Sie berichtete also der bereits fröhlich durch die Räume

wirbelnden Luise, wie krank und elend sie sich befinde und dass sie fürs Erste nicht gedenke aufzustehen, und verband diese Nachricht mit dem Auftrag, hiervon sogleich den Vater in Kenntnis zu setzen. Luise entschwand. Bald darauf fand sich der Major in einiger Sorge bei Bettina ein, während seine jüngere Tochter sich mit Frau von Middeldorf zum Frühstück begeben hatte. Den für die Jahreszeit ungewöhnlichen fiebrigen Atemwegskatarrh, den er bei Bettina diagnostizierte, sah er als eine Spätfolge des Unfalls vor einigen Tagen an, der, so bemerkte er, durch verschiedene abträgliche Umstände ihre Konstitution einigermaßen geschwächt haben musste. Er sprach sich eindringlich dafür aus, die Erkältung nicht auf die leichte Schulter zu nehmen und jedenfalls eine Woche Bettruhe einzuhalten. Die Feier, so meinte er, könne ohne Schaden noch ein wenig warten.

Bettina protestierte mit keinem Wort gegen das väterliche Dekret und nahm auch dessen Bekräftigung durch den bald darauf eingetroffenen Doktor Procházka mit fügsamer Einsicht auf. Nach dem Weggang der beiden Männer drehte sie ihr wattiges Haupt zur Seite, seufzte in tief empfundener Erleichterung und schloss die Augen. Nun hatte sie Zeit gewonnen. Sie konnte ihrer verwirrten Seele ebenso wie ihrem kranken Körper Ruhe gönnen und abwarten, wie ihr in einigen Tagen beim Gedanken an ihren prospektiven Bräutigam zumute wäre; vielleicht mochte sie dann ruhigeren Mutes auf dem Weg weiterschreiten, von dem auszuscheren inzwischen fast unmöglich schien. Mit quälender Sehnsucht vermisste sie Aurelie, deren offenes Ohr und ehrlicher Zuspruch ihr jetzt so wertvoll gewesen wären.

Bettinas Grübelei, wie wohl die ferne Freundin die Lage einschätzen, ob sie über ihre Sorgen beschwichtigend lächeln oder sie teilen würde, wurde bald durch die zwecks Administration der verschriebenen Mittel und allgemeiner

Krankenaufsicht eintreffende Tante unterbrochen. Auch Frau von Middeldorf war in Sorge, obgleich weniger um Bettinas Gesundheit als wegen der verschobenen Bekanntgabe der Verlobung. Sie verspürte die beunruhigende Ahnung, von der sie alsbald auch Bettina wissen ließ, dem Baron müssten, nun ihm Zeit zum Nachdenken gegeben, die zuvor übersehenen Fehler und Unzulänglichkeiten Bettinas umso klarer vor Augen kommen, und er werde sich daher im letzten Moment doch noch der Verlobung mit ihrer Nichte entziehen. Diese selbst enthielt sich stoisch jeden Kommentars zu Frau von Middeldorfs lebhaft ausgemalten Schilderungen der mutmaßlichen freiherrlichen Gedankengänge, nahm aber um die Mittagszeit den vorläufigen Abschied ihrer Tante anlässlich der Mahlzeit ohne Bedauern hin.

Doch die herbeigesehnte Ruhe war ihr auch jetzt nicht vergönnt, denn gleich darauf meldete Kattusche einen neuen, höchst unerwarteten Besucher. Es war der Baron!

Bettina, die innerlich wie äußerlich für Herrenbesuch nicht gerüstet war, wollte die Zofe gerade bitten, auszurichten, die Kranke könne derzeit niemanden empfangen, da kam der Gemeldete schon ungebetenerweise selbst zur Tür hereinspaziert. Franz von Baringsdorf hatte sich die seit dem Unfall etwas aus der Form gekommenen, auf dem Hinterkopf leicht schütter werdenden Haare und die Koteletten frisch legen und kräuseln lassen, sah gar nicht mehr leidend aus und richtete, wie Bettina schien, recht kritische Blicke auf ihr ungeschminktes, von verschwitzten Strähnen umrahmtes Gesicht.

Wahrscheinlich wäre es Bettina in ihrer heutigen widerspenstigen Stimmung gegenüber dem Baron nicht einmal lieb gewesen, hätte dieser sich nun auf ihre Bettkante gesetzt und ihre Hand ergriffen, wie er es umgekehrt während seiner Krankheit ihr anbefohlen hatte. Doch entgegen aller

Logik empfand sie es auch nicht als angemessen, dass er sich, gewiss um Ansteckung zu vermeiden, nach kurzem Zögern auf einen Stuhl in einiger Entfernung von ihrem Lager niederließ. Seine höflichen Fragen nach ihrem Befinden beantwortete sie wahrheitsgemäß, wobei sie bezüglich der Schwere ihrer Erkrankung etwas untertrieb – vielleicht aus schlechtem Gewissen, weil sie für den von ihr ja begrüßten Zustand nicht bemitleidet werden wollte, vielleicht auch aus dem Bewusstsein, dass der Baron sie lieber als robuste, gesunde junge Frau denn als hinfälliges, leidendes Wesen sähe. Doch ein schlechtes Gewissen und der Wunsch zu gefallen sind nicht immer gute Ratgeber. Der Baron hätte heute anscheinend lieber eine schwer erkrankte denn eine über eine leichte, unbedeutende Indisposition wenig Worte verlierende Bettina gesehen – jedenfalls runzelte er bedenklich die Stirn und befand: Es gehe ihm jedes Verständnis dafür ab, wie Bettina aufgrund eines kleinen, alltäglichen Schnupfens einen so eminent wichtigen Termin wie ihre Verlobung absagen könne.

Bettina, getroffen und verwirrt, entgegnete: Aber sie habe die Verlobung doch nicht abgesagt, sondern lediglich die Feier um eine Woche verschoben – worauf der Baron verärgert den Kopf hob:

«Nun betreibe nicht mit Haarspaltereien Ablenkmanöver, sondern bleibe bei den Tatsachen: Dein Vater hat in deinem Namen unser heutiges Verlobungsfest abgesagt, und es scheint mir dies ohne triftigen Grund geschehen zu sein.»

«Aber der Arzt hat mir Bettruhe verordnet», verteidigte sich Bettina.

«So mag er dir Bettruhe empfohlen haben, das tun Ärzte beim geringsten Anlass, und auch meiner würde mich heute lieber im Bett sehen, was mich aber von meiner Verlobung nicht abgehalten hätte. Wenn die Pflicht ruft, so kann man ihr auch dann Genüge tun, wenn man nicht ganz wohlauf ist. Ich will es dir nun dieses Mal durchgehen lassen, aber wisse für die Zukunft, liebe Bettina, dass du als Baronin nicht an drei von fünf Tagen im Bett liegen kannst und dass du auch einmal eine Geselligkeit wirst ausrichten müssen, wenn du dich nicht recht wohl fühlst. Dann gilt es eben, die Zähne ein wenig zusammenzubeißen, wie das erwachsene Frauen und Männer oft genug in ihrem Leben tun müssen.»

Bettina schwieg und schluckte mehrfach.

«Nun fang um Himmels willen nicht an zu weinen wie ein trotziges Mädchen», sagte nach einigen Momenten des Schweigens der Baron, «ich wollte dich nicht kränken, ich habe nur eine Wahrheit ausgesprochen, die den meisten Menschen ohnehin bekannt ist und die auch dir bekannt sein sollte.»

Unterdessen hatte Bettina sich gefangen und begann hierauf mit leiser, aber fester Stimme zu sprechen:

«Mir wird immer klarer, Franz, dass ich nicht die richtige Frau für dich bin. Wirklich bin ich häufig krank oder indisponiert, und du magst mich dafür verachten, aber ich halte mich nicht für stark genug, meinen Pflichten in deinem Hause dennoch stets zu deiner Zufriedenheit nachzukommen. Wir sollten gewiss unsere Vereinbarung jetzt auflösen, solange sie noch nicht offiziell bekannt und es daher ohne Schande möglich ist, denn wir würden, fürchte ich, nur unglücklich aneinander werden.»

Der Baron riss erst ungläubig beide Augen auf, dann verfinsterte sich sein Blick. Weder glaubte er, dass es Bettina mit ihrem Vorschlag ernst sei, noch war er im Geringsten geneigt, sie samt ihrer beträchtlichen Mitgift jetzt aus den Banden zu entlassen, an denen er den Sommer über mit einiger Mühe gesponnen hatte. So äußerte er sich nun in einer Weise, die seiner erstaunten Entrüstung angemessen sein mochte, die aber keineswegs geeignet war, Bettina zu versöhnen und ihrem schwindenden Vertrauen in seine Eignung als ihr Gatte neue Kraft zu verleihen:

«Bettina, ich bitte dich, mach dich nicht lächerlich! Du wirst mir doch nicht wegen einer läppischen Meinungsverschiedenheit eine Szene vorspielen wollen wie aus einem schlechten Bühnenstück!»

«Ich spiele dir nichts vor», entgegnete ruhig Bettina, «ich rede im Ernst. Wie sollen wir heiraten, wenn wir uns schon vor der Hochzeit nicht verstehen!»

«Nicht verstehen? Was soll denn das heißen, wer hat dir denn dies romantische Gefasel in den Kopf gesetzt? Sprechen wir nicht beide deutsch, und hast du nicht sehr gut verstanden, was ich gesagt und gemeint habe? Da lässt du mich dir wochenlang den Hof machen und kommst mir dann am Tag der Verlobung mit Gejammer, wir verstünden uns nicht, was alles und gar nichts sagt und deshalb unmöglich zu widerlegen oder zu beantworten ist! Und das alles nur, weil ich, als der Ältere und Erfahrenere von uns beiden und als dein künftiger Ehemann, dem du doch wohl eine gewisse Folgsamkeit schuldest, eine mäßige Missbilligung über eine deiner Entscheidungen geäußert und dir einen guten Rat für die Zukunft gegeben habe!»

Hier pausierte der echauffierte Sprecher, und Bettina fiel ihm ins Wort:

«Franz, es gibt nichts mehr zu reden, es tut mir Leid, doch ich kann dich nicht heiraten. Bitte geh jetzt.»

«So gibst du dich also ganz und gar deinen kindischen Launen hin! Aber erwarte nicht, dass ich jetzt oder in einer Stunde um Vergebung heischend vor deinem Bett knien werde! Eine weinerliche, hysterische Frau, wie du es bist, werde ich mir nicht ins Haus holen!»

Als der Baron darauf in zorniger Kränkung das Zimmer eilends verließ, stieß er hinter der von ihm ruckartig geöffneten Tür fast mit Luise und Kattusche zusammen, die sich offenbar direkt dahinter aufgehalten hatten, rauschte dann wortlos zwischen beiden hindurch und verschwand.

16
Abschied

Leicht waren die nächsten Tage für Bettina nicht, doch ein wider Erwarten bedenklich hochgeschnelltes Fieber machte ihr den Kummer ein wenig erträglicher, als er es sonst wohl gewesen wäre. Halb schlafend, halb wachend vegetierte ihr glühender Körper in einer Traum- und Schattenwelt, von der aus die Ereignisse des wirklichen Lebens nur schemenhaft zu erkennen waren und ihrer Bedeutung beraubt schienen. Auch waren die Mitglieder ihrer Familie durch Bettinas schlechte Verfassung und die ernste Sorge um ihr Leben, die sich zeitweilig damit verband, daran gehindert, ihr Vorhaltungen jedweder Art zu machen, ja das Geschehene auch nur anzusprechen. Schließlich ließ der Besorgnis erregende Verlauf ihrer Krankheit Bettinas Rolle in der fatalen Auseinandersetzung mit dem Baron für die, die darum wussten – und das waren nicht wenige – in einem milderen Licht erscheinen, als es eine sofortige, komplikationsfreie Genesung getan hätte.

Dies verspürte übrigens durchaus auch der Baron selbst, als er von Bettinas Zustand erfuhr. Andererseits empfand er aber gerade wieder das schwere Fieber wie ein vorsätzliches Manöver Bettinas, mit dem sie ihm noch nachträglich einen trotzigen Vorwurf zu machen schien. Ohnedies war er in seinem Stolz so sehr gekränkt, dass er niemals den ersten Schritt zu einer Versöhnung unternommen hätte und nach kurzer Zeit seinerseits zu der Überzeugung gelangt war, er habe sich aus einer letztlich unpassenden Verbindung mit großem taktischem Geschick gerade noch rechtzeitig herausgeschlichen.

Am fünften Tag ihrer Krankheit, da die Krise vorüber war, fand sich bei der noch immer leicht fiebernden und sehr schwachen Bettina um die Mittagsstunde erneut ein unverhoffter männlicher Besucher ein, welchen die bei ihr wachende Kattusche, die sich von seinem charmanten Bitten einwickeln ließ, wider besseres Wissen um die Unschicklichkeit seines Ansinnens und ohne ihn anzukündigen ins Krankenzimmer führte.

Als sei es im Traum, gewahrte Bettina, wie sich der Lord auf ihrem Bettrand niederließ, eine Hand um Haaresbreite neben der ihren niederlegte und sie einige Minuten schweigend betrachtete. Schließlich begann er: Nur schweren Herzens könne er sich gerade jetzt von ihr verabschieden, und doch sei er gekommen, um genau das zu tun. Er müsse anderntags in der Frühe nach Schloss Lauenburg aufbrechen, wohin ihm seine Braut schon vor Tagen vorausgefahren sei und wo nach seiner Ankunft Hochzeit gefeiert werden solle. Er habe diesen Moment hinausgezögert, aber nun könne er weiter nicht verschoben werden.

Bettina nickte und flüsterte müde: Sie wünsche Clarendon eine gute Reise und frohe Hochzeit.

Der Lord blickte ein wenig verlegen nach unten auf seine und Bettinas Hand und sprach:

«Dass Sie nun doch nicht Verlobung feiern, habe ich natürlich gehört. Ich hoffe, Sie grämen sich nicht im Nachhinein über den Entschluss – denn er kam ja von Ihnen? Es mag sein, dass Sie klug gehandelt haben; Sie werden das wohl auch selbst am besten wissen.

Ich hatte allerdings, muss ich gestehen, darauf gehofft, dass Sie Franz heiraten würden, aber zuvorderst aus egoistischen

Gründen: weil ich Sie als die Frau meines Freundes oft hätte sehen und Anteil an Ihrem Leben hätte nehmen können. So leicht wird es mir nun leider nicht gemacht. Aber wäre es nicht möglich, dass wir uns auch so einmal wiederträfen? Ich könnte es zum Beispiel einrichten, nächstes Jahr erneut den Sommer in Karlsbad zu verbringen – wenn Sie dann auch wieder kämen –»

Bettina betrachtete die Zimmerdecke.

«Vielleicht. Oder vielleicht doch nicht. Ich weiß nicht, ob das gut für mich wäre», murmelte sie, wobei ihre fieberroten Wangen sich noch dunkler färbten.

«Meine liebste Bettina», hauchte nach einer kleinen Pause plötzlich der Lord, beugte sich herab zu der Liegenden und drückte ihr einen Kuss auf die Wange. Die Überrumpelte drehte ihr Gesicht sofort zur Seite, als weiche sie weiteren drohenden Zärtlichkeiten aus, und rutschte sogar mit dem ganzen Körper ein Stück zum anderen Rand des Bettes.

«Tun und sagen Sie nichts, was Ihre Verlobte nicht wissen darf; Sie machen nur uns alle unglücklich», sprach sie heiser und tonlos, ohne den Lord anzublicken, und zog sich gleich danach das Bettlaken über den Kopf. Durch dieses hindurch fuhr sie mit vom Stoff gedämpfter Stimme fort:

«Gehen Sie, ich will Sie nicht mehr sehen, jedenfalls fürs Erste.»

Der Besucher gehorchte wortlos, aber erst nachdem er die Finger, welche das Laken umklammert hielten, einen Augenblick in seiner Hand gehalten und fest gedrückt hatte.

Als die Tür sich hinter ihm geschlossen hatte, tat Bettina das, was alle Welt schon seit Tagen von ihr erwartete: Sie begann hemmungslos zu weinen.

So fand sie noch eine gute halbe Stunde später ihr Vater vor und glaubte nun den Zeitpunkt gekommen, mit seiner Tochter eine Aussprache zu halten.

«Hast du nicht, liebe Bettina», begann er sanft, «dein Unglück fast ganz allein dir selbst zuzuschreiben? Sicher war der Baron im Unrecht, als er dir deine momentane Invalidität zum Vorwurf machte, was gewiss aus der Ungeduld geboren wurde, dich möglichst bald zu seiner Frau zu machen. Doch das war noch lange kein Grund zu so kindischem Trotz, wie du ihn gleich darauf an den Tag legtest und der dir zudem gegenüber einem Mann, und sei es auch fast schon dein eigener, allemal nicht zusteht!»

Bettina, die während der Rede ihres Vaters ihr Schluchzen durch einige tiefe Atemzüge unter Kontrolle gebracht hatte, richtete sich nun im Bett auf, sah ihren Vater eindringlich und mit erhobenem Haupt an und sprach:

«Vater, dass ich schwer an dem Geschehenen trage, kannst du sehen; dass ich meine guten Gründe dafür gehabt haben muss, kannst du dir denken. Es gibt jedoch Dinge, über die ich mit dir nicht sprechen möchte, so wie es auch sicher welche gibt, die du nicht vor mir offenbaren willst. Bitte respektiere meine Entscheidungen, auch wenn du sie nicht verstehst, ich respektiere auch die deinen. Wenn du etwas an meinem Handeln für verwerflich hältst, verzeih es mir, wenn du kannst, so wie ich es auch bei dir halte …»

Der Major war verwundert über diese Worte seiner Tochter, auf die er nichts zu erwidern wagte. Diese Bettina war ihm ein wenig fremd und beängstigend, und wenn ihm auch das Unvertraute an ihrem Charakter keineswegs ganz von Übel zu sein schien, so meldeten sich in seiner Brust doch gewisse Zweifel, ob seine Frau nicht Recht haben könnte – Recht haben mit ihrer Befürchtung, es werde schwer sein, für Bettina einen Mann zu finden.

Unter solchen etwas schwermütigen Gedanken reiste der Major mit seinen Töchtern einige Tage später aus Karlsbad ab.

Teil II

17
Ein lang ersehntes Wiedersehen

An einem kalten und stürmischen Abend Anfang November 1824 setzte die aus Kassel kommende Post eine in dunkles Tuch gehüllte junge Frau am Rande der Stadt Wildungen vor einem efeuumrankten Anwesen ab. Die einsame, kleine Gestalt verharrte neben Kisten und Koffern regungslos am Wegesrand und musterte unschlüssig das einige Dutzend Schritt zurückgesetzte, im Dämmerschein einer einzelnen Laterne düster wirkende Gebäude. Da erschien im verwitterten, unverputzten Steinportal ein milchiges Licht und darin zwei schmale Silhouetten, von denen die eine sogleich von ihrer Schattenexistenz ins wirkliche Leben hinüberglitt, indem sie mit großen Sätzen die Treppe hinuntersprang, der Angekommenen unter Rufen auf dem breiten Kiesweg entgegenlief und sie zu guter Letzt in die Arme schloss.

Während die beiden Mädchen in inniger Umarmung eine kleine Weile verharrten und inzwischen der alte Diener gemächlich an ihnen vorüberschritt, um das Gepäck zu holen, fand sich bei dem Paar ein aufgeregter Drahthaardackel ein, der es mit wedelndem Schwanz laut kläffend umsprang. So bedrängt, lösten sich die Freundinnen voneinander, und die größere wandte sich theatralisch erst dem Hund und dann ihrer Gefährtin zu:

«Darf ich vorstellen: Blücher von Geierstein – Bettina von Denkewitz. Herr von Geierstein hat als Jagdhund seinem Stammbaum wenig Ehre gemacht und lebt daher jetzt als verhätschelter Frühpensionär bei uns im Haus. Du brauchst keine Angst zu haben, er ist freundlich zu allen Menschen, ob Fremde oder Bekannte, sofern sie ihm nur einmal über den Kopf streicheln oder ihm gar einen Wurstzipfel zustecken.»

Nachdem Bettina mit dem Hund erste Bekanntschaft geschlossen hatte, machten sich die Mädchen samt ihrem tierischen Begleiter rasch ins Haus auf, um dem schneidenden, feuchten Wind zu entkommen. Aurelie gedachte, Bettina unverzüglich auf ihr Zimmer zu führen, wo sie sich nach der langen Reise ausruhen und aufwärmen sollte und wohin wenig später von der Köchin selbst noch ein einfaches Nachtmahl für zwei gebracht werden würde. Doch auf dem Weg dorthin trat den Mädchen in einem langen, kalten und nur schwach erleuchteten Korridor ganz unversehens eine Frau entgegen, die in eine hellgraue Chemise sowie eine Strickjacke gekleidet war und in der Rechten eine Kerze trug. Die Freundinnen hielten erschrocken inne, und der Hund zog sich winselnd hinter sie zurück, als suche er Schutz.

«Wollen Sie sich nicht vorstellen?», fragte die Frau mit grimmiger Stimme, während sie Bettina drohend in die Augen blickte.

Aurelie griff ein, bevor noch Bettina zu einer Antwort ansetzen konnte:

«Dies ist keine andere als meine Freundin Bettina von Denkewitz, die, wie du weißt, soeben aus Berlin nach langer Reise bei uns eingetroffen ist. Bettina, dies ist meine Tante, Fräulein von …»

Hier unterbrach die Tante, die unentwegt Bettina fixierte und ihr mit unruhigem, hierhin und dorthin schwenkendem Arm die Kerze vors Gesicht hielt, wie zur besseren Beobachtung eines unbekannten, nicht gefährlichen, aber ein wenig Ekel erregenden Insekts. Im selben barschen Ton wie zuvor sagte sie:

«Lernt man das heute so in Berlin, dass man, wenn man zu Besuch in ein fremdes Haus kommt, sich heimlich ins Gästezimmer schleicht, ohne der Hausfrau seine Aufwartung gemacht zu haben?»

«Ich … wir dachten …», begann die beschämte Bettina, bis ihr Aurelie aushalf: «Es ist allein meine Schuld, ich hatte geglaubt, dir sei es lieber, so spät niemanden mehr empfangen zu müssen.»

«Das ist mir in der Tat lieber; eine Rücksichtslosigkeit, eine unerhörte Rücksichtslosigkeit ist es, zu nachtschlafender Zeit Besuche zu machen, aber dass auf mich noch jemand Rücksicht nimmt, das kann ich wohl nicht erwarten», sprach schroff die Tante und verschwand hinter der Tür, aus welcher sie ebenso plötzlich hervorgekommen war.

«Du darfst es ihr nicht allzu übel nehmen», flüsterte Aurelie, als die beiden Mädchen den Treppenaufgang am Ende des Korridors erreicht hatten. «Krankheit von Körper und Seele sind es, die sie nicht nur schwermütig, sondern auch misanthropisch und ungerecht gemacht haben. Ihr ganzes Wesen hat sich mehr und mehr ins Düstere verschoben. Und ich muss gestehen, es ist geradezu ansteckend: Seit meiner Rückkunft von Karlsbad bin ich selbst durch den täglichen Umgang mit ihr trübsinnig und launisch geworden. Oft passiert es, dass ich des Morgens unter dem Vorwand eines Unwohlseins im Bett bleibe, bloß weil es mir unerträglich mühselig erscheint, aufzustehen und mein Tagewerk zu beginnen. Oder ich ertappe mich, wie ich stundenlang sitze und über irgendein kleines, unbedeutendes Ärgernis grübele und grübele, bis ich schließlich in Tränen ausbreche. Ach, Bettina, du ahnst nicht, welch einen Segen dein Kommen für mich bedeutet!»

Hier hatten die beiden Freundinnen endlich das Bettina zugedachte Schlafzimmer erreicht, einen in Gold und Grün gehaltenen Raum, dem ein knisterndes Feuer Wärme und

Behaglichkeit gab. Ursprünglich als das Schlafgemach eines Ehegatten konzipiert, war es, wie Aurelie Bettina alsbald demonstrierte, über ein schmales Ankleidezimmer mit einem weiteren Schlafraum verbunden, der heute Aurelies war.

So hatten die beiden Mädchen ein kleines, abgeschlossenes Reich für sich, in welchem sie an diesem Abend noch bis weit nach Mitternacht beisammensaßen und über vieles redeten, was in Briefen nur ungenügend zum Ausdruck gebracht werden konnte und schon lange der Mitteilung an eine verwandte Seele harrte.

18
Herr von Göbel

Am nächsten Mittag nahm Bettina ihre erste offizielle Mahlzeit im Hause Arnsberg ein und traf aus diesem Anlass zum zweiten Mal auf ihre Gastgeberin. Die begrüßte sie, als man sich vor der Mahlzeit im gelben Empfangssaal einfand, wiederum auf wenig freundliche Weise, indem sie das Ausbleiben beider Mädchen zum um acht gereichten Frühstück beklagte und allein Bettina in Rechnung stellte. Die Sitten in Berlin verkämen anscheinend immer mehr, schlimm nur, dass jetzt auch Aurelie einem ungebührlichen Einfluss aus jenem verrufenen Sündenpfuhl ausgesetzt sei. Bettina entschuldigte sich ausführlich und versicherte, ein zweites Versäumnis dieser Art werde nicht vorkommen; sie habe leider gestern in der Wiedersehensfreude die Zeit vergessen und bis in die frühen Morgenstunden Aurelie mit ihrem Geplauder wach gehalten.

«Ähnliches hatte ich befürchtet», kommentierte dies Geständnis Fräulein von Arnsberg. «Sie denken sich also gar nichts dabei, eine Kerze nach der anderen herunterzubrennen. Hätte der liebe Gott die Nacht zum Wachen bestimmt, hätte er sie hell gemacht. In diesem Haus hat man sich, solange ich denken kann, zum Schlafen gelegt, sobald die Nacht hereingebrochen war, und Aurelie müsste sich mit einer viel kleineren Mitgift zufrieden geben, wenn ich nicht all die Jahre so streng auf Ökonomie bedacht gewesen wäre. Man glaubt hier wohl, ich stünde schon mit einem Fuß im Grabe, dass man sich bereits anschickt, das Erbe zu verprassen.»

Bettina, die um ihr Leben hierauf nichts zu erwidern gewusst hätte, nahm in diesem Moment überrascht das ihr höchst willkommene Erscheinen eines weiteren Gastes zur Kenntnis. Es war ein Herr von Göbel, Fabrikant aus Kassel, der in Wildungen, wie sich bald offenbarte, eine Wohnung und auf dem Arnsberg'schen Land eine Jagdpacht besaß. Bisher war er, wie Bettina der Vorstellung entnahm, als Freund der Familie noch nicht in Erscheinung getreten, was sich aber nun vermutlich ändern sollte. Jedenfalls hatte Herr von Arnsberg ihn heute, anlässlich einer beiläufigen morgendlichen Konsultation in einer Jagdsache, kurzfristig zum Mittagessen geladen.

Herr von Göbel schien nicht wenig beglückt über die unerwartete Gelegenheit zu einem Essen in häuslicher Gemeinschaft und begrüßte mit breitem, braunzahnigem Lächeln samt geflüstertem Kompliment, einer außerordentlich tiefen Verbeugung und einem laut geschmatzten Handkuss Bettina, die ihm am nächsten stand. Diese beobachtete kurz darauf mit Erstaunen, dass der Herr, inzwischen belehrt, nicht Bettina sei die Tochter des Hauses, sondern Aurelie, bei deren Begrüßung seinen Enthusiasmus noch zu steigern in der Lage war. Nur gegenüber dem älteren Fräulein von Arnsberg, dem er zuletzt vorgestellt wurde, gab er sich zurückhaltender, sei es, weil ihr kalter Ausdruck von vornherein jede Annäherung abwies, sei es, weil er wegen ihrer Krankheit, die auch Nichteingeweihten bald auffallen musste, eine Scheu vor ihr verspürte.

Abgesehen von der fortgesetzten Distanz, die er zur Dame des Hauses bewahrte (denn in dieser Rolle war Fräulein von Arnsberg seit dem frühen Tod ihrer Schwägerin bei allen Anlässen aufgetreten), zeigte der Fremde im weiteren Verlauf des Beisammenseins keine Anzeichen von Schüchternheit und erwies sich als Mittelpunkt und Hauptredner des Tischgesprächs.

Herrn von Arnsbergs anfänglich erkennbares Bestreben, durch geschicktes Befragen des neuen Gastes dessen Person und gesellschaftliche Stellung den bisher in dieser Hinsicht unwissenden Mitgliedern der kleinen Tafelrunde näher bekannt zu machen, wurde bald als gänzlich überflüssig aufgegeben. Der unerwartete Mitesser fand auch ohne die Hilfestellung seines Gastgebers reichlich Gelegenheit zur Selbstdarstellung. Die Tischwäsche gab ihm das erste Stichwort: von vorzüglicher Qualität zwar, geschmackvoll gemustert, sicher – doch nur, wenn man den Standard und Geschmack des frühen Empire anlegte. Inzwischen hätten sich die Herstellungsmethoden entscheidend verbessert, könne mit wenig Aufwand ein noch glatterer, noch feinerer Damast gewoben werden, und das zu einem Preis, der ihn auch einfachen Bürgerhaushalten erschwinglich mache. Er, Herr von Göbel, müsse das wissen, habe er doch schließlich die größte Stoffmanufaktur weit und breit gegründet und zu dem gemacht, was sie heute sei – und das alles mit nicht mehr zur Grundlage als dem einfachen kleinen Tuchhandel seines Vaters, der im Verlagssystem ein paar Heimwerker beschäftigt hielt. Nun aber gebe es kaum noch einen ehrbaren Haushalt in Kassel, ja, in ganz Kurhessen, in dem nicht die Tischwäsche oder die Bettlaken,

150

die Oberhemden oder die Leibchen oder alle zugleich das Warensiegel seines Hauses trügen. So habe ihm auch kürzlich der Minister Scharfenstein in persona versichert, die Göbel'sche Manufaktur sei die wichtigste Antriebskraft von Handel und Wandel im Lande und trage erheblich zur Wohlfahrt des gesamten Staatswesens bei. Ja, wenn nur nicht die vermaledeiten Zölle wären, dann läge auch in Karlsruhe und München, Berlin und Wien bloß seine Wäsche auf den Tischen, dann hätten seine ausländischen Konkurrenten, vornehmlich der gerissene Lemperle aus Mannheim mit seiner minderwertigen Ware, schon längst vor dem Göbel'schen Fleiß, Geschick und Organisationstalent kapitulieren müssen.

Je mehr sich Herr von Göbel während seiner Ausführungen ereiferte, desto inniger strich er sich dabei mit der Linken rhythmisch durch seine Favoris, die er, wahrscheinlich zum Ausgleich für mangelnde Haarpracht weiter oben am Schädel, zu erstaunlicher Länge herangezüchtet hatte und die im Gegensatz zu seinem weitgehend ergrauten Haarkranz in intensivem Kastanienbraun erglänzten. Der neben ihm sitzenden Bettina blieb nicht unbemerkt, dass durch den häufig wiederholten Streichvorgang das eine oder andere braune Kräuselhaar aus dem Backenbart in den Suppenteller seines Besitzers fiel, was diesem aber offenkundig den Appetit nicht verdarb.

Als die Suppe mit oder ohne Haareinlage glücklich verzehrt war, kam eine Fischpastete auf den Tisch, die dem Gast, wie er versicherte, ganz ausgezeichnet mundete und ihn zu einer regelrechten kulinarischen Lobrede hinriss: Welch feines Aroma erlesenster Kräuter! Wie schmeichle dem Fisch der in seinem Bouquet mit diesem so perfekt harmonierende edle Rheinwein! Welch ausgeklügelte, exzellente Abstimmung des zweiten Ganges mit der zuvor gereichten Suppe! Er gehe doch sicher recht in der Annahme, dies raffinierte Menü den hauswirtschaftlichen Künsten und der geschickten Personalführung Fräulein Aurelies von Arnsberg zu verdanken, die man für eine solche, jedem Fürstenhaushalt gut anstehende Leistung in zarten Jugendjahren kaum genug loben könne. Welch seltene Fügung sei es, dass sich, wie hier, in einem Menschen persönliche Anmut und häusliches Geschick zu einer glücklichen Paarung zusammenfänden!

«Bei Ihnen», bemerkte trocken das ältere Fräulein von Arnsberg, «gibt es wohl tagein, tagaus nur Rübensuppe zu essen, dass Sie an unserem heutigen improvisierten Resteessen Gefallen finden, welches sich im Übrigen die Köchin ganz ohne Anleitung ausgedacht hat.»

Dies waren die ersten Worte, die Aurelies Tante seit der Ankunft Herrn von Göbels gesprochen hatte, war sie doch inzwischen konzentriert mit den technischen Aspekten der Nahrungsaufnahme befasst gewesen, die ihr im jetzigen Stadium ihrer Krankheit schon große Mühe bereiteten. Der Angesprochene, welcher die ganze Mahlzeit über ihren Anblick gemieden hatte, ignorierte sie auch weiterhin, wie er ihren unhöflichen, scharfen Ton ohne sichtliche Betroffenheit überging, fand aber in ihrer Rede einen ihm genehmen Anknüpfungspunkt.

«In der Tat», stellte er nämlich, weiterhin zu Aurelie gewendet, fest, «in meinem Hause ist die Qualität des Essens nicht immer so, wie ich es mir wünschen würde. Ein Witwer wie ich ist so ganz und gar den Launen und dem Diktat seines Personals unterworfen! Seit dem Tode meiner seligen Gattin vermisse ich in meiner häuslichen Wirtschaft schmerzlich die Hand einer Hausfrau, die mit unmerklicher Strenge und wachem Auge für einen geregelten Ablauf und für höchste Standards in allen Bereichen Sorge trüge. Auch bei der Heranbildung meiner Söhne fehlt leider Gottes das sanfte Regiment einer Mutter, fünfzehn und achtzehn sind die beiden und der Rute entwachsen, da bräuchte es die subtileren Einflüsse einer Frau, um ihre Erziehung weiterzuführen und zu vervollkommnen …»

Das Gespräch drehte sich nun einige Minuten um das Schicksal mutterloser Kinder, von denen ja auch Aurelie eines war, und die Frage, ob deren Erziehung in einer guten Schulanstalt besser zu bewerkstelligen wäre als im von dem wichtigsten Elternteil verwaisten heimischen Haushalt. Dies dauerte, bis das Wildbret aufgetragen wurde und ein neues Thema heraufbeschwor: Herr von Göbel als Jäger.

Obgleich dieser wegen der äußeren Umstände erst spät in seinem Leben mit dem Waidwesen nähere Bekanntschaft gemacht hatte, war es ihm, wie er ausführlich berichtete, in den letzten Jahren mit Hilfe von Mut, Geschick und Beharrlichkeit vergönnt gewesen, so manchen Zwölfender zu erlegen. Eine so stattliche Anzahl von Trophäen konnte er, wie man weiter erfuhr, sein Eigen nennen, dass die Wände seines Rauchsalons in Kassel nicht mehr ausreichten und selbst die Korridore von ausgestopftem Rot-, Schwarz- und anderem Wild Kopf an Kopf gesäumt waren. Auch in den Kreisen des Adels, wo man ihn zwar zunächst nicht ohne Vorbehalte aufgenommen, habe er sich inzwischen als tapfrer Jäger einen Namen gemacht; nicht zuletzt dank einer im Reinhardswald geschehenen Episode, da er sich in Gegenwart des völlig verängstigten Ministers Scharfenstein einem leibhaftigen Wolf, einer der letzten Bestien seiner Art in dieser Gegend, furchtlos entgegengestellt und ihn mit einer einzigen Kugel gestreckt habe. Auch dieser Wolf sei selbstredend an vornehmer Position in seinem Haus zu Kassel ausgestellt und verschrecke ihm dort regelmäßig die geladenen Damen.

«Mich erschrecken Sie nicht», unterbrach den enthusiastischen Redner an dieser Stelle Fräulein von Arnsberg, die sehr erregt wirkte. «Mich erschrecken Sie nicht mit Ihrem

153

Wolf, und Sie werden mich nicht damit vertreiben. Glauben Sie denn, ich weiß nicht, was Sie vorhaben? Loswerden wollen Sie mich und sich selbst in ein gemachtes Nest setzen, das Ihnen nicht zusteht, Sie schlecht erzogener kleiner Emporkömmling Sie, doch so mir nichts, dir nichts wird Ihnen das nicht gelingen! Noch, noch bin ich Herrin meiner Sinne und kann mich Ihrer und Ihresgleichen erwehren, und das werde ich! Nicht eine Minute länger dulde ich Sie in diesem Haus!»

Alle blickten betreten auf die Sprecherin, die sich zitternd erhoben hatte und mit hochgerissenem Kinn über die Tischplatte hinweg Herrn von Göbel anstarrte.

«Charlotte, beruhige dich, es muss sich um ein Missverständnis handeln –», begann Herr von Arnsberg, doch seine Schwester warf nun auch ihm einen wilden Blick zu.

«Schaff mir diesen Mann vom Leib!», rief sie mit heiserer, gespannter Stimme. Bettina gelang es unterdessen, flüsternd ihren Sitznachbarn zu überzeugen, dass er und sie, die Gäste, sich in diesem delikaten Moment besser in das Musikzimmer zurückziehen sollten.

Dort angekommen, wischte sich Herr von Göbel mit einem weißen Spitzentuch über Stirn und Glatze und bemerkte, halb zu Bettina und halb zu sich selbst:

«Potz Donner, das Frauenzimmer ist ja ganz und gar verrückt! Eine Irre, wie sie im Buche steht. Die gehört in eine Anstalt oder wenigstens in ein Zimmer gesperrt und jedenfalls nicht auf Gäste losgelassen!»

«So sehr häufig empfangen die Arnsbergs derzeit auch keine Gäste, glaube ich», sagte beschwichtigend Bettina, «schon deshalb, weil sich Fräulein von Arnsberg seit dem Beginn ihrer Krankheit in Gegenwart Fremder unwohl fühlt, wie wir es ja heute erlebt haben. Doch ganz verrückt ist sie keineswegs, wohl aber über die Maßen misstrauisch, so ist mein Eindruck.»

«Sie sind eine Freundin der Tochter?», fragte mit entspannterer Stimme Herr von Göbel. Bettina bejahte.

«Was meinen Sie», fragte er in vertraulichem Flüsterton, indem er sein Gesicht dem Bettinas bis auf eine Handbreit näherte, «fängt's bei der Kleinen auch schon an?»

Bettina wich ein Stück zurück und warf dem unverschämten Mann einen entrüsteten Blick zu, während sie ihn gleichzeitig Aurelies makelloser Gesundheit versicherte. Zu ihrer Erleichterung wurde sie von ihrem *tête-à-tête* mit dem Fabrikanten gleich darauf durch das Eintreffen des Hausherrn im Musiksalon erlöst.

Herr von Arnsberg drückte dem Gast sein tiefes Bedauern über den unglücklichen Vorfall wie seine Hoffnung aus, Herr von Göbel werde seiner Schwester ihr wunderliches, fast skandalöses Betragen nachsehen können; handele es sich schließlich nicht um absichtliche Boshaftigkeit, sondern um nichts als die Symptome jener grausamen Krankheit, in deren Gefolge sie gelegentlich von leichten Wahnanfällen heimgesucht werde, über die Kontrolle auszuüben ihr unmöglich sei und unter denen sie freilich selbst am meisten leide.

Unglücklicherweise, setzte er hinzu, müsse der Gast nun zu aller Unannehmlichkeit auch noch die Abwesenheit Aurelies entschuldigen. Diese habe es nicht über sich gebracht, ihre Tante allein ihren trübseligen, wahnhaften Gedankengängen zu überlassen, und werde noch einige Zeit von deren Beruhigung und Pflege nicht abkömmlich sein.

«Das ist bedauerlich, in der Tat bedauerlich», klagte Herr von Göbel sichtlich enttäuscht, «hatte ich doch gerade gehofft —»

«Ich weiß, ich weiß», unterbrach Herr von Arnsberg, «Doch grämen Sie sich nicht, es lassen sich wohl leicht noch andere Gelegenheiten finden …»

«Mag sein», seufzte Herr von Göbel und strich sich durch

den Backenbart, «doch wie pflegte mein seliger Vater zu sagen: Was du heute kannst besorgen, das verschiebe nicht auf morgen! Ein Motto, lieber Herr von Arnsberg, das fast in jeder Lebenslage treffliche Ergebnisse liefert, wenn man es konsequent beherzigt. – Einem Mann in Ihrer Position und von Ihrem Stand mag solch ungestümes Drängen, solch eiliges Voranschreiten allerdings befremdlich erscheinen, doch Gemessenheit und Langmut sind eben nur bei denen eine Tugend, die sie sich leisten können. – Aber was rede ich so ernste, harte Worte, schließlich haben wir doch nach wie vor ganz reizende weibliche Gesellschaft – wie war noch gleich der Name, Fräulein …?»

«Bettina von Denkewitz», erklärte Bettina kühl.

«Soso, das Fräulein Bettina von Denkewitz. Denkewitz, ist das nicht ein Name, den ich kennen sollte? Aus dem Brandenburgischen, wenn ich mich nicht irre?»

«Derzeit in Berlin wohnhaft, aber der eigentliche Sitz meiner Familie ist Schlesien.»

«Der Sitz Ihrer Familie! Vorzüglich, vorzüglich! Nun, verehrtes Fräulein von Denkewitz, was meinen Sie, ob wir nach dem guten Essen einen kleinen Verdauungsspaziergang wagen sollten?»

«Leider wird Fräulein von Denkewitz hierfür keine Zeit erübrigen können», entgegnete Herr von Arnsberg anstelle Bettinas und führte, zu dieser gewandt, fort:

«Ich soll Ihnen nämlich von meiner Tochter ausrichten, Sie möchten sich, wenn es Ihnen nichts ausmacht, zu ihr begeben und ihr ein wenig Beistand leisten. Sie befindet sich im Boudoir ihrer Tante.»

Bettina verabschiedete sich sogleich artig von dem Besuch, wobei sie wiederum einen feuchten Kuss auf die Hand erhielt, und machte sich, nicht ohne Erleichterung, Herrn von Göbels weiterer Gesellschaft fürs Erste entbunden zu sein, auf die Suche nach Aurelie.

19
Eine Idee

Bettina glaubte zuerst, das Boudoir des Fräuleins von Arnsberg müsse sich hinter jener vom Hauptkorridor abzweigen-
den Tür befinden, aus der am Abend zuvor die Tante so unerwartet erschienen war. Doch da fand sie stattdessen eine
staubig und verraucht riechende Bibliothek, die sie mit dem
Vorsatz auf spätere Erkundung sogleich wieder verließ. Ihre
Unkenntnis der Räumlichkeiten versetzte sie in eine etwas
unangenehme Lage. Weder schien es ihr schicklich, die
Männer im Musikzimmer ungebetenerweise mit einer nachträglich zweifelsohne blöde klingenden Frage nach dem
rechten Weg nochmals aufzusuchen, noch sich zwecks Erkundigungen zur Köchin und den Mägden in den Wirt-
schaftsteil des Gebäudes zu begeben. So irrte sie eine ganze
Weile mit wachsendem Unbehagen umher und klopfte verschämt an Türen, bis sie zu guter Letzt die richtige gefunden hatte.

Hier, in einem Sitzzimmer in Blautönen, traf sie Aurelie im
flüsternden Gespräch mit einer einfach gekleideten Frau in
den mittleren Jahren an. Die Tür zum Nebenzimmer war
angelehnt, und man hörte von dort gelegentlich leises, unverständliches Stammeln und Stöhnen, das zwischendurch
in rasselnde Atemzüge überging. Im angrenzenden Schlafzimmer lag nämlich die Tante, die man, wie Bettina jetzt erfuhr, mit einem Medikament beruhigt und dann zu Bett gebracht hatte.

Die Gehilfin Aurelies hierbei war Frau Bienhaus, eine ehe-
malige Kammerjungfer des Fräuleins von Arnsberg. Mann
und Kind waren ihr in Kriegszeiten an der roten Ruhr gestorben, und so war sie vor einigen Wochen gern zur Pflege
der Kranken an die Wohn- und Arbeitsstätte ihrer Jugend

zurückgekehrt. Noch, hatte Aurelie Bettina am Abend zuvor erläutert, war ihre Hilfe nicht zwingend vonnöten, doch es würde der Zeitpunkt kommen, wo die Tante, zunehmend geschwächt an Körper und Geist, zu allen Stunden des Tages und der Nacht Beistand und leider auch Bewachung brauchen würde. Dies war eine Aufgabe, der Aurelie sich alleine nicht gewachsen fühlte. Schon jetzt hatte sie, damit die Tante sich noch bei halbwegs klarem Verstand an ihre Pflegerin würde gewöhnen können, vorausschauend eine solche ins Haus geholt. Da Fräulein von Arnsberg aus Sparsamkeit einer Erhöhung der Zahl der Dienstboten im Haus partout nicht hatte zustimmen wollen, hatte Aurelie dafür ihre eigene Kammerzofe entlassen müssen. Dies tat sie mit Rücksicht auf das Mädchen ungern; diesem aber selbst die neue Aufgabe zu überlassen, erschien ihr nicht angemessen. Sie fürchtete, das junge, unerfahrene Ding werde zu wenig Kraft und Geschick für eine derart schwierige Kranke besitzen, und so hatte sie ihm einen Platz in einem Kuretablissement besorgt und die ältere, mit der Tante von früher vertraute Frau Bienhaus engagiert. Deren Hilfe nahm Fräulein von Arnsberg inzwischen zur Freude aller mit einer gewissen, nicht ganz unzufriedenen mürrischen Schicksalergebenheit an.

Dies bedeutete eine große Erleichterung für Aurelie, die etwa jetzt ohne Sorge Frau Bienhaus als Wächterin im Vorzimmer der Kranken zurücklassen konnte, um gemeinsam mit Bettina zu einer Besorgung aufzubrechen. Allerdings wartete man damit, bis man von unten solche Geräusche vernommen hatte, welche die Abreise Herrn von Göbels mit einer Chaise kundtaten. Stand doch keinem der beiden Mädchen der Sinn danach, in einen Nachmittagsplausch mit dem Essensgast hineingezogen zu werden.

«Ich glaube sogar», bemerkte Aurelie im Vertrauen zu Bettina, als die Freundinnen in winterlicher Verhüllung, den gut gelaunten Blücher zur Seite, die mit kahlen Bäumen bestandene Allee entlangschritten, «dass meine Tante nicht ganz Unrecht hat mit den Befürchtungen, die sie dem Mann entgegenbringt. Auch mich deucht, er führe etwas im Schilde, er hecke gemeinsam mit meinem Vater Pläne aus. Vielleicht soll unser Gut an ihn verkauft werden? Dabei hielt ich unsere Lage bisher für nicht so bedenklich, wenn auch meine Tante beständig von Sparsamkeit spricht.»

Auch Bettina hegte gewisse Befürchtungen ob der Absichten Herrn von Göbels und stimmte daher im allgemeinen Sinne Aurelies Äußerungen zu, ohne jedoch der Freundin den spezifischen Inhalt ihrer eigenen Ahnungen zu offenbaren, auf deren Irrigkeit sie im Übrigen hoffte. Keinesfalls wollte sie Aurelie die freudig-aufgekratzte Stimmung verderben, in der sie sich gerade befand. Sie schwieg also und betrachtete interessiert ihre Umgebung, denn man hatte nun den Stadtkern erreicht. Als ein so offenkundig ländliches Städtchen mit Misthaufen und gackernden Hühnern hinter jeder Ecke der mit krummen, alten Fachwerkhäusern bestandenen Gassen hatte sich Bettina Wildungen nicht vorgestellt, und sie freute sich insgeheim über das ärmliche Idyll und seine rustikalen Düfte.

Der Grund für Aurelies rote Wangen und glänzende Augen war, neben der Kälte, das Ziel ihres Weges: Den jungen Arzt wollte man aufsuchen, der für Fräulein von Arnsberg gelegentlich auch als Apotheker fungierte. Er hatte nämlich von einer abenteuerlichen und gefährlichen Reise nach den Molukken, von der er erst vor Jahresfrist zurückgekehrt war, eine Tinktur aus der Wurzel des Pfefferstrauchs mitgebracht. Diese hatte schon so manches Mal, wenn die Tante, von irrem Wahn getrieben, in Ängsten und Ahnungen über mögliche Komplotte sich verfangen hatte und keine Ruhe fand, gute Wirkung gezeigt, ohne gleichzeitig die Übelkeiten und Ohnmachten mit sich zu bringen, die leider bei vielen Menschen die Verabreichung von Opium hervorruft. Von der Pfefferwurzeltinktur wollte man nun Nachschub holen, da die letzten Vorräte schon seit Tagen verbraucht waren. Absichtlich hatte Aurelie dieses für sie willkommene Zusammentreffen mit dem Arzt ein wenig aufgeschoben, damit ihn nun auch Bettina kennen lernen könne.

Schon in Karlsbad hatte Aurelie der Freundin gestanden, sie verspüre seit langer Zeit eine Liebe zu dem jungen Mann, der vor kurzem die Nachfolge seines Vaters als Arzt der Familie angetreten, aber früher schon diesem assistierend zur Seite gestanden hatte. Ein glückliches Ende des stillen Sehnens musste allerdings, das wusste Aurelie selbst, mit Gewissheit ausgeschlossen werden. Zum einen war der junge Arzt, da bürgerlich und ohne Mittel, keinesfalls eine akzeptable Partie für die einzige Tochter des Hauses Arnsberg. Zum anderen war er, dessen Vater und Großvater schon der Familie mit Heilkunst und Rat zu Diensten gewesen waren, besser als jeder andere über das Erbe informiert, das Aurelie im Blute trug und das sie jedem, der darum wusste, sei er adelig oder bürgerlich, als Ehefrau und Mutter der eigenen Kinder ungeeignet machen musste.

So dachte Aurelie nicht an eheliche Bande, gab sich keinen Hoffnungen, wohl aber manchem süßen Traum hin und genoss das Beisammensein mit dem jungen Doktor Bornemann, wenn sich, wie in letzter Zeit öfter und heute wieder, ein solches ergab.

Am bescheidenen Haus des Arztes angekommen, wurde den Freundinnen von einem blutjungen Dienstmädchen die wurmstichige Tür geöffnet. Der Doktor sei auf Krankenbesuch, vermeldete es, doch er müsse bald wiederkehren. Ob die Damen so lange warten wollten? Die sagten hierzu nicht nein und ließen sich in ein mäßig großes, aber sehr niedriges Zimmer führen, das augenscheinlich als Salon und Studierzimmer zugleich dienen musste. Ein wuchtiger Schreibtisch am Fenster war über und über mit Papieren bedeckt. An der Wand zur Rechten drängten sich auf nicht ganz geraden Regalen Bücher, die sicher nicht alle der junge Arzt selbst erworben, sondern wohl größtenteils von seinem Vater und Großvater übernommen hatte.

Auf einem abgegriffenen, niedrigen Tisch zwischen zwei Sesseln lag aufgeschlagen ein dicker Foliant, dessen erstaunlichen Inhalt näher zu besehen sich Bettina sogleich auf einem der Sessel niederließ. Aurelie folgte ihrem Beispiel. Fasziniert und abgestoßen zugleich blätterten die beiden in dem Wälzer und betrachteten die darin farbig abgedruckten Stiche geöffneter Leichen und ihrer inneren Organe, die dem Wesen, welches sie im Leibe trägt, so ganz fremd und grauslich erscheinen, weil sie zu seinen Lebzeiten vor allen Blicken verborgen bleiben müssen.

Unterdessen trat, von seinen beiden Besucherinnen fast unbemerkt, der Besitzer des medizinischen Bildbandes selbst ins Zimmer.

Während der herzlichen Begrüßung und Vorstellung wurde Bettina klar, warum Aurelie statt eines Adelssprosses Doktor Bornemann zum Helden ihrer Tagträume erkoren hatte. Eine sehr vorteilhafte Gestalt, die in gewandten Bewegungen männliche Stärke ebenso wie sanftes Geschick ausstrahlte, ein von dichten, überlangen braunen Locken bedeckter Künstlerkopf mit ausdrucksvollen Zügen und großen, lebhaften braunen Augen unter starken Brauen konnten, kombiniert mit selbstbewusst-ungezwungenem Auftreten, ihre Wirkung auf die Wildunger Damenwelt aller Schichten nicht verfehlen.

Bevor man sich dem Geschäftlichen in Form der Pfefferwurzeltinktur zuwandte, ließ es sich Bornemann nicht nehmen, den jungen Damen neben einzelnen, besonders lehrreichen Tafeln des schon bewunderten Anatomiebandes noch einen weiteren Bildatlas vorzuführen. Dieser enthielt recht scheußliche Porträts diverser in Gläsern konservierter Missgeburten. Bettina, der diese Anblicke ebenso grauenvoll waren, wie ihr die armen, schaudernd bestaunten Kreaturen Leid taten, wollte die unerfreuliche Beschäftigung rasch beenden und fragte darum den Arzt: Ob denn der große, grün gebundene Foliant in der linken Ecke des Regals auch Abbildungen enthalte und wenn ja, wovon?

Welchen Band sie meine, fragte Bornemann zurück.

«Den grünen», wiederholte Bettina, «dort links in der Ecke, auf dem zweiten Brett von unten.»

Der Doktor ging auf die bezeichnete Stelle zu, legte seine Hand auf ein in ganz gewöhnliches braunes Leder gebundenes Buch und fragte:

«Diesen meinen Sie wohl?»

Bettina war ein wenig verwirrt und glaubte, der Mann erlaube sich einen unverständlichen Scherz mit ihr. «Wenn dieser interessant ist, so zeigen Sie uns den», sagte sie schließlich.

Der Arzt lachte.

«Und welcher ist der grüne, den Sie sehen wollten? Sie müssen entschuldigen, Fräulein von Denkewitz, dass ich mich so ungeschickt anstelle. Ich leide an Farbenblindheit, und für mich sieht Grün ganz genauso aus wie Rot: nämlich mehr oder weniger braun.»

Von diesem Augenfehler des ansonsten so makellosen jungen Mannes hörte auch Aurelie zum ersten Mal und war nun weder für braune noch für grüne Medizinalienbücher mehr zu begeistern. Stattdessen fragte sie mit der gerührten Besorgnis einer Liebenden den glücklicherweise nicht genierten Bornemann über seine kleine Schwäche aus: Wie sie sich bemerkbar mache? Auf welche Weise ihm dieser oder jener Farbton erscheine? Und bei welchem Unfall oder durch welche Krankheit er die Augenschwäche erworben habe?

«Hier muss ich Sie enttäuschen», antwortete Bornemann lächelnd auf die letzte Frage, «denn mit einer abenteuerlichen Geschichte von überstandenen schweren Krankheiten, Unfällen oder gar malaiischen Giftpfeilen kann ich leider nicht aufwarten. Meine Farbenblindheit ist ein unbedeutender Geburtsfehler, ein Erbteil der Familie meiner Mutter, an der auch mein Großvater litt, der sie mir und mehreren Cousins anstelle nützlicher und brauchbarer erblicher Güter in die Wiege gelegt hat.

Doch ganz ohne Interesse ist die Sache nicht, jedenfalls aus der Sicht des Forschers. Es gibt nämlich dabei einen mysteriösen Umstand, wie ich selbst erst seit kurzem weiß. Während meiner Reisen fiel ich einmal einem alten Brillenmacher in die Hände, der, nachdem er durch Zufall von meiner Schwäche erfahren, mich mit allerlei bunten Gläsern und Linsen traktierte, um zu probieren, ob er nicht durch eine seiner Vorrichtungen eine Besserung bei mir erreichen könne. Geholfen hat das alles wenig, doch um dem alten Mann eine Freude zu machen und mich gleichzeitig seiner ungebetenen Dienste zu entledigen, gab ich zu guter Letzt vor, durch eine bestimmte Prismenlinse ganz vorzüglich Rot von Grün unterscheiden zu können. Natürlich musste ich ihm das nutzlose Gerät abkaufen, erfuhr aber dafür etwas Wunderliches von ihm: Er habe im Laufe seines langen Lebens vielen unter Farbenblindheit Leidenden seine Dienste anbieten und manchem von ihnen helfen können, doch sei ihm sein Lebtag noch keine farbenblinde Frau vorgekommen. Die Krankheit springe von Vätern auf Söhne und von Großvätern auf Enkel, doch die Töchter und Enkelinnen blieben stets verschont. Wie es sich denn diesbezüglich in meiner Familie verhalte?

Tatsächlich konnte ich ihm berichten, dass es auch bei uns nur einige männliche Glieder sind, wenn auch nicht alle, denen das Farbensehen schwer fällt. Alle Frauen und Mädchen meiner Familie aber sehen ohne Ausnahme so gut wie jeder gesunde Mensch und lachen über uns arme Schlucker, die wir nie wissen, ob sie nun ein rotes, ein braunes oder ein grünes Kleid tragen. Wirklich ein seltsamer Umstand, der mir unerklärlich erscheint. Oder wissen Sie, Fräulein von Arnsberg, vielleicht einen Grund für diese kapriziöse Bevorzugung des weiblichen Geschlechts durch das Schicksal?»

Aurelie, der es bei der Wendung des Gesprächs auf die Erbleiden offenbar gar nicht wohl war, bemühte sich dennoch, amüsant zu sein. Sie führte als Grund für die Verschonung der Frauen von der Farbenblindheit den notwendigen Ausgleich für die mannigfachen Nachteile und Leiden der Weiblichkeit in anderer Hinsicht an, ebenso wie den dem weiblichen Geschlecht eigenen, besser ausgeprägten Sinn für Farben und das Schöne im Allgemeinen, und bemühte sich dann, zum eigentlichen Grund ihres Kommens überzuleiten.

Der Arzt holte unverzüglich aus einem Nebenraum ein großes, bauchiges Glasgefäß mit dem etwas vergilbten Schild: *Piper methysticum*. Darin schwappte eine dunkle Flüssigkeit, mit welcher das mitgebrachte Fläschchen rasch aufgefüllt war. Als Aurelie es aus der Hand Bornemanns zurückempfing, sprach sie unwillkürlich das aus, was sie eigentlich in seiner Gegenwart hatte für sich behalten wollen: Sie wünsche zu Gott, auch der Veitstanz träfe nur die Männer. Bettina griff unauffällig nach der Hand der Freundin, während Bornemann mit einem Ausdruck zwischen Bedauern und Ironie die Augenbrauen hochzog.

«Nun, leider wissen wir nur zu gut, liebes Fräulein, dass dem nicht so ist. Aber dass ein so schönes, blühendes Wesen wie Sie einmal diese abscheuliche Krankheit bekommen sollte, das kann ich mir dennoch beim besten Willen nicht vorstellen, also machen Sie sich darüber keine Sorgen.»

Worauf Aurelie einen Händedruck und Bettina ein höfliches Nicken erhielt und die Mädchen samt Hund das Bornemann'sche Haus verließen.

Draußen fiel in kleinen, trockenen Flocken der erste Schnee. Blücher lief schwanzwedelnd und kläffend in dem weißen Gewölk umher und versuchte, seine Herrin zu ausgelassenem Spiel zu animieren, doch die beachtete ihn nicht und schlug mit hängenden Schultern den Heimweg ein. Bettina hakte sich bei der Freundin unter und begann nach einer Weile zögernd zu sprechen.

«Mag sein, dass den Veitstanz Frauen genauso bekommen wie Männer. Du hast nie mit anderem gerechnet. Aber mir ist doch bei dem, was der Doktor erzählt hat, eine Idee gekommen. Mir fiel ein, was du mir einmal in Karlsbad sagtest: Die Schwindsucht sei wie der Veitstanz eine Krankheit, die in Familien weitergegeben werde. Doch während diese auch einmal Glieder in einer Erblinie überspringen könne, trete jener unweigerlich in jeder Generation auf. Und da wir soeben von einer anderen erblichen Krankheit gehört haben, die ebenfalls wie die Schwindsucht ohne Vermittlung von Großeltern auf die Enkel übergehen kann, dabei aber stets die Frauen verschont, so ist doch eines nahe liegend: Es scheint, als gebe es Regeln, nach denen eine Krankheit sich vererbt, und als seien diese Regeln für jede Krankheit andere.

Wie nun, wenn neben der Regel, die wir schon kennen – nämlich dass keine Generation übersprungen wird –, noch weitere Regeln existierten, nach denen der Veitstanz manche Mitglieder einer Familie befällt und andere verschont? Regeln, die bisher unbemerkt geblieben sind, weil noch niemand nach ihnen geforscht hat – so wie vor jenem alten Okulisten niemand auf die Idee gekommen war, die Farbenblindheit sei ein reines Männerleiden. Es könnte doch zum Beispiel auch eine Regel dabei sein, aus der hervorgeht, dass gerade du die Krankheit nicht bekommen wirst!»

Aurelie sah ihre Freundin mit vom eisig wehenden, schnee-erfüllten Wind und vielleicht ihrer schlechten Stimmung wegen angespannten Zügen gequält von der Seite an.

«Lass ab, Bettina, du machst es nur schwerer für mich, wenn du solchen Unsinn faselst. Was um alle Welt sollte denn das für eine Regel sein? Vielleicht, dass alle Blonden verschont werden und der Fluch nur die Brünetten trifft?»

«Zum Beispiel», entgegnete Bettina forsch. «Oder es werden nur die krank, die im Winter geboren sind oder deren Mutter oder Vater schon krank waren, als sie gezeugt wurden, oder die, deren zweiter Zeh länger ist als ihr großer. Was wissen wir schon über die Natur und ihre Gesetze? Sind nicht auch die uns bekannten und vertrauten oft wunderlich im höchsten Maß und erscheinen uns nur deshalb vernünftig und verständlich, weil sie uns durch wiederholte Begegnung gewöhnlich geworden sind? Was könnte seltsamer sein, als dass aus einer Raupe einmal ein Schmetterling wird, dass Fische und Vögel Eier legen oder dass, um zu den Farben zurückzukehren, die Bäume meist grüne und selten rote Blätter haben, nie aber blaue oder graue?»

Aurelie grübelte einen Moment.

«Also gut, wenn du darauf bestehst, will ich dir zugeben, dass es nicht auszuschließen ist: Es könnte noch verborgene Regeln geben, nach denen der Veitstanz sich vererbt. Aber was denkst du jetzt mit dieser genialen Idee anzufangen?»

«Natürlich müssen wir versuchen, diese Regeln zu ergründen. Du solltest in deinem Gedächtnis alles zusammenraufen, was du über die befallenen und die gesunden, die lebenden und verstorbenen Mitglieder deiner Familie weißt. Auch deinen Vater und deine Tante könntest du dazu befragen. Weiter wäre wichtig, den Stammbaum zu studieren, von dem du mir erzählt hast. Vielleicht gibt es eine Eigenschaft, die allen Kranken gemein ist, nicht aber den Gesunden, oder umgekehrt; eine Regelmäßigkeit also im Auftreten der Krankheit, die bisher noch niemandes Aufmerksamkeit erregt hat.»

«Gesetzt den Fall, wir fänden eine solche Regel. Dann könnte diese doch ebenso gut, wie sie mich vielleicht von Sorge befreit, das Gegenteil tun: Sie könnte mir die Gewissheit geben, dass ich ganz gewiss erkranken werde, weil ich mit allen befallenen Vorfahren etwas Bestimmtes gemeinsam habe. Wäre es dann nicht besser gewesen, wir hätten die Sache auf sich beruhen lassen?»

«Würde ein solches Ergebnis denn einen Unterschied zu deiner jetzigen Lage bedeuten? Du glaubst doch längst, eine dich verdammende Regel entdeckt zu haben. Sagtest du mir nicht in Karlsbad: In jeder Generation müsse es ein Mitglied eurer Familie treffen, und da du die Einzige deiner Generation seist, werdest du der Krankheit gewisslich nicht entrinnen können? So ist es doch: Du gibst dich schon jetzt sicher verloren.»

Aurelie nickte schweigend. Bettina fasste ihre Freundin aufmunternd um die Taille.

«Es kann also schlimmer kaum noch werden, was auch immer wir herausfinden.

Außerdem glaube ich nicht, dass eine neue Regel, falls wir eine finden, dich so sicher dem Veitstanz ausliefert, wie es die von dir bisher als gültig erachtete tut. Bedenke, wie es sich bei der Farbenblindheit verhält: Sie verschont immer die Frauen. Doch deshalb müssen noch lange nicht alle Söhne eines Farbenblinden den Makel erben. Bornemann hat uns ja gesagt: Nicht alle Männer in seiner Familie litten darunter, nur einige. Fass also Mut, Aurelie! Ich glaube, du wirst bei einer näheren Untersuchung eher Grund zur Hoffnung finden, als dass sie dich noch tiefer in die Verzweiflung stürzt.»

Hier musste das Thema für den Augenblick ruhen, denn die

Mädchen waren am Tor angelangt und trafen dort auf eine kleine Küchenmagd, die eben von Frau Bienhaus den allzu lang Ausbleibenden entgegengeschickt worden war und sich freute, ihren Auftrag ohne lange Wanderung im Schneetreiben erledigt zu haben. Die Kranke sei, so berichtete sie, wieder sehr unruhig geworden und verlange nach ihrer Nichte und ihrer Medizin.

20
Schatzsuche

Spät am Abend des folgenden Tages, zu einer Zeit, da frivolere Häuser noch voller Gelächter und Gespräch, Spiel und Gesang, Geselligkeit und Leben sind, zu der aber im Arnsberg'schen Anwesen schon längst die Lichter gelöscht waren, huschten Bettina und Aurelie mit nichts als einer stark abgeschirmten kleinen Laterne ausgerüstet durch die dunklen Flure des alten Gemäuers.

In einem unbenutzten Trakt des Dachgeschosses gab es, so wusste Aurelie, eine Kammer, in der Relikte und Reliquien aus der Vergangenheit gehortet lagen und die im gewöhnlichen Gang der Dinge von niemandem betreten wurde. Diese Kammer war das Ziel der beiden Mädchen.

Herr von Arnsberg hatte sich standhaft Aurelies Bitten widersetzt, den so genannten «schwarzen Stammbaum» den Freundinnen zur Ansicht zu überlassen, und Aurelie, die ihn in der besagten Kammer vermutete, daraufhin beschlossen, sich die Chronik des Familienfluches eigenmächtig zu beschaffen. Zunächst hatte sie zu diesem Zweck ganz allein (damit die vor einer solchen Untat zurückschreckende, als Gast in einer prekären Lage befindliche Bettina daran keinen Anteil hätte) aus dem Schreibpult ihres Vaters einen schwarzen Schlüsselring entwendet. Jetzt schlichen die beiden Mädchen vorsichtig über die staubigen, knarrenden Dielen des schmalen Korridors im Dachgeschoss, den sie nach einer ewig erscheinenden Odyssee in halber Blindheit endlich erreicht hatten, und probierten Tür um Tür, ob sie sich öffnen ließe. Gegen die eisige Kälte waren sie durch ihre dicksten Capes geschützt.

Erst ganz am Ende des Korridors, wo das graue Licht des Halbmondes durch ein rundes Fenster auf den staubigen Boden fiel, fand man eine Tür verschlossen vor. Einen nach dem anderen probierte jetzt Aurelie mit kalten, feuchten Fingern die Schlüssel an dem abgegriffenen Schlüsselring. Erst der letzte passte.

Wie zuvor verabredet, hoben die beiden Mädchen die morsche alte Tür beim Öffnen gemeinsam einen Fingerbreit aus den Angeln, um verräterischem Quietschen vorzubeugen. Beim Schließen der Tür, nachdem sie die Kammer betreten hatten, verfuhren sie ebenso. Erst dann befreite Aurelie das mitgebrachte Licht von dem darüber gebreiteten schwarzen Tuch, und Bettina entzündete daran ein weiteres.

Der Anblick des Raumes, wie er sich im flackernden Kerzenschein zeigte, wollte Bettina im ersten Moment allen Mut rauben. Dies war keine kleine Kammer, sondern ein großer Speicher, von Wand zu Wand voll gestopft mit Truhen und Kisten aller Art, die sich an manchen Stellen bis zur Decke stapelten, sodass der Durchgang zu den beiden Erkern nur auf Umwegen möglich schien. Wie sollte man in diesem riesigen Magazin von Altertümern während der Brenndauer einer Kerze finden, was man suchte?

Während Bettina ihre Blicke schweifen ließ und sich vor all den Schatten und spinnenbewebten dunklen Ecken ein wenig gruselte, stellte Aurelie die Laterne ab und öffnete tatkräftig die erstbeste erreichbare Truhe. Wirklich befanden sich Papiere darin. Mit fliegenden Fingern ging Aurelie Hefte und Mappen durch und ließ dabei immer wieder Laute des Erstaunens oder des befriedigten Erkennens vernehmen, obzwar sie den gesuchten Stammbaum nicht entdecken konnte.

Bettina hatte unterdessen an der Wand zur Rechten, hinter Kisten fast verborgen, eine alte Kommode entdeckt. Halb kletternd und unter mühsam verkniffenem Husten und Niesen – es staubte bei jedem Schritt – gelangte sie dorthin. Sie zog nacheinander die Schubladen der Kommode auf. Drei waren mit Papieren angefüllt, alten Wirtschaftsbüchern wohl zumeist, doch die vierte, unterste war verschlossen.

Ehe Bettina flüsternd danach fragen konnte, war die aufmerksame Aurelie schon mit dem Schlüsselbund zur Stelle. Beim zweiten Versuch griff einer der Schlüssel, und die hervorgezogene Schublade gab eine längliche schwarze Holzschatulle frei. Mit nervösen Händen hob Bettina sie auf die nächststehende Truhe, und Aurelie steckte zielstrebig den kleinsten der Schlüssel am Ring in das sorgfältig gearbeitete bronzene Schloss. Der Schlüssel drehte sich. Es war nun kaum ein Zweifel mehr möglich, und der hochgeklappte Deckel der Schatulle offenbarte das erwartete Bild: Neben einem anderen alten Schriftstück lag darin ein auf Silberstäbe aufgerollter, großer Pergamentbogen.

«Mir ist kalt», flüsterte Aurelie, «lass uns auf meinem Zimmer hineinsehen!»

Die frierende Bettina willigte ein, obwohl ihr der Weg hinab in die bewohnten Gegenden des Hauses mit dem Diebesgut in der Hand wie ein Albdruck der schlimmsten Sorte vorkam. Nach einer unendlich erscheinenden Zahl quietschender Dielen und einer beträchtlichen Menge trotz der Kälte vergossener Schweißtropfen gelangten die Mädchen in die Geborgenheit von Aurelies Schlafzimmer. Sie schlossen sich ein, legten neue Scheite ins verlöschende Feuer, brannten so viele Lichter wie möglich an und machten sich ans Werk. Auf zwei große Bogen übertrug jede die ihr zugeteilte Hälfte des langen und verzweigten Stammbaums, wobei Bettina vor Müdigkeit und zu viel Konzentration bald der Kopf zu dröhnen begann.

Nach gut zwei Stunden penibelster Arbeit war die Kopie vollendet.

Als Bettina das über drei Schritt lange Pergamentstück wieder sorgfältig aufgerollt in die Schatulle legen wollte, fiel ihr Auge auf die noch darinnen befindlichen, doppelt gefalteten Papiere, denen man, mit anderem beschäftigt, bisher noch keinerlei Aufmerksamkeit gewidmet hatte. Neugierig ergriff Bettina das oberste Blatt. Es war eine schwere, alte Papierqualität mit ausgefransten Rändern, als kämen die Blätter direkt aus dem Schöpfbottich. Die Schrift darauf war nicht kursiv, sondern mit einer dicken Feder in geraden, spitz zulaufenden Strichen gesetzt, wie es schon lange nicht mehr üblich war. Mit etwas Mühe begann Bettina, einzelne Worte zu entziffern. Es war Deutsch und nicht, wie sie vermutet hatte, Latein.

«Was ist denn das?», fragte die erschöpft auf dem Bett ausgestreckte Aurelie.

«Ich weiß nicht. Eine Art Lebensbeschreibung eines deiner Vorfahren vielleicht?», rätselte Bettina.

«Lies laut!», gebot ihr die Freundin.

Langsam und holprig trug Bettina vor:

«Ich, Heinrich August von Arnsberg, geboren im Sitze meiner Väter Geschlecht zu Diefelbach den dritten Martii anno 1642, will, zur Warnung derer meiner Kinder, welche mir Gott bis anhero erhalten, auf Todes Schwelle solches als Testamentum niederschreiben, welches zu meinen Lebzeiten zu verschweigen ich für richtig befunden. Es ist dies die Historia von meinem Urahn, Guilelmo Anselmo, Ritter zu Friedenau, was dieser anno 1232 nicht fern von der heiligen

171

Stadt Hierusalem erlebet, allwohin er zu Entsatze von unseres heiligen Erlösers Jesu Christi Grabesstätte von den Sarazenen aufgebrochen. Item ist dies die tiefere Ursach für das Übel, welches meine selige Mutter dahingeraffet und jetzo mir selbst zum Verhängnis muss werden. Möchte es meinen Kindern und Kindeskindern zum Exempel dienen zu verleugnen das ungöttliche Wesen und die weltlichen Lüste und züchtig, gerecht und gottselig zu leben.»

Das letzte Wort dieses Satzes war noch nicht verklungen, als die Vorleserin und ihre Freundin durch ein die nächtliche Stille mit der Gewalt eines Donnerschlags erschütterndes Klopfen aufgeschreckt wurden.

Bettina versteckte mit ungeschickten, zittrigen Händen notdürftig die verräterischen Spuren ihres Treibens, während Aurelie sich langsam der zur Sicherheit verriegelten Tür näherte, sie schließlich, da Bettina so weit war, öffnete und damit die Gestalt Fräulein von Arnsbergs freigab. Diese stand regungslos, in derselben dünnen Chemise, in der sie Bettina zum ersten Mal erschienen war, und blickte wie ein Gespenst starr aus schattigen Augenhöhlen.

«Wir werden dich hoffentlich nicht im Schlaf gestört haben?», begann Aurelie. Da die Tante nichts erwiderte, fuhr sie fort: «Ich … ich konnte nicht schlafen, da habe ich Bettina geweckt und sie gebeten, mir Gesellschaft zu leisten …»

Darauf hob Fräulein von Arnsberg, die unverwandt an Aurelies Kopf vorbei ins Zimmer geblickt hatte, leise an zu sprechen:

«Festtagsbeleuchtung … es strahlt hell inmitten tiefer Nacht … die schwarze Messe! Die schwarze Messe feiert ihr des Nachts, wenn ihr denkt, ich schlafe, und fleht den Teufel an, er soll mich holen kommen.»

Ohne ein weiteres Wort drehte sich die Gestalt und verschwand torkelnd im Korridor. Aurelie folgte ihr, denn es war unmöglich, die verwirrte und vermutlich unterkühlte Kranke sich selbst zu überlassen.

Erst gegen Morgen, als die Tante mit einer Wärmflasche genauso sanft schlummerte, wie es die von vielen durchwachten Nächten erschöpfte Frau Bienhaus heute die ganze Nacht getan, konnten die Freundinnen ihre Beute wieder an den Ort überführen, von welchem sie sie vor Mitternacht entwendet hatten.

In der ersten Dämmerung, und endlich in ihrem Schlafzimmer allein, beschloss Bettina, mit ihren inzwischen immer eindringlicher sich bemerkbar machenden Kopfschmerzen heute das Bett zu hüten. Die geschenkte Zeit in der Einsamkeit ihres Zimmers wollte sie, wenn denn ihr Kopf es zuließe, für ein erstes Studium des Stammbaumes verwenden.

21
Der Fluch der Arnsbergs

Mehr als nur einmal pries Bettina am folgenden Tag die Ruhe, die sie in ihrem Bett genießen konnte, denn es war ein betriebsamer Tag im Hause Arnsberg. Gelegentlich schaute Aurelie herein und erstattete kurz Bericht: Die Tante hatte noch mehr wunderliche Anwandlungen, während deren sie ihre Verwandten beschimpfte; Lieferanten kamen und gingen, ebenso Bornemann, den man nach den Aufregungen der Nacht und den weiteren Vorfällen des Morgens zu seiner Patientin gerufen hatte. Am frühen Nachmittag schließlich fuhr Herr von Göbel vor.

Bettina döste mit einem feuchten Tuch auf den Augen, grübelte zwischendurch über dem Stammbaum und machte sich allerlei Notizen hierzu. Aurelie ließ sich nach Herrn von

Göbels Ankunft wie erwartet lange nicht blicken. Erst am Abend platzte sie mit geröteten Wangen und verzweifelt-amüsiertem Gesichtsausdruck ins Zimmer.

«Bettina, du ahnst es nicht!», rief sie, nachdem sie mit einem Knall die Tür hinter sich geschlossen hatte, «der alberne Mann hat mir einen Antrag gemacht!»

Bettina, die dergleichen sehr wohl geahnt hatte, ließ sich zwar gern die Einzelheiten dieser denkwürdigen Begebenheit auseinander setzen und lachte dabei ebenso herzlich wie ihre Freundin. Dennoch war ihr eine Spur unwohl bei der Sache, denn sie befürchtete, dass der heute mit einem höflichen Korb abgewiesene Freier die Sache damit keineswegs ad acta gelegt hatte.

«Und wenn schon!», versetzte auf eine dementsprechende Prophezeiung Bettinas Aurelie, «dann muss ich den verblendeten alten Stutzer eben ein zweites Mal und ein wenig herzloser zurückweisen; es wird zu seinem Schaden sein und nicht zu meinem. Deshalb musst du nicht eine so besorgte Miene aufsetzen!

Mir scheint ohnehin, wir haben uns schon mehr Gedanken über meinen unglücklichen Verehrer gemacht, als er verdient. Lass uns jetzt über anderes sprechen. Hast du dem ‹schwarzen Stammbaum› seine Geheimnisse entlockt? Fast jedes Mal, wenn ich nach dir sah, hieltst du ihn in den Händen und warst demnach deinem armen Kopf zum Schaden sehr fleißig.»

Da blitzten ihres leise dröhnenden Schädels ungeachtet Bettinas Augen, und sie öffnete geschäftig ihr Notizbuch.

«Du hast mir einmal gesagt», begann sie, «die Krankheit sei ein Erbteil der Familie deines Vaters. Jedoch war sie das, wie ich dem Stammbaum entnehme, nicht ursprünglich. Sie ist vielmehr erst im 17. Jahrhundert durch eine Heirat in die Familie Arnsberg gekommen. Der erste Name mit einem schwarzen Punkt ist Katharina von Arnsberg, gestorben

174

1657. Niemand anderer als ihr Sohn ist es, von dem das Schriftstück stammt, das wir gestern Nacht zu lesen begannen. Der Ärmste starb einige Jahre nach der Niederschrift am Veitstanz.

Es reut mich nun, dass wir die Schatulle zurückbringen mussten, ohne das so genannte Testament dieses Heinrich August gelesen zu haben. Offenbar handelt es vom Ursprung der Krankheit bei einem seiner Vorfahren mütterlicherseits.»

«Genauso ist es», stellte Aurelie fest, «doch es ist nicht schade, dass wir es ungelesen zurückbrachten. Ich glaube nämlich zu wissen, was darinnen steht. Meine Großmutter erzählte mir die Geschichte mehrfach, als sie über achtzig war und keinen Zahn mehr im Mund hatte, und ich weiß noch genau, wie es mir gruselte. Dir hätte ich schon längst einmal davon berichtet, wäre ich nicht sicher gewesen, dass du all das als Schauermär verlachen würdest, was ich in meiner Lage bitterernst nehmen muss.»

«Arme Aurelie!», rief Bettina. «In der Tat kann ich nicht versprechen, alles zu glauben, was damals im finsteren Mittelalter geschehen sein soll. Aber lachen werde ich über eine so ernste Sache gewiss nicht. Willst du es mir nun doch erzählen?»

Natürlich wollte Aurelie und begann folgendermaßen:

«Viele Einzelheiten sind mir entfallen, die aber meine Großmutter sicher nur hinzugedichtet hatte, auf dass die Geschichte sich in meiner Phantasie umso lebhafter und eindrücklicher darstelle. So schilderte sie mir zum Beispiel genau die kostbaren orientalischen Stoffe, mit denen die Protagonisten bekleidet waren, was doch der gute Heinrich August kaum der Niederschrift für wert befunden haben kann – selbst wenn er darüber etwas gewusst hätte. An das, was recht eigentlich zur Handlung gehört, kann ich mich aber zum Glück sehr gut entsinnen.

Ein Urahn unserer Familie, also wohl der besagte Wilhelm Anselm von Friedenau, hatte sich als junger Mann den Kreuzfahrern angeschlossen, weniger vielleicht aus Frömmigkeit als aus Abenteuerlust, und seine Frau schwanger und mit einem kleinen Kind zurückgelassen.

Anders als viele seiner Reisegefährten kam er heil an Leib und Gliedern im Heiligen Land an, wo sein Trupp aber nicht bis nach Jerusalem vordrang, sondern sich in einer Burg an der Küste verschanzte. Dort hielt man jahrelang aus, führte bei Gelegenheit das eine oder andere Scharmützel mit den Sarazenen, aber lebte doch insgesamt recht gemütlich vor sich hin, wie man es ähnlich auch in der Heimat getan hätte.

Für Handlangerarbeiten und die Küche hatte man in der Burg eine Anzahl Bediensteter. Einige dieser Leute waren bei Kriegszügen gemachte Gefangene, die man nun als Sklaven hielt; andere mochten freiwillig aus den umliegenden Dörfern zum Gesinde hinzugestoßen sein. Zu dieser letzten Gruppe gehörte auch eine schöne junge Küchenmagd, die dem Wilhelm Anselm wohl gefiel und die er darum alsbald in einer Kammer in der Nähe seines eigenen Gemaches unterbrachte und mit Schmuck und allerlei edlen Gewändern aus dem Beutegut ausstattete. Mit ihren rabenschwarzen Haaren und ihrer dunklen Haut hielt er sie, in den feinen Unterschieden unter den Völkern des Orients nicht versiert, für eine gewöhnliche Sarazenin. Sie war aber in Wahrheit der Spross einer Zigeunerfamilie.

In der Küche sah man die schöne Zigeunerin fortan nur noch selten, denn ihr hauptsächlicher Dienst bestand nun darin, dem Wilhelm Anselm jederzeit willig und gefällig zu sein und seine von der schweren eisernen Rüstung geschundenen und müden Glieder mit duftenden Essenzen einzureiben. So währte es einige Jahre, während deren die Zigeunerin auch einmal ein Kind gebar. Das sprang, sobald es etwas älter wurde, fröhlich im Burghof umher und wurde zum viel geherzten Liebling aller Ritter.

Doch eines Tages beschloss Wilhelm Anselm mit einigen weiteren seiner Gefährten, er habe nun für Kreuz und Heiland lange genug den Kopf hingehalten und es sei an der Zeit, wieder der lang vermissten Heimat entgegenzuziehen. Was die Gespielin vieler Jahre von diesen Plänen hielt, ist nicht überliefert. Doch am Tage, als Wilhelm Anselm sich mit seinen Freunden in Akkon einschiffen wollte, trat ihnen auf dem Weg zum Strand eine hässliche alte Zigeunerin mit dicken, durchgehenden schwarzen Brauen entgegen und gab sich als die Mutter seiner Geliebten zu erkennen.

Wohin er ohne seine Frau zu reisen gedenke, fragte sie ihn.

Seine Frau sei daheim im Frankenland und eben zu ihr wolle er ja fahren, gab Wilhelm zur Antwort.

Er habe aber noch eine zweite Frau, beharrte die Zigeunerin.

Von einer zweiten Frau wisse er nichts, beteuerte Wilhelm, der sehr wohl wusste, worum es ging.

Und doch, entgegnete die Zigeunerin, sei er zum zweiten Mal vermählt: Durch sein Jahre währendes Zusammenleben mit ihrer Tochter sei er nämlich nach den Gesetzen des Heiligen Landes rechtmäßig mit ihr verheiratet. Ebenso sei ihrer Tochter Kind nach Recht und Gesetz auch das seinige. Er, Wilhelm Anselm, müsse also entweder bei seiner neuen Frau bleiben oder aber diese mit sich in die Heimat führen. Im letzteren Falle gedenke die Alte, zur Begleitung von Tochter und Enkel selbst mit ins ferne Frankenland aufzubrechen.

Da setzte Wilhelm Anselm seiner selbst erklärten Schwiegermutter auseinander, dass nach den Gesetzen unseres Herrn Jesu Christi, und allein diese könne er für sich als bindend anerkennen, die Vielweiberei verboten sei. Als bereits in der

Heimat verheirateter Mann sei er somit der jungen Zigeunerin in keiner Hinsicht verpflichtet.

Die Alte heulte und kreischte, klammerte sich gar mit den Händen an Wilhelms Kettenhemd fest, um ihn zurückzuhalten, doch alle Mühe half nichts. Die Männer setzten unbeirrt ihren Weg fort.

Bis zum Strand hielt sich die Frau bei ihnen, und als sie den kleinen Nachen bestiegen, der sie zu dem weiter draußen liegenden größeren Schiff bringen sollte, und auch der Alten letzter Versuch, Wilhelms Herz zu erweichen, ergebnislos blieb, da schüttelte sie die Faust und rief:

‹Verflucht seist du mitsamt deinem Geschlecht in alle Ewigkeit! So wie du meine Tochter und ihr Kind verdorben hast, sollen du und deine Kinder und Kindeskinder an Körper und Seele verderben bis ins hundertste Glied! Mögen euch Hirn und Knochen bei lebendigem Leib verfaulen!›

Darauf wandte sich die Alte um und schritt langsam den Weg zurück, auf dem sie gekommen war.

Als Wilhelm kurz darauf vom schwankenden Boot ins Schiff kletterte, verlor er zum ersten Mal die Herrschaft über seine Beine. Er schrieb dies zunächst der Dünung zu, doch solche Vorfälle häuften sich. Als er fast drei Jahre später, nach vielen Abenteuern und großer Mühsal, wieder bei Frau und Kindern eintraf, war er ein schwer kranker Mann.

Nach seinem Tod wäre die schändliche Geschichte vielleicht in Vergessenheit geraten, wenn nicht an seinen beiden Söhnen, als sie etwa das Alter erreicht hatten, in welchem ihr Vater verflucht wurde, derselbe grausame Verfall von Körper und Geist eingesetzt hätte. Seitdem pflanzt sich, wie du weißt, die Krankheit in unserer Familie fort, wo sie bis zum heutigen Tag ihre Opfer findet, und sie wird wohl tatsächlich nicht aufhören zu wüten, bis das hundertste Glied erreicht ist.»

«Bis ins hundertste Glied wüten», sprach Bettina mit Protest in der Stimme, «das wird sie vielleicht in irgendeiner Linie von Nachkommen des Wilhelm Anselm – wenn du denn überhaupt daran glauben willst, dass das Zusammentreffen vom Ausbruch der Krankheit und der Schimpftirade der alten Zigeunerin mehr als nur ein Zufall war.

In deine Familie jedenfalls hat sich nur ein Einziger von den sicher zahlreichen Nachfahren Wilhelm Anselms verirrt, nämlich die erwähnte Katharina. In mehreren Linien von deren Nachkommen wiederum ist die Krankheit bereits ausgestorben. Sieh doch nur …» – hier entfaltete Bettina die großen Papierbögen, auf welche die Mädchen den Stammbaum kopiert hatten – «da wäre zum Beispiel dein Urgroßonkel Karl Friedrich …»

Bettina ließ ihren Finger über einem der Bögen kreisen, bis sie den Namen gefunden hatte und Aurelie darauf hinweisen konnte.

«Dessen Vater, also dein Ururgroßvater, hat einen schwarzen Punkt bei seinem Namen stehen. Karl Friedrich aber ist erst mit über siebzig Jahren gestorben, und jedenfalls, da der Punkt fehlt, nicht am Veitstanz. Nun sieh dir die ganze Nebenlinie an, die von ihm abstammt: Bis zum heutigen Tag kein einziger Krankheitsfall mehr!»

«Das mag schon sein», murmelte Aurelie etwas ungeduldig, «aber wie du ja selbst sagtest, handelt es sich eben um eine Nebenlinie! Der Fluch gilt doch sicher für die Hauptlinie!»

Bettina schüttelte schmunzelnd den Kopf.

«Was sich die alte Zigeunerin über Haupt- oder Nebenlinien gedacht hat, wissen wir nicht. Aber sicher ist doch eines: Sie hat nicht die Arnsbergs verflucht, sondern einen Ritter zu Friedenau. Dessen Hauptlinie mag verlaufen, wo sie will; die Arnsbergs aber, in die 400 Jahre nach dem bedauerlichen Vorfall eine Nachfahrin des Übelbolds einheiratete, sind es keinesfalls.

Mit Haupt- und Nebenlinien hat also die Weitergabe der

Krankheit in eurer Familie nichts zu tun. Übrigens hat sie sich bei euch auch in einer Nebenlinie, wie du siehst» (Bettina zog die betreffende Ahnenreihe mit dem Finger nach) «bis heute gehalten. Du bist also keineswegs die Einzige deiner Generation, auf die sich die Macht des Fluches konzentrieren müsste, wie du befürchtest! Schließlich hat dein Onkel Ottokar, selbst unter der Krankheit leidend, drei Kinder, über denen allen genau wie über dir das Damoklesschwert schwebt.»

Da breitete sich zum ersten Mal zweifelnde Hoffnung in Aurelies Gesicht aus. Einen Moment ließ sie schweigend ihren Blick auf dem Stammbaum hin und her gleiten. Schließlich fragte sie die ebenfalls nachdenklich den Stammbaum betrachtende Bettina:

«Wie kommt es nur, dass die Krankheit in manchen Linien ausstirbt und in anderen nicht?»

«Ich weiß es nicht», antwortete ihr die Freundin, «hierfür habe ich noch keinen Anhaltspunkt gefunden. Aus dem Stammbaum geht nur so viel hervor: Wer von der Krankheit befallen ist, kann ebenso gesunde Kinder bekommen wie solche, die im späteren Leben am Veitstanz erkranken. Ganz merkwürdig ist, dass manchmal selbst jemand, bei dem die Krankheit schon ausgebrochen ist, Kinder ohne die fatale Anlage hervorbringt. Zum Beispiel war dein Urgroßvater sicher schon von der Krankheit gezeichnet, als er wenige Jahre vor seinem Tod deine Großtante Henriette zeugte. Dennoch ist Henriette vom Veitstanz verschont geblieben, und auch bei all ihren Nachkommen ist die Krankheit fortan nicht mehr vorgekommen.»

Hier regte sich der Ausdruck argwöhnischen Grübelns in Aurelies Gesicht. Sie wollte zu einem Einwand ansetzen, doch Bettina fuhr unbeirrt fort:

«Dies scheint überhaupt ein wichtiges Merkmal beim Veitstanz zu sein: Wenn eine Generation von der Krankheit verschont wurde, kann sie sie nicht mehr an die Kinder oder Kindeskinder weitergeben. Das ist die gute Seite der Regel, die du selbst längst erkannt hast.»

Bettina illustrierte dieses Prinzip mit allerlei Beispielen, die sie hierfür in ihrem Notizbuch gesammelt hatte. Aurelies Gesicht aber verdüsterte sich zusehends.

«Was stellst du mir», unterbrach sie Bettina schließlich gereizt, «all die Zweige der Familie vor, in denen die Krankheit zum Erliegen gekommen ist! Das ist nur umso bitterer für mich, die ich zu einer von nur zwei Linien gehöre, in denen sich der Fluch bis heute fortpflanzt.»

Da riss Bettina nach einem Moment des Stutzens plötzlich die Augen auf.

«Aber ich war ja blind!», rief sie erregt. «Aurelie, du bist gerettet!»

«Gerettet? Wie kann denn das möglich sein!» Aurelie wurde allmählich böse. «Täglich siehst du doch meine Tante in ihrem Siechtum; wie kannst du da meinen, die Krankheit sei bei uns zum Stillstand gekommen!»

Bettina ließ sich von dem scharfen Ton ihrer Freundin nicht beirren.

«Aurelie, hör mir gut zu. Deine Tante ist eben deine Tante, und wenn dieser ganze Stammbaum eines deutlich zeigt, dann das: Den Veitstanz kann man nur von kranken Eltern erben, nicht aber von Tanten oder Onkeln! Wessen Eltern frei von der Krankheit waren, der wird sie selbst nicht bekommen, gleichgültig wie viele kranke Onkel oder Tanten oder Großeltern er hat. Und nun sieh dir deine Eltern an: Deine Mutter ist eingeheiratet und kommt als Überträgerin nicht infrage. Es bleibt dein Vater, der aber bis heute kerngesund geblieben und dabei über sechzig Jahre alt geworden ist. Nun lehrt uns ein Blick in den Stammbaum, dass man den Veitstanz, wenn man denn an ihm erkrankt, in der späteren Jugend oder im mittleren Alter bekommt. Wer einen Punkt neben seinem Namen stehen hat, ist kaum je mehr als fünfzig Jahre und meist nicht einmal so alt geworden – und das, obwohl das Siechtum, wie du mir berichtet hast, lange Jahre währt; es sei denn, der Betroffene kommt durch einen anderen Umstand früher zu Tode. Da dein Vater schon fast fünfundsechzig zählt, müssen wir schließen, dass er der Krankheit entronnen ist! Und damit bist auch du von der Gefahr befreit, denn dein Vater ist das gesunde Glied der Kette, das dich und deine Nachkommen für immer vor der Macht des Fluches schützen wird.»

Aurelie verharrte einen Moment mit offenem Mund auf der Bettkante, griff dann wie ein Verhungernder nach Essen nach den aufgefalteten Stammbaumbögen, stand auf und zog sich wortlos mit diesen auf ihr Zimmer zurück, wobei sie die Verbindungstür fest hinter sich schloss.

Bettina legte sich, mit ihrem noch immer schmerzenden Kopf allein zurückgelassen, erschöpft auf ihr Kissen nieder und schloss die Augen.

Minute um Minute verstrich, ohne dass sich drüben bei Aurelie etwas regte. Nach etwa einer halben Stunde beschloss Bettina nachzusehen, wie es um die Freundin stehe. Gerade hatte sie zu diesem Zweck die Beine aus dem Bett geschwungen, als die Tür sich plötzlich öffnete und Aurelie wieder im Zimmer stand – mit dem Stammbaum in der Hand, Tränen in den Augen und Vorwurf im Blick.

«Was hast du dir nur gedacht!», stieß sie mit belegter Stimme hervor. Die erschrockene Bettina saß derweil auf ihrer Bettkante und wagte nichts zu erwidern.

«Was hast du dir nur gedacht, mir solche Hoffnungen zu machen!», setzte Aurelie ihre Vorwürfe fort, näherte sich Bettina mit schnellen Schritten, hielt ihr einen der großen, steifen Stammbaumbogen vor das in ängstlicher Ahnung einer Schuld erstarrte Gesicht und deutete mit dem Finger auf eine Stelle.

«Da hast du behauptet, wer selbst von der Krankheit nicht befallen sei, dessen Kinder müssten notwendig auch davon verschont bleiben, und wolltest daraus ableiten, dass ich, als eines Gesunden Tochter, nichts zu befürchten hätte. Nun sieh aber hier meine Großtante Susanne, mit einem dicken Punkt bei ihrem Namen, doch bei ihren beiden Eltern fehlt er!»

Bettina studierte die fraglichen Einträge einen Augenblick und atmete dann auf.

«Solche Fälle», sagte sie beruhigend, «habe ich im Stammbaum drei oder vier gefunden, und sie müssen dich nicht beunruhigen. Diese Susanne ist über die mütterliche Seite mit den Arnsbergs verwandt und muss die Krankheit also von ihrer Mutter geerbt haben. Bei deren Namen ist zwar kein Punkt verzeichnet, doch betrachte ihre Lebensdaten: Mit knapp 23 ist sie gestorben, im selben Jahr, als sie Susanne zur Welt brachte. Sie war also bei ihrem Tod zu jung, als dass der Veitstanz sich schon bei ihr hätte manifestieren können. Sie ist ihm nur durch ihren frühen Tod an einer anderen Ursache entkommen, denn wäre sie älter geworden, wäre sie gewisslich erkrankt. Und genauso verhält es sich in allen Fällen, wo vermeintlich vom Veitstanz freie Eltern Kinder in die Welt gesetzt haben, die später daran erkrankten: Stets ist der Elternteil, der aus einer befallenen Linie stammt, sehr früh verstorben.»

Aurelie ließ sich neben Bettina aufs Bett fallen und seufzte tief.

«Du meinst also, ich könne trotz Großtante Susanne mit Hoffnung in die Zukunft blicken?»

«Dessen bin ich mir sicher», antwortete Bettina und strich der nun den Kopf an ihre Schulter legenden, durch die wechselvollen Erfahrungen der letzten vierundzwanzig Stunden sichtlich erschöpften Freundin sanft durchs Haar.

22
Über Jungfern- und Ehestand

Was die Hoffnungen für die fernere Zukunft betraf, so mochte die Aussage Bettinas durchaus ihre Berechtigung besitzen. In der näheren erwarteten Aurelie gewisse Unannehmlichkeiten, die sich aber erst am Mittag des folgenden Tages einstellen sollten. Das Frühstück im Hause Arnsberg ließ noch keine bösen Ahnungen aufkommen und verlief in ruhigen, gewohnten Bahnen. Nur für Bettina, die nach einer Nacht zufriedenen Schlafs rosig und gut gelaunt den Frühstückstisch zierte, barg die Mahlzeit heikle Momente. War doch mit der Frühpost ein Brief des Barons Baringsdorf eingetroffen, den sich der Hausherr entschloss, bei Tisch seiner Familie zu verlesen. So nahm zwangsläufig auch Bettina Anteil an etwas, das für ihre Augen und Ohren kaum gedacht gewesen war.

Der Baron, der als Mann der Tat gemeinhin dem Briefeschreiben wenig zugeneigt war – wie Herr von Arnsberg erstaunt vermerkte, als er zwischen der übrigen Post des Briefes gewahr wurde –, wandte sich aus einem besonderen Anlass an seine entfernten Verwandten (denen er herzliche Grüße und gute Wünsche zukommen ließ, ohne jedoch der Kranken dabei gesondert zu gedenken). Und zwar hatte er eine gute Nachricht zu vermelden: Er habe, verlas Herr von Arnsberg unter den gespitzten und an dieser Stelle sich stark rötenden Ohren Bettinas, «nach langer, vergeblicher Suche nun endlich eine Gefährtin gefunden, die mein seit dem Tode meines Vaters beschaulicher gewordenes Leben teilen und mir, so Gott will, bald den Sohn schenken wird, dem ich dereinst die Güter meiner Vorväter für die Zukunft anvertrauen kann.

Meine Auserwählte, mit der ich mich bereits seit einer Woche durch das Band der Verlobung untrennbar verbunden fühlen darf, ist Fräulein Marianne Elisabeth Orth, einziges Kind des Bankiers, der seit Jahren meiner Familie vorzügliche und loyale Dienste leistet. Die Vorsehung hat meine Verlobte, wie ich stolz und glücklich sagen kann, überaus reich mit den Vorzügen gesegnet, die eine gute Ehefrau ausmachen. Ihre Vorlieben und Begabungen liegen im häuslichen Bereich, und sie wird mir hier sicher ebenso treu zur Seite stehen, wie es ihr Vater in anderer Hinsicht bisher getan hat. Neben einer blühenden Gesundheit zeichnet sie sich durch eine stabile, ruhige und pflichtbewusste Gemütsverfassung aus; ein Vorzug, den ich vor anderen zu schätzen weiß, denn jene kapriziöse Flatterhaftigkeit, welche ich leider in letzter Zeit gerade bei Sprösslingen der besten gesellschaftlichen Kreise zu beobachten einige Gelegenheit hatte, war mir von jeher zutiefst zuwider.

So bin ich nun zuversichtlich, endlich an der Seite eines treuen Weibes eheliches Glück genießen zu dürfen. Gottlob wird es mir mit Hilfe dieser Verbindung möglich sein, den Westflügel wieder ganz herzurichten, dessen trauriger derzeitiger Zustand dir, lieber Wolfgang, von deinem letzten Besuch bei uns sicher lebhaft erinnerlich ist.

Zu Ostern soll die Hochzeit sein, anlässlich deren ich dich und deine Tochter hoffentlich bei uns werde begrüßen können, und du sollst dann schon die ersten Fortschritte sowohl im Westflügel als auch im grünen Saal bewundern dürfen.»

Bettina hörte nur mit halbem Ohr die Anmerkungen, die Herr von Arnsberg über diese Neuigkeiten seiner Schwester und Tochter gegenüber machte, denn sie war mit eigenen Gedanken befasst. Eine Wehmut hatte sich in ihre Brust geschlichen, ohne dass sie genau hätte sagen können, worüber. Auch heute schien ihr ja die ausgeschlagene Ehe mit dem Baron nicht wie ein fahrlässig verspieltes Glück; auch heute würde sie nur schweren Herzens, am liebsten aber gar nicht diese Möglichkeit ergreifen, wenn sie sich denn erneut darböte, und sie konnte es kaum anders denn als eine günstige Fügung betrachten, dass eine nochmalige Verständigung mit dem Baron jetzt ganz und gar ausgeschlossen war. So galt vielleicht der Schmerz, den sie empfand, nicht der vertanen Möglichkeit zu einer Ehe mit dem Baron, sondern einem anderen verlornen Glück: dem der ersten Wochen in Karlsbad, die ihr im Rückblick so voller ungläubiger Hoffnungen und süßer Aufregungen schienen. Es war, als habe sich damals die Tür zu einer anderen, besseren Welt geöffnet, und gerade in dem Moment, als sie glaubte, in Wahrheit dieser und nicht ihrer eigenen anzugehören, sei diese Tür wieder verschlossen worden. Jetzt, am Arnsberg'schen Frühstückstisch, durchströmte Bettina die unheilvolle Ahnung, ihr werde niemals mehr eine Zeit solch abenteuerlicher und ein wenig einfältiger Lebensfreude vergönnt sein wie in jenem Sommer in Karlsbad, und das Herz wurde ihr schwer davon.

Doch die nagende Wehmut verflog wieder, als sie nach der Mahlzeit mit Aurelie über das rasche erneute Eheversprechen des Barons und die wohl zuvörderst pekuniären Vorzüge der Braut scherzen und das Mädchenglück des trauten Zwiegesprächs mit einer Busenfreundin genießen konnte. Die beiden zogen sich, als alle nötigen Besorgungen und Verrichtungen im Haus erledigt waren, ins Musikzimmer zurück und sprachen dort zum wiederholten Male, aber ohne des Themas überdrüssig zu werden, über die verschiedenen Ereignisse in Karlsbad und ihre heutigen Gedanken hierüber.

Gegen Mittag hörte man Herrn von Göbel vor- und nach einer Weile wieder abfahren, ohne dass die beiden von ihm aufgesucht oder zu seiner Begrüßung oder Unterhaltung herbeigerufen worden wären. Gleich darauf aber wurde Aurelie in das Büro ihres Vaters zitiert, von wo sie nach

längerer Zeit bleich und mit angespannten Zügen zurückkehrte.

«Nun verlangt er auch dich zu sprechen», verkündete sie
Bettina und ergänzte, als diese zu einer Frage nach dem Vorgefallenen ansetzte:

«Du wirst schon merken, worum es geht. Doch sei gewapp-
net; er ist schlechter Stimmung.»

Furchtsam und verunsichert betrat Bettina allein das Büro
des Herrn von Arnsberg, das Zimmer, in dem er nicht nur
Pächter zu empfangen pflegte und alle geschäftlichen Bücher aufbewahrte, sondern das ihm auch fast den ganzen
Tag über als Aufenthaltsraum diente.

Hinter einer schweren Eichenplatte thronte er in seinem
Sessel und hieß Bettina mit einer Kopfbewegung auf dem
Stuhl ihm gegenüber Platz nehmen.

Dann schwieg er lange Minuten, wobei er mit der Hand
unentwegt unter schabenden Geräuschen einen Briefbe-
schwerer auf dem Tisch hin und her bewegte. Bettina wagte
nicht, sich zu regen.

«Sie sind als Gast in mein Haus gekommen», begann er
schließlich mit schwerer, ernster Stimme, «und als solchem
gebührt es Ihnen nicht, gegen die intimsten Interessen Ihrer Gastgeber zu verstoßen, wie Sie es hier leider Gottes getan haben.»

Bettina war so erschrocken, dass sie sich einer Ohnmacht
nahe fühlte, und brachte nur mit Mühe die Frage heraus,
wovon denn Herr von Arnsberg spreche?

«Da sind Sie sich Ihrer intriganten Machenschaften also
nicht einmal bewusst! Sie sind mir wirklich ein famoses
Persönchen. Eine solch unglückselige Vereinigung von
mädchenhafter Unbedarftheit, Dünkel und störrischem Eigensinn wie bei Ihnen ist mir mein Lebtag noch nicht vorgekommen. Und diese zweifelhaften Vorzüge Ihres verirrten
Charakters meinen Sie nun auch meiner bisher so guten,

vortrefflichen Tochter einpflanzen zu müssen, indem Sie sie dazu anstiften, einen höchst opportunen Heiratsantrag abzulehnen!»

«Es geht also um Herrn von Göbel?», hauchte Bettina, in gewisser Weise etwas beruhigt, und wollte sogleich ein paar vorsichtige Worte zu ihrer und ihrer Freundin Verteidigung hinzusetzen, doch hierzu kam sie nicht.

«Ja, um Herrn von Göbel geht es!», donnerte der Hausherr ihr entgegen. «Um Herrn von Göbel, den aus dem Witwerstand zu erlösen sich genug respektable Bürgersfrauen und auch solche aus dem Adel anbieten, und der bereit ist, ihres schrecklichen Makels ungeachtet ausgerechnet meine Aurelie allen anderen Kandidatinnen vorzuziehen! Der Fluch unserer Familie ist heute so allgemein bekannt, dass es kaum einen Unwissenden gibt, dem ich meine Tochter unterjubeln könnte. Und selbst wenn sich einer fände, ein Ausländer vielleicht, so würde er noch rechtzeitig vor der Hochzeit von einem wohlmeinenden oder boshaften Bekannten aufgeklärt. Da ich zudem, anders als Ihr werter Herr Vater, nicht die Mittel besitze, den Wert meiner Tochter durch eine überdurchschnittliche Mitgift aufzubessern, ist Aurelie ein rechter Ladenhüter, den kein standesgemäßer Freier nachgeworfen bekommen möchte.

Und in dieser für sie so hoffnungslosen Lage kommt nun ein braver, tüchtiger Mann, von Geburt bürgerlich zwar, doch ob seiner Verdienste in den Adelsstand erhoben, dem er damit mehr Ehre macht als so mancher, der ihm ohne eigenes Zutun seit der Geburt angehört, und sagt mir freiheraus: Ich weiß von der Sache, aber das arme Mädchen gefällt mir, und ich nehme es trotzdem. Eine Gelegenheit also, die meine Tochter sofort mit beiden Händen ergreifen müsste, denn eine zweite solche wird sich ihr nicht bieten. Da mischen aber Sie sich ein und setzen meiner Tochter, die Sie Ihre Freundin nennen, Flausen in den Kopf. Gegenüber Ihrem eigenen Verehrer, einem Baron immerhin und von guter Gestalt, haben Sie sich zu Ihrer Schande und der Ihrer Eltern benommen wie ein störrisches Maultier und können nun in Ihrer kleinlichen Arroganz den Herrn von Göbel erst recht nichts gelten lassen. Weil er einen Schmerbauch hat, jenseits der ersten Jugend steht und lieber über die Jagd spricht als über Euripides, reden Sie meiner Tochter ein, er sei nicht gut genug für sie – als warte hinter der nächsten Ecke ein schöner junger Prinz, den sie statt seiner haben könnte.»

Hier pausierte Herr von Arnsberg einen Moment in seiner Klagerede wider Bettina, um Atem zu schöpfen. Diese, zutiefst verunsichert und den Tränen nahe, schwieg ebenfalls, bis sie durch ihr Gegenüber aus der peinlichen Stille erlöst wurde.

«Wenn Sie wünschen, weiterhin und noch bei anderen Gelegenheiten in der Zukunft in meinem Hause sich aufzuhalten, so tun Sie hoffentlich jetzt das, was Pflicht und Anstand gebieten: Machen Sie den Schaden wieder gut, bevor es zu spät ist. Sprechen Sie mit Aurelie; sagen Sie ihr, dass Sie Ihre eigenen alten Ratschläge nunmehr als den dünkelhaften, traumwandlerischen Unsinn durchschaut haben, der sie sind. Zeigen Sie Aurelie ihre Lage so, wie sie sich jedem vernünftigen Menschen darstellen muss, und raten Sie ihr dringlichst an, einen möglichen weiteren Antrag des Herrn von Göbel positiv zu bescheiden.

Und nun gehen Sie bitte, Fräulein von Denkewitz, und lassen Sie mich hier an den unromantischen, profanen Alltagsgeschäften weiterarbeiten, welche die vorlaute und verträumte Jugend wohl manchmal verachtet, ohne deren Erledigung durch pflichtbewusste Ältere sie selbst jedoch nicht die Muße hätte, sich tagein, tagaus Kunst, Philosophie und eitlen Worten hinzugeben.

Auf Wiedersehn.»

Lautlos schlich sich Bettina aus dem Zimmer, während Herr von Arnsberg den Kopf mit dem Ausdruck äußerster Konzentration über ein Schriftstück gebeugt hielt. Als sie die Türe hinter sich geschlossen hatte, atmete sie tief auf und wischte sich ein wenig salzige Flüssigkeit aus den Augenwinkeln.

Ob Herr von Arnsberg womöglich Recht hatte mit seinen Anschuldigungen? Hatte sie nicht wenigstens durch ihre Stammbaumspekulationen oder durch abfällige Bemerkungen über Herrn von Göbel, ohne dies eigentlich zu beabsichtigen, die Entscheidung Aurelies über seinen Antrag stärker beeinflusst, als es einer Außenstehenden zukam? Hatte sie nicht auch diesen, der doch einer anderen Welt entstammte als sie selbst und der sich wirklich durch Fleiß und Geschick vor vielen anderen Männern ausgezeichnet hatte, zu hart beurteilt? War es nicht vermessen von ihr, der verzärtelten Majorstochter, einen solchen Menschen zu belächeln? Und zudem: Ob eine Ehe mit dem wohlhabenden Fabrikanten nicht in der Tat das Beste war, das Aurelie vom Leben zu erwarten hatte? Und schließlich: Ob es nicht überhaupt hochgradig töricht sei, sich von unerreichbaren Idealen leiten zu lassen in einer Welt, die einem offenbar nie mehr als nur das gerade noch Erträgliche bieten konnte?

Von solchen Gedanken bestürmt, betrat Bettina das Musikzimmer, wo Aurelie mit aller Kraft ihrer langen Finger und mit voll durchgedrücktem Pedal einen Beethoven'schen Walzer in die Tasten hieb.

Als sie beim Eintritt Bettinas mitten im Stück innehielt und die Freundin fragend ansah, begann diese ohne lange Vorrede und ganz im Sinne ihres Auftraggebers, ihre neue Sicht der Dinge darzulegen. Da weiteten sich Aurelies Augen in ungläubigem Erstaunen, kaum weniger als weiland die Julius Cäsars in ähnlicher Situation.

«So bist also auch du nun gegen mich!», rief sie, Bettina

unterbrechend. «Ausgerechnet du lässt dir von einer elterlichen Moralpredigt den Sinn verdrehen! Kannst du dir etwa vorstellen, es mit dem Herrn von Göbel auch nur einen Tag auszuhalten? Der alte Bock will doch nur junges Blut und einen Adelstitel im Bett, und in ein paar Jahren, wenn ich ihm langweilig geworden oder vielleicht gar krank bin, wird er mich bei Erbsensuppe und Schwarzbrot ins Dachgeschoss verbannen. Niemand, niemand wird mir dann helfen können; ich selbst nicht, da mein Geld, das mir Unabhängigkeit und Beistand erkaufen könnte, in seinen Besitz übergegangen sein wird, meine Familie nicht, denn ich werde bald keine mehr haben, und auch du nicht, denn meine Jugendfreundinnen in sein Haus zu laden, wird er sich hüten. Ja, bist du denn blind, Bettina?»

Diese schämte sich jetzt erneut und kaum weniger als zuvor im Büro des Hausherrn. Auch kamen ihr einige Bemerkungen des Herrn von Göbel wieder in den Sinn, die tatsächlich nichts Gutes für Aurelie hoffen ließen, sollte sie sich diesem Mann vermählen. Dennoch wagte sie zaghaft den Einwand, der ihr aus dem Munde Herrn von Arnsbergs so plausibel erschienen war:

«Du magst mit deinem Urteil über Herrn von Göbel Recht haben, Aurelie. Die Frage ist nur, ob es einen anderen gibt oder geben kann, der bereit ist, mit dir die Ehe einzugehen, und der ihm vorzuziehen wäre. Immerhin ist er nicht arm und bewegt sich in den besten Kreisen. Wen wirst du heiraten, wenn nicht ihn?»

«Niemanden natürlich, du armes, dummes Schäfchen!», antwortete Aurelie, inzwischen im Tonfall versöhnlicher Liebe. «Das ist von jeher mein Plan gewesen. Steht denn in eurem preußischen Landrecht geschrieben, dass jede Frau heiraten müsse? Und wäre es denn nicht ein Glück für mich, hier im Haus meiner Kindheit ganz auf mich selbst gestellt zu leben und alt zu werden?»

Bettina, die sonst so gern und viel redete, schwieg zum wiederholten Mal an diesem Tag verwirrt. Sie erkannte wohl, dass Aurelie nicht Unrecht hatte. Aber es fiel ihr schwer, diese Erkenntnis in Übereinstimmung zu bringen mit dem, was sie seit frühester Jugend von ihrer Mutter und anderen immer wieder gehört hatte: dass nämlich als alte Jungfer zu enden das Schlimmste sei, was einer Frau im Leben widerfahren könne. Alte Jungfern waren Wesen, die bei ihr Mitleid auslösten, gefärbt von einer Spur unwillkürlicher Verachtung. Dazu kam ein gewisses ängstliches Grausen, welches daher rührte, dass sie sich selbst diesem Schicksal noch gar nicht entronnen wusste und es dereinst teilen zu müssen dann und wann befürchtete – doch immer mit dem Hintergedanken, diese Angst sei eine unwirkliche, unbegründete, etwas so Schreckliches könne nicht wirklich ihr zustoßen, die ja zum Glück mit einer beachtlichen Mitgift gesegnet war.

Doch erst recht war es unvorstellbar, dass die hübsche, selbstbewusste Aurelie, nach der sich die Männer den Kopf verrenkten, als bemitleidete alte Jungfer enden sollte. Andererseits: Könnte vielleicht auch das alte Fräulein von Boczkowski, häufiger und viel belächelter Gast Berliner Soireen, freiwillig alte Jungfer geworden sein? Wie, wenn sie nicht ihr Lebtag verzweifelt nach einem gesucht, der sie genommen, sondern wenn sie im Gegenteil den einen oder anderen sich darbietenden Freier ausgeschlagen hätte? Wie, wenn sie schlicht und einfach ein einsames Leben mit einem kleinen, aber gesicherten Einkommen den Verpflichtungen des Ehestandes vorgezogen hätte? Bettina kamen große Zweifel, ob sie den altjüngferlichen Stand bisher richtig eingeschätzt hatte. War nicht in Wahrheit hier die Freiheit zu suchen, nach der sie sich seit ihrer Kindheit sehnte? Ihr blieb viel Zeit, darüber nachzudenken, denn Aurelie war sogleich nach den letzten entschiedenen Worten davongeeilt, um ihren Vater von der Unverrückbarkeit ihrer Entscheidung bezüglich des Göbel'schen Antrags sowie ihren guten Gründen dafür zu überzeugen.

Als sie eine ganze Weile später wieder das Musikzimmer betrat, in der befriedigten Echauffierung desjenigen, der überzeugt ist, im Recht zu sein und sich soeben gegen Widerstand durchgesetzt hat, da wartete Bettina schon mit neuen Ratschlägen auf sie. Den Herrn von Göbel wagte sie ihrer Freundin zwar nicht mehr ans Herz zu legen, wohl aber den Ehestand als solchen.

Ihre Pläne, nicht zu heiraten, so legte Bettina der zweifelnd dreinblickenden Aurelie dar, beruhten doch einzig und allein auf der Annahme, der Fluch ihrer Familie werde irgendwann auch Aurelie treffen. Aber hatte man nicht tags zuvor festgestellt, dass es sich hierbei um einen Irrglauben handele? Dass dies im Gegenteil im äußersten Maße unwahrscheinlich war? Da sei es doch nun an der Zeit, die alten Pläne zu begraben und den Heiratsmarkt nicht mehr tatenlos der Konkurrenz zu überlassen!

Doch die Angesprochene reagierte auf diese wohl bedachten und durchaus vernünftigen Vorhaltungen mit unerwartet entschiedener Ablehnung.

Zum einen, erklärte sie, sei sie selbst alles andere als überzeugt, dass Bettinas gewagte Konjekturen über die Erbfolge des Veitstanzes zuträfen. Bestenfalls mochte es sich um einen Hinweis handeln, dass die Lage weniger aussichtslos sei als bisher geglaubt, aber doch wohl kaum um einen Freispruch von jedem Risiko. Weiter sei es vermessen zu glauben, dass man in der Öffentlichkeit, und zumal bei deren heiratswilligem Teil, mit Bettinas Theorie als Beweis von Aurelies künftiger Gesundheit werde reüssieren können. Höchstens lächerlich werde man sich machen mit solch verzweifelten Versuchen, Aurelie vom Makel ihrer Familie reinzuwaschen!

«Schon mit Rücksicht auf meinen Vater», setzte sie nach einer Atempause noch hinzu, «werden wir deine Entdeckung, ob sie nun ein reines Hirngespinst ist oder nicht, gar nicht publik machen können. Denn er darf nie erfahren, dass wir uns gegen seinen ausdrücklichen Wunsch an dem ‹schwarzen Stammbaum› zu schaffen gemacht haben! Bedenke, wie sehr es ihn treffen würde, wenn alle Einzelheiten dieses Stammbaums und der Schande, die er dokumentiert, bekannt würden. Schließlich hat er sich zeit seines Lebens bemüht, dieses Wissen, soweit eben möglich, unter Verschluss zu halten. Nein, Bettina, an eine Heirat ist für mich nach wie vor nicht zu denken. Und ich bin, muss ich sagen, nicht wirklich betrübt darüber. Ist es denn ein solcher Hochgenuss, sich allwöchentlich drüben auf Schloss Friedrichstein die Augen nach einer Partie zu verrenken, bis sie rot werden? Du magst es anders empfinden, ich aber reiße mich nicht darum, mein Heim zu verlassen, um mit einem halb fremden Mann in die Ferne zu ziehen und ihm lebenslang zu Willen zu sein. Längst habe ich das, was mir in dieser Hinsicht das Schicksal als Lebensweg vorgezeichnet hat, zufrieden angenommen. Spare dir, mich zu etwas zu ermutigen, das ich gar nicht anstrebe.»

Bettina blickte recht niedergeschlagen drein, doch sie wollte sich mit ihrem guten Rat noch nicht endgültig geschlagen geben. Eines, erklärte sie nach Augenblicken des Grübelns, wolle sie zur Heiratsfrage noch beitragen und sich dafür aller künftigen Einmischungen ganz enthalten. Sie wolle nämlich Aurelie erinnern, dass für eine etwaige unstandesgemäße Heirat nicht notwendig dasselbe gelten müsse wie für eine standesgemäße. Zudem gebe es für eine solche, zugegebenermaßen skandalöse Verbindung, wenn sie denn dergleichen ins Auge fassen wolle, einen Kandidaten, den man, anders als andere, ohne Aufruhr zu erregen von Bettinas optimistischen Theorien über Aurelies fehlende Anlage zum Veitstanz informieren und vielleicht sogar von ihrer Richtigkeit überzeugen könne. Man könnte ihn nämlich im Vertrauen und unter dem Siegel der Verschwiegenheit diesbezüglich als Arzt konsultieren.

«In der Tat», murmelte Aurelie nachdenklich, nachdem sie diese Vorstellung Bettinas einen Moment hatte auf sich wirken lassen, «in der Tat.»

23
Eine tödliche Falle sowie eine bemerkenswerte Neuigkeit

Kurz vor dem zweiten Advent klarte das Wetter auf. Die Sonne strahlte durch die reine, trockene Luft auf eine schneeglitzernde Landschaft, als habe es nie einen Zweifel gegeben, dass der Winter die schönste Jahreszeit sei. Bettina, die flache, weite Auenlandschaften gewohnt war, stand des Morgens am Fenster und sog den Anblick der Berge und Wälder im winterlichen Festtagskleid mit geöffnetem Mund in sich auf.

«Heute ist der erste sonnige Tag, seit ich hier bin», bemerkte sie zu Aurelie, die ihr von hinten den Arm um die Schultern gelegt hatte und ihrem Blick nach draußen folgte.

«Leider wird es wahrscheinlich auf Wochen oder Monate hinaus der einzige bleiben», kommentierte Aurelie nach einem Moment der Kontemplation. «Wir sind in dieser Gegend nämlich mit Sonne nicht gesegnet. Schon im Sommer sieht man sie selten genug, und im Winter lässt sie uns meist ganz und gar im Stich.»

Dieses Ausnahmewetter sollte nicht ungenutzt bleiben, und so beschlossen die Mädchen einen Ausflug zu Pferd durch die verschneite Landschaft. Bis hierfür alles gerüstet war, vergingen drei Viertelstunden. Da ergab es sich fast von selbst, dass die Freundinnen sich soeben im Hof zum Aufbruch anschickten, als Doktor Bornemann nach seiner wöchentlichen Visite bei Fräulein von Arnsberg samt der darauf folgenden Unterredung mit ihrem Bruder die Eingangstreppe herunterkam.

Zwangsläufig kam man ins Gespräch. Es stellte sich heraus, dass der Arzt seine Schritte zu einem kleinen Aussiedlerhof zu lenken im Begriffe war, an dem auch der geplante Ausflugsweg der beiden Freundinnen vorüberführte. So nahm man die gute Meile bis zu dem Hof gemeinsam in Angriff, was die Reiterinnen zu langsamem Schritt zwang. Der nach Bewegung lechzende, wider alle Vernunft mitgenommene Hund sowie Bettina verspürten darüber ein gewisses Bedauern. Dies hielt sich jedoch, jedenfalls auf Bettinas Seite, in Grenzen – zum einen um Aurelies willen, zum anderen, weil der Arzt bald auf ein interessantes Thema zu sprechen kam. Er sei nämlich, so erzählte er, zu dem Terhorst'schen Hof unterwegs, um an den Kindern eine Pockenimpfung vorzunehmen. Bettina hatte hiervon wohl schon einmal sprechen hören, doch wie von einem neumodischen Wundermittel, das man als vernünftiger Mensch nicht ernst nehmen muss und das, wenn es nicht gar Schlimmeres anrichtet, als es zu verhüten vorgibt, doch kaum tatsächlich wirksam sein kann.

Jetzt nutzte sie die Gelegenheit, aus erster Hand etwas über diese so genannte Impfung in Erfahrung zu bringen. Bornemann gab sich auf ihre Fragen erstaunt, dass nicht Bettina selbst in ihrer Kindheit gegen die Pocken geimpft worden sei. Seines Wissens hätten nämlich die preußischen Behörden gerade in Berlin zu Beginn des Jahrhunderts schon Reihenimpfungen durchführen lassen.

«Aber ich bin ja ursprünglich aus Schlesien», klärte sie den

Arzt auf, «und die Randprovinzen sind selten die ersten, wohin der Fortschritt gelangt.»

«Vielleicht hat man auch», sinnierte Bornemann, «die ersten Impfkampagnen eher an der einfachen Bevölkerung ausprobiert und die Kinder der besseren Gesellschaft zuerst einmal ausgespart. Doch dann wäre es diesmal nicht zum Schaden der niederen Stände geschehen, denn die Impfung hat sich ausgezeichnet bewährt.»

«So schützt sie wirklich die Geimpften vor der Krankheit? Doch wie sollte das funktionieren?»

«Genau weiß man das leider nicht. Vermutlich verhält es sich mit einem Geimpften ebenso wie mit jemandem, der einmal die Pocken überstanden hat und deshalb, wie uns die Erfahrung lehrt, nicht ein zweites Mal daran erkranken wird. Bei der Impfung bringen wir den Impfling statt mit den echten Pocken in Berührung mit Kuhpockenmaterie, jedoch in abgeschwächter Form, sodass selten eine wirkliche Krankheit zum Ausbruch kommt. Nur ein örtlicher Hautausschlag ist für gewöhnlich zu beobachten. Es scheint, als biete dieser den gleichen Schutz vor späterer Ansteckung wie eine überstandene Pockenerkrankung. Man könnte sich vorstellen, dass dabei Schlacken ausgeschieden werden, von denen sich der Körper durch die eitrige Pustelflüssigkeit während einer akuten Pockeninfektion befreit.

Doch sicher wissen wir nur eines: Unter den geimpften Jahrgängen sind späterhin die echten Pocken so gut wie niemals aufgetreten. Lediglich die Windpocken sind bei ihnen nicht weniger verbreitet als unter ungeimpften Kindern, doch diese führen ja gottlob wesentlich seltener zum Tode oder auch nur zu schwerer Entstellung.»

Während dieses medizinischen Vortrags war, zunächst unbemerkt, ein Malheur geschehen. Der sich an diesem Tage durch besondere Unruhe und Lebhaftigkeit auszeichnende Hund war, einer Fährte folgend, nach links in ein Waldstück ausgeschert und ließ sich nun, da seine Abwesenheit allmählich Besorgnis erregte, auch durch eindringliche Rufe und Pfiffe Aurelies nicht herbeilocken.

Rufend kehrte man zu der Stelle zurück, an der ungefähr man das Tier vor kurzem hatte in den Wald laufen sehen. Als alles nichts half, banden schließlich die Mädchen die Pferde notdürftig an einem kahlen Haselstrauch fest und drangen mit ihrem Begleiter ein Stück weit in den Wald ein. Schon bald gelangte man an einen Fuchsbau, aus dem verdächtige und beunruhigende Geräusche drangen. Aurelie schrie verzweifelt auf und begann mit ihren Reitstiefeln den Eingang zum Bau zu bearbeiten. Dabei rief sie unentwegt nach Blücher, der ihr mit schmerz- und angsterfülltem Winseln und Quieken antwortete.

«Es ist gewiss kein Fuchs, sondern ein Dachs drinnen», diagnostizierte der Arzt. «Wir müssen vom Hof Leute mit Spaten holen, anders kriegen wir den Hund hier nicht mehr heraus.»

Doch Aurelie fürchtete, wenn man erst zum Hof liefe, käme jede Hilfe zu spät. Sie flehte Bornemann an, mit Stiefeln und Händen beim Aufbrechen des Baus mitzuhelfen. Da lief Bettina ohne lange Worte allein zu den Pferden zurück und ritt in größter Hast die wenigen hundert Meter zum Terhorst'schen Hof, wo sie kurz die Lage schilderte und bald, da es Winter war und alle Welt im Haus, mit dem Knecht und dem Bauern wieder zur Unglücksstelle aufbrach.

Dort angekommen, erblickte man ein jammervolles Bild, das jedoch auch einen hoffnungsvollen Aspekt in sich barg: Aurelie stand schluchzend vor dem Fuchsbau, in dem es inzwischen ganz still geworden war, und war dabei innig an den sie tröstend liebkosenden Bornemann gelehnt. Erst die Ankunft der Helfer bewirkte, dass die beiden jungen Menschen sich voneinander lösten.

Nun galt es für die spatenbewaffneten Männer eine traurige Pflicht zu erledigen. Nach einer guten Viertelstunde Grabens im harten, halb gefrorenen Boden stieß man auf die Leiche des unglücklichen Blücher, dem der wütende Dachs das Genick gebrochen hatte.

«Du dummes, dummes Tier», rief Aurelie unter Tränen, während sie den leblosen Körper in ihren Armen wiegte.

An eine Fortsetzung des Ausritts war unter diesen Umständen nicht mehr zu denken. Während Bornemann mit Terhorst und dessen Knecht in Richtung des Hofes aufbrach, schlugen die Freundinnen zu Pferd die entgegengesetzte Richtung ein, um den Verblichenen heimzuführen.

Dort musste dann wiederum ein Loch gegraben werden. Nach diesem betrüblichen Anlass saßen die beiden Mädchen bei einer Tasse heißer Suppe auf Aurelies Zimmer und reminiszierten aus dem Leben des heute verlorenen sowie anderer dahingegangener tierischer Gefährten. Als die Suppe verzehrt und ein wenig Punsch genossen war, den die Köchin treu sorgend schicken ließ, verlas Aurelie zur Ablenkung ihre Post, die sie in weiser Voraussicht zu diesem Zweck mit hochgenommen hatte.

Dabei erfuhr man, ohne dass sich die Autorin des fraglichen Briefes der Bedeutung ihrer Worte im Geringsten bewusst gewesen wäre, eine denkwürdige Nachricht.

Die Schreiberin, eine Frau von Hollenstedt, berichtete minuziös, wie sie jüngst auf einer Hochzeit einen neuerdings sehr in Mode gekommenen Dichter kennen gelernt, mit diesem über Gott, die Welt und die Kunst gesprochen und schließlich ein im Gedenken an jenen Abend entstandenes, ihr gewidmetes Poem samt einer schmeichelnden Federzeichnung von des Dichters eigener Hand per Post empfangen habe. Das zur Erbauung Aurelies in Abschrift mitgelieferte Gedicht begann: «Der Nachtigall Lied macht mich trunken bei Nacht / Und versüßt mir wie Rebsaft das

Blut», plätscherte auf dieselbe Weise über einige Verse dahin und endete mit: «Doch süßer, Geliebte, bist du.» Die Hochzeit aber, auf welcher ein Musenkuss in Form der lieblichen Hollenstedt den Dichter zu dieser verbalen Eskapade animiert hatte, war – die der Komtess von Lauenburg. Welche, so kolportierte die Schreiberin am Rande, Anfang November den Spross eines ehemaligen herrschenden Hauses aus einem nicht allzu weit entfernt liegenden Gebiet der deutschen Lande geehelicht hatte.

Bettina war hierüber perplex.

«Es wird sich um eine Schwester handeln», meinte sie schließlich, «nicht um die uns bekannte Komtess.»

«Unmöglich», entgegnete Aurelie, «ihre einzige Schwester ist seit Jahren verheiratet.»

«So hat», erwiderte Bettina, «uns deine Hollenstedt die Identität des Bräutigams falsch überliefert. Vielleicht ist ihr in letzter Zeit noch ein Einladungsbillet zu einer Hochzeit untergekommen, und sie hat einfach die Namen verwechselt. Ohnehin wird sie während der Feier auf Schloss Lauenburg kaum auf das Brautpaar geachtet haben, sie war ja mit ihrem Dichter beschäftigt.»

«Es muss doch aber etwas mit der Hochzeit der Komtess anders verlaufen sein als geplant», insistierte Aurelie. «Die Feier fand, wie uns der Brief berichtet, Anfang November statt und keinesfalls im August. Und das, obwohl die Lauenburgs damals aus gutem Grund große Eile mit der Hochzeit hatten. Liebste Bettina, die Komtess hat wohl geheiratet, aber gewiss einen anderen, als wir glaubten!»

Da breitete sich in Bettinas Magengrube ein so bittersüßes Gefühl aus, wie es anderen wohl bei Nachtigallengesang ankommen mag. Doch gleich darauf fuhr ihr ein schlimmer Schreck durch die Glieder.

«Es gibt nur eine Erklärung dafür», rief sie, «es muss ihm etwas zugestoßen sein!»

Aus dieser schrecklichen Überzeugung konnte Aurelie Bettina jedoch bald erlösen, denn von einem solch ernsten Unglück, legte sie überzeugend dar, hätte man über den Baron Baringsdorf etwas erfahren müssen! Recht froh aber war Bettina noch immer nicht, denn ihre seit dem Sommer langsam wiedergefundene, etwas melancholische innere Ruhe war mit einem Mal dahin, und vor allem verstand sie nun rein gar nichts mehr.

Nachdem sich das Gespräch eine Weile über die Implikationen der Nachricht im Kreis gedreht hatte, wechselte Aurelie schließlich das Thema – oder jedenfalls die Protagonisten, denn das neue Thema hatte gewisse Ähnlichkeiten mit dem alten. Sie setzte Bettina in Kenntnis, man werde am folgenden Nachmittag gemeinsam zum Sauerbrunnen auf der anderen Seite der Stadt fahren, wo ein auf etwaige Zeugen zufällig wirkendes, aber wohl geplantes Zusammentreffen mit Doktor Bornemann stattfinden solle. Hierzu müsse man die Stammbaumabschrift und Bettinas Notizbuch mitnehmen, denn der Doktor habe heute, nach einer diesbezüglichen Anfrage Aurelies vor der Todesfalle Blüchers, sich bereit erklärt, Bettinas Theorie einmal mit ärztlichem Sachverstand zu begutachten.

24
Schicksalhafte Begegnungen am Sauerbrunnen

Tags darauf schneite es so sehr, dass man von Bergen, Schloss und Wäldern nicht einmal die Umrisse mehr erkennen konnte und das Arnsberg'sche Haus für seine Einwohner der einzige feste Punkt in einem wehenden, flockigen, weißen Universum zu sein schien. Der Ausflug nach dem

Sauerbrunnen fand trotzdem statt, denn Aurelie machte ihrem davon abratenden Vater begreiflich, man könne Bettina nicht ohne einen Blick auf diese Sehenswürdigkeit der Stadt abreisen lassen – wenn man ihr schon in gesellschaftlicher Hinsicht nichts geboten habe.

Der Brunnen war an einem solch unwirtlichen Dezembertag verständlicherweise nicht sehr stark frequentiert. Nur ein paar Einheimische, die wahrscheinlich nach einem festen Reglement das ganze Jahr über kurten, sah man mit Gläsern und Flaschen im Badehaus. Das strahlte und glänzte in neuer, frischer Pracht, konnte sich aber dennoch, fand Bettina, mit den Karlsbader Anlagen nicht messen.

Die Mädchen saßen eine lange Weile auf einer Bank und nippten an ihrem scheußlich schmeckenden und daher für gesund geltenden Wasser, bis sich endlich, ganz außer Atem, Doktor Bornemann bei ihnen einfand. Im Hospital habe es, entschuldigte er die Verspätung, einen Notfall gegeben. Ein Pferdebursche war von einem missgelaunten Arbeitsgaul übel getreten und, als der Arzt gerade hatte gehen wollen, unter großen Schmerzen mit zertrümmertem Knie eingeliefert worden. Natürlich hatte Bornemann erst das Nötigste für den armen Tropf tun müssen, bevor er sich zu seinem Stelldichein aufmachen konnte.

Nach der Begrüßung und einigen höflichen Wortwechseln mit dem Arzt schlenderte Bettina von dannen, vorgeblich, um sich umzusehen. Sie wollte Aurelie die Gelegenheit geben, mit Bornemann allein zu sein. Schon zuvor hatte sie sich überzeugen können, dass Aurelie ihrer Hilfe zur Erklärung der Erbregeln des Veitstanzes und deren Herleitung aus dem Stammbaum nicht bedurfte.

In einigem Abstand und unbemerkt von dem ins Gespräch vertieften Paar ließ sich Bettina erneut auf einer Bank nieder – nicht ohne deren einsame Okkupantin vorher zu fragen, ob sie sich zu ihr setzen dürfe.

«Aber sicher doch, mein Kind», antwortete sehr vertraulich die ältere Frau in einfacher und altmodischer, aber in gutem Zustand gehaltener Kleidung. Nach einem zweiten Blick auf Bettina aus dem Schatten ihrer großen, der örtlichen Sitte entsprechenden Haube bemerkte sie:

«Ich sehe, das Fräulein sind nicht von hier. Sind Sie denn arg krank, dass Sie im Winter zur Kur kommen?»

«Nein», lachte Bettina, «überhaupt nicht. Ich bin in Wildungen nur auf Besuch bei meiner Freundin.»

«Ach! Ihre Freundin, ist die etwa das kleine Fräulein von Arnsberg, das dort drüben sitzt und mit dem Doktor schäkert?»

Bettina wollte ein direktes «Ja» auf diese Frage nicht recht über die Lippen kommen. Zum Glück wurde sie einer Antwort durch ihre Gesprächspartnerin entbunden, die Bettinas zögerliches Schweigen als Zustimmung nahm und ohne lange Pause sogleich weiterredete.

«Das ist mir ein Hallodri, der Doktor Bornemann. Die Weiber laufen ihm in hellen Scharen hinterher, und er sonnt sich in ihren begehrlichen Blicken und greift nach allem, was sich bietet. So manches Kind, munkelt man, das in letzter Zeit hier geboren wurde, hat die lieblichsten braunen Locken. Ob er's nun immer gleich selber war, der das Kind gemacht hat, oder er nur den Weibern derart den Sinn verdreht, dass ihnen vor lauter süßen Träumen die Kinder nach ihm geraten, das weiß man freilich nicht.

Unser Trinchen aber, das kann nur er verdorben haben, so viel steht fest. Der Knecht hat Stein und Bein geschworen, er wär's nicht gewesen, und außer dem Bornemann war sonst kein Mann bei uns im Haus.»

«Ihr Trinchen?», fragte die allmählich leichte Besorgnis empfindende Bettina nach, als der Redefluss ihrer Sitznachbarin einen Augenblick zum Erliegen kam.

«Ja, unser Trinchen», bestätigte diese ohne weitere Erläuterungen. «Und jetzt will das Fräulein von Arnsberg sich, so scheint's, höchstpersönlich am Doktor Bornemann verlustieren, nachdem es zuerst seiner Kammerzofe den Vortritt gelassen hat.»

«Aber Fräulein von Arnsberg hat gar keine Kammerzofe!», bemerkte Bettina ebenso verwirrt wie indigniert.

«Na, jetzt hat es wohl keine mehr, nachdem es das Trinchen an den Gasthof weitergereicht hat. Aber Sie sind ja erst jüngst zu Gast hierher gekommen, da kennen Sie unser Trinchen wohl gar nicht?»

«Nein», bestätigte Bettina knapp und wurde sogleich aufgeklärt.

«Das Trinchen ist meine Nichte, ein gutes, frommes Kind, und hat auch gut gelernt, meinte der Lehrer. Und hübsch ist's wie ein reifer Apfel, grad zum Anbeißen. Wir wollten's Fleischhauers Hinrich geben, der städtischer Kanzleibeamter ist und einen guten Mann abgegeben hätt', doch da ist dann diese Sache dazwischengekommen. Jammerschade, und wär's nach mir gegangen, ich hätte schon eine Möglichkeit gefunden, dass alles noch seinen geordneten Gang gegangen wär, doch mein Mann hat's nicht wollen leiden, was man auch wieder verstehen kann, denn es hat ja seine Ehre schwer gekränkt und die seiner Familie, und die geht ihm nun mal über alles, und verdient hatt' es das Trinchen ja auch, oder sich's jedenfalls selbst zuzuschreiben.

Ja, wo war ich stehen geblieben, im Advent letzten Jahres muss es passiert sein, als unser Jüngster, der Freimut, den Husten so schlimm hatte und mir vor Fieber schier unter den Fingern weggeschmolzen ist. Da hatten wir den Bornemann oft im Haus, und's Trinchen hat bei dem Freimut gewacht des Nachts. Kurz darauf, noch vor Weihnachten, wurd' auch das Trinchen krank, aber ihm erging's doch nicht halb so schlimm wie dem Freimut. Und kaum war es wieder auf den Beinen und wir dachten, wir hätten jetzt Not und Krankheit für's Erste überstanden, da fällt's uns alle naselang in Ohnmacht und spuckt wie ein Reiher. Ich bin selbst dreimal Mutter geworden und hab' doch bis Lichtmess gebraucht, bis mir ein ganzer Kronleuchter aufging, was los war mit ihm, so wenig hab' ich's zuerst glauben können, denn keiner hätt' ihm das zugetraut, blutjung, still und gehorsam, wie's war. Also nehm' ich schließlich meinen Mann beiseite und sprech' zu ihm: Wir wollen's beschleunigen mit dem jungen Fleischhauer, beim Trinchen ist was unterwegs, von wem, sagt es nicht. Doch der Mann hebt ein Geschrei an, das Trinchen sei ein undankbares Luder, indem es die befleckt, die es aufgenommen haben in seiner Not, nachdem ihm die Mutter, meine selige Schwester, so plötzlich dahingeschieden; der Vater war ja schon anno zwo am Starrkrampf gestorben. Mein Mann jedenfalls setzt das Trinchen kurzerhand auf die Straße und erzählt der halben Stadt, dass er mit solch verdorbenem Hurenpack nichts zu schaffen haben mag, und bittet noch Gott um Vergebung, dass er's zuerst aufgenommen hat, wo es doch eine Schlange der Verderbnis ist, was er damals aber leider noch nicht gewusst habe.

Wer weiß, was aus ihm geworden wär', hätten nicht die Fräulein von Arnsberg sich erboten, es zu nehmen, obwohl sie vielleicht auch gehört hatten von den bösen Gerüchten. Jedenfalls haben sie das Trinchen bei sich behalten bis vor kurzem, und da war es auch schon wieder ganz dünn, von Kind, gottlob, keine Spur. Vielleicht hat's das Kind unterwegs gelassen, das junge Fräulein war ja mit dem Trinchen auf Reisen, oder es war eine Totgeburt, was gar nicht selten vorkommen soll. Mit uns spricht's ja nicht mehr, dass ich's fragen könnte.

Aber dass das kleine Fräulein von Arnsberg, mög' Gott ihm vergelten, was es für's Trinchen getan hat, sich jetzt grad von dem jungen Bornemann so einwickeln lassen tut – denk einmal an, wer hätte das gedacht.»

Hier verabschiedete sich die in höchst unerwarteter Weise und von unerwarteter Seite aufgeklärte Bettina von ihrer Banknachbarin, denn sie wollte in Ruhe und allein über das Gehörte nachdenken. So flanierte sie noch eine Weile, das fast leere Glas in der Hand, im Wandelgang, bis Aurelie sich glutwangig und mit verklärtem Lächeln bei ihr unterhakte. Sie war allein, denn Bornemann, dem das kaputte Knie im Hospital keine Ruhe ließ, hatte sich wieder auf den Weg dorthin begeben. Er ließ Bettina die allerbesten Grüße und seine Gratulation ausrichten. Nur mit halbem Ohr nahm Bettina dies sowie den folgenden Bericht Aurelies auf:

Der Doktor habe Bettinas Theorie über die Vererbung der Anlage zum Veitstanz mit verblüffter Begeisterung aufgenommen und Aurelie habe ihn nur mit Mühe von dem Plan abbringen können, das Ganze seinen Kollegen in Form eines Aufsatzes in einer Fachzeitschrift zu Gehör zu bringen. Eine zukünftige Erkrankung Aurelies halte nun auch er für außerordentlich unwahrscheinlich. Des Weiteren, so erfuhr Bettina, hatte Aurelie dem Arzt gestanden, trotz dieser guten Neuigkeiten (die sie aus familiärer Rücksichtnahme nicht zu verbreiten gedenke) halte sie sich auch zukünftig für nicht verheiratbar, worauf er sie mit den delikatesten Aufmerksamkeiten und Komplimenten nur so überschüttete.

Hier in ihrem Bericht angekommen, fiel der vor glücklicher Aufregung sprühenden Aurelie endlich auf, wie einsilbig und nachdenklich Bettina schien.

«So freust du dich gar nicht?», fragte sie. «Oder ist dir etwa nicht wohl?»

«Doch, doch, und ich freue mich auch sehr für dich», antwortete Bettina, die sich, als sie die Anzeichen von Enttäuschung in Aurelies Gesicht wahrnahm, entschloss, ihr über den unbeweisbaren und wahrscheinlich falschen Verdacht von Trinchens Tante nichts zu verraten. Über den Rest der

Angelegenheit aber, der sie selbst wohl noch mehr betraf als Aurelie, konnte sie kein Stillschweigen bewahren, und sie kam sofort zur Sache, indem sie ihre Freundin ernst anblickte und fragte:

«Aurelie, weißt du, wer die Mutter meines kleinen Stiefbruders ist?»

Aurelie erwiderte überrascht und betroffen Bettinas Blick.

«Ich weiß es wohl», antwortete sie schließlich, um sogleich von Bettina unterbrochen zu werden:

«So ist es wahr, unser Albertchen ist das Kind deiner Zofe! Eine schlimme Nachricht ist das nicht, aber warum hast du es mir verschwiegen? Sind wir denn nicht Freundinnen?»

Aurelie wurde ein wenig blass.

«Es war doch nicht allein mein Geheimnis. Ich hatte Katharina mein Wort gegeben, nichts zu verraten und alles abzuleugnen, falls ich gefragt würde. Dir hätte ich es aber dennoch gesagt, wenn wir nicht so plötzlich hätten abreisen müssen. Du weißt ja, wie wenig Zeit uns blieb, um auch nur das Allernötigste zu bereden. Und die Sache danach per Post zu offenbaren, schien mir zu riskant. Wer weiß, was die hiesigen Postbeamten lesen oder nicht lesen und wer außer dir von deiner Familie möglicherweise einen Blick auf den Brief geworfen hätte! Luise soll ja nicht einmal erfahren, dass Albert nicht der Sohn eurer Mutter ist. Als du dann hierher kamst, da war die Aufregung um das Kind schon so lange her und alles hatte sich von selbst auf so vortreffliche Weise geregelt, dass ich glaubte, dir die Geschichte jetzt noch zu erzählen, würde nur unnötig Staub aufwirbeln, oder du wärest mir böse über mein langes Schweigen, oder vielleicht wärest du enttäuscht, dass der Kleine nicht ein verlegtes Produkt eines hohen Adelshauses ist. Doch wie um alles in der Welt hast du denn jetzt davon erfahren?»

«Ganz zufällig, als ich mich vorhin auf der Bank mit einer

mir unbekannten Frau unterhielt. Die berichtete so ausführlich von den Abenteuern ihrer Nichte, dass ich nicht umhinkonnte, zwei und zwei zusammenzuzählen.»

Aurelie machte große Augen.

«Was hat die Hellerin für ein dummes, geschwätziges Mundwerk, dass sie der erstbesten Fremden in der Kurhalle ihren Familienskandal auf die Nase bindet! Aber von den Ereignissen in Karlsbad weiß sie doch hoffentlich nichts?»

«Nein, gar nichts», bestätigte Bettina.

«Gottlob, das hätte noch gefehlt. Wie dankbar muss Katharina sein, dass deine Mutter sich des Kindes auf so vorbildliche Weise angenommen hat. Mein Plan war, es als Karlsbader Findelkind auszugeben und dann bei uns im Haus aufziehen zu lassen. Doch bei allem, was die Hellerin und ihr Mann den lieben langen Tag in die Welt hinausposaunen, hätte die ganze Stadt angenommen, es sei Katharinas. Dann wäre sie hier auf immer verrufen gewesen. Auch so liegt nach all dem Gerede ein Schatten auf ihrer Ehre, aber nicht jeder glaubt alles, was gemunkelt wird, und nachdem kein Kind als lebender Beweis ihrer Liederlichkeit vorhanden ist, hat sich die Stimmung gegen sie merklich beruhigt. Auch das Gasthaus drüben hat sie gerne und ohne Murren von mir übernommen. Sie hat keinen schlechten Wochenlohn dort, und es ergeht ihr gewiss besser als im Heller'schen Haus, wo sie doch auch nur Dienstmagd war über viele Jahre, ganz ohne Bezahlung. Ich glaube sogar, der junge Mann hat noch immer Interesse an ihr, wie hieß er gleich – der, welcher sie mit ihrem 21. Geburtstag heiraten wollte (denn früher wollte der Heller sie nicht aus dem Haus geben). Nun kann sie ihre Aussteuer noch ein wenig aufbessern, und es wird sich gewiss alles zum Guten für sie wenden.»

Bettina freute sich, dass die Zukunft der jungen Frau nicht so düster und elend aussah, wie sie nach dem zuvor von der

Hellerin Gehörten hatte befürchten müssen. Nachdem Albert nun einmal ihr Bruder sein sollte und bleiben würde, hätte sie ernste Not seiner leiblichen Mutter schwer ertragen können und sich zu Hilfe verpflichtet gefühlt. Dies aber wäre aufgrund ihrer sehr beschränkten frei verfügbaren Geldmittel und fehlender guter Beziehungen ein schwieriges Unterfangen geworden. Umso besser, dass sie diese Sorge gleich wieder losgeworden war.

Ein wenig beschämt war sie ob der außerordentlichen und mutigen Hilfsbereitschaft Aurelies gegenüber einer fast Fremden, der sie sich nicht durch familiäre Bande verpflichtet fühlen musste. Denn sie selbst hätte, bevor sie nun durch Aurelies gutes Beispiel eines Besseren belehrt worden war, in einem vergleichbaren Fall zwar das betroffene Mädchen nicht auf die Straße gesetzt, aber es nach einer Niederkunft sicher dabei bewenden lassen, das Kind in einer geeigneten Institution abzugeben.

«Du wolltest also das Kind ins Haus nehmen?», brachte sie schließlich ihr Erstaunen zum Ausdruck. «Hätten dein Vater und deine Tante denn das so leicht hingenommen?»

«Freiwillig kaum. Doch mit diplomatischem Geschick und Hartnäckigkeit hätte ich es schon irgendwie bewerkstelligt. Nicht, dass ich in Kinder so vernarrt bin wie deine Mutter, eher im Gegenteil. Nur wollte Katharina das ihrige in keine Findelanstalt geben, nachdem sie es einmal im Arm gehalten und gesäugt hatte. Sie ist eine gute Seele, und man muss als Frau einer anderen in einem solchen Notfall doch beistehen, so gut man kann. Schließlich könnte man selbst einmal in eine ähnliche Lage geraten.»

So hatte Bettina die Sache noch gar nicht betrachtet, und der Hinweis auf mögliche Gefahren des Frauenlebens auch bei den besseren Ständen stieß sie auf Umwegen zu einer erneuten, sehr direkten Frage an:

«Wer ist denn eigentlich der Vater?»

Aurelie brachte diese Erkundigung, zur Beruhigung Bettinas, nicht in Verlegenheit.

«Ich will dir keine Namen nennen, denn mit Bestimmtheit weiß ich nichts. Das arme Mädchen hat sich regelrecht gefürchtet, mir mehr als nur Andeutungen zu geben. Aber ich erahne doch, wer ihr das angetan hat, und Gnade seiner Seele, wenn es stimmt.»

Die Freundinnen hatten ihr in der Wandelhalle begonnenes Gespräch in dem Arnsberg'schen Zweisitzer fortgesetzt, der sie, inzwischen ziemlich verfroren, durch holprige Gassen, Wind und Schneeverwehungen nach Hause fuhr und in diesem Moment an seinem Ziel zum Stehen kam.

Die Kleider und Schals schleiften ihnen im Schnee, als sie dem Haus zustapften, und sie waren erfreut, drinnen wieder einmal mit heißer Suppe begrüßt zu werden.

25
Der Erweckungsprediger

Am folgenden Tag – einem Sonntag – nach dem adventlichen Gottesdienst, während dessen Bornemann Aurelie beständig angeblickt und ihr hernach im Verborgenen ein Billett zugesteckt hatte, gab es wiederum gewisse Spannungen im Hause Arnsberg. Diesmal war zu ihrem Glück Bettina nicht Partei in der Sache und konnte sich ruhigen Herzens auf die Beobachterrolle beschränken.

Herr von Arnsberg war beim Mittagessen in beleidigter, vorwurfsvoller Agitation, und diese richtete sich gegen seine Schwester.

Fräulein von Arnsberg, die am regulären sonntäglichen Kirchgang nicht zuletzt auf Anraten ihres Bruders schon seit längerem nicht mehr teilnahm, hatte angekündigt, sie wolle am Abend in Begleitung von Frau Bienhaus einen in der Stadt befindlichen reisenden Prediger aufsuchen. Herr von Arnsberg konnte diese Absicht durchaus nicht gutheißen.

«Letztes Jahr schon», setzte er seiner Schwester auseinander, «warst du drauf und dran, dich durch eine Bekehrung zum römisch-katholischen Glauben lächerlich zu machen. Ich hatte gehofft, du habest aus der Affäre gelernt und frömmelnden Wahnideen jeglicher Couleur abgeschworen. Doch nun muss ich erfahren, dass du uns noch Schlimmeres zumuten willst als damals. Da planst du allen Ernstes, diese Versammlung bäurischer Sektierer, vor der Pfarrer Widukind noch heute Morgen auf dezente Weise die Gemeinde gewarnt hat, mit deiner Anwesenheit zu beehren. Wie, meinst du, soll ich mich nächsten Sonntag in der Kirche fühlen, wenn alle Welt wissen wird, dass ausgerechnet meine Schwester auch zu denen gehört, die solch mystifizierenden, erweckten Faselhänsen aus Westfalen hinterherlaufen!»

«Vater, mäßige dich!», mischte sich hier die schon länger zum Sprechen ansetzende Aurelie ein. «Die Religion ist eines jeden Gewissenssache, und du kannst niemandem, auch nicht deinen Familienangehörigen, verbieten, geistlichen Beistand dort zu suchen, wo er ihn zu finden hofft. Und da es im Falle meiner Tante nicht gerade der Mohammedanismus ist, dem sie sich hingeben will, sondern lediglich die Predigt eines ordinierten lutherischen Theologen, nicht anders, als es unser hiesiger Widukind auch ist, so kann ich dein Entsetzen nicht verstehen.»

«So! Mein Entsetzen kannst du also nicht verstehen! Das können nur die Worte einer Jungfer sein, die, trotz aller Versuche, ihr eine philosophische Bildung zukommen zu lassen, in ihrem schwärmerischen weiblichen Wesen die Gründe der Vernunft niemals ganz erfassen kann, da sie im

Innersten stets vom Gefühl sich leiten lässt. Die Vernunft gilt wenig, wo Weibergeist regiert wie in diesem Haus. Nun, Charlotte, da selbst meine Tochter gegen mich spricht, will ich dir in dieser Angelegenheit deinen Willen lassen. Aber es sei dir gesagt, bis ins Schloss wird es vordringen, wenn du beim Viehhändler Schwaner die wiedergeborene Erweckte spielst. Falls dir das nichts ausmacht, bitte schön, dann lass dich auch durch meine Missbilligung nicht abhalten.»

Die Mahlzeit war so gut wie beendet, und der Hausherr nutzte die Gelegenheit zu einem dramatischen Abgang aus dem Speisezimmer, indem er sofort nach Abschluss dieser Rede mit einem Ruck aufstand, die Serviette schwungvoll neben seinen Teller warf und ohne ein weiteres Wort den Raum verließ.

«Ihr habt nichts als Last mit mir», sprach die Tante, als die Frauen unter sich waren, in einem stillen, traurigen Ton, den Bettina bisher von ihr noch nicht vernommen hatte.

«Mein Vater nun grad hat gar keine Last mit dir», widersprach Aurelie und legte ihre Hand auf die der Tante. «Er tut ja außerdem selbst alles dafür, gereizt und unleidlich zu werden. Tagein, tagaus vergräbt er sich in seinem Arbeitszimmer und gibt vor, an seinen Wirtschaftsbüchern zu arbeiten, als hätten ihm früher für diese Arbeit nicht zwei, drei Stündchen die Woche ausgereicht. Gewiss fehlt ihm sein alter Freundeskreis: Hauptmann Kästling ist im Sommer gestorben, der alte Zierenberg schon vor zwei Jahren, da weiß er inzwischen nichts mehr mit sich anzufangen. Und jetzt, im Winter, wo keine Gäste in der Stadt sind, schon gar nicht. Ich werde mich einmal umhören, zumindest ein neuer Schachpartner für ihn müsste doch aufzutreiben sein.»

Herr von Arnsberg ließ sich den ganzen Nachmittag über nicht blicken, und als es dunkel geworden war, brach schließlich sein ganzer weiblicher Anhang einschließlich Bettina zum Schwaner'schen Häuschen auf. Aurelie war nämlich auf die Idee gekommen, ihre Tante werde sich von der Familie im Stich gelassen fühlen, wenn man sie allein mit Frau Bienhaus, die doch eine Bedienstete war, die Predigt besuchen ließe.

Die unerwartet große Abordnung aus dem Hause Arnsberg erregte einiges Aufsehen in der kleinen Schwaner'schen guten Stube, wo man dicht an dicht alle Stühle, Bänke und Hocker des Hauses und vielleicht auch noch welche der Nachbarn gestellt hatte. Die hohen Gäste erhielten einen Ehrenplatz in der ersten Reihe, was allerdings keinem von ihnen recht war, denn alle hätten sich lieber still und unauffällig im Hintergrund gehalten.

Endlich trat der Prediger, ein Dr. Boll, selbst in Erscheinung, in gewöhnlicher Herrenbekleidung, jedoch ganz in Schwarz gehalten, selbst die Hose, und schüttelte zunächst Schwaner und einigen anderen Honoratioren einschließlich Fräulein von Arnsberg die Hand. Dann trat er hinter den kleinen Tisch, der ihm als Pult dienen sollte und den man durch Backsteine notdürftig etwas erhöht hatte, und begann seine Rede:

«Liebe Gläubige, liebe Christen! Ich bin heute Abend zu Ihnen gekommen, um Sie zu warnen und zu wackerem, mutigem Widerstand aufzurufen gegen ein Übel, das unsere Kirche von innen zu zerfressen droht gleich einer giftigen Fäulnis.

Dieses Übel wütet wie toll in der lutherischen Kirche. Es reißt Christum vom Altar, schmeißt Gottes Wort von der Kanzel und wirft Kot ins Taufwasser.

Dieses Übel ist der Antichrist unserer Zeit, den, da es an Wacht in unseren Kirchen mangelte, viele für sich selbst gesetzt haben an Gottes Stätte und den sie nun auch dem noch gläubigen Volk in immer lauterem Wahngetöse als wahre Gottheit anempfehlen. Und dieses Übel, welches das Christentum jeden Tag weiter aus der Welt hinaustreibt, heißt: Vernunft!

Die Vernunft, eine göttliche Gnadengabe, die, sofern nach dem Willen des Schöpfers gebraucht, für den Menschen so segensreich sich entfalten kann, sie wird zum satanischen Popanz, wenn man ihr wie heute Urteilskraft auf dem einen Gebiet zuspricht, das ihr für immer Terra incognita bleiben muss: dem des Heiligen, Göttlichen, Mystischen, dessen Wesen es gerade ist, für die menschliche Vernunft unfassbar zu sein.

Wer diese einfache Wahrheit leugnet, wer Gott aus seinem Reich vertreibt und die Vernunft mit ihrem Helfershelfer, dem Gewissen, auf seinen Richterstuhl setzt, der wird bald eine Welt ganz ohne Glauben und ohne Moral vor sich haben. Wird das Gewissen erst einmal zum Diener unserer eigenen Vernunft, statt der des göttlichen Gerichtes zu sein, so wird es bald keine Sünde mehr geben, die sich nicht mit ihm rechtfertigen ließe. Unter der alleinigen Herrschaft der Vernunftreligion wäre kein Ehemann seines Weibes, kein Mensch seines Lebens sicher.

Der Zeitgeist will, dass die Lehre sich nach dem Menschen richtet und nicht der Mensch nach der Lehre. Wen muss es da noch wundern, dass der Fürst jenseits der Grenze seit Jahren ungestraft und ungesühnt mit der Hure Ortlöpp, genannt Gräfin Reichenbach, in unsittlicher Leidenschaft Kind um Kind zeugt, während sein Sohn, der rechtmäßige Kurprinz, täglich mit einem neuen Mordkomplott gegen sein Leben zugunsten dieser Teufelsbrut rechnen muss.

Ob es der Dämon der Vernunft ist, der den Kurfürsten zu seinem sündigen Tun antreibt, wir wissen es nicht. Wohl aber ist uns bekannt, dass schon sein Vater und Vorgänger dem gleichen Laster frönte. Wahrscheinlich hat dieser damit, ohne es zu ahnen, die noch schlimmeren Entgleisungen seines Sohnes befördert, wenn nicht verursacht. Denn mitunter kann es Verbrechen geben, die man ererbt nennt, indem nämlich der Sünder von einer Macht der Finsternis auch gegen seinen Widerstand zu einer bestimmten Sünde getrieben wird und wohl dieselbe Macht auch bei seinen Vorfahren schon anzutreffen war. Für gewöhnlich findet sich dann eine schreckliche Untat eines Urahns, welche die erste ihrer Art war und wodurch es dem Dämon, unter Zulassung Gottes zum Zeichen der Macht des Satans, gelingen konnte, auch die Seelen seiner Nachfahren zu ergreifen und zu verderben.

Überhaupt ist es auffällig, wie manches, bei dem man an Dämonisches denken muss, als angeerbt, als ‹in der Familie liegend› genommen wird. Wo Trübsinn, Schwermut, Wahnsinn, übermäßige Leidenschaft, auch Fallsucht auftritt, besinnen sich die Leute in der Regel, ob so etwas in der Familie häufig vorgekommen sei. Es lässt sich gar nicht ausdenken, welch ein Jammer damit den menschlichen Wesen aufgedrückt ist, die ganz buchstäblich vermittelst solcher Dämonen die Last und den Fluch vergangener Geschlechter tragen müssen.

Nicht umsonst hat unser Herr Jesus, was von den Vernunftgläubigen gerne beiseite gewischt oder verleugnet wird, Besessene geheilt. Denn nur Er und kein anderer vermochte nicht nur den Dämon aus dem Betroffenen zu exorzieren, sondern rückführend auch die Befreiung hingegangener Geschlechter von dem Fluch zu bewirken.

Denjenigen unter uns, die an sich hier und heute das Innewohnen teuflischer Mächte spüren, welche sie vor der Wiederkunft des Erlösers nicht aus eigener Kraft besiegen und austreiben können, sei dieses gesagt: Wisse, dass du mit Leib und Seele, im Leben wie im Sterben, nicht dein, sondern deines getreuen Heilandes Jesu Christi bist, der dich gewisslich aus aller Gewalt des Teufels erlöset.»

Nach einer Pause der Ergriffenheit brach das Publikum in anhaltenden Beifall aus. Auch Bettina applaudierte, welcher der fanatische Ton der Rede ebenso widerstrebte, wie sie andererseits unwillig zugestehen musste, dass gewisse ihrer Aussagen eines Körnchens Wahrheit nicht entbehrten.

Wer sich des Beifalls enthielt, war Fräulein von Arnsberg. Erstarrt saß sie auf ihrem Stuhl, das Haupt wie lauschend erhoben, wobei sie mit geweiteten Pupillen mehr in sich hinein als auf die Welt zu blicken schien. Als das Klatschen abgeebbt und vom Viehhändler Schwaner ein paar Worte des Dankes an Dr. Boll gesagt waren, kündigte dieser an, er stehe Zuhörern, die Rat, Gelegenheit zur Beichte oder anderen geistlichen Beistand suchten, noch für einige Zeit in einem Oberstübchen zur Verfügung.

Nach seinem Abtritt stimmten die Anwesenden einen Choral an, dessen Klänge Fräulein von Arnsberg aus ihrer Einkehr rissen. Sie flüsterte Aurelie etwas zu, die darauf den übrigen Begleiterinnen bedeutete, man wolle jetzt gehen. Gemeinsam verließ die kleine Frauenprozession den von geistlicher Melodie erfüllten Versammlungsraum.

In der Diele wies ein grob gepinseltes, papiernes Schild den Weg zu dem Raum, welchen der Prediger für seine Sprechstunde erwählt hatte. Dorthin gedachte sich Fräulein von Arnsberg zu begeben, was beschwerlich war, denn es musste eine schmale Treppe überwunden werden. Aurelie und Frau Bienhaus stützten die Kranke, Bettina stieg langsam hinterdrein. An der Tür zu dem ausgewiesenen Raum hing wiederum ein Papier mit der Aufschrift: Bitte warten. Von drinnen waren Stimmen zu hören, aus deren Klang – mal beschwörend, mal verzweifelt, dann wieder flehend – sich erahnen ließ, dass hereinplatzende Dritte nicht erwünscht sein konnten, und man hätte auch ohne das Schild niemals gewagt, den Prediger und seinen Gast zu stören.

Die Unterredung dauerte so lange, dass man für die Kranke

einen Stuhl von unten heraufbringen musste. Zu guter Letzt trat ein großer, glatzköpfiger Mann in den mittleren Jahren aus der Tür, welcher aus verschwitztem Gesicht die Anwesenden erschrocken und abweisend anblickte.

«Guten Abend, Herr Heller», begrüßte ihn Aurelie.

«'n Abend, die gnädigen Frollein», murmelte er unwirsch und verschwand rasch im Treppenhaus.

Auch Fräulein von Arnsberg, die jetzt Einlass erhielt, blieb lange bei dem Prediger. Frau Bienhaus hatte sich unterdessen wieder der Versammlung in der guten Stube beigesellt. Während die beiden Mädchen also vor der Tür des Sprechzimmers warteten und sich mit Sitzen auf dem einzigen Stuhl abwechselten, wurde Bettina mit einem Mal bewusst, dass im Stillen ein Entschluss in ihr herangereift war – ein Entschluss, der sich nun mit Nachdruck bemerkbar machte und auf baldige Ausführung drängte.

«Aurelie», wandte sie sich unvermittelt an die neben ihr stehende Freundin und zupfte sie am Ärmel wie ein ungeduldiges Kind, «rate einmal, was ich heute Abend noch vorhabe!»

«Ich habe nicht die geringste Ahnung», antwortete Aurelie lachend. «Baden vielleicht? Aber du machst mir den Eindruck, als müsse es etwas Fesselnderes sein.»

«Ich werde einen Brief schreiben, und zwar an Clarendon. Nichts Besonderes, nur ein paar Zeilen, dass ich hier bei dir sei und wir hätten viel über Karlsbad gesprochen und dabei auch seiner gedacht. Weihnachts- und Neujahrsgrüße kann ich gleich mitsenden, obwohl zu befürchten steht, dass sie verspätet ankommen. Und dann will ich noch hinzusetzen: Ich hoffte, es werde sich einmal eine Gelegenheit ergeben, uns wiederzusehen.»

«Eine ausgezeichnete Idee. Wie seltsam, dass sie dir ausgerechnet jetzt kommt; man muss fast annehmen, du habest die Inspiration auf sonderbare Weise dem Prediger zu verdanken. Aber weißt du denn, wohin du den Brief schicken musst? Zur Not können wir uns bei Franz nach der Adresse erkundigen.»

«Gott behüte! Zum Glück muss ich mir diese Peinlichkeit nicht zumuten, denn Clarendon hatte, als ich bei seiner Abreise aus Karlsbad so krank darniederlag, bei Kattusche für mich seine beiden englischen Adressen hinterlassen, die ich seitdem mit mir herumtrage. Die Londoner wird wohl für diese Jahreszeit die richtige sein.»

Aurelie waren die Augen weit aufgegangen.

«Er hat dir seine Adressen hinterlassen? Ja, gutes Kind, warum hast du ihm dann nicht schon längst geschrieben?»

«Aber –», doch hier wurden die Mädchen unterbrochen, denn die Tür, vor welcher sie warteten, öffnete sich, und Fräulein von Arnsberg trat heraus.

«Liebe Kinder», sprach sie, «habt Dank für eure Geduld; wir können jetzt gehen.»

26
Im Herzen Borneos

Schon ging es ans Packen, Bettinas Abreise stand kurz bevor. Doch ihre Freundschaftsdienste wurden mehr denn je gebraucht. Abend für Abend chaperonierte sie Aurelie zum Doktor Bornemann, was den Mädchen nur gestattet wurde, weil Aurelie ihrem Vater die Lage umgekehrt auszulegen wusste: Bettina sei es, die, gelangweilt vom wochenlangen Wildunger Eremitendasein, die vielseitige Konversation des Arztes über Medizin und ferne Länder als skurriles Divertissement empfinde, wovon sich später im Berliner Freundeskreis vorzüglich würde plaudern lassen. Herr von Arnsberg sah keinen Anlass, der verwöhnten kleinen Berlinerin ihre exzentrische Abendunterhaltung zu missgönnen oder seiner Tochter ihre Begleitung zu untersagen. Und in der Tat fühlte sich Bettina hervorragend unterhalten an den Abenden bei Bornemann, obgleich sie während deren erster Hälfte für ihre Zerstreuung allein Sorge tragen musste. Denn ihre Freunde sehnten sich nach vertraulicher Zweisamkeit, von der sie wussten, sie müsse ihnen nach Bettinas Abreise ganz und gar unmöglich werden. Bettina war es recht; sie nutzte die Zeit, um in des Doktors Bibliothek ungestört zu stöbern. Zwischen ärztlichen Handbüchern, Zeitschriften und Monographien blieb sie dann in der zugigen Wohn- und Studierstube zurück, während der Arzt und Aurelie die Treppe zu den Mansardenzimmern erklommen. Das Sammelsurium von Standardwerken, Raritäten und Kuriosa, oft genug mit Kupfern reich illustriert, erschien ihr als wahrer Schatz. Ob sie in Berlin Zugang zu einer Bibliothek erlangen könnte, in der sich Ähnliches finden ließe? Ob sie ihren Vater überreden könnte, ihr großzügiger als bisher den Kauf von naturgeschichtlichen und medizinischen Werken zu gestatten? – Fürs Erste genoss sie Bornemanns über drei, vier Generationen gesammelte Schätze in vollen Zügen und entstieg nur ungern ihrer Vertiefung darein, wenn ihre Freunde nach ein, zwei Stunden, welche sie oben gemeinsam verbracht, sich in bester Laune und mit gelösten Gesichtern erneut bei ihr einfanden. Man blieb dann noch eine Weile zu dritt beisammen, eng um das Feuer gruppiert, einen Tee in der Hand, dem ein stärkendes Getränk beigemischt, und der Doktor tat sein Bestes, Bettina mit Anekdoten und Erzählungen aus aller Herren Länder und natürlich mit solchen aus seiner hiesigen ärztlichen Praxis, wo es an wunderlichen Vorfällen nicht mangelte, für ihr langes Alleinsein zu entschädigen.

Am liebsten aber war es den Mädchen, wenn er von Niederländisch-Indien sprach. Dann entstand ihnen in der waldeckischen Winternacht am flackernden Feuer eine fremde Welt von immer während er feuchter Hitze, von Treibhausluft, in der Gerüche und Düfte von Blüten, von Gewürzen, von nackten, schwitzenden, dunklen Menschenleibern, vom Leben wie von Fäulnis und Verwesung so dicht standen, dass es einem den Atem nahm; eine Welt auch von fremden, satten, strahlenden, doch im Zusammenspiel seltsam düster und melancholisch wirkenden Farben: dem bleiernen Grün und Grau von Blättern, Wolken und See, den Ocker-, Orange- und Purpurtönen von Safran und Kurkuma, Hibiskus und Bougainvillea, dem dunklen Blau und Gold der dünnen, fließenden Kattun- und Seidentuche, mit denen die Menschen ihre zarten Körper leicht umhüllten. Schließlich waren da die Malaien selbst, braun, auch gelblich bis olivfarben im Teint, klein, lebhaft, grazil, aufs äußerste graziös, schwere Lasten beiläufig wie andere einen Strohhut auf dem Kopf balancierend, stets lächelnd, sprudelnd die Laute und Melodien ihrer fremden, undurchschaubaren Sprache hervorbringend, als seien sie auch mit der Zunge gewandter als die grobschlächtigen, schwerfälligen Gestalten aus den kalten, harten, traurigen Gegenden Europas.

Auch am letzten jener Abende war man wieder in diese südlichen, vom Monsun benetzten Gefilde gelangt, als Bettina es wagte, den Arzt nach seinen Ansichten über die Vorstellung von der Besessenheit durch böse Geister zu befragen.

«Ich habe», begann sie vorsichtig, «bei meiner Lektüre vorhin einen Fall von Wahn geschildert gefunden. Die Kranke, von der die Rede war, hörte Stimmen, die nur für sie vorhanden waren und die aus ihrem eigenen Kopf zu kommen schienen, die ihr Mitteilungen machten, Befehle, Ratschläge gaben, ihr auch Furcht einjagten und sie dadurch quälten. Der Verfasser des Berichts führt das Stimmenhören der Kranken auf ihren allgemeinen Irrsinn zurück; mir aber will fast scheinen, die Stimmen seien weniger ein Symptom des Irrsinns als dessen Ursache. Bemerkenswert kommt es mir vor, dass Verwandte und Bekannte der Kranken berichteten, deren Mutter habe zu Lebzeiten ganz ähnlich gesprochen, ganz ähnliche Anweisungen an die Tochter gegeben, wie diese sie nun, nach der Mutter Ableben, von einer Stimme in ihrem Kopf erhielt. Namentlich gab es eine alte Wäscherin im Dorf, gegen welche die Verstorbene aus einem unbekanntem, in ihrer Jugend verborgenen Grund ein Misstrauen hegte, ja, sie bezeichnete sie als Hexe. Vor jener sich zu hüten, befahl nun der Tochter die schreckliche, beängstigende Stimme, schärfte ihr ein, der Alten aus dem Weg zu gehen, sie nicht ins Haus zu lassen, ihr nichts zum Waschen zu geben, denn das Weib wolle ihr Böses, habe sich mit anderen wider sie verschworen und Mann und Kind gegen sie aufgehetzt. Von den Warnungen und bedrohlichen Schilderungen der Stimme zum Äußersten getrieben, attackierte die Kranke die Wäscherin schließlich mit einem Messer, als sie unverhofft in der Backstube auf sie traf. Dies führte zu ihrer Unterbringung in einer Irrenanstalt. – Ich frage Sie nun: Muss man in diesem Fall nicht annehmen, der Geist der Mutter, oder ein Teil, eine Facette ihrer Seele sei, im Augenblick des Todes aus dem angestammten Körper vertrieben, in die am Sterbebett wachende Tochter eingedrungen und habe sich in ihrem Körper, ihrem Kopf und Herzen eingenistet? Und könnte man einer solchen Krankheit nicht mit einem Exorzismus beikommen, wie ihn verschämt und im Geheimen manche katholischen Priester bis heute betreiben, vielleicht, weil sich die Methode als wirksam erwiesen hat?»

«Wenn Sie mich als Mediziner fragen», antwortete Bornemann, «so muss ich Ihnen sagen: Nein, an Besessenheit, wie Sie sie verstehen wollen, glauben wir Ärzte nicht. Wir glauben nur an Krankheit, an Degeneration des Gewebes, an Überreizung der Nerven, an Übersäuerung des Blutes. Doch fragen Sie mich als Menschen, so muss ich gestehen, dass meine vernünftige ärztliche Überzeugung in dieser Hinsicht an Festigkeit eingebüßt hat durch ein Erlebnis, welches ich während meiner Reisen hatte. Man kann wohl sagen, ich sei einmal einem Fall begegnet, den zu beschreiben das Wort Besessenheit sich anbietet, einem Fall, in welchem der Kranke mit exorzistischen Mitteln geheilt, obgleich nicht gerettet wurde.»

«So erzählen Sie doch!», rief Bettina. «Wo spielte sich die Geschichte denn ab? Wieder auf den Molukken?»

«Nein, doch nicht weit davon, in Makassar. Das ist eine wimmelnde, bunte Hafenstadt, wichtigster niederländischer Stützpunkt auf der sagenumwobenen Insel Celebes, ein Umschlagplatz für Pfeffer, Nelken und Muskat ebenso wie für Menschen der verschiedensten Rassen und Völker, für Schiffe der unterschiedlichsten Bauarten, die hier für Tage, Wochen oder Monate eine vorübergehende Heimat finden.»

Die Mädchen rutschten nach diesem vielversprechenden Beginn in den Sesseln und zupften ihre Wolldecken zurecht, um in möglichst bequemer Haltung das Kommende genießen zu können, während Bornemann noch ein Scheit nachlegte. Das Spiel von Schatten und flackerndem, rötlichem Licht verlieh seinem Gesicht etwas Mephistophelisches.

«Makassar», setzte er endlich erneut an, während seine Zuhörerinnen ihn vollkommen still aus großen Pupillen gespannt ansahen, «hat neben den Angehörigen des niederländischen Militärs noch eine ganze Anzahl Bewohner aus anderen europäischen Nationen, deren Gemeinsamkeiten diesen in der Fremde weit stärker ins Auge fallen als auf dem Heimatkontinent und welche darum einen regen Austausch und Kontakt untereinander pflegten. Unter diesen europäischen Exilanten nahm damals der deutsche Handelsvertreter Dorn einen wichtigen Platz ein, aus seiner fränkischen Heimat schon vor über zwei Jahrzehnten in die Tropen verschlagen, während seine Frau allein in ihrem Haus in Coburg saß und Jahr für Jahr vertröstet wurde, im nächsten käme er aber gewiss zurück. Ich besaß eine Empfehlung an ihn, und sein außerhalb auf einem Hügel gelegenes, mit Anklängen an den einheimischen Stil in Holz gebautes, blütenüberranktes Anwesen war für die Dauer meines Aufenthalts mein Zuhause. In diesem herrlichen, weiträumigen, luftigen Bau inmitten eines bezaubernden Parks versammelte sich, was unter den Europäern Rang und Namen hatte oder in jenen abgelegenen Gegenden dafür angesehen wurde, einmal im Monat zu Spiel und Geselligkeit. Wie es der Zufall wollte, fiel ein solcher Termin auf den ersten Tag nach meiner Ankunft, was mir, trotz einiger Mattigkeit, nicht unlieb war: So wurde ich ohne Aufschub in die örtliche Gesellschaft eingeführt.

Der Anlass war formlos, wie in den Kolonien nicht selten, wo die Ferne von der Heimat und ihren Sitten, das warme Klima, der süße, wollüstige Überfluss im Pflanzenwuchs strenger Disziplin und steifer Förmlichkeit abträglich sind. Ab dem frühen Nachmittag füllten sich der Salon, die riesige Veranda und die Gartenanlagen mit Menschen, die, von flink umherhuschenden einheimischen Dienern mit Getränken und kalten Speisen versorgt, in kleinen Gruppen beisammenstanden oder -saßen, mehrheitlich Männer, unter denen die vereinzelten Frauen sich bald zu rein weiblichem Plausch zusammengefunden hatten. Ich, als Fremder, wurde herumgereicht und zu meinem Verdruss von fast jedem ausgefragt, welche Neuigkeiten es vom Alten Kontinent zu berichten gebe – worauf ich niemandem etwas Befriedigendes zu erzählen wusste, denn Post und Zeitungen erreichen heutzutage viel schneller jeden Winkel der Welt als ein reisender junger Arzt, der unterwegs verschiedentlich Station macht, um Land und Leute kennen zu lernen. Eher hätten meine Befrager mir Auskünfte über die neuesten Entwicklungen in der Heimat geben können als ich ihnen.

Leicht enttäuscht von meinen neuen Bekanntschaften und des Umhergehens müde, zögerte ich nicht, als ich drinnen, im ruhigeren, schattig-düsteren Salon, dessen Türen zur Veranda offen standen, einen Sitzplatz auf einem malaiischen Sofa fand. Doch ich blieb nicht lange allein in meinem bequemen Versteck, denn bald hatten mich zwei Damen entdeckt, die mir auf meinem Ruheplatz Gesellschafterinnen sein wollten. Die eine lagerte sich rechts, die andere links von mir, die linke plauderte halb französisch, halb italienisch, die rechte halb niederländisch, halb deutsch, viel sprachen beide, oft genug gleichzeitig, sodass ich vor so viel weiblicher Gesprächigkeit bald kapitulierte und nur noch höflich so tat, als hörte ich zu.

Derweil fiel mein Auge auf einen hageren, aber gut gebauten Mann mittleren Alters, der abseits aller anderen mit einem Glas farbloser, wahrscheinlich alkoholischer Flüssigkeit in der Hand an einem offenen Fenster stand, durch das immer wieder dichte Schwaden von Blütenduft zu uns hinüberwehten, und wie sinnend hinausblickte. Er trug sein rostrotes, aschfarben meliertes Haar sehr lang und war auch sonst altmodischer gekleidet als in den Kolonien allgemein üblich. In seinem scharfen, habichtartigen Gesicht, das er mir im Profil zuwandte, vermeinte ich einen unnatürlich starren Ausdruck zu lesen. Für diese Unbeweglichkeit der Gesichtszüge schien etwas in ihm weiter unten einen Ausgleich zu suchen: Mit seiner freien linken Hand zupfte er offenbar unwillkürlich in schnellen, rhythmischen Bewegungen an einem Knopf seiner Weste. Fasziniert sah ich zu, wie er mit der unmenschlichen Präzision eines Uhrwerks den armen Faden so lange malträtierte, bis er riss. Die zupfende Hand flog ihm darauf, ihres Halts ebenso beraubt wie der Knopf, den sie umklammert hielt, mit einem leisen Krachen gegen das Fensterbrett. Erstaunt, doch zugleich abwesend sah er auf die Hand herab, stutzte kurz, steckte den Knopf in die Rocktasche – um, kaum hatte er sein gebanntes Starren nach draußen wieder aufgenommen, die Linke zum nächstoberen Knopf zu erheben und seinem nervösen Tick an diesem neuen Objekt freien Lauf zu lassen.

‹Wer ist dieser Mann?›, fragte ich in plötzlich unbezwingbar gewordener Neugier meine beiden Gesellschafterinnen. Die sahen sich in die Augen und kicherten wie die Schulmädchen.

‹È il dottor Dupré›, klärte mich die Italienerin, sich dicht zu mir beugend, mit theatralisch artikuliertem Flüsterton auf und ergänzte, als mich die Auskunft ungerührt ließ: ‹L'homme-singe!› – der Affenmensch! Jetzt kannte das Kichern kein Halten mehr, und die Damen, wiewohl in eher reifem Alter, wälzten sich förmlich auf ihrem Sitz.

Ich hatte genug, ließ die albernen Hühner mit ihrem unverständlichen Humor alleine und unternahm es, den mysteriösen Fremden als Kollegen zu begrüßen. Dabei hatte ich, wie sich herausstellte, ganz richtig geraten, denn er war Arzt und nicht etwa ein Doktor der Philosophie. Von einer kollegialen Verbrüderung konnte jedoch keine Rede sein, denn Dupré reagierte höflich, aber einsilbig auf meine Versuche, ein Gespräch mit ihm zu beginnen. Nur flüchtig drehte er, während ich zu ihm sprach, gelegentlich den Kopf zu mir, den er noch immer wie gebannt nach draußen gerichtet hielt.

Ich folgte seinem Blick, konnte aber dort nichts Auffälliges entdecken: Auf dem Abhang unter uns wucherten, am Haus bis zum Fenster reichend, üppig blühende Jasminbüsche. Im hinteren Bereich des Gartens sah ich, ebenfalls blühend, Frangipanibäume, die Ursache für einen intensiven, berauschenden Duft, der sich unter den des Jasmins mischte. Über dem weißen Blütenmeer, weit jenseits der von Reisfeldern überzogenen Ebene, auf die wir herabsahen, konnte man in der Ferne waldbedeckte Berge ausmachen. Auf diese hatte Dupré seine Augen gerichtet. Ein Vulkan?, fragte ich mich. Vielleicht stand ein Ausbruch zu befürchten?

‹Sie sehen aus›, sagte ich schließlich zu ihm, ‹als ob Sie auf etwas warteten, auf ein Ereignis … dort draußen.›

‹Ja›, entgegnete er nach einer Pause, wie zu sich selbst, ‹ja, ich warte. Irgendwann … irgendwann wird jemand nach mir kommen.›

‹Ah! Sie werden abgeholt!›, sagte ich mit einer gewissen Erleichterung und erntete ein sarkastisches Lachen, obgleich wohl nicht gegen mich gerichtet, denn Dupré schien mich kaum noch wahrzunehmen.

‹Abgeholt›, murmelte er mit schmerzvoll verzogenen Mundwinkeln in Richtung der Berge, ‹abgeholt – so kann man es auch nennen.›

Darauf kippte er den Inhalt seines Glases herunter und entfernte sich mit großen Schritten in Richtung des Gartens.

Für den Rest des Abends wagte ich nicht mehr, ihn anzusprechen. Anderntags aber, beim späten Frühstück auf der Veranda, ergriff ich die erstbeste Gelegenheit, um Dorn, meinen Gastgeber, über den mysteriösen Dr. Dupré auszufragen.

‹Ein kurioser, tragischer Fall›, erklärte mir Dorn, ‹der Sie als Arzt sicher interessieren wird, doch eine ziemlich lange Geschichte. Wollen Sie sie hören?›

‹Aber ja doch›, entgegnete ich ihm, ‹bitte erzählen Sie.›

‹Ihr Kollege war vor Jahren, wie soll ich es nennen, von einer schrecklichen Geisteskrankheit befallen, die zwar inzwischen kuriert ist – doch sie hat tiefe Spuren in ihm hinterlassen, er ist nur noch ein trauriger Schatten des Mannes, der er einst war. Längst hat man ihn auf diskrete, menschliche Weise des Dienstes enthoben, indem man ihn verfrüht pensionierte, vorgeblich wegen des tropischen Fiebers, an dem er, wie manche hier, gelegentlich leidet. In Wahrheit sind es andere Gründe, die ihn für seine Arbeit untauglich machen: seine immer offenkundiger werdende Trunksucht, sein ausgeprägter Misanthropismus, seine zu sporadische Aufmerksamkeit für die Sorgen und Nöte anderer, mit denen er als Arzt doch befasst sein muss – was ihm freilich, nach allem, was geschehen war, niemand ins Gesicht zu sagen wagte. Die Leute haben eine Scheu vor ihm und wollen ihm nicht zu nahe treten.

Dupré ist von Geburt Wallone, kam aber, wenn ich mich recht entsinne, siebzehnachtundneunzig oder -neunundneunzig als Arzt der niederländischen Garnison nach Makassar. Er hatte um eine solche Anstellung in den Kolonien sollizitiert, weil er hier in seinem Steckenpferd, der Botanik, Studien anzustellen gedachte. Seinem eigentlichen Beruf entsprechend interessierten ihn namentlich Pflanzen mit medizinischen Wirkungen, und unter denen vorzüglich solche Kräuter und Drogen, welche das Nervensystem beeinflussen und von denen er in Niederländisch-Indien neue, unbekannte zu entdecken hoffte.

Er kam als junger, ehrgeiziger Mann und erwarb sich hier bald einen ausgezeichneten Ruf als Arzt wie als Pharmakologe, sodass ihn privat viele konsultierten, die nicht dem niederländischen Militär angehörten. In der Zeit, die ihm neben seiner Praxis blieb, betätigte er sich in den Wäldern der nahen Berge als unermüdlicher Sammler, tauschte sich wohl auch mit Angehörigen der eingeborenen Völker und der Chinesen über die Wirkung bestimmter, in Europa unbekannter Präparate aus. Im Dienste seiner Forschungen schreckte er auch vor Selbstversuchen nicht zurück, die keineswegs immer ungefährlich waren. Seine Ergebnisse legte er nach und nach in einigen Aufsätzen der Fachwelt vor und

galt, soweit ich weiß, in der Heimat als anerkannter Spezia-
list auf seinem Gebiet.

Als er drei, vier Jahre in Makassar ansässig war, allseits angesehen und beliebt, unternahm er eine mutige Exkursion
in die Wildnis Borneos. Von Banjarmasin aus, wohin ihn das
Schiff gebracht hatte, reiste er an den Rand des besiedelten
Gebietes und drang mit nur einem einheimischen Führer in
die Sümpfe und Wälder vor.

Man hörte und sah nichts von ihm, bis er vier Wochen nach
seinem Aufbruch splitternackt, abgemagert, mit wirrem,
verfilztem Haar und hoch fiebernd in einem morschen
Kahn vor das Lagerhaus der nordamerikanischen Handelsgesellschaft in Banjarmasin gepaddelt wurde, von zwei Bauern, die aussagten, sie hätten ihn am selben Morgen am
Rand ihrer Siedlung jenseits des Flusses wie tot auf der Erde
liegend gefunden. Weder von seinem Gepäck, seinen Kleidern, seinen Aufzeichnungen und Sammelobjekten gab es
eine Spur, noch von seinem Führer.

Nun, all dies war zweitrangig, die Hauptsache war, der Kranke hatte bis hierher alle Strapazen lebend überstanden und
konnte jetzt unter halbwegs zivilisierten Bedingungen gepflegt werden. Man glaubte, es mit einem schlimmen Anfall
von Malaria zu tun zu haben, und es gab auf den ersten Blick
auch keine Anzeichen, welche dieser Diagnose widerspro-
chen hätten. Allerdings phantasierte der Kranke, dass seinen
Pflegern Hören und Sehen verging, und zu aller Verwunderung wurden seine Einbildungen schlimmer statt besser,
wenn das Fieber sank. Dann zeigte Dupré, der in der brennendsten Fieberglut nur inkohärent von Waldmenschen, den
Orang-Utans, faselte, plötzlich alle Zeichen panischer, durch
nichts zu erklärender Angst, raffte sich mit letzter Kraft von
seinem Lager auf, um vor seinen Wohltätern zu fliehen,
schrie aus Leibeskräften mit grenzenlosem Abscheu im Gesicht, wenn man ihm Nahrung geben wollte, welche er, so-

bald er heranlangen konnte, wild von sich stieß oder ange-
ekelt ausspuckte, wenn man sie ihm zwangsweise zugeführt.
Eine Woche ging so vorüber, während deren man ihn auf
seinem Bett festbinden musste, bis sich sein agitierter, ver-
wirrter Zustand endlich besserte und beruhigte. Auf die Frage, was mit ihm geschehen, wo Führer und Gepäck geblieben seien, wollte er nicht antworten oder tat es, wenn man
insistierte, mit so fadenscheinigen, widersprüchlichen Geschichten, dass niemand ihm Glauben schenken konnte.

All sein Bestreben war jetzt, da er auf seinen wackeligen
Beinen wieder stehen konnte, Borneo so schnell wie irgend
möglich zu verlassen. Weg, nur weg trieb es ihn, zurück
nach Celebes, und er scherte sich nicht darum, dass der Arzt
ihm noch keine Reisetauglichkeit bescheinigen wollte. Mit
dem nächstbesten Schiff sollte es fortgehen, darauf bestand
er, und als er erfuhr, es gehe erst in drei Wochen eines, begann er zu zittern und erklärte: So werde er eben mit einem
früheren Boot nach Batavia oder Malakka reisen und von
da aus, wie weit der Umweg auch sei, zurück nach Celebes
oder gar nach Europa, das sei ihm ganz gleich, aber noch
drei Wochen in Banjarmasin ausharren, das könne er nicht.
Aber er musste, denn es fand sich vor dem Schoner nach
Makassar, auf den er ohnehin gebucht war, kein Schiff, kein
noch so armseliger Kahn, dessen Kapitän den elend Aussehenden mitnehmen mochte.

In unsere hiesige kleine Gemeinschaft kehrte er also zu der
Zeit wieder, zu welcher man mit ihm gerechnet hatte, müde
und abgemagert zwar, was aber nach einer solchen gefährlichen, strapaziösen Expedition, wie er sie hinter sich hatte,
niemanden überraschte. Nur von seinen Abenteuern erzählen wollte er nicht, auch den wenigen anderen Liebhabern
seine Spezimina nicht vorführen, was milde Verwunderung
erregte. Seine Geschichte erfuhren wir aus einem Brief des
Direktors der Handelsgesellschaft, welcher mit dem nämli-

chen Schiff Duprés hiesigen Vorgesetzten erreichte und dessen Inhalt bald die Runde machte. Da wir nun wussten, dass er sehr krank gewesen und wahrscheinlich zuvor das Opfer eines Unfalls oder Überfalls oder sonst eines schrecklichen Erlebnisses geworden war, konnten uns seine Müdigkeit und Abgeschlagenheit, die Apathie, die sich in den folgenden Monaten an ihm beobachten ließ, umso weniger erstaunen. Als die bedrückende, schwüle Regenzeit einsetzte, die so vielen von uns zu schaffen macht, wurde es auch mit ihm eher schlimmer denn besser, und ich schlug ihm eines Tages, auf seine In-sich-Gekehrtheit und seine Blässe anspielend, einen Erholungsaufenthalt in den Bergen vor, wo Noordervliet, der Teepflanzer, ein hübsches Häuschen besitzt, in welchem ich selbst in dieser Jahreszeit, oder wenn ich vom Fieber angeschlagen war, manches Mal angenehme, ruhige und kühle Wochen verbracht habe. Nur das nicht, wehrte er meinen gut gemeinten Rat mit unhöflicher Heftigkeit ab, sein Lebtag setze er keinen Fuß mehr aus der Stadt.

Bald munkelte man von einer weiteren Merkwürdigkeit um seine Person: Die Dienstboten liefen ihm davon. Fast jede Woche musste er neue einstellen, und schließlich hieß es, er lebe ganz allein in seinem Haus, denn er könne kein Personal mehr bekommen. Dies war in der Tat ein mysteriöser Umstand, da von einem Mangel an Hausangestellten in Makassar nicht die Rede sein kann. Ich fragte also, nachdem ich im Club von Duprés ungewöhnlichem Problem gehört hatte, meinen Gärtner Asrul, ob er wisse, weshalb beim Dr. Dupré keiner seiner Landsleute mehr Dienst tun wolle? Darüber wisse er wohl etwas, versetzte Asrul, wollte aber partout nichts Genaueres sagen.

Das machte mich erst recht neugierig. Ich ließ nicht locker, half auch mit Bakschisch nach und bekam Folgendes zu hören:

In manchen Nächten, besonders bei Vollmond, werde der Doktor Dupré zum Waldmenschen. Splitternackt hüpfe, krieche und hangele er von Zimmer zu Zimmer, das rote Haar hänge ihm wirr um Haupt und Schultern und wachse ihm zum Schrecken aller, die es gesehen haben, auch in zotteligen, langen Strähnen Schultern und Rücken herab bis zum Gesäß. Dabei stoße er gurgelnde, pfeifende und kreischende Laute aus, zertrümmere sein eigenes Mobiliar, plündere Vorräte aus der Küche und esse, auf dem Tisch oder einem Schrank hockend, unter lautem Schmatzen und Knacken rohes Fleisch oder rohen Fisch und vergehe sich gar an den Frauen, wobei er zuletzt einen Küchenjungen, der seine Schwester vor ihm bewahren wollte, halb totgeschlagen habe. Kein Einheimischer wolle mehr für ihn arbeiten.

Sie können sich denken, Bornemann, ich glaubte kein Wort von diesem Schauermärchen und würde Asrul für eine solche Unverfrorenheit empfindlich bestraft haben, hätte ich nicht in seinen verängstigten Augen gelesen, dass er für wahr hielt, was er erzählte. So schüttelte ich nur den Kopf über die lästige, gefährliche und manchmal auch ergötzliche Abergläubigkeit der Eingeborenen und legte die Sache ad acta – bis ich eines Tages Dupré wegen meiner dyspeptischen Magengeschichte konsultieren musste, die auf die unangenehmste Weise aufgeflammt war.

Alles ging seinen gewohnten Gang, bis er mir am Schluss ein Rezept ausstellen wollte. Hinter seinem Schreibtisch sitzend, die Feder in der Hand, hielt er plötzlich im Schreiben inne. Ein dumpfer, toter Ausdruck trat in sein Gesicht, er atmete schwer.

Ob ihm nicht gut sei, fragte ich besorgt. Statt mir zu antworten, hob er langsam den Kopf, bleckte die Zähne, stierte mich an, als habe er mich noch nie zuvor gesehen, und stieß ein leises Grunzen aus. Dann fiel sein Blick wie erstaunt auf die Feder in seiner Hand, er führte sie zum Mund, lutschte und roch daran, betrachtete sie erneut interessiert und zerbrach sie unvermittelt in zwei Teile.

Diese Darbietung reichte mir, mich überkam die Angst, und ich verließ in fliegender Eile sein Konsultationszimmer ohne ein Wort des Abschieds, das ebenso unangebracht wie überflüssig gewesen wäre.

Sicher wäre es meine Pflicht gewesen, mit meinen Befürchtungen und Ahnungen über eine schwer wiegende Geisteskrankheit Duprés zum Kommandanten zu gehen. Doch ich schwieg über das Erlebte, schon deshalb, weil mir darüber zu sprechen peinlich gewesen wäre. Bald häuften sich ähnliche Vorfälle in Duprés Praxis. Andere seiner Patienten übten weniger Zurückhaltung als ich und erzählten bei den verschiedensten Gelegenheiten, was sie an ihm beobachtet hatten. Offizielle Stellen bekamen Wind von den Vorgängen, bestellten Zeugen ein, vernahmen Dupré selbst – kurz, er war auf seinem Posten nicht mehr zu halten.

Wegen Krankheit wurde er suspendiert, und man gesellte ihm in seinem Haus, als Krankenpfleger, wie es hieß, doch in Wahrheit als Irrenwärter, zwei Soldaten bei. Niemand wagte es mehr, den Kranken zu besuchen, die Gerüchteküche kochte über, und viele von uns zivilisierten Europäern taten es den Malaien gleich, indem sie sich vor dem so genannten Affenmenschen fürchteten, als sei er der Leibhaftige. Mir tat der arme Kerl Leid, der, als er noch gesund, ein feiner Mensch gewesen und mir ein angenehmer Gesprächspartner war, den aber nun eine unheimliche Krankheit von allem menschlichen Umgang abgeschnitten hatte. Zunächst setzte ich einige Hoffnung in die Künste des neuen Militärarztes. Eilends als Ersatz für Dupré eingeschifft, besuchte der auch seinen Vorgänger zwei, drei Male, doch ohne ihm helfen zu können. Er diagnostizierte Nervenzerrüttung durch das tropische Klima sowie durch die experimentelle Anwendung verschiedener nervenschädigender einheimischer Pharmaka und ord-

232

nete die Verbringung des Kranken nach Europa an, welche jedoch wegen seines gefährlichen Zustands nicht durchzuführen war. Welcher Kapitän hätte einen solchen Passagier bei einer weiten Überseefahrt auf seinem Schiff geduldet?

So war der Stand der Dinge, als mich eines Tages mein guter Asrul verschlagen auf Dupré ansprach: Er wisse daheim, in seinem Dorf, einen Heilkundigen, welcher fähig sei, einen Affengeist aus einem Menschen zu exorzieren. Würde ich wohl einmal mit dem Doktor in Kontakt treten, um ihn zu fragen, ob er in eine solche Behandlung einwilligen könne?

Natürlich wollten Asrul und sein Wunderdoktor an dem armen Dupré verdienen, das war mir klar, doch nehmen nicht auch unsere Ärzte Geld für ihre Dienste? Die ganze Geschichte schien mir verrückt genug, um zu einem verrückten Mittel zu greifen, da anderes nicht hatte helfen wollen. Ich nahm mir also ein Herz und suchte Dupré in seinem Hausarrest auf. Er las, als ich kam; war still und melancholisch, aber ganz bei Sinnen, was mich zugleich freute und dauerte. Etwas betreten sagte ich die üblichen, adäquaten Phrasen herunter, die man von einem Krankenbesucher erwartet und auf die er einsilbig antwortete. Dann kam ich ohne weitere Umschweife auf Asruls Vorschlag zu sprechen. Sogleich stieg ihm eine hektische Röte ins Gesicht und sein schlaffer, hängender Körper richtete sich im Stuhl auf. Schon fürchtete ich einen Wutausbruch ob meines zugegebenermaßen dummen und für uns beide beschämenden Vorschlags, doch im Gegenteil, er flehte mich förmlich an, jetzt, in diesem Augenblick, loszugehen und Asrul unverzüglich in sein Heimatdorf zu schicken, von wo er den Heilkundigen in größter Eile herbeischaffen solle.

Ich handelte nach seiner Bitte, ohne einer Menschenseele in der Stadt davon zu verraten. Eine Woche später stand Asrul erneut auf meiner Schwelle und hatte ein verschrumpeltes, zahnloses, nur mit einem Lendenschurz bekleidetes, uraltes Männchen mitgebracht. Mir war die Angelegenheit so unheimlich wie unangenehm, und der Anblick des Männchens machte es nicht besser. Doch was half's, ich hatte mich einmal darauf eingelassen und konnte Dupré jetzt nicht guten Gewissens allein den Ministrationen des Alten überlassen.

Als er das Männchen erblickte, fiel Dupré vor ihm auf die Knie und küsste ihm die Hände, was mir höchst unpassend erschien. Gleich darauf legte der Alte los mit der Prozedur, für welche man ihn herbeigerufen. Dupré hieß er, in seiner mir vollkommen unbekannten Sprache, zu der uns Asrul eine Übersetzung soufflierte, sich auf eine Matte am Boden zu legen, mich und den einen Soldaten, welcher der Szene beiwohnen wollte, auf Stühlen etwas abseits Platz zu nehmen und uns nicht von der Stelle zu rühren. Dann rührte er aus einem Pulver einen widerlichen grauen Brei an, flößte ihn sich ein und führte uns einen unglaublichen Hokuspokus und Mummenschanz vor. Mit einer grausligen hölzernen Affenmaske oben auf dem Kopf, die ihm das Gesicht von den Brauen ab freiließ, tanzte er klatschend und stampfend zu monotonem, rhythmischem Gesang umher, bis er mit unters Lid verdrehten Augäpfeln hintüberkippte – wie zufällig stand Asrul bereit, ihn aufzufangen.

Nun lag er bewusstlos am Boden, und im selben Augenblick regte sich etwas in Dupré. Zwar lagen Rumpf, Beine und Arme vollkommen still, wie gelähmt, doch der Kopf knurrte, schnaufte und röchelte auf die schauerlichste Weise, bleckte die Zähne, warf sich hin und her, hob sich mit einem Ruck vom Boden, als wolle er mit Gewalt den leblosen Körper hochziehen, um mit einem unmenschlichen, klagenden Grunzen wieder auf die Matte zurückzufallen.

Da richtete sich plötzlich der Alte auf, der unweit von Dupré ohnmächtig gelegen hatte, und im selben Moment hatte der Affenspuk ein Ende. Zusammen mit Asrul half der Heiler dem vollkommen klaren, aber zutiefst ermatteten Dupré auf die Beine, umkreiste ihn dann, in der Hand ein Reisigbündel aus seinen Utensilien, und schlug ihm mit diesem immer wieder auf Schultern, Rücken, Bauch und Kopf.

Als diese merkwürdige Flagellation beendet war, bedeutete er dem Kranken, er möge sein Hemd aufknöpfen. Der gehorchte verwundert und stieß, genau wie ich, einen Laut des Schreckens aus, als er, mit dem Aufknöpfen auf Bauchhöhe angelangt, in der Mitte, ziemlich genau über dem Magen, eine bläulich-violette, beulenartige Erhebung vom Durchmesser einer kleinen Faust wahrnahm.

Goed, goed, lachte der Alte zahnlos, zum Zeichen, dass auch er die Sprache der Europäer beherrsche, und Asrul übersetzte, was er noch in seiner eigenen Sprache anfügte: Die Prozedur müsse, um gegen einen so starken Geist erfolgreich zu sein, mehrfach wiederholt werden. Er wolle morgen um dieselbe Zeit wiederkommen und den Kranken einer zweiten Behandlung unterwerfen.

Ich fand in der Nacht wenig Ruhe, wäre gerne die ganze Sache los gewesen und ging doch am nächsten Tag wieder mit zu Dupré. Als ich ihn jetzt sah, leichenblass, die Augen verquollen, kalter Schweiß auf dem Gesicht, kamen mir schwere Zweifel, ob es verantwortbar sei, ihn dem Wunderheiler erneut auszuliefern. Vorsichtig fragte ich nach seinem Befinden und erhielt zur Antwort: Er habe die letzten 24 Stunden die entsetzlichsten Ängste ausgestanden. Es sei ihm, als bedrohe ihn der Geist von innen, als kämpfe er mit aller Macht darum, ihn, Dupré, aus seinem Körper zu drängen, um vollends von diesem Besitz zu ergreifen. Dann schmerze und brenne ihm noch die Beule überm Solarplexus auf quälende, kaum erträgliche Weise. Er zeigte sie mir, die Schwellung schien mir eher geschrumpft, was mich etwas beruhigte. Dennoch schlug ich ihm vor, die Sache lieber aufzugeben und den Alten mit einer besänftigenden Zahlung in sein vermaledeites, hexengläubiges Dorf zurückzuschicken, vergeblich, denn Dupré zeigte trotz seiner Schwäche und Angst wilde Entschlossenheit, sich dem Heiler auf Gedeih und Verderb anzuvertrauen.

Der hatte inzwischen seine Vorbereitungen erledigt, und es gab ganz dieselbe Zeremonie wie am Vortag. Wieder wurde Dupré von äffischen Krämpfen geschüttelt, während der Alte in Trance lag, wieder kehrte er zu sich zurück, als der Alte aus seiner Abwesenheit erwachte. Diesmal aber war Dupré danach so schwach, dass Asrul und ich ihn stützen mussten, damit er im Stehen seine Rutenhiebe empfangen könne. Diese Prozedur schwächte ihn weiter, die Beine sackten ihm zusammen, und mit Hilfe der beiden Wachleute trugen wir ihn auf sein Bett. Flugs kam auch der Alte hinterher, zufrieden grinsend, und öffnete dem Kranken mit steifen, arthritischen Klauen das Hemd über dem Bauch. Ich wich erschrocken und angewidert zurück: Die Beule hatte eine schwärzliche Farbe angenommen und erhob sich an der stärksten Stelle eine gute Handbreit über das bleiche, magere Fleisch der Umgebung.

Heel goed, heel goed, krächzte der Alte und nickte mir mit zahnlosem Grinsen zu.

Musste ich den Garnisonsarzt kommen lassen? Irgendetwas hielt mich davon ab, doch in der folgenden Nacht, auf die eine weitere «Behandlung» folgen sollte, tat ich wieder kaum ein Auge zu, und wenn doch, so war es weniger ein Schlaf, in den ich fiel, als eine bleierne Halbbewusstlosigkeit, in welcher ich mich für ganz wach hielt, mich selbst gelähmt in meinem Bett liegen spürte, während es in meinem Zimmer um mich her von Affen und anderen Geistern spukte.

Der Kranke war nicht bei sich, als wir am dritten Tag zu ihm kamen. Der Affe hatte Besitz von ihm ergriffen, und mir lief es kalt über den Rücken, denn ich entsann mich Duprés

Ahnung, er solle für immer aus seinem Körper vertrieben werden. War dies nun geschehen?

Die Behandlung konnte überhaupt nur beginnen, weil der Patient an Leib und Gliedern tödlich geschwächt war. So konnte das Tier in ihm den Körper nicht aus dem Bett heben, um uns zu verletzen, es begrüßte uns aber mit drohendem Gurgeln, Knurren und Kreischen und fletschte uns mit blutunterlaufenen Augen die Zähne entgegen, wenn wir zu nahe kamen. Die Kleider hingen ihm in Fetzen um den zitternden, zuckenden Körper, die Beule hob sich wie ein teuflisches Symbol schwarz aus seiner Mitte, und unter der verfärbten, gespannten Haut wölbte und bewegte es sich wie die Finger einer Faust. Es war unmöglich, Dupré für die Zeremonie aus dem Bett zu heben, und so fand sie diesmal im Schlafzimmer statt. Mit den beiden Soldaten, ebenso bleich, wie ich es selbst gewesen sein muss, drückte ich mich an die Wand neben der Tür und wünschte insgeheim, der Doktor möge es nicht überleben, denn dies war unerträglich.

Während der Heiler in Trance lag, steigerte sich die Wut des Tieres und damit auch seine Kraft. Nicht nur der Kopf bewegte sich frenetisch hin und her, schnitt Grimassen, fauchte, sondern der ganze Körper wand sich auf dem Bett in den fürchterlichsten Konvulsionen. Es wollte und wollte kein Ende nehmen, längst hätte der Heiler erwachen müssen, und bei einem Blick auf ihn erkannte ich zu meinem Schrecken, dass heute auch er in seiner Bewusstlosigkeit schweißgebadet war. Schon fürchtete ich, auch der Alte könne sterben, werde nicht mehr erwachen und uns mit dem, was er angerichtet, alleine lassen, da drang plötzlich ein spitzer, lang gezogener, hoher Schrei aus Duprés Mund, die Beule brach auf und entließ eine infernalisch stinkende, ekelerregende, schwarze und gelbe Flüssigkeit, dass es mir fast den Magen umdrehte. Dann war völlige Stille. Ich glaubte, Dupré müsse tot sein, näherte mich voller Grauen dem Bett, fand sein Gesicht wie in einem süßen Schlummer, wie von allen Qualen dieser Welt erlöst – doch er schlief wirklich, er atmete. Mir fiel ein großer Stein vom Herzen, und ich wollte nun gerade auch nach dem Alten sehen, wie es diesem gehe, da hatte er sich bereits feixend neben mir am Krankenbett eingefunden.

Heel goed, sehat, sagte er mit seinem selbstzufriedenen Grinsen und machte sich daran, die stinkende Wunde zu versorgen, während ich weit zurücktrat. Schon am nächsten Tag konnte Dupré wieder aufstehen, seine äffischen Anfälle kehrten, soweit ich weiß, nie mehr wieder, und die Dienstboten kamen nach und nach in sein Haus zurück. Doch in anderer Hinsicht ist die Heilung misslungen oder hat nicht den gewünschten Erfolg gehabt, wie Sie sich selbst überzeugen konnten: Er trinkt, wirkt verschroben und missgelaunt; seinen Beruf hat er nicht wieder aufgenommen, noch erneuten Anschluss an das gesellschaftliche Leben der Stadt gefunden. Anfangs lud man ihn noch als Kuriosum auf jede Geselligkeit ein, denn die Damen liebten es, sich flüsternd und hinter seinem Rücken, doch mit prickelndem Reiz durch seine Gegenwart an den alten gruseligen Geschichten über ihn zu delektieren. Er kam nur selten. Jetzt wird er kaum noch geladen, denn auch die alten Geschichten sind langweilig geworden. Ich sage ja, es ist ein tragischer Fall.› So weit also die Erzählung Dorns.»

Hier pausierte Bornemann einen Augenblick, sah nachdenklich ins Feuer und nahm einige Schlucke von seinem Tee. Seine Zuhörerinnen, die ihm ansahen, es würde gleich weitergehen, gaben keinen Laut von sich.

«Ich wollte in der Nacht ruhig schlafen», begann Bornemann erneut, «und schlug mir die absurde Geschichte sofort aus dem Kopf. Es müsse sich, sagte ich mir, um eine geschmacklose Münchhausiade handeln, die man gutgläubigen Fremden gern aufband, um sich später im Clubhaus wegen ihrer Leichtgläubigkeit über sie zu mokieren. Das Leben in Makassar schien ausnehmend langweilig zu sein, dass man sich auf solche Weise die Zeit vertrieb.

Am Abend meiner Abreise erst, gut drei Wochen später, kam mir die Geschichte wieder auf lebhafteste Weise in den Sinn. Wir sollten um Mitternacht ablegen, mein Gepäck war bereits an Bord, und ich hatte zwei Stunden Zeit, um mir noch einmal die Beine an Land zu vertreten. Ziellos lief ich in der Dunkelheit am Hafen umher, sog ein letztes Mal die Eindrücke der geschäftigen kleinen Stadt in mich auf und nahm innerlich Abschied von der Insel, von der ich wusste, dass ich sie mein Lebtag nicht wieder sehen würde. Während ich so lief, erblickte ich unversehens im Gastraum einer Taverne, welcher nach örtlicher Sitte aus einer durch ein pagodenförmiges Dach geschützten hölzernen Plattform bestand, das habichtartige Profil Duprés gegen das Schummerlicht der Laterne abgebildet. Er saß vor einem halb leeren Glas, den starren Blick auf die Kais gerichtet wie damals bei Dorn auf die waldbedeckten Berge. Mit beiden Händen, die sich beiläufig auf der Tischplatte trafen, zerpflückte er dabei mechanisch etwas Helles, vielleicht ein Blatt Papier, zu winzigen Flöckchen. Seine Ausstrahlung unruhiger, apprehensiver Resignation, wie in Erwartung eines unabwendbaren Unheils, erregte in mir dieselbe rätselnde Faszination wie beim ersten Mal, da ich ihm begegnet war. Das Wissen, in wenig mehr als einer Stunde die Stadt, die ganze Insel mit all ihren Bewohnern auf Nimmerwiedersehen hinter mir zu lassen, ließen mich Umsicht und Taktgefühl vergessen. Ich erklomm die drei steilen Stufen zur Plattform, setzte mich ohne Umschweife zu Dupré, brachte ihm meinen Namen und meine Identität in Erinnerung, die ihm völlig entfallen zu sein schienen, und bestellte ein Glas Pflaumenwein. Dann sagte ich ihm freiheraus: Ich hätte einiges über sein Leben gehört, das mich sehr bewegt und beschäftigt, aber auch neugierig gemacht habe. Ob er mir, einem Fremden kurz vor der Weiterreise in andere Gegenden der Welt, nicht anvertrauen wolle, was ihm damals auf seiner Exkursion in Borneo Schreckliches widerfahren sei?

Zu meiner Überraschung schickte er mich nicht mit einer Grobheit zum Teufel, wie es mir wohl zugekommen wäre, sondern sah erst mich, dann sein Glas und dann wieder mich an und begann ohne weitere Einleitung:

‹Suchen Sie nach Stoff für Albträume, junger Kollege? Wenn dem so ist, so will ich Ihnen gerne dienlich sein.

Wie Sie wahrscheinlich wissen, war ich mit einem Führer, ich will ihn der Einfachheit halber Bung nennen, wie ich es damals auch tat, in den Wäldern unterwegs, auf der Suche nach unbekannten Pflanzen und Pilzen, von denen ich auf Celebes schon Arten mit großem medizinischem Potenzial entdeckt hatte. Wir hatten einigen Proviant dabei, doch bei weitem nicht genug für die Zeitdauer, die ich in den Wäldern zu verbringen gedachte. Es galt also, bei Gelegenheit frisches Fleisch zu schießen, um die Vorräte zu strecken. Einmal erlegte ich ein Wasserschwein, sonst waren es meist Vögel, die wir am abendlichen Feuer brieten.

Eines Nachmittags entdeckten wir im Geäst eines Feigenbaumes am Rande einer Lichtung eine Orang-Utan-Frau, welche augenscheinlich im Begriff war, ein Kind zu gebären. Durch ihre Wehen abgelenkt oder behindert, hatte sie uns entweder nicht bemerkt oder war zu schwach, um zu fliehen, wie es die Menschenaffen sonst beim Herannahen ihrer aufrecht gehenden, klügeren und vollkommeneren Vettern tun. Ich wollte mir die Gelegenheit nicht entgehen lassen und setzte mich hinter einen Busch auf die Lauer, mein Gewehr im Anschlag. Etwas in mir bewog mich, zu warten, bis die Geburt beendet sei. Dann schoss ich die Äffin und, als ich ganz herangekommen war, auch ihr Kleines, das sich, obwohl noch feucht und blutig, schon ängstlich im Fell seiner Mutter festklammerte.

Waldmenschenfrauen sind winzige, hagere Wesen mit viel grünlichem, stinkendem Gedärm in ihren aufgeblasenen Bäuchen, aber fast ohne Fett- und Muskelansatz, ganz im Gegensatz zu ihren Männern – doch lassen wir das. Das Fleisch mochte uns beiden ein, zwei Tage reichen, das der Alten, versteht sich, denn das Neugeborene warfen wir beiseite. Das Häuten und Ausnehmen hätte uns mehr Arbeit gekostet, als wir Nahrung davon gewinnen konnten. Unser Lager für die Nacht schlugen wir unweit des Schlachtplatzes auf und verspeisten die erste Portion des Wildbrets zum Abendessen. Es schmeckte nicht schlecht, ähnlich wie Schweinefleisch, und wir verfeinerten das Gericht noch mit einer Hand voll Pilze, die Bung an einem nahen Baum gefunden und als einen in seinem Dorf beliebten Speisepilz identifiziert hatte. Bald nach dem Essen legten wir uns zum Schlafen. So ermüdet waren wir von den Anstrengungen des Tages, dazu sediert von der übergroßen Mahlzeit, dass wir es unterließen, unser Zelt aufzustellen. Was machte es, mit Regen war für die Nacht kaum zu rechnen: Der ergoss sich meist tagsüber, wenn wir uns mühselig durch den Wald schlugen.

Nach einigen Stunden tiefen, traumlosen Schlafs, es muss gegen Mitternacht gewesen sein, weckten mich plötzlich beunruhigende Geräusche auf. Im schwachen Licht unseres allmählich verglimmenden Feuers bot sich mir eine so schauerliche Szene dar, dass ich sie zunächst für einen Albtraum halten wollte: Ringsumher wimmelte es von Waldmenschen, die wie Satyrn zwischen den Bäumen hin und her sprangen. Mehrheitlich waren es Männer mit ihren langen Armen, dem zotteligen roten Körperhaar und den breiten, wulstigen Hautlappen um Augen und Schnauze, die bei dieser hässlichen Spezies als Gesicht durchgehen. Die Luft war von Brüllen und Kreischen erfüllt. Als ich aufstehen und vor den wilden Gestalten fliehen wollte, stellte ich in ungläubigem Entsetzen fest, dass mir keines meiner Glieder gehorchen wollte. Wie gelähmt lag ich an meinem Schlafplatz und musste voller Schrecken beobachten, was um mich herum geschah. Die Affen kümmerten sich glücklicherweise vorerst nicht um mich, denn ihre Aufmerksamkeit war auf Bung gerichtet. Ein enormer Riese hielt dessen schmächtigen Körper in den Armen, wirbelte ihn in der Luft umher, fing ihn wieder auf und warf ihn schließlich mit furchtbarer Wucht zu Boden, wobei ein grässliches Knacken ertönte, das mir die Haare zu Berge stehen ließ. Dann ließ Bungs Mörder von dem in Todesqualen Liegenden ab und wandte sich böse knurrend mir zu. Ich muss in diesem Moment ohnmächtig geworden sein. In meiner nächsten Erinnerung sitzt mir plötzlich etwas auf der Brust, nicht der brutale Riese, sondern ein kleines, sanftes Weibchen, und es scheint, als wolle es mich pflegen. Im schwachen Licht der Glut hält es mir etwas vor den Mund, das mich an eine große, fleischige Frucht erinnert, und bedeutet mir zu essen. Ich füge mich, doch sogleich lasse ich wieder ab, denn das Gebilde schmeckt scheußlich, wie halb verwestes Aas. Da rücken von rechts und links die Männer drohend an mich heran, die Frau macht Gebärden, ich solle weiteressen. Was blieb mir übrig, ich bezwang meinen Ekel und brachte mit kaltem Schweiß am ganzen Körper nach und nach den ganzen triefenden Klumpen hinunter. Heute glaube ich, dass es sich um eine Nachgeburt handelte, wahrscheinlich diejenige der Frau, welche ich getötet hatte.

Was in dieser Nacht weiter geschah, weiß ich nicht. Ich fand mich irgendwann bei Tageslicht allein auf dem Waldboden wieder, zerkratzt, zerstochen, die Kleider größtenteils zerrissen und mit hohem Fieber. Die Erinnerungen an die Nacht drängten sich in meinem Bewusstsein nach oben, ich erschauerte, und gepackt von unbeschreiblicher Angst, versuchte ich mich, schwach wie ich war, auf Händen und Füßen in die Richtung zu schleppen, in der ich menschliche Besiedelung wähnte.

Den Rest der Geschichte, nehme ich an, kennen Sie.›

‹Ja, größtenteils, doch nicht ihr Ende.›

‹Das Ende kennen Sie nicht? Sie sehen es doch hier vor sich.›

‹Ich sehe es, aber ich verstehe es nicht. Wovor haben Sie Angst? Wer, glauben Sie, wird kommen und Sie holen?›

‹Die Waldmenschen, wer sonst. Früher oder später werden sie mich finden und endgültige Rache üben, das weiß ich so sicher wie meinen Namen. Zuerst haben sie es auf besonders hinterhältige, grausame Weise versucht, indem sie mich leben ließen, mich aber halb zu einem der Ihren machten. Doch seit ich mich des Affengeists in mir entledigte, steht die Rechnung zwischen uns wieder offen, und ich spüre mit jeder Faser meines Körpers, dass sie mich nicht entkommen lassen werden.›

‹Sie sind erschöpft, Dupré, und überspannt. Wie sollten die tumben, primitiven Wesen Sie von Borneo aus hier aufspüren? Bauen sie denn Schiffe, dass sie die Straße von Makassar überqueren könnten? Es gibt hier, soweit ich weiß, gar keine Orang-Utans. Sie sind also hier vollkommen sicher.›

Noch während ich diese letzten Worte sprach, erblickte ich in der Ferne im schummrigen Laternenlicht zwei Männer, die auf Rollen einen hölzernen Käfig über die Planke einer Dschunke an Land manövrierten. In dem Käfig saß ein ungeheuer breites, langhaariges, menschenähnliches Wesen, und wie es über den Kai geschoben und gezogen wurde, schien es mir, als ob es unentwegt zu uns herüberblickte. Zum Glück hatte Dupré, welcher der Szene den Rücken zukehrte, nichts davon gesehen. Mir aber war entschieden mulmig geworden. Was er mir erzählt hatte, war zu gruselig und unappetitlich, als dass ich einer Begegnung mit einem leibhaftigen Waldmenschen, und sei es einem eingegitterten, in diesem Augenblick viel naturforscherisches Interesse hätte abgewinnen können. Ich sehnte mich auf mein Schiff und nach einer frischen Meeresbrise, weit draußen, wo es weder Wälder noch Affen gab. Überhastet verabschiedete ich mich von Dupré.

Als ich am nächsten Morgen bei klarem Wetter auf See erwachte, schien mir Duprés Erzählung wie ein Traumgespinst. Vielleicht war sie das tatsächlich und hatte nur in des Doktors krankem Hirn den Anschein von Wirklichkeit angenommen.

Ich kann den Damen aber eines nicht verschweigen, was im Nachhinein doch ein ernstes Licht auf die Sache wirft: Etwa drei Monate nach meiner Abreise aus Celebes, auf den Molukken, fiel mir eine alte Ausgabe der *Javaanse Krant* in die Hände. In einem kleinen Paragraph gleich auf der ersten Seite wurde von einem mysteriösen Todesfall berichtet, der sich in Makassar ereignet hatte. Ein Dr. Jean-Baptiste Dupré, ehemaliger Arzt der Garnison, sei, in derselben Nacht, da ich die Insel verließ, in einer dunklen Gasse unweit der Hafenanlagen tot aufgefunden worden. Der Gesichtsausdruck des Toten und Spuren eines Kampfes ließen auf ein Gewaltverbrechen schließen. Auf den hinteren Seiten im selben Blatt wurde außerdem in einer privaten Anzeige vermeldet, am Hafen von Makassar sei ein wertvoller, männlicher Orang-Utan aus seinem Käfig entwichen; soundso viele Gulden seien auf seine Wiederbeschaffung ausgesetzt.»

«Das ist ja haarsträubend!», rief Bettina.

«Ganz unerträglich», bestätigte Aurelie, «genau wie der Wutausbruch meines Vaters, wenn wir uns nicht sputen und uns unverzüglich auf den Nachhauseweg begeben. Es ist reichlich spät geworden.»

Die Mädchen waren zu Fuß gekommen und mussten sich

nun draußen gestehen, dass ihnen im Dunkeln nicht geheuer sei.

«Aber im Sommer wäre es schlimmer», stellte Bettina fest, «bei dieser Eiseskälte hat es ein Orang-Utan selbst in meiner Phantasie schwer, sich zu behaupten.»

Erst dann erfuhr sie von Aurelie die wichtigste Neuigkeit des Abends: Am folgenden Tag, dem von Bettinas Abreise, würde Bornemann bei Herrn von Arnsberg vorstellig werden und in aller Form um die Hand seiner Tochter bitten. Bettina freute sich mit Aurelie, doch insgeheim freute sie sich auch darüber, dass sie um diese Zeit in der Extrapost Richtung Kassel sitzen und dem zu erwartenden Zornesausbruch des Hausherrn entgehen würde.

Teil III

27
Enttäuschungen

Am Morgen des Heiligen Abends 1824, es war noch dunkel, schlich aus dem ersten Stock eines Hauses in der Berliner Friedrichstadt eine morgenmantelumhüllte weibliche Gestalt die Treppe ins Parterre hinunter. Sie hatte die Frühpost kommen hören, und eine unbegründete, aber umso eindringlicher empfundene hoffnungsvolle Erwartung trieb sie dazu, diese sofort und vor allen anderen Mitgliedern der Familie zu inspizieren.

An dem Sekretär in der Nische vor der Bibliothek angelangt, wo die Post morgens deponiert zu werden pflegte, griff sie klopfenden Herzens nach dem Stapel Korrespondenz auf dem Silbertablett. Doch sie wurde enttäuscht, heute ebenso wie an den Tagen zuvor. Selbst der innigste, sehnsuchtsvollste Wunsch nach einem Ereignis, so musste sie sich ernüchtert eingestehen, macht dessen Eintreffen nicht wahrscheinlicher, und ein Weihnachtsgruß, der an Heiligabend noch nicht angekommen war, war wohl niemals abgeschickt worden.

Immerhin wurde sie tröstlich daran erinnert, dass zumindest *ein* ihr freundschaftlich verbundener Mensch ihrer gedacht hatte. Es war ein Brief von Aurelie gekommen, der erste, seit Bettina wieder glücklich daheim war, noch geschrieben und ihr hinterhergesandt, während sie bei klirrender Kälte mit der Extrapost das Land durchquerte. Sie atmete tief durch, um einer aufkommenden weinerlichen Enge in der Brust keine Chance zu lassen, sich festzusetzen, steckte den Brief Aurelies ungeöffnet in die Tasche ihres Morgenmantels und lief auf ihren altmodisch nach türkischer Manier gestalteten Pantoffeln wieder die Treppe hinauf.

In ihrem über Nacht ausgekühlten Schlafzimmer fand sie zu ihrer Überraschung Luise vor, die es sich im Bett der Schwester gemütlich gemacht hatte und sie mit: «Wo warst du denn?» begrüßte.

«Die Post ansehen», erwiderte Bettina laut und ohne Zögern, als habe sie hierfür nicht Motive gehabt, deren sie sich ein wenig schämte und die sie Luise zu verschweigen gedachte.

Sie entledigte sich rasch ihres Morgenmantels, kroch zurück in das lockende Bett und kuschelte sich an den warmen und vertraut riechenden Körper ihrer Schwester. Doch diese früher so selbstverständliche Nähe zu Luise barg plötzlich den Beigeschmack einer Falschheit. Seit Bettina vor wenigen Tagen ins Haus ihrer Eltern zurückgekehrt war, kam ihr die ehemals so vertraute Kameradin und Komplizin ihres häuslichen Alltags vor wie eine Fremde, der gegenüber sie die rechte Haltung und den rechten Ton erst finden müsse.

«Was war denn so Wichtiges in der Post, dass du dafür in aller Frühe dein warmes Bett verlassen musstest?», fragte Luise erwartungsgemäß.

«Ein Brief von Aurelie.»

«Lies vor!»

«Vielleicht später», entgegnete innerlich stöhnend Bettina.

«Nein, jetzt! Jetzt ist es langweilig, später haben wir genug anderes zu tun.»

«Ich habe ihn aber selbst noch nicht gelesen. Wer weiß, vielleicht steht etwas Vertrauliches drin.»

«Etwas Vertrauliches! Dass ich nicht lache! Nun tu doch nicht so, als hättet ihr weiß Gott was für bedeutende Geheimnisse miteinander!»

Luise löste sich aus Bettinas lockerer Umarmung und warf der Schwester einen bösen Blick zu, während die Küchenmagd das Zimmer betrat, um das Feuer zu entzünden. Als Bettina nichts weiter sagte, richtete Luise sich auf, giftete: «Na bitte, behalt eben deine Waldecker Provinzgeheimnisse für dich! Dafür erzähl ich dir auch nichts vom Neujahrsball!» und entschwand.

Bettina blieb mit einem gequälten, ein wenig auch erleichterten Seufzen zurück und drehte den Kopf zum Fenster, wo sich zwischen den geöffneten Vorhängen in zarten Farben eine winterliche Morgendämmerung abzuzeichnen begann. Der Neujahrsball! Zwar konnte es kaum verwundern, dass Luise vergrätzt war, denn früher hatte Bettina keine Geheimnisse vor ihr gehabt als nur solche ihrer inneren Empfindungen, die sie einem Dritten erst recht nicht mitgeteilt und manchmal am liebsten sogar vor sich selbst verborgen hätte. Andererseits aber hatte auch Luise sich verändert in den letzten Monaten, und die Erwähnung des Neujahrsballs brachte dies Bettina schmerzlich ins Bewusstsein. Ihre jüngere Schwester war nicht länger ein fröhliches, harmloses Kind, der folgsame und reizend naive Schatten ihrer klugen älteren Schwester. Auch sie gehörte mit einem Mal zu der fremdartigen, beängstigenden Spezies junger Damen, die sich auf Bällen und Abendgesellschaften amüsierten, schon tagelang davor in erwartungsvoller Euphorie schwebten und mit ihren Genossinnen kichernd und geschwätzig das Ereignis beredeten, ohne im Geringsten etwas von der körperlichen und seelischen Malaise zu verspüren, die Bettina seit Jahren bei dergleichen Anlässen so quälend niederdrückte.

Übrigens hatte sich Bettina, anders als von der debütierenden Luise anscheinend erwartet, vorgenommen, dieses Jahr am Neujahrsball teilzunehmen. Sie hegte eine vorsichtige Hoffnung, dass es so schlimm diesmal nicht werden würde.

Oder jedenfalls nicht schlimmer, als es war, mit wochenlangen mütterlichen Vorwürfen und Klagen über ihr Fernbleiben noch im Ohr und dem Gefühl des Versagens in der
Brust zu Hause zu sitzen. Wenn es ihr nicht zusagte, so wollte sie sich einfach früher heimfahren lassen, statt wie die
anderen bis in die Morgenstunden auszuharren.

Doch bis zum Neujahrstag war es noch lange hin. Zuvor galt
es, die Weihnachtsfeierlichkeiten mit hoffentlich mehr Vergnügen als Verdruss hinter sich zu bringen – und als Erstes
natürlich den Brief zu lesen, um dessentwillen sie sich mit
Luise gezankt hatte:

Meine sehr liebe Bettina!

*Wie ist dir die lange, eisige Fahrt bekommen? Ich mache
mir Sorgen und Vorwürfe, dich so spät im Jahr zu mir bestellt und dir solche Strapazen zugemutet zu haben, drum
schreib mir schnell, ob du gesund und munter bei den Deinen eingetroffen bist, was ich mit ganzer Seele hoffe. Und
wie ich dich jetzt schon vermisse! Kaum bist du weg, geht es
hier rund wie auf dem Jahrmarkt.*

*Was denkst du, wie mein Vater Bornemanns Bewerbung
aufnahm? – Erwarte keine Überraschungen. Indigniert und
entsetzt war er, und das nicht minder über meine Versicherung, ich sei dem Kandidaten nicht abgeneigt und sein Vorgehen sei mit meiner Billigung erfolgt! Ich stellte nach dem
Ende seiner Tirade die Naivität zur Schau, welche er mir
wegen dieser «peinlichen, unwürdigen Dummheit» (so seine Worte) vorwarf, und verlangte ganz unschuldig, die
Gründe seiner Ablehnung zu erfahren.*

*Zuerst berief er sich darauf, eine Ehe mit einem Bürgerli-
chen sei grundsätzlich untragbar. Dies kam mir zupass, ich
konnte ihn auf Franz verweisen, der sich für eine Marianne
Orth nicht zu schade war. Schlimm genug, sagte mein Vater, das müssten wir ihm nicht nachmachen; zum Zweiten*

sei eine Mesalliance für einen Mann von Stand stets weniger entehrend als für eine Frau, die ja zu ihrem Mann aufschauen muss und sich skandalös erniedrige, wenn er bürgerlich sei. Drittens: Das Fräulein Orth stamme aus einer angesehenen, wohlhabenden Familie mit Tradition, Geldadel sozusagen, meinem Bornemann hingegen, von solchen Lorbeeren weit entfernt, gelinge es nicht einmal, seinem Arztberuf das bisschen Würde abzugewinnen, das diesem eigen sei. Wenn er wenigstens einen schönen kleinen Titel trüge, wie Sanitätsrat oder dergleichen, wenn er sich wenigstens auf die Badegäste konzentrierte, die einträgliche Patienten seien und deren Umgang gesellschaftliche Gewandtheit lehre, aber nein, er lebe und gebe sich als einfacher Landarzt, stapfe bei jedem Wetter zu Fuß durch Stadt und Feld, und seine Wohnstube könne nicht einmal einem Viehhändler zur Ehre gereichen. Nein, nein und nochmals nein, unser Ansinnen sei so unmöglich, wie es nur eben sein könne. Er müsse mich für wahnsinnig oder schwachsinnig halten, wenn ich es jemals ernsthaft erwogen haben sollte. Drei Tage habe ich mich mit ihm geplagt und bin ihm mit den ausgeklügeltsten Überredungskünsten um den Bart gegangen, doch vergebens. Ich kenne seinen Dickkopf; hat er sich einmal versteift, steht sein Urteil bis in alle Ewigkeit fest, man kann daran zu rütteln versuchen, so viel man will. Es kam nicht überraschend, dass er mir, sollte ich gegen sein Verbot diese Ehe eingehen, die Mitgift vorenthalten will. Hiermit hatte ich durchaus gerechnet und hätte es mit einigem Ach und Weh hinnehmen können. Unerwartet für mich war aber, was er noch darüber hinaus unternahm: Er schickte nach dem Notar und ließ ihn eine Verfügung in sein Testament aufnehmen, wonach ich enterbt werde, wenn ich Bornemann heirate.

Ach Bettina, was soll ich dir sagen! Ich habe hin und her überlegt, und es zeichnet sich in meinem Inneren immer klarer das Wissen ab, dass ich einen derart gefährlichen, endgültigen Schritt nicht wagen kann.

Soll ich, verstoßen von meinem Vater, verlacht von den Stadtleuten, für immer eine schwer arbeitende Landarztgattin sein? Ein Jahr, zwei Jahre, fünf Jahre, darauf würde ich mich einlassen. Aber ein Leben lang, ohne Hoffnung auf Rückkehr? Was würde ich denken, wenn ich an meinem Vaterhaus vorbeikäme, wo dann vielleicht andere säßen und sich eines angenehmen, müßigen, wohl ausgestatteten Lebens freuten? Nein, Bettina, so stark ist meine Liebe zu ihm nicht, sie könnte nicht aufwiegen, was ich verlöre – für eine Zeit vielleicht, aber nicht für immer. Ist die Liebe nicht ein Strohfeuer, nach wenigen Jahren verloschen und, wenn man Glück hat, zu einer Freundschaft geworden? Kann man denn um einer Freundschaft willen solche Opfer bringen? Und schlimmer, wenn wir nun keine Freunde würden, wenn wir uns stritten, uns lästig würden nach einigen Jahren eines mühseligen, arbeitsreichen gemeinsamen Lebens?

Dies, Bettina, schrieb ich ihm heute, wiewohl in vorsichtigen, verklausulierten Worten, um ihm nicht wehzutun. So weit, so gut. Ich war enttäuscht, aber gefasst. Tränenden Auges und ziemlich außer mir sitze ich aber jetzt und schreibe dir, denn sein Brief kreuzte sich mit dem meinen, ich erhielt ihn soeben, und es stellt sich heraus, dass der arme Landarzt das Fräulein von Stand ebenso verschmäht wie dieses ihn, wenn es weder mit Mitgift noch mit Erbschaft zu rechnen hat. Er schreibt blumig um den heißen Brei, tut so, als verzichte er aus Rücksicht auf mein Wohl, doch dumm bin ich nicht und merke sehr wohl, wie es sich wirklich verhält. Er will kein Prinzesschen, das sich für jede Arbeit zu fein ist und ihm lebenslang vorhält, was es um seinetwillen aufgegeben hat. Lieber wäre ihm ein fleißiges Handwerker- oder Bürgermädchen, das ihn für seine Bildung und seine Reisen anhimmelt und ihm noch ein paar gute Möbel, einen Schrank Wäsche oder gar ein Haus mit in die Ehe bringt.

Er hat Recht, ich kann ihn gut verstehen, aber ich wäre so gerne bedingungslos geliebt worden – obgleich ich es selbst nicht tue.

Einen Trost gibt es: Er schreibt am Schluss, er hoffe, dies müsse nicht das Ende unserer Liebe sein. Zwei Menschen, die sich nahe stünden, könnten auch ohne eine Ehe Stunden des Glücks miteinander teilen!

So, kleine Bettina, hierüber will ich dich grübeln lassen. Schreib mir bald, was du davon hältst – außerdem noch, wie dich Eltern und Schwester empfangen haben, ob Albert gesund und munter ist, und auch, ob du vielleicht einen Weihnachtsgruß aus dem fernen England erhalten?

Ein zärtlicher Kuss von
deiner Aurelie

28
Weihnachtsgeschenke

Im Hause des Majors von Denkewitz gab es am Heiligen Abend der Tradition nach ein sehr spätes Frühstück, das in der Loggia eingenommen wurde. Der sonst zum Essen genutzte große Salon im Hochparterre war bis zum späten Nachmittag für alle jüngeren Mitglieder der Familie gesperrt, um dann, feierlich in Schmuck und Pracht erstrahlend, vom Hausherrn eröffnet zu werden. Seit man einen kleinen Sohn hinzugewonnen hatte, galt es erst recht, die Familientraditionen hochzuhalten – wenn auch Albert, obzwar er prächtig gedieh, in diesem Jahr noch kein Interesse und keine Aufmerksamkeit für die Festlichkeiten bezeigte.

Am Frühstück nahm er aber heute teil, und zwar in einer fahrbaren Wiege (welche die Majorin zum leisen Ärger ihres Mannes tagsüber oft mit sich führte). Zwischendurch wurde er auch einmal herausgehoben und von Schoß zu Schoß weitergereicht, wobei man ihm eingeweichte Plätzchen zuführte.

Als alle so traulich beisammensaßen, verspürte Bettina eine tiefe, zufriedene Regung der Geborgenheit, und erst jetzt kam ihr recht eigentlich zum Bewusstsein, dass sie wieder in ihrer gewohnten, vertrauten Umgebung angekommen und sicher aufgehoben sei. Mit diesem heimeligen Wohlgefühl im Leib schienen ihr die kleinen Schwierigkeiten des häuslichen Zusammenlebens kaum der Rede wert. Auch Luises seit dem Morgen kratzbürstiges Verhalten würde sie durch penetrante schwesterliche Herzlichkeit gewiss bald wieder ins Lot bringen.

Das Frühstück war halb vorüber, als man es schellen hörte. Der alsbald von der heute für diesen Zweck abgestellten Kattusche hineingeführte Gast war niemand anderes als das Fräulein von Boczkowski, mit von der Kälte geröteter spitzer Nase und einem Päckchen unterm Arm. Bettina, über sich selbst erstaunt, fiel in plötzlicher Freude dem dürren, grauen Fräulein um den Hals und rief: «Ein Dreivierteljahr oder länger muss es her sein, dass wir uns zuletzt gesehen haben!»

Das Fräulein lachte und hielt Bettina zur besseren Betrachtung eine Armeslänge von sich weg.

«Was machen Sie sich auch immer so rar, Bettina, Kind! Aber in letzter Zeit sind Sie entschuldigt, denn Sie waren ja verreist. Und gut scheint es Ihnen getan zu haben, denn mit so glänzenden Augen und in so blühender Lebensfreude habe ich Sie selten gesehen. Na, bei gleich zwei Bäderaufenthalten in einem Jahr ist das kein Wunder. Sie müssen einmal bei mir vorbeikommen und mir von Ihren Reiseerlebnissen erzählen.»

«Das will ich gerne tun – vielleicht schon zwischen den Jahren, wenn es Ihnen passt?»

Luise staunte mit offenem Mund, als Bettina es jetzt tatsächlich unternahm, einen festen Termin zum Kaffeeklatsch auszumachen. Hätte sie doch schwören können, ihre Schwester würde, wie überhaupt jede vernünftige junge Dame, auf eine angedeutete Einladung des Fräuleins wenn überhaupt mit Ausflüchten reagieren.

Fräulein von Boczkowski war nach dem unerwartet herzlichen Empfang durch Bettina aufgekratzter als sonst, sagte jedem etwas Nettes, kraulte den kleinen Albert unterm Kinn und präsentierte schließlich ihr Päckchen, worin sich für jedes der Mädchen ein kleines, unbedeutendes Geschenk, oder eher eine Aufmerksamkeit, befinde. Ihre Neffen und Nichten, so erläuterte sie, seien in alle Welt zerstreut, nachdem auch der bisher im Märkischen ansässige Bruder letztes Jahr nach Königsberg versetzt worden sei. So wolle sie sich dieses Jahr zu Weihnachten die Freude machen, statt ihrer Verwandten die jungen Menschen aus ihrem Bekanntenkreis mit ihren bescheidenen Mitteln ein wenig zu beschenken.

Wie von der Geberin anscheinend gewünscht, machte sich Luise in deren Beisein ans Öffnen des Päckchens. Es enthielt, was nach Form und Gewicht niemanden überraschen konnte, zwei Bücher. Ein Blick auf die in meisterhafter Kalligraphie getuschten Widmungen verriet, was für wen gedacht war: Luise erhielt die *Weltgeschichte für Frauenzimmer* und bedankte sich pflichtgemäß mit passenden Floskeln, während Bettina mit einem in letzter Zeit bei Maurer erschienenen kleinen Gedichtband eines ihr unbekannten Poeten namens H. Heine bedacht wurde.

«Eigentlich», raunte ihr Fräulein von Boczkowski zu, während die Beschenkte forschend darin blätterte, «eigentlich hatte ich Ihnen, als gelehrtes Gegenstück zu Luises *Weltgeschichte*, Kohlrauschs *Deutsche Geschichte* kaufen wollen. Doch dann habe ich mich rechtzeitig besonnen, dass Ihnen derart teutomanische Heldenepen vielleicht nicht zusagen – wohingegen Sie an den Gedichten, obwohl auch nicht jedermanns Geschmack, gewiss Ihre Freude hätten. Ich hoffe, Sie nehmen es mir nicht übel, dass Luise nun das teurere Geschenk hat.»

Das tat Bettina natürlich nicht, zumal der Herr Heine, soweit sie das bisher erkennen konnte, unterhaltsam zu werden versprach und sie Kohlrauschs Werk bereits mit mäßigem Genuss in der Bibliothek ihres Vaters gelesen hatte.

Nach der unerwarteten Bescherung musste man dem Fräulein zumindest eine Tasse Tee und etwas Gebäck anbieten. Ein zusätzliches Gedeck war schnell bereitgestellt, und der weitere Verlauf des Frühstücks erhielt durch das Geplapper der Besucherin eine stellenweise etwas monotone Untermalung. Das Fräulein war nämlich, da zu Hause viel allein, in Gesellschaft stets außerordentlich gesprächig.

Neben seinen kleineren und größeren Erlebnissen der letzten Tage boten sich heute als Konversationsthema die Weihnachtsbräuche an. Man erfuhr, das Fräulein habe, genau wie in früheren Jahren, keinen Weihnachtsbaum bei sich aufstellen lassen. Die Lichterbäume seien, verkündete es, eine höfische Sitte und bei so einfachen Privatpersonen wie ihr darum ein ganz überflüssiger Aufwand und Luxus. Wenn man freilich Kinder habe, die man mit buntem Leckerwerk an einem glitzernden Baum fröhlich machen und auf die eigentliche Bedeutung des Weihnachtsfestes mit dieser zunächst doch eher materiellen Freude einstimmen könne, dann sei das selbstverständlich etwas anderes. So sei es wohl auch weniger ein Zeichen der Anmaßung als des ehrlichen Wunsches, den Kindern Christi Heilsbotschaft nahe zu bringen, wenn inzwischen in Berlin auch in so manchem Bürgerhaushalt ein Bäumchen zu bewundern sei. Sie persönlich, die sie Kinder nicht habe, halte es allerdings nach wie vor mit der hergebrachten Sitte ihrer Vorfahren, einen bloßen Buchsbaumzweig in einer Vase in ihr bescheidenes Wohnzimmer zu stellen, der als weihnachtlicher Schmuck genügen müsse.

Im Übrigen werde sie heute Nacht, wenn es auch allmählich aus der Mode komme, wie eh und je die Christmette besuchen. Schließlich sei Christi Geburt ein religiöses Fest und es wohl angemessen, den Heiligen Abend nicht nur mit frivolen Feiern zu begehen (– obzwar sie Frau von W. außerordentlich dankbar für die Einladung zu ihrer weihnachtlichen Soirée sei, der sie bis Mitternacht auch beizuwohnen gedenke). Wie es denn die Familie von Denkewitz in diesem Jahr mit der Christmette halten wolle?

«So wie immer», erwiderte die Majorin, «das heißt, wir werden am Tage die Kirche besuchen, aber in der Nacht nicht noch einmal. Es sei denn, unser Gast beschlösse, er wolle unbedingt an einer Christmette teilnehmen. Dann müsste sich jemand von uns erbieten, ihn zu begleiten.»

«Sie erwarten Besuch?», nahm Fräulein von Boczkowski der erstaunten Bettina die Frage ab.

«Nur einen Bekannten, der in Berlin etwas zu tun hat und die Gelegenheit nutzt, sich über die Feiertage bei uns einzuquartieren.»

«Ist das etwa Hauptmann Melzer?», fragte entgeistert Luise, die offenkundig wie Bettina zum ersten Mal von einem weihnachtlichen Übernachtungsgast hörte.

Hauptmann Melzer war ein Bekannter aus des Majors Militärzeit, der durch seine verschrobene Art, gepaart mit einer Neigung zur Trunksucht, den Denkewitz'schen Haushalt in früheren Jahren mehrfach mit kurzfristig oder gar nicht angekündigten, dafür aber umso länger währenden Besuchen in entnervten Aufruhr versetzt hatte.

«Nein», beruhigte der Major Luise, «und mit Besuchen des Hauptmanns bei uns ist auch gar nicht mehr zu rechnen, leider oder zum Glück, je nach Blickwinkel. Denn er hat, wie mir seine Schwester vor längerer Zeit schon schrieb, nach einem im Rausch erlittenen Krampfanfall den Verstand verloren. Seitdem gibt er nur unverständliches Kauderwelsch von sich und lebt in einer Irrenanstalt.»

«Der Ärmste», murmelte Bettina, die den auf Dauer unerträglichen, aber manchmal auch charmanten Exzentriker im Geheimen immer recht gerne gemocht hatte.

«Um Himmels willen!», rief plötzlich Fräulein von Boczkowski und fuhr mit einem Ruck aus ihrem Sessel. «Ich sehe gerade, ich belästige Sie ja schon fast seit einer Stunde! Wie die Zeit doch in Gesellschaft so schnell verfliegt. Dabei muss ich dringend weiter und hatte dem Kutscher gesagt, er solle draußen warten, da ich gewiss gleich wiederkäme!»

Erst nach der nicht ganz kurzen Abschiedszeremonie, da auch die Tafel endlich aufgehoben war und alle sich anschickten, im Haus ihres Weges und verschiedenen notwendigen Besorgungen nachzugehen, fand Bettina Gelegenheit zu einer weiteren Frage:

«Wer kommt denn nun, wenn nicht der Hauptmann?»

«Ein Bekannter aus Karlsbad», entgegnete der Major, «Lord Clarendon.»

«Nein!», rief wie von der Tarantel gestochen Luise. «Dieser grässliche, affektierte Langweiler mit seiner ewigen Malerei! Und ich hatte grad gehofft, es wär der Eckenrath. Dann hätte es einmal richtig zünftige Unterhaltung zu Weihnachten gegeben.»

Der Major gedachte, seine beiden Töchter mit der Neuigkeit allein zu lassen. Er war schon in die Diele entschwunden, als ihm Bettina hinterhergelaufen kam und mit einer hektischen Erregung in der Stimme, die ihm gar nicht gefallen wollte, mehr zu wissen begehrte:

«Wann kommt er denn?»

«Zum Essen. Er ist schon seit einigen Tagen in der Stadt und hat nur bisher woanders übernachtet.»

«Und wie lange bleibt er?»

«Bis ins neue Jahr, denke ich.»

Damit ließ es Bettina bewenden, lief in ganz undamenhaftem Tempo auf ihr Zimmer und flößte sich dort mit zittrigen Fingern eine doppelte Dosis Baldrian ein.

29
Heiligabend

Bettina hatte geglaubt, die Ankunft des Gastes müsse sich durch irgendein äußeres Phänomen als ein dramatisches Ereignis darstellen. Konnte denn ein Wiedersehen mit dem, der sich damals unter so unerhörten Umständen von ihr verabschiedet und dessen sie so häufig mit wehmütigem und zuletzt hoffnungsvollem Sehnen gedacht hatte, auf ganz gewöhnliche Weise vonstatten gehen?

Und doch geschah genau das. Weder fiel Bettina in Ohnmacht, als der Lord zum Salon hereinspaziert kam, noch dieser unter Liebesschwüren ihr vor die Füße. Stattdessen begrüßte er, die bleichen Wangen durch die Kälte einen Hauch gefärbt, das dunkle Haar ein wenig länger als früher, aber mit ganz denselben Augen wie ehedem, alle Familienmitglieder mit gleichmäßiger Freundlichkeit und der Herzenswärme, die man lang vermissten alten Freunden entgegenbringt, ohne hierbei Bettina vor den anderen auszuzeichnen.

Nach der ersten Begrüßung, während man aufs Essen wartete, schienen ihn der wider alle guten Sitten mit im Raum befindliche Albert und der im Lichterglanz erstrahlende Baum wesentlich mehr zu interessieren als die innerlich aufgewühlte, schweigsam in halber Enttäuschung auf dem Sofa sitzende Bettina. Gerade dort hatte sie sich niedergelassen in der Hoffnung, Clarendon werde, von ihrer Person magnetisch angezogen, den freien Platz an ihrer Seite einnehmen und seine Aufmerksamkeit ganz auf sie richten. Der Herr aber dachte gar nicht daran, sondern umkreiste jetzt den Baum von allen Seiten, bewunderte die Thüringer Glaskugeln, die man dieses Jahr statt Äpfeln verwendete, sowie den obligaten Nürnberger Rauschgoldengel und stellte fest, er gedenke das Weihnachtsfest, soweit möglich, künftig stets in Deutschland zu verbringen, um sich solche Pracht nicht mehr entgehen zu lassen.

Über deutsche Weihnachtsbäume kam man auf die Waldarmut seiner Heimatinsel zu sprechen, plauderte über deren mögliche Ursachen, über den Schiffbau im Römischen Reich und die Bedeutung der Forstwirtschaft in den verschiedenen deutschen Ländern, ohne dass sich die beiden Töchter des Hauses am Gespräch beteiligt hätten: Die eine schwieg gelangweilt; die andere fühlte sich mit Stummheit geschlagen.

Endlich klingelte es zum Essen, und jetzt war mit einem Mal, als habe er nur auf diesen Moment gewartet, der Lord an Bettinas Seite zur Stelle, um sie an seinem Arm zu Tisch zu führen. Dabei trafen sich beider Blicke, sie tauschten ein erst schüchternes, dann verschmitztes, komplizenhaftes Lächeln, worauf Bettina viel wohler ums Herz ward.

Mit der Mahlzeit konnte nicht sofort begonnen werden, da jeder beim Setzen auf die Geschenke stieß, die sich an seinem Platz unter dem Tisch verbargen. Die wollten selbstverständlich betrachtet, bewundert und besprochen sein.

Unterdessen entschwand kurz der Gast (der eine kleine Aufmerksamkeit in Form von Konfekt erhalten hatte) in Richtung seines Zimmers und kehrte mit einem Geschenk für die Familie von Denkewitz zurück, das, wie er erklärte, sowohl als Weihnachtsgeschenk wie auch als Dank für die gastliche Aufnahme zu verstehen sei.

Es war dies ein Stich aus dem vorigen Jahrhundert von einer Brücke über einen mit knorrigen Weiden bestandenen Bach bei G., kaum eine Meile entfernt von dem schlesischen Besitz der Familie, der wegen der geweckten Heimaterinnerungen allen, sogar Luise, Freude bereitete.

Ein großer Meister sei der Künstler nicht gewesen, versicherte der Lord, als der Major ihn wegen des übertriebenen Werts des Stückes schelten wollte, und der Preis daher nicht allzu hoch anzusetzen. Doch habe er gehofft, dass in diesem Falle das Motiv ausgleichen könne, was das Werk an künstlerischer Inspiration vermissen lasse – wobei er mit Bettina einen amüsierten Blick tauschte. Luise suchte ebenfalls den Blick ihrer Schwester und rollte dabei in gespielter Verzweiflung mit den Augen, wozu sie an diesem Abend noch häufiger Anlass haben sollte. Denn die Kunst war ein wichtiges Gesprächsthema beim Essen, das jetzt endlich aufgetragen wurde. War doch der Lord zum Bilderkauf nach Berlin gereist und musste sich auf Fragen der Anwesenden ausführlich über sein bisheriges Sammlerglück und die örtliche Kunstszene äußern. Auch Bettina erkundigte sich danach, denn ihr hatte sich endlich die Zunge gelöst, und das sie seit der Ankunft des Gastes überwältigende Gefühl der Beklemmung und des Befremdens war gewichen. Zu sehr war in den vielen Wochen in Karlsbad die Mahlzeit in kleinerer oder größerer Gesellschaft, zu der auch Clarendon gehörte, eine alltägliche Gewohnheit geworden, als dass sie seine Anwesenheit nicht auch jetzt bald als einen ganz vertrauten Umstand empfunden hätte.

260

Anders als bei manch früherer Gelegenheit, da der Lord sich verträumt oder nachdenklich zurückgehalten hatte, war er aber heute als frisch eingetroffener, einziger Gast der Mittelpunkt des Gespräches.

Zum Erstaunen des Majors (der Berlin für den Mittelpunkt des Erdenkreises hielt und daneben höchstens noch Paris gelten lassen wollte) stellte sich bei der Unterhaltung heraus, dass nach Ansicht des Lords die Berliner Malerei keineswegs Weltgeltung genoss. Im Gegenteil sei er als Sammler gerade deshalb nach Berlin gekommen, weil die hiesigen Künstler wenig angesehen seien und unbeachtet von der ausländischen Öffentlichkeit ihre Werke herstellten. So gebe es für ihn die Hoffnung, hier vielleicht die Entdeckung eines Talentes zu machen, das bisher im mittelmäßigen Berliner Einerlei untergegangen sei und dringend einen kunstverständigen und bemittelten Käufer benötige, um einen überregionalen Ruf zu gewinnen und sich in der Zukunft weiter entfalten zu können.

Was er in der letzten Woche in Privatsammlungen und Ateliers gesehen, bestätige übrigens den Eindruck, die Berliner Malerei sei ein wenig dröge und uninteressant und ihre Schöpfer zwar öfter durchaus von recht guter, aber letztlich beschränkter Begabung und Ausdruckskraft. Für ihn als Landschaftsspezialisten komme hinzu, dass sich viele der hiesigen Maler, sicher aufgrund der Auftragslage, bevorzugt mit der Porträtmalerei abgäben, wofür er persönlich eben weniger Interesse verspüre.

Ob denn also seine Berlinreise als Misserfolg gelten müsse, fragte der Major, nachdem er all dies mit zweifelnder Verwunderung vernommen hatte.

Keineswegs, entgegnete der Lord. Zum einen sei er ja nicht nur deshalb nach Berlin gekommen, um seine Sammlung aufzustocken, sondern auch, um liebe Freunde wiederzusehen. Zum andern sei es ihm, ganz so, wie er es sich ausgerechnet habe, doch gelungen, ein sehr ungewöhnliches, geradezu sensationelles Stück zu erwerben, und er hoffe, vor Neujahr diesem sogar noch ein weiteres hinzufügen zu können. Jedenfalls habe er in den nächsten Tagen noch einen Termin mit einem jungen Maler, der ihm viel versprechend scheine.

«Und was ist es, das Sie bereits gekauft haben? Eine Landschaft gewiss und kein Bildnis, nehme ich an, aber was hebt gerade diese von den sonst in Berlin produzierten ab?», erkundigte sich Bettina.

«Eine Landschaft ist es wohl, wenngleich mehr eine Kultur- als eine Naturlandschaft, und darin liegt, neben der ausgezeichneten künstlerischen Qualität, die Besonderheit. Der Maler ist übrigens gar keiner, das heißt, er hat nie eine Malereiausbildung erhalten. Sicher ist das kein Zufall, denn so hat er eine gewisse Unabhängigkeit von dem üblichen Berliner Stil. Es handelt sich um den Architekten Schinkel, der Ihnen allen als solcher nicht unbekannt sein dürfte, dessen Namen ich aber zuvor noch nie gehört hatte. Gemäß seinem eigentlichen Beruf stellt er, wenn er malt, bevorzugt Gebäude dar. Ich habe nun einen ‹Gotischen Dom am Wasser› von ihm erworben, der mir eine Art Synthese von deutscher Romantik mit dem Geist der Aufklärung vorzustellen scheint: Im Vordergrund steht der übermächtige, düstere Dom, dem man sofort ansieht, dass er ein Phantasiegebäude ist und kein nach der Natur gemaltes, auf einem steinernen Vorsprung in einer Wasserfläche, was ein wenig an Bamberg denken lässt. Im Hintergrund, von wo das Licht kommt, sieht man weitere Gebäude in einer ganz von ihnen geformten Landschaft, welche im Stil der Renaissance und der Antike gehalten sind. Ein außerordentliches Werk, finde ich, dazu ein sehr preußisches oder deutsches, denn es wäre in London, Paris oder Rom nie gemalt worden.»

«Sie legen da so allerlei tieferen Sinn in das Bild», kommentierte der Major. «Wenn man wie ich in der Berliner Gesell-schaft verkehrt, muss man Ihren ‹Gotischen Dom› freilich ganz anders interpretieren. Schinkel hat sich einfach nur den Dom von der Seele gemalt, den ihn der König trotz eines schon ergangenen Auftrags doch nicht hatte bauen lassen und dessen Pläne, die ungenutzt herumlagen, er so einer anderen Verwertung zuführen konnte.»

Der Lord schmunzelte und bemerkte: «Da mögen Sie Recht haben. Aber das eine schließt das andere doch nicht aus.»

Bettina wollte jetzt unbedingt das Objekt des Disputs mit eigenen Augen sehen, aber der Lord musste ihr den Wunsch unter Bedauern versagen: Man habe ihm das wertvolle Stück bereits transportfähig in Bretter eingenagelt, wo man es nun nicht so einfach wieder herausbekäme. Er hoffe jedoch, setzte er hinzu, dass Bettina den Schinkel'schen Dom einmal in seinem Hause werde bewundern können.

An dieser Stelle mischte sich, nach bisherigem betont gelangweiltem Schweigen, die im heutigen Festtagsstaat sehr erwachsen und damenhaft aussehende Luise ein:

Ob es den Lord nicht außerordentlich dauere, das Weihnachtsfest fern von Familie und Gattin verbringen zu müssen? Und ob die Letztere ihn denn um diese Jahreszeit so ohne weiteres in die Ferne habe ziehen lassen? Schließlich müsse sie nun die Feiertage ganz ohne kunstsinnige Konversation verbringen, was gewiss einen herben Verlust bedeute.

«Da machen Sie sich mal keine Sorgen, Fräulein von Denkewitz», antwortete der Lord in gutmütiger Ironie. «Es besteht nicht die Gefahr, dass ich schon morgen wieder abreisen muss, weil meine Familie ohne mich vor Langeweile zugrunde ginge und meine sofortige Wiederkunft verlangte; ich werde Ihnen also noch eine ganze Weile erhalten bleiben. Nähere Verwandtschaft habe ich gar keine: Meine Eltern leben schon seit Jahren nicht mehr, Geschwister waren mir nie gegeben, und eine Frau habe ich bis jetzt noch nicht gefunden.»

«Was soll das heißen?», meldete sich verwundert die Majorin. «Sind Sie denn noch immer nicht verheiratet?»

«Falls Sie auf meine Heiratspläne während unserer gemeinsamen Karlsbader Zeit anspielen: Die haben sich zerschlagen. Als ich damals auf Schloss Lauenburg eintraf, stellte ich fest, dass die Komtess und ihre Eltern, sicher wegen meiner unverzeihlichen Säumigkeit, eine noch aus früheren Jahren datierende stillschweigende Übereinkunft mit einem sehr passenden jungen Mann wieder belebt hatten. Ich stand also diesen vorteilhaften Plänen nur im Wege und habe gern meinen Platz geräumt, um ihn einem Besseren zu überlassen. Mit diesem ist die Komtess meines Wissens seit zwei Monaten glücklich vermählt.»

«Ich könnte wetten, der Neue ist kein Kunstsammler», bemerkte unter dem tadelnden Blick ihres Vaters trocken Luise.

«Wohl kaum», bestätigte der Lord und ergänzte, wobei er Luise amüsiert zulächelte: «Leider hatte ich nicht mehr die Gelegenheit, den Herrn näher kennen zu lernen. Er besitzt aber einen so schönen Titel, dass die Komtess einen eventuellen Mangel an kunstverständiger Konversation über die Bildnisse in ihrer oder seiner Ahnengalerie wahrscheinlich zu verschmerzen weiß.»

Endlich kam wieder die Majorin zu Wort, die ganz bestürzt dreinblickte:

«Sie Bedauernswerter! Welch unerhörte Dreistigkeit, Sie erst nach Schloss Lauenburg einzubestellen, wohin man aus Karlsbad eine Ewigkeit reist, um Sie dann wie einen ungeladenen Bittsteller abblitzen zu lassen!»

«Liebe Frau Majorin, Sie können sich Ihr Mitleid und Ihren Ärger sparen, denn ich fühle mich vom Schicksal gar nicht schlecht behandelt.»

«Und wo haben Sie sich die letzten Monate aufgehalten, wenn nicht auf Schloss Lauenburg?», fragte jetzt Bettina in möglichst beiläufigem Tonfall. «Kommen Sie etwa direkt aus dem fernen England nach Berlin gereist?»

«Ganz so weit hatte ich es zum Glück nicht», antwortete der Lord. «Von September bis zu meiner Abreise nach Berlin hielt ich mich in Hamburg auf, wohin es ja vom Lauenburgischen aus nicht sehr weit ist und wo es auch gute Maler gibt. Dort konnte ich bequem bei einem alten Freund logieren, bei Mr. Buenaventura, den Sie in Karlsbad einmal kennen gelernt haben.»

«Aber ich dachte, der käme aus London? Er spricht ja auch nur schlecht Deutsch.»

«Das ist schon richtig, wenn auch sein Deutsch nicht so schlecht ist, wie er vorgibt. Aber seit er vor zwei Jahren sein Geschäft aufgegeben hat, lebt er meist bei seiner Tochter, Flora d'Israeli, die in Hamburg ansässig ist und ihm ein Gartenhäuschen zur Verfügung stellt. In seinem Londoner Haus ist es ihm zu eng geworden, seit dort sein ältester Sohn mit einer großen Familie wohnt.»

Bei der Erwähnung des Namens Flora d'Israeli beschlich Bettina ein höchst ungutes Gefühl, doch sie befahl sich innerlich, nichts drauf zu geben. Der Lord fügte, als sie auf seine Rede hin erst einmal schwieg, hinzu, er habe ursprünglich nicht gar so lange in Hamburg bleiben und früher nach Berlin kommen wollen. Doch habe er nach Möglichkeit bei seinem Besuch alle Mitglieder der Familie von Denkewitz zu Hause antreffen wollen, und zu diesem Zweck sei ihm eben die Weihnachtszeit am geeignetsten erschienen.

«Sie zum Beispiel», wandte er sich wieder direkt an Bettina, «waren, wie ich gehört habe, auch eine Zeit lang verreist. Sicher haben Sie mit Ihrer Freundin, Fräulein von Arnsberg, in Wildungen schöne Wochen verlebt?»

«Ja», bestätigte Bettina und hielt konsterniert inne, denn ihr fiel in diesem Moment nichts aus ihrer Wildunger Zeit ein, das ihr zum Erzählen geeignet erschienen wäre.

Der Lord half ihr, als er ihr Stocken bemerkte, mit einer weiteren Frage aus:

«Mich interessiert natürlich am meisten, ob Sie den berühmten Bilderaltar in der Kirche gesehen haben. Auch Ihre Schwester wartet zweifelsohne mit großer Ungeduld darauf, dass sich das Gespräch wieder der Malerei zuwendet.»

So erzählte Bettina über Conrad von Soests meisterliche Altarbilder und danach von der reizenden Waldecker Hügellandschaft. Schließlich fügte sie noch einen Bericht über den Erweckungsprediger an, ohne jedoch dabei Fräulein von Arnsberg zu erwähnen. Vielmehr tat sie so, als habe sie mit Aurelie sozusagen aus touristischem Interesse die Versammlung besucht.

Diese Geschichte, die auch ihre Eltern bisher noch nicht vernommen hatten, gab viel neuen Gesprächsstoff, denn auch in Berlin machten ähnliche Bestrebungen von sich reden, und der Major wie die Majorin hatten hierzu einiges zu bemerken.

Das Essen war schon längst beendet, als man sich endlich entschloss, die Tafel aufzuheben und mit der weihnachtlichen Hausmusik zu beginnen, zu welcher auch die nicht in Weihnachtsurlaub befindlichen Bediensteten geladen waren. Die kleine Feier schien Bettina fröhlicher und wärmer als in vergangenen Jahren. Sie ging aber ein wenig vor den anderen zu Bett, weil sie nach dem langen, aufregenden Tag ein leidlicher, allmählich stärker werdender Kopfschmerz plagte.

Die Ruhe im dunklen Zimmer tat ihr wohl, aber schlafen konnte sie doch noch lange nicht. So war sie noch wach, als Luise weit nach Mitternacht gemäß der altbekannten schwesterlichen Tradition leise mit zwei Fingern gegen ihre

Tür trommelte. Bettina hieß die Jüngere halblaut eintreten. Luise schloss die Tür hinter sich, fand mit schlafwandlerischer Sicherheit in völliger Finsternis das Bett, setzte sich mit Schwung auf die Kante und stellte ohne Vorrede fest: «Na ja, so schlimm ist er denn doch nicht, trotz seiner Kunstobsession. Ein bisschen weibisch nur mit seinen Schmachtaugen. Aber bis Neujahr werden wir ihn ertragen können. Den Eckenrath allerdings hätte ich als Weihnachtsgast bei weitem vorgezogen. Du nicht auch?»

«Nein», entgegnete Bettina kurz und bestimmt.

Luise drehte im Dunkeln verblüfft den Kopf in ihre Richtung.

«So, so! Man könnte fast meinen, Clarendon gefällt dir!»

«Ziemlich», gab Bettina zu.

«Ach du je. Doch nicht etwa schon seit Karlsbad?»

«Von Anfang an.»

«Du liebe Zeit!», schrie Luise leise in affektiertem Entsetzen. «Wie kannst du dich nur in so einen anämischen, mickrigen Hänfterling verkucken, wenn du daneben einen stattlichen Recken wie den Baron Baringsdorf zur Auswahl hast! – Na, es ist, nach Lage der Dinge, so besser als andersherum. Außerdem, Schwesterherz, fügt es sich günstig, dass du einen derart vergeistigten Geschmack hast, denn auf diese Weise kommen wir uns, was Männer betrifft, nicht leicht in die Quere. So, jetzt will auch ich ins Bett. Schlaf du mir schön, die süßen Träume kommen sicher ganz von selbst.»

Worauf Bettina einen Kuss empfing und ihre Schwester im Licht der Türöffnung durch diese verschwinden sah.

30
Bekenntnisse

Am Weihnachtstag war der klare Himmel des Heiligen Abends bei kaum verminderter Kälte hochnebelverhangener Trübe gewichen, doch in der warmen Atmosphäre des Denkewitz'schen Hauses, die seine Bewohner heute selbst beim Kirchgang zu begleiten schien, nahm man die äußere Tristesse kaum wahr.

Neue Lichter brannten am Baum, als man das späte Mittagessen begann. Zur Mahlzeit waren Gäste eingetroffen, und neben dem schon bekannten zierten noch zwei weitere junge Herren die Tafel. Den einen von ihnen, Leutnant Kahlberg, hatte Bettina in der Vergangenheit schon gelegentlich gesehen. Der andere, Attaché der Niederländischen Botschaft, ein blutjunger, schlaksiger Riese mit Namen van der Graag, war ihr fremd, aber offenbar während ihrer jüngsten Abwesenheit gut in das Haus eingeführt worden, denn er gerierte sich so vertraulich wie ein alter Freund der Familie. Ungefragt nahm er gegenüber Luise Platz, wobei es schien, als müsse er seine überlangen, knochigen Glieder ordnen und gewissermaßen zusammenklappen, bevor er sie auf einem so kleinen Stuhl an einer so niedrigen Tafel unterbringen könne. In fröhlicher, unbekümmerter Weise tat er sich im Tischgespräch hervor, hatte zu allem eine Meinung oder eine Anekdote zu erzählen und schäkerte offen mit Luise, die sich in des jungen Mannes Aufmerksamkeit förmlich sonnte. Bei seiner charmanten jugendlichen Einfalt konnte man ihm nichts übel nehmen, und die Tischgesellschaft ließ sich, unter leisem Schmunzeln, seine Gesprächigkeit wohl gefallen. Amüsant war seine Konversation schon wegen der um lehrbuchmäßige Korrektheit gänzlich unbesorgten Weise, mit der er sich der deutschen Sprache bediente. Anscheinend sah er es als maßlos übertriebenen Aufwand an, richtiges Deutsch zu sprechen, wenn er sich doch mit einer lautlich notdürftig eingedeutschten Version seiner Muttersprache mühelos verständlich machen konnte. So sagte er also ganz richtig Tafel zum Tisch und etwas weniger richtig Rahmen zum Fenster, fand Luise ein knappes Mädchen und stellte fest, folgens seiner Meinung sei das trockene Winterklima Berlins recht lecker, sein Leichnam vertrage es weit besser als die fuchtige Seeluft seiner Heimat. Der Lord versuchte gar nicht erst, mit solchen Bonmots zu konkurrieren, zog sich auf seine gewohnte Beobachterrolle zurück, genoss mehrere Gläser des Cabernet und tauschte mit der ebenfalls eher stillen Bettina manchen Blick.

Unmittelbar nach dem Essen kam es zu einem allgemeinen Aufbruch, denn die Herren mussten zu einem Empfang bei Hofe – bis auf den Lord, der nicht geladen war. Die Majorin zog sich gleich darauf zu einer Mittagsruhe zurück, sodass der Lord alleine mit den beiden Schwestern im Salon blieb. Die drei nahmen von der schlagartig verwaisten Tafel ihre noch halb vollen Gläser mit hinüber zu dem kleinen Kirschholztisch, hinter dem an der Wand das blaue Sofa und diesem gegenüber zwei im selben Stoff bespannte Stühle standen, und ließen sich dort nieder.

Dankbar könne man sein, stellte man einmütig fest, dass man nicht wie der Major und seine Gefährten am heutigen Nachmittag das steife Hofzeremoniell durchstehen müsse. Auf dieses Stichwort hin wurde Luise von einem unwiderstehlichen Drang zum Gähnen überwältigt und verkündete, schon der Gedanke an eine solche Veranstaltung rufe bei ihr eine so bleierne, niederdrückende Müdigkeit hervor, dass sie es ihrer Mutter gleichtun und sich augenblicklich hinlegen müsse. In ein, zwei Stunden sei sie gewiss wieder munter und zu einem Kartenspiel bereit, so lange aber bitte sie ihre beiden Gefährten, sich ohne ihre Gesellschaft zu amüsieren – worauf sie mit flinken Schritten entschwand.

Bettina traf die Desertion ihrer Schwester wie ein Schlag. Sie vergaß einen Moment das Atmen, und als sie wieder Luft hatte, fand sie sich allein mit dem Lord kaum eine Elle weit von sich entfernt auf dem Sofa, den Kopf vollkommen entleert von jeder Art von Gesprächsstoff. Sie griff nach ihrem Glas, nahm einen Schluck von der hellen, leicht sauren Flüssigkeit (denn Bettina bevorzugte Rheinwein) und erwartete flehentlich eine Inspiration, was sie nun sagen, womit sie die gewisse Peinlichkeit der Situation überspielen und sich zugleich als die gewandte, amüsante und kluge Gesprächspartnerin ausweisen könnte, als die sie vor dem Lord gelten wollte. Dieser, gleichfalls überrumpelt von Luises überstürztem Verschwinden, räusperte sich und ergriff als Erster das Wort.

«Apropos Hofzeremoniell: Ihr Vater hat mich heute Morgen während des Kirchgangs informiert, es stehe uns nächste Woche ein ziemlich offizieller, pompöser Neujahrsball bevor. Ich würde nicht ungern hingehen, jedenfalls wenn auch Sie kämen, doch mir ist ein wenig bang, dass ich mich schändlich blamieren werde. Seit einer Ewigkeit habe ich nicht mehr getanzt und fürchte, bei jedem zweiten Schritt zu patzen.»

«Da wären Sie nicht der Einzige», lachte Bettina. «Ich selbst bin auch nicht gerade eine regelmäßige und geübte Balltänzerin, höchstens tanze ich manchmal zum Spaß mit Luise durch den Salon, während meine Mutter uns am Klavier begleitet. Zu meiner Beruhigung sage ich mir, dass man Tanzen nicht verlernt. Wenn man erst einmal wieder angefangen hat, läuft es nach ein paar Minuten sicher wie von selbst.»

«Das mag dann stimmen, wenn man es jemals wirklich gekonnt hat, und eben das ist bei mir sehr fraglich. Sie machen sich gar keine Vorstellung von meiner Ungeschicklichkeit – ich fürchte, ich werde die Witzfigur des Balls abgeben. Aber da man, wie Sie sagen, hier im Salon tanzen kann, würden Sie sich vielleicht erbieten, mit mir ein wenig zu üben?»

«Jetzt? Ganz ohne Musik?»

«Das ist umso besser; ich sollte es erst einmal auf dem Trockenen probieren, ehe ich die zusätzliche Schwierigkeit wage, die Schritte einem Takt anzupassen.»

Weiterer Überredung bedurfte es nicht. Bettina führte ihren Tanzschüler auf die große, freie Fläche zwischen Baum und Esstisch und stellte sich dort unter einigem Gekicher mit ihm auf.

«Walzer?», fragte sie.

«Etwas anderes kenne ich gar nicht!», behauptete in gespielter Entrüstung der Lord, und das Paar begann sich zunächst vorsichtig, dann immer schneller im Walzerschritt zu bewegen und zu drehen. Als das eine Weile ohne größere Missgeschicke seitens des sich anfangs tatsächlich ein wenig hölzern anstellenden Lords gut und flüssig gegangen war, befand Bettina, dass es mit Musik noch schöner wäre.

«Aber wozu hat uns der liebe Gott eine Stimme gegeben?», fragte der Lord und hob an, eine bekannte Walzermelodie zu summen. Bettina stimmte ein, bis ihr aufs Geratewohl ein Lied im Dreivierteltakt in den Sinn kam. Das kannte auch der Lord, beide sangen erst verhalten und dann aus vollen Kehlen, wurden mit jeder Strophe schneller und wirbelten schließlich wie wild durchs Zimmer, als tanzten sie nicht zu einem ganz unschuldigen und getragenen Gutenachtlied und als habe sich der Lord nicht eben noch über seine völlige Unfähigkeit in diesem Zeitvertreib beklagt. Bei einer gewagten Runde um den zum Glück gelöschten Baum blieben Bettinas fliegende Haare an einer Walnuss hängen, der Baum wäre fast gekippt und die beiden Tänzer kamen, völlig außer Atem, schwindelig und von Lachen geschüttelt, notgedrungen zum Stehen. Endlich hatte der Lord sich so weit gefasst, dass er sich daranmachen konnte, Bettinas verfangene Haarsträhne zu befreien. Dabei führte er den kleinen Unfall als erneuten Beweis für seine mangelnden Tanzkünste an und sprach Bettina sein Beileid darüber aus, auf dem Neujahrsball mit einem solchen Hanswurst auftreten zu müssen – denn er wage zu hoffen, dass sie ihm trotz allem den einen oder anderen Tanz gönnen werde, und sei es aus Mitleid mit ihrem ungelenken Freund? Bettina, die während seiner Verrichtungen an ihren Haaren die linke Hand unverwandt an seinem Oberarm ruhen ließ, bestätigte, dieses Opfer gerne bringen zu wollen. Nach längerem, durchaus nicht hastigem Gepfriemel an Walnuss und Haaren war sie endlich befreit, und die beiden Tänzer ließen sich mit erschöpften, aber glücklichen Gesichtern aufs Sofa fallen.

«Jetzt, da wir so ungestört sind», bemerkte nach einem Moment des Verschnaufens der Lord, «können Sie mir vielleicht etwas mehr von Wildungen erzählen. Franz hat mir angedeutet, das ältere Fräulein von Arnsberg sei krank. Geht es ihr denn sehr schlecht?»

«Im Augenblick, oder jedenfalls zur Zeit meiner Abreise, ist es ein wenig besser geworden», antwortete Bettina.

«So sollte die Krankheit heilbar sein?»

«Nein, das kaum. Ihr Leiden ist unverändert: Bettlägerig ist sie nicht oder noch nicht, aber viele gewöhnliche Bewegungen und Verrichtungen fallen ihr schwer. Was ich sagen wollte, war, dass sie in meinen letzten Tagen in Wildungen sanfter und ruhiger wirkte und nicht mehr so voller Bitterkeit und Verdächtigungen gegen jeden, wie ich sie zuvor erlebt hatte. Es schien mir, als habe sie ihren Frieden gefunden und könne sich nun gelassen in ihr Schicksal fügen. – Was sie hat, wissen Sie ja anscheinend?»

«Ja, obzwar Franz nur ungern darüber spricht und es anderen als den engsten Familienangehörigen verschweigt. Er lebt in der ständigen Furcht, auch an seinem Namen könnte ein Makel davon haften bleiben, ungeachtet dessen, dass es sich nur um entfernte Verwandtschaft handelt und sein Zweig der Familie nie von dem Leiden betroffen war. — Wie trägt denn eigentlich Fräulein Aurelie von Arnsberg die Sache, die anders als Franz wirklich Grund zu Kummer hat: Täglich sieht sie ja ihre Tante in ihren Qualen und muss befürchten, selbst einmal dasselbe Schicksal zu erleiden.»

Dazu hatte Bettina einiges zu berichten, öffnete sich während ihrer Erzählung immer weiter und rückte nach und nach, mit der Bitte an ihren Zuhörer um seine Verschwiegenheit, mit den intimsten Details aus ihrer Wildunger Zeit heraus. Doch am Ende gereute es sie wieder, so offen gewesen zu sein und der Freundin Geheimnisse einem Dritten preisgegeben zu haben. Wie ein Gegenangriff auf eine Blöße desjenigen, dessen Diskretion sie sich soeben vorschnell ausgeliefert hatte, rutschte ihr eine unüberlegte Frage über die Lippen:

«Wie war es denn möglich, dass sich die Komtess von Lauenburg mit einem anderen Mann vermählt hat? War sie denn nicht …»

Hier hielt Bettina erschrocken inne und hätte sich am liebsten die Zunge abgebissen.

«In anderen Umständen?», ergänzte der im Gegensatz zu Bettina leicht erbleichende Lord ihren angefangenen Satz, um sogleich anzufügen: «Wusste das ganz Karlsbad, oder ist nur Ihnen diese sehr richtige Idee gekommen?»

Bettina schluckte.

«Einige haben es erraten, doch gerade ich wäre im Traum nicht darauf gekommen, bis ich ganz am Schluss durch jemandes Bemerkung darauf gestoßen wurde.»

273

«Weil Sie auf rührende Weise Ihre Freunde bis zum Beweis des Gegenteils für moralisch unzweifelhafte, edle Charaktere halten. Was mich betrifft, so hätte ich Sie aus Eitelkeit gern in diesem Glauben belassen und Ihnen diesen Fehltritt verschwiegen. Es geschieht mir ganz recht, dass es doch herausgekommen ist. Dabei ist es noch schlimmer, als Sie, meine allzu wohlwollende Bettina, vielleicht annehmen. Mein illegitimes Beisammensein mit der Komtess geschah nämlich nicht etwa in Erwartung unserer baldigen offiziellen Verbindung, sondern als leichtsinnige Zerstreuung, von der ich keine weiteren Verpflichtungen abzuleiten gedachte. Bis mir die Folgen klar wurden, habe ich meinen Fehler nicht einmal als solchen betrachtet, sondern nur als ein angenehmes Erlebnis.»

«Da sprechen Sie als gedankenloser Mann, denn eine Frau wird sich niemals ungetrübt von ängstlichen Befürchtungen auf ein solch ‹angenehmes Erlebnis› einlassen können. Sie muss ja stets mit Folgen rechnen, an denen sie im wahrsten Sinne des Wortes viel schwerer zu tragen hat als der Mann und denen sie im Gegensatz zu diesem nicht entfliehen kann.»

«Sie meinen also, ich hätte rücksichtslos gehandelt, als ich die Komtess ohne einen Gedanken an mögliche Folgen diesen auslieferte? Ich kann Ihnen da kaum widersprechen, doch müssen Sie mir zugute halten, dass ich sozusagen post factum meinen Fehler eingesehen und mich der Verantwortung für meine Tat nicht entzogen habe.»

«Nein, das haben Sie nicht», sagte Bettina lächelnd, «andernfalls würde ich mit Ihnen auch keine Freundschaft pflegen, und ich könnte Ihnen niemals mehr vertrauen. Aber Sie haben mir ja meine Frage noch nicht beantwortet! Wie kam es denn, dass die Komtess Sie freiwillig aus Ihrer Verantwortung entlassen hat, nachdem Sie sich lobenswerterweise dazu bekannt hatten? Wird ihr jetziger Mann nicht erraten müssen, dass sie nicht sein Kind erwartet – oder liebt er sie so leidenschaftlich, dass ihm alles gleich ist?»

«Wie sehr er sie liebt, weiß ich nicht, aber ein Kind, über das er ungehalten sein könnte, existiert gar nicht mehr. Sie hat die Frucht nämlich auf der Reise von Karlsbad nach Lauenburg verloren. Wer weiß, ob nicht sogar unser gemeinsames Kutschenunglück der Auslöser für dieses spätere Missgeschick war. Als ich eine gute Woche nach ihr auf Schloss Lauenburg eintraf, lag sie noch ganz bleich zu Bett. Als sie sich ein wenig erholt hatte, stellten wir bald in beiderseitiger Erleichterung fest, dass keiner von uns unter diesen Umständen an den Hochzeitsplänen festhalten wollte.»

Wie überrumpelt schraken der Lord und Bettina zusammen, als sich in diesem Augenblick die Tür öffnete und Luise forschen Schritts das Zimmer betrat. Gleich hinter ihr kam die Majorin mit der Wiege im Schlepptau und nahm auf dem letzten verbliebenen freien Stuhl neben ihrer jüngeren Tochter Platz.

«Man sieht euch an, dass ihr euch trotz meiner Abwesenheit nicht gelangweilt habt», konstatierte Luise und fügte hämisch hinzu: «Zwischendurch hat man es übrigens auch hören können.»

Die Majorin, die bemerkte, wie hierauf der ein schelmisches Grinsen verbeißenden Bettina noch mehr Blut in die ohnehin auffällig geröteten Wangen floss, wurde plötzlich hellwach und warf einen langen, nachdenklichen und kritischen Blick auf das Paar auf dem Sofa. Dann beugte sie sich seufzend über ihre Stickarbeit.

Gegen acht, als er von seinen Verpflichtungen zurückkehrte, fand der Major seine Familie und den Gast beim Abendessen gemütlich um den Tisch vereint vor. Auch ihm waren inzwischen so einige Gedanken gekommen, und seine Beobachtungen während der Mahlzeit bestätigten ihn darin.

So bat er den Lord nach dem Essen zu einem Gespräch unter Männern in die Bibliothek, da er in einer Geldangelegenheit seinen Rat erbitten wolle.

Erst nach über einer Stunde erschienen die Männer wieder im Salon, der Lord mit einem leisen Lächeln um die Lippen, der Major erschöpft wirkend und sehr ernst.

Bettina war gerade auf dem Sofa mit ihrem neuen Gedichtband beschäftigt und ließ den Lord, da er sich neugierig zeigte, einen Blick hineinwerfen.

«Na, so was!», rief er verblüfft, als er das Titelblatt sah. «Diesen Heine kenne ich recht gut – denn es muss wohl derselbe sein, mehrere Dichter dieses Namens wird es nicht geben. Gelesen habe ich allerdings noch niemals etwas von ihm. Was meinen Sie, Fräulein von Denkewitz, ist er begabt?»

«Sehr, glaube ich», antwortete diese nach kurzem Nachdenken. «Doch ich weiß nicht, ob es sich als förderlich oder als hinderlich für seinen Ruhm erweisen wird, dass er sich so wenig dem Geschmack der Zeit angleicht. Er wirkt etwas leichtfüßig, hat nicht den schweren Ernst mancher heutiger und auch der klassischen Poeten. Aber bei welcher Gelegenheit haben Sie ihn denn kennen gelernt?»

«Das war vor Jahren in Hamburg, wo ich eine Weile Malerei studiert habe. Mit der Qualität der dortigen Malschulen hatte es freilich weniger zu tun, dass ich mir gerade Hamburg dafür ausgesucht hatte; mehr damit, dass Flora, ich meine Flora d'Israeli, née Buenaventura, damals zu ihrem frisch angetrauten Mann nach Hamburg gezogen war und ich glaubte, ohne ihre Nähe vergehen zu müssen. Flora war, müssen Sie wissen, die große Liebe meiner Jugend. Zwar waren mit ihrer Heirat alle Hoffnungen auf eine gemeinsame Zukunft begraben, die auch früher wegen der steten Gegnerschaft unserer Eltern zu einer Verbindung zwischen uns nie sehr rosig gewesen waren. Doch ich wollte ihr wenigstens nahe sein, wenn ich sie schon als Frau nicht besitzen könnte.

In dieser Hamburger Zeit habe ich, nach Art der Jugend, ab und an den Schmerz der unerfüllten Liebe und der Eifersucht mit Bedacht angestachelt, um ihn dann mit größeren Mengen französischen Rotweins zu betäuben. Bei solchen Anlässen war mir nun eben jener Harry Heine ein treuer Gefährte. Er hatte ein ganz ähnliches Herzeleid auszustehen wie ich und sah sich ebenso in der Pose eines zutiefst verletzten romantischen Helden. Seine unglückliche Liebe war eine Hamburger Bekannte Floras, Amalie Salomon, die Tochter seines Onkels, in dessen Haus er wohnte, und die umgekehrt für ihren Cousin nichts als nur freundschaftliches Bedauern übrig hatte. – Das war, am Rande bemerkt, in meinem Fall ein wenig anders, was die Sache aber durchaus für mich nicht leichter machte. – Der junge Heine wollte damals noch Tuchhändler werden, wofür ihm aber die rechte Ader fehlte. Inzwischen hat er den Handel ganz aufgegeben. Er studiert jetzt, und zwar bis vor kurzem in Berlin. Aber nach allem, was ich höre, wird es wohl auch mit der Jurisprudenz bei ihm nichts werden. Er neigt mehr zur Schriftstellerei, und für eine höhere Beamtenkarriere hat er ohnehin die falsche Religion.

Übrigens habe ich von ihm vor meiner Abreise eine Empfehlung an eine Frau Varnhagen von Ense erhalten, die hier einen der neuerdings so beliebten literarischen Salons betreibt. Ich werde, schon um mich für die Ehre erkenntlich zu zeigen, im Lauf der Woche einmal hingehen müssen. Hätten Sie Lust, mich zu begleiten?»

Bettina blickte zweifelnd und verunsichert drein.

«Ich traue mich nicht recht. Bestimmt würde ich mir dumm und verloren vorkommen unter all den Berühmtheiten.»

«Dabei könnten Sie so leicht selber eine werden, wenn Sie nur wollten», zwinkerte ihr der Lord zu.

Bettina winkte lachend ab: Weder sei sie dazu begabt, noch fühle sie den nötigen Ehrgeiz in sich, das innere Streben nach Anerkennung und Unsterblichkeit, das Dichtern und Philosophen eigen sei.

«Wonach streben denn Sie?»

Bettina überlegte einen Augenblick.

«Das sind nur kleine, sehr private Dinge», sagte sie schließlich mit einem Lächeln und fügte nach kurzer Pause verschmitzt an: «Wie es sich für eine Frau geziemt.»

31
Zwischen den Jahren

Während der folgenden Woche verging jede Stunde so rasch, als hätte man die Uhr schneller gestellt. Und doch schien Bettina diese eine Woche, als sie vorüber war, so prall mit Erlebtem und Empfundenem, wie es sonst viele Monate nicht sind. Dabei geschah gar nichts Außergewöhnliches: Man verlebte geruhsame, fast beschauliche Tage, redete und spielte Karten, empfing verschiedentlich Besuche, machte selbst einige wenige und führte den Gast, wenn das Wetter es erlaubte, die Promenaden der Stadt entlang.

Bettina machte ganz allein ihre Visite bei Fräulein von Boczkowski, von der sie viel später als erwartet zurückkehrte, und flüsterte Luise danach kryptisch zu, das Fräulein habe es «faustdick hinter den Ohren».

Der Lord ließ sich eines Abends, ebenfalls alleine, da Bettina nicht mitkommen wollte, mit einer Equipage zum Varnhagen'schen Salon bringen. Als er am Vormittag darauf wieder zum Vorschein kam, noch später als sonst und mit zarten, silbrig-bronzefarbenen Schatten um die Augen, berichtete er: Ein interessantes Spektakel sei es zwar gewesen, doch keines, das man unbedingt öfter erleben müsse. Die Atmosphäre des Abends habe ihn verblüffend an die Wettkämpfe erinnert, die in der Gegend seines Landsitzes an manchen Festtagen die Dorfjugend vollführe. Während in diesem Fall die jungen Männer mit Ringkämpfen und Holzklotzstemmen versuchten, eine Rangordnung unter sich abzustecken, dienten in jenem Dispute über Literatur, Philosophie und Politik anscheinend einem ganz ähnlichen Zweck. Auch säßen in beiden Fällen Damen am Rande des Geschehens und applaudierten denen, die besonders geschickt parierten oder ihrem Gegner eine Schmach zufügten. Beim nächtlichen Grübeln sei ihm nach diesen Beobachtungen der ketzerische Gedanke gekommen, Kunst und Philosophie, ja überhaupt der menschliche Geist seien keine Gnadengaben, die den Menschen von allen anderen Geschöpfen unterschieden und durch die er am höheren Wesen des Schöpfers teilhabe; sie seien lediglich das Äquivalent zum Geweih der Hirsche bei einem nicht mit physischen Imponierwerkzeugen ausgestatteten Wesen.

Hierzu hätte der Lord noch einiges mehr ausgeführt, wäre ihm nicht der Eindruck entstanden, die Majorin wie auch ihr Gatte fänden seine Theorien gewagt bis geschmacklos und würden es ungern sehen, wenn ihr Gast in noch weiteren Einzelheiten einen Vergleich zwischen Hirsch und Mensch anstellte.

Bettina fiel, kaum hatte der Lord geendet, mit der scherzhaften Bemerkung ein, sie schließe aus dem bisher Gesagten, dass er im Nachhinein ihr eigenes Fernbleiben von der Veranstaltung begrüße?

Durchaus, bestätigte der Angesprochene, denn so, in sicherer Entfernung vom Ort des Geschehens, könne er ihr unangefochten weismachen, er habe gestern mit Klugheit, Bildung und Witz als Held des Abends alle anderen Herren überstrahlt. Dies wiederum quittierte der Major mit einem höchst unwilligen Blick und einem lauten Räuspern, worauf sofort die Majorin vom Wetter zu sprechen begann.

Am Nachmittag nach dieser Unterhaltung brachen Bettina und der Lord ohne weitere Begleitung als den Kutscher zu einer sozusagen geschäftlichen Unternehmung auf. Ihr Wagen brachte sie zum Logis eines jungen Malers, dessen Bilder der Lord einmal näher in Augenschein nehmen und möglicherweise eines davon kaufen wollte. Der Künstler, ein gewisser Blechen, war Bühnenbildner und durch Schinkel empfohlen worden. In seinem Privatatelier unterm Dach, es war an diesem Dezembernachmittag nicht besonders gut beleuchtet und ringsum mit Leinwänden voll gestellt, empfing er seine beiden Besucher in fast unterwürfiger Höflichkeit. Er bat sie, die von ihm ausgewählten, achtlos seitlich an einen Tisch gestapelten fertigen Gemälde nach Belieben zu betrachten, und zog sich dann schweigend in eine Ecke zurück. Der junge Mann war kein selbstbewusster, eloquenter Verkäufer seiner eigenen Schöpfungen, was vielleicht nicht verwundern musste: Er besaß, so hatte Bettina auf der Fahrt erfahren, als Maler noch gar keinen Ruf, und es musste sich erst noch zeigen, ob es bei ihm je über die Bühnenbildnerei hinausgehen würde.

Wenn vorhin der Lord hieran noch Zweifel gehabt hatte, so schienen diese jetzt zu verfliegen. Bettina stand ein Stück weit entfernt von ihm und beobachtete mit zärtlicher Aufmerksamkeit, wie er hochkonzentriert und sehr langsam die sieben oder acht Leinwände durchging, immer wieder einzelne herausnahm, sie auf eine leere Staffelei stellte, aus größerer Entfernung und verschiedenen Blickwinkeln eingehend betrachtete und dabei zu Bettina und zu Blechen selbst einiges Lobende zu bemerken hatte. Beim letzten Gemälde der Reihe angekommen, stutzte er, nahm auch dieses hoch und stellte es zur besseren Betrachtung auf die Staffelei.

«O nein!», rief Blechen, als er es sah, «da ist mir ein Fehler unterlaufen. Dieses wollte ich Ihnen eigentlich nicht zumuten, es ist eine Art Experiment.»

«Dann muss ich Ihnen zu Ihrem Fehler gratulieren, denn Experimente gefallen mir gerade, und dieses ganz besonders. Wie viel verlangen Sie denn dafür?»

Blechen zögerte einen Augenblick und nannte dann einen Betrag, der Bettina für das äußerst schlichte Landschaftsbild gar nicht so niedrig erschien. Umso größer war ihr Erstaunen, als der Lord entgegnete:

«Ich gebe Ihnen gern ein Drittel mehr, wenn Sie mir versprechen, dass es nicht Ihr letztes Experiment in dieser Art bleibt. Sind wir uns einig?»

Die Männer wickelten den Handel auf die vorgeschlagene Weise ab. Bettina fand, dass der Lord offenbar wesentlich weniger auf seine Finanzen bedacht sei als der Baron, und grübelte, ob sie sich über diese Entdeckung Sorgen machen müsse. Von solch unguten Gedanken wurde sie jedoch durch das soeben den Besitzer wechselnde Gemälde abgelenkt. Denn als sie es nun etwas länger ansah, ohne eigentlich ihren Sinn darauf gerichtet zu haben, wollte ihr mit einem Mal scheinen, als handele es sich doch um ein außergewöhnliches, sogar herausragend gutes Stück.

Das Bild zeigte einen Blick entlang einer morastigen, von kahlen Bäumen gesäumten schmalen Straße in flacher, einsamer Feldlandschaft, wie ihn etwa ein Wanderer auf dieser Straße sehen würde, und das Ganze bei trübem, leicht nebligem Wetter. Die Farben schwankten zwischen Braungrau und Grüngrau in verschiedenen Helligkeitsabstufungen. Auf merkwürdige Weise war es dem Maler gelungen, nicht bloß die sichtbaren Oberflächen des Abgebildeten darzustellen – ja diese schienen ein wenig grob und schlampig gearbeitet –, sondern vielmehr eine Art von innerem Eindruck eines einsamen Wanderers wiederzugeben. Dies verlieh dem

Bild eine ganz eigene Wirkung auf den Betrachter, die in keinem Verhältnis zu dem banalen und unattraktiven Motiv stand. Nun gedachte Bettina wieder des Karlsbader Streits über das Verhältnis zwischen Motiv und Kunstwerk und kam zu dem Schluss, bei Blechen müsse es sich um einen großen Künstler handeln, denn es war ihm gelungen, ohne Offenbarung seiner Mittel einem nichts sagenden Motiv etwas Bedeutendes zu entlocken.

Hier spürte die in Gedanken versunkene Bettina die Hand des Lords auf ihrer Schulter.

«Na, gefällt es dir jetzt auch?», fragte er mit sanfter Stimme.

«Sehr sogar», antwortete Bettina, «doch wir verraten zu Hause lieber nicht, wie viel du dafür ausgegeben hast. Meine Eltern, die beide nicht sehr kunstsinnig veranlagt sind, würden sonst glauben, du seist nicht bei Trost.»

Der Major und seine Frau hatten in der Tat für die Malerei wenig übrig. Das hinderte sie daran, mehr als einen flüchtigen Blick auf die Trophäe zu werfen, als diese, die man dank des trockenen Wetters gleich mitgenommen hatte, samt den Ausflüglern am Abend im Denkewitz'schen Hause eintraf. Einzig Luise betrachtete das Werk näher und war entsetzt.

«Was soll denn das darstellen?», rief sie aus.

«Eine ‹Märkische Landschaft im November› – so heißt es jedenfalls, und nicht unpassend», entgegnete ohne ein Zeichen von Unmut der Lord.

«Aber so etwas malt man doch nicht!», protestierte Luise.

«Schlimm genug, dass man es in der Wirklichkeit immer wieder sehen muss! Auf Bilder aber gehört der Golf von Neapel oder Venedig oder auch eine antike Götterszene in südlicher Landschaft.»

«Ist nicht aber das Leben einer tristen märkischen Landschaft im November viel ähnlicher als einem idealisierten Golf von Neapel im Frühsommer? Wenn wir mit Hilfe des Malers lernen, Schönheit im Alltäglichen zu erkennen, dann kann uns so ein Bild viel tröstlicher auf unserem Weg begleiten als andere. Wer sich tagein, tagaus auf Bildern Paradiese anschauen muss, verzweifelt vielleicht an der Wirklichkeit.»

Luise blickte nach diesen Erklärungen des Lords wenig überzeugt drein, während Bettina ihm neckend zuraunte: «Mir scheint, du willst doch unter die Philosophen gehen» und ihm dabei den Arm zärtlich drückte.

Die außerordentliche Vertrautheit, wie sie sich zwischen dem Lord und Bettina eingestellt hatte, konnte niemandem in der Familie verborgen bleiben. Sie wurde für die Majorin und ihren Gatten, die auch diese Szene beobachteten, zusehends ein Grund für Sorge und Ärger. Betrat man nach kurzer Abwesenheit den Salon, hatte man die beiden sogar schon heimlich und mit seligem, schafsblödem Ausdruck Händchen haltend erwischt (und Luise hatte sie einmal bei noch Schlimmerem ertappt, was sie aber ihren Eltern in schwesterlicher Loyalität verschwieg).

Bei solchem Verhalten musste es als höchst wunderlich betrachtet werden, dass sich der Lord noch immer nicht erklärt hatte. Umso befremdlicher war dies, als ihm der Major schon am Weihnachtsabend klar gemacht hatte, er erwarte dergleichen in Bälde von ihm – es sei denn, er lege künftig gegenüber Bettina größere Zurückhaltung an den Tag. Genau das Gegenteil aber war seitdem zu beobachten, und der Major fühlte sich geradezu verspottet vom Verhalten seines Gastes, der so offen die ausdrücklichen und berechtigten Wünsche seiner Gastgeber missachtete.

Gewiss, der Lord hatte bei der fraglichen Unterredung – die der Major in seiner Sorge um das Wohl seiner Tochter womöglich etwas vorschnell anberaumt hatte – zum Ausdruck gebracht, er habe großes Interesse an Bettina und ernste Absichten mit ihr. Doch hatte er sich, als der Major eine sofortige Klarstellung der Verhältnisse verlangte, damit herausgeredet, er wolle nichts überstürzen, wolle Bettina nicht überhastet zu etwas drängen, wozu sie vielleicht noch nicht bereit sei, wie das seiner Meinung nach in Karlsbad geschehen (und hier musste der Major sich zusammennehmen, um den Lord nicht deutlich in seine Schranken zu weisen: Das hörte sich ja fast so an, als mache er, der Fremde, den das alles schon gar nichts anging, dem Vater den Vorwurf, er habe seine Tochter in eine ungewollte Ehe zwingen wollen! Dabei hatte doch Bettina damals selbst die Sache vorangetrieben, ganz ohne Zutun ihrer Eltern).

Kurz, der Lord hatte sich um ein klares, verpflichtendes Wort herumgedrückt und dafür seitdem Bettina umso schamloser umgarnt. So ging das böse Spiel bis zum Neujahrsmorgen.

Am darauf folgenden Tag aber wollte der Herr, das hatte er schon längst angekündigt, nach Potsdam fahren, um dort bei einem Bekannten, wovon er in vielen deutschen Städten welche zu haben schien, abzusteigen und sich die Stadt anzusehen. Es war zu erwarten, dass er von dort nach Hamburg und schließlich nach England weiterreisen würde, ohne nochmals in Berlin vorbeizuschauen. Das hieß, sagte sich der Major, heute, am Neujahrstag, musste etwas Entscheidendes geschehen – oder eben gar nicht mehr, mit den denkbar schlimmsten Folgen für Bettina. Gerne hätte der Major sich mit dem Vorsatz getröstet, im zweiten Fall den Lord in väterlicher Entschlossenheit samt seinen Bildern vor die Tür zu setzen. Doch da der ohnedies abzureisen plante, erübrigte sich diese Maßnahme oder würde jedenfalls nicht den erwünschten Beigeschmack eines triumphalen Strafakts besitzen.

32
Der Neujahrsball

Bis zum Abend hatte sich das zähneknirschend Erhoffte nicht ereignet, und so begab sich der Major von Denkewitz in schlechtester Stimmung mit seiner Familie, einschließlich des undankbaren Gasts, auf den Neujahrsball. Er hoffte nur, der verdächtig gut gelaunte Eindringling werde Bettina nicht noch am letzten Abend seines Aufenthalts in der Öffentlichkeit kompromittieren, nachdem er es im privaten Kreis schon zur Genüge getan hatte.

Doch nur allzu bald enttäuschte ihn der Engländer auch in dieser Hoffnung. Er legte es geradezu darauf an, mit seinem Betragen allen Anwesenden einen Anspruch auf Bettina von Denkewitz zu demonstrieren, den er nicht besaß. So weit ließ er sich gehen, dass jeder annehmen musste, die beiden stünden in einem höchst intimen Verhältnis zueinander. Er gönnte ihr kaum einmal einen Tanz mit einem andern, klebte an ihr wie eine Klette, flüsterte und tuschelte mit ihr, drückte sie beim Tanzen auf eine Weise an sich, welche den notwendigen körperlichen Berührungen bei dieser Tätigkeit jede Unschuld und jeden Anstand nahm, und berührte sogar gelegentlich mit seinen Lippen wie zufällig flüchtig ihr Haar. Und schlimmer: Der Major musste konstatieren, dass seine Bettina, die er einmal für ebenso klug wie prinzipientreu gehalten hatte, all dies nicht nur widerstandslos, ja willig mit sich geschehen ließ, sondern durch ihr eigenes Betragen den entstehenden skandalösen Eindruck noch mutwillig beförderte.

Der Major schämte sich in Grund und Boden für seine älteste Tochter. Ihr sittenlose Abenteuerlust zu unterstellen, brachte er nicht über sich, und so schrieb er, was er sah, dem kindischen Wunsch eines Mauerblümchens zu, aller

Welt vorzuführen, dass es einen attraktiven Verehrer eingefangen habe. Wie Bettina die Naivität aufbringen konnte, zu glauben, was in den Augen jedes normal Empfindenden ihrem Ruf nur schaden konnte, werde ihr im Gegenteil zum Ruhm gereichen, das war dem Major ein unergründliches Geheimnis. Am liebsten hätte er, um dem schändlichen, blamablen Treiben ein Ende zu bereiten, seine Familie schon nach einer Stunde wieder nach Hause kutschieren lassen. Seine Frau jedoch widersetzte sich seinem Vorschlag, den er fast als Befehl gemeint hatte. Sie war ganz mit Luise befasst, welche hier ihren ersten großen gesellschaftlichen Auftritt erlebte, missdeutete die öffentliche Demontage von Bettinas gutem Ruf als bloße, einer jungen Dame auf Bällen zustehende Belustigung und zeigte sich den eindringlichen Warnrufen ihres Mannes unzugänglich.

Schwer erschüttert von der kollektiven Unvernunft seines weiblichen Anhangs, ließ sich der Major mit einem Glas bei einer abseits sitzenden Gruppe älterer Offiziere nieder, den Rücken zum Saal, um nicht selbstquälerisch weiter Bettina beobachten zu müssen. Hier ging es um andere Themen als die Liebeleien der jungen Generation: Der geplante Ausbau einer Befestigungsanlage wurde erörtert, über anstehende Beförderungen spekuliert und der heroischen Tage der Freiheitskriege gedacht. Der Major ließ sich hierdurch gerne von seinem Kummer ablenken. Um wie viel einfacher, sinnierte er, war doch ein Leben unter Männern, und welch ein Glück wäre es, heute einen Sohn an der Seite zu haben, mit dessen entschlossener, tatkräftiger Unterstützung er seine Weibsbilder schon zur Vernunft gebracht und dem gefährlichen Verführer Einhalt geboten haben würde. So saß er trotzig unter seinen Kameraden und kümmerte sich nicht mehr um das, was zu verhindern er nicht stark genug war. Erst nach weit über einer Stunde überkam ihn heiß die Ahnung, er vernachlässige soeben ganz sträflich seine wenn auch mehr als undankbaren Vaterpflichten. Von seinem Platz aus verrenkte er den Kopf, um nach Bettina zumindest einmal zu sehen, doch sie war nirgends zu entdecken, genauso wenig wie der Lord. Seine Frau hatte er dagegen bald ausgemacht. Schweren Schrittes begab er sich zu ihr und erkundigte sich nach dem Verbleib seiner älteren Tochter.

Was er erfuhr, versetzte ihm einen schweren Schock: Bettina habe sich, so musste er ungläubig hören, schon vor längerer Zeit von Kopfschmerzen geplagt in einem Mietwagen nach Hause fahren lassen – ganz allein in Begleitung des Lords. Fast wäre der Major grob zu seiner Frau geworden wie selten während seiner Ehe, doch die neugierig gespitzten Ohren in der Umgebung hielten ihn zurück. Wie die Majorin die fahrlässige Dummheit begehen konnte, Bettina allein mit ihrem aufdringlichen und wahrscheinlich mittlerweile alkoholisierten Verehrer in ein leeres Haus mit schlafenden Dienstboten zurückkehren zu lassen, war ihm schlicht unbegreiflich. Statt mit Worten Zeit zu verlieren, eilte er ohne jeden Aufschub nach draußen, hielt sich nicht mit der Suche nach einer Mietkarosse auf, sondern nahm die bereitstehende eigene – sollte die Majorin doch sehen, wie sie mit Luise nach Hause käme. Den Kutscher hielt er zu größter Eile an und spürte während der ganzen langen Fahrt, wie ihm sein klopfendes Herz den Brustkorb zu zersprengen drohte. Er war sich sicher, die Katastrophe müsse schon geschehen sein, so unvorstellbar eine solche Dreistigkeit von einem freundlich und arglos aufgenommenen Hausgast auch war. Doch hatte der sich nicht schon in früheren Zeiten Unglaubliches geleistet? Was war das für eine böse Geschichte mit der Komtess von Lauenburg: In Anwesenheit ihrer Eltern hatte er den ehrbaren Mann gemimt und sich mit ihr verlobt, als es jedoch ans Heiraten ging, da hatte er laviert und aufgeschoben und war schließlich unter

Ausflüchten allein in Karlsbad zurückgeblieben, mit dem Versprechen, er werde alsbald zur Hochzeit nachreisen. Was man darüber hinaus sicher wusste, war einzig, dass die Hochzeit nie stattgefunden hatte. Dass dies in ihrer Lage auf einem freiwilligen Verzicht der Komtess beruhen sollte, darüber lachten die Hühner. Dem Major aber war nicht zum Lachen, denn er hatte sich diesen phänomenalen Bären an Heiligabend gutgläubig aufbinden lassen und seine Tochter dem Unhold auf einem Silbertablett serviert. Aber welche Frechheit, welche Ungeheuerlichkeit, die Komtess ins Unglück zu stürzen und kurz darauf, in der vollen Absicht, mit Bettina dasselbe grausame Spiel zu spielen, beim Denkewitz'schen Weihnachtsessen den von der Komtess missbrauchten Ehrenmann zu markieren! Inzwischen traute der Major dem englischen Lotterbuben alles zu und verdächtigte ihn sogar, er habe gemäß der Spielleidenschaft seiner Nation eine Wette darauf abgeschlossen, binnen einer bestimmten Zeit soundso viele junge Damen aus dem deutschen Adel ihrer Unschuld zu berauben. Vielleicht diente ihm der Jude aus Hamburg als Wettpartner, der zu seiner Zeit ähnliche Leistungen vollbracht haben mochte.

Endlich, endlich erreichte man das Ziel, und der Major stürmte, schwindelnd und mit rotem Flimmern vor den Augen, die Treppe hinauf schnurstracks zu Bettinas Schlafgemach. Das war leer und dunkel, und damit die letzte Hoffnung dahin, die Tochter mit Migräne, aber ansonsten unversehrt im Bett vorzufinden. Der Major atmete tief durch, denn nun war die Entscheidung gefallen: Ein Duell musste es geben. Vorsichtshalber holte er schon jetzt die beste Pistole und lud sie, dann machte er sich schnaufend auf zu des Gasts Schlafzimmer. Ohne Vorwarnung riss er mit der Pistole in der Hand die unverschlossene Tür auf. Aber auch dort war niemand anzutreffen, obwohl ein Licht brannte. Da entsann sich der Major, beim Hineinfahren in den Hof – er hatte durch die Hintertür das Haus betreten – einen Lichtschein im Parterre wahrgenommen zu haben. Er lief die Treppe hinunter, lenkte seine Schritte zum Salon, steckte nach kurzem Zögern die Pistole lieber unauffällig an den Gürtel und betrat mit entschlossenem Gesichtsausdruck den Raum.

Da waren die Übeltäter, beide noch in voller Ballbekleidung, was den Major etwas erleichterte. Aber auch so war das Bild, das sie boten, schändlich genug: Auf ihrem Stammplatz, dem Sofa, hatten sie sich niedergelassen, der Lord zur Linken sitzend, Bettina mit angezogenen Beinen längs auf dem Rücken, den Kopf im Schoß des Verführers und von seinen liebkosenden Händen umfangen. Beim Eintreten ihres Vaters fuhr sie erschrocken in die Höhe. Der Major, dem die Knie weich wurden, ließ sich in einen Sessel fallen, sah die beiden streng, ja böse an und wies den Gast in Gegenwart Bettinas auf das Schärfste zurecht für die Freiheiten, die er sich am heutigen Abend, aber auch schon zuvor mit seiner Tochter erlaubt habe. Der Gescholtene spielte die erstaunte Unschuld, entschuldigte sich in aller Form, fügte an, Liebe und Glück seien es gewesen, die ihn die nötige Zurückhaltung hätten vergessen lassen, und versprach, sich bis zu seiner Vermählung mit Bettina keine unangemessenen Vertraulichkeiten mehr zu erlauben.

«Bis zu Ihrer Vermählung?», höhnte der Major ungläubig.

«Ja», entgegnete der Lord, «denn ich habe es eben gewagt, bei Fräulein von Denkewitz um ihre Hand anzuhalten. Diesen Antrag will ich jetzt vor Ihnen als ihrem Vater wiederholen und hoffe, dass sich an Ihrer Meinung seit unserem Gespräch nichts geändert hat. Ich muss allerdings hinzufügen, dass sich Ihre Tochter bis zu meiner Rückkunft aus Potsdam Bedenkzeit ausgebeten und mir also selbst noch keine endgültige Antwort gegeben hat.»

Während dieser Worte erhob sich Bettina hastig, griff nach

einem auf dem Tisch liegenden Päckchen, sagte mit leidender Stimme: «Ihr müsst mich entschuldigen, mein Kopf plagt mich sehr, ich kann unmöglich länger aufbleiben», und verschwand, bevor ihr Vater seine Worte wiederfand.

«Bedenkzeit?!», rief er schließlich zum Lord gewandt aus, «Was ist denn das für ein Unsinn! Es ist hohe Zeit, die Sache festzumachen, nach allem, was Sie sich bei meiner Tochter herausgenommen haben.»

«Fest ist die Sache schon. Ich habe jedenfalls von meiner Seite aus ein Eheversprechen gegeben, wenn es das ist, was Sie hören wollen. Nur Ihre Zustimmung fehlt, die Sie mir hoffentlich ohne Aufschub gewähren werden. Gerade mit Ihnen wollte auch Be– ... Ihre Tochter die Sache noch besprechen, bevor sie mir einen endgültigen Entschluss mitteilt. Sich für ein Leben so fern von ihrer Familie zu entscheiden, wie es eine Heirat mit mir bedeuten würde, das fällt ihr verständlicherweise nicht leicht, so wie es Ihnen schwer fallen wird, sie gehen zu lassen. Ich nehme an, sie wird mir über unseren künftigen Wohnort ein Zugeständnis abverlangen, wozu ich durchaus bereit wäre, wenn sie es zur Bedingung macht.»

«Es wäre ja nicht das erste Mal, dass Sie sich verloben, und ein solches Wort gilt bei Ihnen wenig», bemerkte mit beißender Stimme der Major.

«Es gilt mir sehr viel», entgegnete der Lord, jetzt mit einem gereizten Unterton, «und ich weiß nicht, woraus Sie das Gegenteil schließen wollen. Haben Sie denn den Eindruck gewonnen, es mangele mir an Zuneigung zu Ihrer Tochter?»

Auf diese hinterhältige Frage fehlten dem Major einen Moment die Worte. Derweil löste sich die heimlich hinter der Tür stehen gebliebene Bettina von ihrem Lauscherposten und strebte auf wund getanzten Füßen ihrem Nachtlager zu.

33
Schatten der Vergangenheit

Bettina verschlief am nächsten Morgen, und als sie aufstand, war der Lord schon verreist. Man hatte das Frühstück abgeräumt, und sie musste sich Tee von der Köchin erbitten, was sie zu Recht für eine kleine Schikane ihres Vaters nahm. Der konferierte währenddessen in der Bibliothek mit seiner Frau. Noch immer befand er sich in gereizter Anspannung und verstand nicht, wie die Majorin die ganze Sache so gelassen hinnehmen konnte. In ihrer Naivität übersah sie die Gefahren und riet ihrem Mann noch, er solle sich an Bettinas Glück freuen: Sei denn nicht zu guter Letzt alles wunschgemäß verlaufen?

«Wunschgemäß verlaufen? Davon kann keine Rede sein. Nach Strich und Faden hat er sie umgarnt und in der Öffentlichkeit bloßgestellt, um sich schließlich, ohne ihr auch nur ein Wort des Abschieds zu sagen, im Morgengrauen davonzumachen.»

«Du tust ja so, als habe er sich heimlich davongeschlichen. Wir wussten aber doch, dass er fahren würde und wann, und auch, dass er wiederkommt – hat er nicht fast sein gesamtes Gepäck bei uns gelassen?»

Das war auch dem Major aufgefallen, ja, er hatte eigens ein Auge darauf gehabt, und wenn es nicht von selbst geschehen wäre, hätte er dafür gesorgt. Doch echte Beruhigung konnte er hieraus nicht schöpfen.

«Was bedeuten einem reichen Filou wie diesem seine Kleider und ein paar minderwertige Gemälde, wenn es gilt, sich aus einer Schlinge zu retten! Ich sage dir, es war hochverdächtig, wie er heute Nacht, ohne mit der Wimper zu zucken, auf mein erstes Mitgiftangebot hin einschlug. Was hatte der Baron damals gefeilscht und keine Ruhe gegeben, bis ich erhöht und erhöht und nochmals erhöht hatte. Der meinte es wirklich ernst, da brauchte man keine Zweifel zu haben.»

«Nun verkehrst du dem armen Clarendon ohne Not seine gute Absicht ins Gegenteil. Statt auf ihn zu schimpfen, sei lieber froh, dass wir nicht zu viel auf Bettina aussetzen müssen, sodass für Luise und Albert noch genügend übrig bleibt.»

«Albert, Albert, Albert! Das ist das Einzige, was man aus deinem Mund noch hört», erregte sich der Major, dessen Missstimmung sich auf ein neues Ziel richtete. «Merkst du nicht», fuhr er fort, «wie du so närrisch an dem Wechselbalg hängst, dass du darüber deine eigenen Töchter vernachlässigst? Wärest du deinen Mutterpflichten nachgekommen, hättest du in der letzten Woche ein waches Auge auf Bettina gehabt, dann lägen ihre Ehre und ihr Glück jetzt nicht in der Hand dieses unzuverlässigen Mannes.»

«Mit der Ehre übertreibst du, mit dem Glück wirst du Recht haben, aber ich sehe nicht, was ich daran hätte ändern können. Hast du mir nicht übrigens im Sommer noch vorgeworfen, ich würde mich zu viel um Bettina bekümmern? Nun ist dir plötzlich meine Zurückhaltung nicht genehm, und du nennst sie Vernachlässigung, was ungerecht ist. Ich wache sehr wohl aufmerksam über unsere Töchter, nur war es gestern Abend Luise viel mehr als Bettina, die mir Sorgen gemacht hat. Bei ihr ist, was dir noch gar nicht aufgefallen zu sein scheint, eine ganz ähnliche Sache im Gange wie bei ihrer Schwester, aber ihr traue ich viel weniger zu, ihre Lage richtig einzuschätzen. Luise betrachtet Meneer van der Graag als ihren festen Verehrer, ja fast wie einen Verlobten, und sieht nicht, dass ein junger Diplomat nichts weniger vorhat, als sich auf seinem ersten kleinen Posten eine einheimische Frau zu nehmen.»

Hier klopfte es an der Tür, hinter der in einem Hauskleid

und mit noch ungerichtetem Haar Bettina hervorkam. Sie begrüßte beide Eltern zärtlich, wobei ihr Vater die Liebkosung etwas unwirsch quittierte. Überrumpelt von dieser Geste seiner Tochter, vergaß er die Moralpredigt, die er sich während seiner schlaflosen Nacht für sie zurechtgelegt hatte. Bettina hielt sich nicht lange in der Bibliothek auf, kündigte lediglich an, sie werde wegen fortdauernder leichter Kopfschmerzen vorsichtshalber wieder das Bett aufsuchen, um Schlimmerem vorzubeugen.

Neben dem Kopfschmerz hatte sie hierfür noch einen geheimen und triftigeren Grund. Es war das Päckchen, welches ihr der Lord am Abend überlassen und das sie ohne Zeugen zu studieren gedachte. Dieses Päckchen war es auch gewesen, viel mehr als andere Erwägungen, weshalb der Lord ihr Bedenkzeit angeraten hatte, ohne dass Bettina selbst dies für notwendig erachtet hätte. Sie solle, fand der Lord, ihre Antwort erst geben, wenn sie seinen Inhalt kenne, andernfalls würde er sich fühlen, als habe er ihr Jawort unter Vorspiegelung falscher Tatsachen erhalten.

Zur Sicherheit verschloss Bettina ihre Zimmertür von innen – eine im Hause Denkewitz unerhörte Handlung –, bevor sie das mysteriöse Päckchen aus den Tiefen ihrer Wäscheschublade holte. Nach dem Öffnen würde sie sich ein sichereres Versteck ausdenken müssen.

Mit Tee und Konfekt auf dem Nachttisch, bequem an zwei große Kissen gelehnt, öffnete sie das Siegel, löste die Schnur und wickelte die oberste Umhüllung ab.

Ein kurzer Brief des Lords kam zum Vorschein:

Liebste Bettina!

Du sollst, was du wissen musst, aus der Feder meiner Mutter erfahren. Ich selbst erhielt die Briefe von ihrer Empfängerin, die ich Tante Fanny nenne. Sie vermachte sie mir unter vielen Skrupeln, weil sie sich anders keinen Rat mehr wusste. Tante Fanny war es gewesen, die mich im Auftrag meiner Mutter nach deren Tod in kurzen, unverblümten Worten über die fraglichen Verhältnisse aufgeklärt hatte.

Was du über das, was du lesen wirst, denkst, musst du mir nicht sagen, wenn du lieber schweigen möchtest. Fragen werde ich dich nur, ob du mich trotzdem heiraten willst. Dass deine Antwort hierauf bestimmt ein Ja sein wird, rede ich mir ein, während ich dies Päckchen verschnüre, denn sonst würde ich es dir nicht geben können, was ich aber doch muss. Oder ist das ein Fehler? Wirst du mir vorwerfen, dass ich dich nicht damit verschont und mein Geheimnis für mich behalten habe?

Bettina legte mit einem Lächeln den Brief beiseite, brach erneut ein Siegel und öffnete die innere Schicht von Seidenpapier. Ein Packen vergilbter Briefe lag vor ihr, in einer Handschrift, die der des Lords ähnelte. Sie nahm einen Schluck Tee, schob ein Stück Marzipan hinterher, lehnte sich zurück und begann mit dem obersten.

London, den 3. Januar 1790

Meine liebe Fanny,

wie hatte ich gehofft, die Freude, auf Dauer wieder bei meinen Eltern zu Hause und der Gewalt und den Launen Mrs. Willoughbys entronnen zu sein, würde mir den Schmerz des Abschieds von dir versüßen. Aber leider finde ich mein Zuhause sehr zum Schlechteren verändert vor. Das Weihnachtsfest war eher ein Passionsspiel, mein Vater abwechselnd cholerisch und schweigsam, meine Mutter, die am meisten unter seinen Ausbrüchen zu leiden hatte, oft genug mit Tränen in den Augen, Robert in seine Bücher versunken und nicht ansprechbar.

Erst zum neuen Jahr hat man mir den Grund für solch unerquickliches Betragen meiner Familie eröffnet: Wir sind nahezu bankrott. Mein Vater hat, durch Gott weiß was für Versprechungen verführt, nach und nach all unser Geld, und auch solches, das er gar nicht besaß, in eine angebliche Diamantmine in Indien gesteckt, die ein alter Schulfreund von ihm aufgetan zu haben glaubte. Währenddessen stritt er sich unentwegt mit meiner Mutter, die von Anfang an gewarnt hatte. Nun haben sich all ihre Befürchtungen als richtig und die Diamanten als bloßes Hirngespinst erwiesen, jedoch mein Vater zürnt ihr noch immer, lässt seine Verzweiflung geradezu an ihr aus, als hätten ihre Prophezeiungen des Untergangs diesen erst heraufbeschworen.

Kurz und gut, Fanny: Thornton Manor muss verkauft werden, der Erlös wird kaum die Schulden decken, für unsere Lebenshaltungskosten wird nichts übrig bleiben, wir werden bei der geizigen Großcousine um Almosen betteln müssen, und an eine noch so geringe Mitgift für mich ist nicht zu denken.

Ohne allzu viel Bedauern fände ich mich zur Not damit ab, nicht heiraten zu können: Was brauche ich einen Trottel, der unentwegt von Pferden und Hunden faselt und nachts nach Pfeifenqualm und Brandy stinkend in mein Schlafzimmer gewankt kommt. Keinen Mann zu haben ist eine Sache, und nicht immer die schlechteste, doch keinen Mann und kein Geld: das bedeutet ewiges Gouvernantendasein. Ich muss es noch als Gnade sehen, so eifrig meine Studien betrieben, so ausgezeichnete Schulen besucht zu haben, dass ich jetzt zur Erzieherin in den besten Familien tauge. Doch graust es mir nicht schlecht, mich selbst, mein ganzes Leben ganz den Wünschen und Kapricen anderer unterwerfen zu müssen, wie man es als Gouvernante nun einmal tun muss.

Aber vielleicht gibt es noch Rettung. Meine Eltern haben entschieden, dass ich, komme, was wolle, noch ein, zwei Jahre hier in unserem Londoner, und bald unserem einzigen, Haus bleiben darf, an dessen Haushaltsführung, unter der Gefahr neuer Schulden, vorläufig kaum gespart werden soll. Beide hoffen, ich werde in dieser Zeit irgendeines Mannes Herz so sehr anrühren, dass er mich auch ohne Mitgift nimmt! Ein vergebliches Unterfangen, wie ich fürchte, obwohl ich es aus lauter Verzweiflung nun meinen Altersgenossinnen gleichtun und eifrig auf Bällen kokettieren werde. Aber das wäre in jedem Fall mein Los für die nächste Zeit gewesen, sodass ich mich hierüber nicht beklagen darf.

London, den 21. Februar 1790

Liebe Fanny,
schon wieder schreibe ich dir, übermüdet und mit schmerzenden Gliedern, nach einer lauten, heißen und weinseligen Ballnacht und wünschte, dass es nur meine Glieder wären, an denen ich leide. Gottlob wird die Saison bald vorüber sein und ich von der Teilnahme an diesen Veranstaltungen, die mir so recht zuwider sind, erlöst. Du glaubst, mich beneiden zu müssen um das Londoner Gesellschaftsleben, sagst, es sei eintönig, mit Geschwistern und Jugendfreunden in einen entlegenen Winkel des Königreichs verbannt zu sein und neben Pferden, Kühen und Schafen tagein, tagaus immer dieselben Gesichter zu sehen. Aber Fanny, du machst dir keine Vorstellung von der lähmenden, geradezu tödlichen Langeweile eines Londoner Balls!

«Miss Styles, was halten Sie von Miss Knightleys Toilette? Finden Sie ihre Frisur nicht auch etwas gewagt?» «Miss Beresford sieht heute Abend etwas übermüdet aus, finden Sie nicht?» «Kennen Sie Mister Livingston? Er ist ein wirklich galanter Mann, nicht wahr?» «Nun tanzen Mister Selby und Miss Forbes schon zum dritten Mal zusammen! Glauben Sie nicht auch, Miss Styles, dass Mister Selby hier ernste Absichten verfolgt?»

Dies, Fanny, ist nun mehrfach wöchentlich mein Los, und ich glaube mit Sicherheit, das Tanzen auf Bällen wurde nur deshalb erfunden, um die Gäste am Einschlafen zu hindern. Stell dir vor, selbst die Entwicklungen auf dem Kontinent bieten hier nicht Anlass zu lebhaften Gesprächen. Möglicherweise wollen die Herren das schöne Geschlecht mit so ernsten Themen verschonen? Ich habe mehr den Verdacht, dass sie selbst hierüber nichts zu sagen wüssten, außer ein paar wohlfeilen Phrasen, die in aller Munde sind. Ach Fanny, und unter diesen gepuderten Beaus soll ich nun einen finden, der mich heiraten will! Bis jetzt hat noch keiner recht anbeißen wollen, und meine Mutter sagte mir in einem ernsten Gespräch, das hätte ich mir selbst zuzuschreiben: Ich sei abweisend, wirke hochnäsig, verunsichere die Männer. Ich solle meine Position bedenken, Ansprüche könne ich keine stellen.

Sie hat Recht, aber mir geht trotz aller Mühe das Kokettieren so grässlich schwer von der Hand, zumal wenn ich keine echte Bewunderung für einen jungen Mann empfinden kann.

Unter den nicht ganz so jungen, deren Bekanntschaft ich in letzter Zeit machen durfte, ist übrigens einer, dessen Gegenwart weniger einschläfernd wirkt als die seiner Kollegen im Junggesellenstand: Lord Clarendon, den du vielleicht kennst, seine Familie ist nicht allzu weit von euch ansässig. Der Herr hat die teure Erziehung, die ihm seine Eltern angedeihen ließen, nicht umsonst genossen, ist weit gereist und hält, was ich ihm hoch anrechne, Konversation über ernste Themen nicht für zu schade, um sie vor Frauenohren zu führen. An manch einem Abend war ich erleichtert, ihn unter den Gästen zu sehen, und wahrhaftig scheint er lieber mit mir als mit anderen zu sprechen. Jedoch kann dies an meiner misslichen Lage insgesamt nichts ändern: Ausgerechnet ein Peer wird sich kaum eine Braut aus einer nur mittelguten Familie ins Haus holen, wenn sie keinen Shilling Mitgift zu erwarten hat. Nein, meine Chancen liegen bei Männern von schlechterem Stand, denen es nicht an Geld mangelt, sondern an einem alten Familienstammbaum, den sie sich in mir erheiraten können.

Mit Ausnahme von Clarendon muss ich auch sagen, dass mir die, welche sich durch eigene Anstrengung in die besseren Kreise gebracht haben, zumeist die Erträglicheren sind. Drum sollte ich nicht über unsere Geldnot jammern, vielleicht findet sich gerade so ein passender Mann, da meine Eltern nun von ihren strengen und einseitigen Ansichten über einen standesgemäßen Schwiegersohn abrücken müssen.

London, den 5. November 1790

Liebste, einzige Fanny,
wie schön waren die Wochen mit dir, deinen Eltern und Geschwistern, wie habe ich auch das Landleben, selbst zu dieser Jahreszeit, als beglückend empfunden. Wie oft konnten wir unbeschwert lachen, und wie selten hört man solches Lachen in diesem letzten Jahr im Hause meiner Eltern. Noch dazu liegt London seit meiner Rückkehr gänzlich im gelbbraunen Nebel versunken: Genauso trüb und öde muss es im Herzen meines Vaters aussehen.

Ich trage mich mit der schlimmen Ahnung, dass er dabei ist, sich noch auf weitere ruinöse Geschäfte einzulassen und uns alle ins Armenhaus zu bringen. Als ich heute Morgen nach einem späten, einsamen Frühstück auf mein Zimmer gehen wollte, begegnete ich im wegen des Nebels und der Ökonomie überaus düsteren Aufgang einer nicht minder düsteren Gestalt. Eine dunkle Redingote trug sie und schwarzes Haar ohne Perücke; sonst konnte ich kaum etwas von ihr sehen als zwei übergroße, seltsam durchdringende schwarze Augen, die mich über dem Schatten einer schlechten Rasur ganz unschicklich musterten. Mir verschlug's vor Schreck die Sprache, das Wesen wünschte mir mit hartem Akzent guten Morgen und verschwand im Arbeitszimmer meines Vaters.

Als ich diesen später nach seinem rätselhaften Besucher fragte, erklärte er mir, das sei nicht etwa der Leibhaftige, sondern sein neuer Geschäftspartner gewesen, der ihn aus seiner Notlage retten solle. Das unheimliche Wesen uns retten! Er sei ein Mr. Buenaventura, ein ungemein reicher Jude, der seine restlichen Schulden übernommen und vorläufig gestundet habe und nun bemüht sei, ihm ein Einkommen zu schaffen. Zu diesem Zweck habe mein Vater ihm die Verwaltung seines gesamten Besitzes übertragen. Mit anderen Worten: Wir sind mit Haut und Haaren in der Gewalt eines zwielichtigen Juden! Mein Vater sieht darin nicht das geringste Risiko, schlimmer könne es ohnehin nicht werden, und Buenaventura sei selbst am meisten daran interessiert, uns zu helfen, andernfalls werde er seine Darlehen nie eintreiben können. – Von wegen! Wenn du mich fragst, legt er es darauf an, uns auch noch unser Haus abzunehmen.

Meine liebe Fanny, was soll nur aus uns werden?

Der Jude kommt jetzt wöchentlich. Ich habe deinen wie immer guten Rat befolgt und gegen allen Widerstand meines Vaters darauf bestanden, an seinen Besprechungen mit dem Mann teilzunehmen, um zumindest eine vage Vorstellung davon zu erhalten, was für ein Spiel er mit uns spielt. Und nun rate, wer mich dabei unterstützt hat: ausgerechnet Buenaventura selbst! Da sagt er tatsächlich, als mein Vater mich beim ersten derartigen Anlass herauskommandieren will:

«Aber lassen Sie doch Ihre Tochter hier, es ist gut, wenn auch sie über alles Bescheid weiß. Wer soll denn die Geschäfte führen, wenn Sie einmal krank oder nicht abkömmlich sind?»

Darauf mein Vater: «Aber das kann doch nicht die Aufgabe einer jungen Dame sein!»

«Warum denn nicht, Sir Reginald?», sagt nun der Jude. «Viele meiner Geschäftspartner sind Damen, oft genug junge, und auch meine älteste Tochter, die gerade geheiratet hat, treibt schon ein wenig Edelsteinhandel, obwohl sie erst siebzehn ist, und Ihr Fräulein Tochter ist doch sicher eher ein Stück älter.»

Das Letzte war zu alledem noch eine Frechheit, aber die Rede erfüllte ihren Zweck: Mein guter Vater war so konsterniert, dass er keine Worte mehr fand, mich aus dem Zimmer zu werfen, und seitdem ist meine Anwesenheit eine ständige Einrichtung geworden. Es hat mich sehr beruhigt, dass ich nun wenigstens weiß, was vor sich geht. Und wirklich, sowohl der Jude selbst als auch seine Geschäfte erscheinen bei Licht besehen nicht mehr ganz so düster und unheimlich. Dennoch durchzieht mich jedes Mal ein Schauer, wenn ich ihn wiedersehe, ist mir ein wenig hohl in der Magengrube an den Tagen, wenn er kommt. Vielleicht ist das die Erinnerung an den Schreck jenes Tages, als er mir im Aufgang wie ein böser Geist über den Weg lief, vielleicht ist es aber auch aufgeregte Vorfreude: Du wirst es nicht glauben, liebste Fanny, ich habe großen Spaß an diesen Besprechungen. Mein Vater, der Arme, ist, wie ich nun mit eigenen Augen sehe, keine große Leuchte in Gelddingen. So kommt es, dass unser seltsamer Buenaventura mehr mit mir spricht als mit ihm. Ich denke nach über das, was der Jude sagt, stelle Fragen, mache Einwände, will Eventualitäten abklären, mache eigene Vorschläge. Vater schweigt nur, hört abwesend zu und raucht seine Pfeife.

Es ist wie ein Abenteuer: Viel Geld, ja das Schicksal unserer Familie steht auf dem Spiel, und alles liegt, so scheint es mir, in meiner Hand. Wie gut, dass mein Vater nichts weiß von diesen vermessenen Ambitionen seiner Tochter.

Und noch eins, Fanny: Buenaventura ist klug, wenn nicht gerissen. Wenn wir je wieder ein ausreichendes Einkommen erlangen, dann mit seiner Hilfe. Aber ob er ehrlich ist, ob er uns nicht, nachdem er uns saniert hat, nur auspressen will wie eine Zitrone, darüber kann ich mir nicht sicher sein. Da wir nun mit ihm zusammenarbeiten müssen, bleibt mir wenig, als ihm dabei wachsam auf die Finger zu sehen.

London, den 4. Februar 1791

Buenaventura kam diese Woche nicht, ließ sich entschuldigen, er sei unpässlich. Ich war enttäuscht, sind doch diese wöchentlichen Verhandlungen zurzeit das Interessanteste in meinem Leben, und zugleich war ich sehr besorgt: Wenn er nun ernstlich krank wäre? Wenn er, Gott bewahre, stürbe? An so etwas darf ich gar nicht denken, was würde dann wohl aus uns? Gottlob hat er sich für Montag wie üblich angekündigt, scheint also wieder genesen zu sein.

Im Moment verfolgen wir einen etwas riskanten Plan, aber das Risiko liegt ganz auf den Schultern unseres Gläubigers, der es sich wohl leisten kann. Wir haben aus dem Erbteil meiner Mutter ein kleines Stück Land in Cornwall, das bisher als Schafweide verpachtet war und das mein Vater, als ihm Buenaventura seine Existenz ins Gedächtnis rief, sofort zu verkaufen trachtete. Zuvor hat aber Buenaventura, selbstverständlich nur nach meiner Zustimmung (lach nicht, Fanny!), einen Experten für Geologie kommen lassen, auf seine Kosten, um das Land einmal anzusehen. Das Ergebnis: Mit einiger Wahrscheinlichkeit könnte sich in nicht allzu großer Tiefe Zinn befinden. Buenaventura hat jetzt das Land von uns gepachtet und lässt nach Zinn suchen. Findet er welches, erhalten wir von der Ausbeute einen guten Anteil, er aber das Pachtrecht auf Lebenszeit. Findet er keins, fällt das Land nach drei Jahren an uns zurück, und wir können es ohne Verlust verkaufen.

Mein Vater war entsetzt: Wieder eine Mine! Mit Minen hatte er sein Lebtag nichts mehr zu tun haben wollen. Nur mit Mühe konnte ich ihn davon überzeugen, dass in dieser, im Gegensatz zu seiner diamantenen damals, nur Chancen für uns liegen, aber keine Risiken.

London, den 8. Februar 1791

Die Krankheit, die unseren Gläubiger letzte Woche im Hause festhielt, scheint eine ernste nicht gewesen zu sein: Am Montag wirkte er vollauf wiederhergestellt. Ich hatte mir doch große Sorgen gemacht.

Als ich ihn dann ganz wohlbehalten wiedersah, habe ich ihm in meiner Erleichterung, ich weiß auch nicht, wie's kam, auf Hebräisch einen Psalmvers rezitiert, der mir diese Woche in meiner Sorge um ihn mehrfach in den Sinn gekommen war. Er war sehr beeindruckt von mir, wie du dir denken kannst (ganz im Gegensatz zu meinem Vater, der, die Zeitung auf den Knien, gelangweilt an seiner Pfeife sog), versuchte aber, es durch Ironie zu verbergen. Ich erzählte ihm dann, dass ich zwei Jahre Hebräischunterricht genossen hätte und ein wenig traurig sei, kaum Gelegenheit zu haben, die alten Kenntnisse zu üben. Auch sei es auf die Dauer arg langweilig, immer nur die Bibel zu lesen, die man fast auswendig kennt. Ob er vielleicht ein anderes hebräisches Buch zu Hause habe, das er mir einmal leihen könne? Der unverschämte Mensch antwortete: Er habe der Familie schon so viel geliehen, da käme es auf das eine oder andere Buch nicht an. Er werde mir nächste Woche etwas Passendes mitbringen. Da bin ich nun sehr gespannt.

Übrigens, Fanny, weißt du, dass der seltsame Jude mich nie ansieht, wenn er mit mir spricht? Als ich ihn damals im Aufgang das erste Mal sah, da hat er mich förmlich durchbohrt mit seinen schwarzen Augen, die mir geradewegs aus der Unterwelt zu kommen schienen. Jetzt, wo wir seit vielen Wochen so gesittet beieinander sitzen und vernünftige Gespräche führen, da sieht er mal zum Fenster, mal auf seine Fußspitze, mal über meine linke Schulter, aber mich sieht er nie an. Es ist, wie ich finde, sehr unhöflich von ihm. Ich fühle mich, als hätte ich einen abstoßenden Aussatz an mir, dessen Anblick er nicht ertragen kann.

London, den 25. Februar 1791

Es tut mir Leid, dass ich von einem so bedeutenden Ereignis wie der Hochzeit meines Bruders nur so kurz und unzusammenhängend berichte. Die Gedanken wollen sich heute nicht recht sammeln, denn ich bin sehr aufgeregt: In einer Stunde werde ich meinen ersten Besuch im Hause des berüchtigten Buenaventura machen. Wir haben eine ganz unerhörte Regelung getroffen, die meine Eltern in früheren Zeiten rundheraus verboten hätten, aber in unserer heutigen Lage sich ohne großen Protest hinzunehmen genötigt sahen – meine Mutter mit säuerlich zusammengepressten Lippen und missbilligenden Bemerkungen, mein Vater zuerst mit blankem Entsetzen im Blick, das bald einem schmerzerfüllten, in sich gekehrten Märtyrerausdruck wich. Und das alles, weil ihre Tochter jetzt sozusagen in Stellung geht und ein paar Hand voll Kleingeld in die beängstigend leere Familienkasse bringen will. Ich gebe ab heute mehreren kleinen Buenaventuras viermal wöchentlich je zwei Stunden Deutschunterricht (Französisch können sie schon ausgezeichnet!) und erhalte für drei dieser Tage ein, wie ich finde, für Hauslehrerinnen maßlos hohes Gehalt. Für den vierten Tag wird der Lohn in Naturalien ausbezahlt, indem ich Hebräischunterricht bekomme, und mein «Lehrer» soll niemand anders sein als Buenaventura selbst. Er hatte in seiner Jugend, wie er sagt, einmal gelehrte Ambitionen und kann daher angeblich Hebräisch so gut wie Englisch – und jedenfalls deutlich besser als ich, wie ich zu meinem Leidwesen in den letzten Wochen konstatieren musste. Den zweiten Teil unserer Abmachung habe ich meinen Eltern gänzlich verschwiegen.

London, den 26. März 1791

Meine Schüler sind eine Rosa von fünf, ein Joseph von acht und ein David von elf Jahren. Auch die Kleine kann schon besser lesen, als manch anderer es bis an sein Lebensende lernt, alle drei waren artig und wissbegierig, und der Anfang fiel mir leichter, als ich befürchtet hatte.
Es ist sehr eigenartig: Da sehe ich den Vater dieser Kinder

seit Monaten einmal die Woche und spreche oft mehrere Stunden mit ihm, und nicht immer nur über Geschäfte. Aber erst als ich ihn heute in seinem eigenen Haus besuchte, erfuhr ich von seinen Kindern, dass er Witwer ist. Bei der Geburt der jüngsten Tochter, vor gerade einmal einem Jahr, ist seine Frau gestorben.

Als ich später zum Hebräischunterricht mit ihm und dem kleinen Joseph alleine war (der soll mit mir gemeinsam lernen, so unser Plan), fragte ich ihn nach seiner Frau, und er erzählte mir mehr, als ich zu hören erwartet hatte. Stell dir nur vor, Fanny, er hat mit sechzehn Jahren geheiratet! Seine Frau war damals ein Mädchen von dreizehn! Ich tat nur mäßig erstaunt hierüber und nicht so schockiert, wie ich es im ersten Augenblick war. Nun wundere ich mich nicht mehr, dass seine älteste Tochter schon verheiratet ist, obwohl er selbst sicher nur wenig mehr als fünfunddreißig zählt. Ein noch junger Mann also, und doch mehr als sein halbes Leben verheiratet! Ein glückliches, unbeschwertes Eheleben war das nicht, soweit ich verstanden habe. Nach der Geburt ihres ersten Kindes sei die junge Frau im Wochenbett plötzlich in tiefe Melancholie gefallen, die für den Rest ihrer Tage nie mehr ganz von ihr wich. Dabei ließ es Buenaventura nicht an Bemühungen fehlen, sie aufzuheitern und ihr die verlorene Lebensfreude – ach was, Schluss davon.

Meine arme Fanny, nun hätte ich dich fast mit Einzelheiten aus der Leidensgeschichte der Mrs. Buenaventura geplagt, die dich doch herzlich wenig interessieren muss. Ich weiß auch nicht, warum sie mich so beschäftigt. Ist es nicht verwirrend, ja fast anrührend, sich vorzustellen, wie der gerissene, unverschämte, berechnende Buenaventura, damals selbst noch ein zarter Jüngling, ein weinendes Mädchen umsorgt?

Es geht aufwärts mit uns, was man vor ein paar Monaten noch kaum für möglich gehalten hätte. Die trübsinnige Lethargie des letzten Jahres verliert allmählich ihre Macht.

Heute kam mit der Frühpost die Nachricht, auf unserem Land in Cornwall liege tatsächlich eine kleine Zinnmine, die für die Ausbeute geeignet ist. Schon im Sommer soll mit dem Abbau begonnen werden (das nötige Kapital bringt natürlich unser Pächter auf), und wir erhalten dann als Gewinnanteil und Pacht so viel pro Jahr, wie uns der Verkauf einmalig gebracht hätte! Ein Vermögen ist das nicht, aber doch ein regelmäßiges kleines Einkommen, das in unserem Budget einige Löcher schließt. Inzwischen ist auch die erste Dividendenzahlung aus dem Schmelzofengeschäft eingetroffen, in das Buenaventura den Verkaufserlös von Möbeln und Pianoforte für uns gesteckt hatte. Auch meine Wenigkeit trägt zum Familieneinkommen bei, indem mein generöses Hauslehrerinnengehalt einen guten Teil unserer Personalkosten abdeckt, und ich muss sagen, ich bin nicht wenig stolz darauf, mich so spürbar nützlich machen zu können.

Buenaventura hat aber wohlgemerkt geflucht wie ein schlecht erzogener Papagei, als ich ihm gestand, dass ich sein Geld zu Hause abgebe: Ich solle es, Teufel noch einmal, nicht in ein Fass ohne Boden stecken, sondern als Mitgift ansparen! Ich musste lachen über sein ernstes Gehabe wegen der paar Pfund und habe ihn gefragt, was für einen Ehemann ich mir wohl kaufen könnte mit dem bisschen Kleingeld, selbst wenn ich's sparte – einen Bäckermeister vielleicht oder einen Hufschmied? Da sieht er mir ausnahmsweise einmal direkt ins Gesicht, blitzt mich mit seinen großen schwarzen Augen an und sagt: Hochmut stehe meiner Familie schlecht an, und mit einer kleinen Mitgift einen Bäckergesellen zu bekommen sei immer noch besser als ganz ohne Mitgift einen Tagelöhner.

Nein, von seiner Unverschämtheit hat er nichts eingebüßt, seitdem ich seine Kinder und er mich in seinem Haus unterrichtet. Doch über meine Zukunft musst du, liebe Fanny, dir nicht allzu schlimme Sorgen machen, denn im Moment hat es ganz den Anschein, als solle mir das Los eines Tagelöhnerweibs erspart bleiben. Jedenfalls hat mein alter Bekannter Clarendon nach dem Ende der Saison die Stadt noch immer nicht verlassen, ist häufig Gast in unserem Hause, ebenso wie ich in dem seinen, und hat auf dem letzten Ball, an dem ich das Unglück hatte teilzunehmen, ganz ausschließlich mit mir getanzt, wobei er mehrfach halb verschlüsselte Bemerkungen zum Besten gab, die eigentlich nur eines heißen können.

Zu verdanken habe ich dies, nehme ich an, weniger meinen zweifelhaften äußerlichen Vorzügen (verstehst du, warum ich gelegentlich Komplimente für meine schrecklichen feuerroten Haare bekomme?) als meiner wohl informierten und abwechslungsreichen Konversation. Meine Eltern jubilieren schon lauthals. Ich dagegen genieße still die Aussicht auf ein sicheres und geborgenes Leben, hoffe aber, dass Clarendon sich mit der öffentlichen Verkündigung etwaiger Absichten noch eine Zeit lang zurückhält. Denn sobald er damit herausrückt, wenn er es denn überhaupt je tut, müsste ich doch gewiss meine Besuche im Hause Buenaventura, ob zu Unterrichts- oder Geschäftszwecken, einstellen. An so etwas aber mag ich im Moment gar nicht denken.

London, den 20. Mai 1791

Der kleine Joseph liegt inzwischen wie seine Schwester mit Keuchhusten darnieder, und so war mein Hebräischunterricht heute ein Privatissimum.

Ganz ohne die gewohnte menschliche Barriere zwischen uns saßen mein Lehrer und ich Schulter an Schulter über das Buch gebeugt, und mir ward dabei so wunderlich zumute, dass ich kaum ein Wort richtig lesen konnte. Auch Buenaventura war unkonzentriert, so bilde ich mir jedenfalls ein.

Eigentlich sollte ich schon aus purer Menschlichkeit hoffen, dass der kleine Joseph nächste Woche wieder wohlauf ist. Aber es will mir nicht recht gelingen. Ach Fanny, was soll nur aus mir werden!

London, den 27. Mai 1791

Du sollst es als Erste erfahren, und für den Moment auch als Einzige. Noch kann ich nicht wagen, einer anderen Seele davon zu berichten, sosehr auch mein Inneres in Aufruhr steht. Ahnst du, worum es geht? Wirst du mich schelten ob meines Leichtsinns?

Doch schimpf nicht mit mir, denn Joseph ist schuld. Er war auch heute nicht ausreichend wiederhergestellt und fehlte darum im Hebräischunterricht. Da saß ich also wieder alleine mit Buenaventura, der ein wenig dichter heranrückte als beim letzten Mal, und ich ließ ihn gewähren. Nicht sehr lange konnten wir den Anschein einer gewöhnlichen Unterrichtsstunde aufrechterhalten, denn bald trafen sich unsere Finger auf der Buchseite, berührten sich verstohlen, schlangen sich schließlich umeinander und mochten sich fortan nicht mehr trennen. Ich vermeinte, die Zeit sei stehen geblieben über unseren verschränkten Fingern. Als sie weiterlief, da lagen wir uns plötzlich in den Armen, ohne dass ich angeben könnte, wer von uns beiden die erste Bewegung hierzu unternommen hätte. Wir liebkosten und küssten uns in fiebriger, unersättlicher Hast, als wüssten wir, dass das Glück lange nicht währen könne. Welche Empfindungen mich dabei durchströmten, wage ich nicht aufs Papier zu bringen.

Nach einer Zeit, deren Dauer zu bestimmen mir unmöglich ist, näherten sich von draußen Schritte. Es war Mendoza, Buenaventuras Faktotum, der nach einem kurzen Klopfen die Tür öffnete und einen unerwarteten, aber eminent wichtigen Besucher ankündigte, einen Minister Seiner Majestät höchstselbst, (welchen, kannst du dir vielleicht denken), und dabei das gelangweilteste aller Dienergesichter machte, als sähe er uns, noch kaum voneinander gelöst, nicht an, was mit uns geschehen war.

Während Mendoza also kurz darauf wieder kehrtmachte, um den hohen Gast hineinzuführen, schickte ich mich wortlos an zu gehen. Meine Gesellschaft bei der folgenden, sicher vertraulichen Unterredung konnte kaum genehm sein, und etwas in meiner glückseligen Verwirrung trieb mich ohnedies zur Flucht. Alsbald tritt aber schon der Minister herein, ein praller, grober Klotz in einem zum Platzen angefüllten roten Rock auf stämmigen, kurzen Beinchen, und lässt seinen Blick an mir herniedergleiten, als sei meine Anwesenheit bei seinem finanziellen Beichtvater ein persönlicher Affront für ihn.

Buenaventura, der sich wieder ganz in der Gewalt hat, begrüßt ihn mit dem leisen Spott in der Stimme, den ich so gut an ihm kenne, und stellt mich mit so umständlichem Zeremoniell und so bedeutungsschwangerer Stimme vor, dass man meinen könnte, ich sei eine königliche Hoheit. Dann bittet er den erstaunten Herrn, Platz zu nehmen und ihn einen Augenblick zu entschuldigen: Er wolle mich persönlich zur Tür begleiten, denn wir seien in einer wichtigen Besprechung unterbrochen worden und müssten die Angelegenheit vor meinem Weggang noch rasch zu einem guten Ende bringen.

Er kommt also mit mir nach draußen, und kaum, dass wir alleine in der Diele stehen, fragt er mich ohne jede Vorbereitung: «Würden Sie mich vielleicht heiraten wollen?», und ich höre mich antworten: «Nichts lieber als das!», worauf er mich fast erstickt, so fest drückt er mich an sich.

Ach Fanny, und wie ich will! – Doch dass dieser heimlichste und süßeste aller meiner Wünsche in Erfüllung gehen könnte, das hatte ich nie auch nur zu denken gewagt. Vielleicht gibt es doch eine Vorsehung, denn die und nichts anderes muss es gewesen sein, die meinem Vater die Diamantmine in den Kopf gesetzt hat, und alles, was uns wie eine Katastrophe schien, diente in Wahrheit nur diesem einen Ziel: mich dem Mann zuzuführen, mit dem ich leben will und der mir vom Anfang der Zeiten an zugedacht war, mit dem ich aber unter anderen Umständen niemals in Kontakt getreten wäre.

London, den 31. Mai 1791

Wie trügerisch war der Glückstaumel der vergangenen Tage, in der mir die Welt von Zauberhand in die beste aller nur erdenklichen verwandelt schien. All mein innerer Jubel hat nur bewirkt, dass ich mich jetzt umso tiefer ins Elend gestoßen fühle, und in ein viel schlimmeres, scheint mir, als es die Geldschwierigkeiten unserer Familie je für mich bedeuteten.

Still habe ich mich ins Haus geschlichen und sitze noch unentdeckt auf meinem Zimmer, denn ich möchte mein

Gesicht mit seiner festgemeißelten Maske der bittersten, unglückseligsten Enttäuschung niemanden in meiner Familie sehen lassen. Seit Tagen fragt mich jeder, woher mein verklärtes Lächeln und der Glanz in meinen Augen kommen; umso sicherer wird nun mein plötzlicher Stimmungswandel auffallen müssen. Ich bekäme Fragen zu hören, die ich weder beantworten darf noch will.

Aber dir, Fanny, kann ich mich offenbaren, und die bittere Wahrheit muss heraus.

Heut war unser erstes Wiedersehen seit der fatalen Begebenheit der letzten Woche. Damals schon hatte mir Buenaventura angekündigt, wir würden anlässlich meines heutigen regulären Unterrichtstermins bei seinen Kindern «Genaueres besprechen». Und worum handelte es sich hierbei? Nachdem er mich zuerst noch geküsst und mir Koseworte zugeflüstert hat, um mich in willfährige Verwirrung zu versetzen, sagt er mir, als sei es die größte Selbstverständlichkeit von der Welt: Ich müsse nun natürlich offiziell zum Judentum übertreten, was ohne Schwierigkeiten so und so erfolgen könne, er habe alles Nötige schon mit dem Rabbiner vereinbart.

Mir wären fast die Augen aus dem Kopf gefallen. Im ersten Augenblick glaubte ich, es müsse sich um einen seiner Scherze handeln, doch es war ihm ganz ernst damit.

So musste ich ihn aufklären, dass im Gegenteil ich es als selbstverständlich genommen hatte, er würde sich taufen lassen – was doch für jeden normal denkenden Menschen leicht ersichtlich die einzige sich anbietende Lösung in einem Fall wie dem unsrigen ist. Schließlich wäre er nicht der erste Angehörige seines Volkes, der um einer Heirat oder eines Amtes willen oder auch aus ehrlicher Überzeugung die Taufe auf sich nimmt, wovon ich ihm aus dem Stegreif gleich eine ganze Reihe von mehr oder minder illustren Beispielen aufzählen konnte. Hingegen gibt es für die Konversion eines Christen zum Judentum nur den armen irren George Gordon anzuführen, über den man sich deshalb bis heute mokiert.

Ich fragte ihn also, wie um des Himmels willen er ernsthaft so Unerhörtes von mir verlangen könne. Er antwortete mir: Er habe mein Interesse an der hebräischen Sprache und Literatur (hinter der sich ja, liebste Fanny, in Wahrheit nichts als mein außerordentliches Interesse an seiner Person verbarg!) für das Zeichen einer beginnenden Bekehrung genommen, zu deren Vollendung er nichts als einen kleinen Anstoß mehr nötig glaubte.

Ich erklärte ihm also, er habe sich in dieser Einschätzung gründlich getäuscht und müsse jetzt hoffentlich einsehen, dass mir dergleichen schon aus Rücksicht auf meine gesellschaftliche Stellung und meine Eltern nicht möglich sei, wohingegen eine Konversion seinerseits zum Christentum nur ein vergleichsweise geringes Übel, wenn nicht gar einen Vorteil für ihn bedeuten könne.

Buenaventura seufzt und blickt gequält hierhin und dorthin, bis er mir schließlich sagt: Das sei ihm unmöglich. Er habe nie auch nur mit dem Gedanken gespielt, das Christentum anzunehmen, da es in seinen Augen eine Irrlehre, ja geradezu einen Götzendienst darstelle! Nie und nimmer könne er um weltlicher Vorteile willen seinen Gott verleugnen und einer Sekte von Heiden beitreten, die vor einem Menschenbildnis anbetend niederknien.

So konnte ich nicht umhin, dem Verblendeten zu verstehen zu geben, dass auch ich, obwohl ich jedem seine Religion gönne, wie die meisten meiner Mitchristen glaube, die Juden hätten einen schwerwiegenden Fehler begangen, als sie Christi wahres Wesen nicht erkannten und ihn für seine Liebeslehre dem Henker ans Messer lieferten, und dass es sehr wohl seine Gründe habe, warum die Juden heute nur ein übel gelittenes, verstreutes Völkchen in einer Welt voller Christen sind. Wie könne er, fragte ich ihn, das Opfer von mir verlangen, seinen verachteten Glauben anzunehmen, er, der seinerseits nicht bereit sei, ein doch offenkundig viel geringeres um meinetwillen auf sich zu nehmen!

Darauf Buenaventura: Wenn mir demnach eine Konversion genauso unmöglich sei wie umgekehrt ihm, so dürften wir uns nicht mehr wieder sehen und ich sein Haus nicht mehr betreten. Er habe sich schon genug versündigt durch mich, indem er im Gedanken an eine unreine heidnische Frau seinen heiligen Bund befleckt habe, was auch immer das heißen mag, und er werde jetzt einen Schwur tun, mich künftig nicht einmal mehr anzusehen, sollten wir uns dennoch einmal begegnen.

Was sollte ich tun, Fanny? Ich hätte kein Wort mehr sprechen können, selbst wenn ich gewollt hätte. So griff ich schweigend meinen Schal und ging, und auch er sprach nicht einmal ein Wort des Abschieds mehr.

Ich fühle mich, als hätte mir jemand das Herz aus dem Leib gerissen.

London, den 15. Oktober 1791

Morgen, Fanny, ist also der große Tag. Mein einziges Kümmernis ist deine Abwesenheit und mein Wissen darum, dass du in Angst und Schmerz an deines Vaters Krankenlager sitzt, während mich frivole Lebensfreude erfüllt – trotz ein wenig Lampenfiebers.

Was ist es doch für ein seltsames Ding mit der Melancholie! Solange man sie hat, ist für nichts anderes in der Seele mehr Platz, und man hält sie für die unvergängliche und einzige Wahrheit des irdischen Lebens. Sobald sie aber auch nur ein wenig an Macht verliert, steht man schon mit dem Unverständnis eines Fremden vor der Tiefe der eigenen gestrigen Verzweiflung.

Mir jedenfalls geht es jetzt so, und endlich geheilt von meinem Wahn, weiß ich nun nicht mehr, warum ich nicht von Anfang an die Richtigkeit deines tröstenden Rats anerkannte. Wie konnte ich nur mit solch beharrlicher Leidenschaft einem Phantom hinterherweinen, während sich im wirklichen Leben alles so glücklich für mich fügte? Vor einem Jahr noch war ich, zähneknirschend und fluchend, aber trotz allem guten Mutes, auf eine Gouvernantenkarriere eingestellt, und da sollte ich jetzt nicht über das Schicksal jubeln, das mir wie maßgeschneidert einen wohlbegüterten und wohlgeborenen Mann bereitstellt, der den meisten seiner Zeitgenossen an Witz und Bildung bei weitem überlegen ist und dessen Landsitz auch noch kaum zehn Meilen vom Wohnort meiner Fanny entfernt liegt!

Ich albernes, dummes Kind, dass ich bei so viel Glück glaubte, ich müsste vor Trübsinn zugrunde gehen, weil mir ein verwitweter Jude mit fünf Kindern durch die Lappen gegangen war.

Apropos Jude, der Herr hat per Karte artig zur Hochzeit gratuliert und ließ auch ein Geschenk überbringen. Meine Mutter war ziemlich empört darüber, denn es war ein Schmuckensemble aus Silber und Mondstein, und sie hielt es wegen seiner relativen Wertlosigkeit für eine Art hintergründiger Beleidigung (was dem Schenker durchaus zuzutrauen wäre). Entweder, meint meine Mutter, soll er gar nichts schenken, wie es sich in seiner Position gebühre (sie verkennt dabei die Lage, denn eher sind wir seine Angestellten als er unserer), oder es müsse etwas besonders Teures und Edles sein, das eine unterwürfige Wertschätzung gegenüber unserer Familie zum Ausdruck zu bringen vermöge. Aber meine Mutter mag davon halten, was sie will, ich jedenfalls weiß, dass er mir eine Freude machen, vielleicht auch ein Zeichen der Versöhnung geben wollte und sich dabei, wie es seine Art ist, um Fragen des Anstands nicht weiter geschert hat. Die Ohrgehänge und das Collier sind mir nämlich nicht unbekannt. Es sind ein wenig altmodische, ganz zauberhafte Stücke, die ich einmal wortreich bewunderte, als er sie in meinem Beisein zusammen mit einigem anderen Schmuck anstelle von Bargeld von einem Schuldner geschickt erhielt. Er hat das anscheinend nicht vergessen.

Ich will auch nicht verleugnen, dass sich süße Wehmut in mir regte, als ich den Schmuck jetzt so unerwartet wieder in Händen hielt, zusammen mit der Karte in seiner Schrift. Gewiss, sosehr ich meine Lage jetzt als glücklich betrachte, und sosehr ich ihm böse bin, dass er mich aufs schwerste beleidigt hat, indem er seine vermaledeite Religion mir vorzog, so sehr ist doch mein Fleisch noch ganz in seinem Bann. Zum Glück aber ist der Mensch, und zumal der weibliche, nicht nur mit Fleisch, sondern auch mit Grips gesegnet, der das Denken und Handeln bestimmen sollte. Schließlich habe ich mich damals auch nicht in den Mühlbach gestürzt, bloß weil mir's Mrs. Willoughbys Pferdebursche mächtig angetan hatte. (Obzwar ich mir des Nachts voll süßer Qualen vorstellte, wie mich der besagte Jüngling nach meinem feuchten Freitod tränenden Auges aus dem Wasser zöge und klagend mein bleiches Gesicht mit verzweifelten Küssen bedeckte. Damals wusste ich noch nicht, wie scheußlich Wasserleichen aussehen.) Die fleischlichen Begierden lassen sich gottlob von den geistigen Instanzen, wenn man nur will, ausreichend im Zaum halten, und was noch wichtiger ist, sie gehen vorüber.

Erst jetzt will ich dir von einem unangenehmen und lästigen Umstand schreiben, den während der Krankheit deines Vaters und erst recht nach seinem Tod dir mitzuteilen ich nicht wagen konnte. Umso mehr drängt es mich jetzt, da bei euch der Alltag wieder eingekehrt ist, dich endlich einzuweihen – wenn es mir auch aufs äußerste widerstrebt, dass fremde Hände meine geheimsten Worte über den halben in Aufruhr befindlichen Kontinent, den Kanal und drüben wieder durch das halbe Königreich tragen werden, bis sie endlich bei dir eintreffen.

Fanny: Clarendon ist zu mir freundlich und zuvorkommend, rücksichtsvoll und zartfühlend und ein angenehmer, geistreicher Gesprächspartner bei allen Gelegenheiten. Kurz, er ist der ideale Gatte für mich in jeder Hinsicht – bis auf eine.

Am Tag unserer Hochzeit war ich, fast bis zur Lähmung erschöpft, dankbar, dass er mich in den wenigen Stunden der Nacht, die uns nach dem Fest noch blieben, allein in meinem Zimmer schlafen ließ.

In der Nacht darauf aber rechnete ich mit ihm und lag in gespannter Erwartung bis in die frühen Morgenstunden wach, doch er kam nicht. So ging es auch in der dritten Nacht. Als er auch in der vierten nichts von sich hören oder sehen ließ, begann ich zu fürchten, dass ich in einem Fehler befangen sei, indem ich, mit den einfachsten Regeln des ehelichen Daseins unvertraut, Nacht für Nacht still auf sein Kommen wartete, während er nach einem ungeschriebenen und mir unbekannten Gesetz auf meinen nächtlichen Besuch oder ein anderes Zeichen von mir hoffe, womöglich inzwischen schon ungehalten über dessen Ausbleiben.

So klopfte ich am Abend darauf, kurz nachdem sich Clarendon auf sein Zimmer begeben hatte, verschämt, parfümiert und in ein seidenes Nachtkleid gehüllt an seine Tür.

«Was ist?», fragte er, als er darauf eigenhändig öffnete und meiner gewahr wurde, und ich, die ich mich vor nichts so sehr gefürchtet hatte wie davor, er könnte eben dieses oder etwas ähnlich Plumpes fragen, stammelte ein paar wirre Silben und spürte, wie mir das Blut in Hals und Gesicht strömte.

«Ach so», unterbrach er mein Stammeln und setzte nach einer kurzen Pause hinzu: «Ich dachte, es sei eine ausgemachte Sache, dass wir auf solche nächtlichen Spielereien verzichten – außer vielleicht, um einen Erben hervorzubringen, aber das hat wohl noch zwei, drei Jahre Zeit, meinen Sie nicht?»

Verstört und beschämt wie ich war, fiel mir darauf nichts weiter ein, als ihm hastig eine gute Nacht zu wünschen, mich schnell in mein Bett einzugraben wie ein Schutz suchendes Tier in seine Höhle und dort, tapfer ein paar Tränen zurückhaltend, meine Wunden zu lecken.

Als ich einige Tage später meine Eltern besuchte (denn dies alles ereignete sich noch vor unserer Abreise aus London), nahm ich mir ein Herz und meine Mutter zur Seite, um ihren Rat zu suchen. Ich gestand ihr unter Erröten und beschleunigtem Herzklopfen das Geschehene, worauf sie sich ganz erstaunt über meine Verwirrung zeigte: Was ich denn anderes erwartet hätte? Clarendon sei schließlich einschlägig bekannt! Und, auf mein leicht gereiztes Nachfragen: Die ganze Stadt wisse, dass er Frauen nicht zugeneigt sei; dass er auch deshalb mit einer Heirat ungewöhnlich lange gewartet habe, sei ein offenes Geheimnis.

Fanny, sag bloß, du hast das auch gewusst? Hättest du mich nicht wenigstens vorwarnen können?

Meine Mutter erklärte auf meinen angedeuteten Vorwurf, sie habe selbstverständlich angenommen, ich sei über die

Neigungen meines Bräutigams ausreichend unterrichtet gewesen und habe der Ehe mit ihm in dem Bewusstsein zugestimmt, dass ich von meinem künftigen Gatten nur selten, wenn überhaupt, Besuch im Schlafgemach erhalten würde – was in den Augen meiner Mutter alles andere als einen Nachteil zu bedeuten scheint, und jedenfalls keinen schwer wiegenden im Hinblick auf die Gnadengabe, die mir armer Kirchenmaus in Form eines mehr als standesgemäßen Ehemannes zuteil wurde. Ich musste ihr in dieser Einschätzung natürlich zustimmen, oder der Gripsanteil in mir tat es. Leider ist der Fleischanteil da gelegentlich anderer Meinung.

Der hatte sich, muss ich dir gestehen, in Vorbereitung auf meine Vermählung in einen regelrechten hochzeitlichen Rausch hineingesteigert angesichts der Aussicht, in Bälde gewisse Freuden genießen zu können oder doch zumindest eingeweiht zu werden in eine bisher ihm verborgene Welt; ob nun mit Genuss verbunden oder weniger, das hätte sich erst noch herausstellen müssen.

So war es mir derart missliebig, dem fieberhaft Erwarteten jetzt ganz entsagen und meine beträchtliche Neugier auf die viel umflüsterten esoterischen Aspekte des Ehelebens weiterhin bezähmen zu müssen, dass ich Anstalten unternahm, welche im Ergebnis leider die Lage für mich nur noch penibler machten, als sie es zuvor schon gewesen.

Ich deutete nämlich in einem günstig erscheinenden Moment und unter zartem Erröten Clarendon an, ich würde – freilich nur, wenn aus seiner Sicht nicht wichtige Gründe dagegen sprächen – lieber schon bald ein erstes Kind bekommen als später, und erklärte dies mit verschiedenen Gründen, die alle ein wenig ihre Berechtigung haben mochten, doch von denen keiner der wirkliche war.

Clarendon hob mit zusammengepressten Lippen ein wenig die Augenbrauen, seufzte und machte ganz den Eindruck von jemandem, der sich mit einer unvermeidlichen kleinen Belästigung konfrontiert sieht. Nach einer Pause des Überlegens sagte er: Nun gut, früher oder später brauche er einen Erben, und wenn ich denn partout lieber früher als später meine Gesundheit zu ruinieren gedächte, wolle er sich bemühen, seinen Teil dazu beizutragen. Ich solle mich also am heutigen Abend zu einer bestimmten Uhrzeit bereithalten, er werde dann zu mir kommen.

Bis zum Abend krochen die Minuten im Schneckentempo dahin, und mir wurde immer mulmiger zumute. Genau zur verabredeten Stunde, während ich in einem kaum etwas verhüllenden Negligé voll ängstlicher Spannung auf meinem Bett drapiert lag, betrat schließlich Clarendon mein Schlafzimmer. Er hieß mich das Licht löschen und begab sich sogleich und ohne weitere Vorbereitung an sein Werk. Hierbei gelangte er jedoch nicht so weit wie erhofft, obwohl er es an Anstrengungen dazu nicht mangeln ließ und mir dabei außerordentliche Schmerzen an den unwahrscheinlichsten Stellen bereitete. Nachdem dies eine Weile so gegangen war, verließ ihn die Kraft, und er musste, zugegebenermaßen ein wenig zu meiner Erleichterung, seine Bemühungen einstellen.

Die Schwierigkeiten, die einen erfolgreichen Vollzug unseres Vorhabens vereitelten, schrieb er sowohl meinem jungfräulichen Zustand als auch meiner inneren Anspannung zu, durch welche ich mich ihm gänzlich verschlossen präsentiert habe. Er schlug vor, einen weiteren Versuch erst in einigen Wochen zu unternehmen, nachdem ich inzwischen das offensichtlichste Hindernis durch geeignete Hilfsmittel beseitigt hätte. Dann wünschte er mir freundlich eine gute Nacht.

In den Tagen seit diesem Ereignis war ich viel bedrückter als zuvor, und seitdem hat keiner von uns beiden den ersten Schritt zu einem neuen Versuch unternommen. Ich scheue mich augenblicklich schon deshalb davor, weil wir uns auf Reisen befinden und ich etwas Ähnliches wie beim ersten Mal nicht in einem fremden Haus erleben will. Seitdem wir in Waldesruh zu Gast sind, schreckt mich auch die Tatsache ab, dass mein Mann mit dem Baron Baringsdorf mehr als nur gut befreundet scheint. So ist wohl hier wegen der zu starken Konkurrenz nicht der Ort, wo ich mit meinen weiblichen Reizen reüssieren könnte – wenn ich mir auch in meiner in solchen Dingen ungebildeten Phantasie nicht vorstellen kann, dass der Baron sich meinem Mann weniger «verschlossen präsentiert» als ich.

Apropos, ich habe eines Nachmittags hinter dreifach verriegelter Tür seinen Rat befolgt und mittels eines länglichen Gegenstandes eine Eröffnung bei mir herbeigeführt. Es hat nur kurz wehgetan und ein paar Tropfen geblutet. So weiß ich jetzt wenigstens, dass ich krankhaft verwachsen nicht bin (was ich zuvor befürchtet hatte) und dass der übliche Vorgang theoretisch auch bei mir ausführbar sein sollte. Falls übrigens du, meine Fanny, je eine solche künstliche Öffnungshilfe praktizieren müsstest, so kann ich dir aus meinem reichen Erfahrungsschatz nur eines raten: Nimm keine Kerze.

Verstecke um Himmels willen diesen Brief vor deinen neugierigen Geschwistern und schweige wie ein Grab über alles, was du gelesen hast – du bist ja zum Glück eine erprobte Schweigerin.

London, den 15. Februar 1793

Fanny – was für ein unangenehmer, beunruhigender Tag liegt hinter mir!
Zum Lunch waren wir bei meinen Eltern eingeladen, was zu einem tragikomischen Fiasko wurde, an dem ich mit der

übergroßen Empfindsamkeit einer Beteiligten mehr die Tragik als die Komik verspürte. Am liebsten schöbe ich in kleinlicher Bosheit diese wie alle anderen heute erlittenen Unannehmlichkeiten allein meiner Schwägerin in die Schuhe, die, bilde ich mir ein, durch ihre bloße süßliche Anwesenheit die schlechtesten Seiten in uns allen hervorkitzelt – oder meine ich: in mir? Ich bin's nämlich, niemand sonst, die schon ihr Anblick bis aufs Blut reizt; alle anderen hingegen halten sie für das liebenswerteste Wesen unter der Sonne.

In rosa Taft gehüllt thronte sie mit ihrem Söhnchen wie eine italienische Madonna auf dem besten Fauteuil, als ich eintrat. Der Vergleich musste zu meinen Ungunsten ausfallen, und meine Mutter konnte es sich wie so oft nicht verkneifen, die klägliche Unterlegenheit ihrer leiblichen Tochter laut zu kommentieren: Wenn man mich neben Clarissa sehe, falle meine unansehnliche Blässe erst so richtig ins Auge. Ob diese mir nicht das Geheimnis ihrer reizenden Rosenbäckchen verraten könne? Zum Beweis für ihr viel gerühmtes gutes Herz nimmt unsere Madonna die rhetorische Frage ganz ernst und erklärt, sie massiere sich allmorgendlich mit den Fingern fünf Minuten die Wangen. Damit mir diese Methode künftig auch gelingt, eilt sie in leutseliger Barmherzigkeit zum armen Aschenputtel, stellt sich vor meinem Stuhl auf und kneift mir derart schmerzhaft mit den Nägeln in die Backe, dass ich ihr um ein Haar in die aufdringlichen Finger gebissen hätte. Für diese mildtätige Unterweisung wurde sie sehr gelobt, während alles mich bestaunte, als würde ich auf dem Rossmarkt feilgeboten, um festzustellen, ob's schon Wirkung zeige.

Dann, beim Essen, schmeichelte sie sich wie immer bei Charles ein, indem sie Interesse an der Malerei vorgab und ihn zum stundenlangen Fachsimpeln animierte, was ihn in den Augen der anderen zum wiederholten Mal als rücksichtslosen Langweiler erscheinen ließ. Clarissa aber

lauschte so fasziniert, als erzähle er den neuesten Gesell-
schaftsklatsch, in Wahrheit das Einzige, wodurch sie sich
unterhalten fühlt. Schließlich entlockte sie ihm die Summe, die er letztes Jahr für Bilder ausgegeben hat, und das
machte plötzlich meinen Vater hellhörig.

«Clarendon», sagte er in tadelnd-besorgtem Ton, «was muss
ich da hören, soundso viel hätten Sie in Gemälde gesteckt?
Das ist ja eine höchst abenteuerliche Form der Geldanla-
ge.» Dann belehrte er Charles, er sei gewiss Hochstaplern
aufgesessen, die ihm mit uneinlösbaren Versprechen das
Geld aus der Nase zögen; Gemälde seien letzten Endes keine Sicherheit, sondern nichts als Luxus, für den man unmöglich solche Summen ausgeben dürfe. Schnellstmöglich
solle er seine ruinöse Sammelleidenschaft aufgeben und
sein Geld sicher in Zinnminen, Schmelzöfen und die Textil-
manufaktur stecken. Er sei jetzt kein ungebundener Lebe-
mann mehr, der sich einen gewissen Leichtsinn leisten könne, sondern müsse auch an seine Frau denken, deren Glück
mit dem seinen auf dem Spiel stehe.

Charles, der wohl weiß, dass er keine Mitgift von meinen
Eltern bekommen hat, wahrte knapp seine Beherrschung
und blieb ruhig und freundschaftlich im Ton, erlaubte sich
aber eine tödlich spitze Bemerkung, die, als ihr Sinn nach
längerer Verzögerung endlich auch bei meinem Vater eintraf, diesem das Blut in den Kopf steigen ließ. Von da an
herrschte zwischen den beiden die eisigste Höflichkeit.

Kurze Zeit nach dieser Beinahe-Szene verdreht Clarissa die
Augen und erbricht sich mit Schwung auf ihren Teller. Alles
gluckt besorgt um sie herum, das Corpus Delicti wird abgeräumt und ein Riechfläschchen gereicht (das auch ich bitter nötig gehabt hätte). Mir war der Appetit vergangen, was
meine Mutter mir böse flüsternd als Unhöflichkeit ankrei-
dete. Die tapfere Clarissa hingegen wurde sehr bewundert
dafür, dass sie sich nicht legen mochte und nach ein, zwei

Minuten weiteraß, als sei nichts gewesen. Robert deutete an, man habe inzwischen sichere Gründe anzunehmen, sie sei erneut guter Hoffnung (knapp sechs Monate nachdem sie ihren Erstling ausgetragen hat, falls du jetzt erstaunt rechnest). Entzücken ergriff die Tischgesellschaft, und die umjubelte Clarissa fragte mich scheinheilig in gut hörbarem Halbflüsterton: Ob mir eigentlich inzwischen auch manchmal übel werde, schließlich sei ich schon eine ganze Weile verheiratet?

Ich wurde so rot, wie ein blasses Wesen wie ich eben werden kann, und verzichtete auf eine Antwort. Darauf Robert mit einem Seitenblick auf seine Heldin: Es seien eben nicht alle Frauen so begabt wie die seinige, Leben zu schenken. Seine Schwester habe mit ihrer weniger weiblich-sanften, weniger blühenden, übertrieben vergeistigten Konstitution leider nicht die besten Voraussetzungen für die Mutterschaft.

Charles hatte nach dieser unerquicklichen Mahlzeit genauso üble Laune wie ich, verständigte sich mittels eines Blicks mit mir und erklärte, wir müssten leider sofort abfahren. Die Zeit sei heute knapp, er habe nämlich auf dem Heimweg noch etwas zu erledigen. Das stimmte so weit, zwei Bilder wollte er für einen Bekannten schätzen, doch hätte das natürlich noch gut bis zum Abend warten können.

Auf der Fahrt hing ich mit geschlossenen Lidern meinen Gedanken nach, um nicht mit Charles über den unerfreulichen Lunch sprechen zu müssen. Böse Gefühle gegenüber Familienmitgliedern bleiben am besten ungesagt. Erst am Ziel unserer Fahrt, als es ans Aussteigen ging, öffnete ich die Augen und erlebte eine erschütternde Überraschung: Wir standen in Bevis Marks, in der Mark Lane – vor Buenaventuras Haus.

«Für Buenaventura willst du schätzen?», fragte ich mit erzwungen unbeteiligter Stimme.

«Ja», antwortete Charles, «und du warst also schon hier, dass du das Haus kennst?»

«Einige Male, als er damals die Geldangelegenheiten für meinen Vater übernommen hatte. Aber damit will ich's auch bewenden lassen. Geh du allein hinein, ich warte hier.»

«Warum denn das? Es kann eine Weile dauern, und es würde dir gut tun, dich drinnen aufzuwärmen, statt ohne Not hier draußen in der Kälte auszuharren. Du bist dir doch nicht etwa zu fein, um in deiner neuen, besseren Lage sein Haus zu betreten?»

«Wie kannst du so etwas von mir denken! Nein, ich fürchte nur … schon damals hatte ich den Eindruck, bei Buenaventura nicht wohlgelitten zu sein, wenn ich meinen Vater begleitete. Ich … ich glaube, er hält es für unpassend, vor Frauen Geschäfte zu bereden.»

«So? Heute jedenfalls erwartet er dich. Er hat mir eigens gesagt, es wäre ihm eine Freude, dich einmal wieder zu sehen.»

«Er weiß also, dass ich komme?»

«Ja eben, das sagte ich doch.»

Ach Fanny, was hätte ich hierauf entgegnen sollen (oder wollen?). Nun musste ich mit.

In der ersten Minute zitterten mir ein wenig die Knie in seiner Gegenwart, doch das ging vorüber. Wir waren sehr höflich und freundlich zueinander wie zwei Fremde, die viel Gutes voneinander gehört haben. Seinen albernen Schwur, er wolle mich nie mehr ansehen, scheint er vergessen zu haben, denn er sah mir bei der Begrüßung direkt in die Augen. Er ist äußerlich fast unverändert, bis auf eine silberne Strähne links an der Stirn, die ich noch nicht kannte. Die Kinder waren nirgends zu sehen, was mir lieb war.

Während Charles sich abwesenden Blicks mit den fraglichen Bildern befasste, saßen Buenaventura und ich uns in einer gewissen Anspannung gegenüber. Er fragte mich, ob ich einen angenehmen Vormittag bei meinen Eltern verlebt hätte? Sicher sei ich glücklich, sie in den Wintermonaten so häufig sehen zu können?

In meiner Nervosität beging ich den Fehler, wie ein Wasserfall drauflosuplappern und ihm in allen trivialen Einzelheiten den Verlauf unseres Besuchs bei meinen Eltern zu erzählen – was ihn so amüsierte, dass ich schließlich selber lachen musste.

«Dabei ist es eigentlich alles andere als lustig für mich», bemerkte ich danach. «Mir ist nämlich inzwischen jeder Aufenthalt bei meinen Eltern verleidet, so sehr zerfrisst mich meine Abneigung gegen meine Schwägerin, die mir im Übrigen nie wirklich etwas Böses getan hat und die alle anderen herzlich zu lieben scheinen.»

«Wenn Sie so empfinden, machen Sie sich ganz unnötigen Kummer. Offenbar macht Eifersucht ähnlich blind wie Liebe. Glauben Sie denn wirklich, Miss St– … Lady Clarendon, Ihre Eltern und Ihr Bruder würden Sie in eine Zweitausgabe Ihrer Schwägerin umtauschen? Wissen Sie denn nicht, dass man Sie ganz so, wie Sie sind, liebt und schätzt? Grund zur Eifersucht hat höchstens Ihre Schwägerin: Sie ist eine Fremde im eigenen Haus. Erst vor kurzem eingeheiratet, von schlechterem Stand und mangelnder Bildung, auf die sie jeden Tag bei vielerlei Anlässen gestoßen wird und trotz deren man sie nicht aus Neigung, sondern aus Not erwählt hat, muss sie sich eine respektable Position in der Familie erst erkämpfen, während Sie die Ihre sicher haben. Warum ist man denn so überaus freundlich, aufmerksam und zuvorkommend zu ihr? Doch nur, weil sie eine unterlegene Außenseiterin ist, gegenüber der dies Höflichkeit und Rücksichtnahme gebieten. Sie aber, Lady Clarendon, sollten sich der Liebe und Wertschätzung, die Ihnen von Familie und Freunden entgegengebracht wird, sicherer sein und sich nicht mit Selbstzweifeln das Leben schwerer machen, als es sein muss. Fast wöchentlich klagt Ihr Vater bei mir, wie schmerzlich man Sie seit Ihrer Heirat in Ihrem Elternhaus vermisst und wie man darüber trauert, dass Sie nie Zeit für einen längeren Aufenthalt finden.»

Ganz leicht wurde mir bei seinen Worten ums Herz, als habe er mit ein paar Handgriffen wieder zurechtgerückt, was in meiner Welt aus dem Lot geraten war. Zu einer Antwort kam ich nicht, denn Charles trat in diesem Augenblick zu uns, um von dem Ergebnis seiner Untersuchung zu berichten.

«Mir scheint, Ihr Schuldner will Sie übers Ohr hauen, doch dabei hat er sich aus mangelndem Sachverstand gründlich verkalkuliert. Die Vedute ist nicht einen Bruchteil von dem wert, was er dafür angesetzt hat, ein gänzlich stümperhaftes Stück und eine Kopie dazu. Wenn Sie mich fragen, ist sie im Malunterricht einer seiner Töchter entstanden, die er wahrscheinlich für hoch begabt hält. Dafür ist aber die Bildnisminiatur, die er Ihnen mit großer Geste als Zugabe überlassen hat, ganz exquisit und wird alleine mehr als den geschuldeten Betrag einbringen. Geben Sie einfach die Vedute zurück, bevor sie Ihnen im Keller verstaubt, und erklären Sie sich durch die Miniatur für quitt.»

«Zurückgeben werde ich nichts», antwortete Buenaventura schmunzelnd, «denn stellen Sie sich vor, der Künstler ist wirklich die Tochter meines Klienten und die Ärmste müsste nun erleben, wie ihr mit Fleiß und Mühe über Wochen und Monate gepinseltes Gemälde zu einem wertlosen Staubfänger deklariert wird, den man nicht einmal geschenkt haben will! Nein, ich lasse ihr die Illusion, ein großes Kunstwerk geschaffen, und ihrem Vater die, mich verschaukelt zu haben. Beides ist gut fürs Geschäft, und einen Trödler werde ich schon finden, der mir das gute Stück abnimmt.»

Nach einigem Hin und Her, da Buenaventura für den geleisteten Dienst zahlen, Charles aber nichts annehmen wollte und beide auf ihren Prinzipien beharrten, gingen wir. Zum Abschied, man höre und staune, sagte mir Buenaventura, er hoffe, mich bei Gelegenheit wieder zu sehen, vielleicht im Hause meiner Eltern?

Kaum im Wagen, gab Charles, der mitgehört hatte, wie ich töricht meine kleinlichen Beschwerden über meine Schwägerin vorbrachte, seine Verwunderung über diese große Vertraulichkeit gegenüber einem Fremden zu erkennen. «Du scheinst», bemerkte er etwas spitz, «Buenaventura um einiges besser zu kennen, als ich bisher glaubte.»

Erst jetzt kam mir so recht zu Bewusstsein, in welch schlechtem Licht ich mich vor Buenaventura gezeigt hatte, und mich überfiel eine Welle der brennendsten Scham, die mir noch jetzt, da ich dies schreibe, den Schweiß aus den Poren treibt: Musste ich denn ausgerechnet ihm meine schändlichsten Gefühle offenbaren, damit er mich darüber aufklären kann, was für eine alberne Gans ich bin? Anscheinend, muss ich zu meinem Schrecken erkennen, bin ich ein eifersüchtelndes, eitles Wesen geworden, das sich nur dann nicht beleidigt und zurückgesetzt fühlt, wenn es selbst den unumstrittenen Mittelpunkt aller Aufmerksamkeit und Bewunderung darstellt. Seltsamerweise beruht diese ungünstige Veränderung meines Charakters nicht darauf, dass ich eingebildeter wäre als früher. Im Gegenteil, nie war ich weniger vom Wert meiner Person überzeugt als in den letzten Monaten. Alles schien mir dafür zu sprechen, dass ich die Liebe und Wertschätzung meiner Familie und Freunde, wie Buenaventura es nennt, weder besitze noch verdiene. Meine Eltern haben mich, so das Räsonnement einer bösartigen Stimme in meinem Kopf, freudestrahlend bei der erstbesten Gelegenheit aus dem Haus gegeben, um künftig keine Auslagen mehr für mich zu haben, mein Bruder war dankbar über meinen Weggang, der Platz für seine wachsende Familie schuf, und mein Mann hat mich gegen Kost und Logis als Fassadenputz eingekauft, ohne mich als Frau besitzen zu wollen. Von einem gewissen Geliebten, der mich zuvor verraten, soll gar nicht die Rede sein.

Und doch hatte keiner der Genannten die Absicht, mir ein Leid zu tun, und jeder von ihnen stand, wie ich selbst, unter einem Zwang, dem er glaubte, sich nicht entziehen zu können. Weder habe ich also Grund, die beleidigte Leberwurst zu spielen, noch zu befürchten, meine Familie liebe mich nicht mehr.

Ich will mich bessern, meine Eltern bald einmal für länger besuchen, nichts Böses mehr über Clarissa denken und überhaupt aufhören, mir aus purer Langeweile das Hirn mit selbstsüchtigen Grübeleien zu strapazieren. Außerdem will ich Kleider für arme Kinder nähen oder dergleichen, damit es nicht dereinst vor dem himmlischen Gericht heißt, Lady Clarendon habe vor lauter eitler Beschäftigung mit ihren eingebildeten Sorgen der wirklich Notleidenden nicht gedacht.

Ich glaube, ich muss Buenaventura ein Kärtchen schreiben, in dem ich ihm für seinen Hinweis danke. Persönlich sagen kann ich es ihm nicht: Ich werde ihn nicht wieder sehen, es wühlt mich zu sehr auf.

Noch einen zweiten Grund gibt es, der mir ein erneutes Zusammentreffen mit ihm unangenehm machen würde, und der ist Charles. Du wirst nie erraten, was er auf dem Nachhauseweg zu mir sagte. Abwägend sah er mich von der Seite an, nachdem ich seiner Frage, wie gut Buenaventura und ich uns kennten, ausgewichen war, und bemerkte schließlich: «Willst du ihn dir als Liebhaber halten?»

Darauf ich: «Red keinen Unsinn!»

Er: «Aber ein schöner Mann ist er doch, wenn auch nicht nach meinem Geschmack, und offenbar gefällst du ihm.

Seine Diskretion ist sprichwörtlich. Ich spreche im Ernst, meinen Segen hast du, wenn du dich mit ihm einlassen willst.»

Ich leugnete vehement, irgendein Bedürfnis nach einem amant, insbesondere aber nach diesem, zu haben, und verbot Charles das Thema für die Zukunft. Nun fühlte ich mich erst recht gekränkt, noch mehr als durch Charles' Desinteresse: Ekelt es ihn so sehr vor mir, dass er mich lieber auf schmutzige Weise einem anderen unterschiebt, als selbst seiner Pflicht nachzukommen, und wäre es nur bei seltenen Anlässen? Wieder eine Ungerechtigkeit, wie ich jetzt merke, denn nur der Wunsch, mich zufrieden zu sehen, treibt Charles zu solchen Vorschlägen, und ich sollte dankbar sein für diese Möglichkeit, die er mir eröffnet, wie skandalös sie auch ist.

Was ich ihm stolz verschwiegen habe, ist für mich das Schlimmste an der Sache: Selbst wenn Charles und mein Gewissen solches erlaubten, so würde doch Buenaventura ein unsittliches Angebot entsetzt verschmähen. Er, der für eine christliche Ehe mit mir zu fromm war, würde sich auf diese doppelte Todsünde, den Ehebruch mit einer Christin, erst recht nicht einlassen.

London, den 28. Februar 1793

Fanny, deine Idee war eine Offenbarung für mich. Meine nomadische Existenz ist ein Hindernis, doch es werden sich Mittel und Wege finden. Einen jungen Menschen auf den Weg in eine bessere Zukunft führen, das wäre etwas anderes, als bloß Strümpfe zu stricken – was ich heute auch wieder fleißig getan habe und was mir jemand vermiesen wollte, obwohl es doch unbestreitbar eine gute Sache ist, wenn auch eine sehr kleine. Wer denn das gewesen sein könnte, fragst du dich, und dir wird sofort die früher viel gescholtene, inzwischen mit bemüht freundlichen Augen betrachtete Clarissa einfallen. Doch die war es nicht, wie du sogleich vernehmen wirst.

Am frühen Nachmittag, ich saß an einem Paar Wollsocken, verließ Charles das Haus mit den Worten, er habe etwas mit Wakefield zu besprechen und sei in Bälde wieder zurück. Etwa eine Viertelstunde hatte ich einsam meine Nadeln klappern lassen, da meldete Simmons einen Besucher, dessen Name mir jede Spur von gelangweilter Trägheit aus Körper und Geist vertrieb. Es war Buenaventura, der laut Simmons eine Verabredung mit Charles zu haben behauptete, wovon dieser mir aber kein Wort gesagt hatte. Ich wollte ihn im ersten Augenblick des Schreckens wieder wegschicken lassen mit der Begründung, mein Mann sei außer Haus. Rechtzeitig kam mir die unberechtigte, grobe Unhöflichkeit eines solchen Verfahrens zum Bewusstsein, und ich ließ bitten, falls der Herr Zeit und Geduld genug habe, um auf die Rückkunft meines Mannes zu warten.

Natürlich wollte er warten, und mir fiel zu spät ein, dass er dies auch ohne meine Gesellschaft in der Bibliothek hätte tun können. Stattdessen wurde er nun ins Sitzzimmer geführt, wo er sich, ganz anders als bei unserer letzten Begegnung, in einem so großen Abstand von mir niederließ, als röche ich nicht nach Rosenöl und kölnisch Wasser, sondern so wie die Herrschaften, für die ich meine Strümpfe herstelle. Während wir Begrüßungsworte tauschten, betrachtete er statt meiner ein nur für ihn sichtbares Fabelwesen links hinter mir, und ich hätte ihm eine kleben mögen, damit er mich ansieht. Zu meiner Erleichterung erwähnte er mit keiner Silbe meinen kleinen Brief, den ich ihm nie geschrieben, wenn ich geahnt hätte, dass wir uns so bald wieder sehen würden.

Vielleicht auf der Suche nach einem unverfänglichen Thema, fragte er mich nach meiner Strickarbeit. Mich bei einer so weiblichen, hausfraulichen Tätigkeit zu sehen, sei ihm ganz ungewohnt. Ob ich eine Mütze für meinen kleinen Neffen herstellte?

«Weder eine Mütze noch für meinen Neffen», gab ich zur Antwort. «Strümpfe sollen es werden, und ich will sie an Leute verschenken, die sie brauchen können.»

«Sie meinen, an die armen Kinder vom East End oder dergleichen?»

«So ungefähr, doch gerade dieses Paar soll keins für Kinder werden. Schließlich leiden auch Erwachsene unter kalten Füßen.»

«Das schon, doch mit Kindern hat man im Allgemeinen mehr Mitleid und gibt ihnen leichter ein Almosen. Aber wenn es um warme Strümpfe geht, glauben ja andererseits viele Leute, die bräuchten Kinder nicht, denn kalte Füße seien in diesem Alter gesund und härteten ab.»

«Nicht alles stimmt, was bei Locke zu lesen steht. Ich habe mich bei einem Arzt erkundigt, der einmal die Woche im East End Besuche macht. Der sagte mir, entzündete, mitunter halb verfaulte verfrorene Zehen seien im Winter ein großer Übelstand bei seinen dortigen Patienten, von den schweren Fieberkrankheiten ganz zu schweigen, die sie sich durch die Verkühlung holen.»

«Dann tun Sie zweifelsohne eine dringend notwendige Arbeit mit Ihren Strümpfen. Leider werden aber nur wenige der Bedürftigen in diesem Winter noch von ihnen profitieren können. Wie lange sitzen Sie denn an einem Paar?»

«Für Kinderstrümpfe brauche ich drei Tage, für größere etwas länger.»

«Also eine sehr anmutige und persönliche Art, Gutes zu tun, aber nicht besonders effektiv. Haben Sie sich einmal ausgerechnet, wie viele Paar Strümpfe Sie an die Notleidenden verteilen könnten, wenn Ihr Mann eins seiner kostbaren

Gemälde verkaufte und den Erlös in Strümpfe steckte? Obendrein wäre damit noch den braven Handarbeiterinnen gedient, die vom Erlös ihrer Strickwaren leben und ihre eigenen Kinder kleiden.»

Ich habe es dir ja oft genug gesagt, Fanny: Der Mann ist grenzenlos unverschämt, was er hiermit erneut bestätigte. Ich ließ mir davon aber nicht die Sprache verschlagen und erwiderte:

«Die Gemälde meines Mannes sind eben die Gemälde meines Mannes, nicht die meinen, und ob er Almosen geben will, über sein Mäzenatentum hinaus, das hat allein er zu entscheiden. Ich dagegen bin, wie Sie wissen, mittellos und für meinen Lebensunterhalt selbst auf die Großzügigkeit meines Mannes angewiesen. Demnach ist mir eine, wie Sie es nennen, effektivere Methode zur Linderung der Not in dieser Stadt verwehrt, und ich muss, will ich hierzu dennoch etwas beisteuern, auf die beschränkten Möglichkeiten des weiblichen Geschlechts zurückgreifen. Wie viele Paar Strümpfe verschenken denn Sie im Monat, da Sie sich in dieser Frage so gut auszukennen scheinen?»

«Ich reiche zehn Prozent meines Gewinns im Jahr an die Armenkasse der Gemeinde weiter, wovon unter anderem sicher auch Strümpfe gekauft werden; wie viele, weiß ich allerdings nicht.»

«Aha! Zehn Prozent Ihres Gewinnes geben Sie. Dann kann ich in Ehren neben Ihnen bestehen, denn ich habe alles, was ich im letzten Jahr verdient habe, und zwar durch den Verkauf einiger alter Kleider, vollständig in Wolle für meine Strümpfe gesteckt, und meine Arbeitskraft kommt noch hinzu.»

«Ich gebe mich geschlagen! Mit meinen eigenen Argumenten haben Sie mir triumphal den Mund gestopft und können nun erwiesenermaßen als der bessere Mensch von uns beiden gelten.»

Dabei blickte er mir trotz aller Ironie so ernsthaft reumütig in die Augen, dass meine Verärgerung auf der Stelle dahinschmolz.

«Der Bessere von uns beiden bin ich kaum; ich habe lediglich mehr als Sie Mußezeit, der ich seit neuestem mit meiner Strickerei einen Sinn zu verleihen versuche. Ich fürchte, in Wahrheit will ich mit diesen Strümpfen mehr mir selbst helfen als jenen, für die sie bestimmt sind.»

«Sie sind zu streng mit sich. Wenn man Gutes nur aus den vollkommen lauteren, uneigennützigen Beweggründen tun dürfte, dann könnte ein Bettler lange auf ein Stück Brot, geschweige denn Strümpfe warten, und es gäbe weder Freundlichkeit noch Liebe zwischen den Menschen. Heilige mit vollkommen reinen Motiven gibt es nicht auf dieser Welt, und dem Ideal am nächsten kommen jene, die erkennen, dass sie keine Heiligen sind. Das lehrt Bescheidenheit, die wohl situierten Menschen wie Ihnen und mir manchmal abgeht. Übrigens müssen Sie mich jetzt nicht gleich wieder daran erinnern, dass Ihnen Ihr Wohlstand nur über Ihren Gatten zukommt, was mir in diesem Zusammenhang so erheblich nicht zu sein scheint.»

«Nein, doch ich spüre es sehr wohl Tag für Tag, und wenn ich diese Tatsache erwähnt habe, so war das nicht der bloße Sophismus, für den Sie es hielten.»

«Wollen Sie damit sagen, dass Sie materiellen Mangel leiden, dass Ihr Mann Sie zu knapp hält und Ihnen vorenthält, was Sie brauchen?»

«Keineswegs, ich kann ihm nicht im Geringsten einen Vorwurf in dieser Hinsicht machen, und Sie müssen sich diesen Gedanken sofort aus dem Kopf schlagen. Mir ist nur immer bedrückend bewusst, dass ich ohne die geringste Mitgift in sein Haus gekommen bin und daher alles, was ich von ihm erhalte, selbst für die banalsten Bedürfnisse des Alltags, als eine Art Geschenk betrachten muss, nicht als mein Recht. Es gibt Dinge, die ich unternehmen würde, wenn ich eigenes Geld hätte oder einen höheren Anspruch auf das seine, die ich aber in meiner Lage aus schlechtem Gewissen, Rücksichtnahme und vielleicht auch Stolz nicht von ihm zu erbitten wage.»

«Und was wäre das zum Beispiel? Ein neues, modisches Diamantcollier? Eine Reise nach Capri?»

Der unmögliche Mensch! Ich musste gegen meinen Willen lachen und antwortete:

«Auf das Collier verzichte ich gerne. Nach Capri würde ich schon lieber fahren, doch auch an eine solche Reise habe ich noch keinen wehmütigen Gedanken verschwendet. Nein, ich meinte etwas ganz anderes: Ich würde gerne einige Kinder bei uns aufnehmen, ihnen gutes Essen, gute Kleidung und Unterricht geben, bis sie alt genug sind, sich selbst durchs Leben zu schlagen. Dabei dachte ich allerdings nicht an Waisenkinder aus den besseren Ständen, sondern an solche Kinder, wie ich sie letztens im East End sah, die zwar Eltern haben, aber ohne dass diese ihnen auch nur ihr täglich Brot geben könnten.»

«Und Sie glauben, Clarendon würde Ihnen das verweigern?»

«Nicht unbedingt, aber ich weiß eben, dass so etwas Geld kostet. Es wäre ungehörig von mir, die ich die Kosten nicht trage, ihm so etwas aufzudrängen. Zum Zweiten glaube ich, fremde Kinder im Haus, und sei es auch nur eines, wären ihm lästig, und will ihm das nicht zumuten.»

«Warten Sie einfach ab, bis Sie selbst Kinder haben, da wird ihm kaum auffallen, ob eines mehr oder weniger bei Ihnen umherspringt.»

«Eigene Kinder werden wir leider niemals haben.»

Warum sage ich ihm immer Dinge, die in keines Fremden Ohr gehören? Und schon gar nicht in das eines Fremden, der nach einer solchen Offenbarung nicht diskret das Thema wechselt, sondern die linke Augenbraue hochzieht, den Satz einige bange Sekunden einwirken lässt und dann Folgendes sagt:

«Sie meinen, Ihr Mann ist so sehr mit … anderen Interessen beschäftigt, dass der gewöhnliche eheliche Umgang für ihn gar nicht infrage kommt?»

«Gemeint habe ich nur, was ich gesagt habe. Aber Ihre Interpretation entspricht den Tatsachen.»

«Aha.» Buenaventura betrachtet mit kritischem Blick den bekannten Fleck links hinter mir und schweigt, während ich hektisch mit schweißglitschenden Nadeln klappere und eine Masche nach der anderen fallen lasse.

«Wie Sie sehen», unterbreche ich die peinliche Stille, «sind es wieder nur egoistische Gründe, die mich zu meinen wohltätigen Plänen treiben, und schon deshalb müsste ich mich schämen, Clarendon hierzu zu drängen: Ich würde ja nicht eigentlich für die Kinder bitten, sondern um ein unverschämt großes Geschenk für mich selbst.»

«Für die Kinder würde das aber wenig Unterschied machen. Und dass Sie auf Clarendons Kosten Gutes täten, stimmt in diesem Fall nur zum Teil: Gewiss, er würde einige Naturalien beitragen, was ihm kaum wehtun dürfte, aber die Hauptsache, die Erziehung und den Unterricht, würden ja Sie übernehmen.»

«Genau darauf hat mich auch meine Freundin hingewiesen. Ihr Vorschlag war, ich könnte notfalls ein Kind nur unterrichten – eines, das nicht bei uns wohnt, sondern bei seinen Eltern. Ein paar Lebensmittel müsste ich ihm höchstens gelegentlich mit nach Hause geben, damit die Eltern es sich leisten können, ein Kind arbeitslos im Haus zu behalten.»

«Ob dieser Unterricht aber letztendlich dem Kind nützlich wäre, vom bloßen Gewinn an Bildung abgesehen? Stellen Sie sich eine junge Frau aus den schlechtesten Verhältnissen vor, die bei Ihnen gelernt hat: Ein wenig Manieren hat sie mitgenommen, aber schon ihr Akzent wird ihre Herkunft verraten. Ein vermögender Mann, ob aus der Land besitzenden Klasse oder nicht, wird sich nach wie vor nicht für sie interessieren; für einen aus der einfachen Bevölkerung, der mit ihrer Bildung nichts anzufangen weiß, fehlt ihr die nötige, und sei es kleine, Mitgift. Wäre es für sie nicht besser gewesen, sie wäre in Dienst gegangen und hätte sich etwas gespart, das sie als Mitgift anbieten könnte?»

«Sie haben Recht, daran habe ich auch schon gedacht. Mein Schüler müsste ein Junge sein, um von meinem Unterricht profitieren zu können, möglichst einer, der eine gewisse Begabung schon erwiesen hat. Den könnte ich so weit bringen, dass er zu einem Studium zugelassen wird oder für einen kleineren Beamtenposten. Ihm stünden dann Möglichkeiten zu einer viel besseren Berufslaufbahn offen, als wenn er sich von seiner Ausgangsposition aus alleine durchgeschlagen hätte. – Aber da wir so viel über Kinder sprechen: Wie geht es denn Ihren? Ich hoffe, alle sind wohlauf?»

«Die, welche Sie kennen, eigentlich schon. David liegt allerdings seit ein paar Tagen mit Fieber, Ohrenschmerzen und einem Schnupfen im Bett. Ich hoffe, es ist nichts Ernstes. Im letzten Winter fing es bei Joseph so ähnlich an und wurde dann zu einem schweren Fall von Masern. Er hat es mit Gottes Hilfe überstanden, aber seitdem sieht er nicht mehr gut. Selbst mit einer Brille fällt ihm das Lesen schwer. Er ist noch immer ein fröhliches Kind und scheint seine schlechten Augen nicht als Makel zu empfinden, ich aber grübele besorgt darüber nach, wie er wohl einmal sein Geld verdienen soll, wenn er kaum etwas sieht.»

«Bestimmt findet er eine Frau, die ihm das Lesen abnimmt, wenn es nicht ein Angestellter tut. Ich selbst wäre gar nicht unglücklich, wenn ich meinem Mann bei seiner Kunstsammlung assistieren müsste: Dann wüsste ich wenigstens, dass ich ihm unentbehrlich bin.»

«Sie haben Recht, vielleicht wird es ihn nicht so schlimm behindern, wie ich es mir jetzt ausmale. Die Kinder haben Sie übrigens sehr vermisst, nachdem Sie damals Ihren Unterricht so plötzlich einstellen mussten. Ihre Nachfolgerin hatte einiges auszustehen, da sie beständig mit Ihnen verglichen wurde. Heute noch reden Rosa und David oft von Ihnen.»

«Und was ist mit denen, die ich nicht kenne?»

«Wie meinen Sie?»

«Sie sagten doch vorhin, denen Ihrer Kinder, die ich kenne, gehe es gut. Das hörte sich für mich ein wenig besorgniserregend an, so als sei Ihre älteste Tochter nicht gesund.»

«Das haben Sie ganz richtig herausgehört. Um Malca mache ich mir sehr ernste Sorgen. Im Herbst zu den Feiertagen habe ich sie nach mehreren Jahren das erste Mal gesehen, als sie aus Rotterdam zu Besuch kam. Dabei musste ich feststellen, dass sie sehr abgemagert und schwach aussieht und von einem beständigen Husten geplagt wird, von dem sie mir kein Wort geschrieben hatte und dessen Schwere sie auch während ihres Aufenthalts in London vor mir zu verbergen suchte. Ich befürchte das Schlimmste und hätte sie am liebsten hier behalten, was aber natürlich unmöglich ist. Weder wollte sie etwas davon hören, noch hätte ihr Mann dies zugelassen.»

«Es ist doch zu hoffen, dass es auch in Rotterdam gute Ärzte gibt. Ist sie dort in Behandlung?»

«Das versicherte sie mir jedenfalls und weigerte sich gleichzeitig, das Geld anzunehmen, welches ich ihr für Arzthonorare und andere Sonderausgaben zustecken wollte.»

«Wie lange hat sie denn den Husten schon? Vielleicht ist es nur eine vorübergehende Sache?»

«Danach sieht es leider nicht aus. Von ihrem Mann erfuhr

ich, es habe schon während ihrer Schwangerschaft vor zwei Jahren begonnen, die ihr arg zugesetzt und sie sehr geschwächt habe. Am Schluss war die Quälerei auch noch für die Katz, denn das Kind ist nach wenigen Wochen gestorben. Vielleicht sollten Sie froh sein, sich mit solchen Nöten nicht abplagen zu müssen.»

Wie gerufen betrat jetzt Charles den Raum, endlich zurückgekehrt von seiner Unterredung mit Wakefield und sichtlich befriedigt, Buenaventura und mich in trautem Plausch vorzufinden. Jovial begrüßte er seinen Gast und entschuldigte sich für die Wartezeit. Die, behauptete Buenaventura, sei ihm dank meiner charmanten Gesellschaft gar nicht langweilig geworden. Mit Unschuldsmiene setzte er hinzu, Charles könne sehr stolz auf seine Frau sein, die, während andere mit Essen und Schlafen, Toilette und Gesellschaft vollauf beschäftigt seien, wie eine Heilige Strümpfe stricke und sich zudem mit dem lobenswerten Plan trage, einem begabten Kind aus schlechten Verhältnissen Unterricht zu erteilen.

«Wie?», fragte Charles verdutzt und sah mich fragend an.

«Du hörst ganz recht. Die Einzelheiten wollen noch überlegt sein, aber grundsätzlich hatte ich an so etwas gedacht.»

«Aber wozu denn? Gibt es nicht inzwischen genügend Schulen, wo hingehen kann, wer etwas lernen will? Den Katechismus hat jeder Dorfschullehrer ausreichend im Kopf. Warum sollte eine Lady Clarendon, noch dazu mit deinem Wissen und deiner Begabung, für die erstbeste Rotznase die Privatlehrerin spielen?»

«Genau darum geht es ja: Schulen für die niederen Stände, selbst für die Allerärmsten, gibt es überall, doch das, was man dort lernt, bringt einen im besten Fall zur Köchin oder zum Kutscher, und auch das nur, wenn man dies Handwerk noch nach der Schule lernt, denn dort wird es einem nicht beigebracht.»

«Aber was sollte denn die Schule für die einfachen Menschen mehr leisten, als ihnen die Grundzüge der Religion und ein wenig Lesen und Rechnen für den Hausgebrauch beizubringen? Für mehr als das hätten sie ohnehin keine Verwendung.»

«Die hätten sie schon, wenn sie anstrebten, aufzusteigen und einen anderen, angeseheneren und besser bezahlten Beruf zu ergreifen.»

«Wenn das Einzelnen gelingt, schön für sie, doch warum sollten wir diesen Ehrgeiz erst wecken, wo er nicht vorhanden ist, und ihn dann unterstützen? Wir brauchen doch Gärtner und Kesselflicker, Kutscher und Köchinnen, Arbeiter in Manufakturen und Bergwerken, von den Landarbeitern ganz zu schweigen, die unser aller Nahrung produzieren. England würde zusammenbrechen, wenn seine Bevölkerung nur aus Geistlichen und Notaren, Philosophen und Ärzten bestünde. Willst du wie Don Quijote als einsame Streiterin die Naturgesetze bekämpfen? Oder ist das französische Revolutionsfieber jetzt vollends bei dir ausgebrochen?»

Bevor ich mich verteidigen oder erklären konnte, griff Buenaventura ein, um die Wogen zu glätten, die er selbst in Wallung gebracht hatte:

«Ich glaube, Ihre Frau denkt nicht an die Kinder von Bauern oder Handwerkern, die ein gutes Auskommen fänden, wenn sie in die Fußstapfen ihrer Eltern träten. Sie denkt eher an Kinder aus solchen Familien, die, auf dem Land unerwünscht, in die Elendsviertel der Städte drängen; Kinder, die, da ihre Eltern sie nicht ernähren können, von frühester Jugend an in die Versuchung zum Betteln und Stehlen geraten. Wenn solchen Kindern der Weg in eine bessere Zukunft geebnet würde, käme das gewiss nicht nur ihnen selbst, sondern der ganzen Gesellschaft zugute.»

Charles blickte auch hierauf wenig überzeugt drein, ließ es

aber vorläufig gut sein und zog sich mit dem Besucher zurück, um zu besprechen, wozu er ihn einbestellt hatte.

Nach einer Viertelstunde hörte ich Buenaventura gehen, ohne dass er noch einmal zu mir hereingekommen wäre, um sich zu verabschieden. War das eine gezielte Unhöflichkeit von ihm oder die Bescheidenheit eines Menschen von niederem Rang, der nicht aus gesellschaftlichem Anlass, sondern wegen einer Geldsache geladen worden ist? Hatten wir denn aber nicht zuvor, wie auch sonst bei jeder Gelegenheit, als zwei Gleichgestellte miteinander gesprochen? Während ich mich gerade über Buenaventuras unerfreuliches Betragen ärgerte, betrat Charles wieder den Raum und teilte mir mit: Der Herr lasse mich grüßen. Auch dies stellte mich nicht zufrieden, und dazu musste ich mir sogleich von Charles anhören, er habe den Eindruck, Buenaventura und ich verstünden uns prächtig. Dies leugnete ich, wir hätten lediglich ein höfliches Gespräch geführt, um die Zeit bis zu seiner Rückkehr zu überbrücken. Mir persönlich sei eine gewisse hinterhältige Ader in Buenaventuras Wesen alles andere als angenehm, und von einer freundschaftlichen Neigung zwischen uns könne keine Rede sein.

«So ist er dir regelrecht zuwider?», fragte Charles in einem Ton, als müsste ihm dies Sorgen bereiten.

«Das wäre zu viel gesagt. Nein, er ist einfach nur ein Fremder für mich, dem ich gelegentlich beiläufig begegnet bin.» Dabei hielt ich den Blick konzentriert auf meine Strümpfe gerichtet, bemerkte aber doch aus den Augenwinkeln ein Grinsen auf Charles' Gesicht, so als glaube er, mich durchschaut zu haben.

Ich fürchte, es ist ihm ernst mit der Idee, Buenaventura könne einen Liebhaber für mich abgeben. Schließlich würde ihn das endgültig von seinen Gattenpflichten entbinden und zum Zweiten vermutlich die ewigen Quengeleien seiner alten Mutter abstellen, die endlich einen Erben sehen will, damit nicht Titel und Land an die Linie des ungeliebten Cousins fallen.

London, den 22. März 1793

So kann es nicht weitergehen. Diese Begegnungen mit Buenaventura, sein Anblick, seine Stimme, jedes Wort, das er zu mir spricht, sind mir zugleich Lebenselixier und tödliches Gift. Keinen Gedanken kann ich mehr fassen, in dem er nicht vorkäme. Die Gegenwart heißt: Wo ist er jetzt? – die Zukunft: Wann sehe ich ihn wieder? – die Vergangenheit: Dann und dann sah ich ihn zuletzt, dabei sagte er dieses oder jenes und sah mir zweimal oder dreimal oder gar nicht in die Augen. Betrete ich ein Zimmer, denke ich: Auf diesem Stuhl saß er, hier ruhte seine Hand, diese Luft atmete er. Die abwegigsten Phantasien schwirren mir durch den Kopf, unter dem Titel: Vielleicht –; oder: Beinahe –; oder: Was wäre, wenn.

Und über allem schwebt das Wissen: Er hat mich verschmäht, und er würde es wieder tun.

Aus einem vagen Gefühl des Überdrusses an meiner Existenz hat er mich gerissen, aber zu welchem Preis? Es ist wie mit einer Medizin gegen Hühneraugen, von der man, nachdem die Hühneraugen beseitigt sind, den Schlagfluss bekommt. Ein auch nur halbwegs vorausschauender Mensch wird sich weigern, sie zu schlucken, und lieber still bis in alle Ewigkeit seine Hühneraugen ertragen. Ich sollte es genauso halten, wie viel es mich zunächst auch kosten mag.

Den Entschluss dazu fasste ich gestern Nacht, den ersten Schritt zur Besserung habe ich schon heute getan. Als ich, bei meinen Eltern zu Gast, erfuhr, Buenaventura werde erwartet, packte ich unter einem Vorwand meine Siebensachen und ließ mich nach Hause fahren.

Da sitze ich nun und winde mich in Qualen, dass ich mir dies Zusammentreffen entgehen ließ. In wenigen Tagen verlassen wir London für den Sommer, sodass ich zwar endlich wieder in deiner Nähe bin, liebste Fanny, dafür aber bis zum Winter keine Gelegenheit habe, Buenaventura zu sehen. Vielleicht war es nicht entschlossene Konsequenz, die mich heute aus dem Haus meiner Eltern trieb, sondern die Angst, ihn in dem Wissen sehen zu müssen, es sei für lange das letzte Mal. Ich wäre womöglich in Tränen ausgebrochen und ihm um den Hals gefallen.

London, den 24. März 1793

Liebste Fanny,

ich muss dich zum wiederholten Male enttäuschen, denn mit meiner vorbildlichen Konsequenz ist es schon wieder vorbei. Unsicher ist nur, was genau an ihre Stelle treten wird.

Die böse Hühneraugenmedizin wurde mir auf unerwartetem Wege zugeführt – mittels eines an mich gerichteten Briefes, dessen Absender äußerlich nicht ersichtlich war, obgleich ich zugeben muss, dass die Schrift mir bekannt vorkam. Ich war also nicht ganz arglos, als ich ihn öffnete, hatte aber etwas vergleichsweise Nichtssagendes erwartet: eine Frage nach meinem Befinden vielleicht, nachdem er wahrscheinlich vorgestern bei meinen Eltern gehört hat, ich sei wegen des Gefühls einer beginnenden Krankheit überstürzt nach Hause gefahren.

Stattdessen fand ich zwei Seiten, die auf Hebräisch beschrieben waren, in mühselig gepinselter Quadratschrift, da er weiß, dass mir die schnellere Kursive zu entziffern schwer fällt, das Ganze unterschrieben mit nichts als seinem Vornamen, den ich damals auf Umwegen seinen Kindern aus der Nase zog und den seitdem meine Lippen außer in dein Ohr nur in der Einsamkeit meines Bettes flüsternd geformt haben. Hätte ich nun die beiden Blätter ungelesen wegwerfen oder zurückschicken sollen? Sollen schon, wirst du sagen, aber können, Fanny, das konnte ich nicht.

Zwei Stunden saß ich an der Übersetzung. Allein durch die Sprache, die er gewählt hat, zwingt er mich, ihm meine konzentrierteste Aufmerksamkeit zu widmen – ein Trick, der ihm ähnlich sieht.

Es ist ein Gedicht, Fanny, von dem ich dir jetzt verschämt und mit zittriger Feder meine dilettantische englische Version übermitteln will:

Dein Bild, Gazelle, erschien mir im Traum,
Es blitzte voll Glanz ins Dunkel meiner Augen.
Die erkannten den Bauplan des Himmels in deinem
                                    Gesicht:
Sonne und Mond haben drin ihren Platz,
Sterne, Planeten sind befestigt an ihrem,
Hoheit und Anmut, Leben und Licht
Gespitzte Pfeile und Speere dazu,
Die poliert in die Tiefe der Herzen dringen.
Du bestrahltest meine finsterste Nacht,
Zogst von meinen Lidern die Binde,
Seufzen und Trübsal vertriebst du, und plötzlich
War'n auf den Märkten Laute der Freude zu hören.

Doch ich Ärmster, ich Elender, als ich mich
Ergötzte am Glanz ihrer Schönheit, als ich sie
Festhielt mit all meinen Sinnen,
Da verschwand die Gazelle, flog nach oben und glitt
Über die Wolken dahin.
Ich blieb zurück im dunklen Gewölb
Wie eine Maus, die sich durch Ritzen windet

Wie ein Mann, der, im Dunkeln von Blitzen erhellt,
Gleich wieder zurückfällt in finsteren Abgrund,
Wie ein Bettler, der an Türen klopft, dem die Augen
Wie Fäulnis in den Höhlen sitzen.
All jenen gleiche ich, und wie sie
Klagen und seufzen meine Gedanken.

Ich will aus meinem Leben ziehn, in der Wüste
                    schlafen,
Mich zwischen Felsen und Spalten einrichten,
Will meine Kleider zerreißen, die köstlichen,
Unerkennbar in Sack und Asche liegen –
Bis ich den Glanz der Gazelle neu schauen darf,
Bis sie mich ruft wie der Regen den Wüstenfluss,
Bis ich auf ewig von ihren Brüsten getränkt bin
Und alle Tage meines Lebens verflochten sind mit
                    ihrem Haar.

So, liebe Fanny, du hast es überstanden. Ob es dir oder mir als Gedicht gefällt, weiß ich nicht, aber ich muss zugeben, es macht mich schrecklich glücklich. (Schimpf nicht, Fanny!) Andererseits ist es mir entsetzlich peinlich, und ich finde, er hat mich in eine höchst unangenehme Situation gebracht. Wie oder was soll ich ihm denn darauf antworten? Soll ich ihm etwa ein Brieflein schreiben des Inhalts: Lieber Vidal, vielen Dank für das hübsche Gedicht, ich mag dich übrigens auch noch immer ziemlich gut leiden? Gott behüte! Und ob ich ihm nun antworte oder nicht, was um alles in der Welt denkt er sich, wie es nun mit uns weitergehen soll? Genauso wie zuvor? Soll ich so tun, als sei nichts gewesen, wenn wir uns das nächste Mal begegnen? Was wollte er mir eigentlich sagen? Rate du mir, Fanny, du bist die große Poesiekennerin von uns beiden und wirst es vielleicht besser verstehen als ich.

So bewegt ist mein Leben geworden, dass ich dir schon heute schreiben muss, obwohl wir uns erst gestern verabschiedet haben und die nächste Gelegenheit, dir mündlich mein Herz auszuschütten, nicht fern liegt. Am liebsten würde ich schnurstracks wieder nach Lowburn abfahren, um dir Bericht zu erstatten und deinen Rat einzuholen, doch dies wäre kaum möglich, ohne Charles in Verwunderung, wenn nicht Besorgnis zu versetzen. Deshalb muss dir die Post die Nachricht überbringen, welche auch ich durch sie erhielt, und zwar indirekt, denn das fragliche Schreiben war an Charles gerichtet.

Der eröffnete mir beim Frühstück, gelegentlich seiner ersten Durchsicht der Korrespondenz: «Ich weiß nicht, ob ich es dir schon gesagt habe; ich will mir meine Wirtschaftsbücher und überhaupt meine gesamten Unterlagen einmal von Buenaventura durchsehen lassen. In letzter Zeit gewinne ich den Eindruck, dass Mannings Verwaltung zu wünschen übrig lässt. Nicht, dass er unzuverlässig wäre. Aber er arbeitet auf altmodische Weise, kennt nicht die heutzutage besten Möglichkeiten, das Geld arbeiten zu lassen. Auf meine diesbezügliche Bitte schreibt mir nun Buenaventura, er könne am 28. des Monats hier eintreffen und eine Woche bleiben, wenn nötig etwas länger. Seltsamerweise setzt er hinzu» (hier griff Charles nach dem Brief neben seinem Teller): «‹Bevor Sie mir antworten, fragen Sie doch bitte Ihre Frau, ob sie etwas gegen mein Kommen einzuwenden hat.› – Wie soll ich das verstehen? Ist etwas zwischen euch vorgefallen, dass er fürchten müsste, du könntest ihm den Aufenthalt in unsrem Haus verweigern?»

«Nein, nicht dass ich wüsste», behauptete ich und ließ mit unbeteiligter Miene Honig auf meinen gebutterten Toast tropfen. «Natürlich habe ich nichts gegen sein Kommen

einzuwenden, wenn du etwas mit ihm zu besprechen hast.»
«Dann geht es noch weiter», fuhr Charles fort, mit kritischem Blick auf den Brief in seiner Hand, und las vor:
«‹Falls Ihrer Frau ein anderer Termin lieber wäre, so teilen Sie mir bitte auch dieses mit; ich würde dann mein Kommen nach Möglichkeit entsprechend verschieben.› Was hältst du denn davon? Es hört sich für mich so an, als hättet ihr eine geheime Verabredung, die ich euch freilich, wie du weißt, nicht missgönnen würde.»

«Aber ganz und gar nicht», protestierte ich wahrheitsgemäß, «mir ist diese Formulierung ein Rätsel. Es könnte höchstens sein, dass er mich für die Geschäftsführerin deiner Finanzen hält, weil ich vor meiner Heirat in seinen Augen für meinen Vater in dieser Funktion tätig war. Wahrscheinlich will er deshalb vorsorgen, dass ich nicht gerade auf Reisen bin, wenn er kommt.»

«Du hast Recht, so könnte es zu verstehen sein. Er schickt dir übrigens noch dies Büchlein hier mit, das wohl hebräisch sein muss, aber ich kann trotz meiner theologischen Studien nicht einen Buchstaben entziffern. Dabei liegt ein Zettel: ‹Bitte geben Sie das an Ihre Frau weiter, von der ich glaube, sie könnte es interessant finden – ich selbst habe keine Verwendung mehr dafür. Empfehlen Sie ihr besonders das dritte Kapitel.›»

Er reichte mir ein dünnes, braunes Bändchen, das ich nur eines kurzen Blickes würdigte und dann scheinbar achtlos neben meinen Teller legte – um mich später, kaum war ich allein, darauf zu stürzen.

Doch zu meinem Ärger verstand ich kein Wort. Die Drucktype, die Charles so fremd vorgekommen war, konnte ich wohl lesen, aber das Hebräisch war ganz merkwürdig – so lange, bis mir aufging, dass es sich hier größtenteils eben nicht um Hebräisch handelte, sondern um Deutsch in hebräischer Schrift. Der Herr setzt bei seiner seltsamen Art der Korrespondenz mit mir offenbar unendlich große Bereitschaft meinerseits zu mühsamer Dechiffrierung voraus. Bis ich mich in diese absonderliche Schreibweise des Deutschen eingefunden hatte, verging einige Zeit, und erst jetzt, kurz vor dem Dinner, habe ich das mir besonders ans Herz gelegte dritte Kapitel vollständig gelesen und verstanden.

Niemals wirst du darauf kommen, wovon es handelt: Es steht darin zu lesen, wie eine jüdische Frau den Beginn und das Ende ihrer monatlichen Unreinheit feststellt und wie sie sich danach durch ein Tauchbad reinigt, um erneut mit ihrem Mann beisammen sein zu können.

So unglaublich es mir einerseits erscheint, drängt sich mir andererseits die Ahnung auf, er habe mir dies in der Hoffnung geschickt, ich werde mich nach den Anweisungen richten, um «rein» für ihn zu sein, wenn er demnächst hier eintrifft. Seine merkwürdige Frage an Charles, ob ich einen anderen Termin für sein Kommen vorzuschlagen hätte, will ich mir nun auch ganz im Sinne meiner heutigen Lektüre übersetzen, also vulgo: Ob ich an dem geplanten Termin zufällig unrein sei und wir die Sache deshalb verschieben müssten. (Unwillkürlich habe ich nachgerechnet, festgestellt, dass ich am 28. gerade rein geworden sein müsste, und war in einem Moment des Irrsinns kurz davor, zu Charles zu laufen und ihn zu bitten, in seiner Antwort an Buenaventura auszurichten: Der Termin passe mir ganz ausgezeichnet.)

Nein, Fanny, es ist zu verrückt, und du hast Recht, wenn du mich jetzt auslachst. Mir das Buch von meinem Ehemann übergeben zu lassen! Ihn für die Übermittlung einer so delikaten Frage und ihrer Antwort zu missbrauchen! Überhaupt: Wie käme er dazu, anzunehmen, ich würde sein Ansinnen ohne weiteres akzeptieren! Schließlich habe ich ihn bei seinen bisherigen Avancen nicht ermutigt, will sagen, ich habe mit keinem Wort und keiner Zeile auf sein Gedicht reagiert, und dass dies kaum aus Mangel an leidenschaftlichen Gefühlen geschah, das weißt du, aber er weiß es nicht.

Nein, ich muss mich in jeder Hinsicht täuschen, eine so krasse, durchtriebene Frechheit, wie ich ihm hier unterstelle, ist nicht einmal ihm zuzutrauen. Meine Phantasie geht mit mir durch. Das Büchlein hat er mir tatsächlich nur deshalb geschickt, weil er es nicht gebrauchen kann und glaubt, ich fände es kurios. Wie absurd von mir, anzunehmen, er plane kaltblütig einen Ehebruch und bestehe gleichzeitig penibel darauf, seine christliche Gespielin müsse dabei nach jüdischem Gesetz rein sein.

Du siehst, wie mich der Mann durcheinander bringt, denn bei klarem Verstand würde ich mich kaum in solche Ideen verrennen, wie du sie eben aus meiner Feder lesen musstest. Er tut mir nicht gut, das ist bekannt. Leider habe ich heute Morgen die Chance vertan, sein Kommen zu verhindern.

Stillings Castle, den 6. Mai 1793

Meine arme Fanny!

Ich bereue ernstlich und gelobe, dich niemals mehr so auf die Folter zu spannen. Mein Schweigen rührte daher, dass ich dir die Erlebnisse der letzten Woche um so viel lieber von Mund zu Ohr erzählt hätte als von Feder zu Auge. Aber da du dich so sehr mit ungestillter Neugier und obendrein Sorge um mich quälst, sollst du nun erfahren, wie es mir ergangen ist, seit du mich am letzten Mittwoch als übererregtes Nervenbündel in Lowburn in den Wagen setztest.

Nein, Buenaventura war noch nicht wieder abgefahren, nur weil ich nicht wie bestellte Ware am Dienstag, dem 28., um Punkt drei Uhr an seinem Ziel für ihn bereitsaß. Grundlos war deine nachträgliche Reue, mich dazu überredet zu haben, ihn einen Tag zappeln zu lassen. Als Ankommende fühlte ich mich in einer besseren Position, als ich es als Wartende gewesen wäre – jedenfalls seit ich mich davon überzeugt hatte, er sei noch da. Wer sich kurz zuvor in einer Aprilnacht splitternackt in die eisigen Fluten eines englischen Baches gestürzt hat, seine Fanny dabei als Handtuchhalter und Bademeisterin missbrauchend, nur um den vage erahnten, extravaganten Wünschen eines Mannes nachzukommen, der tut gut daran, an anderer Stelle einmal zu demonstrieren, dass er durchaus noch sein eigener Herr ist.

So fühlte ich mich ziemlich selbstbewusst, als ich bald nach meiner Ankunft an die Tür des Verwaltungsbüros klopfte. Ohne große Verlegenheit begrüßte ich den Hausgast mit einem strahlenden Lächeln, welches er mit skeptischem Blick und erhobener Augenbraue erwiderte. Auf meine floskelhafte Frage, wie es ihm gehe, antwortet er: «Seit Sie hier sind, ausgezeichnet», lächelt charmant-ironisch und ergänzt, als ich, um eine passende Antwort verlegen, nicht sogleich eine gebe: «Wie schön, dass Sie eine Freundin in der Nähe haben, mit der Sie sich so gut verstehen. Sicher hatten Sie sich eine Menge zu erzählen.» Dabei blickt er träumerisch halb an mir vorbei, als wolle er andeuten, er wisse ganz genau, was ich Plappermäulchen meiner Freundin zu berichten hatte.

«Tatsächlich», entgegne ich, ihm fest in die Augen sehend, «hatten wir viele Dinge zu besprechen. So wie im Augenblick Sie beide, denn ich bemerke, dass Sie in Ihre Arbeit vertieft sind, die ich nicht weiter stören will. Wir sehen uns dann später zum Essen.»

Als ich mich zum Gehen umdrehen will, fragt Buenaventura: «Seit wann haben Sie denn so wenig Interesse an Gelddingen? Bleiben Sie doch hier, wir können Ihren Sachverstand gut gebrauchen. Mir scheint, Ihr Mann bräuchte jemanden, der sich in Zukunft um seine Finanzen kümmert. Das könnten gut Sie übernehmen, oder wollen Sie es einem Angestellten überlassen?»

Nein, das wollte ich nicht – nachdem ich in diesem Moment begriffen hatte, dass hier eine mögliche Aufgabe für mich zu suchen sei. Natürlich blieb ich.

Charles hatte sich von seinem Notar alle Unterlagen über Grundbesitz und Geldanlagen kommen lassen, einen undurchdringlichen Wust in mehreren Kisten, der gesichtet, sortiert und in eine Liste eingetragen werden musste. Zu dritt, oder eher zu zweit, mit Charles als Beobachter, arbeiteten wir bis zur zweiten Dinnerglocke daran. Ich saß an Buenaventuras Seite, wir reichten uns gegenseitig die Dokumente zu, schauten uns über die Schulter, besprachen dies und jenes, und ich fühlte mich wie ein Fisch im Wasser, als hätte ich nicht noch am Morgen vor lauter Nervosität kaum den Wagen besteigen können.

Ohne uns umzuziehen, begaben wir uns dann zum Essen. Ich muss dir aber gestehen, dass ich einer Eingebung folgend schnell mein Mondsteinensemble anlegte. Warum auch nicht, irgendeinen Schmuck musste ich tragen, und es vertrug sich gut mit meinem blauen Kleid.

Während der erste Gang gereicht wurde, wunderte ich mich laut, dass der Tisch mit einem mir unbekannten Geschirr eingedeckt war.

«Nicht weiter erstaunlich», bemerkte Buenaventura, «es ist nämlich meines.»

«Ihres?», fragte ich zurück.

«Unser Gast», klärte mich Charles auf, «hat Unmengen Geschirr, zig Flaschen Wein und seine Köchin angeschleppt, damit es bei uns ausreichend koscher zugeht.»

«Wirklich?», sagte ich belustigt zu Buenaventura, der, obwohl ihm selbst die Mundwinkel zuckten, streng zu mir sagte:

«Lachen Sie nicht, es ist eine ganz ernste Sache. Ich hätte

sonst während meines Aufenthalts bei Ihnen rein gar nichts essen können und wäre vor Ihren Augen hungers gestorben oder, was wahrscheinlicher ist, schon heute früh wieder abgefahren.»

«Ich hätte weder das eine noch das andere gern gesehen und muss Ihnen deshalb für Ihre Voraussicht danken», bemerkte ich.

Aber trotz des koscheren Geschirrs und der wachsamen mitgebrachten Köchin aß er nur Gemüse und später den Nachtisch, da das Fleisch nicht geschächtet war. Ich hatte mich bereits gesonnt in dem Glück, ihn mindestens eine Woche um mich zu haben, und verfiel, als ich dies beobachtete, in Panik. Derart frugale Kost, fürchtete ich, werde er nicht länger als drei Tage aushalten und doch noch vorzeitig abreisen.

«Ab morgen», erklärte ich ihm schließlich, «werde ich Fisch besorgen lassen, falls koscheres Fleisch hier nicht zu haben ist, was zu erwarten steht. Es tut mir Leid, wenn Sie heute darben müssen, ich hätte früher daran denken sollen.»

«Das muss Ihnen nicht Leid tun, ich bin dergleichen gewohnt. Wenn man wie ich einem sektiererischen kleinen Völkchen angehört, das in einer Welt voller Christen unvernünftig an seinen Überlieferungen festhält, dann kann man nicht damit rechnen, dass sich die Angehörigen der Mehrheit nach einem richten» – wobei er mich ansah, als spräche er in Wahrheit über etwas anderes als Essen.

Kurz darauf fragte er, mit so unschuldigem Blick und Ton, als könne er kein Wässerchen trüben: Ob ich denn an dem Büchlein, das er mir schicken ließ, Interesse gefunden habe?

«Uninteressant war es nicht», antwortete ich und versuchte, rügend dreinzublicken. Doch das hielt ihn von einer Nachfrage nicht ab:

«Ich nehme an, Sie konnten speziell das dritte Kapitel für Ihre Zwecke gut verwenden?»

«Ja», hörte ich es aus meinem Mund kommen, und hätte ihm, falls ich herangekommen wäre, unter dem Tisch das Schienbein getreten. Das ging denn doch zu weit. Stattdessen musste ich plötzlich lachen, beschwipst wie ich war von meinen knapp zwei Gläsern Wein, denn ich hatte mangels Hunger nur wenig gegessen. Da sagte Charles:

«Es scheint sich bei diesem berühmten dritten Kapitel um eine Satire zu handeln.»

«Aber keineswegs, my lord. Ihre Frau hat lediglich die Neigung, die verschiedenen Vorschriften meiner Religion sehr amüsant zu finden – obwohl es sich doch auch und gerade bei dem in Rede stehenden kleinen Kapitel wiederum um eine eigentlich ernste Angelegenheit handelt.»

Bevor Charles fragen konnte, um welche denn, plapperte ich drauflos, was mir der Alkohol und meine überspannte Munterkeit eingaben, und hielt Buenaventura mit boshafter Genugtuung einige der abstrusesten Praktiken seiner Religion vor, wie etwa die Vorschrift, am Sabbat nicht weit zu laufen und nichts zu tragen, und die albernen Methoden, mit denen man diese Gebote umgeht und dennoch dem Buchstaben nach erfüllt. Was mir sonst als himmelschreiende Geschmacklosigkeit erschiene, nämlich einen in ein christliches Haus geladenen Juden ob seiner Religion zu verspotten, sah ich in diesem Moment als die passende Reaktion auf seine vorherigen Äußerungen.

Nach diesen glaubte ich übrigens, sicher zu wissen, woran ich mit ihm sei, was mich trotz eines klopfenden Herzens und der Pikanterie der Situation für den Rest der Mahlzeit sehr gelassen machte.

Als die Süßspeise abgetragen wurde, es kann nach unserem wenig opulenten Mahl nicht viel später als neun gewesen sein, beschloss ich, den Fortgang der Ereignisse zu beschleunigen. Ich erklärte, mich schon jetzt auf mein Zimmer zurückziehen zu wollen, denn nach meiner heutigen

Reise sei ich übermüdet. Ich wünschte eine gute Nacht und verschwand.

Bald darauf, ich saß bereits für die Nacht gewandet, mit ausgiebig geputzten Zähnen, einem Buch in der Hand und einem brennenden Leuchter auf dem Nachttisch in meinem Bett, hörte ich auch die Herren hinaufkommen. Ein wenig beschämt vernahm ich undeutlich, wie Charles den Gast aufklärte, wer von uns beiden in welchem Zimmer schlafe: Falls er in der Nacht etwas benötige, solle er nicht zögern, sich an einen von uns zu wenden.

Nachdem im Korridor Stille eingekehrt war, rechnete ich jeden Moment damit, Besuch zu erhalten. Doch eine Minute nach der anderen verfloss, ohne dass etwas geschah. Ich versuchte, mich auf mein Buch zu konzentrieren, redete mir ein, keinerlei Erwartungen mehr an den Abend zu stellen, verdrängte die Ahnung, ich könnte mich ganz und gar getäuscht haben, und beschloss, spätestens um zwölf mein Licht zu löschen.

Um kurz vor elf glaubte ich, ein leises Klopfen an meiner Tür zu hören. So zart und zögerlich war es, dass ich es unter normalen Umständen überhört oder jedenfalls nicht als Klopfen erkannt hätte. Ich schrieb das Geräusch mehr meiner aufgeheizten Phantasie zu als einem leibhaftigen Klopfer, aber sagte vorsichtshalber doch: «Herein!»

Da öffnet sich die Tür um eine Handbreit und lässt in der Öffnung Buenaventura erahnen, vollständig bekleidet, der, als er meiner ansichtig wird, flüsternd fragt, ob er eintreten dürfe?

Ich bejahe. Er kommt herein und schließt die Tür. Dann lehnt er sich, als müsse er sich ausruhen, mit dem Rücken dagegen, steht dort in seiner ganzen Schönheit, die Arme auf der Brust verschränkt, ein Bein und die Hüfte ein wenig vorgeschoben, und murmelt atemlos:

«Ich hatte so sehr Angst, Sie würden mir den Einlass verweigern, dass ich mich um ein Haar nicht getraut hätte zu kommen.»

Ist das nicht der Gipfel?

Ich antwortete: «Dabei hatte ich heute nicht den Eindruck gewonnen, Sie litten unter übertriebener Schüchternheit – eher im Gegenteil.»

«Oh, das war nur der äußere Schein», entgegnete er lachend und wich meinem Blick aus. Wie festgeklebt stand er an der Tür, in maximaler Entfernung von mir und meinem Bett, und machte nicht die geringsten Anstalten, sich von dort fortzubewegen. Ich sprang kurz entschlossen unter meiner Decke hervor und lief zu ihm, um ihn mit den zärtlichsten Küssen aus seiner Schreckstarre zu erlösen. Das gelang mir binnen weniger Sekunden. Er hielt mich fest, als drohe ich ihm wegzulaufen, hauchte mehrfach «Jane» halb in meinen Mund und halb daneben und erzählte mir unter fortgesetzten Liebkosungen, ich sei sein amor und seine vida und dazu noch andere sicher schöne Dinge, für die mein Spanisch nicht zureichend war.

Ach Fanny, hätte ihm das nicht früher einfallen können?

Wie ich deine schamlose Neugier kenne, willst du jetzt, trotz aller Offensichtlichkeit, wissen, wie es in dieser Nacht weiterging. Bist du mir böse, wenn ich dich auf einen mündlichen Bericht vertröste? Jetzt nur so viel: Es geschah nichts, was nicht zu erwarten (oder sagen wir: zu erhoffen) gewesen wäre.

Am nächsten Morgen betrat ich, obzwar nicht ausgeschlafen, ganz zu meiner gewohnten Zeit den Frühstücksraum. Dabei war ich in einer gewissen Apprehension befangen, die sich aber als so überflüssig und grundlos erwies, wie ich es mir im Stillen erhofft hatte. Charles, der schon an seinem Platz saß, sagte bei meinem Eintreten mit einem zufriedenen, ein wenig gönnerhaften Lächeln, indem er den Blick für Sekunden auf meinen wunden, geschwollenen Lippen ruhen ließ: «Vous avez bien l'air de vous être amusée cette nuit, ma chérie.» Sprach's, stand auf und drückte mir vor den Augen des umherstehenden Personals einen knallenden Kuss auf die Wange – er, der sich jeder zärtlichen Berührung seiner Ehefrau, ob vor Zeugen oder ohne, bisher stets enthalten hatte (denn sein Vorgehen bei unseren wenigen nächtlichen Versuchen kann ich zärtlich nicht nennen). Und ich, die ich an diesem Morgen die halbe Welt hätte umarmen mögen und hierauf erst recht meinen Charles, küsste ihn wieder und sagte ihm aus vollem Herzen, er sei «le plus aimable de tous les époux du monde».

Du glaubst nicht, Fanny, wie sich mein Verhältnis zu Charles von einem auf den anderen Tag gewandelt hat, wie es inniger, herzlicher, unverkrampfter geworden ist, ausgerechnet seit ich einen Geliebten um mich habe, an dem mein übervolles Herz mehr als genug Beschäftigung findet. Zwischen uns stand eine Wand aus distanzierter Höflichkeit, die nun eingerissen ist. Er kann mir seine Zuneigung zeigen, ohne befürchten zu müssen, ich werde daraus weitere Rechte ableiten, und von mir ist die Empfindlichkeit einer verschmähten, vernachlässigten Frau gewichen. Fast habe ich ein schlechtes Gewissen, weil ich mich fragen muss, womit ich so viel Glück, so viele günstige Fügungen verdient habe – die paar Strümpfe, die ich gestrickt habe, können es kaum gewesen sein.

Stillings Castle, den 7. Mai 1793

Es war anmaßend von mir, mit zwei Wochen ungetrübten Glücks zu rechnen. Schon gestern Abend plagten mich brennende, nagende Schmerzen, die ich aber nicht ernst nahm. In der Nacht schlief ich kaum, weil ich alle Viertelstunde das dringende Bedürfnis verspürte, mich auf meinen Nachttopf zu setzen – ohne dass der sich aber dabei merklich gefüllt hätte. Im ersten Morgenlicht fand ich Blut darin, was mich, zumal die Schmerzen nicht weniger geworden waren und ich mich schlapp und elend fühlte, sehr beunruhigte. Ich fürchtete die französische Krankheit oder ein anderes venerisches Leiden, und als bald darauf Grace mein Schlafzimmer betrat, um Feuer zu machen, vertraute ich mich in meiner Verzweiflung dieser an. Sie nahm meine Offenbarungen ohne Häme oder Verwunderung entgegen und erbot sich, sofort loszulaufen und die Kräuterfrau aus dem Ort herbeizuholen. Von Familie und Freunden wisse sie, dass diese sich mit Frauenleiden aller Art bestens auskenne und bisher noch fast jeder, der zu helfen, geholfen habe. Dankbar schickte ich Grace auf den Weg und hieß sie, sich fahren zu lassen, damit es schneller gehe.

Nach einer Stunde bangen Wartens, während deren mir mein Leiden immer schlimmer zu werden schien, traf sie gemeinsam mit der Kräuterhexe ein. Die war ein großes, dickes, warmherziges Wesen, klopfte mir als Erstes beruhigend auf die Wange, so schlimm werde es schon nicht sein, und bat mich, sie Tante Dottie zu nennen, wie es «alle ihre Mädchen» täten. Sie ließ sich ausführlich meine Symptome schildern, besah mit Kennermiene den Inhalt des Nachttopfs und verlangte schließlich, die intimsten Gegenden meines Körpers genauer betrachten zu dürfen. Kaum war dies geschehen, fragte sie mich: «Hatten Ihre Ladyschaft in letzter Zeit Verkehr mit Ihrem Mann?»

«Ja», behauptete ich, während nebenan Grace, die wissen musste, dass es nicht mein Mann war, von dem ich sprach, sich konzentriert über den Unterrock beugte, den sie gerade mit Nadel und Faden ausbesserte.

«Wie oft?»

Ich schluckte. «So zwei-, dreimal am Tag», gab ich schließlich mit schwacher Stimme zur Antwort und vermied, ihr ins Gesicht zu sehen.

«Aha!», entgegnete sie befriedigt. «So etwas hatte ich mir gedacht. Sie haben sich da eine Krankheit zugezogen, die bei frisch verheirateten Frauen häufiger anzutreffen ist und die von einer andauernden Erhitzung der Geschlechtsteile herrührt. Wirklich gefährlich ist das selten, doch quälend und leider auch langwierig. Damit es verheilen kann, müssen Sie auf das Strengste befolgen, was ich Ihnen jetzt sage. Erstens: Ich habe hier einen Tee für Sie, den brühen Sie sich sehr stark und trinken davon eine Tasse nach der anderen, so viel Sie eben nur bei sich behalten können. Das setzen Sie fort, bis keine Spur von Blut mehr zu sehen ist und die Schmerzen besser geworden sind. Ist das erreicht, trinken Sie für die nächsten Wochen drei Tassen morgens auf nüchternen Magen und nochmals drei abends vor dem Schlafengehen. Wenn Ihnen der Tee ausgeht, holen Sie sich bei mir neuen. Zweitens: Wenn Sie noch Beerenobst vom letzten Jahr im Keller haben, essen Sie viel davon. Drittens: Von dem Tee abgesehen, müssen Sie in nächster Zeit überhaupt große Mengen trinken, jedoch nichts Alkoholisches. Viertens, und merken Sie sich das gut: Sie müssen sich vorläufig im Beisammensein mit Ihrem Mann in strengster Abstinenz üben, mindestens sechs Wochen lang, besser acht oder sogar zwölf.»

Fanny! Welche Hiobsbotschaft! Und dies gerade, als ich mir erleichtert sagte, es handele sich bei meiner Erkrankung wohl doch nur um ein kleines Ärgernis, das mir die nächste Woche nicht verderben könne.

Als Tante Dottie reich entlohnt entschwunden war und ich an meiner zweiten Tasse des bitter schmeckenden Tees nippte, klopfte Buenaventura an die Tür, denn er hatte mich beim Frühstück vermisst und wollte nachsehen, ob ich noch schliefe. Auf den ersten Blick wusste er, dass etwas mit mir nicht stimmte. Bei seiner besorgten Nachfrage brach ich zu meiner eigenen Überraschung plötzlich in Tränen aus. Dies versetzte ihn derart in ängstliche Bestürzung, dass ich, schon wieder lachend, ihn beruhigen und ihm die ganze Geschichte haarklein erzählen musste, denn mit einer allgemeinen Version wollte er sich nicht zufrieden geben. Nur die «Abstinenz» ließ ich weg aus Angst, er würde auf der Stelle seine Koffer packen, wenn er es erführe. Doch er kam selbst darauf: «Wir haben es also übertrieben, und ich fürchte, bis du wieder von dem Leiden genesen bist, das ich dir zugefügt habe, müssen wir ganz davon lassen.»

«Etwas Ähnliches hat mir die Kräuterfrau auch geraten», gab ich zu.

«Und das sagst du erst jetzt!? Für wie lange hat sie dir denn Abstinenz verordnet?»

«Zwei Tage», behauptete ich nach einem kleinen Moment des Zögerns.

«So, so, zwei Tage.» Er konnte schon wieder feixen. «Lady Clarendon, wenn Sie wüssten, wie schlecht Sie lügen, Sie würden die Finger davon lassen. Sagen Sie mir augenblicklich die Wahrheit, oder ich werde persönlich bei Ihrer Kräuterhexe vorsprechen und Erkundigungen über Sie einziehen. Wie lange also?»

«Etwa zwei Monate», seufzte ich unglücklich.

«Nur zwei Monate?», fragte er in gespielter Entrüstung. «Das ist ein Kinderspiel für uns, schließlich haben wir schon einmal zwei Jahre überstanden.»

«Es ist jedenfalls gut für deine vernachlässigten Londoner Geschäfte, du kannst jetzt früher fahren.»

«Sollte ich das denn?»

«Von mir aus nicht, aber es liegt doch nahe. Der Grund, weshalb du trotz dringender Termine länger bleiben wolltest, hat sich ja sozusagen in Luft aufgelöst.»

«Gott bewahre, das hat er nicht, sondern sitzt ein wenig krank in seinem Bett und scheint mir beistandsbedürftig. Führe ich jetzt nach London, würde ich vor lauter Sorge doch nicht arbeiten können. Nein, ich bleibe mindestens bis zum Zehnten.»

«Mr. Buenaventura, ich mag Sie außerordentlich.»

«Das trifft sich gut, mir geht es umgekehrt ähnlich. Aber lassen Sie mich doch einmal von Ihrem köstlichen Tee probieren; es muss sich um eine unbekannte, exotische Sorte handeln.»

Er ließ mich also nicht im Stich und betätigte sich für den Rest des Tages als grausamer, strenger Krankenwärter, indem er mir pausenlos den grässlichen Kräutertee einflößte, bis er mir fast zur Nase wieder herauskam, um sich dann, das Ohr an meinem Bauch, darüber zu mokieren, wie es darin allenthalben gluckerte und blubberte. Hingebungsvoll ging er, meinen Nachttopf zu leeren, wenn ich unten von mir gab, was er mir oben zugeführt, weil er glaubte, ich sei zu schwach für den zugigen Weg zum Abtritt, küsste mich beständig hierhin und dorthin und las mir mit dem reizendsten Akzent Rousseau vor.

Du siehst, Fanny, trotz seines bedrückenden Anfangs wurde der Tag für mich noch ein glücklicher, und es gibt, denke ich, inzwischen auch keinen Grund zur Sorge mehr: Nach all den Tee-Administrationen sind meine Beschwerden kaum noch zu spüren, und Blut habe ich schon seit den ersten beiden Tassen heute Morgen nicht mehr ausgeschieden. Zu deiner Beruhigung: Beide Männer bestanden darauf, wie du es sicher auch getan hättest, zusätzlich den Apotheker zu konsultieren. Der ersparte mir eine Befragung über mein Liebesleben, war sich nicht sicher, ob ich viel oder besser gar nichts trinken solle, aber wenn, dann solle es jedenfalls Bier sein, und hinterließ mir sein Patenttonikum, das er immer verschreibt und das, fürchte ich, noch

nie jemandem geholfen hat. Ich neige dazu, in Frauenfragen Tante Dottie mehr zu vertrauen.
Also, Fanny, du hast noch immer Gelegenheit, zu kommen und meinen Geliebten zu bewundern – spute dich!

Stillings Castle, den 18. Juni 1793

Nur eine kurze Nachricht: Heute ließ ich mich untersuchen. Der Verdacht hat sich bestätigt.

Stillings Castle, den 3. September 1793

Wieder einmal kann ich mich nicht beherrschen, bis du kommst, sondern muss dir mein Herz gleich ausschütten.
Ich saß gestern Nachmittag im Büro, da wird mir gemeldet, Mr. Buenaventura wünsche mich zu sprechen. Welche Überraschung! Doch meine Freude wich dem Schrecken, als ich ihn sah – dunkle Schatten um die Augen und einen Ausdruck im Gesicht genau wie damals, kurz bevor er mir verkündete, wir dürften uns niemals mehr wiedersehen.
«Was ist geschehen?», fragte ich anstelle einer Begrüßung, und er antwortete mir: «Malca ist tot.»
Ich griff ihn am Arm und führte ihn geradewegs in mein Schlafgemach, das Asyl unserer Liebe. Dort barg er seinen Kopf an meiner Brust, um sich auszuweinen. Ich hatte keine Worte des Trostes für ihn und konnte nichts tun, als ihn fest umfangen zu halten und aus Sympathie ein paar Tränen mitzuweinen. Was, Fanny, hätte ich ihm denn sagen sollen?
Als er sich etwas beruhigt hatte, bat ich ihn, mir von Malca zu erzählen, die ich doch nie gesehen habe. Er sprach stundenlang von ihr: Wie sie aussah, als sie erwachsen, und wie,

als sie ein kleines Mädchen war, welche Krankheiten sie wann hatte, welche drolligen Worte und Sätze sie von sich gab, als sie das Sprechen lernte, wie sie einmal als Dreijährige im Kontor auf seinem Schoß eingeschlafen war und dann, durch einen unerwartet hereingekommenen, hochrangigen und übel gelaunten Klienten geweckt, diesem verschlafenen Blicks quer über den Tisch ein altes, angekautes Stück Brot aus ihrer Schürzentasche zum Essen anbot; wie sie sich als Sechsjährige die Hand verbrannte, wie sie als Acht- und Zehnjährige vorbildlich ihre Geschwister hütete – kurz: ihre ganze Lebensgeschichte. Schließlich verriet er mir, was ich schon längst wusste: Malca sei dasjenige seiner Kinder, welches er im Geheimen stets mehr als die anderen und mit größerer Zärtlichkeit geliebt habe. Dies auszusprechen brachte ihn erneut zum Weinen. (Lach nicht, Fanny, dein Zukünftiger mag ein englischer Gentleman sein, mein Geliebter ist es nicht.) Schließlich gestand er mir eine Schuld, deren er sich anklage. Als er von Malcas Lungenkrankheit wusste, habe er eines Nachts gebetet: Wenn ihm schon eines seiner Kinder genommen werde, dann möchte es ein anderes sein als gerade Malca.

Jetzt fühle er sich schuldig an seinen noch lebenden Kindern, die er damit schändlich verraten habe, zugleich aber auch an Malca, denn er fürchtet, sie habe gerade aufgrund seines sündhaften Gebetes sterben müssen.

Hier musste ich nun doch hart durchgreifen. Ich setzte ihm auseinander, es sei die gewöhnlichste Sache von der Welt, dass Eltern manche ihrer Kinder mehr lieben als andere, was den Letzteren rein gar nichts schade, solange man sie es nicht durch seine Taten spüren lasse. Es sei unmöglich, in Momenten der Verzweiflung vollkommene Kontrolle über die Gedanken auszuüben, und ein gerechter Gott werde ihn folglich für sein fehlgeleitetes Gebet nicht grausam bestrafen. Mit Ursache und Wirkung verhalte es sich gerade an-

dersherum, als er es sich jetzt zurechtlege: Einen so verzweifelten Wunsch habe er nur deshalb gen Himmel gesandt,
weil er Malca bereits todkrank wusste. An eben dieser
Krankheit sei sie gestorben und nicht daran, dass er um
ihre Verschonung gebetet habe.

Meine Worte machten ihm in dieser Hinsicht, so schien
mir, das Herz ein wenig leichter. Doch gleich darauf sprach
er von weiteren Vergehen, deren er sich an Malca schuldig
gemacht habe. Anlässlich ihres Besuchs in London, jenes,
von dem sie schon geahnt haben muss, es werde der letzte
sein, habe er sie zu sehr mit seinen Sorgen und mit Vorhaltungen wegen ihrer ruinierten Gesundheit gequält. Die vollen zwei Wochen habe er über kaum etwas anderes mit ihr
gesprochen, ihr keinen Moment Ruhe damit gelassen, statt
dem schon genug gestraften armen Wesen durch Liebesbe-
zeugungen und frohsinnige Ablenkung seinen vielleicht letzten Aufenthalt im elterlichen Haus so angenehm und trost-
reich wie nur eben möglich zu machen.

«Aber», wandte ich ein, «sie musste doch wissen, dass deine
Bekümmerung über ihre Gesundheit väterlicher Liebe ent-
sprang. Was hätte sie von dir denken sollen, wenn du deine
Sorgen für dich behalten und mit ihr fröhlich getan hättest,
als habest du nicht einen Kummer auf der ganzen Welt?»

Es gebe in jeder Lage, murmelte er düster, so etwas wie einen goldenen Mittelweg, und von diesem sei er allzu weit in
eine Richtung abgewichen. Und nicht nur hier, denn er
habe sie während der drei Jahre zuvor, seit ihrer Heirat
nach Rotterdam, auf die grausamste Weise in der Fremde
ihrer Einsamkeit überlassen und sie nicht ein einziges Mal
besucht. Dies sei aus übertriebener Kalkulation, aus falscher Rücksichtnahme geschehen, in Erinnerung an die
schwerste Zeit seiner eigenen Jugend. Als er nach der Heirat zu den Eltern seiner Braut ziehen musste, sei nach etwa
einem halben Jahr sein Vater ihn besuchen gekommen. Erst

durch diesen gut gemeinten Besuch, durch die plötzlich lebhaft aufblühende Erinnerung an das vertraute Heim, die
vertrauten Menschen, sei in ihm ein so schmerzhaftes, so
akutes Heimweh entstanden, wie er es zuvor bei weitem
nicht verspürt, sodass er in den folgenden Monaten kaum
etwas anderes denken oder fühlen konnte als den sehn-
süchtigsten Wunsch, wieder zu Hause zu sein – ohne je darüber sprechen zu können, denn dies wäre ihm in seiner
neuen Familie als Unhöflichkeit ausgelegt worden. Ähnliche Qualen habe er seiner Tochter ersparen wollen und
darum in den ersten Jahren ihrer Ehe, solange ihre Einge-
wöhnung in die neuen Verhältnisse zu dauern schien, ein
Wiedersehen mit ihr vermieden, so schwer es ihm auch
selbst gefallen sei.

«Da sie nach Rotterdam geheiratet hat», bemerkte ich,
«und nicht um die nächste Ecke, wird sie mit Besuchen von
dir nicht gerechnet haben. Im Stich gelassen hat sie sich
ganz gewiss nicht gefühlt, denn geschrieben hast du ihr so
oft, wie es kaum ein Vater mit seiner abwesenden Tochter
hält.» (Ich kann dir sagen, Fanny: jeden Tag ein Brief, sogar während er das erste Mal hier war – und ich wüsste zu
gern, was er ihr damals wohl geschrieben hat.) «Mein Vater», setzte ich bekräftigend hinzu, «hat mir noch nicht ein
einziges Mal geschrieben, seit ich verheiratet bin, obwohl
doch auch ich den größten Teil des Jahres fern von London
und meinen Eltern verbringe. Nur meine Mutter schreibt
mir, doch nicht öfter als ein, zwei Briefe im Monat. – Übrigens, wie kommt es denn, dass du deinen Vater nach deiner
Heirat ein halbes Jahr nicht gesehen hast? Ich dachte, du
seist mit deiner Frau von Anfang an in London ansässig gewesen?»

«Das stimmt auch. Doch ich bin ja aus Amsterdam.»

«Aus Amsterdam?», staunte ich. «Du meinst, du bist erst
nach deiner Heirat nach England gekommen?»

«Was dachtest du denn, woher ich meinen Akzent habe, mit dem du mich so gerne aufziehst?»

«Ich dachte eben, alle spanischen Juden sprächen so.»

Meine Naivität amüsierte ihn nicht schlecht und lenkte ihn mehr von seinem Kummer ab, als es vorher alle meine guten Worte vermocht hatten. «Nicht die in England geborenen», klärte er mich auf. «In Amsterdam hört dafür mir niemand an, dass ich eine halb spanische Kinderstube hatte.»

So etwas, Fanny: Da ist der Mann also tatsächlich Ausländer und nicht nur auf dem Papier, wie es für alle Juden gilt. Dem meinigen erwachten schon wieder die Lebensgeister, und er flüsterte mir, nachdem ich ihn gebeten, ein Beispiel der niederländischen Sprache zu geben, die wunderlichsten gutturalen Laute ins Ohr. Da aber kam seine Hand auf meinem prallen Bauch zu liegen – was ihn, du ahnst es nicht, wegen einer sich plötzlich aufdrängenden Ahnung, einer zuvor verborgenen Assoziation, in neues Unglück stürzte. Unvermittelt verfluchte er sich und sein Leben, weil er mir fahrlässig zugefügt, was zuvor seine Mutter, seine Frau und schließlich seine Tochter erst die Gesundheit und schließlich das Leben gekostet habe!

Ich schalt ihn sanft ob seiner Albernheit, rief ihm ins Gedächtnis, dass die meisten Kinder zur Welt kommen, ohne der Gesundheit ihrer Mütter irreversiblen Schaden zuzufügen, und dass es in meinem Fall umso weniger Grund zu Befürchtungen gebe, als ich bisher nicht einmal an den üblichen, zu erwartenden kleinen Unannehmlichkeiten einer Gravidität litte, sondern mich im Gegenteil an Körper und Geist so wohl befände wie selten in meinem Leben.

Hierauf nimmt der Wahnsinnige mein Gesicht in beide Hände, blickt mir in tiefstem Ernst in die Augen und sagt: «Versprich mir, dass du nicht vor mir stirbst!»

Ich fühlte, ich müsse seinem Ernst mit dem gebührenden Respekt und ebenso großer Ernsthaftigkeit meinerseits begegnen, und gab ihm darum die sinnlose Versicherung nicht, die er zu hören verlangte. Dies stehe nicht in meiner Macht, sagte ich, doch versprechen könne ich sehr wohl, und hoffentlich zu seiner Beruhigung, dass ich heute und in Zukunft meine Gesundheit mit größter Umsicht und Vorsicht behüten und bewahren wolle. «Übrigens scheint mir», so fügte ich hinzu, als er unglücklich seufzte, «die von dir gewünschte Reihenfolge unseres Ablebens genauso unerträglich wie dir ihr Gegenteil. In jedem Fall können wir uns aber mit dem Gedanken trösten, im Jenseits wieder beisammen zu sein. Ich für mein Teil kann mir nicht vorstellen, dass es dort für Christen und Juden getrennte Abteilungen gibt.»

Nach einer Pause entgegnet er: Von der Frage der möglichen verschiedenen Abteilungen und Unterabteilungen im Jenseits ganz abgesehen, sei er sich nicht einmal sicher, ob es überhaupt ein Leben nach dem Tod gebe.

Fanny! Er, der mit gekoscherten Kochtöpfen durch die Lande reist, der, bevor er im Bett seiner Geliebten einschläft, hebräische Gebete murmelt, der mich nicht heiraten konnte, weil er dazu hätte Christ werden müssen, er zweifelt, ob es ein ewiges Leben gibt – was in seiner Religion ebenso für Ketzerei gilt wie in der unsrigen. Verstehe einer diesen Menschen!

Ich verkniff mir mein Lachen, küsste ihm mit Nachdruck auf beide Augen und den Mund und sagte ihm: «Es gibt eins, das verspreche ich dir.»

London, den 21. Januar 1794

Liebe Mrs. Holyfield,
ich schreibe Ihnen im Auftrag von Jane, die noch zu schwach ist, um selbst zur Feder zu greifen. Ich soll Ihnen ausrichten: Sie sei gestern von einem gesunden, sieben

Pfund schweren Sohn entbunden worden und, obwohl ermattet, wohlauf.

Was ich Ihnen sicher nicht bestellen soll, aber nicht stark genug bin, für mich zu behalten, sind meine eigenen Ansichten und Empfindungen hierzu. Schwach ist sie tatsächlich; wohlauf, fürchte ich, weniger. Nachdem wir während ihrer Niederkunft fast 16 Stunden um ihr Leben bangen mussten, scheint sie mir jetzt, nach all den Anstrengungen und einem enormen Blutverlust, auf das Gefährlichste entkräftet. Apathisch und mit halb geschlossenen Lidern liegt sie und kann kaum sprechen, die Lippen genauso bar jeder Farbe wie der Rest ihres Gesichts. Hinzu kommt, dass ihre alte, entzündliche Erkrankung in den letzten Wochen ihrer Schwangerschaft grundlos wieder aufgeflammt ist. Dennoch besteht sie gegen jede Vernunft darauf, das Kind mit ihrer eigenen Milch zu stillen, was ihr den letzten Rest Lebenskraft zu entziehen droht. Die Amme muss es ihr hierzu anlegen, da sie es selbst nicht einmal halten kann.

Zu Ihrer Beruhigung muss ich hinzusetzen, dass der Arzt die schlimmste, akute Gefahr für Janes Leben für vorüber hält. Einzig mir verengt die gewaltigste Angst die Brust und lässt mich weder schlafen noch essen. Verzeihen Sie mir, wenn Sie können, falls ich hiermit auch Sie in Sorge versetzt habe. Und vor allem: Beten Sie mit mir, dass diese sich als grundlos erweisen möge.

Ihr V. Buenaventura

London, den 12. März 1794

Erst jetzt hat mir Vidal gestanden, was er dir während meines Wochenbetts alles geschrieben hat. Meine arme Fanny! Erfreuen und beruhigen wollte ich dich, indem ich ihn dir schreiben hieß, und habe gerade des Gegenteil erreicht. Diesen Auftrag hätte ich besser meiner Mutter anvertraut, ich hätte es wissen müssen. Vidal lässt dir übrigens die herzlichsten Grüße ausrichten sowie seinen Dank, weil du ihn wegen seines Briefes nicht bei mir verpetzt habest.

Ich muss dir nun wohl oder übel selbst ein Geständnis machen und zugeben, was du ohnehin durch ihn schon weißt, dass nämlich meine Niederkunft sich ein klein wenig tückischer gestaltete, als ich dir weisgemacht habe. Weder wollte ich wehleidig erscheinen, noch dich, die du dich inzwischen schon selbst guter Hoffnung glaubtest, das Fürchten lehren. Hierzu bestand ja auch, als ich dir schrieb und wieder guter Dinge war, nicht der geringste Anlass mehr.

Zuvor war es also ein Spaß vielleicht nicht gerade, den man sich von einer Geburt auch nicht erwartet, aber ich kann dir sagen: Sobald ich auch nur halbwegs meine Sinne wieder beisammenhatte, musste mir der Vater des Kindes mehr Sorgen machen als die Mutter. Alles war froh und dankbar, mich der schlimmsten Gefahr entronnen zu wissen, und voller Freude über den gesunden, kräftigen Sohn, nur Mr. Buenaventura, seines Zeichens Agent und ein Freund des Hauses (das zu verlassen ihn um die Zeit meiner Niederkunft wichtige Geschäfte hinderten), schlich bleich und krank aussehend durch die Gänge und erschreckte mit seinem Anblick und Gehabe jedes Mitglied meiner Familie, das ihm begegnete. Diese Beschreibung der Lage gab mir später Charles, der alle Mühe damit hatte, meine Eltern angesichts der rätselhaften ständigen Anwesenheit ihres Finanziers im Clarendon'schen Haus und der tragischen Figur, die er abgab, zu beruhigen und sie zu überzeugen, dass wir nicht inmitten einer katastrophalen Finanzkrise ständen. Schließlich erfand er: Buenaventura arbeite an einer «Jahresabrechnung», einer reinen Routineangelegenheit, und wirke deshalb so missmutig, weil ihn eine schlimme Magenverstimmung plage. Da er nichts aß, war dies glaubwürdig genug.

Was ich selbst von ihm sah, spielte sich ab, wenn meine Mutter und meine Schwägerin von ihren Besuchen an meinem Wochenbett heimgekehrt waren und nur noch die Hebamme – vor der irgendetwas verbergen zu können Charles bald als aussichtslos aufgab – an meiner Seite wachte. Da saß dann mein Vidal als ein Häufchen Elend in einer Ecke des Zimmers auf einem Schemel, mit seinem gequältesten Ausdruck im Gesicht, und sprach kein Wort; oder aber er lief agitiert auf und ab und hielt mir und der Hebamme Vorträge, dass diese oder jene ihrer Maßnahmen meiner Gesundheit nicht förderlich, sondern abträglich sei und statt ihrer eine andere ergriffen werden müsse. Vornehmlich wollte er uns einreden, ich dürfe meinen Sohn nicht stillen, geriet geradezu in Wut, wenn ich es doch tat, und unterstand sich beim zweiten Mal, als er dies beobachtete, sogar, mir das Kind eigenhändig von der Brust zu reißen. Ich war zu schwach und zu müde, um ein Wortgefecht mit ihm zu bestehen, und die Hebamme rief, da er sie mit Gewalt hinderte, mir das Kind erneut anzulegen, Charles zu Hilfe. Auch gegen diesen wollte er Gewalt brauchen, war vernünftigen Vorhaltungen nicht zugänglich, und am Ende musste ihn Charles im Verein mit Simmons und dem Kutscher aus dem Zimmer schieben und ziehen.

Den ganzen Tag war ich trübsinnig gewesen, nun kamen mir die Tränen; ich weinte müde vor mich hin und durchfeuchtete eine ganze Anzahl Schnupftücher. Vidal ließ ich nicht mehr zu mir vor, obwohl er mehrfach Einlass begehrte – dies, nachdem er sich wieder einigermaßen beruhigt hatte. Wirklich hatte man ihn zunächst in seinem Zimmer einsperren müssen, bis er gelobte, sich fortan zivil zu benehmen.

Erst am nächsten Morgen, ich war noch immer in gramvoller Stimmung, empfing ich ihn wieder. Gleich als Erstes, ohne zuvor ein freundliches Wort, ohne sich für die Szene des Vortags zu entschuldigen oder ihr auch nur Erwähnung zu tun, sagte er: Er habe einen Entschluss gefasst. Dies sei das letzte und einzige Kind, das er mir gemacht habe.

Ich begann augenblicklich, wieder zu weinen, was, wie du weißt, liebe Fanny, sonst nicht meine Art ist. Er aber sprach kein Wort mehr, saß fünf Schritt von mir auf seinem Schemel und blickte gequält, während ich Sturzbäche heulte, als bekäme ich's bezahlt. Schließlich presste ich heraus: «Soll das heißen, Sie wollen Ihr Verhältnis mit mir beenden?»

Nein, murmelt er zur Antwort, falls mir dies unter den jetzigen Umständen noch erträglich sei, wolle er durchaus unser Verhältnis fortsetzen. Doch gebe es Mittel, eine geschlechtliche Beiwohnung ohne Folgen bleiben zu lassen, und die gedenke er künftig mit äußerster Konsequenz anzuwenden.

Das war nun eigentlich nicht gar so schlimm, doch ich war noch immer auf den Tod unglücklich, und die Tränen wollten mir nicht versiegen.

Nach einer Viertelstunde oder länger, während deren wir beide kein Wort gesprochen, fand uns Charles in dieser unersprießlichen Lage, als er unverhofft ins Zimmer trat – worauf Vidal es wortlos verließ.

Charles trocknete mir die Tränen, hörte sich ungläubig an, es sei nichts, ich wisse eigentlich gar nicht, warum ich weinte, und erklärte mir dann: «Meine liebe Jane, so geht es nicht weiter. Was in Buenaventura gefahren ist, weiß ich nicht; ich weiß nur eins: Er macht dich krank. Solange er sich nicht bessert, kann ich ihn nicht mehr um dich dulden. Ich werde ihn augenblicklich des Hauses verweisen.»

«Keinesfalls wirst du das», fiel ich ihm ins Wort und war

selbst überrascht über die Festigkeit meiner Stimme. Ich ließ ihn mir in die Hand versprechen, dass er ihm nicht einmal andeuten werde, er sähe ihn lieber gehen. Mein lieber, guter Charles ließ sich dies mit dem lebhaftesten Unwillen im Gesicht gefallen, weil er nicht wagte, mit der schwachen Kranken eine Diskussion zu beginnen.

Dabei ging unser beider Echauffierung völlig ins Leere, denn bald darauf, Charles saß noch bei mir und hielt mir die Hand, wurde uns die Nachricht gebracht: Mr. Buenaventura sei soeben abgefahren. Er kündige jedoch an, am folgenden Nachmittag zu einem Besuch vorbeischauen zu wollen, und bitte um rechtzeitige Mitteilung, falls den Herrschaften dies nicht genehm sei.

Ich verschlief den Rest des Tages, ohne mir größere Sorgen zu machen. Der Morgen fand meine Seele so balsamglatt, als habe es nie auch nur einen Windhauch gegeben, der meine Serenität gestört hätte. Vidal kam wie angekündigt, sah noch immer mitgenommen aus, aber schien ebenfalls ganz ruhig. Mit keinem Wort kam er auf das Geschehene zurück, er erkundigte sich nach meinem Befinden und zeigte sich befriedigt, dass es besser sei. Dann setzte er sich auf seinen Schemel, öffnete ein Buch, das er mitgebracht hatte, und las mir vor. Wir verbrachten ruhige Stunden, er über das Buch gebeugt, ich ihm zuhörend. Auf die Bedeutung der Worte achtete ich nicht, sondern lauschte nur dem Klang seiner Stimme, der Melodie seiner Sätze, döste vor mich hin und war's zufrieden. Alle halbe Stunde unterbrach er seine Lektüre, um mir eine Tasse meines berühmten Tees an die Lippen zu setzen, die ich folgsam trank. Einmal wurde mir unser Sohn angelegt; er sprach kein Wort dazu, hob nur die linke Augenbraue und drehte sich auf seinem Schemel mit gequältem Ausdruck zur Seite, als wolle er das Schreckliche nicht beobachten müssen.

Nach drei Stunden verabschiedete er sich, wobei er mich,

obwohl ich unrein war, auf die Wange küsste und einen Moment meine Hand sehr fest hielt.

Du könntest meinen, Fanny, dass sich nun alles wieder in die gewohnte, glückliche Ordnung zwischen uns gefügt habe. Dies glaubte jedenfalls Charles, der mich erfreut darauf ansprach, und ich, die ich ihn nicht verdrießen wollte, ließ ihm seinen Glauben. Doch so war es nicht. Zwar ging es so weiter, wie eben beschrieben: Vidal kam täglich, blieb einige Stunden bei mir, las oft dazu. Er war ruhig und freundlich, nicht mehr wild und aufbrausend und erst recht nicht gewalttätig. Doch ich konnte hierüber nur wenig Freude empfinden, denn er schien mir zugleich wie abwesend. Er sprach wenig, sah mir selten ins Gesicht, würdigte erst recht seinen Sohn keines Blickes oder auch nur einer Erkundigung nach seinem Gedeihen. Er war nicht bei mir, oder ich nicht bei ihm. Fast war es mir lieber, als er schimpfte und wütete und mir mein Kind entriss; wenigstens versuchte er damals nicht, was er empfand, vor mir zu verbergen.

Erst gut zwei Wochen nach meiner Entbindung, ich war schon mehrfach kurz auf gewesen und ein paar Schritte gegangen, fühlte ich mich gesund und stark genug, um meinen verstörten, verletzten Geliebten aus seinem Schneckenhaus zu locken. Er wollte sich wie gewöhnlich auf seinen Schemel setzen, als er kam, doch ich hieß ihn zu mir kommen, zog ihn mit beiden Händen auf mein Lager herab, drückte ihn an meinen Busen und schob ihm ohne Vorwarnung eine Brust in den Mund. Das brachte ihn ein wenig zum Lachen, was ich lange nicht von ihm gehört hatte. Er behielt brav im Mund, was ich ihm hineingegeben, schloss die Augen und blieb liegen wie ein schlafendes Kind. Lange hielt ich ihn still im Arm, wobei ich meine Wange an seinen Scheitel drückte. Schließlich begann ich, sein Haar zu küssen, und flüsterte ihm mit vielen heißen Worten zu, wie sehr, wie zärtlich, wie unendlich ich ihn liebte. Dies hatte die erwünschte lösende Wirkung, und mein Vidal, von Schluchzen geschüttelt, musste bald von meiner Brust lassen, da er zu ersticken drohte. Er kroch ein Stück an mir hinauf, drückte mir seinen ganz entzückend nach Milch riechenden Mund in die Wange und stammelte bedeutungsschwanger, als handele es sich um ein lange gehütetes Geheimnis: Er habe so schreckliche, schreckliche Angst um mich gehabt!

Das war mir nichts Neues, doch ich nutzte die Gelegenheit und drückte, tröstete und küsste ihn ob der bösen Angst, die er um mich ausgestanden. Dann endlich sagte ich: Aber jetzt müsse es doch besser sein mit der Angst, jetzt sei ja alles gut geworden, und warum um alles in der Welt er dann noch immer so traurig sei?

Zweimal schnaufte er tief, rutschte ein wenig hin und her und gab mir, ohne mich anzusehen, die Antwort: Wie könne er denn von einem Tag auf den nächsten wieder fröhlich werden, nachdem er eben erst am Abgrund seines Lebens gestanden habe. Zu tief stecke es ihm in den Knochen, zu nahe sei noch der Moment der größten Gefahr, um so zu leben, als sei nichts gewesen, und erst recht sei es ihm unmöglich, sich über das Kind zu freuen, an dem ich so gelitten, das mich fast umgebracht habe.

«Aber es hat mich ja nicht umgebracht», protestierte ich, «hier, fühl nur, ich bin ausgesprochen lebendig und gedenke es auch noch für lange zu bleiben. Ein gewisses Risiko liegt in der Natur der Sache, doch es ist überstanden. Wenn du zuvor Angst hattest, solltest du dich jetzt umso mehr freuen, dass ich wieder wohlauf bin und das Kind noch dazu, es hätte ja auch eine Totgeburt sein können oder ein schwaches, kränkliches Ding.»

Er schnaufte auf wenig überzeugte Weise in mein Ohr.

«Stell dir vor», erklärte ich ihm geduldig, «ich wäre in einen

Brunnen gefallen und erst nach Tagen der Sorge wäre es gelungen, mich lebend daraus zu befreien. Würdest du etwa nach meiner Rettung betrübt umherlaufen, weil es mir vorher fast ans Leben gegangen wäre? Wohl kaum, du wärest einfach nur froh, mich der Gefahr entronnen zu wissen.»

«Wahrscheinlich, wenn du von selbst in den Brunnen gefallen wärst. Aber wie, wenn ich dich, von einer Laune getrieben, absichtlich hineingestoßen hätte – könnte ich dann, selbst, wenn du gerettet würdest, meines Lebens je wieder froh werden?»

Daher wehte also der Wind! Ich hätte es wissen müssen. Als ich nachbohrte, bekam er wieder seinen tragischen Blick und erzählte mir en détail, wie für den schlimmen Schmerz, der mich zerrissen, für die Lebensgefahr, in der ich geschwebt hatte, und die todbleiche Mattigkeit, mit der ich aus der Prüfung hervorging, ganz allein und höchstpersönlich er die Schuld trage, nicht mehr und nicht weniger, als habe er mir eigenhändig mit einem Messer den Bauch aufgeschlitzt. Auf ewig werde er sich selbst hassen, weil er mir dies angetan, und auch ich müsse ihn hassen; wenn ich es trotzdem nicht täte, oder so täte, als täte ich es nicht, dann nur wegen meines guten Herzens und aus allgemeiner Menschenliebe.

Dies Letzte war so weit von der Wahrheit entfernt, dass ich lachen musste. Bevor er protestieren konnte, erklärte ich ihm mit schwülstigem Pathos, denn schwere Geschütze schienen mir vonnöten: In der Tat habe er mich in meine Umstände und zu meiner Mutterschaft gebracht, und hierfür liebte ich ihn mehr als zuvor. Er habe mir damit ein unschätzbares Glück geschenkt, gegen den Preis von ein, zwei Tagen Schmerzen und eines kleinen Risikos, das ich hierfür frohgemut und freiwillig eingegangen sei. Ich beschrieb ihm, welches Glücksgefühl mich während meiner Schwangerschaft umfangen hielt, weil ich sein Kind unter meinem

Herzen trug, und welche Befriedigung es jetzt für mich bedeute, das kleine Wesen zu sehen und im Arm zu halten, das von ihm und mir etwas hat und mir wie ein Beweis unserer Zusammengehörigkeit erscheint. Ich erinnerte ihn, dass ich mir schon lange ein Kind wünsche, für das ich sorgen könne, und nun endlich eines habe. All diese Gaben, sagte ich ihm, habe er allein mir verschafft, und das Einzige, was mein Glück trübe, sei das Wissen, dass er sich nicht mit mir freuen könne.

Sogleich nutzte er das Stichwort zu neuen Selbstvorwürfen und begann, sich wegen seines Verhaltens in den Tagen nach meiner Niederkunft anzuklagen, doch ich verschloss ihm mit einem Kuss die Lippen, wie er es schon oft bei mir getan hat, und hauchte ihm Koseworte in den Mund.

In diesem Augenblick störte uns die Amme, die mir das Kind brachte und die sich ihre Missbilligung über die unsittlichen Zustände im Bett ihrer Wöchnerin anmerken ließ. Vidal wollte sich auf seinen Schemel retten, doch ich hielt ihn fest in meinem Arm und legte seinen Sohn an der Brust ihm gegenüber an, sodass er nicht umhinkonnte, ihn sich einmal anzusehen. Da lag ich nun mit meinem großen Kind im rechten und dem kleinen im linken Arm, und als ich sah, wie sich das Gesicht des großen nach einiger Kontemplation seines Sprosses zu einem schelmischen Grinsen verzog, wie er seine Hand dem Kleinen auf Schulter und Kopf legte und ihm eine geheime spanische Botschaft zuraunte, von der ich nur die Worte tu madre verstand, da wusste ich, dass ich gewonnen hatte.

Wie er so daliegt, noch immer mit der Hand auf seinem Sohn, sagt er plötzlich: «Weißt du eigentlich, dass du ihn nach mir benannt hast?»

«Nein, wie kommst du darauf? Ich hätte deinen gern als Dritt- oder Viertnamen eingebaut, aber erstens ist es unmöglich für einen englischen Peer, und zweitens gibt es der verdächtigen Umstände schon so viele, dass wir nicht mit einem solchen Namen den Gerüchten noch weiteren Vorschub leisten wollten.»

«Und doch heißt er nach mir, sogar mit seinem ersten Namen, wenn auch auf ziemlich kabbalistischen Umwegen. James ist auf Spanisch Jaime, was sich in der heutigen kastilischen Aussprache fast genauso anhört wie das hebräische Wort Chaim, das ein beliebter jüdischer Name ist, der, wie du weißt, ‹Leben› bedeutet. Das wird bei den spaniolischen Juden für gewöhnlich so übersetzt, wie es meine Eltern in meinem Namen getan haben: Vidal.»

Vielleicht bist du wie ich ein wenig sprachlos ob dieser Logik, meine arme Fanny, doch du siehst: Er begann sich anzufreunden mit seinem Sohn, und nach einer Zeit des Herantastens ist er jetzt ganz vernarrt in ihn. Überhaupt quält er sich und mich nicht mehr und ist wieder ganz der Alte, bis auf seinen Entschluss, mich niemals mehr zu schwängern, in dem er nicht wankt. Ich nehme das vorläufig hin, und nicht einmal ungern, seit ich erfahren habe, dass dies mit einem ausgeklügelten Terminkalender geschehen soll, dessen Wirkung erprobt sei, statt mit Hilfe unästhetischer, störender Gerätschaften.

Seine völlige Wiederherstellung will ich dir am Beispiel einer kolossalen Frechheit demonstrieren, die er sich heute geleistet hat. Meine Eltern nebst Robert und Clarissa waren bei uns zu Gast, desgleichen ein entfernter Verwandter von Charles mit seiner Frau sowie zu guter Letzt ein Freund der Familie, Mr. Buenaventura, schlecht rasiert, doch von seiner Magenverstimmung genesen. Irgendwann kam das Gespräch auf die von mir seit langem ängstlich erwartete Frage, wem denn der kleine James ähnlich sehe. Umso heikler war dies, als ich mit einer Mischung aus süßer Befriedigung und leichter Besorgnis längst eine Ähnlichkeit diagnostiziert habe, von der, wenn sie schon in diesem zarten Alter so ausgeprägt ist, zu befürchten steht, sie werde mit den Jahren auch für den naivsten Beobachter unübersehbar werden.

Es wird also zu dieser Frage allerhand spekuliert, einige meinen, er schlage nach mir, andere vermeinen, Charles' Ohren an ihm zu erkennen, der Nächste behauptet, die Augen erinnerten ihn an ein Jugendbildnis von Charles' Großvater, der habe übrigens auch so dunkles Haar besessen. Schließlich sagt mein Vater: «Die Familie kann sich nicht entscheiden, wir bräuchten einen Außenstehenden, um die Frage zu schlichten. – Buenaventura, was meinen Sie, wem sieht er ähnlich?»

Der Angesprochene steht von seinem Platz auf, schlendert zu mir, von der er genau weiß, dass ich Blut und Wasser schwitze, hebt mir den kleinen James vom Arm, begutachtet ihn eingehend mit kritischem, prüfendem Blick und erklärt schließlich: «Oh, ich würde sagen, ganz der Vater.»

34
Neue Sorgen

Bettinas Lektüre dieser skandalösen Briefsammlung, ihre fiebernde Anteilnahme an dem in solcher Intimität vor ihr ausgebreiteten Schicksal der Protagonisten ließen in der Folge ihre Sehnsucht nach der baldigen Rückkunft und sichtbaren, fühlbaren, riechbaren Nähe desjenigen, der ihr jetzt als die jüngere, sanftere, gleichsam gezähmte und darum liebenswertere Version der männlichen Hauptfigur erschien, zu ungeahnter, süß-quälender Intensität anwachsen.

Leider kehrte der Geliebte nicht, wie erwartet, am vierten

oder fünften Tag nach seiner Abreise Richtung Potsdam ins Denkewitz'sche Haus zurück und ließ auch am sechsten nichts von sich hören. Bettina, die sich bisher die Zeit seit Neujahr auf die angenehmste Weise vertrieben, im Verein mit Luise und Fräulein von Boczkowski ihre englische Konversation geübt, den zweiten langen Brief an Aurelie geschrieben, den Inhalt ihres geheimen Päckchens nochmals gelesen und über die praktischen Fragen der Zukunft nachgedacht hatte, wurde nun, da sich ihrer Sehnsucht eine besorgte Unruhe beigesellte, ungeduldig in ihrem Wartestand. Wie ihr Vater das Ausbleiben des Lords zum verabredeten Termin aufnahm, kann man sich leicht ausmalen. Der Major war es auch, der am Morgen des siebten Tages in der Post einen an ihn adressierten Brief des Lords vorfand, den er sich noch vor dem Frühstück in der Einsamkeit seiner Bibliothek zu Gemüte führte. Der Herr schrieb: Er sei ein wenig krank und habe daher noch nicht kommen können. Besorgniserregend sei es eben nicht, nur so, dass eine längere Fahrt bei frostigen Temperaturen nicht ratsam erscheine. In ungefähr einer Woche hoffe er, wieder auf den Beinen zu sein, und werde dann jedenfalls erneut von sich hören lassen, falls er wider Erwarten noch immer nicht kommen könne.

Wider Erwarten! In einer Woche! Da konnte er fast schon in England sein, ohnehin in Hamburg, denn eine Woche Vorsprung besaß er ja schon. Dem Major wollte ob so viel Dreistigkeit der Kragen platzen, er schimpfte leise vor sich hin, während er insgeheim so etwas wie eine schamhafte Befriedigung darüber verspürte, dass er mit seiner Einschätzung des Mannes und der Lage von Anfang an richtig gelegen und die Weiber sich getäuscht hatten.

Einen dem seinen beigelegten Brief an Bettina konfiszierte er ohne Zögern, erbrach das Siegel und las, was nicht für ihn bestimmt war. Hier fand sich wiederholt, was der Lord ihm selbst geschrieben, vermischt mit Liebesgeturtel und geheimnisvollen Anspielungen, welche dem Major höchst beunruhigend vorkamen.

Sein Entschluss war rasch gefasst: So etwas würde, nein, konnte er sich nicht bieten lassen; diesem Künstlerfilou, diesem verwöhnten englischen Paradiesvogel würde er zeigen, was es hieß, die Ehre eines preußischen Offiziers mitsamt derjenigen seiner Tochter zu beschmutzen. Er ließ sich ein Frühstück und die nötigsten Sachen in aller Eile zusammenpacken, steckte seine Waffe ein, falls es zum Duell käme, und hinterließ eine Note an seine Frau: In einer dringenden Angelegenheit sei er unerwartet aus der Stadt gerufen worden, die Zeit reiche nicht zu Erklärungen, er werde sich in den nächsten Tagen melden. Dann bestieg er seinen Wagen und wies den Kutscher an, mit größter Hast gen Potsdam zu fahren.

Natürlich war der Mann längst weiter, der aus Potsdam versandte Brief mochte schon am zweiten Januar geschrieben und nachträglich durch einen Komplizen für ihn aufgegeben worden sein. Doch dort, bei der Adresse, wo er sich vorgeblich befand, galt es, seine Spur aufzunehmen, galt es, mittels geschickter Fragen, notfalls unterstützt durch Drohungen oder einige Münzen, herauszubringen, in welche Richtung und mit welchem Ziel er sich von dannen gemacht hatte.

Nach beschwerlicher Fahrt, denn es herrschte einiges Schneetreiben, ließ sich der Major an seinem Ziel in Potsdam absetzen; in der Nähe des Luisenplatzes, ums Eck von der Brandenburger Straße. Den Kutscher wies er an, sich vorläufig im Gasthof Zur Post einzuquartieren und dort auf ihn zu warten, sich jedoch vorsichtshalber schon einmal um Pferde zum Wechseln zu bemühen. Allein gelassen, durchgefroren und mit mulmigem Gefühl in der Magengrube musterte er das Haus, passenderweise die Nummer 13: ein

Pelzhandel, nicht gerade eine standesgemäße Herberge für einen Lord, genau, wie er erwartet hatte. Das Geschäft schien geschlossen, und er musste lange läuten, bis ihm von einem sehr jungen Dienstmädchen die Tür geöffnet wurde. Nachdem er sich vorgestellt, führte sie ihn, ohne weitere Erläuterungen zu erbitten, geradewegs in die gute Stube des Hauses. Dort saß eine Familie bei Tee und Weihnachtsgebäck zusammen, die Frau mit einer Stickerei beschäftigt und einem Säugling in der Wiege neben sich, der Mann mit einem kleinen Mädchen von vier oder fünf Jahren auf dem Schoß, dem er aus einem dicken Buch ein Märchen vorlas. Dies war eine so friedliche häusliche Szene aus dem braven deutschen Bürgertum, dass es in dem Major erst recht brodelte und wütete, weil der ruchlose Engländer auch diese guten, respektablen Leute in seine ehrlosen Machenschaften hineingezogen hatte. Umso mehr verstärkte sich in diesem Augenblick seine Entschlossenheit, diesem Menschen ohne Moral und Gewissen endlich Einhalt zu gebieten.

Er schluckte fürs Erste seine Wut hinunter, die er seiner Umgebung nicht zumuten wollte und durfte, stellte sich Hillerbrand, so hieß der Hausherr, freundlich vor und teilte mit, er wünsche einen gewissen Lord Clarendon zu sprechen, von dem er Grund habe anzunehmen, er halte sich in diesem Hause auf oder habe sich hier kürzlich aufgehalten. «Aber natürlich», antwortete ihm Hillerbrand, der bei seiner Vorstellung aufgestanden war und sich nun leicht verbeugte, ein großer, hagerer Mann Mitte dreißig mit dünnem, hellblondem Haar und einem zutiefst vertrauenerweckenden Gesicht, «schön, dass Sie gekommen sind. Ich nehme an, Sie haben heute seinen Brief erhalten. Der Arme will nicht viel Aufhebens darum machen, aber es hat ihn schwer erwischt. Ich bringe Sie gleich hoch zu ihm, es sei denn, Sie wollen nach der Fahrt erst eine Stärkung zu sich nehmen oder sich frisch machen.»

Der Major, dem ein wenig schwummerig zumute wurde (konnte es denn wahr sein, was ihm da eben so selbstverständlich vorgetragen wurde?), kippte auf den Schreck im Stehen eine Tasse Tee mit Rum, zum Aufwärmen, behauptete er, und erklomm dann wie im Traum hinter Hillerbrand die schmale Stiege zu einer Dachkammer. Dort lag der vermeintliche Ausreißer in fiebriger Apathie, von einem verrutschten Laken mehr schlecht als recht bedeckt, das verschwitzte Hemd fast bis zum Bauch aufgeknöpft, das dichte, dunkle Haar zerdrückt und ein wenig verklebt um das matte Haupt, im weißen Gesicht einen Hauch Rot längs der Wangenknochen und mit glänzenden, abwesenden schwarzen Augen. Verdutzt und sprachlos von diesem bis zuletzt unerwarteten Ausgang seiner Nachforschungen, spürte der Major nun außerdem, wie der Anblick des jungen Mannes, dem seine Lage etwas Kindlich-Hilfloses verlieh, in ihm eine unerklärliche Woge von Rührung aufkommen ließ. Als der Lord auch noch zeigte, dass er sich über den unverhofften Besucher freue, und ihn mit schwacher, belegter Stimme als «Vater» ansprach – wie es ihm als Verlobtem seiner Tochter durchaus zustand –, da gab es für den Major kein Halten mehr. Mit einem Mal saß er bei dem Kranken auf der Bettkante, ergriff mit der Rechten seine heiße Hand, hielt ihn gleich darauf mit der Linken an der Schulter, als er von einem bösen Hustenanfall geschüttelt wurde, und nannte ihn «mein Junge» und «mein armes Kind». Es fehlte nicht viel, und er hätte ihm durchs zerzauste Haar oder über die erhitzte Wange gestrichen.

Nein, er sei ohne Bettina hier, gestand er dem Lord auf dessen angedeutete Frage, denn er habe die Lage erst einmal allein in Augenschein nehmen wollen.

«Ist vielleicht ganz gut so», murmelte der Kranke, der sichtlich enttäuscht war, «sie könnte sich anstecken.»

«Ich werde ihr erst einmal schreiben; wir werden sehen, ob

sie in den nächsten Tagen nachkommt. Aber als Allererstes muss ich dir hier die beste Pflege anheuern – nein, spar dir deine Kraft, ich werde keine Widerrede akzeptieren. Und jetzt wollen wir nicht mehr sprechen, es strengt dich nur an. Ich bleibe noch ein Weilchen bei dir sitzen.»

Hierauf verfiel der Lord bald in einen unruhigen Halbschlaf, gelegentlich durch trockenen, scheppernden Husten unterbrochen. Dem Major war es nach dem erlebten Gefühlswechselbad sehr lieb, eine Zeit lang still seinen Gedanken nachzuhängen und sie zu ordnen. Als er sich ein wenig gesammelt hatte, stellte er überrascht fest, dass er noch immer die Hand des Kranken locker in der seinen hielt. Als sei er mein Sohn, kam es ihm in den Sinn. Konnte es möglich sein, dass ihm von dieser gänzlich unerwarteten Seite der erwachsene, verlässliche Sohn zugeflogen sei, den er sich oft so sehnlichst herbeigewünscht? Seinem Wunschbild entsprach der Kandidat nicht gerade: Kein Offizier, jeglicher Hang zum Militärischen ging ihm ab, kein Preuße, nicht einmal ein Deutscher, viel zu feinsinnig für seinen Geschmack. – Aber Bettina würde schon wissen, was sie an ihm fand, hierauf kam es zuvorderst an, und dass sie etwas an ihm fand, anders als damals an seinem Freund, dem Baron, daran hegte der Major nicht den geringsten Zweifel. Ein Mann, wie er den Frauen gefällt, das war er, was aber in des Majors Augen wiederum nicht unbedingt für ihn sprach. Da fiel ihm ein, was er halb vergessen, wie er sich nämlich höchstselbst, im Sommer in Karlsbad, prächtig mit Clarendon verstanden hatte, wie er des Abends oft seine Gesellschaft gesucht zu einem Gespräch unter Männern bei einem Glas Wein und ihm dabei allerlei Vertraulichkeiten erzählt, die er von seinen Berliner Bekannten keinem anvertraut hätte, wie sich umgekehrt auch der Lord in einiger Hinsicht eröffnete, ihm im Vertrauen unter anderem von seinem folgenreichen Histörchen mit der Komtess erzählte und übrigens nebenbei viel Schwärmerisches über seine Tochter Bettina zum Besten gab, was der Major, der bisher immer nur von ihren Unzulänglichkeiten und Misserfolgen beim anderen Geschlecht vernommen hatte, wie Honigseim aufsog. Kein Wunder, dass er diesen Clarendon damals für einen ganz kolossalen Kerl hielt, gescheit, angenehm, höflich, und mit dieser ganz und gar vornehmen, englischen Ausstrahlung, die nur haben kann, in wes Adern das Blut eines alten, mit Wilhelm dem Eroberer auf die Insel gekommenen Geschlechts fließt. Nun ja, ein akzeptabler Schwiegersohn war er auch; man konnte zufrieden mit ihm sein, es hätte schlimmer kommen können. Wenn er ihm nur nicht jetzt noch unter den Fingern wegstürbe.

Hier in seinen Grübeleien angekommen, löste der Major vorsichtig, fast zärtlich, seine Hand aus der des Kranken, um ihn nicht zu wecken, und verließ auf Zehenspitzen das Zimmer, um schleunigst für die bestmögliche Pflege und Behandlung seines Schützlings Sorge zu tragen

35
Wiedersehen in Potsdam

Der Vater hatte sie nicht kommen heißen, sie vielmehr angewiesen, der zu erwartenden Gesundung ihres Bräutigams und seiner schließlichen Wiederkunft in ihrem Berliner Zuhause entgegenzusehen. Dennoch stand Bettina nach gerade eben der Zeit, die ein Brief in die eine und eine besorgte Liebende in die andere Richtung braucht, am folgenden Mittag überraschend selbst vor dem Hillerbrand'schen Haus und begehrte schüchtern Einlass. Ihren hastig gepackten Koffer hatte sie dem Kutscher zum Weitertransport in den Gasthof Zur Post überlassen, denn sie wollte keine Minute verlieren – so sehr bebte sie, sie könne ihren Geliebten auf Todes Schwelle antreffen. Wohl hatte sich der Major in seinem Brief bemüht, sie von dessen Krankheit in gemessenen, beschwichtigenden Worten zu unterrichten, doch seine vorherige plötzliche, wie panische Abreise zu einer frühen Morgenstunde bewies nur allzu klar, in welch ernstem, bedrohlichem Zustand der Lord sich befinden musste.

Wie leicht wurde ihr aber das Herz, als sie diesen gleich darauf mit einem Buch in der Hand, halb sitzend gegen Kissen gelehnt, in seinem Bett vorfand und als sie seine Augen und sein ganzes Gesicht bei ihrem Eintreten in einer so freudigen, lebenslustigen Überraschung aufblitzen sah, wie ein Schwerstkranker sie niemals empfinden wird. In Anwesenheit des sie hereinführenden Dienstmädchens, das sich jedoch sogleich verabschiedete, und vor allem der häkelnden, sie bei ihrem Eintritt mit finsterer Strenge musternden Pflegerin wagte Bettina nicht, ihrem Herzen zu folgen und den Kranken mit einer zärtlichen Umarmung zu bestürmen. Auch lud er selbst durch keine Geste oder Bewegung zu einer überschwänglich zärtlichen Begrüßung ein, schlang aber doch die Hand fest um die ihre, als sie, sich an sein Bett setzend, vorsichtig nach seiner griff.

Es sei, berichtete er auf Bettinas etwas atemlose Frage nach seiner Gesundheit, nichts weiter gewesen als eine gewöhnliche Erkältung, zugegeben mit einem ziemlich lästigen Husten, den er noch nicht ganz losgeworden, aber der immerhin bereits merklich besser sei. Seit im Verlauf der Nacht das Fieber fast völlig gewichen, fühle er sich so frisch und unternehmungslustig, dass er am liebsten aufstehen würde.

«Nu klopfen Se ma keine großen Sprüche», ließ sich hier mit tiefer, rauer Stimme die Pflegerin vernehmen, «Hochmut kommt vor dem Fall, und Sie bleiben mir noch ein paar Tage im Bett, junger Mann, wenn nich eine ganze Woche.» Dieser Anordnung konnte die zur Vorsicht neigende Bettina nur zustimmen, und der Kranke, plötzlich von Husten geschüttelt, fügte sich lieber darein, als er vor seiner noch immer besorgt wirkenden Verlobten hätte zugeben mögen.

Unterdessen betrat Frau Hillerbrand die Kammer, eine noch junge, dralle Frau, welche, im Geschäft befindlich, von Bettinas Ankunft unterrichtet worden war und heraufkam, um sie einerseits zu begrüßen und ihr andererseits eigenhändig einen Imbiss zu bringen. Als sich Bettina hierfür sowie für die Fürsorge und Pflege bedankte, welche die Familie Hillerbrand dem Kranken angedeihen ließ, wehrte die Angesprochene ab und erklärte: Zwar hätten sie ihr Möglichstes getan, aber das Möglichste dreier schwer arbeitender Menschen sei für zart besaitete Kranke von Adel leider bei weitem nicht genug. Deshalb habe man die Witwe Wittstock dingen müssen, deren Entlohnung jedoch nicht von den Hillerbrands getragen werde, die sich dergleichen auch bei Krankheit ihrer eigenen Kinder nicht leisten könnten.

Der Lord drehte bei diesen scharf gesprochenen Worten die Augen gen Himmel, hob die linke Augenbraue und setzte zum Sprechen an, doch Frau Hillerbrand ignorierte ihn und fuhr zu Bettina gewandt fort:

«Übrigens ist es kein Wunder, dass Ihr werter Herr Verlobter krank geworden ist. Jeder sieht, dass er nicht die robusteste Konstitution hat und ihm daher ein geregelter Lebenswandel mit festen Essens- und Schlafenszeiten anzuempfehlen wäre. Auch mein besonnener, braver Mann hat sich dies angewöhnt, seit er sich von der Künstlerei verabschiedet und eine Familie zu ernähren hat, und hatte folglich in den letzten Jahren kaum je eine Schwäche oder Krankheit zu beklagen. Ihr leichtsinniger Herr Lord meinte hingegen, gleich nach seiner Ankunft bei uns nach alter Junggesellen-Künstlersitte mit meinem Mann die halbe Nacht bei einer Flasche Rotwein verschwatzen zu müssen, obwohl er bei Kälte gereist und, wie man hörte, zuvor eine Ballnacht hinter sich gebracht hatte. Ich rate Ihnen, künftig besser auf ihn aufzupassen, damit er ein wenig solider wird.»

Hier angekommen, zog Frau Hillerbrand abrupt die Kammertür hinter sich zu, und man hörte sie die Stiegen hinablaufen, bevor Bettina Gelegenheit zu einer Antwort hatte – falls ihr eine eingefallen wäre. Mit großen Augen blickte sie auf die Stelle, an der eben noch ihre Gastgeberin gestanden hatte.

«Kein Grund zur Beunruhigung», sagte der Lord, ihre Hand fester drückend, und erläuterte auf Englisch: «Sie ist sehr stolz, und daher fällt ihr der Umgang mit Menschen schwer, von denen sie glaubt, sie müssten auf sie und ihren Mann herabblicken. Ich fürchte, ihr war es höchst unlieb, dass ihr Mann mich in sein Haus eingeladen hat. Beständig unterstellt sie mir, ich sei mit dem Essen, meiner Schlafkammer oder dem Trinkgeschirr unzufrieden. Dabei könnte mir nichts ferner liegen; schließlich habe ich, zu der Zeit, als ich ihren Mann kennen lernte, selbst nur in einer Dachkammer gehaust, und bei viel schlechterem Komfort, als mir hier geboten wird.»

«Du hast in einer Dachkammer gehaust!?», rief Bettina auf Deutsch, da ihr das früher so sträflich vernachlässigte Englisch nicht flüssig über die Lippen wollte. «Aber warum denn das?»

«Ja, warum?», grübelte der Lord. «Ich wollte beweisen», sagte er schließlich, «dass ich mich selbst ernähren könne, aus eigener Kraft und ohne Hilfe der Privilegien meiner Geburt, oder was ich damals dafür hielt. Deshalb ging ich ohne Geld nach Hamburg und nahm auch in den folgenden Jahren keines von meinen Eltern an; den Titel ließ ich ebenfalls zu Hause und beschwor alle, die in Hamburg jemandem davon hätten verraten können, es nicht zu tun. Das erste Jahr litt ich bitterste Armut; die Gelegenheitsarbeiten, von denen ich leben wollte, waren schwer zu bekommen, dazu war es selbst im Sommer kalt. Ich fror unentwegt und war dankbar, wenn ich einmal etwas Butter zum Brot hatte. Die hat mir übrigens zuweilen Christian geschenkt, unser hiesiger Herr Hillerbrand, der das Kämmerchen neben meinem gemietet hatte und nicht ganz so armselig dran war wie ich, wohl auch dann und wann ein Päckchen von der Mutter erhielt.»

«In den Päckchen war wohl öfter auch Rotwein drin?», fragte Bettina verschmitzt. Der Lord lachte. «Nein, den haben wir uns schon selbst gekauft, dafür hat es meistens gereicht. Doch du ahnst ganz richtig, dies war die Zeit, da ich mir angewöhnte, es mit dem Wein ein wenig zu übertreiben. Er ist so vielseitig einsetzbar: Gegen Hunger wirkt er ebenso wie gegen Kälte und trübsinnige Gedanken.

Im zweiten Jahr wurde es mit den Finanzen etwas besser. Ich verdiente ein paar Groschen mit Porträtzeichnungen für einfache Bürgersleute, denen ich mich auf den Straßen anbot (Farben konnte ich mir damals nicht leisten!), und etwas später mit Provisionen, denn gegen diese übernahm ich es, für die Gemälde meiner begabteren Studienkollegen Käufer zu finden. Hierin hatte ich bald gute Übung, und es funktionierte leidlich, sodass von Hunger keine Rede mehr war, ich sogar einiges beiseite legen konnte und mich Ende des dritten Jahres mit dem Plan trug, in eine anständige Wohnung umzuziehen. Doch gerade da starb mein Vater, und ich musste mein Experiment aufgeben und nach Hause zurückkehren.»

«Was bin ich froh», kommentierte Bettina, «dass du dein Jahr der bitteren Armut unbeschadet überstanden hast! Sich Wein statt Butter oder Brennholz zu kaufen, während man doch im Übrigen eigentlich genug Geld für alles drei hätte, so unvernünftig darf man nicht sein. Wie leicht hättest du dir den Typhus oder eine Lungenentzündung holen können! Vielleicht hat Frau Hillerbrand so Unrecht nicht, wenn sie meint, ich müsse gut auf dich aufpassen. – Ich verstehe aber noch immer nicht, woher dir der Ehrgeiz kam, all dies auf dich zu nehmen. Was gab es denn da zu beweisen? Jeder an Körper und Geist gesunde Mensch kann sich mit seiner Hände Arbeit durchschlagen, wenn er unbedingt will, aber warum sollte er wollen, wenn er nicht muss und seinen Malunterricht unter so viel komfortableren und gesünderen Umständen genießen könnte?»

«Ich muss wahrscheinlich etwas weiter ausholen, um es dir, wenn überhaupt, verständlich zu machen. Dies aber erst, *when we are quite alone*. Jetzt sollst du erst einmal in Ruhe essen und trinken dürfen.»

Hierauf konzentrierte sich Bettina in der nächsten Viertelstunde und war erstaunt, wie gut ihr die warme Rübensuppe mit ein paar Brocken Rindfleisch nach der langen Fahrt schmeckte, während deren sie den mitgenommenen Proviant vor Sorge nicht hatte anrühren mögen. Als ihr Teller geleert war, erhob sich die Witwe Wittstock, um ihr das Tablett aus der Hand zu nehmen und es fortzubringen. Der Lord schlug ihr bei dieser Gelegenheit vor, sich ein, zwei Stunden freizunehmen. Dies sei ohne weiteres möglich, da er momentan eine Bewacherin um sich habe, auf deren Gewissenhaftigkeit man sich verlassen könne.

«Wenn Eure Exzellenz mich partout hinauskommandieren wollen», grummelte die Alte, «dann will ich mich davonmachen und mir eine Weile die Beine vertreten. Aber wern Se mir bloß nich übermütig! – In einer Stunde bin ich wieder da und sehe nach dem Rechten.»

Bettina ging zunächst mit nach unten, um sich frisch zu machen, denn dies hatte sie bei ihrer Ankunft versäumt. Bei der Rückkehr in die Dachkammer hielt sie ein großes Glas

Rotwein in der Hand, das ihr die Witwe Wittstock unten hineingedrückt hatte mit den Worten: «Das is, in Maßen genossen, die beste Medizin; trinken Se selbst davon, zur Vorbeugung, und geben Se Ihrm Freund den ein oder andern Schluck ab.» Mit einer gewissen Furchtsamkeit in der Brust trug Bettina die Gabe nach oben, denn es schien ihr fraglich, ob man Frau Wittstock offiziellen Zugang zum Weinkeller des Hausherrn gewährt hatte. Sie wünschte nicht, von Frau Hillerbrand mit stibitztem Rebensaft erwischt zu werden. Der Lord hatte inzwischen auf seinem Krankenlager eine bequemere Position eingenommen und blickte ihr seltsam erwartungsvoll entgegen. In seiner Gesellschaft war Bettina weniger bang vor dem gerechten Zorn der Hausfrau; sie machte es sich auf der Bettkante bequem, mit glänzenden Augen und glühenden Wangen, da die Suppe ebenso wie die Nähe ihres Geliebten stark wärmende Wirkung gehabt hatten, und erzählte lachend, wie sie zu dem Wein gekommen sei.

«Man merkt es nicht gleich, doch die Wittstock ist ein Goldstück», stellte der Lord fest, indem er, auf einen Ellenbogen gestützt, einen Schluck Wein zu sich nahm und das Glas dann an Bettina zurückgab. Danach legte er den Kopf wieder aufs Kissen, sah Bettina zu, während sie trank, und fragte nach einigen Augenblicken der Kontemplation:

«Und? Hast du es dir überlegt?»

«Was?», fragte Bettina verdutzt.

«Ob du ein illegitimes Kind der Liebe heiraten willst, das sich mit einem Titel schmückt, der ihm nicht zusteht.»

«Aber sicher will ich», erwiderte Bettina belustigt, «falls du mit dem Kind dich meinst, was ich sehr hoffe. Von mir aus auch ganz ohne Titel, notfalls sogar in einer Dachkammer bei trocken Brot.»

«Die Probe aufs Exempel würde ich lieber nicht machen, und dergleichen meiner Bettina auch niemals zumuten wollen. Aber es beglückt mich doch, dass du dich bereit erklärst, solches um meinetwillen in Kauf zu nehmen.»

«Alles, alles würde ich in Kauf nehmen, nur um bei dir zu sein!», rief Bettina, plötzlich ganz ernst. Da richtete sich der Lord mit unerwarteter Flinkheit im Bett auf und umschlang Bettina mit beiden Armen. Auch sie ergriff, was sich ihr willig darbot, und umfing ihn, so fest sie konnte. In dieser Umarmung verharrte das junge Paar einige Minuten und tauschte Zärtlichkeiten und Liebesworte aus, bis der Kranke, wieder vom Husten geplagt, zufrieden, erschöpft und unter halb ersticktem Lachen auf sein Lager zurücksank.

«Warst du eigentlich sehr schockiert?», fragte er, als sein Husten wieder zur Ruhe gekommen war.

«Na ja, schon, an einigen Stellen, und mitunter auch hingerissen und deshalb ziemlich geniert. Übrigens war es ja im Großen und Ganzen keine Überraschung für mich. Wer dein leiblicher Vater ist, wusste ich längst.»

Der Lord sah sie mit großen Augen an.

«Du wusstest es? Das ist doch ganz unmöglich! Ich glaubte, niemand außer höchstens meiner Großmutter ahne im Geringsten – sollte etwa Franz …?»

«Nein», lachte Bettina, «von Franz habe ich es nicht, eher von dir selbst. Du verrietst mir doch in Karlsbad, deine Mutter habe deinen Vater mit einem Liebhaber betrogen. Hast du das vergessen?»

«Natürlich nicht! Aber wohlweislich habe ich damals mit keinem Wort angedeutet, ich könnte der Sohn dieses Liebhabers sein, und den Mantel des Schweigens über seine Identität gebreitet, ja dich noch regelrecht in die Irre geführt, denn du konntest meinen Worten nach kaum annehmen, es handele sich ausgerechnet um einen dir bekannten Freund von mir!»

«Dennoch fiel es mir nicht schwer, zwei und zwei zusammenzuzählen. Schon vorher war mir ins Auge gesprungen, wie sehr du ihm äußerlich ähnelst, und auch alles, was ich sonst über ihn wusste, sein Alter, seine lange Verbindung zu deiner Familie, bot Anlass zu einer solchen Deutung. Hast du es denn nicht selbst geahnt, bevor du nach dem Tod deiner Mutter Gewissheit erhieltest?»

«Nicht im Traum wäre ich darauf gekommen – obwohl ich heute sehe, wie äußerst verdächtig die Umstände waren. Fast kommt mir meine eigene Naivität lächerlich vor. Doch versetze dich in meinen damaligen Blickwinkel: Kinder machen sich ihr Bild von den Menschen und vom gewöhnlichen Gang der Dinge nach dem, was sie sehen und erleben. So wuchs ich mit der Vorstellung auf, es sei die selbstverständlichste Sache von der Welt, dass meine Mutter in Buenaventura einen engen Vertrauten neben meinem Vater habe; einen Vertrauten, der übrigens auch, obzwar in geringerem Maße, meinem Vater ein Freund war. Lange glaubte ich sogar, es müsse in jeder besseren Familie einen solchen Hausfreund geben, und war ganz erstaunt, wenn anderer Kinder Mütter keinen Vertrauten besaßen, der in ihrem Haus ein und aus ging, als gehöre er zur Familie.

Auch später, als ich etwas klüger war und mir sowohl der Kuriosität des Zustands bewusst als auch der Interpretationen, die er auf sich ziehen konnte, kam ich nie auf die Idee, es könne sich bei dem Verhältnis meiner Mutter zu Buenaventura um mehr als nur Freundschaft handeln. Zwischen meinen Eltern herrschte ja stets das beste Einvernehmen, und meine Mutter machte keinerlei Anstalten, ihre Vertrautheit mit Buenaventura vor meinem Vater zu verbergen, im Gegenteil, sie zeigte sie ihm ganz offen. Dass der Freund der Familie sich überdies in geradezu väterlicher Weise auch um mich kümmerte, mich als Kleinkind auf seinem Schoß hielt, mir das Lesen beibrachte, mit mir durch die Stadt wanderte und lange Gespräche führte, schien mir nichts mehr als das natürliche Anrecht meiner Jugend zu sein. Dabei empfand ich trotz aller Vertrautheit übrigens stets eine Scheu vor ihm, die mir gerade daher zu rühren schien, dass er nicht mein Vater war. Nur weil ich in ihm einen Fremden sah, die Personifikation von etwas Gutem, aber Andersartigem, das außerhalb des mir natürlicherweise Zukommenden lag, konnte er zum Helden meiner Kindheit und Jugend werden, konnte ich ihn mit einer Hingabe bewundern, die mir für einen Vater, an dessen Wesen ich mir in Körper und Geist einen gewissen Anteil zugesprochen hätte, ebenso deplatziert wie töricht erschienen wäre. Großen Respekt und später gesunde, gemäßigte Sohnesliebe empfand ich für meinen Vater und zeigte ihm beides, doch Buenaventura war mein heimlicher Gott, und diese in mancherlei Hinsicht, das wusste ich wohl, unschickliche, schwärmerische Liebe trug ich wie ein süßes Geheimnis in meinem Herzen. Je älter ich wurde, desto verkrampfter und schüchterner fühlte ich mich in seiner Gegenwart, weil ich so sehr bemüht war, ihm zu gefallen.»

Hier hielt der Lord in seiner Schilderung inne und sah sinnend ins Leere, so als habe er eben eine überraschende Erkenntnis gewonnen. Bettina ließ ihn eine Weile seinen Gedanken nachhängen, legte dann sanft ihre Hand auf seine und fragte:

«Was genau an ihm war es denn, das dir bewundernswert erschien?»

«Das ist schwer zu beschreiben. In der Gesellschaft, die meine Eltern sonst pflegten und in der auch ich mich ausschließlich bewegte, erlebte ich ihn als einen Außenseiter, der, nur von meinen Eltern wirklich akzeptiert, von anderen gerade eben geduldet, von den meisten aber mit betonter Herablassung oder sogar offen zur Schau gestellter Verachtung behandelt wurde. Das galt auch für seine Klienten, die in ihm aus ihrer Tradition und Erziehung heraus nichts anderes sehen konnten als einen Untergebenen, und einen minder ehrenhaften dazu. Als Kind empfand ich dies als himmelschreiende Ungerechtigkeit und ein Zeichen schändlicher Dummheit: Ich wusste schließlich von meinen Eltern und ihrer Einstellung zu ihm, dass Buenaventura ihnen an Rang ebenbürtig sei, und dann doch erst recht den langweiligen, affektierten, ungebildeten Personen, die ihm gegenüber so überheblich taten, ihn oft genug beschimpften oder auslachten und in seiner Abwesenheit verächtlich über ihn herzogen. Konnte ihnen denn wirklich verborgen bleiben, was mir so offensichtlich schien, dass er nämlich den meisten derer, die ihm von oben herab begegneten, an Geist wie an Körper bei weitem überlegen war! Doch er selbst schien sich wenig aus den ständigen Herabsetzungen zu machen, war aber andererseits fern davon, ihre Implikationen zu akzeptieren. An seiner kühlen, spöttischen Art prallte die Verachtung folgenlos ab und richtete sich für jeden, der Augen im Kopf hatte, gegen jene, von denen sie ausgegangen war. Nie ließ er sich in die Rolle drängen, welche sie ihm zudachten und welche ihm nach den üblichen gesellschaftlichen Maßstäben auch zukam; nie zeigte er sich unterwürfig oder kriecherisch, sondern trat auf eine Weise selbstbewusst auf, die man ihm in seiner Position als anmaßende Unverschämtheit auslegen musste, und kam auch noch durch damit. Manche nahmen es, obzwar verärgert, hin, weil er der Freund meiner Eltern war, andere, weil sie auf die Dienste eines so begabten Agenten nicht verzichten konnten oder wollten. Freunde machte er sich freilich keine damit, doch die, welche er reizte, hätten ihn ohnehin ihrer Freundschaft niemals für würdig befunden.

Ich aber sah gerade sein anstößiges Auftreten, seine spöttischen Mundwinkel, seine kleinen, kaum merklichen, sehr bewussten Verstöße gegen die Etikette als einen Ausdruck von innerer Würde an. Und diese kam in meinen Augen nicht von ungefähr, hatte, von den in seiner Person und seinem Wesen liegenden abgesehen, noch einen weiteren, äußeren Grund: Unter allen, mit denen meine Familie Umgang pflegte, war er der Einzige, der sein Geld durch Arbeit erworben hatte und weiterhin erwarb. Dies mochte in den Augen derer, die ihre Vorrechte durch Geburt erworben glaubten, seiner Akzeptanz mindestens ebenso sehr im Wege stehen wie seine Religion; für mich machte es ihn nur noch interessanter. In einer Gesellschaft von reichen Landbesitzern und ihrem wohl versorgten Anhang, welche Kleidung und Umgangsformen, Klatsch und höfliche Platituden, Spiel und Dinner-Partys als Lebensaufgabe betrachteten, schien er mir wie ein amüsierter Besucher einer Tiermenagerie, deren Ausstellungsobjekte, gut gefüttert und gepflegt, nicht ahnen, dass es außerhalb ihrer beschränkten, künstlichen Welt noch eine wirkliche gibt, in der man zwar seine Nahrung selbst beschaffen muss, aber dafür die Verantwortung und Selbstachtung des Freien besitzt.

Mir war klar, zu welcher Welt ich gehören wollte: nicht zu der der selbstzufriedenen Dummen, die zwischen Blumenrabatten im Käfig ihrer eigenen Borniertheit sitzen, sondern zu der wirklichen, harten Welt derer, die sich ihre Privilegien selbst zu erkämpfen in der Lage sind. – Hier hast du also die Wurzel meines späteren Hamburger Experiments, einen Grund, warum ich glaubte, den Beweis meiner Unabhängigkeit von elterlicher Protektion und Vermögen antreten zu müssen.

Doch es existierte noch ein weiteres Motiv hierfür. Wieder gab Buenaventura seinen Anlass, in diesem Fall auf sehr schmerzliche Weise.

Als ich ungefähr achtzehn Jahre alt war, kehrte seine jüngste Tochter, Flora, in ihr Elternhaus zurück, nachdem sie einige Jahre in einem Mädchenpensionat und dann bei ihrer Schwester Rosa in Hamburg verbracht hatte. Mir war sie als unauffälliges, stilles, gänzlich uninteressantes Wesen in Erinnerung, und ich erkannte sie kaum in der blühenden jungen Frau, die ich jetzt vor mir sah und deren noch immer bemerkbare stille Zurückhaltung nun etwas Geheimnisvoll-Liebenswertes bekam. Der Wandel lag mehr im Beobachter begründet als in seinem Objekt, denn als wir uns zuletzt begegnet waren, war ich noch ein halbes Kind, blind für ihre weibliche Anziehungskraft und bloß gelangweilt von der, die mir, da schon eine junge Dame, als Spielkameradin nicht taugen konnte.

Jetzt sahen wir uns häufig, was keiner besonderen Vorkehrungen bedurfte, denn ich hatte zum Haus ihres Vaters freien Zugang. Wir verstanden uns ausgezeichnet und wurden bald gute Freunde, während das süße, rätselhafte innere Drängen zu ihr, das ich bei unserem ersten Wiedersehen verspürte, sich in eine tiefe Liebe wandelte. Auch Flora blieb nicht unberührt von romantischen Gefühlen, und nach einigen Monaten hatten wir eine heimliche Verlobung verabredet, die wir erst publik machen wollten, wenn ich volljährig sei oder Flora eine Heirat mit einem anderen nahe gelegt würde.

Eines Tages geschah, was früher oder später geschehen musste: Ihr Vater, den wir außer Haus geglaubt hatten, betrat den Raum, während ich soeben Flora einen Kuss auf die rosige Wange drückte.

Mit starrem Blick kam er auf mich zu, griff mich wortlos am Arm, so fest, dass es schmerzte und ich die Spuren seiner Finger am Abend wie Brandmale unter meiner Kleidung fand, zog mich nach draußen und stellte mich zur Rede. Ich versicherte ihn der Ernsthaftigkeit und Ehrbarkeit meiner Absichten, erwähnte auch unser heimliches Verlöbnis, das nun an die Öffentlichkeit gebracht werden könne. Jetzt, glaubte ich, müsse sein Zorn in Freude umschlagen, und er werde nichts passenderes, nichts glücklicher finden als die eheliche Verknüpfung von zwei Familien, die durch Freund-

schaft so lange schon aufs engste verbunden waren. Doch
weit gefehlt, seine Hand krampfte sich fester um meinen
Arm, den er noch immer nicht losgelassen, sie begann sogar
leicht zu zittern in einer Erregung, die ich als unbändige
Wut deutete, und er erklärte mir mit harter, tonloser Stimme: Diese Verlobung müsse ich als aufgelöst betrachten. Er
werde nie zulassen, dass ich seine Tochter heirate, ich sei zu
jung und hätte die falsche Religion. Dies müsse ich mir ein
für alle Mal klar machen, an seinem Beschluss gebe es
nichts zu rütteln, und im Übrigen dürfe ich fürs Erste sein
Haus nur nach vorheriger Ankündigung und in seiner Anwesenheit betreten, er werde auch das Personal entsprechend anweisen.

Damit schickte er mich nach Hause.

Ich war zutiefst enttäuscht und verletzt durch die Heftigkeit
seiner Ablehnung und wollte fast lieber an meinen Sinnen
und meinem Verstand zweifeln als glauben, das Vorgefalle-
ne sei Wirklichkeit. Ich wähnte und hoffte, ja war mir bald
sicher, ihn mit Überredung und Hartnäckigkeit allmählich
erweichen, ihm das Vorteilhafte, Erfreuliche unseres Planes
klar machen zu können. Doch im Gegenteil, je mehr ich
mich darum bemühte, mit einer desto fanatischeren Strenge trat Buenaventura mir entgegen.

Sicher, auch meine Eltern waren gegen die Verbindung. Die
Gegnerschaft meines Vaters hatte ich erwartet, sie beruhte
auf gesellschaftlichen Erwägungen und schien mir nicht
unüberwindlich, während mich die meiner Mutter überraschte und einzig aus dem Bedürfnis zu erwachsen schien,
sich nicht in Opposition zu Buenaventura zu stellen. Wusste ich doch, wie sehr sie an ihm hing und ihm Dritten gegenüber immer Recht gab. Dass sie auch jetzt seine Partei
ergriff, statt, wie es einer Mutter angemessen wäre, ihren
Sohn verständnisvoll und diplomatisch zu unterstützen, erschien mir als ein bitteres Unrecht, für das ich weniger mei-

ne Mutter als Buenaventura verantwortlich machte. War es nicht er, der sie schamlos manipulierte, der nicht davor zurückschreckte, ihre Freundschaft zu ihm gegen ihren eigenen, einzigen Sohn einzusetzen, dem sie solche bedingungslose Treue viel eher schuldete?

Meine Mutter wie Buenaventura nannten den Unterschied in der Religion zwischen uns als den eigentlichen und wichtigsten Hinderungsgrund. Doch Flora hatte mich ausdrücklich ihrer Bereitschaft zur Konversion versichert. Unverständlich, unzeitgemäß und grausam fand ich es von ihrem Vater, sie unter Zwang hieran zu hindern, trotz aller Vorteile, die in unserer Verbindung für sie lägen, trotz unserer Liebe, die von niemandem bestritten wurde, und trotz des Leides, das er damit ihr und einem anderen Menschen zufügte, von dem ich geglaubt hatte, er stehe ihm nahe. War dieser starrsinnige religiöse Eiferer, dieser brutale, unerbittliche Zerstörer des Glückes seines und seiner Freunde Kind, des Friedens in unseren Familien derselbe Mann, den ich mir zum heimlichen Vorbild erkoren, dem ich scheue, schwärmerische Bewunderung entgegengebracht hatte?

An die ausschlaggebende Bedeutung der Religionsfrage konnte ich nicht glauben. Ich hielt sie für einen vorgeschobenen Popanz, hinter dem sich ein für mich schmerzvollerer Grund verbergen musste, um dessentwillen Buenaventura mich als Schwiegersohn verschmähte: Er sah mich, so argwöhnte ich, insgeheim als einen degenerierten Adelsspross, als eines der dummen, wohlgenährten und zufriedenen Tiere im Lustpark, dem er wohl gelegentlich einmal freundlich über den Kopf streichelte, das er aber nicht wirklich achten konnte. Diese leise Verachtung für mich, die ich ihm unterstellte, verletzte mich mehr als alles andere und setzte mir nicht weniger zu als die erzwungene und mit aller Konsequenz durchgesetzte Trennung von Flora.

Kein Wort sprach ich mehr mit ihm, wenn er bei uns war,

und verließ den Raum, wenn er ihn betrat. Verraten fühlte ich mich von allen, sogar von Flora, von der ich glaubte, sie hätte mit mir fliehen können, wenn sie nur gewollt hätte, am meisten aber von ihm, den ich als den eigentlichen Urheber meines Unglücks begriff.

Meine Gefühle verwandelten sich in blanken Hass, als er wenige Monate später Flora, wie ich annahm, gegen ihren Willen an einen Hamburger verheiratete, um uns durch Ehe und Entfernung endgültig voneinander zu trennen. – Bald darauf machte er Anstalten, sich mit mir zu versöhnen, lud mich ausdrücklich in sein Haus ein, kam zu mir aufs Zimmer, wenn ich mich unten nicht zeigte, als glaube er, Flora müsse mir aus dem Sinn sein, nachdem er sie aus meiner Welt gestoßen hatte. Ich ließ ihn abblitzen, was meinem schwärenden Inneren etwas Erleichterung verschaffte. Als meine Mutter mir Vorhaltungen machte, der Ärmste leide unter meiner kalten, hasserfüllten Abweisung, grollte ich auch ihr tagelang.

Das alltägliche Familienleben war mir zur Qual geworden, und schon deshalb beschloss ich, in der Ferne Malerei zu studieren. Hamburg wählte ich, weil Flora dort war, nach der ich mich sehnte, aber auch, um Buenaventura zu verärgern und zu beunruhigen. Kaum von meinen Plänen unterrichtet, kam er zu mir gestürzt, tat mir seine schärfste Ablehnung kund und unterstand sich, als ich mich davon nicht anfechten ließ, mir das Kunststudium in Hamburg kurzerhand verbieten zu wollen. Ich bebte vor Wut, blieb aber äußerlich kühl und sagte ihm, mit dem affektiertesten Akzent, der mir möglich war: ‹Mir scheint, Buenaventura, Ihnen ist nicht ganz klar, was ein jüdischer Agent mir verbieten kann und was nicht.› Dann klingelte ich und wies den Butler an, den blass Gewordenen, Sprachlosen hinauszuführen.»

Der Lord pausierte erschöpft und griff nach dem Weinglas. Bettina, welche mit Teilnahme seine öfter von Husten unterbrochene Rede verfolgt hatte und deren Gesichtsausdruck zusehends unglücklicher geworden war, ließ ihm aber nicht lange Ruhe, sondern bedrängte ihn mit der bangen Frage, wie es denn zwischen ihm und Buenaventura weitergegangen sei?

«Zuerst gar nicht», antwortete der Lord, leicht belebt durch das Getränk und auf seinen Kissen neu gelagert, «denn in meinen Hamburger Jahren hatten wir keinerlei Kontakt. Zwar besuchte er einmal seine Tochter und kam bei dieser Gelegenheit auch bei meiner Dachkammer vorbei, deren Adresse er Flora abgepresst hatte, doch ich hatte für diesen Fall vorgesorgt und war zu Franz gefahren. Er hinterließ ein Päckchen für mich, das ich ungeöffnet wegwarf.

Viel später, als ich nach England zurückkehrte, älter, klüger und aufgewühlt durch den Tod meines Vaters, mied ich ihn nicht mehr zwanghaft, aber begegnete ihm mit der kühlen Höflichkeit eines Fremden. Meine kindliche Heldenverehrung für ihn war eine Sache der Vergangenheit, ich fühlte mich selbstsicherer als früher und fragte mich manchmal, wie mich dieser merkwürdige, exzentrische, von vielen verlachte alte Mann jemals so sehr hatte verletzen können. Auch war mir gelungen, zu beweisen, was ich ihm und mir beweisen wollte: dass er mich fälschlich als unbegabten, adeligen Schmarotzer eingeschätzt habe. Jetzt konnte ich es mir leisten, auf sein Urteil über mich nichts mehr zu geben. Erzählt hatte ich ihm natürlich nicht, dass ich mich in Hamburg ohne Unterstützung durchgeschlagen hatte, wie ich überhaupt wenig mit ihm redete, aber Flora und meine Mutter mussten ihn hierüber in Kenntnis gesetzt haben.

Gerade glaubte ich meine Ruhe wiedergefunden zu haben, wieder Fuß zu fassen in meinem Leben in England, inzwischen mit dem Titel meines Vaters versehen, da wurde meine Mutter krank. Es begann wie ihr übliches entzündliches Leiden, von dem in den Briefen die Rede war und das sie danach nie wieder ganz losgeworden ist, schlug dann aber in ein schweres Fieber um. Bald ließ sich absehen, dass es keine Hoffnung mehr gab. Ich wechselte mich mit Buenaventura an ihrem Bett ab und wusste nicht, ob ich seine Anwesenheit nur ihr zuliebe hinnahm oder ob es mir selbst eine Erleichterung war, nicht allein zu sein mit meiner Angst. Am Ende kam auch Tante Fanny hinzu, die Buenaventura aus Lowburn herbeigerufen hatte – ein Liebesdienst an meiner Mutter, auf den ich selbst, wie ich mir beschämt gestand, nie gekommen wäre. Bis zu diesem Zeitpunkt war es mir in meinem jugendlichen Egozentrismus entgangen, dass meine Mutter mit Tante Fanny mehr verband als nur die Nostalgie zweier Schulfreundinnen, dass hinter ihrem kichernden Geflüster mehr stand als das, was ich bei meinen Hamburger Trink- und Philosophierkumpanen als Kameradschaft kennen gelernt hatte.

Als meine Mutter starb, war ich in meiner eigenen Verzweiflung gefangen und hatte für die Empfindungen der Menschen um mich keinen Blick. Ich erinnere mich aber, wie einmal Buenaventura mich mit Tränen in den Augen in die Arme schließen wollte und ich ihn brutal von mir stieß – in Erinnerung an meinen alten Groll gegen ihn ebenso sehr wie als Resultat meiner Erziehung, denn derart verweichlichte, weibische Anwandlungen gesteht man bei uns höchstens Italienern und Franzosen zu, nicht aber echten Gentlemen. Überhaupt wies ich jede Ansprache von ihm wie von Tante Fanny ab. Ich hielt mich für zu tief erschüttert, zu gründlich zerstört, als dass mich andere hätten trösten können. Erst später wurde mir klar, dass Buenaventura bei mir, in gemeinsamer Trauer und Versöhnung, eher Trost zu finden als mir welchen zu spenden hoffte. Ich hingegen hielt schon deshalb jede Verbrüderung mit den anderen beiden Trauernden in meinem Hause für unpassend, weil *sie* nur eine Freundin verloren hatten, ich aber die Mutter, und sie deshalb in meiner Vorstellung gar kein Anrecht hatten, nur annähernd so unglücklich zu sein wie ich.

Ich weiß noch, wie ich eines Morgens in dunstiger Frühe, ich konnte nicht schlafen, aus dem Fenster in den Park sah. Nebel stieg auf, Rhododendren wie haushohe, überlaufende Springbrunnen blühten rot und weiß, die Vögel zwitscherten, was ihre Schnäbelchen hergaben, und in der Mitte schritten Tante Fanny und Buenaventura Arm in Arm einher, mir den Rücken zukehrend. Dieses Bild der blühenden, quicklebendigen, unbeteiligten Natur mit den beiden Menschen darin, die sich, von mir abgewandt, gegenseitig Halt gaben, erschien mir als treffendes Symbol meiner Isolation. So einsam, so ausgestoßen aus der Welt war ich, dass ich nicht einmal eine abgeschobene, ungeliebte Randfigur dieser Szene sein konnte, vielleicht auf einem feuchten Stein hockend, den Kopf in den Händen. Nein, ich stand ganz außerhalb, beobachtete aus einem Fenster, wie im Haus meiner verödeten Seele gefangen. War es nicht ein Hohn, dass ausgerechnet er noch lebte und als Memento meiner Einsamkeit draußen durch den Park schritt, von dem die Zerstörung meiner Welt ausgegangen war? Alle, alle hatten mich verlassen und verraten, und ich beschloss, nie wieder einen Menschen zu lieben, selbst wenn ich es könnte, aus Angst, unweigerlich wieder verlassen und verraten zu werden. – Um meiner Einsamkeit gerecht zu werden, verbarg ich meinen verzweifelten Zustand vor der Welt. Ich versah meine Aufgaben, wie es meiner Position gebührte, organisierte die Beerdigung, empfing Trauergäste, nahm die Kondolenzen mit der üblichen Attitüde abwehrender Gelassenheit entgegen, führte Konversation, war salopp und amüsant mit den jungen Männern, unter denen es als schändlich gilt, vom Tod einer Mutter überhaupt Notiz zu nehmen, und ließ mir nicht anmerken, wie es in mir aussah.»

Hier musste der Erzähler innehalten, denn Bettina beugte sich zu ihm herab und bedeckte ihm wortlos Gesicht und Hals mit Küssen. Nach längerer Unterbrechung fuhr er, die Hand fest um Bettinas geschlungen, fort:

«Als ich mich in meinem Unglück und meiner Einsamkeit komfortabel eingerichtet glaubte und nicht mehr vom Leben erwartete, als es ohne engere Berührung mit anderen Menschen, nur versüßt durch künstlerische Zerstreuung, zu Ende zu bringen, ungefähr vier Wochen nach meiner Mutter Tod, da offenbarte mir Tante Fanny, was jene ihr auf dem Sterbebett für mich aufgetragen: Buenaventura sei mein Vater, und ich solle in Gottes Namen mein Ressentiment gegen ihn begraben und mich mit ihm versöhnen.

Diese Nachricht erreichte gerade das Gegenteil dessen, was sie bewirken sollte. Zwar verstand ich jetzt, warum Buenaventura und auch meine Mutter so vehement Floras und meine Verbindung hintertrieben hatten. Aber ich sah in ihm nun eine böse Schlange, welche, sich in unnachahmlicher Falschheit auch als Freund meines Vaters ausgebend, meine Mutter zur Hure gemacht, die Liebe meiner Eltern, ihre Ehe, ihre Ehre von innen mit zersetzendem Gift zerfressen und sich auch in mein argloses Herz insinuiert hatte. Was ich zugleich über meine Mutter dachte, dass ich auch ihr Betrug und Falschheit vorwarf, auch ihr Andenken kein Haltepunkt mehr für mich war, weißt du. Nicht einmal ich selbst war mir geblieben, denn auch ich war nicht, was ich schien und wofür ich mich gehalten hatte, durch Buenaventuras Schuld.

Ich schrieb ihm einen Brief, in dem ich mit keinem Wort sein Verhältnis zu meiner Mutter und seine Vaterschaft ansprach, sondern ihn lediglich kühl, höflich und bestimmt informierte, ihm seien meine Häuser künftig verboten, die Schlüssel zu dem Londoner, welche er besaß, solle er abgeben, und ich wünsche nicht, ihn in der Zukunft noch einmal zu sehen. So gedachte ich mich zu reinigen und abzusetzen von dem verderblichen Einfluss, der mein und meiner Familie Leben bisher bestimmt hatte.

Dies war der letzte Anlass für Tante Fanny, die es bald erfuhr, mir die Briefe zu geben. Ich fand sie schockierend genug – in Romanen rechnet man wohl mit einigem, nicht aber in den Briefen der eigenen Mutter an eine respektable Pfarrersfrau –, doch sie veränderten meinen Blickwinkel. Nicht sofort, versteht sich, denn ich hatte mich zu sehr in meine Wahrheit verrannt; es kostete mich einiges Grübeln, einiges Hadern. Ich musste mir zugestehen, dass Buenaventura nicht das gefühllose, kühl kalkulierende Wesen war, als das er mir zum Schluss erschien, genauso wenig wie der rücksichtslose Despot, der aus kleinlichen Erwägungen und Starrsinnigkeit alles um sich herum ins Unglück stürzt. Endlich begriff ich, dass auch er unter unserem Zerwürfnis, unserer Entfremdung gelitten hatte und es vielleicht noch immer tat und dass nicht nur er mir, sondern auch ich ihm Schmerz zugefügt hatte. Ich begann mich zu verfluchen ob der beleidigten Selbstgerechtigkeit, mit der ich ihm jahrelang einen einzigen Fehltritt nachgetragen, mit der ich seine Versuche zu einem Wiederbeleben unserer Freundschaft missachtet, mit der ich seine ehemals so hoch geschätzte freundliche Zuwendung während meiner Kindheit und Jugend zum bedeutungslosen Abfall der Vergangenheit deklariert hatte, der vor seiner schweren Verfehlung nichts mehr zählte.»

«Liebe kann eine gefährliche Sache sein», bemerkte Bettina. «Wäre er nicht der Stern deiner Jugend gewesen, sondern irgendein unbedeutender Freund der Familie, du hättest ihn nachsichtiger behandelt, die Sache viel früher begraben und nicht über das Warum und Wieso gegrübelt.»

«Du willst aber nicht vorschlagen, dass man es wegen ihrer tückischen Gefahren mit der Liebe lieber gar nicht erst versuchen sollte?», fragte der Lord in gespielter Besorgnis.

«Um Himmels willen, nein», lachte Bettina, «dazu wäre es jetzt auch etwas spät. Du hast sicher selbst damals, nehme ich an, aus deiner Einsicht ganz andere Konsequenzen gezogen?»

«So kann man es nennen. Nach zwei, drei Tagen Grübelei überkam es mich, ich setzte mich in meinen Wagen und fuhr wie ein Berserker nach London, weil mich plötzlich die Angst packte, er könnte vor lauter Gram sterben, bevor ich mit ihm gesprochen hätte. Das tat er zum Glück nicht, obwohl er krank genug aussah. Ich hatte mir alles Mögliche zurechtgelegt, was ich ihm erklären und wie ich mich entschuldigen wollte, doch als ich endlich vor ihm stand, fiel mir nichts zu sagen ein als: Ich wolle ihm künftig ein Sohn sein, wenn ich dürfe. Das reichte ihm. Ich schluckte meine englische Männerehre tapfer hinunter, ließ es zu, dass er mich umarmte und sogar küsste.»

«Gott sei Dank», kommentierte Bettina und beeilte sich, es Buenaventura gleichzutun.

Ihrem Geliebten fiel nach einiger Zeit auf, es gebe noch eine Formalie zu erledigen: das Verlobungsgeschenk! Oder vielmehr: die Verlobungsgeschenke, denn für eines allein hatte er sich nicht entscheiden können. Die offiziellere Variante war ein Diamantring mit einem Stein von solcher Größe, dass es Bettina für eine Herausforderung des Schicksals hielt, ihn zu tragen. Die inoffiziellen Beigaben, weniger geeignet zur Präsentation bei Familie und Verwandten, und Bettina umso lieber, waren das berühmte Mondsteinensemble derjenigen, die vor ihr den Namen Lady Clarendon getragen (und das Bettina trotz anderer Haarfarbe gut stand, wie sie später im Gasthof Zur Post befriedigt vor dem Spiegel feststellte), sowie die ersten beiden Bände von Humboldts südamerikanischem Reisebericht (der dritte sollte bei Erscheinen nachgeliefert werden).

«Wieso hattest du denn den Mondsteinschmuck dabei?»,

fragte Bettina. «Du warst doch seit einem Dreivierteljahr nicht mehr zu Hause?»

«Dort befand er sich auch nicht, sondern in Hamburg. Er gehörte zu den persönlichen Dingen meiner Mutter, die Vidal nach ihrem Tod als Andenken mitgenommen hatte. Jetzt habe ich es mir für dich von ihm zurückerbeten.»

«Der Arme», rief Bettina in einem Anflug schlechten Gewissens, «sicher hat er es ungern herausgegeben!»

«Im Gegenteil, nachdem ich einmal die Idee geäußert hatte, drängte er es mir förmlich auf. Du besitzt es ganz zu Recht.»

Da war Bettina vollkommen zufrieden und in der besten Laune, ihren Vater zu begrüßen, der jetzt, auf den Fersen der Witwe Wittstock, nach einem rücksichtsvollen, warnenden Klopfen die Kammer betrat, um nach seinem Schützling zu sehen und seine Tochter in die Arme zu schließen.

36
Hochzeitsvorbereitungen und Epilog per Post

Die Genesung des Lords schritt in den nächsten Tagen schnell und stetig voran. Nur die Warnungen der Witwe Wittstock vor einem Rückfall und ihre strenge Aufsicht hielten ihn noch in seinem schmalen Bett mit der beuligen, harten Grasmatratze. Das Zutrauen des Majors zu seinem künftigen Schwiegersohn kannte inzwischen keine Grenzen, und er entschloss sich, die beiden jungen Leute in Potsdam alleine zurückzulassen, während er bereits den Heimweg antrat.

Brieflich waren schon die ersten Vorkehrungen für die stille, intime Hochzeit getroffen worden, die sich die Brautleute wünschten. Es galt nun, in Berlin alles so herzurichten, dass, wenn der Lord reisetauglich geworden wäre, unverzüglich geheiratet werden könne. Schon Anfang Februar nämlich wollte er als frisch gebackener Ehemann Berlin wieder verlassen, denn er hatte noch einiges zu erledigen, bevor das Paar einen gemeinsamen Hausstand beziehen konnte.

Dies hing mit einem Entschluss zusammen, den der Major aus vollem Herzen begrüßte und den er sich nun freute, bei seiner Ankunft auch seiner Frau mitteilen zu können: Nach einigem Überlegen waren die Brautleute übereingekommen, ihren Hauptwohnsitz in Hamburg zu nehmen und dafür das Londoner Haus aufzugeben. Hamburg war weit von Berlin, aber nicht aus der Welt, wie es in des Majors Augen die Insel im äußersten Westen Europas war, die man nur über die sturmgepeitschte Nordsee erreichen konnte. Für den Major, der die übelsten Erinnerungen an eine Überfahrt von Saßnitz nach Trelleborg in allen Knochen, oder besser: den Eingeweiden trug, hätte England genauso gut hinter dem Mond liegen können, so unerreichbar schien es ihm. Aber Hamburg, das war etwas anderes, das lag im Rahmen des Üblichen, sodass man gut einmal im Jahr hinreisen konnte. Und da der Lord, wie der Major den Gesprächen der jungen Leute entnommen hatte, gewillt schien, seine Frau mehrere Monate im Jahr auch ohne seine Begleitung durch die Lande ziehen und Besuche machen zu lassen, so würde man die geliebte älteste Tochter gewiss auch in der Zukunft häufig bei sich zu Hause haben können.

Während der Major sich unter so erfreulichen Gedanken pfeifend nach Hause kutschieren ließ, den Blick in die sonnige Landschaft gerichtet, in einer Postkutsche, da er das eigene, bequemere Gefährt den Kindern überlassen hatte,

saßen diese in Potsdam gemeinsam im Bett, von morgendlichen Sonnenstrahlen aus der Dachluke bestrahlt. Es war
aber eine gesittete Szene, welche dem Major keine Sorgen
bereiten musste. Man war vollkommen bekleidet, bis auf die
Schuhe, versteht sich, saß sich gegenüber, jeder an eine andere Rückwand des Bettes gelehnt, und schrieb Briefe. In
der Mitte trafen sich beider Füße, die gelegentlich sanft aneinander vorbeistrichen.

Bettina schrieb an Fräulein von Boczkowski und an ihre
Tante, Frau von Middeldorf, der ihr sonst nie etwas zu
schreiben einfiel, der es aber nun eine wichtige Mitteilung
zu machen galt.

Der Lord erledigte eher Geschäftliches: Einer seiner Briefe
ging an David Buenaventura und gab ihm den Auftrag sowie
die Vollmacht, für das Londoner Stadthaus entweder einen
Mieter oder einen solventen Käufer zu finden, der andere
an Isaac d'Israeli in Hamburg, Floras Mann, mit der Bitte,
sich nach einem passenden Haus für das junge Paar umzusehen, das man in naher Zukunft beziehen könne.

Sobald beide ihre Briefe geschrieben hatten, zog Bettina
sich Schuhe an die Füße, küsste ihren Verlobten zum Abschied und griff den Poststapel, um ihn eigenhändig aufzugeben. Dabei fiel ihr Blick auf die oberste Adresse, und sie
bemerkte: «So ist also David nicht derjenige der beiden Brüder, der jetzt im Haus seines Vaters wohnt?»

«Nein», bestätigte dieser, «David ist sehr erfolgreich und in
eine ziemlich noble Gegend vor den Toren der Stadt gezogen. Joseph dagegen ist das Sorgenkind geblieben, ob es
nun an den schlechten Augen liegen mag oder nicht. Er hat
einen Antiquitätenhandel aufgemacht, der nicht laufen will.
Seine Angestellten sind oft genug entweder inkompetent
oder betrügerisch gewesen, und seit er alles selbst in die
Hand nimmt, ist es auch nicht besser: Er kauft Stücke, die
gerade aus der Mode gekommen sind und ihm dann zum

Ladenhüter werden, oder entsetzlich teure Objekte, die zwar gut sind, aber für die ihm eigentlich das Kapital fehlt, und muss sie dann, weil er in Zahlungsschwierigkeiten gerät und auf den passenden Käufer nicht warten kann, unter Wert abstoßen. Schon mehrfach konnte der Bankrott nur abgewendet werden, indem ihm David mit einer größeren Summe aushalf. Auch von seinem Vater lässt er sich immer wieder etwas zustecken, obwohl der längst sein Vermögen an seine Kinder verteilt hat und kaum noch etwas besitzt. Zudem hat Joseph eine ganze Stange Kinder, die später einmal versorgt sein wollen, und alle zwei Jahre kommt ein neues hinzu. – Während Vidal noch in der Mark Lane wohnte und sich Tag für Tag die Geschäfte seines Sohnes ansehen musste, der guten Rat seines Vaters stets als Affront verstand, kam es allzu häufig zu Streit zwischen den beiden. Auch mit der Schwiegertochter stand er sich wohl nicht zum Besten. So schien es für alle Beteiligten die glimpflichste Lösung, wenn er auszöge.»

Während dieses Berichts befiel Bettina einen Augenblick ein leichtes Befremden, ein etwas mulmiges Gefühl, weil ihr bewusst wurde, jetzt würde auch sie Teil dieser großen, verstreuten, allzu andersartigen Familie werden, in der sie, obwohl ihr in gewisser Weise verbunden, immer ein Fremdkörper bleiben musste. War es nicht ein Fehler gewesen, ausgerechnet Hamburg zum Wohnsitz zu wählen, wo es von Buenaventuras nur so wimmelte? Doch kaum konnte sie diesen Gedanken fassen, strich ihr der Lord über die eine Wange und küsste sie auf die andere, und ihr wurde wieder leicht ums Herz. Es würde sich in Hamburg schon alles fügen, und wo nicht, so würde man darüber sprechen können und Abhilfe schaffen.

Am dritten Tag nach diesen entscheidenden Briefsendungen konnte das junge Paar, der Lord bis auf Reste des Hustens genesen, Bettina von leichtem Halsweh geplagt, aber ansonsten guter Dinge und wohlauf, den Weg nach Berlin antreten. Bettina erlebte die Fahrt von oben bis unten in mehrere Lagen wollener Decken gehüllt, denn der Lord wollte angesichts der Halsschmerzen, die ihm nichts Gutes verhießen, durchaus kein Risiko eingehen.

Nicht nur angesichts der leisen Vorboten einer kommenden Erkältung war Bettina voller Vorfreude auf ihr heimisches Bett. Sie malte sich aus, dass in den nächsten Tagen, wenn nicht noch heute, dort stattfinden könne, was im Hillerbrand'schen Haus, wegen der Gefahr der Störung durch Fremde, trotz kaum bezwingbarer Versuchung nicht möglich gewesen war.

Während die Brautleute durch die verschneite Landschaft getragen wurden, wartete im Denkewitz'schen Haus ein größerer Stapel Korrespondenz auf sie, welcher sich in den letzten Tagen angesammelt hatte und von dem eine Auswahl hier wiedergegeben werden soll.

Brief von Franz Baron Baringsdorf an James St. Claire Lord Clarendon:

Lieber James,

welch freudige Nachricht! Hartnäckig warst du schon immer, und es scheint sich endlich einmal auszuzahlen – mit Hilfe deines alten Freundes, der dir beizeiten die Bahn freigegeben hat, und dank deiner Exverlobten, die buchstäblich im letzten Augenblick ihre Frucht abstieß. Von dir war die ohnehin nicht, wenn du mich fragst, aber du wolltest ja unbedingt den Retter für das durchtriebene Luder spielen.

Sosehr ich mich freue, dich mit einer Deutschen verbandelt zu wissen und dich daher in Zukunft hoffentlich noch häufiger als bisher bei mir zu haben, so muss ich anderer-

seits zugeben: Ich habe etwas Bammel davor, die Dame wieder zu sehen, denn unser letztes Treffen war ziemlich delikat. Sie wird mir die Sache doch nicht nachtragen? – Wie ich ihr meinerseits auch nicht, sie kann schließlich nichts dafür, so ein nervöses, empfindsames Wesen zu sein. Ich hoffe das Beste, schließlich hat sie nun den abbekommen, der ihr von Anfang an der Liebere von uns beiden war. Ich selbst kann übrigens auch nicht klagen, denn du hattest Recht mit der Annahme, bei meiner Marianne handele es sich um eben jenes etwas reifere Fräulein mit der außerordentlichen Leibesfülle, auf welches ich bei dem Empfang, dessen du dich entsinnst, ein Auge geworfen hatte. Ich habe viel Freude an ihr und gönne dir gerne die mageren Klappergestelle, welche du in gänzlich unkünstlerischer Geschmacksverirrung seit Jahr und Tag bevorzugst.

Da fällt mir ein: Wäre die dralle kleine Schwester deiner Bettina, wie hieß sie gleich, nicht was für Friedrich? Ein bisschen jung vielleicht, aber das wächst sich aus. Lass uns das bei nächster Gelegenheit besprechen.

Ich muss jetzt fort, draußen warten die Maler.

Herzlichst Franz

Brief von Franz Baron Baringsdorf an Fräulein Bettina von Denkewitz:

Verehrtes Fräulein von Denkewitz!
Soeben erfahre ich mit Freude von Ihrer Verlobung mit meinem Freund, Lord Clarendon. Zu dieser Verbindung kann ich Sie nur von ganzem Herzen beglückwünschen. Umso mehr freue ich mich, Sie in guten Händen zu wissen, als

ich fürchte, mit meinem Betragen in der Vergangenheit zu einiger Betrübnis Ihrerseits Anlass gegeben zu haben, was ich sehr bedauere.

Kann ich dennoch hoffen, Sie zu Ostern mit Ihrem künftigen Gatten bei meiner Hochzeit zu begrüßen?

In tiefer Verehrung verbleibe ich
Ihr Franz von Baringsdorf

Diesem beigelegter, versiegelter Brief von Fräulein Marianne Orth an Fräulein Bettina von Denkewitz:

Liebes, verehrtes Fräulein von Denkewitz,
auch ich will Ihnen zu Ihrer Verlobung gratulieren, von der Franz mir versichert, sie sei für beide Parteien ein Glücksfall. Wie Sie sich denken können, habe ich viel von Ihnen gehört und glaube, wir werden uns gut verstehen (wenn auch mein Verlobter von «verstehen» wenig hält, aber wir Frauen sind da gelegentlich anderer Ansicht). Wollen Sie zu meiner Hochzeit kommen? Ich würde mich sehr darüber freuen, und Sie könnten dort Ihre Freundin, Fräulein von Arnsberg, wiedersehen, von der ich ebenfalls hoffe, dass sie kommt. Auch für eventuelle Migräneanfälle oder Fallsuchtattacken ist Schloss Waldesruh gerüstet: weiche Betten, dicke Vorhänge und große Entfernungen, sodass man dem Trubel des Fests entkommen kann. Ich selbst leide an gelegentlichem Schwindel und einer offenen Stelle am Bein und fürchte mich, ich könnte zu Franz' Schrecken ausgerechnet anlässlich unserer Hochzeitsfeier niedergeworfen werden. Da wäre mir Ihr Beistand und Ihr Mitgefühl sehr lieb – von meinen Jugendfreundinnen wird keine geladen, da allesamt zu bürgerlich.

*Liebes Fräulein von Denkewitz, werden Sie recht glücklich
mit Ihrem Lord, und schreiben Sie mir einmal!*

Ihre Marianne Orth

Brief von Professor Dr. J. A. Eckenrath an Fräulein Bettina
von Denkewitz:

Wertes, reizendes Fräulein!
*Mir wurde aus sicherer Quelle zugetragen, dass man Ih-
nen Glückwünsche sagen muss: Sie hätten sich verlobt!
Und dies mit jemandem, den Sie während unserer gemeinsamen Karlsbader Zeit kennen gelernt und dessen Vereinigung mit Ihnen demnach wir alle, die wir damals so oft
in freundschaftlicher Runde beisammensaßen, sozusagen
mit aus der Taufe gehoben haben. Ich freue mich mit Ihnen und leere hier in meinem einsamen Studierzimmer ein
Fläschchen Porto auf Ihr Glück: Prosit, junges Fräulein,
nunc est bibendum vestrae salutis causa! Ad multos an-
nos! und was man sonst noch an guten Wünschen sagen
kann.
Allerdings will ich zugeben, und Sie werden es mir nicht
verübeln, verwirrt hat mich der Name Ihres Verlobten, denn
seinen Träger glaubte ich längst mit einem anderen zarten
Wesen vermählt, welches seine Treue und seinen Beistand
wohl nötig gehabt hätte. Nun, es sei, wie es sei, aber lassen
Sie sich vom alten Onkel Eckenrath eines sagen: Ich habe
den Kopf Ihres Verlobten ein ums andere Mal studiert, mit
den Augen, versteht sich, unauffällig, da wir in gesprächi-
ger Runde saßen, denn mit den Fingern wollte er mich
nicht dran rühren lassen. Seine Stirn hat Wölbungen, die
mir nicht gefallen wollen und die dafür sprechen, dass es*

ihm an Stetigkeit, an Treue mangelt, noch mehr aber an männlicher Standhaftigkeit.

Als preußischer Offizierstochter aus dem frommen, guten Schlesien sind Ihnen solche Charaktermängel fremd. Achten Sie dafür umso genauer auf Ihren künftigen Gatten, halten Sie in engen, strengen Grenzen, was Sie ganz ausmerzen nicht können werden, denn es steckt ihm im Blut. Doch verzagen Sie nicht; manch starkes deutsches Weib hat schon seinen Mann auf dem Pfad der Tugend gehalten, obwohl der von Natur aus lieber woanders langgelaufen wäre! Nur Mut! Und Glückauf!

Ihr Prof. Dr. Johann Anton Eckenrath

Postscriptum: Seien Sie so gut und grüßen Sie Ihr wertes Fräulein Schwester von mir! Ist sie wohlauf? Ich hoffe es!

Brief Aurelie von Arnsbergs an Bettina von Denkewitz:

Meine kleine Bettina,

nur ein kurzes Krüppelbrieflein kann ich schreiben, denn wir sind mitten im Aufbruch. Für drei, vier Tage muss ich mit der Tante aufs Land, in ein obskures Dorf namens Mengeringhausen, wo von einer Marienerscheinung gemunkelt wird. Aber ich bin voller Freude über das, was ich lesen durfte – wie sehr du, meine Liebe, Süße, Treue, dies verdient hast! Ganz so schön wie meinen Bornemann finde ich höchstpersönlich ihn zwar nicht, aber er ist nächstbeste Güteklasse, und in manch anderer Hinsicht dem Erwähnten wohl vorzuziehen. Ich rechnete übrigens sicher damit, dass es früher oder später so kommen würde. Du ahnst ja nicht, wie er in Karlsbad jeder deiner Regungen so treu und

412

zärtlich mit den Augen folgte, wenn du nicht in seine Richtung sahst; es war zum Steinerweichen. Nun habt ihr euch, Gott sei Dank. Aber musst du unbedingt nach England mit ihm gehen? Du wirst verstehen, warum mir dies Verdruss bereitet. Gibt es nicht noch andere Möglichkeiten?
Gräm dich nicht über meine Eifersucht. Ich bleibe in jedem Fall

deine dich liebende Aurelie

Brief von Mr. V. Buenaventura an Fräulein Bettina von Denkewitz (in französischer Sprache):

Sehr geehrtes Fräulein von Denkewitz,
eben erfahre ich die glückliche Nachricht, Sie hätten zugesagt, meine Schwiegertochter zu werden. Ich muss Ihnen zu Ihrer Wahl gratulieren – nicht der des Schwiegervaters, der leider wenig hermacht und vor der Welt geheim gehalten werden muss, aber wohl zu der des Bräutigams. Ich kenne den jungen Herrn schon lange und bin sicher, dass er sich in Ihren Händen auf das Erfreulichste bewähren wird. Wenn Sie ihm nur verzeihen könnten, dass er in Karlsbad meinte, sich vor lauter guter Erziehung aufopfern und Sie seinem Freund vorwerfen zu müssen, was, unter uns gesagt, mich ziemlich an die sprichwörtlichen Perlen gemahnte, nachdem ich selbst das Glück hatte, Sie genauer in Augenschein zu nehmen. Übrigens glaube ich fest, James hätte noch rechtzeitig ein Einsehen gehabt, selbst wenn die Rüttelei der Reise bei seiner damaligen Verlobten nicht so treffliche Wirkung gezeigt.
Verzeihen Sie mir, wenn ich roh und ungehobelt bin; man hat mit morganatischer Verwandtschaft zwangsläufig eini-

ges auszustehen. Hoffentlich wollen Sie trotz meiner nach Hamburg kommen. Ich sitze hier ganz still und brav in meinem Gartenhäuschen, solange ich überhaupt noch lebe, und wer mich zu Recht ein wenig anstrengend findet, braucht mich nicht oft besuchen zu kommen.

Bleiben Sie mir gesund, mein liebes Kind, und seien Sie so glücklich, wie Sie eben können.

Ihr V. Buenaventura

Inhalt